MORGANE MONCOMBLE
Back To Us

MORGANE MONCOMBLE

BACK TO US

ROMAN

Ins Deutsche übertragen von
Ulrike Werner-Richter

LYX in der Bastei Lübbe AG

Die Bastei Lübbe AG verfolgt eine nachhaltige Buchproduktion.
Wir verwenden Papiere aus nachhaltiger Forstwirtschaft und verzichten darauf,
Bücher einzeln in Folie zu verpacken. Wir stellen unsere Bücher in Deutschland
und Europa (EU) her und arbeiten mit den Druckereien kontinuierlich
an einer positiven Ökobilanz.

Die Originalausgabe erschien 2020 unter dem Titel »Falling Again«
bei Hugo et Compagnie, Paris, Frankreich.
Copyright © Morgane Moncomble, Hugo et Compagnie, 2020
This edition is published by arrangement with
Hugo Publishing in conjunction with its duly appointed agents
Books and More, Paris, France. All rights reserved.

Für die deutschsprachige Ausgabe:
Copyright © 2023 by
Bastei Lübbe AG, Schanzenstraße 6–20, 51063 Köln

Redaktion: Christin Ullmann
Covergestaltung: ZERO Werbeagentur, München,
unter Verwendung eines Motivs von © Doriana Stellari /
shutterstock.com; Ninell / shutterstock.com
Satz: Greiner & Reichel, Köln
Gesetzt aus der Adobe Caslon
Druck und Einband: GGP Media GmbH, Pößneck

Printed in Germany
ISBN 978-3-7363-1447-4

5 7 6 4

Weitere Informationen unter:
lyx-verlag.de
luebbe.de | lesejury.de

Liebe Leser:innen,

dieses Buch enthält potenziell triggernde Inhalte.
Deshalb findet ihr auf S. 487 eine Triggerwarnung.

ACHTUNG: Diese enthält Spoiler für das gesamte Buch.

Wir wünschen uns für euch alle
das bestmögliche Leseerlebnis.

Euer LYX-Verlag

Playlist

Kim Tae Woo & Ben – *Darling U*
Gaho – *Start*
Gummy – *Remember Me*
Suran – *Heartbeat*
DK – *Missed Connections*
Woosung – *You Make Me Back*
Junggigo – *D-Day*
Suran – *Step Step*
Punch – *Like a Heroine in the Movie*
Suzy – *Ring My Bell*
Eric Nam – *Sudden Rain*
Tearliner – *Blooming Story* (feat. Jo Hae Jin)
George & Gang Haein – *Something*
Jinho & Rothy – *A Little Bit More*
Mamamoo – *Double Trouble Couple*
Jeong Eun Ji – *You Are My Garden*
Chungha – *At the End*
Park Boram – *Left Over Left Hand*
Chungha – *Pit A Pat*
Hwa Sa – *Orbit*
Kim Kyung Hee – *And I'm Here*
Soyou & Brother Su – *You Don't Know Me*
V – *Sweet Night*
Klang – *Falling Again*
Henry – *It's You*
VROMANCE – *I Fall in Love*
Kim Na Young – *Because I Only See You*

Taeyeon – *All About You*
Sam Kim – *Who Are You*
Crush – *Beautiful*
Suzy – *I Love You Boy*
Punch – *Done for Me*
Heize – *Can You See My Heart*
Hyolyn – *Crazy of You*
Soyou – *I Miss You*
Kim Kyung Hee – *Stuck in Love*
Yoonmirae – *Always*
Jeong Sewoon – *It's You*
Taeyong & Punch – *Love Deluna*

Anmerkung der Autorin

Ich war schon immer viel romantischer, als mir guttut.

Vielleicht ist das der Grund, warum ich Liebesgeschichten schreibe. Ich mag die Liebe. Ich mag es, über Liebende zu schreiben und darüber, wie dieses Gefühl sie dazu bringt, richtig oder falsch zu handeln. Ich bin überzeugt, dass die Liebe – sei es die romantische, die platonische, die brüderliche oder die Eigenliebe – eines der wichtigsten, aber auch eines der gefährlichsten Gefühle der Welt ist.

Daher hat es mich nicht überrascht, dass ich in den Bann der koreanischen Dramen geriet. Sie sind klischeehaft und sentimental, die Plots wiederholen sich, sie haben ein Happy End, und zuvor geschehen die dramatischsten Dinge: Genau das liebe ich.

K-Dramen werden von vielen kritisiert, genau wie auch Romantikkomödien und Liebesromane aus den oben genannten Gründen kritisiert werden.

Möglicherweise in großen Teilen zu Recht.

Aber ich liebe sie aus genau diesen Gründen. Mit diesem Buch möchte ich den K-Dramen Ehre erweisen und sie gleichzeitig parodieren. Hier findet ihr alle geliebten Klischees, und für diejenigen, die sie zu deuten wissen, auch ein paar Hinweise.

Back To Us ist ein im alltäglichen Leben angesiedeltes K-Drama:

Manches läuft genauso ab wie in einem Film ... und manches eher weniger.

5 Jahre

Lieber Aaron,
möchtest du mein Freund sein?

Liebe Fleur,
nein.

6 Jahre

Lieber Aaron,
danke, das du zu meinem Gebuhrtstag gekommen bist. Es wahr
echt cool. Hat es dir gefalen? Dein Geschenk wahr das aller-
schönste. Ich habe meinen Papas gesagt, das du mein Liebster bist
und das wir einmal heiraten. Bis Montag. Ich liebe dich mit all
meinen Tentakeln, Fleur.

Liebe Fleur,
nur, weil du mich gezwungen hast! Schön, dass dir mein Ge-
schenk gefällt. Aber jetzt lass mich in Frieden. Ich bin nicht dein
Liebster. Und hör auf, in der ganzen Schule herumzuerzählen,
dass wir einmal heiraten. Aaron.

7 Jahre

Lieber Aaron,
bist du mir böse?

Liebe Fleur,
ja.

Lieber Aaron,
warum?

Liebe Fleur,
weil du Jordan verhauen hast und jetzt alle denken, dass wir
ein Liebespaar sind!

Lieber Aaron,
er war immer so gemein zu dir und da hab ich ihm eben mal
eine verpast. Weist du, ich hab keine Angst. Er ist zwar ein
Junge, aber ich bin stärker. Ich kann dich verteihdigen!

Liebe Fleur,
du machst ziemlich viele Schreibfehler. Es heißt verteidigen
und nicht verteihdigen. Du solltest lieber unserer Lehrerin zu-
hören, anstatt dich zu prügeln. Und ich will auch nicht, dass
du mich verteidigst.

Lieber Aaron,
einverstanden. Tut mir leid. Aber wir bleiben doch Freunde,
oder? Ich liebe dich mit all meinen Tentakeln, Fleur.

8 Jahre (beinah)

Lieber Aaron,
gehen wir morgen zur Hütte? Es soll regnen, wir können
Schnecken sammeln. Treffen wir uns am Seh?

Liebe Lilas,
das würde mir Spaß machen, aber Mama möchte nicht mehr,
dass ich allein in den Wald gehe. PS: Hast du dir in den Ferien
die Haare geschnitten?

Lieber Aaron,
zuerst: Ich heiße nicht Lilas, sondern FLEUR. BITTE,
BITTE, BITTE. Du hast es versprochen. PS: Ja. Findest du
es schön?

Liebe Lilas,
dein Vorname ist blöd. Fleur heißt Blume, aber man weiß
nicht, welche Blume gemeint ist. Eben einfach nur Blume. Von
jetzt an nenne ich dich Lilas. Lila wie der Flieder, den finde
ich schön. Also gut. PS: Ja.

Lieber Dingsbums,
wenn du mich schön findest, warum willst du mich dann nicht
heiraten? Ich liebe dich mit all meinen Tentakeln. Fleur.

Liebe Lilas,
ich denke mal drüber nach.

Staffel 1

Prolog

Ich habe immer davon geträumt, einmal die Heldin in einem K-Drama zu sein. Dazu muss ich sagen, dass diese Liebesgeschichten mich schon in sehr jungen Jahren verzaubert haben; ihnen verdanke ich die Vorstellung, die ich heute von der Liebe habe. Schon als Kind habe ich mir unendlich viele Szenen ausgemalt. Aaron mochte die K-Dramen nicht. Er fand sie zu albern und vor allem zu vorhersehbar.

Ich habe mich nicht getraut, ihm zu sagen, dass mir genau das daran gefiel. Alles im Voraus zu wissen. Die Sicherheit, dass das Paar trotz aller Auseinandersetzungen, Trennungen und scheinbar unüberwindlicher Hindernisse am Ende zusammenkommt, heiratet und glücklich wird – und wenn sie nicht gestorben sind, dann leben sie noch heute.

Schließlich macht es keinen Sinn, sich so etwas anzuschauen, wenn es schlecht ausgeht.

Es störte mich nicht, schon zu wissen, was passieren würde. Im Gegenteil. Gern hätte ich das auch von meinem eigenen Leben gesagt. Ich wollte immer nur die Sicherheit, dass es sich am Ende trotz harter Kämpfe lohnte.

Denn nur unter dieser Voraussetzung hätte ich die Kraft, alles zu ertragen.

Leider ist das Leben kein K-Drama.

Nicht wahr?

Folge 1

Aschenputtel

Kim Tae Woo & Ben – *Darling U*

Lilas

»Stimmt es, dass du ein Vorstellungsgespräch hast? Du? Fleur Durand höchstpersönlich?«, erkundigt sich Dana verunsichert, als ich ihr von den verrückten Abenteuern meines Tages berichte.

Ich nicke hektisch und bemühe mich noch immer, meinen nervösen Magen zu beruhigen. Um die Wahrheit zu sagen: Ich verstehe ihre Skepsis. Ich kann es selbst kaum glauben. Ich gehöre zu den Leuten, die sich um einen Job bewerben und sich anschließend unsichtbar machen. Meine beiden Mitbewohnerinnen wissen das.

Es ist ganz einfach. Ich stelle mich tot.

Einmal rief mich ein potenzieller künftiger Arbeitgeber so oft an, dass ich nicht nur seine Nummer, sondern auch seine E-Mail-Adresse blockiert habe. Ich ging nicht mehr ans Telefon, weil ich Angst hatte, er könnte sich melden. Und doch war ich tatsächlich daran interessiert!

Ich habe wirklich ein ernsthaftes Problem.

Daher ärgert mich die Reaktion meiner Freundin auch nicht. Ehrlich gesagt, verstehe ich noch immer nicht wirklich, was da gerade passiert ist. Wie jeden Tag bin ich morgens um sechs Uhr aufgestanden, habe geduscht, in aller Eile gefrühstückt, mich in einen Hosenanzug geschmissen und so getan, als hätte ich einen Job, bei dem ich erwartet würde ...

Dann habe ich mich auf das Sofa gelegt und bis elf Uhr *Miraculous – Geschichten von Ladybug und Cat Noir* geschaut.

Also eigentlich war alles wie immer.

Jedenfalls hatte ich sicherlich nicht erwartet, dass ein derartig renommiertes Unternehmen Kontakt mit mir aufnimmt und mir ein Vorstellungsgespräch anbietet.

»Ein Spieleentwickler ...« Dana blickt von ihrem Buch auf und wird immer misstrauischer.

Ich sitze auf der Couch, den Computer auf dem Schoß und trage immer noch mein Kostüm und meine High Heels.

Ich genieße es, mir mein Leben selbst auszumalen. Schließlich bin ich Schriftstellerin.

(Oder etwas Ähnliches.)

»Und nicht etwa irgendein unbekannter Laden«, flüstere ich konspirativ. »Es ist der Jack Sparrow der Games-Industrie.«

Meine Freundin tut, als wäre sie beeindruckt, obwohl ich weiß, dass sie keine Ahnung hat. In der Gaming-Welt kennt sie sich ebenso wenig aus wie ich. Ihr Ding ist Basketball. Seit ihrem fünften Lebensjahr träumt Dana davon, Profi zu werden – ein Wunsch, der gerade auf gutem Weg ist, in Erfüllung zu gehen. Nebenher arbeitet sie als Verkäuferin in einem Schuhgeschäft, das ihrer Herzallerliebsten gehört.

»Ich bin schon überrascht, dass du überhaupt ans Telefon gegangen bist.«

Es klingt ein wenig anklagend, wenn auch einigermaßen beeindruckt. Stimmt schon, es sind nämlich nicht nur potenzielle Arbeitgeber, denen ich aus dem Weg gehe. Eigentlich gilt das für alle. Ich hasse es zu telefonieren. Wenn ich eine unbekannte Nummer auf dem Display sehe, starre ich mein Telefon so lange ängstlich an, bis es aufhört zu klingeln. Die Mädels machen sich über mich lustig. Sie sind überzeugt, dass ich mich jedes Mal unter meinem Bett verstecke, wenn der Teufelsapparat auch nur muckst.

Diese Vermutung ist längst zu einem Running Gag zwischen uns geworden.

Wenn man allerdings etwas länger darüber nachdenkt, ist es überhaupt nicht lustig, sondern eher etwas beunruhigend.

»Ich bin eben reifer geworden«, antworte ich mit erhobenem Kinn. »Ich habe keine Angst mehr.«

Danas misstrauischer Blick lässt mich keine Sekunde los. Ich weiß, dass es unmöglich ist, sie anzulügen, trotzdem versuche ich es. Ich habe Dana wirklich gern, aber sie hat die Macke, ständig den Moralapostel spielen zu wollen.

Eleanor ist selbstbewusst genug, in diesen Fällen auf Durchzug zu stellen, ich hingegen bin einfach zu freundlich.

»Du hast bestimmt nur den falschen Knopf erwischt«, erklärt Dana altklug.

Mein beschämtes Schweigen gibt ihr recht. Unnötig zu erwähnen, dass ich in Panik geraten bin. Ich bin mindestens zehn Sekunden lang auf der Stelle gehüpft und wusste nicht, ob ich auflegen oder so tun sollte, als wäre ich der Anrufbeantworter – einer der Klassiker von Fleur Durand.

Dana muss lachen und schüttelt den Kopf. Zumindest sorge ich für ihre Erheiterung.

»Aber ganz im Ernst: Was soll ich denn jetzt machen? Ich hätte das Vorstellungsgespräch sofort ablehnen sollen. Leider habe ich mich nicht getraut, Nein zu sagen …«

»Damit hast du wirklich ein Problem – zusätzlich zu all den anderen. Hast du dich mal wieder bei deiner Seelenklempnerin gemeldet?«

»… und da stehe ich nun.«

Indem ich ihre Frage komplett übergehe, ist Dana klar, dass ich die Psychologin nicht angerufen habe und auch nicht darüber reden will. Tatsächlich bin ich nicht mehr hingegangen, seit sie mir erklärt hat, meine Störungen wären »Wohlstandsproblemchen« und ich müsse einfach nur endlich erwachsen werden.

Und dafür wieder sechzig Euro blechen – nein danke.

Dana wirft mir einen zärtlichen, aber gleichzeitig etwas verwirrten Blick zu. Ihr Buch hat sie völlig vergessen.

»Trotzdem verstehe ich es nicht. Hast du dich überhaupt dort beworben?«

Ich öffne meinen Mund, um Ja zu sagen, halte jedoch mitten in der Bewegung inne. Ich war nach dem versehentlichen Annehmen des Gesprächs dermaßen in Panik, dass mir dieses unbedeutende Detail völlig entgangen ist. Hätte ich eine Bewerbung an Abisoft geschickt, das größte Spielesoftwareunternehmen des Landes, dann wüsste ich das.

»Scheiße, nein«, entfährt es mir tonlos. »Du hast recht. Mit Videospielen kenne ich mich überhaupt nicht aus … Um Himmels willen«, flüstere ich. »Die haben sich bestimmt geirrt, und jetzt nehme ich irgendwem das Vorstellungsgespräch weg.«

»Haben sie dich nicht mit deinem Namen angesprochen?«

Ich denke nach und versuche, mich an die Einzelheiten zu erinnern. Ich war zwar total damit beschäftigt, möglichst nicht zu stottern, aber ich erinnere mich unterschwellig daran, dass der Mann am Telefon mich tatsächlich Lilas genannt hat. Ich bin völlig durcheinander. Das macht doch keinen Sinn. Bestimmt ist das Ganze nur ein blöder Scherz.

»Doch … Also, er hat mein Pseudonym benutzt. Mit anderen Worten, er kennt mich vermutlich als Graphic-Novel-Zeichnerin«, fahre ich fort. »Wirklich seltsam.«

Wenn ich mich als Graphic-Novel-Zeichnerin bezeichne, ist das, gelinde gesagt, übertrieben. Eigentlich sehe ich mich selbst nicht so, aber die Mädchen lassen mich jedes Mal, wenn ich den Ausdruck mit Anführungszeichen verwende, einen Euro zahlen.

Kein Wunder, dass ich pleite bin!

Als ich klein war, wollte ich Pirat werden. Schlau, wie ich war, habe ich schnell begriffen, dass die Karrierechancen schlecht aussehen, – weshalb ich mich dem Schreiben zugewandt habe. Auf diese Weise konnte ich über die Buchseiten auf Schatzsuche in den Weltmeeren gehen, wann immer ich wollte.

In der Schule habe ich immer Geschichten geschrieben, um meine Mitschüler zu unterhalten. Außerdem Briefe voller Fehler, die ich in den Schließfächern meiner Klassenkameraden versteckt habe. Mit dreizehn habe ich meinen ersten Comic fertiggestellt. Seitdem habe ich zehn weitere produziert.

Ich war überzeugt, dass es funktionieren würde. Dass ich endlich etwas gefunden hätte, worin ich glänzen könnte – eine Leidenschaft, die mich nachts wach halten würde.

Spoiler-Alarm: Vermutlich ist heutzutage der Beruf des Autors genauso weltfremd wie der des Piraten.

Aus diesem Grund bemühe ich mich um einen Teilzeitjob für meinen täglichen Bedarf, während ich darauf warte, von meiner Schreibe leben zu können. Ich brauche wohl nicht zu sagen, dass es nicht gerade gut läuft …

»Aber warum eigentlich nicht?«, fragt Dana achselzuckend. »Du hast drei Comics im Selbstverlag veröffentlicht und hattest sogar einen kleinen Erfolg damit. Weißt du was: Geh zu diesem Vorstellungsgespräch und warte ab, was passiert.«

Ich höre ihr längst nicht mehr zu und knabbere mir mit den Zähnen die Haut von der Unterlippe. Dann fällt mir ein, was ich damit anrichte, und ich zwinge mich aufzuhören.

»Hmm. *Sehr* seltsam sogar.«

Dana verdreht die Augen. Eleanor, meine zweite Mitbewohnerin, kommt heim, schüttelt ihr langes, rotbraunes, regennasses Haar und deutet mit dem Finger auf uns.

»Ich weiß zwar nicht, worüber ihr gerade redet, aber wenn es noch um gestern geht, möchte ich ein für alle Mal klarstellen, dass es überhaupt kein bisschen seltsam ist, von Jean Reno zu träumen. Ich bin mit *Léon – Der Profi* aufgewachsen, okay?«

Dana und ich tauschen einen verlegenen und leicht befremdeten Blick. Ich habe keine Ahnung, wieso dieses letzte Detail irgendetwas rechtfertigen sollte, aber wir wissen beide, dass es keinen Sinn hat, mit Eleanor zu streiten, wenn sie einen schlechten Tag hatte.

Dana, die nicht so harmoniesüchtig ist wie ich, erklärt: »An dem, was du da gerade gesagt hast, verwirrt mich so einiges …«

Im gleichen Moment platze ich heraus: »Das ist doch völlig normal, das passiert mir auch.«

Dana runzelt die Stirn und sieht mich angewidert an, aber statt einer Erklärung schüttle ich nur den Kopf. Ich weiß selbst nicht, warum ich das gesagt habe.

Trotzdem scheint es Eleanor zu beruhigen, denn sie seufzt und lässt sich erschöpft auf die Couch fallen.

»Könnte dieser Tag bitte möglichst schnell vorbei sein?«, klagt sie.

»Ach, Schätzchen …«

Ich stelle meinen Computer auf den Couchtisch und breite die Arme aus. Eleanor lehnt sich an meine Oberschenkel und zieht ihre Knie an die Brust. Ihr Givenchy-Faltenrock rutscht hoch, und man kann ihren roten Slip sehen. Sanft streichle ich ihr seidiges, gewelltes Haar und will sie gerade fragen, was los ist, als sie mir zuvorkommt.

»Jeremy hat mich vor seinen Kumpels bloßgestellt. So ein

Arsch. Er lädt mich auf einen Drink in das schickste Lokal von Paris ein und stellt mich seinen Freunden vor, um gleich anschließend zu sagen: ›Es war echt nett, aber du glaubst doch hoffentlich nicht, zwischen uns wäre etwas Ernstes? Wir sind viel zu unterschiedlich, bla, bla, bla, und mir wäre es lieber, jetzt Schluss zu machen.‹ Was hat er gedacht? Dass ich in ihn verliebt wäre? Pah.«

Ich runzle verärgert die Stirn. Dana gibt sich ungerührt und konzentriert sich auf ihr Buch. Die beiden Mädchen sind so extrem unterschiedlich, dass ich mich leider viel zu oft zwischen den Fronten wiederfinde. Eleanor ist extrovertiert, intelligent und lächelt immer; sie »verliebt« sich an jeder Straßenecke, stellt aber immer ihre Freundinnen über ihre aktuelle Flamme. Ihre größte Liebe ist Geld. Sie studiert Wirtschaftsrecht und lebt hauptsächlich von dem, was ihre wechselnden Männer ihr schenken. Ihr ist klar, wie die Leute darüber denken, aber es kümmert sie nicht. Sie akzeptiert es.

Unter uns sprechen wir nicht darüber, auch wenn Dana nie ein Blatt vor den Mund nimmt. Mit Dana kommt man leicht zurecht, aber sie ist manchmal so direkt, dass es verwirrend sein kann.

»Jeremy … Ist das nicht der, der dir die Schuhe von Valentino geschenkt hat?«

»Ja«, seufzt Eleanor, die sich wieder würdevoll aufgerichtet hat. »Zum Glück bleiben diese Schätzchen bei mir. Auch wenn er es versucht, werde ich nie und nimmer das Sorgerecht für sie aufgeben.«

Eine solche Situation erleben wir etwa einmal im Monat, daher bin ich nicht besonders überrascht. Ich weiß, dass Eleanor sich einen feuchten Kehricht um diesen Typen schert. In zehn Tagen wird sie seinen Namen vergessen haben. Es ist nur ihr Ego, das diesen Schlag verkraften muss.

»Sagtest du nicht, er wäre dumm und eingebildet? Gut, dass du ihn los bist, oder?«, wirft Dana ein, ohne aufzuschauen.

Eleanor wirft ihr einen bitterbösen Blick zu, als wolle sie sagen: »Du hast doch keine Ahnung.«

»Kein Grund, mich so bloßzustellen. Mit diesen Typen geht erst immer alles gut. Sie behandeln einen wie eine Prinzessin, bis es ihnen zu langweilig wird. Und plötzlich ist man wie ein benutztes Taschentuch, gerade gut für den Müll. Er hat mich wie eine … Prostituierte behandelt«, fügt sie niedergeschlagen hinzu, und für einen Moment verstehe ich, dass es sie wirklich berührt. Doch dann springt sie auf die Füße und schenkt uns ein strahlendes Lächeln. »Er weiß nicht, was ihm entgeht. Worüber habt ihr eigentlich gesprochen, bevor ich dazukam?«

Ihre Stimmungsschwankungen verwirren mich. Ich möchte beim Thema bleiben, aber Danas Blick sagt mir, dass ich es gut sein lassen sollte.

Sie geht auf Eleanor ein und berichtet: »Fleur hat in zwei Tagen ein Vorstellungsgespräch. Sie will aber nicht hingehen. Also nichts wirklich Neues.«

Ich senke beschämt die Augen, weil ich ihre missbilligenden Blicke nicht ertrage. Eleanor schaut mich verblüfft an. Nachdem Dana ihr alles erzählt hat, nimmt mich meine Freundin sehr ernsthaft ins Visier.

»Du wirst dort hingehen.«

»Ich …«

»Nein«, schneidet sie mir trocken das Wort ab. »Du hast Angst, das verstehen wir. Aber so ist nun einmal das Leben. Du bist zu Hause ausgezogen, um deinen Traum zu verwirklichen, du verweigerst die finanzielle Hilfe deiner Eltern, obwohl du deine Rechnungen nicht bezahlen kannst – also *tu es*!«

»Aber …«

»Kein Aber. Du brauchst so schnell wie möglich einen Job.

Du bist vierundzwanzig Jahre alt, und es tut mir leid, dass ich so direkt sein muss, aber ich will nur das Beste für dich. Du musst endlich aus deiner Komfortzone herauskommen und dich der realen Welt stellen.«

Ihre Worte schmerzen, aber nur, weil sie wahr sind. Ja, ich habe Probleme mit meinem Selbstvertrauen, aber ich bin nicht mehr zehn Jahre alt. Ich darf mich nicht mehr davon abhalten lassen, erwachsen zu werden. Ich brauche Geld, ob ich nun will oder nicht. Und auf keinen Fall will ich meinen Eltern gegenüber zugeben, dass ich versagt habe.

»Ich leihe dir ein angemessenes Outfit«, fügt sie hinzu und geht so schnell in ihr Zimmer, dass ich keine Zeit habe, das Angebot abzulehnen.

Dana beobachtet mich schweigend von ihrem Sessel aus. Ich zwinge mich zu einem kleinen Lächeln, obwohl ich eigentlich nur weinen möchte.

Sie scheint es zu ahnen, denn sie bestätigt mit leiser Stimme: »Es ist Zeit. Es ist höchste Zeit, erwachsen zu werden.«

Ich nicke. Ein breites, künstliches Lächeln klebt auf meinem Gesicht. Weil ich befürchte, dass sie meine Tränen sieht, schnappe ich mir meinen Laptop und suche Zuflucht in meinem Zimmer.

Ich hasse mich. Ich hasse meine Art. Was stimmt nicht mit mir? An Willenskraft mangelt es mir eigentlich nicht. Ich habe einfach zu große Angst zu scheitern, zu große Angst, mich zum Narren zu machen und so der ganzen Welt zu beweisen, dass ich eine Versagerin bin.

Ich lasse mich mit ausgebreiteten Armen auf mein Bett fallen und schließe die Augen, um den Kopf freizubekommen.

Solange ich denken kann, hatte ich immer nur einen Wunsch: geliebt zu werden. Geschätzt, bewundert und gelobt zu werden.

Das Merkwürdigste daran ist, dass es mir nie an Liebe gefehlt hat. Ganz im Gegenteil. Meinen Vätern zufolge haben sie sich beide auf den ersten Blick in mich verliebt. Arthur schaute mir in die Augen, und es war um ihn geschehen. Er und James beschlossen, dass ich mit meinen vier Jahren, meiner kessen Art und meinem ständigen Lächeln genau ihren Wunschträumen entsprach.

Bei ihnen habe ich mich nie als Waisenkind gefühlt; ich habe immer alles bekommen, was ich wollte. Die hübschesten Kleider, Wochenenden im Disneyland Paris, alle möglichen Nintendo DS und so weiter. James und Arthur haben ihre Zeit damit verbracht, mir ihre Zuneigung zu zeigen, mit mir zu verreisen und mir immer wieder zu erklären, dass ich das schönste, klügste, lustigste und süßeste kleine Mädchen wäre.

Sie haben mich tatsächlich so sehr geliebt, dass sie befürchtet haben, ihr nächstes Kind weniger zu lieben. Natürlich wurden sie sofort eines Besseren belehrt, als sie meinen kleinen Bruder Sélim adoptiert haben. Aber diese Liebe hat mich schlussendlich erstickt.

Denn als ich größer wurde, ist mir die harte Realität des Lebens ohne Vorwarnung ins Gesicht explodiert. Und sie war ganz anders als das, was meine Eltern mich hatten glauben lassen.

Überall dort, wo sie immer behaupteten, ihre Tochter wäre außergewöhnlich, bin ich nur … durchschnittlich. Weder hässlich noch hübsch, weder dumm noch intelligent, weder witzig noch langweilig. Ich bin so fad und hohl wie eine Auster.

Ich zucke zusammen. Mein Telefon verkündet mir eine neue Nachricht. Es ist Arthur.

Hallo, Süße. Hast du Lust, morgen Abend bei uns zu essen? Du fehlst uns. Sélim fragt nach dir.

Mein vorpubertärer Bruder fragt nach mir? Sehr verdächtig.

Er würde es nie zugeben, doch es stimmt …

Das ist zwar Erpressung, aber okay. Bis morgen also.

Super. Ich hab dich lieb.

Statt einer Antwort schicke ich ihm verlegen ein Emoji-Herzchen.

Ich bin nicht sehr gut darin, zu zeigen, was ich empfinde. Aber ich weiß, dass er es weiß und dass es ihn nicht kümmert.

Ich habe meinen Eltern nie gesagt, dass ich sie liebe; es fällt mir immer noch zu schwer. Und doch liebe ich sie. Ich liebe sie sogar so sehr, dass es fast schmerzt.

Aber das ist nicht der Punkt.

Ich glaube einfach nur, dass meine Adoption der größte Fehler war, den sie in ihrem Leben gemacht haben.

Folge 2

Einer von beiden ist ein Genie

Gaho – *Start*

Aaron

»Ein neues Game?«

Ich verschränke die Arme vor der Brust und schaue meinen Chef neugierig an. Ich habe mir nicht einmal die Zeit genommen, meinen Mantel auszuziehen. Als Yves mir gleich beim Hereinkommen sagte, er wolle mit mir sprechen, habe ich alles Mögliche erwartet, aber nicht das.

Er lächelt und wirkt fast ein wenig aufgeregt, während er einige Unterlagen in eine Schublade räumt. Sein Schreibtisch ist ein unglaubliches Durcheinander. Der bloße Anblick macht mir Angst. Ich wende mich schaudernd ab.

»Wir brauchen etwas Neues.«

»Abisoft ist Marktführer in Europa. Wir brauchen dieses Jahr bestimmt nicht das soundsovielte neue Spiel. Du und deine Launen«, erkläre ich mit hochgezogenen Augenbrauen.

Er wirft mir einen scharfen Blick zu, aber ich grinse ihn nur ruhig an. Wir wissen beide, dass ich recht habe. Yves ist ein leidenschaftlicher und kompetenter Chef. Sein einziger Makel ist seine Ungeduld. Er ist immer auf der Suche nach dem nächsten Projekt, ohne je vom aktuellen Erfolg zu profitieren.

Auch wenn ich ihm noch so oft sage, dass er bei diesem

Wettlauf um mehr Geld irgendwann verlieren wird, hat er nur ein leises Lächeln für mich übrig, als wüsste er etwas, was ich noch nicht kapiert habe.

Ich bleibe also mit gerunzelter Stirn vor seinem Schreibtisch stehen, während er seine Hände faltet und mir seine neue Idee erklärt. Das leicht verrückte Leuchten in seinen Augen beweist mir, dass er nicht scherzt.

»Wir machen immer das Gleiche. Ich habe die Nase voll von den *Reboots*. Wir brauchen mehr Fantasie! Eine echte Innovation! Ich möchte etwas Neues. Etwas Einzigartiges. Etwas Trendiges.«

»Und du glaubst ernsthaft, man lässt uns machen, was wir wollen?«

Er zuckt die Achseln, offenbar besänftigt durch meinen zweifelnden Tonfall. Er schien diese Frage erwartet zu haben.

»Für Abisoft Mobile, warum nicht … Es hängt ganz von unseren Vorschlägen ab. Aus diesem Grund weihe ich dich ein. Ich brauche deine Magie«, fügt er mit einem schmeichelnden Augenzwinkern hinzu.

»Verstehe. Also ein Game für Telefone und Tablets.«

»Genau.«

»Warum nicht? Was meinst du mit ›innovativ‹?«, frage ich nachdenklich.

Eigentlich ist es gar keine so schlechte Idee. Vor allem, wenn er mir für dieses Projekt einen Freibrief gibt. Mit nur vierundzwanzig Jahren bin ich sein jüngster und bester Game Designer. Yves und ich haben eine lange Geschichte.

Nachdem ich mit neunzehn Jahren mein erstes Spiel kreiert hatte – so mittelmäßig es auch gewesen sein mochte –, ist er persönlich zu mir nach Hause gekommen, um mir eine Stelle in seinem Team anzubieten. Ich habe mehrfach abgelehnt; nicht etwa aus Arroganz, sondern weil ich Ingenieur werden wollte und damit auf lange Sicht mehr Geld zu verdienen gedachte.

Ich wollte meinen Eltern den Vorruhestand gönnen und es ihnen ermöglichen, sich ein für alle Mal auszuruhen. Alles andere war mir gleichgültig. Als ich Yves damals meine Gründe erklärt habe, hat er mich mit großen Augen angeschaut.

»Aber … das wäre Verschwendung. Kleiner, du bist ein Genie!«

»Ich weiß«, antwortete ich, denn das war mir seit Jahren immer wieder gesagt worden. »Und deshalb habe ich beschlossen, mein Genie einzusetzen.«

»Um etwas zu tun, das du hasst? Auch wenn es bedeutet, unglücklich zu sein?«

»Ich werde bestimmt nicht glücklich, solange sich mein Vater Tag für Tag kaputt schuftet, damit ich jeden Abend zu essen habe. Meine Familie ist nicht reich … Ich kann es mir einfach nicht leisten, Entscheidungen auf Grundlage meiner persönlichen Wünsche zu treffen.«

Irgendwann hatte er verstanden. Aber Yves ist hartnäckig. Wenn er etwas will, tut er alles, um es zu bekommen. Tag für Tag ist er nach den Vorlesungen bei mir aufgetaucht. Schließlich habe ich mir angehört, was er anzubieten hatte. Und er hat mir ein Gehaltsangebot unterbreitet.

Heute bin ich hier.

Ich arbeite nicht nur in einem Beruf, den ich liebe, sondern ich habe es auch geschafft, meinen Eltern ein Haus zu kaufen – klein, aber gemütlich. Wie geplant lassen sie es jetzt ruhig angehen, kochen mir jeden Sonntag *Dumplings* und besuchen einen Seniorenclub.

Yves wurde mein Mentor, mein Freund, mein großer Bruder.

»Es sollte etwas sein, das dem Zeitgeist entspricht. Etwas, das man sonst nirgends findet«, sagt er.

Allmählich finde ich Gefallen an der Sache.

»Welche Zielgruppe?«

»Alle.«

Sofort schüttle ich den Kopf. »Unmöglich.«

Yves grinst mich so verschmitzt an, dass mir die Haare zu Berge stehen.

»Ich dachte immer, für Aaron Choi wäre alles möglich?«

Ich gehe nicht darauf ein, aber mein Gehirn beginnt bereits zu rotieren. Eine ganz schön gewagte Aufgabe! Durch meinen Kopf wirbeln sämtliche Ideen, die mir früher schon einmal gekommen sind, und ich sortiere automatisch diejenigen aus, die sowieso nie funktionieren würden.

Da kommt eine Menge Arbeit auf uns zu, die vor allem viel Zeit erfordern wird … Aber die damit verbundene Herausforderung reizt mich mehr als alles andere.

Ich lächle und erkläre: »Alles klar. Ich entwerfe dir ein neues Spiel.«

Sein Lächeln wird breiter, und er lehnt sich zufrieden in seinem Sessel zurück. Meine Gedanken schweifen bereits ab, und in den Windungen meines Hirn entstehen erste Einfälle.

»Morgen informiere ich die anderen«, sage ich, ziehe meinen Mantel aus, lege ihn über den Arm und wende mich zur Tür.

Als ich mich eben verabschieden will, schnalzt Yves mit der Zunge: »Nicht so schnell!«

Überrascht bleibe ich stehen. Er zögert und nimmt langsam seine Brille ab. Das ist nie ein gutes Zeichen.

»Ich möchte außerdem jemanden mit Grafikerfahrung als Drehbuchautor einstellen.«

Angespannt runzle ich die Stirn.

»Davon hast du mir gar nichts gesagt …«

»Weil ich wusste, dass es dir nicht gefallen würde«, erwidert er grinsend.

Da hat er wohl recht. Ich schlucke meinen Ärger hinunter und atme tief durch. Teamwork liegt mir nicht; das ist meine einzige Schwäche bei der Arbeit. Trotzdem gebe ich mir Mühe, denn ich habe keine andere Wahl. Mit den Leuten in meinem Team kann ich mittlerweile gut zusammenarbeiten, weil ich mich über Jahre an sie gewöhnt habe.

Aber solche Überraschungen mag ich nicht.

»Ist es jemand, den ich kenne?«

»Ich habe mich noch nicht entschieden«, antwortet Yves unbestimmt. »Vertrau mir einfach.«

»Ich vertraue dir, nur verstehe ich einfach nicht, warum du dich noch anderweitig orientierst.«

»Aaron, mein Junge«, sagt er mit leiser Stimme. »Du bist ein großartiger Game Designer. Du weißt es, ich weiß es, und alle anderen wissen es auch. Und unsere Drehbuchautoren sind ebenfalls ausgezeichnet. Wir haben eine gut funktionierende Gruppendynamik. Aber es könnte noch besser werden. Wir brauchen einen neuen Blick auf das Ganze, neuartige Gedanken. Eine gewisse Verrücktheit.«

Ich unterdrücke den Drang, ihm zu sagen, dass es genau solche Verrücktheiten sind, die ihn in diese prekäre Lage gebracht haben, in der er sich gerade befindet. Dem Vorstand gefällt nämlich nicht, wie er die Dinge handhabt.

»Warum sollten wir etwas ändern, wenn es doch funktioniert?«

Ich verstehe noch immer nicht und sehe, dass Yves ein wenig enttäuscht ist. Keine Ahnung, warum mich das so trifft.

»Du warst schon immer zu pragmatisch ...«

Damit setzt er seine Brille auf die Nase und widmet sich wieder seinen Papieren – ein Zeichen, dass das Gespräch beendet ist.

Folge 3

Die erste Liebe ist heilig

Gummy – *Remember Me*

Lilas

»Meine Güte, habe ich eine schöne Tochter.«

»Mensch, Papa«, grummele ich mit herabhängenden Armen, während er mich an sich drückt.

Es ist buchstäblich das Erste, was Arthur sagt, als er mir die Tür öffnet. Ich tue, als wollte ich wieder gehen, aber er umarmt mich noch fester. Ein sanfter Duft von Eau de Toilette steigt mir in die Nase. Der Geruch meiner Kindheit.

Ich weiß, dass er lügt, denn ich habe mir heute Morgen nicht einmal die Zeit genommen, mich zu schminken. Stattdessen habe ich den ganzen Tag damit verbracht, meinen Text für das Vorstellungsgespräch bei Abisoft auswendig zu lernen.

Ja, ich habe mich entschieden.

»Was denn?«, will er wissen. »Es ist die reine Wahrheit. Wir haben gute Arbeit mit dir geleistet.«

Ich werfe ihm einen blasierten Blick zu, der ihn zum Grinsen bringt.

»Wie ich sehe, sind deine Scherze immer noch dieselben.«

»Ich weiß, ich weiß. Komm rein. Sélim, komm runter und begrüß deine Schwester!«, ruft er breit lächelnd. »James, deine Tochter ist da.«

Mein Vater lässt mich nicht aus den Augen, während ich meine Jeansjacke ausziehe und meine Bluse in die Hose stecke. Als hätten wir uns seit Ewigkeiten nicht mehr gesehen! Was genau genommen auch stimmt.

Das Haus hat sich seit meinem Auszug vor zwei Jahren nicht verändert. Es ist modern und hell, mit Fotos von Sélim und mir in allen Räumen. An den Wänden hängen gerahmte Kinderzeichnungen.

Der leckere Duft von Quiche dringt aus der Küche und bringt meinen hungrigen Magen zum Knurren. Dank meines immer knappen Budgets ist es schon eine Weile her, dass ich etwas anderes als Reis gegessen habe.

»Hast du Hunger? Du bist dünn geworden.«

»Geht so«, lüge ich mit schüchternem Lächeln.

In diesem Moment erscheint James mit aufgekrempelten Pulloverärmeln im Wohnzimmer. Er schenkt mir ein strahlendes Lächeln und nimmt mich in seine muskulösen Arme. Obwohl ich fast eins achtzig groß bin – als Kind wurde ich Spargel genannt –, fühle ich mich an seiner Brust so klein wie eh und je.

»Grüß dich, Papa.«

»Weißt du, er hat wirklich recht. Du wirst immer hübscher. Wir haben gute Arbeit geleistet.«

Er und Arthur klatschen sich komplizenhaft ab. Ich verdrehe amüsiert die Augen. Die Dosis an Komplimenten reicht jetzt schon für die ganze Woche, und dabei bin ich erst zwei Minuten hier.

»Hmm. Danke sehr.«

Niemals würde ich es wagen, es ihnen zu sagen, aber sie fehlen mir ganz schrecklich. Sehnsüchtig mustere ich sie, während Arthur sich bei James erkundigt, ob das Essen fertig ist.

Tatsächlich ist mir ziemlich egal, ob ich hübsch bin. Mein

ganzes Leben lang wollte ich nur eines: so sein wie diese beiden. Und dass die neugierigen Blicke aufhören, wenn ich jemandem meine Eltern vorstelle.

Meine Väter sehen sich witzigerweise recht ähnlich; sie sind beide weiß, schlank und haben braunes Haar. Arthurs Schopf ist leicht gewellt, während James' Haar glatt ist. Der einzige markante Unterschied sind ihre Augen. Arthurs Augen haben die gleiche Schokoladenfarbe wie meine, James' Augen hingegen blitzen blau hinter einer zierlichen, runden Brille.

Wenig überraschend bin ich das genaue Gegenteil von ihnen. Ich habe kurzes, lockiges braunes Haar, volle Lippen und Kurven, die nicht zu übersehen sind. Das einzig Konkrete, was ich von meiner leiblichen Mutter weiß, ist ihr Name: Rodriguez. Ich bin angeblich jamaikanischer Abstammung, auch wenn ich mich kaum so fühle.

Für mich sind James und Arthur meine Eltern.

Dana und Eleanor behaupten, ich wäre die Frucht einer verbotenen Leidenschaft zwischen Clark Kent und James Potter. Irgendwie gefällt mir diese Vorstellung. Ich habe den Verdacht, die Mädels schreiben darüber eine unanständige Fan-Fiction … aber ich möchte es lieber nicht wissen.

»Yo.«

Ich drehe mich um und muss unwillkürlich breit grinsen. Sélim ist da. Sein Kopfhörer hängt ihm um den Hals, und er begrüßt mich mit einem kurzen Kopfnicken. Mein kleiner Bruder ist vierzehn Jahre alt und schon fast so groß wie ich.

»Ist das eine neue Art Gruß?«, necke ich ihn. »Bin ich etwa einer deiner Kumpel? Komm her.«

Er seufzt und kommt näher, um mich auf die Wangen zu küssen, aber ich nehme ihn ganz fest in die Arme und lasse ihn nicht mehr los. Er wehrt sich nach Kräften, während ich ihm so viele Küsse gebe, wie ich kann, ehe ich wieder von ihm ablasse. Beim Anblick seines verärgerten Schmollmundes und seiner zerzausten Haare muss ich lachen. *Wie groß er doch geworden ist.*

»Geht doch.«

»Meine Haare! Du bist noch schlimmer als die da«, sagt er und deutet mit dem Kinn auf unsere Väter.

»Fordere mich nicht heraus, dir das Gegenteil zu beweisen«, warnt ihn James. »Los jetzt: Konsole ausschalten und essen kommen. Gleich ist es so weit.«

Sélim gehorcht, ohne zu diskutieren. Wir müssen allerdings dann doch noch eine halbe Stunde warten, ehe Sélim essen darf. Mein kleiner Bruder hat beschlossen, zum ersten Mal den gesamten Ramadan mitzumachen. Auch wenn keiner von uns derartige Ambitionen hat, haben unsere Väter ihn natürlich in seiner Entscheidung unterstützt, immer unter der Voraussetzung, dass er es wirklich ernst nimmt.

Sie waren unserer jeweiligen Herkunft und unseren Überzeugungen gegenüber immer sehr tolerant, und so sind wir auch erzogen worden. Sélim ist Muslim, ich bin katholisch, und unsere Eltern sind Atheisten. Was bedeutet, dass es nicht immer ganz einfach ist, Fremden unsere Familiensituation zu erklären. Manche Leute verstehen es nicht oder finden es befremdlich.

Für uns ist es ganz normal.

Die Quiche war köstlich, was mich keineswegs überrascht. James ist ein ganz ausgezeichneter Koch – und das ist auch gut so, denn sonst müsste sich Arthur ausschließlich von chinesischen Nudeln ernähren. Zum Abschluss der Mahlzeit knabbern wir Datteln, genießen arabische Desserts und reden über alles und nichts. Ich bleibe den ganzen Abend, und ausnahmsweise verzichtet Sélim auf seine Videospiele, um Zeit mit der Familie zu verbringen.

Ich fühle mich glücklich und zufrieden. Der Stress wegen des Vorstellungsgesprächs am folgenden Tag ist nichts als eine unangenehme Erinnerung in der tiefsten Magengrube. Ich werde das durchziehen, ganz bestimmt. Mir bleibt keine andere Wahl mehr.

»Wie geht es so mit dem Schreiben?«, erkundigt sich James, als wir allein auf der Couch sitzen und Arthur dafür sorgt, dass Sélim ins Bett geht.

Ich zucke die Schultern. Nervige Frage.

»Na ja. Ich habe die Veröffentlichung im Selbstverlag erst einmal zurückgestellt … Im Augenblick besteht wohl kein großes Interesse.«

Er wirkt überrascht, ja sogar etwas besorgt. Aber ich weiß ja selbst nicht, wie es weitergeht.

»Oh, das wusste ich nicht. Also … schreibst du nicht mehr?«

»Doch, schon. Ich sitze gerade an einem Webtoon.«

»Einem was?«

»Einem Webtoon. Das sind koreanische Comics, die online veröffentlicht werden. Die englische Website schreibt diesen Sommer einen Wettbewerb aus … Es gibt mehrere Kategorien und daher auch mehrere Gewinner. Wenn es funktioniert, kann ich bis zu fünfzehntausend Euro gewinnen und werde von einem Verlag veröffentlicht – auch wenn ich nicht behaupten will, dass ich das Zeug zum Gewinnen habe. Eigentlich mache ich das nur so zum Spaß. Wie auch immer. Vorgestern habe ich meine erste Episode gepostet …«

Er nickt interessiert. Ohne zu wissen, warum, komme ich mir blöd vor, es ihm zu erzählen. Ich mache ihm nur unnötig Hoffnung. Niemand wird das Zeug lesen. Bisher hatte ich genau drei Leser, und ich bin ziemlich sicher, dass es sich um Dana, Eleanor und den Neuen aus der Wohnung unter uns handelt. Er verehrt mich.

»Das ist eine tolle Idee!« James lächelt. »Du musst uns unbedingt den Link schicken. Arthur, Sélim und ich schreiben dir dann, was wir davon halten! Ich weiß, dass es sicher nicht ganz einfach ist ... Aber du hast Talent. Das zahlt sich auf jeden Fall aus.«

»Wirklich?«, hake ich mit gezwungenem Lachen nach, weiche seinem Blick aber aus. »Wenn es genügen würde, Talent zu haben, gäbe es weniger Probleme.«

»Stimmt. Aber es sollte niemanden davon abhalten, daran zu glauben. Und das tue ich. Das tun wir alle.«

Er sagt es nicht, aber ich kann fast hören, wie er denkt: »Außer dir.« Um ihn zu beruhigen, bedanke ich mich für seinen Zuspruch. Es lohnt sich nicht, dieses Thema mit ihm zu diskutieren, denn wir werden uns nie einig sein. Dafür bin ich zu pessimistisch.

Meine Eltern erklären mir immer wieder, wie stolz sie auf mich sind. Das war schon immer so. Sie erzählen praktisch jedem von ihrer schriftstellernden Tochter. Ich weiß das zu schätzen, ganz ehrlich. Nur wissen sie nichts von der Kehrseite der Medaille. Und ich tue natürlich alles, um es vor ihnen zu verbergen.

Tatsache ist, dass kein Verlag mich veröffentlichen will.

Tatsache ist ... ich lüge sie an.

Ob ihr es glaubt oder nicht – ich wache mit guter Laune auf. Ich singe sogar NCT 127 unter der Dusche, was zu Beschwerden von der anderen Seite der Badezimmertür führt.

Eleanor ist kein Fan von K-Pop, ganz zu schweigen von meinem seltsamen Koreanisch.

Als ich vor dem Gebäude von Abisoft ankomme, bleibe ich ein paar Sekunden stehen, um eine Verschnaufpause einzulegen und einen letzten Blick auf mein Spiegelbild zu werfen.

Ich habe mir morgens die Haare geglättet und trage trotz eines gewissen Widerstands die Klamotten, die Eleanor für mich vorbereitet hat: eine kurzärmelige Seidenbluse, die in einer beigefarbenen Palazzo-Hose steckt.

Ich fühle mich nicht wirklich wohl mit dem vielen Geld, das ich am Körper trage, aber ich tue so, als ob. Ihr zufolge wird es mir das Selbstvertrauen geben, das ich brauche. Merkwürdigerweise hat sie recht.

Entschlossenen Schrittes gehe ich auf den Eingang zu und mische mich unter die anderen Angestellten. Meine hohen Absätze und das Geräusch, das sie auf dem Boden machen, geben mir die Ausstrahlung eines *Working Girl*.

»Guten Morgen«, stelle ich mich an der Rezeption vor. »Ich habe um zehn Uhr einen Termin bei Yves Masson.«

Die junge Frau schenkt mir ein warmes Lächeln und bittet mich, einige Sekunden zu warten. Ich beobachte, wie sie telefoniert, nickt und schließlich auflegt.

»Lilas Rodriguez, richtig?«

Ich zucke zusammen, als sie mein Pseudonym nennt, nicke aber dann doch.

»Monsieur Masson erwartet Sie. Ich mache Ihnen nur schnell einen Zugangsausweis, damit Sie sich ohne Probleme im Haus bewegen können.«

Fünf Minuten später stehe ich in einem riesigen, komplett verspiegelten Aufzug und trage ein Badge mit meinem Namen – oder besser dem Namen »Lilas« – um den Hals. Auf dem Weg in den vierzigsten Stock versuche ich, meinen Herzschlag zu beruhigen.

Ein Hinweisschild mit dem Logo des Unternehmens zeigt mir, dass ich nach rechts gehen soll. Zaghaft und etwas unsicher schiebe ich die Tür auf und bleibe verblüfft stehen.

»Oh … wow.«

Okay, ich habe meine Meinung geändert. Diesen Job *will ich unbedingt.*

Vorsichtig gehe ich weiter und presse meine Clutch fest an mich.

Ich fühle mich, als wäre ich in einer Spielhalle gelandet. Plakate berühmter Videospiele hängen an den weißen Wänden, überall stehen bunte Sessel und Hocker, auf denen Mitarbeiter sitzen und lesen. Die Atmosphäre wirkt ruhig und entspannt. Ich liebe es.

Ich gehe an einem Aufenthaltsraum vorbei, in dem sich eine Miniküche, ein Flipperautomat und eine Couch befinden. Mir wird bewusst, dass ich mitten im Weg stehe, als ein Mann im Anzug fragt, ob er mir behilflich sein kann.

Seine blauen Augen sind derart anziehend, dass ich wie ein Dummerchen ins Stottern gerate. Er wirkt sehr elegant und hat ein sonniges Lächeln, das mir sofort das Herz erwärmt.

»Guten Morgen. Ich bin auf der Suche nach Monsieur Yves Masson. Ich habe ein Vorstellungsgespräch.«

Er scheint zu wissen, wer ich bin, denn sein Gesicht leuchtet plötzlich auf, er lächelt verschmitzt und stellt seinen Kaffee ab.

»Schon klar. Mein Name ist Nicolas. Schön, Sie kennenzulernen. Kommen Sie, ich bringe Sie zu ihm.«

Schweigend durchqueren wir das Stockwerk. Ich halte auch den Mund, als er vor einem riesigen Open-Space-Büro stehen bleibt, um einen Aktenordner mitzunehmen. Am Ende des gleichen Flurs befindet sich eine geschlossene Tür.

»Wir sind da«, verkündet Nicolas freundlich. »Sind Sie bereit?«

Ich bin ihm dankbar für diese Frage und nicke, obwohl mir gar nicht danach ist. Er klopft an, ehe er eintritt.

»Yves, Ihr Zehn-Uhr-Termin ist da. Ach ja, ich habe Ihnen auch die letzten Updates zu E3 mitgebracht. Julien ist alles noch einmal durchgegangen. Wow, ich würde eine tolle Sekretärin abgeben.« Er schüttelt den Kopf, als würde er plötzlich seine sämtlichen Karrierepläne infrage stellen. »Sagen Sie, ist vielleicht gerade etwas frei?«

Ein Mann in den Fünfzigern mit grau meliertem Haar wendet uns den Kopf zu. Seine Brille sitzt so tief auf der Nase, dass ich mich frage, wozu er sie wohl braucht.

»Guten Morgen«, begrüße ich ihn mit hoffentlich fester Stimme. »Ich bin …«

»Oh ja, ich habe auf Sie gewartet! Einen Moment«, sagt er und steht auf.

Er nimmt Nicolas die Akte ab und legt sie auf seine Computertastatur, ohne sie auch nur anzuschauen. Sein Büro ist sehr geräumig und mit einem Couchtisch, mehreren Sofas sowie einem Billardtisch im Erker ausgestattet.

Was um alles in der Welt tue ich hier?

»Ich werfe später einen Blick hinein. Kaffee? Tee?«, erkundigt er sich. »Oder lieber Orangensaft?«

»Tee wäre super.«

»Nicolas.«

Der junge Mann erschrickt, als er seinen Namen hört, und deutet fragend mit dem Finger auf seine Brust.

»Ach, sind wir immer noch bei diesem Sekretärinnen-Witz?«

Ein Blick seines Vorgesetzten genügt. Nicolas nickt.

»Aber selbstverständlich. Tee für die gnädige Frau; ich bringe ihn gleich. Viel Glück«, flüstert er, als er an mir vorbeigeht.

Ich erwidere sein Lächeln leider zu spät. Er hat die Bürotür bereits hinter sich geschlossen, und ich höre nur noch seine Schritte. Yves tritt auf mich zu und schüttelt mir begeistert die Hand.

»Yves Masson. Ich bin der Projektleiter. Es ist mir ein Vergnügen, Sie kennenzulernen.«

»Fleur Durand«, antworte ich mit einem strahlenden Lächeln. »Danke, dass Sie Zeit für mich haben.«

Er bietet mir einen Platz an, und ich setze mich. Der Stress ist zwar immer noch da, aber irgendwie bringe ich es fertig, ihn im Hintergrund zu halten. Schließlich muss ich nur eine knappe Stunde überleben.

»Damit kommen wir gleich zur ersten Frage«, sagt er, setzt sich ebenfalls und schaut mich neugierig an. »Wie möchten Sie genannt werden? Fleur oder Lilas?«

Unfähig zu einer Antwort, öffne ich den Mund. Das ist eine gute Frage. Ich habe nie darum gebeten, bei meinem Alias genannt zu werden, und doch werde ich den ganzen Tag in den sozialen Netzwerken mit Lilas angesprochen. Es stört mich nicht mehr.

Ganz im Gegenteil. In diesem Namen liegt ein gewisser Symbolgehalt, der mir gefällt …

Ich verjage die plötzliche Wehmut und zucke die Schultern. »Lilas ist in Ordnung.«

Fünf Minuten später kommt Nicolas mit meinem Tee. Was nun folgt, hat absolut nichts mit meiner Vorstellung von einem Bewerbungsgespräch zu tun. Yves stellt mir keine einzige Frage über meinen beruflichen Werdegang, meine Stärken, meine Schwächen oder meine Zukunftspläne.

Er scheint sich ausschließlich für meine Arbeit als Schriftstellerin zu interessieren, für die Bücher, die ich schreibe und zeichne, und für meinen Stil und meine Inspiration. Unser Gespräch dauert eine gute Stunde, was ich für ein positives Zeichen halte. Als er mir schließlich von der Firma und den im Unternehmen entwickelten Spielen erzählt, fühle ich mich völlig entspannt.

Ich höre ihm aufmerksam zu und bete, dass er mir nicht noch in letzter Minute irgendwelche Fangfragen stellt.

»Sicher fragen Sie sich, was wir von Ihnen wollen«, erklärt er plötzlich.

Ich schenke ihm ein kleines, verlegenes Lächeln.

»Sie haben völlig recht. Ich habe mich nicht bei Abisoft beworben, obwohl ich natürlich sehr dankbar bin, dass Sie mich eingeladen haben …«

»Manchmal werben wir Künstler ab«, antwortet er. »Ich habe ziemlich viel Gutes über Sie gehört. Da ich von Natur aus sehr neugierig bin, habe ich mir angesehen, was Sie tun. Und das hat mich noch mehr fasziniert.«

Ich hoffe, dass ich nicht erröte, aber natürlich klappt es nicht. Er hat meine Arbeiten gesehen. Dieser vermutlich intelligente und kultivierte Mann mittleren Alters hat meine Comics gelesen. *Das kann doch nicht wahr sein!*

Zumindest kann ich den Drang bezwingen, wie eine Blöde zu lächeln. Solche Komplimente kommen immer gut. Keine Ahnung, wo dieser wichtige Mann von mir gehört hat, aber ich danke allen Göttern.

»Ach ja?«

»Ich werde es Ihnen erklären: Ich suche nach Drehbuchautoren mit Erfahrung im Grafikbereich. Es geht um die Arbeit an einem brandneuen Spiel, das auf Tablets und Smartphones laufen soll.«

»Aber … ich bin weder Drehbuchautorin noch Grafikerin.«

»Nein, aber Sie sind Schriftstellerin. Für mich ist das ein interessanter Ansatz. Ich suche nach einem frischen Blick und nach einem anderen Stil als unserem bisherigen. Ihr Stil und Ihre Art, eine Story ins Rollen zu bringen, sind mir sofort ins Auge gestochen. Es gefällt mir; es ist modern, ein bisschen romantisch, aber auch etwas düster und dazu intelligent. Und Ihre Zeichnungen sind einfach, aber frisch.«

Fassungslos starre ich ihn an. Ein neues Spiel? Ich soll Drehbuchautorin und Illustratorin eines Videospiels werden? Noch nie habe ich so etwas gemacht. Ich habe keine Ahnung davon, und das sage ich ihm auch. Natürlich bereue ich es sofort und bin überzeugt, dass ich damit alles ruiniert habe, aber er schneidet mir mit einer Geste das Wort ab.

»Völlig egal! Wir setzen auf *learning by doing*. Sie können schreiben, und Sie können zeichnen – das ist die Hauptsache.«

Nur allzu gern würde ich ihm glauben, aber ich weiß mit Sicherheit, dass es nicht stimmt. Meine Comics sind ja nicht einmal gut genug, um in einem Verlag veröffentlicht zu werden, wie also sollte ich qualifiziert sein, Videospiele für Abisoft zu schreiben? Das ist einfach nur verrückt. Er setzt auf das falsche Pferd. Ich kann ihm keinesfalls einen Bären aufbinden, was mein Talent angeht, den Job akzeptieren und dann Mist bauen.

Diese Verantwortung ist zu groß. Dazu bin ich nicht bereit.

»Ich bin … ich bin ein wenig überrascht. Mit so etwas habe ich nicht gerechnet. Es geht hier um einen Bereich, über den ich sehr wenig weiß«, stammle ich.

Yves steht auf. Ich erhebe mich ebenfalls.

»Wir unterhalten uns heute zum ersten Mal, also keine Panik. Sollten Sie interessiert sein, werden wir Folgendes tun …«

Er bietet mir die Möglichkeit, an einem Online-Einstellungstest teilzunehmen, der drei Tage später stattfinden soll. Das Konzept ist einfach: Ich kann mich zu einem festgesetzten Zeitpunkt in ein Google-Drive-Konto einloggen, und man wird mir ein Dokument mit allen Anweisungen für den Test zukommen lassen. Die Aufgabe besteht darin, innerhalb von vier Stunden entsprechend einem vorgegebenen Thema eine Webcomic-Episode samt Szenario und Grafiken zu erstellen.

Die Vorstellung stresst mich schon jetzt, aber ich traue mich nicht, abzulehnen, und nehme den Vorschlag mit leicht verkniffenem Gesicht an.

»Abgemacht! Ich schicke Ihnen die Unterlagen höchstpersönlich in drei Tagen um Punkt vierzehn Uhr. Aber jetzt machen wir noch einen kleinen Rundgang durch unsere Räumlichkeiten. Es lohnt sich, und ich gebe gerne ein bisschen damit an«, scherzt er.

Wir verlassen das Büro. Ich folge ihm den Flur entlang und merke zu spät, dass ich meine Teetasse noch immer in der Hand halte. Als wir das Open-Space-Büro betreten, sehe ich Nicolas, der an seinem Schreibtisch sitzt und sich mit einem anderen Mann unterhält.

Er hebt die Augenbrauen, als er uns entdeckt, und stupst seinen Kollegen diskret in die Seite.

»Ah, perfekt!«, ruft Yves. »Hier arbeitet das von mir betreute Team. Nicolas kennen Sie ja bereits. Er ist Grafikdesigner.«

Nicolas nickt mir zu. Die weiteren vier Personen im Büro schauen mich neugierig an. Ich zwinge mich, höflich zu lächeln, obwohl ich am liebsten im Erdboden versinken würde.

»Julien, Natasha, Maxime und Emma«, stellt Yves vor, während er von einem zum anderen geht. »Und das ist unser Lieblings-Spieledesigner Aaron Choi.«

Ich zucke zusammen, noch ehe sich der Angesprochene mit den Händen in den Hosentaschen zu mir umdreht. Mein Herz überschlägt sich, als ich diesen vertrauten Namen höre, und lässt mich fassungslos, benommen, ungläubig zurück.

Er blickt mir in die Augen. Eine einzige Sekunde. Nur eine. Die Welt hört auf, sich zu drehen.

Oh.

Oh nein.

Alles, nur das nicht.

Meine Überraschung ist so groß, dass die Teetasse meinen zitternden Fingern entgleitet und auf den Boden kracht. Das Klirren unterbricht jede Unterhaltung.

Mir ist bewusst, dass alle mich anschauen. Dass ich den jungen Mann vor mir fixiere. Dass ich unendlich erschrocken aussehen muss. *Mein ... mein Herz.* Schmerz verkrampft meine Brust, und tausend Gefühle stürmen auf mich ein.

Ich kenne dieses Gesicht. Diese Wimpern. Diesen Namen, der so unendlich oft über meine Lippen kam und durch meine Träume geisterte. Ich kenne diesen verwirrten Ausdruck mir gegenüber. Diesen Mund, dem ich meinen allerersten Kuss verdanke.

Unmöglich.

Und doch ist es so. Ich würde Aaron überall erkennen.

Folge 4

Das Schicksal nimmt die Dinge in die Hand

Suran – *Heartbeat*

Aaron

Oh, meldet sich mein Herz.

Folge 5

Hass auf den ersten Blick

DK – *Missed Connections*

Lilas

»Alles in Ordnung?«

Nicolas' Stimme unmittelbar neben mir weckt mich aus meiner Trance. Mit besorgtem Blick hockt er vor mir und hebt die Scherben auf, die zu meinen Füßen verstreut liegen. Meine Augen sind immer noch auf Aaron gerichtet, der mich ebenfalls verwirrt ansieht.

Ach du Scheiße!

Schließlich wird mir klar, dass ich ihn dreißig endlose Sekunden lang angestarrt habe. Tränen rinnen über meine Wangen. *Moment mal, ich weine?* Oh mein Gott. Ich blöde Kuh! Ich breche den Blickkontakt ab, möchte vor Scham am liebsten im Boden versinken und wische mir hastig die Wangen ab. Meine Hände zittern, und ich verstecke sie, so gut ich kann.

»Es … tut mir ehrlich leid«, stammle ich und bücke mich, um Nicolas zu helfen, der mich vermutlich für verrückt hält.

»Passiert schon mal«, tröstet er mich, und ich appelliere an alle höheren Mächte, mir zu helfen, nicht mehr zu Aaron aufzublicken. Ich kann einfach nicht glauben, dass er hier ist. Unmittelbar vor meinen Augen. Nach sechzehn Jahren.

Unmöglich, unmöglich, unmöglich.

Mit hochroten Wangen richte ich mich auf, und Yves erkundigt sich, ob alles in Ordnung ist. Ich nicke und beobachte Aaron aus dem Augenwinkel. Er hat nicht mal mit der Wimper gezuckt, schaut mich aber immer noch an.

Wird er mich begrüßen? Mich beleidigen? Mich ignorieren?

Ich lächle ihn unbeholfen an und habe Angst vor seiner Reaktion. Doch sein Blick bleibt teilnahmslos, und für einen grauenhaften Moment … einen schrecklichen, schrecklichen Moment … bin ich mir nicht sicher, ob er überhaupt weiß, wer ich bin.

Er schaut mich mit diesen mandelförmigen Augen an, die ich immer geliebt habe, und als er sich zu Yves umdreht, um ihn zu fragen, wer ich bin – ich, die Fleur aus seiner Kindheit –, erstarre ich innerlich.

Innerhalb einer Nanosekunde bin ich seinem Herzen wieder fremd geworden.

»Das ist Lilas. Sie hatte heute Morgen ein Vorstellungsgespräch.«

Mit kaltem Entsetzen höre ich diesen verfluchten Spitznamen. In der schwachen Hoffnung, dass er den Namen erkennt, den er selbst mir gegeben hat, werfe ich einen panischen Blick auf Aaron. Noch immer reagiert er nicht und nickt nur gleichgültig. Er reicht mir die Hand, und ich schlage schockiert ein.

Seine Haut ist weich, warm und vertraut. Viel zu früh zieht er die Hand zurück. Er erkennt mich tatsächlich nicht. Er – der erste Junge, den ich je geliebt habe. Er – dem ich vor kindlicher Sentimentalität triefende Liebesbriefe geschrieben habe. Er – der sich mit mir K-Dramen angesehen hat, obwohl er sie gehasst hat.

Vielleicht ist es besser so.

Yves erzählt etwas, aber ich kann mich nicht konzentrieren. Ein Gefühlssturm erwischt mich eiskalt, und ich habe nur noch einen Wunsch: mich unter meiner Bettdecke zu verstecken. Natürlich habe ich lange Zeit davon geträumt, ihn wiederzusehen … aber sicher nicht heute und schon gar nicht auf diese Weise.

Kurz ziehe ich die Möglichkeit in Betracht, dass ich mich in der Person geirrt habe, aber schließlich muss ich die Tatsachen doch zur Kenntnis nehmen.

Es ist Aaron, ich weiß es. *Ich weiß es.*

Ich würde ihn überall und jederzeit erkennen, auch im Dunkeln und in einem Raum voller Menschen. Ich würde ihn immer erkennen.

Aber offenbar beruht das nicht auf Gegenseitigkeit.

»Der Game Designer spielt eine sehr wichtige Rolle«, erklärt mir Yves. »Er entwirft das *Gameplay*; mit anderen Worten: Er übersetzt das geschriebene Drehbuch in ein virtuelles Spiel.«

Mit unbeweglichem Gesicht tritt Aaron zur Seite und macht uns Platz. Ich kann nicht umhin, seine unwillkürlichen Gesten und seine Mimik genau zu beobachten. Er ist ganz anders als der Aaron, an den ich mich erinnere – dieser intelligente, aber etwas merkwürdige Junge ohne Freunde, der gestottert und immer in seiner eigenen kleinen Welt gelebt hat. Auf dem Schulhof haben sich viele über ihn lustig gemacht. Ich war die Einzige, die mit ihm gesprochen hat, selbst als er sich geweigert hat, mein Freund zu sein, weil er es nur für einen weiteren schlechten Scherz hielt.

Ich musste ihm erst das Leben retten – im wahrsten Sinne des Wortes –, ehe er meine Freundschaft annahm.

Sechzehn Jahre später sind unsere Rollen vertauscht. Er verströmt so viel Macht und Selbstvertrauen, dass es mich schier überwältigt. Offenbar ist er erfolgreich. Game Designer bei Abisoft in seinem Alter – das ist keine Kleinigkeit.

Und ich? Ich bin vierundzwanzig, arbeitslos, pleite und lebe mit zwei Mitbewohnerinnen in einer winzigen Wohnung. Eigentlich bin ich ganz froh, dass er mich nicht erkannt hat. So wird er wenigstens nicht Zeuge dieses Abstiegs.

Nicht er, der mich immer so unendlich bewundert hat.

»Aaron, begleitest du uns auf dem Rest des Rundgangs?«

Er hat ganz offensichtlich keine Lust dazu. Trotzdem kommt er mit. Auch wenn er schweigt, bin ich mir seiner Anwesenheit hinter mir körperlich bewusst und kann mich nicht auf das konzentrieren, was Yves mir erzählt. Ich werde mit Sicherheit diesen Job ablehnen.

Es kommt nicht infrage, dass ich mit Aaron zusammenarbeite.

Er weiß nicht einmal, wer ich bin.

Er schweigt während des gesamten Rundgangs. So gut es geht, bemühe ich mich, ihn nicht anzustarren, was sich als schwierig erweist. Ich fürchte, dass er sich schließlich doch noch an mich erinnert oder Yves mich bei meinem richtigen Namen nennt und dadurch der Groschen fällt.

Zu meiner Verblüffung scheint er meilenweit davon entfernt, die Verbindung herzustellen. Ich nehme an, unser Zusammentreffen ist dermaßen unwahrscheinlich, dass diese Möglichkeit nicht einmal in einem Winkel seiner Erinnerung existiert. Schließlich ist es lange her ... Und woher sollte er wissen, dass ich inzwischen in Paris lebe.

Um Himmels willen, hoffentlich ist das hier bald vorbei.

»Sie sind also Drehbuchautorin.«

Ich wende mich an Aaron, der mich zum ersten Mal anspricht, seit wir das Großraumbüro verlassen haben. Er mustert mich skeptisch und scheint mich nicht gerade sympathisch zu finden. Auch wenn sich vieles geändert hat, eines ist geblieben: Er ist immer noch misstrauisch gegenüber Fremden.

»Nein«, antworte ich leise. »Eigentlich schreibe ich Graphic Novels.«

»Also Autorin ... Haben Sie schon einmal ein Drehbuch geschrieben? Das ist etwas grundlegend anderes.«

Ich runzle die Stirn. Bilde ich mir das nur ein, oder versucht er, mein Vorstellungsgespräch zu vermasseln?

Überrumpelt und rot vor Wut kontere ich: »Nein, nicht wirklich.«

»Verstehe«, sagt er und wirft Yves einen bedeutsamen Blick zu. »Spielen Sie denn wenigstens Videospiele?«

Zögernd öffne ich den Mund. Ich kann ihm doch nicht auf die Nase binden, dass ich Videospiele dumm und sinnlos finde – noch viel weniger mit Yves neben mir. Ich schaue ihn erbost an. Was hat er vor?

Aaron wartet mit teilnahmslosem Gesicht.

»Als Kind schon ...«, antworte ich vorsichtig. »Es hat mir viel Spaß gemacht.«

Das ist nicht einmal eine Lüge. Zu gerne würde ich ihm auf die Nase binden, dass die Person, die mich in diese Spiele eingeweiht hat, unmittelbar vor mir steht, aber natürlich sage ich nichts. Solange ich mich erinnern kann, hat Aaron Videospiele geliebt. Früher hat er seinen Gameboy mit in die Schule gebracht und auf der Schultoilette gespielt. Er hat alles versucht, mich dafür zu begeistern, doch das wurde zum Flop.

Seine Mutter hingegen hat in mir die Leidenschaft für koreanische Dramen erweckt, die sie sich immer am Mittwochnachmittag angesehen hat.

Ich merke, dass ich dümmlich lächle.

Aaron hakt nach: »Was haben Sie denn so gespielt?«

Nervensäge. Ich setze einen nachdenklichen Blick auf und versuche, mich an die wenigen Spiele zu erinnern, die mir einigermaßen gefielen.

»Ähm … Zum Beispiel habe ich Nintendogs geliebt!«, verkünde ich stolz. »Und auch Cooking Mama.«

Als einzige Antwort bekomme ich ein Schweigen. Er wirkt wie aus Marmor und starrt mich kalt an. Peinlich berührt und zugegeben ein wenig ängstlich warte ich auf seine Reaktion. Du liebe Zeit, wie konnte er nur so furchterregend werden?

Schließlich wendet er sich blasiert an Yves.

»Was habe ich dir angetan?«, seufzt er.

Yves wirft ihm mit zuckenden Mundwinkeln einen finsteren Blick zu.

Ich verstehe zu spät, dass sie sich über mich lustig machen.

»Warum sagst du das?«

Aaron verzieht keine Miene und wiederholt pointiert:

»Cooking. Mama.«

Klar, ich verstehe. Meine Fähigkeiten als virtuelle Köchin sind für Monsieur nicht gut genug. Ich werfe ihm einen bösen Blick zu, den er nicht einmal wahrnimmt, und kämpfe gegen den Drang an, ihm zu sagen, wer ich bin, um ihn ungestraft beleidigen zu können.

Yves unterdrückt ein Lachen und klopft ihm auf die Schulter.

»Sieh es nicht als Strafe, Aaron. Du wirst es mir noch danken, glaube mir. Könntest du Lilas bitte zum Ausgang begleiten?«

Er verabschiedet sich und geht. Ich bleibe allein mit Aaron auf dem Flur zurück und seufze, meine Hände sind verschwitzt. Dieses Vorstellungsgespräch war bei Weitem das schlimmste, das ich je hatte.

Ich möchte einfach nur verschwinden und nie, *niemals* mehr zurückkommen.

»Sonst vielleicht noch was?«

Aaron wartet mit verschränkten Armen. Ich mache ein finsteres Gesicht. Jetzt kommt es ohnehin nicht mehr drauf an …

»*Animal Crossing*? Tom Nook, der Typ mit dem Laden, war eine echte Nervensäge. Aber ich fand es toll, zu angeln und Schmetterlinge zu fangen!«

Ich füge lieber nicht hinzu, dass es in dem Spiel tatsächlich auch ein niedliches Schweinchen namens Aaron gibt, denn das könnte ihn noch mehr verärgern. Er nickt mehrmals und blinzelt, dann wendet er sich ohne Vorwarnung ab. »Snob«, murmle ich leise und ziemlich verblüfft.

»Das habe ich gehört.«

Scheiße.

Immer noch mit den Händen in den Anzugtaschen begleitet mich Aaron zum Ausgang. Keiner von uns bricht das eisige Schweigen. Ich glaube, ich stehe noch immer unter Schock. Ich habe keine Ahnung, wie ich reagieren soll. Sollte ich ihm sagen, wer ich bin?

Ein Teil von mir möchte es unbedingt tun.

Der restliche, viel wichtigere Teil aber fühlt sich wie gelähmt vor Angst und Scham.

»Haben Sie noch Fragen?«, erkundigt er sich, als wir in der Lobby stehen.

Ich schaue ihn ein letztes Mal an und präge mir sein Bild ein. Matte Haut, schöne, dunkle, schräg geschnittene Augen und perfekt frisiertes tiefschwarzes Haar. Mir fällt auf, dass er seine hässliche runde Brille nicht mehr trägt.

Beinah hätte ich gelächelt, als ich das kleine Muttermal unter seinem rechten Auge entdecke.

»Nein, ich glaube nicht«, sage ich leise. »Danke, dass Sie mich begleitet haben …«

Er nickt und will sich umdrehen, doch aus irgendeinem Grund überkommt mich die Panik, er könne wieder aus meinem Leben verschwinden, und zwar dieses Mal für immer. Deshalb rufe ich ihm, ohne nachzudenken, nach: »Bis bald!«

Sofort bedauere ich meinen Ausruf. Doch das ist nichts im Vergleich zu der Demütigung, die meine Wangen zum Brennen bringt, als er mir direkt in die Augen schaut und sagt: »Hoffentlich nicht.«

»Ich hasse mein Leben.«

Auf dem Heimweg sitze ich im Bus und höre mir meine Playlist »You Suck« auf meinem Smartphone an – ich füge mir eben gern Schmerzen zu. Gerade läuft der Song *You Stupid Bitch* aus *Crazy Ex-Girlfriend*, ich starre auf den Boden und seufze laut. Meine Väter behaupten, ich hätte einen Hang zum Dramatischen. Das finde ich nicht.

Ich liebe es einfach, meinen Kopf an ein Busfenster zu lehnen und mit leerem Blick traurigen Liedern zu lauschen. Was sollte daran nicht richtig sein?

Drei Stationen vor meiner Zielhaltestelle klingelt das Telefon und unterbricht Rachel Bloom mitten im Refrain. Als ich die Nummer erkenne, zögere ich einen Moment, nehme aber dann das Gespräch doch an.

»Hallo, hier ist der Anrufbeantworter von Fleur …«

»Mit mir machst du das nicht«, unterbricht mich Dana. »Also, wie war es?«

Ich verziehe das Gesicht, reibe mir die Fersen und verfluche meine Pumps. Als ich darüber nachdenke, fällt mir auf, dass Aaron mich in diesen schicken Kleidern für ein Kind reicher Eltern gehalten haben muss. Igitt. Aber eigentlich kann es mir egal sein.

»Schrecklich«, murre ich.

»Oh. Schrecklich wie *You Stupid Bitch* oder schrecklich wie *I'm a Mess*?«, fragt Eleanor.

Ich stelle mir vor, wie sie beide auf der Wohnzimmercouch am Telefon hängen, und es wärmt mir das Herz.

»Das Erste.«

»Autsch«, entfährt es ihnen gleichzeitig, und ich nicke traurig, obwohl ich weiß, dass sie mich nicht sehen können.

Wie hoch standen die Chancen, dass ich meiner ersten großen Liebe wiederbegegnen würde und dass er sich nicht nur nicht an mich erinnern, sondern mich auch noch auf den ersten Blick hassen würde?

Oh, vielleicht sollte ich einen Comic daraus machen.

»Ich bin übrigens gleich da.«

Ich steige an meiner Haltestelle aus und will das Gespräch gerade beenden, als ich meine beiden Mitbewohnerinnen sehe, die mit traurigen Gesichtern auf mich warten. Dana versucht vergeblich, einen roten Luftballon hinter ihrem Rücken zu verstecken.

Sie wollten mir einen Empfang bereiten … Sie dachten, ich würde es schaffen. Mein Adrenalinspiegel sackt in den Keller, und ich kann nicht verhindern, dass mir die Tränen über die Wangen fließen. Dana und Eleanor eilen auf mich zu und umarmen mich.

»Du musst uns alles erzählen, und dann schieben wir alle zusammen eine Depri wie bei Bridget Jones, okay?«, schlägt Eleanor vor.

Ich nicke und erzähle ihnen auf dem Weg zur Wohnung die ganze Geschichte. Wir gehen in den Lebensmittelladen im Erdgeschoss, um etwas Trinkbares zu kaufen. Wir sind jung, ziemlich pleite und leben in einer Achtzig-Quadratmeter-Wohnung in Paris, daher kaufe ich billiges Bier und keinen Wein.

Sorry, Bridget.

»Warte mal, irgendwie kann ich nicht ganz folgen«, meint Dana, als wir die Wohnung betreten. »Habe ich das richtig verstanden? Dieser großkotzige Game Designer ist der Junge, in den du schon als Kind verliebt warst?

»Genau.«

»Und ihr habt euch sechzehn Jahre nicht gesehen, und er hat dich nicht nur nicht erkannt, sondern dich auch noch wie ein Stück Scheiße behandelt?«

Ich verziehe das Gesicht.

»Richtig.«

»Okay, das ist in der Tat *Stupid Bitch*-würdig«, bestätigt sie und schnalzt mit der Zunge. »Aber sonst lief das Vorstellungsgespräch gut, oder?«

Ich stelle unsere Einkäufe auf den Wohnzimmertisch und kicke die verflixten Pumps weg.

»Ich glaube schon … Um ehrlich zu sein, einen Moment lang hat es mir sogar wirklich gefallen. Der Projektleiter hat erklärt, dass ihn meine Schreibe beeindruckt«, berichte ich mit dümmlichem Lächeln. »Aber sicher hat er das nur gesagt, um nett zu sein.«

»Dann nimm den Job an, verdammt«, ruft Eleanor. »Glaubst du wirklich, so einer hat Zeit, nett zu sein? Der schert sich einen Dreck um deine positiven Gefühle. Fleur, das ist eine große Chance!«

Frustriert mustere ich meine beiden Freundinnen. Sie verstehen es nicht. Auf keinen Fall werde ich diesen Test machen. Ich kann nicht mit Aaron arbeiten, jedenfalls nicht, wenn ich ihn gleichzeitig über meine wahre Identität belüge. Und schon gar nicht, nachdem er mir klipp und klar ins Gesicht gesagt hat, dass er mich nicht wiedersehen will.

»Ich hoffe nicht.«

Also wirklich, so ein Stinktier! Was genau habe ich ihm angetan?

Oder etwa …

Nein. Unmöglich.

Ich verscheuche die unangenehme Erinnerung aus meinem Kopf und erkläre den Mädchen, dass ich in Ruhe darüber nachdenken muss. Eleanor verdreht die Augen, aber Dana starrt mich unverwandt an.

»Ich weiß, wie du darüber denkst«, sage ich zu ihr. »Aber das ändert nichts. Es tut mir leid. Ich werde etwas anderes finden, versprochen.«

Damit schließe ich meine Schlafzimmertür und lehne mich mit geschlossenen Augen dagegen. Jedes Mal, wenn ich mich an sein Gesicht erinnere, schlägt mir das Herz bis zum Hals.

Schön. Kalt. Fern. Vertraut und fremd zugleich.

Ich glaube fest an das Schicksal. Es gibt keinen Zufall. Und wenn es etwas Tieferes bedeutet, dass ich Aaron wiedergesehen habe? Was, wenn dies meine einzige Chance wäre, Buße zu tun?

Ehe mir klar wird, was ich da tue, knie ich auf dem Boden und krame meine Erinnerungsschachtel unter dem Bett hervor. Sie platzt aus allen Nähten, aber ich weiß genau, was ich suche. Und es ist immer noch da. Ich atme auf, als meine Finger das weiche, staubige Papier berühren. Die Kiste ist voller Briefe und Erinnerungen – alle stammen von ihm. Ich öffne einen Umschlag nach dem anderen und tauche in ein vergessenes, verpasstes, idealisiertes Raum-Zeit-Gefüge ein …

Liebe Fleur,
hör auf, im Unterricht mit mir zu reden. Die Lehrerin hat meiner Mutter berichtet, dass ich schwätze, und ich wurde dafür ausgeschimpft.

Liebe Fleur,
ja, ich komme zu deinem Geburtstag, wenn du aufhörst, jedem
zu erzählen, dass wir einmal heiraten.

Liebe Fleur,
ich weiß, dass dir beim Essen immer die Nase läuft. Deshalb
habe ich dir ein paar Taschentücher für die Schulkantine be-
sorgt. Bitte sehr.

Liebe Lilas,
du hattest heute ein schönes Kleid an.

All diese Erinnerungen … Einige davon sind in meinem Kopf noch sehr lebendig. Andere sind verschwunden. Habe ich mich so sehr verändert, dass ich nicht wiederzuerkennen bin? Oder hat er unsere Freundschaft und die Zeit, die wir miteinander verbracht haben, völlig vergessen? Ich frage mich ernsthaft, was davon schmerzhafter wäre.

Ich zucke zusammen, als die Tür aufgeht, Dana erscheint und mein Telefon auf mein Bett wirft. Angesichts ihres siegreichen Gesichtsausdrucks ahne ich, was sie getan hat.

»Yves hat angerufen«, erklärt sie. »Ich habe den Zeitpunkt des Tests bestätigt. Viel Glück!«

Folge 6

Vaterprobleme

Woosung – *You Make Me Back*

Aaron

Es gibt nicht den geringsten Grund, sie zu hassen.

Und doch … Allein schon ihr Name ist ein Affront gegen mein Herz.

Lilas. Lilas. Lilas.

Aber eben nicht meine.

Ihretwegen verbringe ich den ganzen Tag damit, an Fleur zu denken. Das passiert mir immer noch häufig, aber für gewöhnlich versuche ich, es zu kontrollieren. Und das aus gutem Grund. Meine Mutter will nicht, dass ich über sie spreche. Laut ihrer pseudopsychologischen Analyse war ich ernsthaft von diesem Mädchen besessen.

Ach was.

Mag ja sein, aber zu meiner Verteidigung sollte gesagt werden, dass die erste Liebe heilig ist.

Es hat also nostalgische Gründe, dass ich meine Eltern besuche, die nicht weit von Paris leben. Ich bin im ländlichen Umland von Paris aufgewachsen, bis ich acht Jahre alt war. Dann sind wir weggezogen. Meine Eltern wollten näher an die Stadt. Manchmal vermisse ich dieses Dorf, umgeben von Feldern, obwohl ich mich kaum noch daran erinnere. Aber jedes Mal, wenn ich Lust bekomme, dorthin zurückzukehren, hindert mich etwas daran.

Vor der Haustür rufe ich meine Mutter an und bitte sie um den Code für das Tor. Ich kann mir die vier verdammten Zahlen einfach nicht merken.

»Wie oft soll ich es dir noch sagen? Es ist dein Geburtsdatum.«

»Oh, stimmt ja.«

Meine Mutter wartet an der Tür, während ich lächelnd den blumengesäumten Gartenweg hinaufgehe.

»안녕«*, begrüße ich sie. Sie nimmt mich in die Arme und wirft mir vor, ich sähe blass aus.

»우리 아들«**, erwidert meine Mutter dann und küsst mich auf beide Wangen.

»잘지냈어?«***

»그냥그래. 아~우리아들잘생겼네!«****, sagt sie lächelnd, während sie mein Gesicht inspiziert.

Ich lasse meine Schuhe vor der Tür stehen und trete ein. Immer wieder fragt sie mich, ob es mir gut geht, ob ich genug esse, ob ich ausreichend schlafe und ob mein Chef mich nicht zu viel arbeiten lässt – alles auf Koreanisch.

Meine Mutter war erst achtzehn, als sie sich Hals über Kopf in meinen Vater verliebte, der damals auf einer Reise Daegu besuchte. Sie ließ alles zurück und folgte ihm trotz des Verbots ihrer Eltern nach Frankreich; alles aus Liebe. Sie versteht und spricht sehr gut Französisch, befürchtet aber, dass sie vergessen könnte, woher sie kommt. Aus diesem Grund hat sie sich immer bemüht, mich an meine Herkunft zu erinnern und daran, stolz darauf zu sein.

*   Guten Tag
**   Unser Sohn
***   Wie geht es?
**** Wie immer. Ah, unser Sohn ist wirklich schön!

Dass ihre Familie sie verstoßen hat, belastet sie noch heute. Ich kann mich natürlich nicht daran erinnern, aber mein Vater hat mir erzählt, dass wir kurz nach meiner Geburt in Korea waren. Mein Großvater hat sich jedoch geweigert, mich zu sehen. Meine Mutter hat zehn Tage lang ununterbrochen geweint, und seitdem wurde bei uns nie wieder darüber gesprochen.

Wir sind jetzt ihre einzige Familie. Das erklärt, warum sie so überfürsorglich ist …

»*Eomma**«, seufze ich ein wenig genervt. »Ich esse gut, ich schlafe gut, ich arbeite, wie es sich gehört …«

Sie schnalzt mit der Zunge und versetzt mir einen kurzen Klaps auf das Hinterteil. Ich zucke zusammen.

»Das nennst du also gut essen!«, antwortet sie mit ihrem ausgeprägten Akzent. »Du bestehst doch nur aus Haut und Knochen!«

»Ich habe dir gesagt, du sollst damit aufhören«, rufe ich und halte mir die Hände über den Hintern. »Ich bin vierundzwanzig Jahre alt und erw… Aua!«

Sie zieht mich heftig am Ohr, ihr Gesicht ganz nah an meinem. Ich krümme mich und wimmere.

»Erwachsen? Von wegen!«

Und da fragt sie sich, weshalb ich sie nicht öfter besuche! Ich bitte sie, damit aufzuhören, aber sie lässt mich erst los, nachdem ich ihr versprochen habe, mehr zu essen. Mein Ohr pocht noch immer, als mein Vater endlich auftaucht.

»Lass doch den Kleinen erst mal zur Ruhe kommen, um Himmels willen.«

Meine Mutter wirft ihm einen grimmigen Blick zu und schimpft auf Koreanisch, dass er mich sowieso immer in Schutz

* Mama

64

nähme. Mein Vater lächelt nur ruhig und tut, als würde er sie nicht verstehen. Das kommt ihm gelegen. Aber mich kann er damit nicht täuschen. Nach dreißig Jahren Zusammenleben kann er mir nicht weismachen, dass er kein einziges Wort Koreanisch gelernt hat.

»Ich gebe dir nachher eine Kühlbox mit ein paar Resten mit, die brauchst du dann nur noch aufzuwärmen, okay?«, schlägt meine Mutter vor und verschwindet in der Küche. »Du kannst sie mit Sang-joon teilen.«

Ich will ihr gerade sagen, dass es nicht nötig sei, vor allem, wenn Sang-joon sich nach Belieben bedienen kann, doch mein Vater hält mich davon ab.

»Lass sie doch machen. Das beruhigt sie.«

Ich reiche ihm zur Begrüßung von Mann zu Mann die Hand, aber er zieht mich an sich und umarmt mich herzlich.

»Mein Sohn. Du kommst uns nicht oft genug besuchen!«

Oje.

Man könnte meinen, ich hätte kein gutes Verhältnis zu meinem Vater, und dafür gibt es mehrere Gründe – nicht zuletzt den, dass alle dachten, ich wäre nicht von ihm. Dabei sehe ich einfach nur meiner Mutter viel ähnlicher.

Aber wir lieben einander von ganzem Herzen. Mein Vater ist eine Art liebevoller Teddybär, während meine Mutter mich häufig anschreit und beschimpft, um zu zeigen, dass ihr etwas an mir liegt. Ich liebe beide wirklich sehr.

Als ich klein war, behaupteten die anderen Kinder immer, ich wäre adoptiert. Fleur, die tatsächlich adoptiert war, drohte ihnen immer mit den Fäusten. Ich antwortete nie darauf. Einmal weil es nicht meiner Art entsprach, aber vor allem, weil es mir egal war. Mein Vater ist weiß, klein und pummelig. Ich sehe asiatisch aus, bin groß und viel zu dünn. Wir ähneln uns absolut nicht, das stimmt. Aber ganz gleich, was die anderen sagen – er ist und bleibt mein Vater.

»Ihr wisst, dass ich das hasse«, beschwere ich mich, als er mich endlich loslässt.

»Klar, sonst würde es auch keinen Spaß machen.«

Ich setze mich auf den Boden vor den kleinen Tisch im Wohnzimmer und helfe, Tomaten für das Abendessen zu zerkleinern. Wir sprechen über die Arbeit, den Leseclub meiner Mutter und das Gärtnertalent meines Vaters. Als wir schließlich beim Essen sitzen, reicht er meiner Mutter aufgeregt die Fernbedienung.

»Es geht los, es geht los!«

»Was geht los?«, frage ich.

»에이씨*«, schimpft meine Mutter. »Ich kann immer noch nicht fassen, dass er vor diesem alten Sack auf die Knie gefallen ist!«

»Aber doch nur, um die Frau zu retten, die er liebt«, antwortet mein Vater mit dem Mund voll karamellisiertem Schweinefleisch.

Meine Mutter schüttelt missbilligend den Kopf und schimpft vor sich hin. Den runden Augen meines Vaters nach zu schließen, versteht er durchaus Koreanisch. Und zwar ganz ausgezeichnet!

»Ich hoffe, er stirbt bald.«

»*Eomma*, hier stirbt niemand, okay? Von wem sprichst du überhaupt?«

»*Itaewon Class*!«

Sie zeigt auf den Fernseher, und ich verstehe. Natürlich handelt es sich um ein K-Drama. Meine Mutter bemüht sich noch immer, mir dieses Genre nahezubringen, aber ich sträube mich

---

*   Wütender oder frustrierter Ausruf

dagegen. Mein Vater hingegen ist längst ein überzeugter Anhänger. Sie drängt es einfach jedem auf.

Meine Gedanken wandern zu einer kleinen Fleur mit langen, lockigen Haaren, die in unserem Wohnzimmer auf dem Bauch liegt. Auch sie vergaß die Welt um sich herum, wenn ein K-Drama im Fernsehen lief. Damit konnte ich nie konkurrieren.

»Wieso lächelst du?«

Brutal lande ich wieder in der Wirklichkeit. Meine Mutter schaut mich misstrauisch an. Schuldbewusst schüttle ich den Kopf und antworte: »An die Arbeit.« Sie verdreht die Augen, geht aber nicht weiter darauf ein.

Ich bin derjenige, der dafür zu sorgen hat, dass das Dokument für den Einstellungstest auf Google Drive abgelegt wird. Lilas ist nicht die einzige Teilnehmerin, aber sie ist die erste, die sich einloggt. Der Plot ist einfach, eine fantastische Geschichte für junge Erwachsene. Die Schwierigkeit besteht nicht nur darin, vier Stunden lang sowohl zu schreiben als auch zu zeichnen, sondern vor allem das Konzept der interaktiven Wahlmöglichkeiten zu berücksichtigen.

Ich erinnere mich an das letzte Mal, als wir eine Drehbuchautorin eingestellt haben. Ich hatte ihre Kandidatur gegenüber Yves befürwortet. Er hat mir vertraut, und heute ist Emma unsere beste Mitarbeiterin. Auch Nicolas hätte das Zeug dazu, wenn er nicht so faul wäre.

Emma verbringt ihre Freizeit damit, auf YouTube Live-Videospiele mit Tausenden von Teilnehmern zu spielen. Wir sind zwar keine Freunde, aber sie ist definitiv jemand, den ich respektiere. Sie weiß, was sie will, wohin sie will und was sie kann. Meistens wirkt sie kalt und arrogant, aber ich kann aus eigener Erfahrung nur allzu gut verstehen, dass das ein äußerlicher Panzer ist.

Eine junge Frau in einem männlich dominierten Bereich …
Sie will einfach nur in jeder Hinsicht unangreifbar sein.

Am nächsten Tag erhalte ich eine E-Mail mit dem Schreibtest von Lilas im Anhang.

Nicht einmal ein Gruß von Yves ist dabei.

Sein einziger Kommentar lautet: »Dieses Mal solltest du mir
vertrauen.«

Dem kann ich nur zustimmen.

Folge 7

Blöd ja, aber trotzdem Gentleman!

Junggigo – *D-Day*

Lilas

Ich habe den Job bekommen. Ich, Fleur Durand.

Um ehrlich zu sein, kann ich es immer noch nicht recht glauben.

Ich war versucht, bei Abisoft anzurufen und ihnen zu erklären, das alles wäre ein Fehler, ein Witz, irgendetwas. Dana und Eleanor mussten mein Telefon für gut zwei Tage verstecken. Dana hat mich mit der Pfanne in der Hand durch die ganze Wohnung verfolgt und gerufen: »Du wirst ja doch vor mir müde, Fräulein Bewegungsmuffel!«

Leider muss ich zugeben, dass ich schon nach zwei Minuten intensiven Laufens nur noch japsen konnte und zusammengeklappt bin. Dana stellte sich über mich und beugte sich über meinen trägen Körper wie Leroy Gibbs über eine Leiche.

»Es ist nur zu deinem eigenen Wohl«, erklärte sie und entriss mir das Telefon.

Ich glaube mich zu erinnern, eine einsame Träne vergossen zu haben – ja, hier weint man nur mit einem Auge.

Und so stehe ich am Montagmorgen mit einem Knoten im Magen vor dem Gebäude von Abisoft. Mir bleibt keine andere Wahl … Ich habe den Mädchen versprochen, dass ich es ver-

69

suche, und möchte sie nicht noch einmal enttäuschen. Auch wenn mich die Angst so sehr lähmt, dass ich gut zehn Minuten wie eine Idiotin draußen stehen bleibe.

Verzweifelt suche ich nach einer glaubwürdigen Ausrede, um nicht hineingehen zu müssen. Schließlich habe ich noch keinen Vertrag unterschrieben …

»Wie lange willst du noch hier stehen?«

Ich zucke zusammen und trete Nicolas auf den Fuß. Er hält mich beruhigend am Ellbogen fest und grinst amüsiert. Er trägt den gleichen Anzug wie beim letzten Mal, allerdings eine andere, sehr auffällige Krawatte.

Knallgelb mit Flamingomuster.

»Hallo.«

»Guten Morgen …«, begrüße ich ihn und beginne sofort zu erklären: »Ich wollte schon hineingehen, aber davor habe ich mir die Zeit genommen … den Anblick zu genießen.«

Eigentlich hätte ich gern aus reiner Freundlichkeit noch etwas über sein Outfit gesagt, aber ich mache doch lieber einen Rückzieher. Er nickt, obwohl er mir keine Sekunde glaubt, und bietet mir an, mich zu begleiten. Ruhig wartet er ab, bis ich meinen Ausweis bekomme – dieses Mal einen dauerhaften –, dann besteigen wir mit anderen den Aufzug.

Ich habe solches Lampenfieber, dass mir richtig schlecht ist. Um meine Angst zu bekämpfen, erinnere ich mich an den Stolz in Arthurs Stimme an jenem Abend, als ich ihm von meiner festen Anstellung berichtet habe.

»Gestresst?«, erkundigt sich Nicolas flüsternd mit einem kleinen Grinsen.

»Schon ein bisschen … Um ehrlich zu sein: Ich habe keine Ahnung, was ich hier tue.«

Er lacht leise vor sich hin, bevor er mir mit verschmitzter Miene ins Ohr raunt:

»Falls es dir damit besser geht … ich auch nicht. Und dabei arbeite ich schon seit zwei Jahren hier.«

Ein wenig entspannter lächle ich ihm zu. Nicolas scheint nett und ein lockerer Typ zu sein, vielleicht ein bisschen schräg. Aber möglicherweise wird er in dieser sich abzeichnenden Hölle zu einem Verbündeten werden.

»Wichtig ist, immer beschäftigt auszusehen«, rät er mir. »Dann lässt man dich in Ruhe.«

Aha … Ich will ihn gerade fragen, was er damit meint, als sich die Fahrstuhltüren öffnen und eine spöttische Stimme uns unterbricht.

»Du verdienst es, Mitarbeiter des Monats zu werden, so viel ist sicher.«

Ich erstarre, als hätte man mich auf frischer Tat ertappt. Ich muss mich nicht umdrehen, um zu wissen, wer es ist. Aaron geht mit angespanntem Kiefer und einer Aktentasche in der Hand an uns vorbei, ohne uns auch nur eines Blickes zu würdigen.

»Ups«, flüstert Nicolas, ohne sein Lächeln zu verlieren.

Aaron stand die ganze Zeit hinter mir, und ich habe ihn nicht einmal bemerkt … Ich seufze, denn ich bin schon jetzt überzeugt, dass dieser Tag ein Fiasko wird. Nicolas, der das vermutlich als weiteres Anzeichen für meine Angst versteht, legt mir die Hand auf die Schulter. Wir steuern das Open-Space-Büro an.

»Keine Sorge. Aaron ist ein seltsamer Vogel. Aber eigentlich ist es ganz einfach: Je mehr er dich abzulehnen scheint, desto mehr mag er dich. Nur würde er lieber sterben, als es zuzugeben. Auch, wenn es vielleicht nicht so aussieht – er und ich sind die besten Kumpels.«

Wirklich überzeugt bin ich nicht. Ich denke, Nicolas setzt offenbar zu viel Vertrauen in eine sehr einseitige Beziehung.

»Ach ja?«, sage ich, um ihm eine Freude zu machen.

»Ganz sicher. Pass auf!«

Er zieht sein Telefon aus der Tasche und wählt – wie ich vermute – Aarons Nummer. Nach viermaligem Klingeln nimmt Aaron ab und fragt ihn genervt, was er will. Nicolas lässt sich nicht aus der Ruhe bringen und fragt, was er an diesem Wochenende Schönes gemacht habe.

»Hallo? Hallo, hallo? Aufgelegt«, verkündet er mit amüsierter Stimme. »Er hat mich wirklich gern, ich sage es dir.«

Na ja, vielleicht habe ich zu früh einen Verbündeten vermutet … Dieser Mann hat einen Sprung in der Schüssel.

Trotzdem bin ich ganz froh, ihn bei mir zu haben, als ich das Großraumbüro des Kreativteams betrete. Der lang gestreckte Raum ist sauber und hell. Die Fensterwand ist eingerahmt von roten Ziegeln, und die drei Schreibtische sind in einem klaren Stil gehalten, der mich sofort beruhigt. Jeder der Tische bietet Platz für vier Personen.

Nicolas lässt mich an der Tür stehen und begrüßt alle Anwesenden. Guter Gott, mir ist jetzt schon danach, die Beine in die Hand zu nehmen. Unbehaglich schaue ich mich um. Alle stellen sich noch einmal vor. Ich bin mit Abstand die Jüngste, nur Emma und Nicolas scheinen nicht viel älter zu sein als ich.

»Yves ist heute Vormittag nicht im Haus«, verkündet mir Natasha (hieß sie so?). »Deshalb werde ich mich heute um dich kümmern, damit du dich ein wenig eingewöhnen kannst. Wenn du irgendetwas nicht verstehst, darfst du mich jederzeit fragen.«

»Vielen Dank«, lächle ich.

»Dein Platz ist gleich hier an diesem Schreibtisch.«

Ich folge ihr und stelle meine Tasche auf den Stuhl gegenüber von Nicolas. Er winkt mir zu und schaltet seinen Computer ein. Der Platz zu meiner Rechten ist leer. Links von mir konzentriert sich Emma auf ihren Bildschirm. Sie trägt einen eleganten Wickelrock und ein *Game of Thrones*-T-Shirt.

Ich lasse mich in aller Ruhe nieder. Natasha kommt und lässt mich meinen Vertrag unterschreiben. Sie wiederholt einige Dinge, die mir Yves bereits mitgeteilt hatte, trotzdem höre ich mir alles sehr genau an. Innerlich mache ich mir sogar Notizen, als sie erklärt, wie der Drucker funktioniert – damit stehe ich nämlich immer auf Kriegsfuß.

Natasha und Julien sind Drehbuchautoren, Emma und Nicolas sind Grafiker, und Maxime ist Informationsdesigner.

»Mit den Sounddesignern und den Testern wirst du ebenfalls häufig zu tun haben; sie arbeiten am Ende des Flurs«, erklärt sie mir. »Unsere Aufgabe ist es, die *Spielmechanik* zu entwerfen.«

»Das hat Yves auch schon gesagt, ja … aber was bedeutet das?«

»Dabei geht es um die Spielregeln, die Funktionen, die Interaktionsmöglichkeiten für den Spieler und so weiter. Unsere Rolle besteht darin, Rätsel zu erfinden, das Verhalten der Helden festzulegen, neue Herausforderungen zu entwickeln – kurz gesagt, den Spieler süchtig zu machen.«

Ich würde lügen, wenn ich behauptete, dass mich das nicht neugierig macht. Der Plot eines Videospiels ist offensichtlich dem Schreiben eines Comics sehr ähnlich. Nur das Medium ist ein ganz anderes. Die damit verbundene Herausforderung gefällt mir.

»Yves hat mir auch von einem neuen Spiel erzählt.«

»Ja.« Sie lächelt und reicht mir einen Schnellhefter. »Es wird ein Spiel für Smartphones und Tablets. Die potenzielle Kundschaft wurde bereits vorinformiert, und Yves hat die Art des Spiels und das Budget inzwischen festgelegt. Aber das ist im Moment alles, was wir haben. Unsere Zielgruppe sind junge

Leute zwischen vierzehn und dreißig Jahren im Besitz eines Smartphones. Das Geschlecht sollte idealerweise keine Rolle spielen. Auf jeden Fall wird es ein Abenteuerspiel, denn das läuft derzeit am besten. Hier, du kannst es dir gern einmal ansehen.«

Natasha verbringt den Vormittag damit, mir zu erklären, was sie tun, wie sie es tun und welche Probleme dabei auftreten. Wenn ich sie richtig verstanden habe, wurden bisher weder die Story noch das Konzept festgelegt. Bis zur nächsten Woche soll sich jeder Gedanken um Ideen machen.

Im Lauf der folgenden Stunden werde ich entspannter, zumal Aaron wie vom Erdboden verschluckt ist. Ich wüsste allzu gern, warum er nicht mit uns zusammenarbeitet, aber ich wage es nicht, danach zu fragen. Genau genommen ist es mir lieber so …

Zum Glück denken alle, dass ich wirklich Lilas heiße. Trotz eines gewissen Schuldbewusstseins spiele ich das Spiel mit. Eine so kleine Lüge hat doch noch niemandem geschadet, oder?

In der Mittagspause gehen wir alle in ein thailändisches Restaurant um die Ecke. Aaron ist immer noch nicht wieder aufgetaucht.

»Bereit für die Montagskonferenz?«, fragt mich Nicolas und zieht seine Jacke aus.

Vermutlich kann man mir meine Panik am Gesicht ablesen, denn Natasha wirft ihm einen schnellen Blick zu.

»Hör auf, ihr Angst zu machen! Das wird schon«, beruhigt sie mich. »Du bist gerade erst dazugekommen. Niemand erwartet von dir gleich am ersten Tag ein Bündel innovativer Ideen.«

»Mr Choi sieht heute ziemlich mürrisch aus …«

Ich wende mich Maxime zu, während am Tisch ein allgemeines Glucksen laut wird. Natasha verdreht spöttisch die Augen.

»Mr Choi‹! Er ist nicht hier, du kannst also aufhören, dich einzuschleimen.«

Er will gerade mit hochroten Wangen etwas erwidern, als Julien seine Brille auf der Nase hochschiebt und schüchtern feststellt: »Die Frage wäre eigentlich, wann er einmal nicht mürrisch ist?«

»Hat ihn einer von euch schon einmal lächeln sehen?«, flüstert Natasha neugierig und fast ein bisschen ängstlich.

Alle sehen sich einige Sekunden lang an, ehe sie den Kopf schütteln. Es erscheint mir lächerlich, dass eine Gruppe von Menschen, die fast alle älter sind als er, ihn dermaßen zu fürchten scheint. Ist er wirklich so schrecklich?

»Ja, ich«, verkündet Nicolas stolz. Er stützt die Ellbogen auf den Tisch. »Letztes Jahr. Er war dabei, als sich meine Krawatte im Drucker verfangen hat und ich fast erstickt wäre.«

Als er sich an die Szene erinnert, lacht er, ohne meinen entsetzten Gesichtsausdruck zu bemerken. Maxime nickt mit weit aufgerissenen Augen und zeigt mit dem Finger auf ihn.

»Das stimmt. Er wirkte an diesem Tag seltsam fröhlich! Es war ein 13. Oktober. Ich erinnere mich, weil ich das Datum mit rotem Filzstift auf meinem Kalender eingekreist habe …«

Ist das etwa eine neue Art Schikane, die mir Angst machen soll? Wenn ja, dann funktioniert es ausgezeichnet. Mich juckt es in den Fingern, Dana und Eleanor zu Hilfe zu rufen. Sollte Aaron wirklich ein Soziopath sein?

Und ich dachte, ich wäre die Einzige, die er hasst …

Ich glaube, ich habe laut gedacht, denn alle Köpfe wenden sich gleichzeitig zu mir. Ich werde rot und ziehe den Kopf zwischen die Schultern.

»Nein, es geht nicht um dich im Besonderen«, antwortet Natasha. »Ich arbeite seit zehn Jahren in diesem Laden, und so war er von seinem ersten Tag an.«

»Aaron spricht nur mit uns, wenn es gar nicht anders geht«, bestätigt Julien und verzieht das Gesicht. »Eigentlich wissen wir kaum etwas über ihn … Er nimmt nie an unseren Betriebsfeiern teil; nicht einmal zu Weihnachten. Vor zwei Jahren war ich der Einzige, der kein Wichtelgeschenk bekommen hat.«

Etwas zerbricht in mir. Nachdenklich senke ich den Blick, damit sie es nicht merken. Aaron mag zwar an Selbstvertrauen gewonnen haben, aber er weiß offenbar noch immer nicht, wie er sich verhalten soll, wenn es um soziale Kontakte geht. Das konnte er noch nie. Schon mit fünf Jahren nicht. Ich war die Einzige, die begriff, dass er viel Liebe zu verschenken hatte – nur wusste er einfach nicht, wie er es anstellen sollte.

Ob er sich an die Fleur aus seiner Kindheit erinnert?

Denkt er … manchmal noch an mich?

Ich wage schließlich doch, nachzufragen, warum ich ihn an diesem Morgen nicht gesehen habe. Maxime schüttelt den Kopf und verschränkt die Arme vor der Brust.

»Er hat ein eigenes Büro.«

»Oh … dann arbeitet er also nicht mit uns?«

Ich empfinde eine schier grenzenlose Erleichterung. Vielleicht kann ich doch hier überleben. Das geht mir durch den Kopf, ehe Maxime all meine Hoffnungen zunichtemacht:

»Oh doch, ihm bleibt nichts anderes übrig. Spiele zu entwerfen ist Teamarbeit. Je nachdem arbeitet er manchmal im Großraumbüro, dann wieder schließt er sich in seinem eigenen Büro ein. Sein Platz ist übrigens neben deinem.«

Ja klar, wo bliebe sonst der Spaß?

»Nimm es nicht zu persönlich«, seufzt Natasha und schenkt sich Wasser nach. »Er ist bei allen so, außer beim Chef. Mit dir springt er vielleicht sogar noch härter um, denn für ihn bist du wie das Haar in der Suppe und er hat Yves davon abgeraten, dich einzustellen, aber …«

»Seid ihr bald fertig?«, unterbricht Emma das Gespräch mit kalter Stimme. »Es ist nicht okay, über Abwesende zu urteilen.«

Ich schaue sie überrascht an, aber ihre Augen hängen schon wieder an ihrem Smartphone. Nicolas schnaubt kurz gedankenverloren durch die Nase. Mir war nicht aufgefallen, dass er die ganze Zeit geschwiegen hatte. Den anderen scheint unbehaglich zumute zu sein, und sie wechseln rasch das Thema.

Ich bin verwirrt und sage während der restlichen Mahlzeit nicht mehr viel. Was meinte Natasha wohl, als sie sagte: »Mit dir springt er vielleicht sogar noch härter um, denn für ihn bist du wie das Haar in der Suppe.« Diese Aussage schwirrt mir den ganzen Tag im Kopf herum.

Aaron taucht nicht auf. Die Atmosphäre ist angenehm und ohne weitere Auseinandersetzungen, nur Emma scheint an dem Geplauder nicht teilnehmen zu wollen.

»Na, wie war dein erster Tag?«, fragt mich Julien mit zurückhaltendem Lächeln.

Mir bleibt keine Zeit, nach den richtigen Worten zu suchen, denn Nicolas grinst mich an, als wüsste er etwas, was mir entgeht.

»Ich denke, Lilas wird es bei uns gefallen.«

Er hat sich geirrt.

Der Rest der Woche entpuppt sich als namenlose Tortur.

Am Dienstag sitzt Aaron schon im Großraumbüro, als ich eintreffe. An der Tür bleibe ich stehen und nehme mir etwas Zeit, mich mental vorzubereiten. Mir fällt auf, dass ich früher zwar größer war als er, er mich aber inzwischen überholt hat. Das hätte ich nie für möglich gehalten.

Ich beobachte ihn mit amüsiertem Grinsen. Er trägt eine marineblaue Anzughose und ein weiß und dunkelrot gestreiftes Hemd, das zu zwei Dritteln offen steht und ein weißes T-Shirt darunter erkennen lässt.

Verdammt sexy.

Fleur, etwas Konzentration.

Ich ignoriere mein wild pochendes Herz, gehe zu meinem Platz und stottere ein fast unhörbares »Hallo«.

Die Art und Weise, wie er die Zähne zusammenpresst, zeigt, dass er mich gehört hat. Eine wilde Hoffnung keimt und erblüht in meiner Brust, doch dann …

»Sie kommen zu spät«, verkündet er, ohne aufzublicken.

Stirnrunzelnd werfe ich einen Blick auf die Wanduhr. 9:31. *Ernsthaft?* Natürlich kann ich ihm nicht sagen, dass ich zwar pünktlich war, tatsächlich aber eine Minute brauchte, um heimlich von der Türschwelle aus begehrliche Blicke auf ihn zu werfen.

»Nur eine einzige …«

Das Ende meines Satzes kann er nicht mehr hören, weil er geht, ehe ich ihn beendet habe. Seine Aufmerksamkeit gilt wieder allein seinem Tablet.

Na, das fängt ja gut an. Zumindest weiß ich jetzt, was mich erwartet. Und er wird weiß Gott keine Milde mit mir walten lassen, dieser Blödmann. Vor sechzehn Jahren hätte ich ihm die Ohren lang gezogen, bis er sich entschuldigt hätte. Jetzt halte ich einfach die Klappe und nehme es hin.

Nach und nach finde ich mich zurecht und versuche, die Tage zu ignorieren, an denen Aaron rechts von mir arbeitet. Nicolas ist der Einzige an unserem Tisch, der mir ein wenig Aufmerksamkeit schenkt. Dann und wann wirft er mir ein dezentes Lächeln zu, aber auch Papierschnipsel, auf denen er alle möglichen sinnlosen Fragen stellt.

Beim zehnten seufzt Aaron, fängt den Zettel ab und wirft ihn in den Papierkorb, ohne ihn auch nur zu lesen.

»Uncool«, meckert Nicolas.

»Wenn du so weitermachst, feuere ich dich.«

Nicolas verdreht die Augen und formt das Wort »eifersüchtig« in meine Richtung. Ich muss unwillkürlich grinsen, verkneife es mir aber wieder, als ich Aarons brennenden Blick spüre. Seine Intensität verursacht mir einen Schauder. Ich tue, als wäre ich beschäftigt, doch seine Augen ruhen für zwei sehr lange Minuten auf meinem Profil. Ich vergesse fast zu atmen.

Gleich danach existiere ich nicht mehr für ihn.

Ich verbringe meine Tage damit, mehr über die Arbeitsweise des Unternehmens zu erfahren und mich auf das Meeting am folgenden Montag vorzubereiten. Zwar versuche ich, es so gut wie möglich zu verbergen, aber ich habe keine einzige vernünftige Idee, die ich einbringen könnte. Jeden Abend beklage ich mich bei den Mädchen, obwohl sie sich weigern, mir zuzuhören. Ich habe nicht einmal mehr Lust, meinen Webtoon fortzusetzen.

Den Rest der Woche ignoriert Aaron mich. Er hält sich wohl für diskret – vielleicht ist es ihm auch einfach nur egal –, aber ich merke, dass er alles tut, um mir so selten wie möglich über den Weg zu laufen. Zu seinem Pech begegnet er mir aber trotzdem ungefähr jede Viertelstunde.

Es verursacht mir jedes Mal stärkere Beklemmungen, wenn er die Augen verdreht, seufzt oder sich sofort umdreht, sobald er meiner ansichtig wird.

Eleanor ist bereits zu dem Schluss gekommen, dass er ein Blödmann ist. Das Wort schmerzt mich, denn ich kenne den echten Aaron … aber es stimmt schon, dass er weit von dem entfernt ist, was ich erwartet hätte.

Er tut einfach alles, damit ich ihn verabscheue.

Jedes Mal, wenn ich eine Aufgabe bekomme und mir dabei ein Fehler unterläuft, kann ich sicher sein, dass er dasteht, mich anstarrt und enttäuscht den Kopf schüttelt. Kein einziger meiner alltäglichen Fehlschläge entgeht ihm.

Kein Zweifel, irgendwer dort oben hat es auf mich abgesehen.

Am Mittwochmorgen schleppe ich mehr schlecht als recht ein paar Wasserflaschen in den Aufenthaltsraum, als er an mir vorbeikommt, einen Blick auf meine schwere Last wirft und seiner Wege geht.

An diesem Tag hätte ich am liebsten in seinen Kaffee gespuckt.

Am nächsten Tag kommen wir gleichzeitig zur Arbeit. Mit dem Blick ständig auf seinem verdammten Tablet, drückt er die Türen als Erster auf; ich will mich gerade bei ihm bedanken, als er sie vor meiner Nase ins Schloss fallen lässt.

Sein Glück, dass er an diesem Tag keinen Kaffee getrunken hat.

Am Freitag schließlich platzt mir dann doch fast der Kragen. Mein Stift fällt just in dem Moment herunter, als er aus dem Pausenraum zurückkommt und an meinem Schreibtisch vorbeigeht. Ich sehe, wie er stehen bleibt und sich bückt.

»Danke«, sage ich lächelnd.

Er hält inne und blickt mich überrascht an.

»Entschuldigung?«

Gedemütigt stelle ich fest, dass er sich nur gebückt hat, um sich die Schnürsenkel zu binden.

Als er damit fertig ist, richtet er sich auf und geht zurück in sein eigenes Büro, nicht ohne zu bemerken: »Sie haben Ihren Stift fallen lassen.«

Wie verdattert sitze ich gut zehn Sekunden lang da und appelliere an alle mir zur Verfügung stehenden Kräfte der Selbstbeherrschung. *Irgendwann begehe ich eine Dummheit, begehe ich eine Dummheit, begehe ich eine Dummheit …*

»Vorsicht, gleich starrst du ein Loch in diese Tür.«

Ich wende mich an Nicolas, der beim Anblick meines zornigen Gesichtsausdrucks zusammenzuckt.

»Wow. Du siehst aus wie ein wütender Welpe … niedlich und gleichzeitig furchterregend. Wen soll ich umbringen?«

Ich ziehe es vor zu schweigen, um nicht die Kontrolle zu verlieren, und hebe meinen Stift kommentarlos auf.

Ich weiß nicht, was ich ihm – als Lilas – angetan habe, oder ob er einfach so zu dieser überheblichen, reizbaren Person geworden ist, die ich verabscheue, aber eines ist sicher: Lange halte ich das nicht mehr aus.

Auch wenn es bedeutet, ihm zu gestehen, wer ich bin.

Folge 8

Brauchen Sie einen Regenschirm?

Suran – *Step Step*

Aaron

Ich weiß sofort, dass es ein Traum ist.

Die Szenerie ist mir vertraut. Der muffige Geruch. Der Klang rauschender Bäume, das Vogelgezwitscher. Das Gefühl, dass der Pullover über meinem T-Shirt kratzig ist.

Ich sitze im Schneidersitz auf dem Boden einer Holzhütte. Fleur kauert mit zur Seite geneigtem Kopf mir gegenüber. Ihr pastellblaues Kleid breitet sich wie ein Akkordeon um sie herum aus. Neugierig mustert sie mein Gesicht.

»Hör damit auf«, sage ich zu ihr.

»Warum?«

Ich zucke die Schultern. Irgendetwas in meinem Herzen fühlt sich unangenehm an, fast wie ein Stachel.

»In der Schule starren mich auch alle an. Ich will nicht, dass du es genauso machst.«

»Darf ich es denn tun, wenn du nicht hinschaust?«, fragt sie und nimmt mir die Brille ab.

»Nein.«

»Aber ich bin nicht wie die anderen! Ich bin deine Freundin. Ich schaue dich an, weil ich dich gernhabe.«

Wenig überzeugt denke ich nach. Ohne meine Brille er-

82

scheint ihr Gesicht verschwommen. Abgesehen davon brauche ich sie nicht zu sehen, um zu wissen, dass sie hübsch ist. Ihr Lächeln wird breiter. Ihre Finger berühren meine Schläfen.

»Deine Augen mag ich am liebsten.«

Eigentlich mag ich meine Augen auch. Aber es gibt Tage, an denen die anderen mich dazu bringen, sie zu hassen.

»Meine Augen? Warum?«

»Weil sie so anders sind als meine«, antwortet sie fasziniert. »Sie sind ganz besonders. Wie Mandeln! Und wenn du lachst, scheinen sie zu verschwinden. Dann möchte ich noch mehr lächeln.«

Vor diesem Tag habe ich den Schlag meines Herzens noch nie so stark wahrgenommen. Ich möchte ihr gern sagen, dass sie mich ebenfalls zum Lächeln bringt, aber meine Lippen sind wie versiegelt. Ihr Gesicht wird immer undeutlicher, bis es schließlich verschwindet. Ich versuche zu schreien, aber eine kalte Angst lässt mich plötzlich an Ort und Stelle erstarren.

In Schweiß gebadet schrecke ich aus dem Schlaf. Nur mein Herz schlägt noch immer so schnell. Wie das Überbleibsel einer gestohlenen Erinnerung. Ein Blick auf den Wecker zeigt mir, dass ich noch genug Zeit habe, ehe ich zur Arbeit aufbrechen muss.

Ich dusche kurz, um wieder Herr meiner Sinne zu werden, und schreibe dann den Traum in mein Tagebuch, das ich zu diesem Zweck führe. Den ganzen Tag muss ich daran denken.

Oft schon habe ich versucht, Fleur wiederzufinden, aber immer ohne Erfolg. Ich kann mich beim besten Willen nicht an ihren Nachnamen erinnern. Ich weiß, es klingt seltsam … aber ich bin davon überzeugt, dass sie der Schlüssel zu meinen Erinnerungen ist. Der Schlüssel zu meiner Vergangenheit.

Und wenn es etwas gibt, das diese Obsession beenden kann, dann vermutlich ein Wiedersehen mit ihr. Oder?

Selbst Nicolas' Faxen bringen mich heute nicht dazu, von meinem Computer aufzublicken. Ich bin völlig neben der Spur und kann nicht vernünftig arbeiten. Je mehr Zeit vergeht, desto mehr verflüchtigt sich die Erinnerung an Fleurs Gesicht im löchrigen Netz meines schlechten Gedächtnisses.

Ausnahmsweise gehe ich heute einmal früher. Vor den großen Schiebetüren am Eingang bleibe ich stehen und verziehe das Gesicht. Es schüttet wie aus Eimern. Plötzlich steht Lilas neben mir und flucht leise. Erschrocken zucke ich zusammen, ich hatte sie nicht einmal bemerkt.

»Na toll«, sagt sie und hält sich ihre Tasche über den Kopf.

Ich beachte sie nicht und öffne meinen schwarzen Regenschirm.

»Oh!« Sie wirft einen dankbaren Blick auf den Schirm über ihr. Ich verstehe ihre Reaktion nicht, bis sie hinzufügt: »Vielen Dank, das ist wirklich nett«, und versucht, mir den Schirm aus der Hand zu nehmen.

Fassungslos trete ich einen Schritt zurück.

»Was tun Sie da?«

Sie erstarrt.

»Na ja ... Sie wollten mir doch Ihren Regenschirm leihen?«

»Ich?«, frage ich erstaunt und deute auf meine Brust.

»Ja.«

»Sicher nicht.«

»Ach so, okay.«

»Warum sollte ich das tun? Schließlich regnet es.«

»Stimmt, ist mir auch schon aufgefallen«, gibt sie ironisch zurück.

Verblüfft hebe ich die Augenbrauen. Dachte sie wirklich, ich wollte ihr meinen Schirm überlassen? Wir sind nicht einmal Freunde.

»Seien Sie vorsichtig, der Boden ist rutschig«, rate ich ihr trotz allem.

Ich ignoriere ihr wütendes Gesicht und mache mich auf den Weg – wunderbar trocken unter meinem Regenschirm. Nach zwanzig Metern habe ich dann aber doch so ein schlechtes Gewissen, dass ich fast kehrtmache.

Mist, was soll's! Schließlich bin ich ihr nichts schuldig.

Auf dem Rückweg drängt sich der Traum mit Macht wieder in mein Gedächtnis. Fleur ist in meinem Kopf allgegenwärtig, rebellisch und unbekümmert. Zunächst habe ich nicht verstanden, warum ich so an dieser Erinnerung hing. Ich fand es seltsam, immerzu an sie zu denken, an dieses kleine achtjährige Mädchen, das nur wenige Jahre lang meine Freundin war.

Irgendwann jedoch wurde mir klar, dass es daran lag, dass dies die einzige vollkommen glückliche Zeit meines Lebens war.

Sie war meine einzige und alleinige Freundin. Erbärmlich, oder?

Ich habe lange darüber nachgedacht, wegen dieses seltsamen Spleens eine Therapie zu machen, aber meine Mutter gab sich in dieser Sache äußerst kategorisch: »Keine Psychologen. Unsere Probleme lösen wir innerhalb der Familie, ganz unter uns.«

Sie glaubt, dass ich weiterhin alles dafür tue, Fleur zu vergessen.

Die Wahrheit ist … ich tue alles mir Mögliche, um mich an sie zu erinnern.

Folge 9

Lust auf demütigende Situationen – bitte sehr ...

Punch – *Like a Heroine in the Movie*

Lilas

Wie jede Erwachsene, die einen guten Rat für ihr Gefühls-
und Berufsleben braucht, wende ich mich an meinen kleinen
Bruder, der vierzehn Jahre alt ist.

Kindermund tut bekanntlich Wahrheit kund, nicht wahr?

Am Samstagnachmittag besuche ich also meine Eltern
mit der Absicht, um Hilfe zu bitten. Mein Besuch überrascht
Arthur und James – zweimal innerhalb von zwei Wochen, das
ist ein Rekord. Aber sie beschweren sich nicht. Natürlich erzähle ich ihnen nicht von Aaron. Ich lüge sie an und erzähle,
wie großartig alles läuft. Auf keinen Fall sollen sie sich Sorgen
machen.

»Montagmorgen haben wir ein Meeting, in dem wir uns
über das Konzept und die Charaktere des Spiels einig werden
müssen«, berichte ich ihnen.

»Ich habe einen Freund, der in einem solchen Unternehmen
arbeitet«, gesteht mir James lächelnd. »Manchmal geht das Leben seltsame Wege. Nie hätte ich mir vorstellen können, dass
du einmal in der Gaming-Branche landest.«

»Ich ehrlich gesagt auch nicht ... Aber ich muss zugeben,
dass es ziemlich aufregend ist. Ach übrigens«, füge ich hinzu

und packe Sélim am Arm, »ich brauche deine wertvolle Hilfe. Lass uns mal nach oben gehen. Ich habe ein paar Fragen zu … Videospielen.«

Ich gehe davon aus, dass mir niemand glaubt, angefangen bei meinem Bruder, der mich neugierig mustert. In seinem Zimmer lasse ich mich seufzend auf sein Bett fallen.

»*Help!*«

»Haben sie dich schon gefeuert?«, will er wissen und schaltet seine Playstation ein.

Ich werfe ihm einen finsteren Blick zu und mache es mir im Schneidersitz bequem.

»Ich sehe schon, du hast wirklich Vertrauen in mich …«

Ich nehme mir die Zeit, meinem Bruder die ganze Wahrheit zu erzählen, schärfe ihm aber ein, unseren Eltern nichts zu sagen. Er hört mir zu, runzelt die Stirn und sieht aus, als hielte er mich für verrückt. Er kennt Aaron nicht, weil er noch nicht geboren war, als wir befreundet waren. Und als er dann zu uns kam, war Aaron schon eine ganze Weile fortgezogen …

Aber genau diese Unparteilichkeit brauche ich jetzt.

»Dann weiß er also nicht, dass du es bist.«

»Richtig.«.

Ich kann sehen, dass er kurz davor ist, in Lachen auszubrechen, aber er presst sich die Faust auf den Mund. Mein finsterer Blick stört ihn nicht im Geringsten.

»Und er ist dein Chef?«

»Nein, nicht mein Chef! Wir sind alle gleichberechtigt.«

»Warum lässt du dich dann so von ihm so behandeln?«

Gute Frage. Rein technisch gesehen sind wir Kollegen. Ich bin nicht seine Untergebene. Ich weiß nicht, ob es sein Selbstvertrauen ist, das mir Angst einjagt und mich dazu bringt, mich kleinzumachen, oder ob ich tatsächlich glaube, diese Behandlung zu verdienen.

Immerhin …

Fleur, hör damit auf. Das alles ist längst Vergangenheit.

»Ich glaube, er wollte keine neue Drehbuchautorin, aber Yves hat sich über seine Meinung hinweggesetzt. So etwas würde mich auch ärgern … Außerdem muss ich zugeben, dass ich mich nicht gerade großartig anstelle.«

Sélim seufzt genervt.

»Wenn man dir so zuhört, haben immer die anderen recht.«

»Darum geht es jetzt nicht. Was soll ich deiner Meinung nach tun?«

Zwar nimmt er sich Zeit zum Nachdenken, sieht aber aus, als wolle er das Gespräch so schnell wie möglich hinter sich bringen und zu seinen Videospielen zurückkehren. Schließlich zuckt er die Achseln.

»Keine Ahnung. Ich bin schließlich erst vierzehn. Kennst du keinen Erwachsenen, den du fragen könntest?«

Na super. Was war das überhaupt für eine blöde Idee, zu meinem kleinen Bruder zu gehen und ihn um so etwas zu bitten? Ich seufze, hin- und hergerissen zwischen dem Wunsch, ehrlich zu sein, und der Furcht vor Ablehnung. Ich weiß ja nicht einmal, ob ich überhaupt den Mut habe, alles zu gestehen.

»Ich kann einfach keine Entscheidung treffen, okay?! Ich brauche jemanden, der mir sagt, was ich tun soll, und das tue ich dann auch.«

»Okay, okay, dann sag ihm die Wahrheit.«

Ich verziehe das Gesicht.

»Bist du sicher?«

»Du hast gesagt, ich soll entscheiden!«, schimpft er. »An deiner Stelle wäre ich ehrlich. Es ist nicht cool, so zu tun, als wäre man jemand anders.«

»Aber ich gebe doch gar nicht vor, jemand anders zu sein.

Die Fleur der Vergangenheit existiert nicht mehr ... und die neue gefällt ihm offenbar überhaupt nicht.«

Zu meiner Verteidigung könnte ich anführen, dass er mir keine Zeit gelassen hat, ihm zu sagen, wer ich wirklich bin. Aber Sélim hat recht. Auch wenn ich es nicht für verpflichtend halte, ihm zu verraten, dass ich die Fleur seiner Kindheit bin, fühle ich mich nicht wohl dabei, ihn anzulügen.

Allerdings habe ich Angst, dass er mich danach wirklich hasst. Und unter diesen Umständen hätte er jedes Recht dazu.

Ich habe alles akribisch vorbereitet. Ich weiß, dass er mir nie genug Zeit lassen würde, unter vier Augen mit ihm zu sprechen – und außerdem hätte ich bestimmt nicht die Kraft dazu. Deshalb habe ich ihm einen langen Brief geschrieben, in dem ich das Wie und Warum erkläre und mich ausgiebig entschuldige. Ich habe auch eine Tüte Skittles gekauft, denn ich glaube mich zu erinnern, dass es die einzigen Süßigkeiten sind, die er mag.

Die Mädchen haben mich wiederholt gewarnt, es nicht zu tun und den Dingen besser ihren Lauf zu lassen, aber dazu ist es zu spät. Ich bin wild entschlossen. Am Montagmorgen erscheine ich eine Stunde früher im Büro, um Zeit zu haben, alles auf seinen Schreibtisch zu legen. Ich möchte nicht riskieren, den anderen über den Weg zu laufen – oder Yves, was noch schlimmer wäre.

Ich öffne die Tür und werfe einen Blick in Aarons Büro. Es ist leer. Ich gehe hinein, schließe die Tür so leise wie möglich und lege den Brief und die Süßigkeiten neben seinen Computer. Mein Herz klopft so wild, dass es mir vorkommt, als wäre sein Echo in dem stillen Raum zu hören.

Ich habe das Gefühl, etwas Verbotenes zu tun, und das ist furchtbar.

Weil ich nun aber einmal da bin, nutze ich die Gelegenheit, mich umzusehen. Sein Schreibtisch passt zu ihm: ordentlich, kalt und ohne den geringsten persönlichen Bezug. Die einzigen Farbkleckse sind massenhaft Post-its, die auf seinem Computerbildschirm kleben, sowie ...

Ein Aquarium? Es ist nicht groß, ganz und gar nicht, aber es fällt sofort auf. Ein wunderbar azurblauer Fisch schwimmt einsam darin herum. Ich klopfe mit dem Finger an das Glas und versuche, seine Aufmerksamkeit zu erregen, doch er flieht sofort vor mir. Genau wie sein Herrchen.

»Liegt wohl in der Familie, was?«, murre ich.

Aaron hat das Aquarium richtig hübsch dekoriert, was mich erstaunt. Der Fisch bewegt sich zwischen einer kleinen Brücke aus Kunstharz, künstlichen Pflanzen und falschen Bambushalmen. Es sieht bezaubernd aus.

Nie hätte ich gedacht, dass Aaron der Typ ist, der sich um ein so fragiles Lebewesen kümmert ... Wieder einmal fällt mir auf, dass es da trotz seiner arroganten, oberflächlichen Ausstrahlung mehr geben muss. Es muss einfach noch mehr geben.

Als ich gerade gehen will, höre ich Stimmen im Flur. Ich erstarre zur Salzsäule. Das sind vermutlich nur die eintreffenden Kollegen. Doch dann nähern sich die Schritte in meine Richtung.

Aaron.

In wilder Panik starre ich mit großen Augen auf die Tür. Wenn er mich hier findet, in seiner Abwesenheit und bei geschlossener Tür, weiß ich genau, was er denken wird: dass ich ihm hinterherschnüffele. Ein echt blödes Timing, vor allem, wenn Yves bei ihm wäre. Ich wirble herum. Statt nach einer guten Ausrede suche ich nach einem Versteck in letzter Minute.

Mist, Mist, Mist!

Und natürlich tue ich das Dümmste, was überhaupt möglich ist.

Ratet mal.

Jawohl: Ich tauche unter seinem Schreibtisch ab und verfluche meine Blödheit. Mit etwas Glück geht er einfach vorbei. Weil ich so groß bin, finde ich keine einigermaßen bequeme Stellung und liege auf den Knien, als er schließlich das Büro betritt.

Am liebsten würde ich sofort sterben.

»... kann Ihnen versichern, dass alle Fristen eingehalten werden«, höre ich Aarons Stimme.

In diesem Moment fällt mir der Brief ein, den ich über meinem Kopf vergessen habe. Ich muss mich zwingen, nicht gefrustet loszuheulen, und könnte mich ohrfeigen. Kollegin oder nicht – wenn er mich hier findet, werde ich auf der Stelle gefeuert.

»Das hoffe ich sehr, Aaron ... Unter uns, ich bin ein wenig besorgt. Yves ist zu nachgiebig geworden. Im Vorstand erwarten wir, dass Sie diese Aufgabe übernehmen ...«

Offensichtlich ist es nicht unser Chef, sondern jemand viel Wichtigeres. Jemand, der mich auf keinen Fall auf den Knien unter dem Schreibtisch von Aaron Choi finden darf – dem Mann, den er so offenkundig zu umwerben versucht.

Ich halte mir die Hände vor den Mund, um nur ja keinen Laut von mir zu geben, der mich verraten könnte.

»Ich fühle mich geschmeichelt«, antwortet Aaron in einem Ton, der deutlich macht, dass genau das Gegenteil der Fall ist. »Allerdings glaube ich, dass ich noch eine Menge lernen muss. Außerdem liebe ich meine Arbeit und möchte nicht Projektleiter werden.«

Ich werde vor Angst fast ohnmächtig, als seine Füße in mein Blickfeld geraten. Ich mache mich so klein wie möglich. Er ist da, ganz in der Nähe, und ich frage mich wirklich, wie er mich nicht bemerken kann. Ich vermute, er konzentriert sich zu sehr auf seinen Gesprächspartner, denn er setzt sich, winkelt ein Bein an und streckt das andere von sich.

Fast berührt er mich.

Ich werde das hier nicht unbeschadet überstehen.

Blöd, blöd, blöd.

Als würde ich mir nicht genug K-Dramen ansehen, um zu wissen, was mit naiven Heldinnen in solchen Situationen geschieht!

»Ich verstehe. Yves ist Ihr Mentor. Er ist derjenige, der Sie gefunden und Ihnen die Möglichkeit gegeben hat, sich hochzuarbeiten«, fährt der andere Mann fort. »Aber …«

»Ich mag viele Fehler haben, Monsieur Langlois«, unterbricht Aaron mit leiser, aber sehr selbstsicherer Stimme. »Wenn ich mich jedoch einer Sache rühmen kann, dann ist es meine Loyalität. Ich habe nicht die geringste Absicht, Yves die Stellung streitig zu machen.«

Das Gespräch dauert eine halbe Ewigkeit. Auch wenn Aarons Worte selbstbewusst klingen, verraten seine hektisch scharrenden Füße eine gewisse Unsicherheit.

Fast zehn Minuten verhalte ich mich mucksmäuschenstill und bete, dass es schnell zu Ende geht. Allmählich frage ich mich, ob meine Kollegen schon da sind. Meine Sachen liegen schon auf meinem Stuhl. Damit sollte klar sein, dass ich anwesend bin.

Mit etwas Glück steht Aaron vielleicht auf, ohne mich zu bemerken, und ich kann mich davonschleichen …

Oh nein. Nein, nein, nein.

Ich öffne den Mund. Plötzlich kitzelt meine Nase unwiderstehlich. Ich platze fast und tue alles, um mich zurückzuhalten, aber es funktioniert nicht. In einem letzten Überlebensinstinkt versuche ich, das Geräusch zu dämpfen … indem ich in seine Hose niese.

Ich sterbe fast vor Scham, als Aaron erschrocken aufspringt und die vor ihm kniende Lilas entdeckt … Seine Augen werden groß wie Untertassen. Er ist ehrlich schockiert. Zutiefst gedemütigt verstecke ich in Zeitlupe mein Gesicht in meinen Händen.

In meinem ganzen Leben ist mir noch nie etwas so Peinliches passiert.

Selbst mein Weinen bei unserer ersten Begegnung kann da nicht mithalten.

Ich erwarte, dass er mich anschreit und mich am Arm hervorzerrt, doch stattdessen räuspert er sich nur.

»Alles in Ordnung?«

»Ja, entschuldigen Sie. Ich dachte, ich hätte etwas an meinen Füßen gespürt, aber es war nur eine *widerliche Spinne*«, sagt er mit besonderer Betonung.

Verdutzt öffne ich die Augen. Von meinem Versteck aus kann ich sein Gesicht zur Hälfte sehen, einschließlich der Röte, die ihm langsam bis zu den Ohren kriecht. Er sieht extrem verlegen aus, und ich bin so dreist, das ganz süß zu finden.

Er nimmt das Gespräch wieder auf und setzt sich so, dass mir mehr Platz bleibt. Was mich betrifft, so nehme ich mein Problem geduldig in Kauf … bis mich die nächste Niesattacke ereilt.

Pollenallergie? Von wegen. Mein Karma ist einfach nur ein Miststück.

Wieder bemühe ich mich, die Geräusche mit seiner Hose zu ersticken. Aaron tritt mich leicht, damit ich ihn loslasse, während er seinen Gesprächspartner abgelenkt mit ein paar »Hm, hm« abspeist.

Ich kann keine Sekunde länger hier bleiben! Meine Nase juckt so sehr, dass ich nachgebe und das Risiko eingehe, gefeuert zu werden – so weit bin ich schon …

Ich gebe Aaron ein Zeichen, dass ich hinauswill, doch er blockiert mich merklich in Panik mit seinen Beinen. Offenbar befürchtet er, einen schlechten Eindruck zu hinterlassen.

Verzweifelt über seinen Widerstand murre ich vor mich hin und bin im Begriff, etwas zu sagen, um meine Anwesenheit kundzutun, als Aaron mir zuvorkommt. Er legt mir seine Hand auf den Mund, um mich zum Schweigen zu bringen. Sie ist so groß, dass sie fast mein ganzes Gesicht bedeckt. Ich kämpfe vergeblich wild gegen ihn an, meine Haare geraten dabei völlig aus der Fasson, und schlussendlich beiße ich ihm sogar in die Finger.

Er stöhnt vor Schmerz und wirft mir mit zusammengebissenen Zähnen heimlich einen bitterbösen Blick zu. *Jetzt bin ich mit Sicherheit arbeitslos.*

Ob ich mir auf dem Weg nach draußen wohl noch ein Croissant schnappen kann?

»Es tut mir wirklich leid«, erklärt Aaron plötzlich leicht außer Atem, »aber ich muss mich jetzt an die Arbeit machen. Wir haben gleich ein wichtiges Meeting …«

»Aber natürlich. Lassen Sie sich das, was ich Ihnen gesagt habe, einmal durch den Kopf gehen … Sie sind ein kluger Junge, Aaron. Denken Sie an Ihre Zukunft, okay?«

Aaron nickt nur. Seine Hand liegt immer noch auf meinem Gesicht. Ich schiebe sie unwirsch beiseite. Meine Haare hängen mir wirr ins Gesicht, aber ich bleibe reglos unter dem Schreibtisch sitzen.

»Sicher finden Sie allein hinaus.«

Die Tür schließt sich, und im Büro wird es wieder still. Erst jetzt wird mir die Situation richtig klar. Meine Wut fällt in sich zusammen, stattdessen macht sich abgrundtiefe Scham breit. Keiner von uns bewegt sich. Aaron sitzt auf seinem Stuhl und starrt geradeaus. Sein Adamsapfel wandert in seiner Kehle auf und ab.

Als er ein Stück zurückrollt, um mir Platz zum Aufstehen zu machen, weigere ich mich, hinauszukriechen. Ich habe meine Meinung geändert. Mir geht es gut hier unten. Der Boden ist sauber, es ist warm …

Nach zehn unerträglichen Sekunden schaut mir Aaron endlich in die Augen. Ich erstarre, und mir läuft ein Schauder über den Rücken.

Scheiße … Er ist stinksauer.

Ich beiße mir auf die Lippen, schenke ihm ein kleines Entschuldigungslächeln, nehme ein Pflaster aus meiner Tasche und reiche es ihm.

»Hier … für Ihre Finger …«, flüstere ich.

Er schaut das Pflaster mit dem *Hello Kitty*-Motiv lange an, ohne danach zu greifen. Sein Ton ist beherrscht, aber knapp, als er endlich das Schweigen bricht.

»Raus!«

Ich weiß nicht, ob er »Raus zwischen meinen Beinen«, »Raus aus meinem Büro« oder »Raus aus meinem Leben« meint, aber ich gehorche mit aller Würde und Eleganz, deren ich in diesem Moment noch fähig bin. Ich ordne meine Haare, richte mich mit brennenden Wangen auf, murmle ein »Tut mir leid« und wende mich zur Tür, lege aber vorher noch das Pflaster neben seine Tastatur. Für alle Fälle.

Mit einer Hand hält er mich so abrupt zurück, dass ich stolpere und fast an seiner Brust lande. *Wow.*

»Was hatten Sie da unten zu suchen?«, will er wissen.

Sein Blick ist scharf und so durchdringend, dass ich am liebsten sofort Reißaus nehmen möchte. Er sieht wirklich sehr wütend aus. Der Brief fällt mir ins Auge. Ich blinzle und suche verzweifelt nach einer plausiblen, möglichst unverdächtigen Ausrede.

»Ich … ich wollte den Fisch füttern …«

»Aaron? Lilas?«

Oh, Gott sei Dank! Nicolas steht an der Tür und beäugt uns mit einer Mischung aus Erstaunen und Neugierde. Aaron lässt mich sofort los. Der Kontakt mit seiner Haut hinterlässt eine nicht sichtbare, aber brennende Markierung an meinem Handgelenk.

»Das Meeting fängt an … Ist alles okay?«

»Ja klar!«, antworte ich eilig und viel zu begeistert. »Ich war nur hier, um Aaron ein paar Bonbons anzubieten.«

Angesichts der Tüte mit den Skittles runzeln die beiden Männer die Stirn. Ich nutze diesen Moment der Ablenkung, um mir den Brief zu schnappen und ihn in meinen Ärmel zu stopfen.

Die Mädchen hatten recht, das Ganze war eine blöde Idee. Lügen geht auch.

»Aaron steht nicht so auf Süßigkeiten«, sagt Nicolas und verdreht die Augen. »Der Typ ist echt ein Langweiler.«

Ich kann kaum dem Drang widerstehen, »Ich weiß« zu sagen, zucke aber nur die Achseln.

»War ja nur ein Vorschlag.«

Mit diesen Worten lasse ich sie allein, spüre aber Aarons Blick immer noch im Rücken.

Folge 10

Überlegungen unter der Dusche

Suzy – *Ring My Bell*

Aaron

Das Meeting ist enttäuschend. Die Vorstellung, wie Lilas in meiner Abwesenheit in meinem Büro herumschnüffelt, lenkt mich noch immer ab, ganz gleich, wie sehr ich mich bemühe, mich zu konzentrieren.

Und das ärgert mich aus irgendeinem seltsamen Grund.

Immerhin können wir uns auf ein paar Details einigen: Unser Game soll ein Suchspiel, ein »Quest« werden. Emma hat vorgeschlagen, es so wenig heteronormativ wie möglich zu gestalten. Mir gefällt dieses Konzept, allerdings …

»Das wird kompliziert, Emma«, sage ich und spiele mit meinem Bleistift.

»Glaub mir, das weiß ich.«

»Vor allem wegen der großen Klientel.«

Aber sie hält an ihrer Vorstellung fest, und ich verspreche, Lösungen zu finden. Das neue Spiel ist eine größere Herausforderung, als ich dachte. Im Grunde gefällt mir das, auch wenn meine Nächte immer kürzer werden.

Den Rest des Tages verbringe ich mit dem Versuch, mich an Fleurs Nachnamen zu erinnern.

Inzwischen bin ich wild entschlossen, mich auf die Suche

nach ihr zu machen. Mag sein, dass es keine besonders gute Idee ist; vermutlich hat sie mich längst vergessen. Trotzdem geistert sie nach wie vor durch meine Träume. Längst vergessene Erinnerungen tauchen in den unpassendsten Momenten wieder auf. Mein Gedächtnis spielt mir Streiche.

Ich muss sie unbedingt wiedersehen, um mich endlich wieder anderen Dingen widmen zu können. Leider sind meine Recherchen bisher ergebnislos geblieben. Deshalb rufe ich während der Mittagspause meinen Vater an. Leider ist es meine Mutter, die ans Telefon geht.

»여보세요?«*

Überrascht zucke ich zusammen und räuspere mich.

»Oh, *Eomma*. 안녕**.«

Wir tauschen ein paar Banalitäten aus, ehe ich mich erkundige, wo mein Vater ist. Offenbar kocht er gerade.

»Kann ich dir nicht helfen?«

Es ist riskant. Wie alle Mütter hat auch meine einen sechsten Sinn und errät alles. Ungeduldig probiere ich es trotzdem.

»Wie hieß noch einmal die Grundschule, die ich besucht habe?«

Ein Herzschlag.

»Warum?«, fragt sie knapp.

Wie erwartet. Seufzend lasse ich meine Hoffnungen sausen.

»Nur so. Wir haben unter Kollegen darüber gesprochen ...«

»Ich weiß es nicht mehr«, lügt sie. »Aber das spielt doch keine Rolle. Du solltest dich auf die Zukunft konzentrieren, nicht auf die Vergangenheit. Warum rufst du überhaupt an, anstatt zu arbeiten?«

---

*   Hallo?

** Guten Tag.

Im weiteren Gespräch macht sie mich für eine Menge unwichtiger Dinge verantwortlich, angefangen bei meinem schlechten Verhältnis zu Sang-joon. Sie kritisiert mich mindestens zehn Minuten, bis ich eine Besprechung vorschütze und auflege.

Ich weiß ganz genau, dass sich meine Mutter an Fleur erinnert. Zwar habe ich vieles aus dieser Zeit vergessen, aber ich erinnere mich noch sehr gut an die Nachmittage, an denen sie zu uns nach Hause kam, um sich K-Dramen anzusehen. Meine Mutter liebte sie. Sie behauptete, Mitleid mit ihr zu haben, weil sie keine Mutter habe und das nicht normal sei. Ich hingegen fand, dass Lilas mit ihren beiden Vätern sehr gut zurechtkam.

Ich verstehe nicht, warum meine Mutter mich um jeden Preis dazu bringen will, Fleur zu vergessen.

Die einzige Lösung wäre, auf den Dachboden meiner Eltern zu gehen und die Kartons mit den Relikten aus meiner Kindheit zu durchwühlen. Bestimmt gab es noch Klassenbilder. Ich verbringe den Tag damit, alle Grundschulen in der Region Vexin zu suchen; Gott sei Dank gibt es nur sehr wenige.

Ein Problem aber ist, dass die Informationen über ehemalige Schüler sehr begrenzt sind. Logisch. Für alle Fälle durchforsche ich die Websites früherer Schüler. Ohne Erfolg. Jemanden zu finden, ist viel schwieriger, als es in diversen Filmen immer dargestellt wird.

Als ich von der Arbeit nach Hause komme, ist es fast elf Uhr nachts. Sang-joon, mein Mitbewohner, sitzt auf der Couch und isst die Tteokbokki, die mir meine Mutter mitgegeben hat. Wir sehen uns so selten wie möglich, weil er inzwischen verstanden hat, dass ich nicht sein Freund sein will. Aber ab und zu laufen wir uns leider doch über den Weg.

»Wesh*«, begrüßt er mich.

Das ist sein neues Lieblingswort, seit er in Paris ist. Ich nicke ihm zu und verschwinde so schnell wie möglich im Bad.

Ich muss mir unbedingt eine größere Wohnung besorgen.

Keine Ahnung, warum ich zugestimmt habe, als meine Mutter mich bat, den Sohn ihrer Freundin Hye-jin aufzunehmen, als er aus Seoul zum Studium nach Paris kam. So geht es immer mit ihr: Sie zwingt mich, ihm Obdach zu bieten, die Kimchi, die sie für mich kocht, mit ihm zu teilen, und ihn natürlich 형** zu nennen – ganz klar.

Er telefoniert mit Sicherheit mindestens einmal pro Woche mit meiner Mutter und berichtet ihr, wann ich von der Arbeit nach Hause komme und wie viele Joghurts ich pro Tag esse.

Ihrer Meinung nach sind es nämlich nicht genug.

Ich stelle mich unter die Dusche, senke den Kopf und lasse das Wasser über meine Haut perlen. Es ist kochend heiß, aber es entspannt meine schmerzenden Muskeln. Ich schließe die Augen und versuche, die täglichen Nöte zu vergessen.

Ich bin körperlich und geistig erschöpft, werde aber vermutlich nicht vor vier Uhr morgens einschlafen können, das ist mir jetzt schon klar.

Ich sage es niemandem, aber ich habe Angst zu …

»Aaaaaaaaaaaaaaaaaahhhhhhh!«, schreie ich auf, als das Wasser plötzlich eisig wird.

Sofort drehe ich den Wasserhahn zu. Meine Haut schmerzt.

Hinter der Tür schreit Sang-joon auf Koreanisch: »Du bist seit fünfundzwanzig Minuten da drin! Hältst du uns für so reich? Ich bin sicher, du kannst das, was du da drin getan hast, auch in deinem Zimmer tun, wie jeder andere auch …«

---

*　　Hi
**　Bezeichnung eines jüngeren Mannes für einen älteren. Aussprache: Hyung

Ich verstehe nicht sofort, was er meint. Ich wickle mir ein weißes Handtuch um die Taille und stürme wütend aus dem Bad. Erst als ich sein lüsternes, hinterhältiges Grinsen sehe, verstehe ich.

»Ich habe nicht masturbiert, du Idiot«, schnauze ich ihn an.

Aber ich kann nicht verhindern, dass mir das Bild von Lilas auf den Knien vor mir in den Sinn kommt. Mein Herz verknotet sich. Ich knurre frustriert in mein Handtuch und gehe in mein Zimmer.

Wie jeden Morgen erscheine ich als Erster im Büro. Ich habe in der vergangenen Nacht kaum geschlafen, sondern verzweifelt versucht, eine Idee für ein ungewöhnliches Spiel zu finden.

Ich gehe am Open-Space-Büro vorbei direkt in den Aufenthaltsraum, wo Yves mit einem heißen Kaffee und der Zeitung vom Vortag sitzt. Wie zu erwarten war.

»Grüß dich.«

»Einen wunderschönen guten Tag«, antwortet er mit breitem Lächeln. »Was machst du denn so früh im Büro?«

Ich lasse mich auf einen Stuhl fallen und lockere meine Krawatte. Meiner dunklen Augenringe bin ich mir sehr bewusst. Am liebsten würde ich gleich den ganzen Tag absagen.

»Willst du mir diese Frage jeden Morgen stellen?«

Er zuckt die Schultern.

»Fürs Protokoll: Du siehst ganz schön fertig aus. Du solltest lieber schlafen, anstatt dich für Menschen abzurackern, denen das ganz egal ist.«

Ich gebe es ihm gegenüber natürlich nicht zu, aber ich würde auch gerne mehr schlafen. Keine Ahnung, wann ich das letzte Mal richtig durchgeschlafen habe. Ich habe solche Angst vor meinen Albträumen, dass ich nachts lieber wach bleibe.

»Als Chef solltest du mit meinen Bemühungen eigentlich zufrieden sein, weißt du.«

Er verdreht die Augen, was mir ein leichtes Lächeln entlockt.

»Gute Chefs werden entschieden überbewertet. Wie läuft es mit der Neuen?«, erkundigt er sich. »Ich wette, du machst es dem armen Ding nicht gerade leicht.«

Ich suche einen Moment nach Worten. Wir haben bis heute noch nicht ein einziges Mal über dieses Thema gesprochen, hauptsächlich weil er meine Zweifel nicht nachvollziehen kann. Aber auch, weil ich es ihm wie ein kleines Kind übel nehme, dass er Lilas gegen meinen Willen eingestellt hat.

»Ich misstraue ihr.«

»Wem? Lilas?«, fragt er und lacht überrascht. »Ich finde sie sehr charmant. Hast du etwa Angst um deine Stelle, Aaron?«

Ich schnaube missmutig. Wenn es nur das wäre!

»Unsinn. Du hast gesagt, sie wurde dir empfohlen?«

»So könnte man es ausdrücken, ja.«

»Und das finde ich eben verdächtig … Sie gehört nicht hierher, Yves. Sie hat keine Ahnung von Videospielen und taucht über Nacht mit ihren teuren Klamotten und ihrem unschuldigen Gesicht hier auf? Da stimmt doch etwas nicht.«

Ich verschweige ihm, dass ich sie in meinem Büro beim Herumschnüffeln erwischt habe. Keine Ahnung, warum.

Yves lächelt immer noch. Er nimmt eben nichts wirklich ernst. Ich seufze, denn das ist typisch für ihn. Er vertraut jedem. Ihm ist nicht klar, in welcher Lage er sich befindet.

»Glaubst du etwa, ich wüsste nicht Bescheid?«, sagt er plötzlich sanft. »Ich weiß, was hier los ist, Kleiner. Ich weiß, dass sie versuchen, dich auf meinen Posten abzuwerben. Ich weiß auch, dass du sie in die Wüste geschickt hast. Das hat mich übrigens sehr gerührt, auch wenn es beweist, dass du ganz schön blöd bist. Ich dachte, ich wäre dir ein besserer Lehrmeister gewesen.«

Ich werde blass. Dann wusste er es also die ganze Zeit? Ich muss zugeben, das hatte ich nicht erwartet. Ich beuge mich vor und stütze meine Ellbogen auf die Knie.

»Wenn du es weißt, warum tust du dann nichts?«

»Der Vorstand hat keinen triftigen Grund, mich zu feuern. Bisher jedenfalls noch nicht.«

»Und du findest das Auftauchen von Lilas nicht verdächtig? Yves, denk doch mal nach! Was, wenn sie gekommen ist, um uns auszuspionieren? Um deine Schwächen zu finden und sie gegen dich zu verwenden?«

Er weiß es nicht, aber ich habe alles mir Mögliche getan, um sie aus der Firma zu mobben. Stolz bin ich darauf nicht, das ist wahr. Sie ist lediglich wütend geworden – sehr wütend sogar. Eigentlich wollte ich, dass sie klein beigibt und ihre wahre Natur zeigt. Natürlich war es ein bitterer Misserfolg.

Ich weiß nicht, ob das bedeutet, dass sie härter ist, als sie aussieht, oder ob sie tatsächlich eine weiße Weste hat. Ich bin wirklich ein Idiot.

Yves lacht über meine Dummheit. Ich erröte vor Scham.

»Du schaust zu viele Filme.«

»Ich mag keine Filme.«

»Nach fünf Jahren frage ich mich allmählich, was du in deinem Leben eigentlich überhaupt magst. Entspann dich, Aaron«, fährt er fort und schüttet den letzten Schluck seines Kaffees weg. »Lilas hat damit nichts zu tun. Niemand spioniert uns aus. Du interpretierst da zu viel hinein.«

Weil du mir am Herzen liegst, hätte ich gern geantwortet, unterlasse es aber. Stattdessen nicke ich nur und lasse ihn in sein Büro gehen. Er versteht es nicht. Ich bin kein geselliger Mensch, das war ich noch nie. Ich habe keine Freunde.

Nur Yves.

Zehn Minuten vor der Sitzung kehre ich zurück in mein Büro und schaue zunächst überall genau nach, ob sich irgendwo eine Lilas versteckt. Für eine Sekunde muss ich an ein Paar haselnussbraune Augen denken. Ich schüttle den Kopf, um den Gedanken zu verscheuchen.

»Was hältst du von der ganzen Geschichte?«, frage ich Wilfred, meinen Fisch und einzigen Lebensgefährten.

Ich klopfe an das Glas und seufze. Als ob er mir antworten könnte …

»Ich glaube, du hast recht«, flüstert eine Stimme ganz nah an meinem Ohr.

Ich zucke zusammen und japse erschrocken, als ich Nicolas entdecke, der sich über meine Schulter beugt. Er schreckt ebenfalls zusammen. Ich lege eine Hand auf mein Herz und versuche, mich zu beruhigen.

Eines Tages bringe ich den Mann um, ganz sicher.

»Was zum Teufel machst du hier?«

»Alle warten im Konferenzraum auf dich«, sagt er mit dümmlichem Grinsen. »Hast du dein Eau de Toilette gewechselt?«

Ich werfe ihm einen giftigen Blick zu.

»Verschwinde.«

»Oki doki«, erklärt er augenzwinkernd.

Ich bin wirklich nur von Verrückten umgeben.

Folge 11

Sie weist ihn in seine Schranken …
und ihm gefällt es.

Eric Nam – *Sudden Rain*

Lilas

Das soundsovielte Meeting. Alle scheinen sich den Kopf zerbrochen zu haben, nur ich nicht. Es gibt Tage, an denen ich wirklich bereue, den Job angenommen zu haben. Maxime zufolge nennt man das, was wir hier tun, *High Concept*. Ansatzpunkt ist dabei die Story, die sich in wenigen Worten zusammenfassen lassen oder sogar nur durch die Nennung des Titels erkennbar sein soll. Wichtig ist überdies eine ausgefallene Repräsentation in Form von Set-Design, Spezialeffekten und Szenario …

Ich finde, es dauert jetzt schon unendlich lang, aber Nicolas hat mir gesagt, dass wir noch eine Weile dafür brauchen werden.

»Okay, dann schieß mal los«, seufzt Aaron mit übereinandergeschlagenen Beinen. »Fang du an, Julien.«

»Ich? Okay, einverstanden. Also, ich denke an ein eher apokalyptisches Spiel, etwas in Richtung *Rogue-like*«, schlägt dieser wenig begeistert vor. »Der Spieler strandet auf einer einsamen Insel und muss mit den unterschiedlichsten Waffen, aber auch mit Magie gegen Horden von Monstern kämpfen …«

»Gibt es schon.«

Julien verzieht das Gesicht, wirkt aber nicht überrascht.

Keiner schaut Aaron ins Gesicht, mit Ausnahme von Emma, die kühl und unnahbar wirkt. Aaron fordert die nächste Kollegin auf, mit einem Gesichtsausdruck, der geradezu darum fleht, ihn nicht zu enttäuschen. Natasha räuspert sich und schlägt ein Game vor, bei dem der Spieler zusammen mit seinem Bruder eine gefangene Prinzessin retten soll.

»Ach, du meinst Mario?«, unterbricht Aaron mit fingiertem Interesse. »Das meistverkaufte Spiel der Videospielgeschichte?«

Autsch. Als sie ihren Fehler erkennt, gerät Natasha ins Stottern. Der Eiertanz der Kollegen in Aarons Gegenwart macht mich wütend. Und doch tue ich genau dasselbe. Ich senke den Blick auf mein Notizbuch, in dem ich meine eigenen Ideen mit Bleistift notiert habe.

Ich wünschte, er hätte mich gefeuert, nachdem er mich in seinem Büro überrascht hat, dann müsste ich mich bei den Meetings nicht zum Narren machen. Doch das ist seit meinem Arbeitsbeginn hier offenbar zu meiner alltäglichen Routine geworden.

Viele weitere Ideen folgen. Aaron seufzt bei jedem Vorschlag und stützt mit gelangweiltem Gesichtsausdruck das Kinn in die Hände. Sein Feedback besteht nie aus mehr als drei Worten und klingt immer wie ein Peitschenhieb.

»Viel zu geschlechtsspezifisch.«

»Langweilig.«

»Hm.«

Bei der letzten Äußerung kann ich nicht anders: Ich verdrehe die Augen. Unbeabsichtigt entfährt mir ein genervtes Stöhnen. Alle drehen sich schockiert zu mir um. *Scheiße.*

Aaron neigt seinen Kopf zur Seite und schaut mich mit hochgezogenen Augenbrauen an. Ich gerate in Panik. Nicolas neben mir grinst blöde.

»Haben Sie etwas dazu zu sagen?«, fragt mich Aaron und kreuzt seine Hände über den Knien.

Sie sind ein kompletter Idiot.

»Nein.«

Emma hebt die Hand, um ihre Idee darzulegen, aber Aaron ignoriert sie.

»Siehe da, unsere *Cooking Mama*-Spielerin. Vielleicht haben Sie ja eine bessere Idee zu bieten als Ihre Kollegen?«

Nicolas prustet los. Ich werfe Aaron einen bösen Blick zu und gehe verschiedene Möglichkeiten durch, mit denen ich ihn zum Schweigen bringen könnte. In seinen Kaffee zu spucken, wäre viel zu freundlich …

»Immerhin sind Sie Schriftstellerin«, fügt er hinzu.

Meine Hände werden feucht, und ich schlucke. Ich habe absolut keine Ahnung von Videospielen. Für mich spricht lediglich meine Fantasie. Bestimmt wird es ein Flop, aber ich weigere mich, stumm zu bleiben, wenn er mich vor allen anderen demütigt.

Wieder einmal.

Auch wenn ich selbst mein Licht immer unter den Scheffel stelle, so habe ich doch einen gewissen Stolz und ein ziemlich großes Ego. Und ich kann mich noch gut daran erinnern, dass Aaron Choi mir nie etwas abschlagen konnte.

Das darf sich nicht auch noch ändern.

»Ich denke an ein Spiel in Richtung Mythologie …«

»Tausendmal gesehen.«

Jetzt platzt mir endgültig der Kragen. Meine Stimme zittert vor unterdrückter Wut. Ohne seinem Blick auszuweichen, fauche ich: »Vielleicht sollten Sie mich meinen Satz beenden lassen, bevor Sie urteilen? Ich hasse es, unterbrochen zu werden.«

Den verblüfften Lautäußerungen meiner Kollegen entnehme ich, dass ich gerade einen großen Fehler gemacht habe.

Aber ich beiße die Zähne zusammen und gebe mich nicht geschlagen. Nach dem, was heute Morgen passiert ist, habe ich sowieso nichts mehr zu verlieren – nicht mal mehr meine Würde.

Aaron zeigt eine gewisse Verblüffung, und ich nutze die Gelegenheit, um weiterzusprechen.

»Die griechische Mythologie ist längst überstrapaziert. Ich dachte mehr an die japanische Mythologie … Zum Beispiel an die Legende von Amaterasu, der Sonnengöttin. Sie ist auch als Okami bekannt.«

»Oh!«, meint Nicolas. »Den Namen kenne ich irgendwoher … Sie kommt in *Sailor Moon* vor, nicht wahr?«

Dankbar für seinen Einwurf nicke ich. Er zwinkert mir verstohlen zu, um mich zum Weitermachen zu ermutigen.

»Sie und ihr Bruder Susanoo waren Rivalen. Nach einem Streit versteckte Amaterasu die Sonne für lange Zeit tief in einer Höhle. Was, wenn … es das Ziel des Spielers wäre, die Sonne zu finden?«

Ich bin alles andere als zuversichtlich. Alle schweigen und warten auf Aarons Ansicht. Doch er sagt nichts, sondern starrt mich nur an. Vermutlich war mein Vorschlag ziemlich dumm. Ich will gerade etwas anderes vorschlagen und bedaure meine Intervention, aber Emma verblüfft uns alle.

»Das gefällt mir gut.«

Ach? Mit dem Stift in der Hand dreht sie sich zu Aaron um.

»Die japanische Mythologie ist zwar nicht ganz neu im Hinblick auf Videospiele, aber im Grunde ist sowieso schon alles mal gemacht worden.«

»Das ist richtig«, stimmt Nicolas zu. »Wir können es doch einmal im Hinterkopf behalten, das kostet nichts.«

»Klar, dass du einverstanden bist«, stellt Aaron ironisch fest, ehe er sich an die anderen wendet: »Und ihr?«

Alle schütteln den Kopf. Aaron steht auf. Verwirrt schaue ich zu, wie er seine Krawatte zurechtrückt und die rechte Hand in die Hosentasche steckt.

»Ihr hattet mehr als eine Woche Zeit, um euch auf dieses Meeting vorzubereiten, und die einzige im Entferntesten vertretbare Idee soll diese sein?«

Ich schäme mich so, meine Wangen werden heiß. Meine innere Stimme schreit mich an, still und unterwürfig zu bleiben, aber etwas in mir bäumt sich auf. Es ist mir unmöglich, die Worte zurückzuhalten, die mir über die Lippen sprudeln.

»Und was ist mit Ihnen?«

Die Zeit steht still.

»Wie bitte?«

»Was ist mit Ihnen? Sie haben doch sicherlich eine brillante Idee, oder?«, frage ich kühn.

Seine Ohren werden sofort rot. Genau wie eben in seinem Büro. Irgendwie tut es mir leid, ihn in eine solche Situation zu bringen, aber ich kann nicht anders. Ich hätte nie gedacht, dass einmal ein solcher Tyrann aus ihm werden würde.

Was ist bloß mit ihm passiert, während ich nicht da war?

»Sie sind die Drehbuchautorin, nicht ich. Sie kümmern sich nicht um meinen Job, daher sehe ich nicht ein, warum ich Ihren machen sollte.«

»Wenn Sie etwas weniger tyrannisch und dafür etwas liebenswerter wären, würden die anderen ihre Ideen sicher viel freier und ohne Angst vor Erniedrigung darlegen.«

Dieses Mal lacht selbst Nicolas nicht mehr. Ich bin mir des Fehlers bewusst, den ich gerade gemacht habe – zusätzlich zu den vorherigen. Das Schlimmste ist, dass ich es nicht bereue. Dana und Eleanor werden vermutlich sagen, dass ich mich wieder einmal selbst sabotiere, aber das stimmt nicht. Ich lehne es einfach nur ab, mich wie einen Hund behandeln zu lassen;

erniedrigen kann ich mich ganz gut selbst. Ich brauche wirklich niemanden, der mich tagtäglich daran erinnert, wie miserabel ich bin.

Am allerwenigsten Aaron Choi.

Ich habe keine Ahnung, was in ihm vorgeht, denn seine Gesichtszüge sind nach wie vor teilnahmslos, aber er tritt mit einem ruhigen, fast bedrohlichen Gesichtsausdruck auf mich zu. Die Anspannung steigt.

»Wenn Sie glauben, Sie wären hier auf einem Spielplatz gelandet, sollten Sie besser kündigen. Wir sind hier nicht im wunderbaren Land Oz. Unfreundliche Chefs werden Sie Ihr ganzes Leben lang haben, also werden Sie erwachsen.«

»Aber Sie sind nicht mein Chef.«

Die Wirkung dieser Bemerkung ist seinem Gesicht leicht abzulesen. *Volltreffer, Choi!*

»Seit ich hier angefangen habe, geben Sie sich mir gegenüber kalt, unausstehlich und anmaßend. Mag sein, dass Sie der Meinung sind, damit einen gewissen Stil zu zeigen, aber glauben Sie mir, es wirkt einfach nur dumm.«

Nicolas knufft mir seinen Ellbogen in die Rippen und gibt mir hektische Zeichen, besser aufzuhören, aber ich richte mich auf und wettere weiter.

»Wenn Sie wollen, dass die Leute gute Ideen haben, fangen Sie vielleicht erst einmal damit an, ihnen zuzuhören und sie zu ermutigen. Ich mag naiv sein, aber das ist immer noch die beste Basis.«

Aarons Gesicht wird undurchdringlich. Ich weiß nicht, ob er bemerkt, dass er mir ziemlich nah kommt, aber plötzlich ist er nur wenige Zentimeter von meinem Gesicht entfernt.

»Hören Sie auf, mich zu bevormunden«, knurrt er.

»Dann entsprechen Sie den Anforderungen.«

Er wirkt so empört wie ein Welpe, dem man im Vorübergehen einen Fußtritt versetzt hat. Plötzlich landet sein Blick auf meinen Lippen. Es dauert nur eine halbe Sekunde, aber es reicht, um meinen Körper zum Glühen zu bringen.

Ich erwarte keine Antwort. Ich nehme mein Notizbuch an mich und verlasse den Sitzungssaal. Der Blicke in meinem Rücken bin ich mir sehr bewusst.

Was zum Teufel habe ich da gerade getan? Ich habe ihm vor versammelter Mannschaft die Stirn geboten. Ich, Fleur Durand. Damit bin ich der Heldin eines K-Dramas würdig! Zumindest fast. Meine Beine zittern so stark, dass ich befürchte, sie könnten unter mir nachgeben.

Als ich mich auf meinen Platz im Großraumbüro setze, kommt Nicolas schon auf mich zu. Ich lamentiere laut und schlage meine Stirn auf die gläserne Schreibtischoberfläche. Sein beeindruckter Blick entgeht mir trotzdem nicht. Er tätschelt mir den Rücken.

»Sag mal, habt ihr vorher geprobt, oder war das alles improvisiert? Am allerbesten hat mir gefallen: ›Dann entsprechen Sie den Anforderungen!‹« Er imitiert mich mit dramatischer Stimme. »Schau mal. Es hat mir echt Gänsehaut verursacht.«

Ich kneife ihn in den Arm. Er schreit auf.

»Hör auf, dich über mich lustig zu machen.«

»Ich meine es ernst … Ich kann es kaum erwarten, das alles in mein Tagebuch zu schreiben. Seit du hier bist, ist mein Leben in jeder Hinsicht viel interessanter geworden.«

Die anderen kommen kurz nach ihm und mustern mich verwirrt, aber bewundernd, wenn nicht gar neidisch. Nur Emma bleibt sich treu, verhält sich, als wäre nichts geschehen, und setzt sich an ihren Computer.

Es ist Julien, der den Reigen eröffnet: »Du wirst so was von gefeuert.«

»Das glaube ich allerdings auch«, bestätigt Nicolas und lacht sich schlapp.

»Wie lange hast du bei uns durchgehalten? Fünf Minuten?«

»Genau aus diesem Grund halte ich gern Abstand zu den Neuen«, seufzt Natasha.

Maxime nickt feierlich.

»Wir werden deine Tapferkeit nie vergessen.«

»Oh doch, das werden wir«, sagt Nicolas mit traurigem Blick. »Schon morgen wird es so sein, als wärst du nie da gewesen, so leid es mir tut.«

Ich schließe die Augen. Allmählich übernimmt das Bedauern die Oberhand. Ich bemühe mich, vernünftig über die Folgen nachzudenken, aber die Stimmen meiner Kollegen hindern mich daran. Zunächst einmal muss ich Dana und Eleanor anrufen.

»Ja, das stimmt. Wie hieß der Letzte noch einmal? Martin? Oder Manu?«

»Stéphanie.«

Nicolas zuckt die Schultern und steckt sich ein Kaugummi in den Mund.

»Siehst du? Genau das meine ich.«

Schließlich achte ich nicht mehr auf ihre Gespräche und starre auf meinen Computerbildschirm, ohne ihn wirklich zu sehen. Aaron taucht nicht wieder auf. Den ganzen Tag warte ich darauf, dass Yves kommt und mich bittet, meine Sachen zu packen. Emma zeigt mir, woran sie arbeitet, aber ich höre nur halb zu.

Sie scheint es zu bemerken, denn plötzlich sagt sie: »Er wird dich nicht feuern.«

Ich bin überrascht, dass sie sich die Mühe macht, mich zu trösten. Bisher hat sie sich immer still und eigenbrötlerisch gegeben, aber aus irgendeinem mir nicht bekannten Grund scheint Aaron nur sie wirklich ernst zu nehmen.

»Da bin ich mir nicht so sicher …« Ich lächle traurig.

»Dazu ist er nicht befugt, auch wenn er es gerne so hätte«, versichert sie mir. »Und auch wenn er es nicht wahrhaben will – Aaron braucht manchmal einen Schubser. Er weiß es nicht, aber es ist gut für sein Ego.«

Zunächst glaube ich ihr nicht. Doch dann stelle ich fest, dass sie recht hat, denn gegen Feierabend erhalte ich eine E-Mail von Aaron.

Ich weiß nicht, was Sie in meinem Büro gemacht haben, und will es auch nicht wissen. Aber Sie sollen wissen, dass ich Sie nicht gerade schätze. Und dass ich Sie beobachte.

Ich lese den Text mindestens zehnmal.

Aber erst beim elften Mal begreife ich, dass es sich um eine Kriegserklärung handelt.

Und ich bin wild entschlossen, mich nicht unterkriegen zu lassen.

Noch am gleichen Abend rufe ich Sélim über FaceTime an und bitte ihn, mir alles beizubringen, was er über Videospiele weiß. Ich notiere alle Spiele, die im Augenblick in sind – außerdem die Klassiker und Sélims Favoriten.

World of Warcraft, Fortnite, Call of Duty, League of Legends, Overwatch und so weiter. Mir wird fast schwindelig.

»Geh auf Twitch«, rät er mir. »Das ist ein Live-Streaming-Videoportal, das die Leute zum Übertragen von Games nutzen.«

Ich befolge seinen Rat und verbringe die Woche damit, mir Live-Games anzusehen. Ich verstehe nicht die Bohne. Ich fahre sogar bei meinen Eltern vorbei, um die Switch-Konsole meines Bruders zu holen.

»Darauf kann man doch auch *Animal Crossing* spielen, oder?«, frage ich meinen Bruder, während ich das Gerät begutachte.

Er verdreht nur die Augen.

Es ist eine völlig neue Welt, die ich da entdecke. Manchmal frage ich mich, wo ich die ganze Zeit gewesen bin.

Bin ich etwa schon so alt?

Ich verbringe meine Zugfahrten damit, mir Gamer-Videos auf YouTube anzusehen, und versuche, den Wortschatz zu verstehen. Bei der Arbeit gibt sich Aaron, als wäre nichts vorgefallen und ignoriert mich. Aber die leere Skittles-Tüte im Mülleimer des Aufenthaltsraums habe ich durchaus bemerkt.

Darüber muss ich lächeln, wenn auch nur ein bisschen.

Für die nächste Woche hat er ein weiteres Meeting anberaumt. Wir müssen uns unbedingt auf die Hauptfigur, die Handlung und das Gesamtdesign einigen. Danach werden die Drehbuchautoren und die Grafiker mit der richtigen Entwicklungsarbeit beginnen.

Zu Hause beschweren sich die Mädchen, dass ich die Abende eingeschlossen in meinem Zimmer verbringe – entweder spiele ich am Computer oder zeichne meinen Webtoon auf dem Tablet weiter.

Eines Abends versuche ich mich in *Fortnite*, während Dana sich fertig macht, um auszugehen.

»Ich muss ihn so richtig von den Socken hauen!«, sage ich mit dem Mund voller Chips. »In meinem Nachruf darf keinesfalls ›Geliebte Tochter, treue Schwester und *Cooking Mama*-Süchtige‹ stehen, hörst du?«

Eleanor drängt mich, es ihm richtig zu zeigen. Dana hingegen begreift nicht, warum ich mir so viel Mühe mache. Sie setzt eine elfenbeinfarbene Baskenmütze auf ihr raspelkurzes Haar, die wunderbar mit ihrer Ebenholzhaut kontrastiert.

»Okay, Aaron verabscheut dich, aber …«

»Wow, wow, wow …« Lachend lege ich meine Hände vor mir auf den Tisch. »Immer langsam. So weit würde ich nicht gehen. Ich glaube nicht, dass er mich *verabscheut*.«

Sie hebt eine Augenbraue und stopft sich eine Handvoll Chips in den Mund.

»Er verabscheut dich, Herzchen. Bestimmt hat er Voodoopuppen von dir in seiner Schreibtischschublade. Immerhin hast du zwischen seinen Beinen gehockt … und zwar nicht aus positivem Anlass.«

Wenn man es so ausdrückt … Nein, wirklich, mein Leben ist die Wucht.

»Aber ich bin mir sicher, dass es gut geht«, fügt sie hinzu und zeigt mir einen erhobenen Daumen. »Ich glaube an dich!«

»Gott, du hast echt keine Ahnung, wie man jemanden tröstet«, stellt Eleanor kopfschüttelnd fest.

Die Wahrheit ist, dass Aaron mich wirklich verabscheut und ich mir dessen voll bewusst bin. Ich wünschte, mir ginge es ebenso. Ich würde ihn bestimmt hassen, wäre er nicht … *Aaron.*

Trotz seiner Fehler rührt er mich nach wie vor. Er ist so intelligent … aber gleichzeitig so entsetzlich dumm, verdammt noch mal. Eines Morgens wurde ich Zeuge, wie er etwa zehn Minuten lang mit der Kaffeemaschine kämpfte, um schließlich »Ich habe sowieso keinen Durst« zu murmeln und zurück in sein Büro zu gehen. Seine Ohren hatten wieder diesen hübschen rosaroten Farbton.

Manchmal kommt er aus seinem Büro, betritt das Großraumbüro mit entschlossener Miene, bleibt aber dann scheinbar nachdenklich stehen, schüttelt den Kopf und kehrt verloren wieder um; man könnte glauben, er hätte wieder vergessen, weshalb er gekommen war.

Ich muss mich jeden Tag zwingen, ihn nicht irgendwie liebenswert zu finden.

Aber alle Bemühungen sind verlorene Liebesmüh, als ich das *Hello Kitty*-Pflaster an seinem Zeigefinger entdecke.

Nicolas erweist sich während dieser Zerreißprobe als wertvoller Freund. Er steckt voller Ideen und teilt sie mit mir, damit wir gemeinsam »Brainstorming« betreiben können. Noch nie hat mich ein neues Projekt derart erregt. Zwar bin immer noch ein Neuling in Sachen Gaming, aber ich trainiere jeden Abend. Ich fange sogar an, auf den Geschmack zu kommen, besonders bei *World of Warcraft*. Dieses Spiel macht echt süchtig.

Mehr als einmal bleibe ich abends sogar länger, weil mich die Inspiration des Augenblicks eingefangen hat. Auf diese Weise fällt mir auf, dass Aaron das Büro selten vor acht Uhr abends verlässt. Aber ich achte nicht auf ihn und verteile meine Skizzen auf meinem ganzen Schreibtisch. Ich schreibe, ich zeichne, ich schreibe, ich zeichne.

Wir sprechen kaum miteinander. Die meiste Zeit geht er zurück in sein Büro, nachdem er etwas beim Chinesen bestellt hat.

Er mag ein arroganter Idiot sein … aber ich muss zugeben, dass er seine Aufgabe sehr ernst nimmt. Seine Schreibtischseite im Großraumbüro ist mit Dokumenten und Post-its übersät, und seine Leidenschaft und Beharrlichkeit bringen mich dazu, es ihm gleichzutun.

Tief in meinem Innern – auch wenn ich mich dafür hasse – wünsche ich mir eigentlich nur, dass er meine Bemühungen anerkennt.

Folge 12

Der Alkohol, der lose Zungen lockert ...

Tearliner – *Blooming Story*

Aaron

Ich traue ihr nicht, das stimmt schon ... aber ich muss zugeben, dass sie mich überrascht.

Lilas ist die ganze Woche hindurch jeden Abend länger geblieben, auch wenn sie sichtlich müde war. Nie im Leben würde ich es zugeben, aber ich kann kaum erwarten, was sie beim nächsten Meeting zu bieten hat.

Ich betrete den Sitzungssaal als Letzter und begrüße die Leute. Ohne Augenkontakt setze ich mich und bemühe mich, sehr professionell zu wirken. Heute habe ich nicht vor, mir von Lilas Rodriguez vor allen Kollegen über den Mund fahren zu lassen.

»Wer möchte anfangen?«

Wenig überraschend meldet sich niemand. Schließlich hebt Nicolas die Hand und lächelt uns strahlend an. So ist er immer.

»Lilas und ich haben an der Idee der Okami-Legende weitergearbeitet.«

»Gut, ich höre.«

Mit Lilas' Tablet in der Hand steht er auf. Ich unterbreche ihn sofort.

»Nicht du.«

Als ich sie anschaue, wird Lilas blass. Wenn sie aber wirklich ihre Abende mit der Arbeit an dieser Idee verbracht hat, will ich es von ihr hören, von niemandem sonst. Zunächst zögert sie, aber ich schaue sie mit hochgezogenen Augenbrauen an, um sie herauszufordern.

Wie erwartet, richtet sie sich zu ihrer vollen Größe auf und schaut mir geradewegs in die Augen. Nicolas setzt sich wieder. Sie nimmt ihm das Tablet aus der Hand.

»Ihr kennt alle die Legende von Amaterasu, denn wir haben vergangene Woche darüber gesprochen«, beginnt sie mit fester Stimme. »Es gibt aber noch eine andere Figur in der japanischen Mythologie, die euch vielleicht bekannt ist. Ich spreche von Kitsune. Dabei handelt es sich um einen Fuchs, ein polymorphes Tier von überlegener Intelligenz, das sehr lang lebt und über magische Kräfte verfügt. Wie zum Beispiel Ahri, die neunschwänzige Füchsin in *League of Legends*.«

Per E-Mail schickt sie uns allen elektronische Skizzen ihrer Vorstellung von dem Tier. Sie hat den Fuchs in verschiedenen Erscheinungsformen und Stilen dargestellt. Überrascht schaue ich mir jede einzelne Zeichnung an. Okay, sie hat wirklich einen guten Strich. Ich verstehe, was Yves in ihr sieht.

»Dieser Fuchs hat neun Schwänze. Je mehr er hat, desto mächtiger ist er. Ein Kitsune kann auch menschliche Gestalt annehmen, wenn er ein bestimmtes Alter erreicht hat. Die Idee ist, dass der Spieler als Kitsune die Aufgabe hat, die von Amaterasu versteckte Sonne zu finden. Je mehr aus Kämpfen und Rätseln bestehende Aufgaben er erfüllt, desto mächtiger wird er.«

»Und wie funktioniert das?«

Sie lächelt, weil es ihr gelungen ist, meine Aufmerksamkeit zu erregen.

»Mit jeder erfolgreichen Mission gewinnt er einen Schwanz. Wie schon gesagt, je mehr Schwänze ein Kitsune hat, desto stärker wird er. Im Spiel ist es ebenso.«

Ich nehme mir etwas Zeit, um darüber nachzudenken.

»Trotzdem verstehe ich es nicht. Wozu braucht er die Schwänze?«

»Es sind Waffen. Kitsune kann auch seine Form verändern und andere Erscheinungsformen annehmen. Ich denke, es wäre eine gute Idee, um das Spiel weniger geschlechtsspezifisch zu gestalten … Der Spieler kann die Gestalt eines Tieres, eines Mannes, einer Frau oder eines Kindes annehmen; was auch immer er wünscht. Auf diese Weise fühlt sich jeder vertreten.«

An dieser Stelle übernimmt Nicolas und beschreibt den eingeschworenen Feind der Kitsune. Die anderen scheinen inzwischen inspiriert genug, ihre eigenen Ideen einzubringen. Die Sitzung dauert eine gute Stunde. Ohne es zu merken, beteilige ich mich am Brainstorming, indem ich die Debatte vorantreibe, und schon bald ist die Tafel voll mit Post-it-Notizen.

Wir haben alles, was wir brauchen, um richtig anzufangen.

Gestern Abend allein in meiner Wohnung hatte ich nicht die geringste Eingebung. Aber mit der Hilfe des gesamten Teams konnten wir innerhalb einer Stunde ein Konzept und die zugehörigen Charaktere auf die Beine stellen.

Ein schwerer Schlag für mein Ego, das muss ich schon sagen.

Ich stehe auf, um das Meeting zu beenden, und räume meine Unterlagen zusammen.

»Eure Idee hat gewisse Schwächen. Ich sage das nicht aus Unfreundlichkeit, sondern weil ich mich mit dieser Arbeit auskenne und gut darin bin«, sage ich und schaue auf meine Uhr. »Daran kann man jedoch arbeiten.«

Es ist ein Kompliment, und an ihrem siegreichen Blick erkenne ich, dass sie es weiß. Ich muss zugeben, ihre Idee ist nicht übel, auch wenn wir noch ganz am Anfang stehen.

Wir gehen alle zurück ins Open-Space-Büro. Ich bemühe mich redlich, ihren Blick zu meiner Linken nicht ständig zu kreuzen, aber ihre Freude strahlt wie ein Lichtschein um sie herum. Sie lächelt breit und mit stolz geschwellter Brust.

Nicolas lacht ebenfalls und klatscht sie solidarisch ab.

»Ich übernehme die erste Runde! Für die Mühe!«

»Die erste Runde?«, wiederholt sie verwirrt.

»Hast du Natashas E-Mail nicht bekommen? Wir gehen heute Abend alle einen trinken. Du bist eingeladen. Aaron, mein Herz, möchtest du dich uns anschließen?«

Ich habe ebenfalls keine E-Mail erhalten. Ich weiß nicht, warum mich das derart berührt. Ich werfe Nicolas einen giftigen Blick zu, obwohl ich an sein tägliches Flirten gewöhnt bin.

»Nein danke.«

»Welche Überraschung! Lilas, du bist aber dabei?«

Ich schaue zu ihr hinüber und warte aus mir selbst unerfindlichen Gründen auf ihre Antwort. Sie öffnet den Mund, zögert, lächelt aber dann schüchtern.

»Bin dabei.«

Ich spüre, wie sie in meine Richtung schaut, aber ich wende mich schon zum Gehen.

Um zweiundzwanzig Uhr bin ich immer noch im Büro. Ich wache auf, mit der Wange auf meiner Computertastatur. Offenbar bin ich vor Erschöpfung eingeschlafen. Nach einem Blick auf die Uhr beschließe ich, nach Hause zu gehen.

Ich verschicke noch rasch eine letzte E-Mail, als mir eine Nachricht im Spam-Ordner auffällt. Es ist die Mail von Natasha. Sie hatte mich offenbar doch in ihrem Verteiler. Einige

Sekunden lang weiß ich nicht, wie ich reagieren soll. Ich nehme nie an dieser Art von Feiern mit Kollegen teil, und doch laden sie mich immer wieder ein.

Irgendwie ist es … nett. Glaube ich zumindest. Um ehrlich zu sein, kenne ich meine Kollegen außerhalb der Arbeit nicht besonders gut. Ich weiß nur, dass sie ausgezeichnete Mitarbeiter sind. In vielen Dingen haben wir die gleiche Wellenlänge, was von Vorteil ist – auch wenn sie denken, dass ich sie verachte.

Aber das stimmt nicht.

Ich habe nur getan, was nötig war, damit sie mich respektieren. Als ich Game Designer wurde, war ich der Jüngste im Team. Ich wollte ernst genommen werden. Ich nehme an, ich habe irgendetwas falsch gemacht, denn keiner von ihnen mag mich.

Glücklicherweise habe ich gelernt, damit fertigzuwerden.

Ohne zu begreifen, was mit mir los ist, finde ich mich vor der fraglichen Bar wieder. Immer noch in meinem Arbeitsoutfit. Ich gehe vor der Tür auf und ab und suche nach einer plausiblen Entschuldigung. Ich kann ihnen doch nicht einfach ins Gesicht sagen, dass ich mit ihnen ein Glas trinken möchte, oder?

»Wollen Sie nun hinein oder nicht?«

Ich drehe mich zum Türsteher um, der mich fragend anschaut. Überrascht fange ich an zu stottern und nicke schließlich, ohne nachzudenken. Stirnrunzelnd betrete ich die Bar. Die dröhnende Musik und die lautstarken Gespräche betäuben mich fast.

Schon bereue ich, dass ich gekommen bin.

Langsam bewege ich mich vorwärts und suche meine Kollegen. Hier sind zu viele Menschen. Zu viel Lärm. Ich kann meine eigenen Gedanken nicht hören. Mein Herz pocht aufgeregt, und ich spüre die aufsteigende Panik, als ich eine Stimme unter all den anderen erkenne.

Sofort bleibe ich stehen. Ich weiß, wem diese Stimme gehört. Als ich mich umdrehe, fällt mein Blick auf krauses Haar und viele Sommersprossen. Lilas steht umgeben von unseren Kollegen und hebt ein Glas Tequila sehr hoch.

Ihre runden, roten Wangen beweisen, dass es bei Weitem nicht ihr erster Shot ist. Ich beobachte, wie sie ihre Jacke auszieht und laut ruft: »Nein, im Ernst, was glaubt er wohl, wer er ist? Park Seo-joon? Das funktioniert nur in K-Dramen! Eigentlich ist es ÜBERHAUPT NICHT sexy, ein Blödmann zu sein, okay?«

»Was?«, fragt Julien neben ihr lachend.

Ich kneife die Augen zusammen. Keine Ahnung, warum, aber ich ahne, von welchem Blödmann sie spricht.

»Monsieur weiß nicht einmal, wie man die Kaffeemaschine bedient!«, fährt sie fort. »Neulich im Aufzug war er so auf sein Tablet konzentriert, dass er den Halt eine Sekunde zu spät bemerkte und mit dem Schädel gegen die Fahrstuhltüren gekracht ist, dieser Depp.«

Blödmann und Depp. Das merke ich mir. Ich mahle mit den Zähnen. Tatsächlich erinnere ich mich an diesen Tag. Ich war überzeugt, allein im Aufzug zu sein …

»Der arme Kerl!«, meint Natasha. »Wie hat er reagiert?«

»Überhaupt nicht. Er hat sein Tablet aufgehoben und den Knopf gedrückt, um die Tür zu öffnen. Er hat nicht einmal bemerkt, dass ich da war!«

Jetzt wird alles klar. Ich trete näher, bleibe direkt hinter ihr stehen und warte brav darauf, dass sie weitermacht. Ein Kollege nach dem anderen bemerkt mich und reißt ängstlich die Augen auf. Nicolas sieht mich und lacht noch mehr. Er macht Lilas hektische Zeichen aufzuhören. Stattdessen fängt sie an, mich nachzuäffen.

»Bla, bla, bla, ich bin der beste Game Designer der Welt,

ich trage Designerklamotten, und mein einziger Freund ist ein blauer Fisch bla, bla, bla. Sie kümmern sich nicht um meinen Job, daher sehe ich nicht ein, warum ich Ihren machen sollte, bla, bla, bla, ich liebe Skittles …«

Die Tatsache, dass sie nicht wirklich weit von der Wahrheit entfernt ist, schmerzt mich aufrichtig. Wow, ich bin echt erbärmlich. Ich tippe ihr auf die Schulter, um ihre Aufmerksamkeit zu erregen. Als sie mich sieht, schluckt sie nur.

Sofort dreht sie mir wieder den Rücken zu, so schnell, dass sie ins Schwanken gerät. Unwillkürlich lege ich ihr eine Hand auf die Schulter, um sie zu stützen, ziehe sie aber peinlich berührt sofort zurück.

Lilas lehnt sich zu Nicolas hinüber. Vermutlich glaubt sie zu flüstern, aber ich bin ziemlich sicher, dass die halbe Bar sie hören kann.

»Uff, ich glaube, er hat mich nicht gehört.«

Nicolas lehnt sich ebenfalls zu ihr und ahmt ihren Tonfall nach: »Ich denke doch.«

Gütiger Gott.

Maxime entschuldigt sich wortreich und steht auf, um mir seinen Platz zu überlassen. Ich räuspere mich. Es war wirklich ein Fehler herzukommen.

»Ich bleibe nicht. Der Depp ist nur gekommen, um Nicolas ein Dokument zurückzubringen«, verkünde ich sarkastisch.

Alle verziehen das Gesicht, bis auf Lilas, die sich ins Fäustchen lacht. Sie macht sich ganz offen über mich lustig.

»Wo ist denn das Dokument?«, erkundigt sich Nicolas.

Ich hebe eine Augenbraue.

»Welches Dokument?«

»Das Dokument, das du mir geben wolltest.«

»Es gibt kein Dokument, das ich dir geben wollte«, erwidere ich verständnislos.

»Aber das hast du doch gerade gesagt.«

Das soll ich gesagt haben? Ich werde rot. So viel zum Deppen.

»Ach so. Ja. Ich … ich habe es wohl vergessen. Gut, dann gehe ich mal nach Hause.«

Ich will gerade gehen, als er mich am Arm packt.

»Warte! Könntest du Lilas in ein Taxi setzen? Ich glaube, es ist Zeit für sie, nach Hause zu gehen … Wir wollen doch nicht, dass sie am Ende ohne Unterwäsche auf dem Tresen tanzt.«

»Mach es doch selbst«, erwiderte ich verärgert. »Ich bin schließlich nicht ihr Babysitter.«

Lilas widerspricht Nicolas und behauptet, sie könne durchaus noch etwas trinken. Sie kann sich kaum auf den Beinen halten, und ihr Hals ist feucht vor Schweiß. Wenn ich sie so sehe, bin ich mir nicht sicher, ob sie Alkohol überhaupt gewöhnt ist.

Ich seufze und greife nach ihrer Handtasche. Scheißleben.

»Wir gehen.«

Wenn sie noch hierbliebe, wären auch die anderen irgendwann zu betrunken, sich um sie zu kümmern. Sie murrt, folgt mir aber ohne Probleme und verabschiedet sich mit einem Winken von unseren Kollegen.

Eines ist sicher – für diese Woche habe ich genug von Sozialkontakten.

Das Taxi braucht sechs Minuten. Während dieser Zeit kämpft Lilas mit ihrer Jacke. Als sie es endlich geschafft hat, hineinzuschlüpfen, klopft sie sich auf die Schulter, als wollte sie sich beglückwünschen; ich traue mich nicht, ihr zu sagen, dass sie sie verkehrt herum trägt.

Sie ist nervig … aber zugegebenermaßen ziemlich liebenswert.

»Hinein mit Ihnen«, sage ich und öffne die hintere Tür.

»Nein danke.«

»Was meinen Sie mit ›Nein danke‹? Das war keine Frage.«

»Ich bin nicht müde«, sagt sie und will umkehren.

Ich schnappe ihren Arm und zwinge sie in das Auto, was mir einen misstrauischen Blick des Fahrers einbringt. Sie grunzt, gehorcht jedoch, verzieht aber verdrossen das Gesicht.

Sie scheint völlig neben der Spur zu sein. Ich zögere einen Moment, steige aber dann doch leise fluchend ein. Taxis sollten zwar eigentlich sicher sein, aber wer weiß schon, was ein Fremder mit einer betrunkenen und hilflosen Frau auf dem Rücksitz anstellen könnte?

»Wo wohnen Sie?«, frage ich Lilas, die wie ein Hündchen ihren Kopf aus dem Fenster streckt.

Es dauert gut zwei Minuten, ehe ich ihr die Information entlocken kann.

Die Fahrt ist die Hölle auf Erden. Sie redet, redet und redet, macht große Gesten und versucht, ihren ganzen Körper durch das Fenster zu zwängen. Ich bemühe mich, sie zurückzuhalten, aber sie dreht sich um und versetzt mir einen Schlag auf die Nase.

Ich bin ziemlich sicher, dass sie mir das Nasenbein gebrochen hat, die blöde Kuh.

Nachdem sie sich endlich beruhigt hat, schaut sie mich unter ihren langen braunen Wimpern an wie ein Kätzchen.

»Sagen Sie … möchten Sie mein Freund sein?«

Ich schaue sie an, als wäre sie verrückt. Dabei achte ich nicht auf mein Herz, das bei dieser Bitte einen Schlag aussetzt.

Ja.

»Lieber Himmel, nein.«

Ein amüsiertes, aber irgendwie doch trauriges Lächeln legt sich auf ihre vollen Lippen.

»Immer noch derselbe.«

Ich höre ihr nicht mehr zu. Endlich sind wir vor ihrem Haus, einem kleinen Gebäude in einer schmalen Straße. Ich steige als Erster aus und halte ihr die Tür auf, aber sie weigert sich auszusteigen.

»Ich will nicht nach Hause«, jammert sie.

Ich seufze und versuche ihr klarzumachen, dass es Zeit ist, aber es ist nichts zu machen. Der Fahrer scheint allmählich die Geduld zu verlieren, genau wie ich. Ich entschuldige mich bei ihm und greife nach Lilas' Arm, um sie herauszuziehen. Sie schlägt um sich und dreht sich auf den Bauch.

Mannomann, was für eine Nervensäge!

»Das ist jetzt echt nicht mehr lustig. Ich habe nicht den ganzen Abend Zeit für so etwas!«

Das stimmt zwar nicht, aber das kann sie ja nicht wissen. Ich habe es satt, greife nach ihren Knöcheln und ziehe sie zu mir. Sie schreit um Hilfe, klammert sich energisch mit den Händen an den Sitz und kämpft wie eine Löwin. Keuchend vor Anstrengung versuche ich, ihre Finger einen nach dem anderen zu lösen. Sie fletscht die Zähne und beißt mir zum zweiten Mal in dieser Woche in die Hand. Ich schreie vor Schmerz auf.

»Scheiße, sind Sie Freizeitkannibalin oder was?«

Plötzlich wendet sich der Fahrer mit besorgtem Gesichtsausdruck zu uns.

»Zwingt dieser Mann Sie, mit ihm nach Hause zu gehen, Mademoiselle?

»Wie bitte?«, rufe ich beleidigt.

»Ja«, bestätigt Lilas fast gleichzeitig mit weinerlicher Stimme.

Moment! Wie bitte?! Das ist nun wirklich zu viel. Ich entscheide mich für die brutale Methode und hebe sie an der Taille hoch, um sie aus dem Auto zu zerren, während sie mir immer wieder ins Handgelenk beißt. Bereit, gegen mich vorzugehen, steigt der Fahrer aus. Ich will ihm gerade alles erklären, als mir jemand etwas Hartes auf den Schädel schlägt. Mit schmerzendem Kopf stoße ich einen überraschten Fluch aus.

Was um alles in der Welt …?

Wie von Zauberhand erscheinen zwei Mädchen und starren mich bitterböse an. Eine von ihnen hat einen Regenschirm. Die Tatwaffe.

»Loslassen, Sie Perversling, oder ich rufe die Polizei!«

»Aber …«

»LOSLASSEN.«

Ich gehorche und trete ein paar Schritte zurück. Ich habe keine Ahnung, was hier vor sich geht, aber ich bin ziemlich sicher, dass man mir eine versuchte Vergewaltigung anhängen will.

»Wir sind Arbeitskollegen«, verteidige ich mich. »Ich wollte sie doch nur nach Hause bringen, weil sie zu viel getrunken hat, verdammt noch mal!«

Eines der Mädchen nimmt Lilas in die Arme, streicht ihr mit einer beschützenden Geste über das Haar und beäugt mich misstrauisch.

»Sind Sie Nicolas?«

Die Tatsache, dass ihnen Nicolas ein Begriff ist, ärgert mich. War er schon einmal bei Lilas? Ich hätte nicht gedacht, dass sie sich so nahestehen …

»Mein Name ist Aaron«, korrigiere ich beleidigt.

Sie scheint von mir gehört zu haben, denn sie reißt die Augen auf. Hastig räuspert sie sich und setzt ein falsches Lächeln auf. Leicht zu erraten, was sie von Lilas über mich gehört hat.

»Scheiße! Verstehe … Tut mir echt leid. Und, äh, vielen Dank!«

Lilas sieht aus, als würde sie gleich einschlafen. Meine Anwesenheit hat sie völlig vergessen. Auf meine Kosten kichernd gehen die drei Mädchen nach Hause. Seufzend werfe ich einen Blick auf die Bissspuren an meinen Fingern. Ist sie überhaupt ein Mensch?

»Tut mir leid, Kumpel. Kann ich dich irgendwo absetzen?«, fragt mich der Fahrer und fischt eine Zigarette aus seiner Tasche.

Müde werfe ich ihm einen düsteren Blick zu.

»Ich würde lieber zu Fuß gehen. *Kumpel*.«

Die ganze Sache hat ein Gutes: Zu Hause falle ich nur noch in mein Bett und schlafe tief und fest bis zum Morgen.

5 Jahre

Aaron will nicht mit mir sprechen. Dabei habe ich alles versucht. Ich hinterlasse Zettelchen in seinem Spind und bitte ihn, sich beim Essen neben mich zu setzen, aber er liest sie nicht. Das macht mich traurig.

Trotzdem gebe ich nicht auf. Ich weiß, dass wir dazu bestimmt sind, Freunde zu sein. Manchmal zeichne ich Geschichten, anstatt der Lehrerin zuzuhören. Damit die anderen mein Geheimnis nicht erraten, habe ich einen Trick gefunden: Ich verwandle alle Leute in Tiere!

Zum Glück ist heute Schwimmbadtag! Ich gehe gern ins Schwimmbad. Meine Väter haben mir das Schwimmen beigebracht. Sie sagen, dass ich damit allen voraus bin, weil die anderen Kinder noch nicht schwimmen können.

»Kannst du schwimmen, Aaron?«, frage ich ihn, als wir in unseren Badeanzügen aus der Umkleide kommen.

Er antwortet mir nicht und verschränkt die Arme vor der Brust. Meine Eltern sagen, dass es einer meiner schlimmsten Fehler, aber auch eine meiner besten Eigenschaften ist, dass ich ein Nein als Antwort nie akzeptiere. Deshalb bleibe ich hartnäckig.

»Ich kann es dir beibringen, wenn du magst! Du wirst sehen, es ist ganz einfach.«

»Ich will aber nicht«, nörgelt er. »Geh weg.«

Ich verdrehe die Augen, bin aber nicht böse. Vielleicht merkt man es nicht so, aber Aaron ist nett. Wenn ich ihn zeichne, ist er ein Skunk. Ein bisschen wie ein Iltis, aber niedlicher. Papa James sagt, dass ein Stinktier am liebsten allein ist, und wenn es sich bedroht fühlt, fängt es an zu stinken. Bei Aaron ist es so ähnlich. Immer, wenn ich ihm zu nahe komme, stößt er mich weg. Jedes Mal.

Aber eigentlich ist er nicht böse.

Plötzlich gehen die anderen Jungen aus unserer Klasse an uns vorbei und schubsen ihn. Das finde ich ungerecht. Meine Wangen brennen.

»Passt doch auf, ihr Deppen«, schreie ich sie an.

»Oh, Aaron versteckt sich hinter einem Mädchen! Wie ein großes Baby.«

Ich drücke die Brust durch und stütze die Hände auf die Hüften.

»Ja und? Meine Väter sagen, dass ich ein besonderes Mädchen bin, okay? Ihr seid die Babys!«

»Hör auf«, sagt Aaron mit rosigen Ohren. »Lass mich doch einfach in Ruhe. Wir sind keine Freunde!«

Mein Herz fühlt sich in meiner Brust ganz komisch an. Ich sage nichts und lasse ihn mit gesenktem Kopf davongehen. Nicht schlimm. Stattdessen schreite ich mit stolz erhobenem Kinn zu meinen Freundinnen. Ich kann es kaum erwarten, allen zu zeigen, wie ich schwimme. Ich hoffe, Aaron ist beeindruckt. Ich versuche immer wieder, ihn zu meiner Geburtstagsfeier einzuladen, aber ich weiß nicht, ob er kommt.

»Nicht rennen und weg vom Beckenrand«, ruft die Lehrerin.

Wir stellen uns hintereinander auf. Sie verteilt leuchtend orangene Schwimmflügel. Ich sage ihr, dass ich sie nicht brauche, aber sie schimpft, dass ich es wie die anderen machen soll.

Ein Mann in Shorts unterbricht sie. »Madame, einer Ihrer Schüler ist noch im Umkleidebereich. Ich glaube, er weint.«

Sie seufzt und befiehlt uns, brav zu sein und uns nicht von der Stelle zu rühren. Sie geht zu den Toiletten, während wir alle die Schwimmflügel überstreifen und Witze machen. Ich beobachte Aaron und hoffe, in die gleiche Mannschaft zu kommen wie er.

Ich denke noch darüber nach, wie ich es am besten anstelle, als Louis an Aaron vorbeigeht, ihn schubst und zu ihm sagt, dass ihn sowieso niemand leiden kann.

Ich hatte nicht gesehen, wie nah Aaron am Beckenrand stand. Er stolpert, gerät aus dem Gleichgewicht und fällt wie ein nasser Sack ins große Becken. Ich erstarre vor Angst. Die anderen lachen. Ich kann mich mindestens fünf Sekunden lang nicht rühren.

Aarons kleiner Kopf taucht auf, und er öffnet den Mund, um zu rufen. Aber er schluckt nur viel Wasser und geht wieder unter.

Das Becken ist zu tief. Viel zu tief!

»Aaron«, rufe ich und renne hin.

»Kann er nicht schwimmen?«, fragt Louis. Jetzt lacht er nicht mehr.

Aaron geht unter. Er zappelt mit Armen und Füßen. Das Herz schlägt mir bis zum Hals. Ich denke keine Minute länger nach und springe. Das Wasser ist kalt und brennt mir in den Augen, aber ich zwinge mich, das zu tun, was meine Väter mir beigebracht haben.

»Durchhalten, Aaron!«, keuche ich. Wasser schwappt in meinen Mund.

Ich schwimme so gut ich kann auf ihn zu, schlucke mehrmals Wasser und kann schließlich seinen Arm ergreifen. Ich zerre ihn an die Oberfläche, obwohl sein Gewicht mich nach unten zieht.

»Beweg deine Beine!«

Aber es hilft nichts. Er hat so große Angst, dass er nicht ruhiger werden kann. Mit aller Kraft und obwohl es wehtut, halte ich seinen Arm fest und schwimme auf den Rand zu. Ein paarmal gehe ich beinah mit ihm unter, und mein nasses Haar klebt triefend in meinen Augen, aber schließlich wirft uns jemand eine Schwimmnudel zu, und ich bringe Aaron dazu, sich daran festzuhalten.

Nun ziehe ich die Schwimmnudel hinter mir her und bringe uns sicher bis zum Beckenrand. Meine Freundinnen Jeanne und Claire helfen uns dabei, aus dem Wasser zu klettern. Es ist ziemlich schwierig.

Ich habe es geschafft. Wir haben es geschafft. Ich bibbere vor Angst oder Kälte, genau weiß ich es nicht, aber ich bin in Sicherheit.

Und Aaron auch. Er liegt auf dem Boden und zittert wie Espenlaub. Ich setze mich neben ihn und drücke ihm meine Hände auf den Brustkorb, damit er das ganze Wasser ausspuckt, das er geschluckt hat.

»Alles okay?«

Seine erschrockenen Augen hängen an meinen. Er antwortet nicht. Seine Lippen beben so heftig, dass seine Zähne klappern. Ich bin wahrscheinlich die Einzige, die seine Tränen von den Wassertropfen auf seinen Wangen unterscheiden kann. Ich werde sehr traurig und nehme ihn in die Arme, um ihn zu trösten.

»Du brauchst keine Angst mehr zu haben. Ich bin bei dir. Ich werde immer da sein, um dich zu verteidigen. Ich werde dich immer retten. Versprochen?«

Ich rücke ein Stück ab und biete ihm mit einem freundlichen Lächeln meinen kleinen Finger an. In diesem Augenblick kommt die Lehrerin zurück. Als sie uns sieht, schreit sie erschrocken auf. Aaron lässt mich immer noch nicht aus den Augen. Ohne auf unsere Klassenkameraden zu achten, verhakt er seinen kleinen Finger feierlich mit meinem.

»Versprochen.«

Folge 13

Der Bus, oder: DER Ort für Romantik

George & Gang Haein – *Something*

Lilas

Genau deshalb trinke ich nicht. Weil nämlich jeder weiß, dass ich keinen Alkohol brauche, um mich zu demütigen. Hätte ich gewusst, dass Aaron abends noch vorbeikommen würde, hätte ich nichts getrunken.

Als ich mit einem dicken Kopf aufstehe, warten die Mädchen schon auf mich und erzählen mir alles über den vorigen Abend.

»Aaron hat mich zurückgebracht?«, staune ich ziemlich verkatert. »Hierher?«

»Jep! Der arme Kerl hat versucht, dich aus dem Auto zu zerren, aber du hast dich an den Sitzen festgehalten …«

»Oh mein Gott.«

»Er musste dich an der Taille packen«, fährt Dana mit spöttischem Lächeln von der Couch aus fort. »Ich dachte, der Blödmann wollte dich vergewaltigen.«

»Und?«

»Was ›und‹? Er hat meinen Regenschirm in die Fresse bekommen.«

In die … was?

Ich seufze, und meine Schläfen schmerzen. Wie oft muss

ich mich noch vor diesem Mann erniedrigen? Das Universum versucht, mir eine Botschaft zu senden. Hatten wir doch alles schon. Ich gebe vor zu weinen und verberge meinen Kopf in der Armbeuge.

Keinesfalls kann ich ihm heute gegenübertreten. Dazu habe ich nicht die Kraft. Die Sache gestern wird er mir niemals durchgehen lassen.

»Wir hätten uns vor Lachen beinahe in die Hose gemacht«, stimmt Eleanor zu, während sie einen Rock mit hoher Taille und einen schönen gelben Kaschmirpullover anzieht. »Du hättest sein Gesicht sehen sollen! Er wusste nicht mehr, wohin.«

»Jetzt hasst er mich definitiv.«

Dana steht auf, klopft mir auf die Schulter und reicht mir eine Schüssel Müsli.

»Er hat dich schon vorher gehasst, Herzchen.«

Ich frühstücke in aller Ruhe, denn ich fürchte mich vor dem Moment, wo ich zur Arbeit gehen muss. Hoffentlich macht er mir heute das Leben nicht allzu schwer …

Sollte ich ihm vielleicht ein paar Skittles mitbringen? Eigentlich wirkt er nicht unbedingt bestechlich, aber einen Versuch ist es wert.

»Gehst du zur Uni?«, erkundige ich mich bei Eleanor, die einen Löffel benutzt, um sich darin zu spiegeln.

»Nein, ich habe eine Verabredung.«

Ich stoße einen Pfiff aus. Wenigstens eine von uns hat ein interessantes Liebesleben.

»So schnell? Wer ist es?«

»Ein Typ, den ich einfach so kennengelernt habe. Schau mal, was er mir geschenkt hat«, sagt sie und zeigt mir stolz die Kette an ihrem Hals.

Noch nie habe ich etwas so Schönes und Funkelndes gesehen. Diskret und elegant, genau wie Eleanor selbst. Es ist also schon wieder ein Mann mit viel Knete.

Manchmal frage ich mich, woher sie die immer hat.

»Behandelt er dich gut?«

»Natürlich«, antwortet sie, verdreht die Augen und schlüpft in ihre Pumps. »Er ist jung, freundlich, fürsorglich und kultiviert. Und nein, er ist nicht verheiratet.«

Ich weiß, dass sie dies für Dana hinzufügt, die zwar schweigt, sich aber immer viele Gedanken macht. Ich schenke ihr ein warmes Lächeln.

»Na prima. Viel Vergnügen.«

Sie küsst mich auf die Wange und geht, wobei sie eine Wolke Blumenduft hinterlässt.

Ich nutze meine Busfahrt, um die letzte Folge eines K-Dramas anzuschauen, das ich seit ein paar Tagen auf meinem Smartphone verfolge. Es ist die Geschichte einer Katze, die sich in einen Menschen verwandeln kann und sich heimlich in ihr Frauchen verliebt. Ganz niedlich.

Leider schaffe ich nur sieben Minuten der gesamten Folge: Erstens, weil ich sie auf einer etwas zwielichtigen Streaming-Seite gefunden habe und sie von ziemlich zweifelhafter Qualität ist, und zweitens, weil ich so ungeduldig bin, dass ich nicht auf die englischen Untertitel warten wollte. Ich verstehe höchstens jedes fünfte Wort, aber das ist es wert!

Auf der Arbeit versuche ich, möglichst unbemerkt zu bleiben. Ich trinke meine Thermoskanne schon im Aufzug leer, in der Hoffnung, dass der Tee meine Migräne besänftigt. Bis zu meinem Schreibtisch mache ich mich ganz klein. An Aarons Büro will ich vorbeieilen, um möglichst jede Begegnung zu vermeiden, doch dann bleibe ich plötzlich stehen.

Die Jalousie ist oben. Ich kann ihn am Fenster stehen sehen. Während ich ihm zuschaue, überwältigt eine warme Welle mein alkoholgetränktes Herz. Aaron beugt sich über sein Aquarium und füttert seinen Fisch. Der Fisch schwänzelt an die Wasseroberfläche und bemüht sich, jeden Krümel zu schnappen.

Aarons Lippen bewegen sich fast unmerklich. Er spricht mit seinem Fisch. Plötzlich fällt mir etwas ein, und ich werde blass.

»Bla, bla, bla, ich bin der beste Game Designer der Welt, ich trage Designerklamotten, und mein einziger Freund ist ein blauer Fisch bla, bla, bla.«

Was zum Teufel stimmt nicht mit mir? Bestimmt hat man mich als Kind mal zu heiß gebadet, eine andere Erklärung fällt mir nicht ein. Ich sollte James und Arthur unbedingt danach fragen.

Ich bleibe nicht länger stehen, weil ich befürchte, dass er mich entdeckt, und gehe zu meinem Arbeitsplatz.

Nicolas macht sich natürlich einen Spaß daraus, mich an mein Benehmen vom Vorabend zu erinnern. Er verbringt den ganzen Morgen damit, über mich herzuziehen, ohne zu ahnen, dass er den schlimmsten Teil des Abends nicht einmal miterlebt hat. Aber ich werde es ihm sicher nicht sagen …

»Ich wusste gar nicht, dass du so lustig sein kannst«, sagt er gerade zu mir, als Aaron das Open-Space-Büro betritt.

Ich erstarre, versetze Nicolas unter dem Schreibtisch einen Tritt und gebe mich höchst beschäftigt. Nicolas prustet leise vor sich hin, sagt aber nichts mehr, wahrscheinlich weil Emma ihm einen warnenden Blick zuwirft.

»Hallo zusammen«, sagt Aaron und setzt sich. »Emma und Lilas, könnt ihr mit der Arbeit am Design der Charaktere anfangen? Yves hätte gern einen Bericht.«

»Klar, machen wir«, antwortet Emma.

Aus den Augenwinkeln beobachte ich Aaron, wie er seinen langen braunen Mantel auszieht und einen schwarzen Oversized-Rolli zum Vorschein bringt. Mein Blick verliert sich an seiner Kinnlinie und gleitet über seine feinen Ohren.

Zu meinem Erstaunen entdecke ich in seinen Ohrläppchen Löcher.

Ich bete, dass ich ihn nie mit einem Ohrring zu Gesicht bekomme, denn dann könnte ich ihn rein körperlich nie mehr hassen.

»Könnten Sie aufhören, mich anzustarren? Es ist peinlich.«

Auf frischer Tat ertappt zucke ich zusammen. Er zieht eine Augenbraue zu einem halb verärgerten, halb verlegenen Ausdruck hoch. Ich schenke ihm ein honigsüßes Lächeln.

»Entschuldigung … Ich finde Sie heute nur einfach außergewöhnlich freundlich.«

Er wendet den jetzt wieder kühlen und spöttischen Blick ab.

»Freundlich für einen blöden Wüstling, der auch noch ein Depp ist?«

Ich verdrehe die Augen.

»Na ja, zumindest haben Sie zwei Minuten durchgehalten.«

Nicolas starrt mich an, aber ich ignoriere ihn und mache mich an die Arbeit. So erstaunlich es sich auch anhören mag, Aaron macht mir das Leben nicht zur Hölle. Die nächsten Tage vergehen ruhig. Nur hier und da macht er ein paar Bemerkungen, die ich ihm aber gerne zugestehe.

An seiner Stelle würde ich auch Groll hegen.

Ich schlafe sehr wenig. Nicht aufgrund von Schlaflosigkeit, sondern weil der Tag einfach nicht genügend Stunden hat. Die Mädchen versuchen, mich auf der Couch festzuhalten, damit ich mir mit ihnen *Descendants of the Sun* anschaue, das sie mit dem Beamer an die Wohnzimmerwand projizieren – mindestens zum neunten Mal. Ich bleibe sitzen, weil ich die Ablenkung brauche, und lasse mir lächelnd Pizzastücke in den Mund stopfen.

»Wie süß, er bindet ihr schon wieder die Schnürsenkel zu! Ist das niedlich«, seufze ich neidisch. »Mein Leben ist beschissen.«

Dana grinst angewidert. Koreanische Dramen sind nicht wirklich ihr Ding. Bei Schwachsinn jeder Art wird ihr übel. Manchmal frage ich mich, wie sie es mit mir aushält.

»Würde dir das wirklich gefallen? Ein Typ, der sich bückt, um dir den Schuh zu binden?«

Für eine Sekunde stelle ich mir Aaron vor, wie er auf die Knie geht und dabei sanft lächelt. »Pass auf, dein Schnürsenkel ist offen«, würde er sagen, und ich …

STOPP.

»Ist doch romantisch«, flüstere ich mit hochroten Wangen.

»Na ja. Ich finde es einfach nur kindisch.«

Ich verdrehe die Augen. Die meisten Klischees in den K-Dramen sind kindisch, aber was kann ich dafür? Genau das macht sie doch so charmant! Ich kann nicht damit aufhören, nachdem ich mich zwanzig Jahre lang darin gesuhlt habe.

Um ein Uhr morgens werden die Mädchen allmählich müde. Sie gehen zu Bett. Ich muss ihnen versprechen, ohne sie keine weitere Folge anzuschauen. Ich schalte den Beamer aus und stattdessen meinen Computer ein. Da ich ohnehin nicht schlafen kann, werde ich versuchen, meine Fähigkeiten als Gamerin zu verbessern.

Animal Crossing zwinkert mir freundlich zu, aber ich tue mir Gewalt an, logge mich stattdessen in *Fortnite* ein und schicke eine Nachricht an Nicolas, um ihm ein Spiel vorzuschlagen. Wir haben erst kürzlich angefangen, miteinander zu spielen. Er hilft mir sehr, mich zu verbessern.

Du musst dir einen anderen Partner suchen ... Bin unterwegs.

Nie da, wenn man dich braucht. Niete.

Sorry, Prinzessin. Hier, falls du dich wirklich langweilst:
noraa0301

Wer ist das?

Julien. Viel Spaß ;)

Ich zögere einen Moment. Julien und ich stehen uns zwar nicht besonders nah, aber er ist nett. Scheiß drauf! Ich habe sowieso noch keine Lust, schlafen zu gehen.

Ich schicke Julien eine Freundschaftsanfrage und binde mir die Haare zu einem kleinen Pferdeschwanz zusammen. Überrascht stelle ich fest, dass er meine Einladung fast sofort annimmt. So seriös, wie er sich immer gibt, hätte ich ihn nie für eine Nachteule gehalten.

Ich beginne ein Spiel und stöpsele Kopfhörer und Mikrofon ein, während ich darauf warte, dass er sich einloggt. Ich nutze die Zeit, um meinen Avatar mit den nötigen Waffen auszustatten und die letzten Bissen meiner Pizza zu verschlingen.

»Hallo?«

»Hey, Julien! Danke, dass du mitmachst. Hier ist Lilas. Nicolas hat mir deinen Benutzernamen gegeben. Was hältst du vom Kreativmodus?«, schlage ich schüchtern vor.

Schweigen. Ich fürchte schon, ihn gestört zu haben. Doch dann: »Hier ist nicht Julien.«

Ich erstarre sofort. Diese Stimme kenne ich. Bei dem Gedanken, Aaron so spät in der Nacht am anderen Ende der Leitung zu haben, pocht mein Herz in heller Panik. Ich muss an die Nachricht von Nicolas und den zweideutigen Smiley denken: »Viel Spaß ;)« *Dieser Vollpfosten!*

»Ich … ich habe mich wohl geirrt.«

Gedemütigt kneife ich die Augen zusammen. Ganz sicher wird er denken, dass ich ihn stalke. Wieso ist er überhaupt noch wach?

»Dann spielen Sie also doch etwas anderes als ›*Cooking Mama*‹«, spottet er leise. »Wird es Ihnen allmählich langweilig, Schokoladensoufflés zuzubereiten?«

Ich sage ihm nicht, dass er sich verpissen soll, sondern grinse nur scheinheilig. Natürlich kann er es nicht sehen, aber ich hoffe, er hört es. Genau wie meinen Stinkefinger.

»Sie werden wohl nie aufhören, darauf herumzureiten, oder?«

Ich glaube, er lächelt ebenfalls – und ich verfluche alle Götter dafür, dass sie mir dieses Schauspiel vorenthalten –, als er antwortet: »Niemals.«

»Machen Sie sich ruhig lustig, aber es sind sehr erfolgreiche Spiele. Sogar *Animal Crossing* hatte nach vierzehn Jahren ein Comeback, und siehe da! Alle sind süchtig danach.«

»Stimmt. Äpfel pflücken, Barsche angeln, Schmetterlinge fangen … Echt hektisch. Ich verstehe gar nicht, warum wir nicht als Erstes an so etwas gedacht haben.«

Das könnte dir auch gefallen, hätte ich beinahe gesagt. Ich überlege einen Moment, ob ich auflegen soll, ehe ich einen Rückzieher mache.

»Klar, dass das Bauen und Einreißen von Mauern spannender ist. Sie sind eben ein Snob.«

Für eine lange Minute höre ich nichts. Ich denke schon, dass er offline gegangen ist, als mein Avatar plötzlich im Spiel ist.

»Wenn Sie auch nur ein einziges Mal gewinnen, entschuldige ich mich bei Ihnen.«

»Deal. Sie entschuldigen sich UND probieren das neue *Animal Crossing* aus.«

»Übertreiben Sie nicht.«

Immerhin habe ich es versucht. Sofort ergreife ich die Gelegenheit, und sei es auch nur, um eine angemessene Entschuldigung zu erhalten. Wir reden nicht viel, sondern konzentrieren uns auf unser Game. Ich bin immer noch Anfängerin, aber ich weigere mich, gegen Aaron Choi zu verlieren.

»Für einen Noob spielen Sie gar nicht so schlecht.«

Ich fühle mich beleidigt. Zwar bin ich ein Noob, wie er es so treffend formuliert hat, aber immerhin bin ich erfahren genug, um zu wissen, was der Begriff bedeutet. Noobs sind Anfängerspieler, die in einem Game leicht zu erkennen sind, weil sie immer nur rennen.

Ich werfe einen bitterbösen Blick auf meinen Bildschirm, wo meine Figur Mauern zwischen mir und meinem Gegner errichtet. Ich besorge mir Bandagen aus dem Bad eines verlassenen Hauses und antworte dann: »Tun Sie nicht so überrascht. Ich lerne schnell.«

»Ich nehme an, Nicolas ist ein guter Lehrer …«

»Eher nicht. Aber dafür mein vierzehnjähriger Bruder.«

Ich kann hören, wie er leise in sein Mikrofon lacht, aber sofort abbricht. Zu spät, ich habe ihn gehört. Mein Herz wird warm bei dem Gedanken, dass er sich mir gegenüber weniger zugeknöpft gibt. Vielleicht hasst er mich ja doch nicht. So war Aaron schon immer. Als ich klein war, musste ich ihn aus dem Wasser ziehen, um ihn dazu zu bringen, mir etwas Aufmerksamkeit zu schenken.

Man muss sich seine Zuneigung verdienen. Er ist misstrauisch und braucht eher Beweise als Worte, ehe er jemandem vertraut.

Er hat Glück; ich bin ein geduldiger Mensch.

»Tut mir leid wegen Montag.«

Er scheint über mein Geständnis ebenso verblüfft zu sein wie ich, denn er antwortet nicht sofort. Im Spiel tausche ich mein Sturmgewehr gegen ein Maschinengewehr und versuche, Aarons Figur zu finden.

»Ich möchte noch einmal betonen, dass man mir einen Regenschirm auf den Kopf geschlagen hat.«

»Ich sagte doch bereits, dass es mir leidtut! Übertreiben Sie es nicht.«

»Hm.«

»Sehen Sie? Es bringt einen nicht um. Ich habe auch immer noch meine beiden Arme, ehrlich.«

Ich bin mir ziemlich sicher, dass er mit blasiertem Gesicht den Kopf schüttelt, und muss lächeln. Wie erwartet, vernichtet er mich ziemlich schnell. Dieses Stinktier hat es echt drauf. Wir absolvieren noch zwei Spiele, in denen ich immer bösartiger werde, aber es ist verlorene Liebesmüh.

Erschöpft puste ich mir eine rebellische Haarsträhne aus dem Gesicht.

»Heute Abend werde ich das wohl nicht mehr verifizieren können«, verkündet er mit siegreicher Stimme. »Bis morgen, pünktlich um 9.30 Uhr. Kommen Sie nicht zu spät.«

»Ich komme nie …«

Zu spät, der Blödmann hat aufgelegt. Verärgert reiße ich den Kopfhörer herunter. Dieser Abend ist eine Niederlage, aber ich gebe die Hoffnung nicht auf. Früher oder später wird er sich entschuldigen, das schwöre ich mir.

In dieser Nacht träume ich, ich wäre auf einer Insel, schüttle Bäume und sammle Pfirsiche auf, als Aaron auftaucht und mich anschreit, ich solle nicht zu spät kommen.

Mit dem Schrei »Noob!« wache ich auf. Meine Decke hat sich um meine Beine gewickelt. Ironie des Schicksals: Ich bin tatsächlich spät dran. Ich verzichte auf das Frühstück und ziehe Jeans mit hoher Taille und eine weiße Bluse mit Puffärmeln an.

Nach einem medaillenverdächtigen Sprint zur Haltestelle erwische ich den Bus gerade noch rechtzeitig. Ein kleiner Junge räumt seinen Platz, um sich neben seinen Freund zu setzen. Ich mache es mir bequem und schaue auf die Uhr.

Ich werde pünktlich auf der Arbeit sein. Ich nutze die Gelegenheit, um Wimperntusche und Lippenstift hervorzuholen. Über die Kopfhörer lausche ich *Cherry Bomb*. Ich schminke mich, forme den Text mit den Lippen und bewege die Schultern im Takt. Allmählich wird der Bus voller und rüttelt uns Passagiere ordentlich durch.

Aber das stört mich nicht. Ich fahre gern mit dem Bus – und das nicht nur, weil es das romantischste Verkehrsmittel überhaupt ist.

Ja, wirklich. Jedenfalls glaube ich das, seit ich sechs Jahre alt bin …

In *Reply* – natürlich der Serie von 1988 – steht Ryu Jun-yeol hinter der Heldin, die Hände zu beiden Seiten ihres Körpers, um sie vor plötzlichen Stößen zu schützen. Wie soll man da nicht weich werden? In *Tempted* stolpert Eun Tae-hee und ist kurz davor, hintenüberzufallen, als Kwon Si-hyun sie in Zeitlupe auffängt, ihr die Arme um die Taille legt und seine Lippen ihren ganz nah kommen …

Ganz zu schweigen von den Malen, in denen die Helden dem Bus hinterherlaufen, weil sie sich ihrer Gefühle eine Minute zu spät bewusst werden.

Kurz und gut, der Bus ist *the place to be*.

Natürlich ist mir so etwas noch nie passiert.

Ich lege gerade Lippenstift auf, als der Bus plötzlich bremst. Meine Hand rutscht weg, und ich male mir eine lange rote Linie auf die Wange.

»*Scheiße*.«

Der kleine Junge vor mir lacht und zeigt seinem Freund das Malheur. Ich schaue in meinen Taschenspiegel und versuche, den Lippenstift mit meinem Speichel abzuwischen. Warum bin ich der einzige Mensch auf der Welt, der nie ein Taschentuch bei sich hat?

»Sieht nicht gerade attraktiv aus.«

Ich blicke auf und treffe auf – dreimal dürft ihr raten – den angewiderten Ausdruck von Aaron Choi, der links von mir steht. So nah, dass ich überrascht bin, ihn nicht schon vorher gesehen zu haben. Fassungslos starre ich ihn an und ignoriere das Päckchen Taschentücher, das er mir hinhält. Schließlich seufzt er und lässt es kopfschüttelnd in meinen Schoß fallen.

»Was … was machen Sie hier?«

»Meine morgendliche Joggingrunde. Was glauben Sie wohl?«

Ich runzle die Stirn und bin mir im vollen Bewusstsein meines verunglückten Clownsmundes.

»Ich fahre mit dem Bus wie jeder andere auch«, erklärt er ironisch.

»Haben Sie kein Auto?«

»Es ist in der Werkstatt. Aber warum interessiert Sie das? Gehört dieser Bus etwa Ihnen? Ist Ihr Vater zufällig der Fahrer?«

Wenig amüsiert werfe ich ihm einen schiefen Blick zu.

»Immer mit der Ruhe. Ich habe nur nicht erwartet, Sie hier zu sehen, das ist alles.«

Ich nehme eines seiner Taschentücher und versuche, den Schaden zu beheben. Leider ist das Rot so haltbar, dass meine Wange rosa bleibt. Ich sehe aus, als hätte mich jemand heftig geohrfeigt.

Neue Passagiere steigen ein, und Aaron bemüht sich, Platz

für sie zu machen, wobei er meiner Schulter etwas zu nahe kommt. Ich versuche, nicht darauf zu achten, obwohl mir alle Haare auf den Armen zu Berge stehen.

Bei dir braucht es wirklich nicht viel, du Ärmste.

»Ich möchte darauf hinweisen, dass ich nicht zu spä…«

Mein Satz bleibt in der Luft hängen, als der Bus wieder heftig schlingert. Alle Passagiere geraten ins Stolpern – einschließlich Aaron, der in Zeitlupe das Gleichgewicht verliert und auf meinem Schoß landet.

Die Zeit bleibt stehen, während seine aufgerissenen Augen in meine eintauchen. Ich spüre die Rundung seines Hinterteils auf meinen Oberschenkeln und seinen Atem auf meinen Lippen. Ich wage es kaum, mich zu bewegen.

Zwar habe ich immer schon von einer zum Sterben albernen Szene in einem Bus geträumt, aber nicht so, das muss ich zugeben.

Ich warte, aber er scheint nicht aufstehen zu wollen. Ich hebe eine Augenbraue und lächle sanft.

»Das ist zwar sehr romantisch, aber … Sie sind ein bisschen schwer.«

Seine Ohren werden rosiger als meine Sandalen. Er stammelt eine Entschuldigung und versucht, einigermaßen anmutig auf die Beine zu kommen. Ich zwinkere ihm zu, um die Atmosphäre zu entspannen.

»Liegt vielleicht an den Skittles.«

»Wie bitte?«, stammelt er.

»War nur ein Scherz. Tun Sie sich keinen Zwang an.«

Was zum Teufel reitet mich, so etwas zu sagen? Wäre es umgekehrt passiert, hätte der arme Kerl ganz schön etwas einstecken müssen.

»Wirklich, ich habe nur einen Witz gemacht. Ich finde Sie überhaupt nicht zu schwer«, erkläre ich. »Sie sehen sehr gut aus. Oder besser: Ich finde Sie ganz normal. Ja, genau. Durchschnittlich eben. Und selbst wenn Sie schwer wären – jeder Körper ist schön, ehrlich. Essen Sie ruhig so viele Skittles, wie Sie möchten. Schönheit hat nichts mit Gewicht zu tun. *Body positivity!*«

Ich beende meinen Monolog, indem ich meine Faust zu einer ermutigenden Geste erhebe. Er schaut mich an, als wäre ich verrückt. Mir ist längst klar, dass ich den Mund halten sollte.

»Ich habe absolut nichts von dem verstanden, was Sie gerade gesagt haben.«

»Ich auch nicht.«

»Sie haben Lippenstift im Gesicht.«

»Immer noch?«

»Sie sehen aus wie Kirby.«

Ich greife nach meinem Spiegel, um nachzusehen. Er hat recht. Ich versuche, so viel Rosa wie möglich zu entfernen, doch leider haben wir bereits unser Ziel erreicht. Ich drehe mich zu ihm um und will etwas sagen, aber er ist schon weg.

Folge 14

Er sieht ihr beim Schlafen zu

Jinho & Rothy – *A Little Bit More*

Aaron

Ich habe mich an sie gewöhnt. Ich ertappe mich dabei, wie ich sie von Zeit zu Zeit betrachte und um ihren Schreibtisch schlendere, um zu sehen, was sie tut. Sie ist überall da, wo ich hingehe.

Lilas.

Sie ist tatsächlich ziemlich bemerkenswert. Ich hasse es, mich zu irren, aber ich muss zugeben, dass ich vorschnell über sie geurteilt habe. Sie ist nicht die, für die ich sie gehalten habe.

Ich beobachte sie, und zwar mehr, als mir selbst lieb ist. Irgendetwas an ihr verwirrt mich und zwingt mich, immer einen zweiten Blick auf sie zu werfen, aber ich weiß nicht, was es ist.

Fast jeden Abend bleibt sie länger, und allmählich frage ich mich, ob zu Hause außer ihren Mitbewohnerinnen niemand auf sie wartet. Hat sie keine Eltern, keinen Freund oder Freundin, die sich über die vielen Stunden beschweren, die sie hier verbringt?

Ist sie möglicherweise einsam ... so wie ich?

Sie macht nie eine Pause, außer wenn Nicolas sie mit Ge-

147

walt in den Aufenthaltsraum schleppt. Immer, wenn ich in ihre Richtung schaue, kritzelt sie gerade etwas in ihr Notizbuch. Ihr Schreibtisch ist das totale Chaos.

Wenn ich nicht schlafen kann, logge ich mich manchmal aus reiner Neugier in *Fortnite* ein. Sie ist immer online, sogar um zwei Uhr morgens. Ich starte ein Spiel und bin gespannt, ob sie mich noch einmal herausfordert; eigentlich warte ich darauf, dass sie es tut.

Aber es geschieht nie.

Als ich an diesem Tag im Open-Space-Bereich ankomme, sehe ich sie mit halb geöffneten Lippen an ihrem Arbeitsplatz schlafen. Ich runzle die Stirn. Nicolas vertreibt sich die Zeit damit, unter Maximes amüsierten Blicken Radiergummis auf ihrem Kopf aufeinanderzustapeln.

Wie fünfjährige Kinder.

Ich gehe an meinen Platz und schnippe mit den Fingern vor Lilas' Gesicht. Sie zuckt zusammen. Die Radiergummis rollen auf den Boden.

»Aufwachen!«

»Entschuldigung. Ich … ich habe nur für ein paar Sekunden die Augen zugemacht«, sagt sie hastig und wischt sich den Speichel aus den Mundwinkeln.

Nicolas sammelt die Radiergummis ein und wirft mir einen bösen Blick zu.

»Mensch, jede Wette, du warst im Gymnasium derjenige, der bei Partys die Bullen angerufen hat«, meckert er.

»Ich war nie auf Partys.«

»Man fragt sich, warum.«

Darauf gebe ich keine Antwort. Im Grunde hat er ja recht.

Überraschenderweise ist es Lilas, die mich verteidigt.

»Ich war auch nie auf diesen Partys.«

Leicht skeptisch sehe ich sie an. Es ist natürlich nett gemeint, aber ihre Lüge ist wenig glaubhaft.

Lilas gehört zu den Menschen, die von allen gemocht werden. Zwar kenne ich sie noch nicht sehr lang, aber selbst einem Deppen wie mir ist das klar.

Ich habe beobachtet, wie sie sich anderen gegenüber verhält. Lilas ist … von Natur aus nett. Sie füllt den Wasserspender, wenn es nötig ist, sie bezahlt Nicolas' Mittagessen, wenn er wieder einmal behauptet, seine Brieftasche vergessen zu haben (etwas zu oft für meinen Geschmack), sie kümmert sich um die Fotokopien aller Kollegen, sie gießt jeden Morgen die Pflanzen, und ich hab nicht mitgezählt, wie oft ich sie schon Wilfred habe füttern sehen.

Ich arbeite seit fünf Jahren hier, trotzdem weiß niemand etwas über mich.

Lilas ist seit zwanzig Tagen bei uns, und schon jetzt jedermanns beste Freundin. Das Bemerkenswerte ist, dass sie sich nicht darum bemüht. Es ist einfach so.

Sogar ich kann mich ihrem Charme kaum noch entziehen.

»Jetzt erzähl mir bloß nicht, dass du in der Schule in der ersten Reihe gesessen hast«, sagt Nicolas und verzieht enttäuscht das Gesicht. »Eigentlich hatte ich große Hoffnungen in dich gesetzt …«

Ich kneife die Augen zusammen. Was ist falsch daran, in der ersten Reihe zu sitzen? Ich habe nie woanders gesessen. Man sieht dort doch viel besser.

Ich ertappe Lilas dabei, wie sie mich aus dem Augenwinkel beobachtet. Sofort widme ich mich meinem Bildschirm. Dieses Gespräch ist dämlich.

»Wo liegt das Problem?«, will sie wissen.

»Ah, ja klar!«, meint Nicolas mit einem verträumten Lächeln auf den Lippen. »Lass mich raten: Du warst eine Streberin, aber cool. Hübsch, intelligent, vielleicht Klassensprecherin und immer zu den beliebtesten Partys eingeladen. Alle haben dich geliebt. Richtig?«

Ich tue so, als würde ich arbeiten, bin aber ganz Ohr. Ich werde mich sicher nicht einmischen, aber ich denke genau das Gleiche.

Lilas antwortet nicht. Schließlich greift Emma ein und befiehlt Nicolas, lieber zu arbeiten, anstatt Unsinn zu reden. Ich sitze nah genug, um Lilas melancholisch murmeln zu hören: »Das wäre schön gewesen …«

Natürlich schläft sie weiter überall ein. Am häufigsten ertappe ich sie vor der Kaffeemaschine, wo sie im Stehen mit hängendem Kopf vor sich hin döst. Und wieder stapelt sich ein Türmchen aus Radiergummis auf ihrem Haar, was mich wider Willen zum Schmunzeln bringt.

Manchmal überlasse ich sie ihrem Schlafbedürfnis. Oft aber schnippe ich auch mit den Fingern vor ihrer Nase, was sie erschrocken aufwachen lässt.

»Ich schlafe nicht, ich schlafe nicht!«, ruft sie dann mit weit aufgerissenen Augen, um zu bestätigen, dass sie wach ist.

Ich hebe eine Augenbraue.

»Schnarchen Sie denn häufiger, wenn Sie wach sind? Dann sollten Sie einmal einen Arzt konsultieren.«

Mit hochroten Wangen schaut sie mich an, nicht wissend, was sie sagen soll. Ihr Blick ist so intensiv, dass ich schlucken muss.

»Ich habe nicht geschnarcht.«

»Schlafen Sie nachts, sonst brauchen Sie sich gar nicht erst die Mühe zu machen, zur Arbeit zu kommen.«

Mit diesen Worten nehme ich mir meinen Kaffee und überlasse sie ihrem Schicksal. Ich weiß nicht, warum ich mich so darüber ärgere. Sie sollte schlafen. Schlaf ist schließlich wichtig.

Je mehr Zeit vergeht, desto weniger kann ich sie einschätzen. Sie lächelt ständig, nimmt Nicolas' unaufhörliche, manchmal wirklich derbe Scherze hin, summt den ganzen Tag und bringt andere dazu, immer das Positive zu sehen.

Andererseits scheint sie die kleinsten Komplimente nicht annehmen zu können. Ich habe den Überblick verloren, wie oft sie sich für einen Fehler schon selbst als »blöde Kuh« bezeichnet hat. Ach ja, sie entschuldigt sich auch für alles und jeden, selbst wenn sie keinerlei Schuld trifft. Neulich hat sie sich an einer Stuhlecke gestoßen und sofort »Verzeihung« gesagt.

Die Kollegen nutzen sie gern aus. Vor allem Nicolas.

Lilas bezahlt ihm bestimmt ein- bis zweimal pro Woche das Mittagessen, weil er vorgibt, seine Karte vergessen zu haben.

»Sollen wir heute zum Italiener gehen?«, schlägt sie vor und bindet ihr kurzes Haar zu einem kleinen Pferdeschwanz zusammen.

Ich beobachte, wie Nicolas in seinen Taschen nach seiner Brieftasche sucht, während Lilas brav auf ihn wartet.

»Prinzessin?«, fragt er lächelnd in ihre Richtung, was mich innerlich zum Kochen bringt. »Hältst du mich heute frei?«

»Oh …«

Ich erwarte, dass sie ablehnt, aber sie wendet nur verlegen den Blick ab, öffnet ihre Geldbörse und beißt sich auf die Lippen. Ich ahne, dass sie es tun wird. Gütiger Gott, hat sie kein Hirn im Kopf? Warum schickt sie ihn nicht ein für alle Mal in die Wüste?

Erst als ich ihren Gesichtsausdruck genauer betrachte, verstehe ich.

All diese Dinge, die sie für andere tut … In den meisten

Fällen ist es einfach nur Herzensgüte. Und ansonsten kann sie einfach nicht Nein sagen.

Lilas Rodriguez ist ein *people pleaser*.

»Klar, kein Problem«, sagt sie mit einem kleinen Lächeln. »Hier.«

Sie nimmt einen Zwanzigeuroschein aus ihrer Börse und reicht ihn Nicolas.

»Du bist die Beste. Das nächste Mal übernehme ich …«

»Nein.«

Die beiden schauen mich überrascht an. Ich halte Lilas am Handgelenk fest. Mir ist nicht einmal aufgefallen, dass ich aufgestanden bin. Ich fühle ihren schnellen Puls unter meinen Fingern, und eine elektrische Spannung geht durch meinen ganzen Körper.

Nicolas schaut mich fragend an, ohne seinen Satz zu beenden. Ich ziehe meine Brieftasche aus der Hosentasche und werfe sie ihm zu. Verblüfft fängt er sie auf.

»Ich übernehme das.«

Ich erwarte nicht, dass er mein Angebot ablehnt. Wie ich vermutet hatte, lächelt er und klopft mir auf die Schulter.

»Danke schön!«

»Ihr seid beide eingeladen.«

Endlich lasse ich Lilas' Handgelenk los. Meine Finger kribbeln seltsam. Ihre Haut ist so weich wie ein Pfirsich. Spürt sie dasselbe?

Aaron, du gerätst auf Abwege. Lilas schaut mich immer noch stumm mit ihren riesigen Schokoladenaugen an. Ihr Blick ist so durchdringend, dass ich mich abwenden muss, um zu verbergen, was er in mir weckt.

Nicolas wünscht mir guten Appetit, wendet sich zum Gehen und ruft Lilas zu, ihm zu folgen. Sie achtet nicht auf ihn und steckt ihr Geld wieder ein.

»Um Himmels willen, lassen Sie sich doch nicht ständig ausnutzen. Sie sind doch nicht dumm, oder? Merken Sie nicht, dass er es absichtlich tut?«

Sie errötet bis zum Haaransatz und presst die Kiefer zusammen.

»Nein, ich bin nicht dumm. Und natürlich weiß ich es.«

»Trotzdem tun Sie es. Ihnen ist klar, dass das noch schlimmer ist, nicht wahr?«

»Ich ... Nicolas ist nicht böse. Und ich werde ganz bestimmt nicht ablehnen und ihn verhungern lassen.«

Ich runzle die Stirn. Diese Art der Argumentation werde ich wohl nie verstehen.

»Aber auf diese Weise macht man sich sicher nicht beliebt, wissen Sie.«

Ihr Gesichtsausdruck beweist, dass ich sie verletzt habe; schlimmer noch – ich habe sie zutiefst getroffen. Ich seufze und will mich gerade entschuldigen – für mich eine Premiere –, als sie mir zuvorkommt.

»Eine solche Feststellung ausgerechnet von Ihnen klingt echt ironisch.«

Autsch. Das schmerzt mehr, als ich dachte.

»Mag wohl sein. Die Leute mögen mich nicht besonders«, erkläre ich ungezwungen. »Aber zumindest zwinge ich mich nicht, Dinge zu tun, die mir widerstreben, nur damit die Leute mich nett finden.«

Sie lacht freudlos und betrachtet ihre Schuhspitzen. Ich bin frustriert.

Das ist nicht die Richtung, in die dieses Gespräch nach meiner Vorstellung gehen sollte. Ich hatte ihr nur sagen wollen, dass die Menschen sie auch dann lieben, wenn sie sich nicht so viel Mühe macht ...

Ich schätze, ich bin wirklich miserabel in diesen Dingen.

»Wenn ich wieder einen Rat zum Thema ›Wie finde ich Freunde‹ brauche, komme ich zu Ihnen, Aaron Choi.«

Mit diesen Worten dreht sie sich um und geht. Ich verbringe die Mittagspause damit, unser Gespräch Revue passieren zu lassen. Als sie bei uns anfing, war ich überzeugt, dass sie ein Kind reicher Eltern wäre, dazu stolz, arrogant und eine faule, heuchlerische Besserwisserin. Aber das stimmt nicht. Je länger ich sie beobachte, desto klarer wird mir, dass wir uns in vielerlei Hinsicht ziemlich ähnlich sind.

Entgegen allen Erwartungen brenne ich darauf, mit ihr befreundet zu sein.

Am Nachmittag würdigt sie mich keines Blicks. Sie vermeidet um jeden Preis, mit mir sprechen zu müssen. Ich muss zugeben, dass mich das stört. Es dauert lang, bis ihr jemand wirklich auf die Nerven geht, und es scheint, als hätte ich das Unmögliche geschafft.

Auch wenn ich noch vor Kurzem ihren Blicken ausweichen wollte, so suche ich diese jetzt eifrig.

Als Nicolas kommt, um mir meine Geldbörse zurückzugeben, halte ich es nicht mehr aus.

»Nicolas.«

Er schaut mich an und lächelt.

»Ja?«

»Hör auf, Lilas ständig zu bitten, dich zum Essen einzuladen.«

Er blinzelt verwirrt.

»Bitte?«

»Vergiss einfach deine Brieftasche nicht«, sage ich mit einem intensiven Blick.

Er braucht ein paar Sekunden, ehe er versteht, dann lacht er laut auf.

»Keine Sorge«, beschwichtigt er mich. »Sie weiß sehr gut,

dass alles nur ein Jux ist. Ich zahle es ihr immer bei einem oder auch zwei Gläschen nach der Arbeit zurück. So handhaben wir das.«

Oh. Dann stehen sie und Nicolas sich also nah genug, um sich außerhalb der Arbeit zu sehen. Ob sie ihn auch gebeten hat, ihr Freund zu sein?

Ich verjage diesen negativen Gedanken und räuspere mich. Seine Antwort beruhigt mich, trotzdem erinnere ich mich an Lilas' verlegenen Ausdruck. Ich bin mir nicht sicher, ob ihr diese Handhabe ebenfalls gefällt.

»Ach ja, das Geld für das Mittagessen werde ich dir natürlich auch zurückzahlen«, fügt Nicolas hinzu. »Lilas hat für sich selbst bezahlt.«

»Was?«

Statt einer Antwort zuckt er die Schultern und geht zurück an seinen Schreibtisch. Ich weiß nicht, warum ich überrascht bin. Klar, dass sie sich von mir nicht zum Mittagessen einladen lässt.

Während der nächsten Tage treffe ich sie wieder im Bus. Am Dienstagmorgen gähnt sie beim Einsteigen so intensiv, dass ich befürchte, sie könne sich den Kiefer ausrenken. Taumelnd vor Müdigkeit geht sie ganz nach hinten, wo gerade ein Sitzplatz frei geworden ist.

Schläft sie eigentlich nie? *Blöde Kuh.*

Ein Bär von einem Mann sieht den freien Platz ebenfalls und steuert darauf zu, aber ich reagiere, ohne nachzudenken, und versperre ihm den Weg, indem ich so tue, als würde ich mir den Schuh zubinden.

»Entschuldigung«, sagt er schroff. »Sie stehen im Weg.«

»Oh, Verzeihung. Nur eine Sekunde.«

Aber ich bleibe, wo ich bin. Verärgert schiebt er mich unsanft beiseite, aber Lilas hat sich bereits gesetzt.

Leise lächelnd beobachte ich sie aus der Entfernung. Innerhalb weniger Sekunden döst sie ein.

Selbst das Rumpeln des Busses weckt sie nicht auf. Ich passe auf, dass ihr niemand die Handtasche stiehlt, und achte eher auf sie als auf mein Tablet.

Sie schläft noch immer, als wir unsere Haltestelle erreichen. Ich zögere, trete aber dann doch zu ihr, um ihr auf die Schulter zu klopfen. Sie wacht sofort auf und murmelt etwas Unverständliches. Ich wende ihr den Rücken zu, gut verborgen durch eine schwangere Frau zwischen uns beiden. Lilas wird bewusst, wo sie sich befindet.

»Scheiße«, flucht sie und stürzt zur Tür. »Warten Sie, ich muss hier aussteigen!«

Der Fahrer öffnet die Türen wieder. Sie springt aus dem Bus und bleibt auf dem Bürgersteig stehen, um prüfend in ihre Tasche zu schauen. Die Türen schließen sich, und der Bus fährt wieder an.

Ich beobachte sie, bis sie aus meinem Blickfeld verschwindet, und schüttle den Kopf. Wenn sie immer wieder an allen möglichen und unmöglichen Orten einschläft, kommt sie irgendwann in ernsthafte Schwierigkeiten.

»Entschuldigen Sie«, spreche ich den Fahrer an. »Wie lange brauchen wir bis zur nächsten Station?«

»Zehn Minuten.«

»Zehn Minuten? Seit wann?«

»Einige Haltestellen sind wegen einer Demo geschlossen. Die fahre ich heute nicht an.«

Ich seufze und sende eine Nachricht an Yves, um ihm Bescheid zu sagen. Ich werde wohl zum ersten Mal seit fünf Jahren zu spät zur Arbeit kommen.

Ich bin mit den Gedanken woanders. Den ganzen Tag vergesse ich, wo ich meine Sachen hingelegt habe und was ich tun wollte. Mit einer fiesen Migräne arbeite ich allein an ein paar wichtigen, aber schon verspäteten Projekten.

Es ist acht Uhr abends, als ich von der Toilette zurückkomme und einen dampfenden Kaffee auf meinem Schreibtisch finde.

Ich weiß, dass Lilas ihn hingestellt hat, denn daneben liegt eine Packung Skittles. Soll das heißen, dass sie nicht mehr sauer ist? Die Vorstellung tröstet mich mehr, als sie sollte.

Ich schiebe den Gedanken beiseite, beende meinen letzten Bericht, drucke ihn aus, tief durchatmend, dass alles fertig ist, und mache mich bereit, alles auf Yves' Schreibtisch zu legen. Ich staple die Papiere aufeinander und suche nach dem USB-Stick mit den Dateien der ersten Prototypen. Er ist nicht auffindbar. Ich durchsuche den Schreibtisch von oben bis unten und schaue für alle Fälle auch auf dem Boden nach: nichts.

Ich weiß beim besten Willen nicht mehr, wo ich ihn hingelegt habe. Obwohl ich mir ganz sicher bin, dass ich ihn eben noch gesehen habe.

»Gequirlte Kacke!«, explodiere ich und raufe mir frustriert die Haare.

Ich suche den ganzen Raum noch einmal gründlich ab und durchkämme schließlich auch das Großraumbüro. Lilas blickt von ihrem Computer auf und fragt, wonach ich suche.

»Nach den Prototypen. Ich habe sie verlegt.«

»Was?«

»Na, die Prototypen für morgen«, wiederhole ich mit einer Stimme, der man die Panik anhört. »Ich habe den USB-Stick verbaselt.«

»Haben Sie keine Sicherungskopie?«

Ich grunze frustriert.

»Nein, ich war so blöd, direkt auf dem USB-Stick zu arbeiten.«

Sie steht auf, hilft mir beim Suchen und stellt mir alle möglichen Fragen. Irgendwann verliere ich die Geduld und versetze dem Drucker einen Fußtritt. Lilas zuckt zusammen.

»Entschuldigung«, seufze ich und kneife mir in den Nasenrücken.

»Er muss irgendwo sein ... Können wir nicht um einen weiteren Tag Aufschub bitten?«

»Wir sind auch so schon spät genug dran.«

Ich sage ihr natürlich nicht, dass der Vorstand keinen Grund finden darf, Yves zu entlassen. Schon gar nicht unseretwegen. Ich muss diese Prototypen unbedingt zum morgigen Meeting mitbringen.

»Na gut ... Dann bleibt uns nur noch eins übrig«, sagt sie.

Ich sehe sie verwirrt an. Sie streift ihre Pumps ab, was mich für eine Sekunde verwirrt, und bindet sich die Haare zusammen. Wie ich bemerkt habe, tut sie das jedes Mal, wenn sie nachdenken muss; man könnte meinen, dass die Locken, die sich über ihre Wangen kringeln, sie daran hindern, klar zu denken. Ein leichtes Beben überkommt mich.

»Was tun Sie da?«

»Ich mache es mir bequem«, sagt sie und greift nach ihrem Telefon. »Und ich bestelle uns Sushi. Mögen Sie das?«

»Ich verstehe nicht ganz.«

»Wenn wir die Prototypen nicht finden können und keinen Aufschub bekommen, müssen wir sie eben neu machen. Wir haben noch dreizehn Stunden Zeit. Es sieht ganz danach aus, als ob wir die ganze Nacht hierbleiben müssten, und ich arbeite nie mit leerem Magen. Also ... Sushi?«

Ich nehme mir Zeit, sie anzustarren. Ich habe mehrfach das

Wort »bemerkenswert« benutzt, um sie zu beschreiben, aber ich glaube nicht, dass es ihr wirklich gerecht wird.

»Sushi«, nicke ich kleinlaut.

Ich hole einen zweiten Stuhl, und wir setzen uns in mein Büro. Eine halbe Stunde später schmerzen unsere Gliedmaßen derart, dass wir uns auf den Boden setzen. Jeder mit seinem Tablet, die handschriftlichen Skizzen um uns herum verstreut.

Wir zeichnen, ohne viel zu reden. Trotzdem ist ihre Anwesenheit nicht zu ignorieren. Sie arbeitet sorgfältig und schnell. Jedes Mal fragt sie mich, ob mir ihr Ergebnis zusagt, ehe sie zum nächsten Thema übergeht. Irgendwann kommt das Sushi, und wir machen eine Pause.

Es ist für mich immer noch unfassbar, dass sie geblieben ist, um mir zu helfen. Ich mache mir Vorwürfe, dass ich ihr den Schlaf raube, obwohl sie ihn offensichtlich braucht. Aber ich muss zugeben, dass ich es sehr zu schätzen weiß, heute Abend nicht allein zu sein.

»Stören sich die Menschen, mit denen Sie zusammenleben, nicht daran?«, wage ich zu fragen. »Ich meine, dass Sie jeden Tag so spät nach Hause kommen.«

Sie steckt sich ein Sushiteilchen in den Mund und beobachtet Wilfred, der in seinem Aquarium schwimmt, ohne uns zu beachten.

»Dana und Eleanor verstehen es; es gehört eben zur Arbeit. Und ich sage immer Bescheid, damit sie sich keine Sorgen machen. Sie sind sehr fürsorglich …«

»Oh ja, mein Kopf erinnert sich noch sehr gut daran.«

Sie lächelt amüsiert, aber schuldbewusst und nimmt sich ein Taschentuch von meinem Schreibtisch. Es ist mindestens das vierte, das sie benutzt, seit wir mit dem Essen begonnen haben.

»Sind Sie erkältet?«

»Oh nein«, sagt sie peinlich berührt. »Manchen Menschen läuft die Nase, wenn sie scharf essen. Mir läuft sie immer, wenn ich esse, ganz gleich, ob scharf oder nicht.«

Ich erstarre. Ein Gefühl von Déjà-vu trifft mich mit aller Macht. Irgendwo habe ich das schon einmal gehört … aber ich kann mich nicht erinnern, wo.

Lilas unterbricht meine Gedanken, denn sie räumt den Tisch ab und läutet damit das Ende unserer Essenspause ein. Wir gehen wieder an die Arbeit, und dieses Mal tauschen wir uns häufiger aus. Ich vervollständige ihre Zeichnungen, und sie beendet meine. Überrascht stelle ich fest, wie gut wir uns im Stil ergänzen. Yves hatte recht. Wie immer.

Um Mitternacht beschließe ich, die Tüte mit den Süßigkeiten zu öffnen. Sie stibitzt sich einige, und zwar immer die gleichen.

»Offenbar sind die gelben deine Lieblingsbonbons«, stelle ich fest und verziehe angewidert das Gesicht.

Sie runzelt die Stirn, ohne das Zeichnen zu unterbrechen. Zunächst führe ich es darauf zurück, dass ich sie geduzt habe, aber sie scheint sich dessen nicht bewusst zu sein.

»Nein. Wieso?«

»Du isst nur die. Woran liegt das?«

»Weil es die einzigen sind, die du nicht magst«, platzt sie heraus, so klipp und klar, dass ich mich sofort geschlagen gebe.

Überrascht öffne ich den Mund, aber es kommt kein Ton heraus. Ich habe plötzlich einen Flashback: Fleur, die meine Aufmerksamkeit zu erregen versucht und mir fröhlich und hartnäckig Gläser voller Skittles schenkt, aus denen sie alle gelben entfernt hat.

Sie behauptete, ich betreibe Günstlingswirtschaft, und dass die gelben bestimmt traurig wären. Deshalb würde sie sie an meiner Stelle essen.

Ich tat damals, als wäre es mir unangenehm, aber ihre kleinen Aufmerksamkeiten erfüllten mein Herz mit einer unbekannten und angenehmen Wärme. Und Dankbarkeit.

»Woher weißt du das?«, frage ich schärfer als nötig.

Lilas' Hand auf dem Tablet hält inne. Sie schaut mich überrascht an. Es ärgert mich gegen meinen Willen. Sie dürfte das nicht wissen. Das war unser Ding, es gehörte Fleur und mir. Lilas hat in diesen Erinnerungen keinen Platz.

Ihre Lippen öffnen sich, und schließlich gesteht sie:

»Neulich hast du einmal gesagt, dass du keine Zitronen magst …«

»Nein.«

»Doch.«

Sie scheint sich ihrer Sache so sicher zu sein, dass ich anfange zu zweifeln.

Wie sonst hätte sie es auch erraten können? Ich vergesse wirklich vieles. Nun mache ich mir Vorwürfe, dass ich mich davon so leicht habe reizen lassen. Es ist albern.

»Na ja … möglich …«

Sie lächelt mich seltsam an und widmet sich wieder ihrer Zeichnung. Meine Reaktion war dumm und ungerechtfertigt. *Schließlich sind es nur Bonbons, Aaron, also beruhig dich.*

Auch ich widme mich wieder meiner Arbeit. Eine gute Stunde vergeht, ohne dass wir reden. In meiner Konzentration fällt es mir gar nicht auf.

Erst als ich den Kopf hebe, um meinen Nacken zu bewegen, schaue ich wieder zu ihr hinüber.

Lilas liegt schlafend auf dem Boden, ihren digitalen Stift noch in der Hand. Stille erfüllt den Raum. Ich halte den Atem an, um sie nicht zu stören, und beobachte sie lange. Ich lausche ihrem friedlichen Atem. Ihre vollen Lippen sind leicht geöffnet. Ich bemerke Sommersprossen: drei kleine braune Sternchen auf der Linie ihrer Unterlippe. Sie waren mir noch nie zuvor aufgefallen. Weitere finde ich auf ihrer Nase und ihren Pfirsichwangen. Mein Blick streift über die matte Haut ihres Gesichts, und ich bemerke zum ersten Mal dessen Ebenmäßigkeit.

Ihr Haar fällt in dunklen Locken über ihre Stirn und bedeckt ihre Augenlider. Ihre Gesichtszüge sind entspannt ... und sehr friedlich.

Mein Herzschlag beschleunigt sich, was mich aufrüttelt. Keine Ahnung, wieso mir das nicht schon früher aufgefallen ist ... aber sie ist verdammt schön!

Bei dem bloßen Gedanken schießt mir das Blut in die Ohren. Ich verscheuche ihn sofort und lockere meine Krawatte. In diesem Büro ist es viel zu warm.

Diese Haltung kann nicht sehr bequem sein, schießt es mir durch den Kopf. Seufzend hole ich meine Jacke und nähere mich ihr so leise wie möglich.

Ich schiebe meine Hand unter ihr Haar, hebe ihren Kopf sanft an und breite meine Jacke unter ihr aus. Wilfred ist der einzige Zeuge dieses unglaublichen Anzeichens von Schwäche. Mein Gesicht ist direkt neben ihrem, als ich feststelle, dass sie nicht mehr schläft, und ich erstarre.

»Was machst du da?«, flüstert sie mit halb geöffneten Augen.

Scheiße. Sie scheint sich meiner Nähe bewusst zu werden, denn sie kneift verwirrt die Augen zusammen. In meiner Panik packe ich meine Jacke und ziehe heftiger daran als geplant. Hastig richtet sie sich auf und reibt sich den Kopf mit einer schmerzhaften Grimasse.

»Du hast auf meiner Jacke geschlafen«, lüge ich schnell. »Und du hast gesabbert.«

»Ach du Schreck ... echt? Tut mir leid.«

»Geh heim.«

»Aber ich bin noch nicht fertig!«

Ihre Augenlider sind immer noch schwer vom Schlaf, aus dem ich sie unsanft gerissen habe. Ich beharre auf meinem Vorschlag und reiche ihr einen Geldschein.

»Nimm ein Taxi und geh schlafen. Ich brauche dich nicht mehr.«

Sie scheint zu begreifen, dass ich meine Meinung nicht ändern werde, denn sie schüttelt den Kopf und greift nach ihrer Handtasche, meine ausgestreckte Hand ignoriert sie.

»Also gut.«

Ich möchte ihr danken, dass sie geblieben ist, aber sie verschwindet schnell, und die Worte bleiben mir im Hals stecken. Wie einen Trottel lässt sie mich allein in meinem Büro zurück.

Erst um fünf Uhr morgens gehe ich nach Hause.

Später erzähle ich Yves von unserer durchgemachten Nacht. Verwirrt runzelt er die Stirn.

»Aber du weißt doch, dass ich die Prototypen habe«, sagt er.

Verblüfft schaue ich ihn an. Er lacht gekünstelt und legt mir eine Hand auf die Schulter.

»Aaron, du selbst hast sie mir gestern Nachmittag gebracht, um ganz sicher zu sein, dass ich sie rechtzeitig bekomme.«

Völlig perplex und ein wenig besorgt runzle ich die Stirn.

»Ach ja, stimmt ja … Tut mir leid.«

»Bist du sicher, dass mit dir alles okay ist, Kleiner? Du scheinst in letzter Zeit etwas neben der Spur zu sein.«

»Alles in bester Ordnung«, beschwichtige ich ihn mit einem leicht angestrengten Lächeln. Er scheint mir zu glauben, und dafür beglückwünsche ich mich. Ich verrate es ihm nicht … aber ich habe nicht die geringste Erinnerung daran.

Folge 15

Mein Kopf auf deiner Schulter

Mamamoo – *Double Trouble Couple*

Lilas

Wenig überraschend bin ich schließlich doch zu *Animal Crossing* zurückgekehrt. Ganz ehrlich: Ich verstehe nicht, warum Aaron sich immer darüber lustig macht. Dieses Spiel ist deutlich besser, als ich es in Erinnerung habe! Schluss mit *Fortnite* – zur großen Verzweiflung meiner Mitbewohnerinnen verbringe ich meine Abende jetzt mit der Switch.

Dabei habe ich eigentlich keine Zeit dafür. Ich arbeite tagsüber bis zum späten Abend und kümmere mich zu Hause im Bett noch um meinen Webtoon. Ich bemühe mich, ihn zu einem guten Ende zu führen, auch wenn ich das Gefühl habe, dass niemand ihn wirklich liest. Zwar wird er häufiger angeklickt, aber die Kommentare stagnieren. Daher habe ich keine Ahnung, wie zufrieden das Publikum ist.

Er ist ganz anders als die Bücher, die ich bisher veröffentlicht habe. Kindlicher. Weniger romantisch. Düsterer. Ich wollte etwas Realistisches; eine traurige Heldin auf der Suche nach ihrem Traum. Sie wird zwar geliebt, fühlt sich aber tief in ihrem Innern immer einsam. In Begleitung ihres besten Freundes Mr Skunk macht sie sich auf die Suche nach ihrer Selbstachtung, die ihr ein böser Dieb im Schlaf gestohlen hat.

Als sie den Dieb findet, stellt sie fest, dass er ihr Gesicht hat. Die Moral ist ganz einfach: Jeder ist Herr seines eigenen Schicksals. Niemand kann einem das Selbstvertrauen stehlen, wenn man sich entschlossen dagegenstellt. Im Grunde ist man sein eigener Feind, doch das muss nicht sein.

»Deine letzten Updates werden immer optimistischer«, kommentiert Eleanor beim Frühstück. Sie ist noch im Nachthemd.

»Darf ich auf ein Happy End hoffen?«

Ich setze ein geheimnisvolles Lächeln auf und drücke eine Ballonmütze auf meine Locken.

»Du kennst mich doch. Ich bin eine ewige Romantikerin. Warum sollte ich ein trauriges Ende wählen?«

»Weil diese Geschichte ganz anders ist als diejenigen, die du bisher geschrieben hast. Die Heldin Ruelf bist du. Ich bin die kokette, geizige und unglaublich kluge Maus Ronaele. Und Dana ist Anad, der aufrechte, rechtschaffene Hirsch, der immer ausspricht, was er denkt …«

Ich erröte, peinlich berührt, wie leicht sie alles entschlüsselt hat. Sie verdreht desillusioniert die Augen.

»Es war nicht schwer zu erraten, Einstein. Du hast es nicht wirklich gut getarnt.«

Ich brumme leise vor mich hin.

»Na, und?«, insistiert Eleanor. »Wird Ruelf ihre Selbstachtung wiederfinden und ihre Nemesis besiegen? Und wer ist der Iltis mit der Brille?«

Ich ignoriere ihre letzte Frage und widerstehe dem Drang, ihr zu erklären, dass es sich um einen Skunk handelt. Stattdessen antworte ich: »Ich habe mich noch nicht entschieden. Ich denke, das ergibt sich im Lauf der Geschichte …«

Ich beende mein Frühstück, während sie mir vom neuen Nachbarn erzählt. In unser Haus ist gerade ein junger Erzieher eingezogen. Er hat sich bei uns vorgestellt und Muffins mitgebracht, die schrecklich schmeckten.

Dana wacht gerade rechtzeitig auf, um mich zur Bushaltestelle zu begleiten. Auch sie kommt im Moment sehr spät nach Hause, weil sie jeden Abend im Fitnessstudio trainiert.

»Kommst du zu meinem nächsten Spiel? Ich brauche dringend ein paar Cheerleader. Meine Herzallerliebste kann leider nicht kommen«, beschwert sie sich.

»Na logisch! Halt, warte mal, welchen Tag haben wir heute? Nächstes Wochenende bin ich auf einem Seminar irgendwo auf dem Land.«

»Das Spiel ist erst in zwei Wochen«, beruhigt sie mich.

Sie leistet mir Gesellschaft, bis mein Bus kommt, und fragt mich, wie es mit der Arbeit läuft. Plötzlich muss ich an Aaron denken und an die Nacht, die wir auf dem Boden in seinem Büro verbracht haben. An den seltsamen Ausdruck auf seinem Gesicht, als ich aufgewacht bin und er nur Zentimeter von meiner Nase entfernt war.

Eine Stunde später schickte er mir eine E-Mail, um herauszufinden, ob ich gut zu Hause angekommen bin. Ich antwortete ihm, er solle sich lieber ebenfalls ausruhen, darauf hat er sich nicht mehr gemeldet.

Am nächsten Tag war er wieder ganz der Alte, schlenderte um meinen Schreibtisch herum – wahrscheinlich, um sicherzugehen, dass ich nicht trödle –, schnippte mit den Fingern vor meinem Gesicht, wenn mir die Augen zufielen, und warf mir bitterböse Blicke zu, wenn ich versehentlich über einen von Nicolas' Witzen lachte.

Trotz alledem komme ich fröhlich zur Arbeit und gehe auch gut gelaunt wieder. Nie hätte ich gedacht, dass mir die Arbeit für ein Videospielunternehmen so viel Auftrieb geben würde, aber offensichtlich steckt das Leben voller Überraschungen.

Ich liebe es. Zwar habe ich ständig die Befürchtung, es könnte den anderen nicht gefallen, was ich tue, aber irgendwie komme ich immer wieder darüber hinweg und gebe mein Bestes.

»Die Folge gestern war echt toll«, sagt Nicolas zur Begrüßung.

Ich erstarre und gerate sofort in Panik.

»Wa…was denn?«

Statt einer Antwort hält er mir sein Handydisplay vor die Nase. Es handelt sich um das letzte Kapitel meines Webtoons. Ich reiße die Augen auf und drücke hastig seine Hand nach unten.

»Woher weißt du davon?«, flüstere ich.

Er grinst mich breit an.

»Von Eleanor. Ich kann es einfach nicht glauben … Du nimmst an einem Wettbewerb teil und denkst nicht einmal daran, deinem besten Freund davon zu erzählen!«

»Du bist nicht mein bester Freund.«

»Jedenfalls weiß inzwischen meine ganze Familie Bescheid«, fährt er fort, »und sie werden alle für deine Geschichte abstimmen. Meine Mutter ist schon richtig süchtig danach.«

Das sind so viele Informationen auf einmal, dass ich kaum in der Lage bin zu begreifen, was hier gerade vor sich geht.

»Warte mal … noch mal zum Mitschreiben … Eleanor? *Meine* Eleanor?«

»Genau die.«

»Aber woher kennst du sie?«

Zufrieden mit meiner Reaktion zuckt er die Schultern. In welchem Paralleluniversum bin ich gelandet?

»Eines Abends, als du gerade geduscht hast, ist sie an dein Telefon gegangen. Sie hat über meine Witze gelacht, und wir haben Nummern ausgetauscht, um über dich reden zu können.

Übrigens, hast du immer noch Schmerzen in deiner rechten Brust? Du solltest einen Arzt aufsuchen.«

»Sag mal, spinnst du?«, schreie ich so laut, dass die Kollegen zusammenzucken. »Lösch ihre Nummer, und zwar jetzt sofort!«

»Was geht hier vor sich?«

Rot vor Zorn wende ich meinen Kopf in Richtung Aaron. Er steht mit dem Tablet in der Hand und hochgezogenen Augenbrauen an der Tür.

»Nichts«, antwortet Nicolas lässig. »Ich habe Lilas nahegelegt, zum Arzt zu gehen. Sie hat Schmerzen …«

Mit bösem Blick drücke ich ihm meine Hand gewaltsam auf den Mund. Er lächelt engelsgleich unter meinen Fingern und fügt gedämpft hinzu: »… im Rücken.«

Aaron scheint das Interesse an unserer kleinen Szene zu verlieren und setzt sich an seinen Platz.

»Diese neue Freundschaft gefällt mir absolut nicht«, wiederhole ich und drohe Nicolas mit dem Finger. »Ich sollte mit Eleanor mal ein längeres Gespräch über die Offenlegung von persönlichen und intimen Informationen führen.«

Ich verbringe den Tag damit, mit Natasha am Skriptentwurf zu arbeiten. Yves stattet uns einen kurzen Besuch ab. Bei einer Sitzung döse ich ein, was mir eine von Aarons Moralpredigten einbringt. Aber ich bin ihm deshalb nicht böse. Er hat recht, ich verhalte mich in den letzten Tagen nicht gerade professionell.

Mein Privatleben ist wirklich nicht sein Problem. Entweder komme ich zur Arbeit, um zu arbeiten, oder ich komme überhaupt nicht.

Immerhin schaffe ich es, den ganzen Nachmittag wach zu bleiben, vor allem dank der Kaffeemaschine – meiner Retterin. Aaron hat ein Geschäftsessen außer Haus, und ich nutze die

Gelegenheit, um Wilfred zu füttern. Der Fisch sieht ein wenig mitgenommen aus.

Am Abend sind die anderen bereits seit einer Stunde fort, als ich meinen Computer ausschalte. Die Mädchen und ich wollen zusammen ausgehen. Ins Kino. In der letzten Zeit kommt es nicht oft vor, dass wir zu dritt etwas miteinander unternehmen.

»Die Vorstellung fängt um acht Uhr an. Also beeil dich!«, nörgelt Dana am Telefon.

Ich lächle und greife nach meiner Tasche, bereit zu gehen.

»Versprochen, ich beeile mich. Ich muss nur noch das Licht ausschalten und die Türen abschließen.«

»Bist du schon wieder die Letzte im Büro?«

»Schon möglich.« Ich verziehe das Gesicht. »Zu meiner Verteidigung, ich …«

Ein unerwartetes Geräusch unterbricht mich. Ich zucke zusammen und blicke mich um. Es scheint aus Aarons Büro gekommen zu sein. Als wäre etwas Schweres hinuntergefallen.

»Dana, ich rufe später zurück.«

Ich lege auf, bevor sie noch etwas sagen kann. Mit einem mulmigen Gefühl gehe ich entschlossen auf sein Büro zu. Die Tür steht seltsamerweise offen.

»Aaron?«

An der Tür stoßen wir heftig zusammen.

»Alles in O…?«

Als ich sein Gesicht sehe, verstumme ich. Die Worte verwirren sich auf meiner Zunge.

Noch nie habe ich eine so reale und intensive Angst gesehen. Rein und aggressiv zeichnet sie sich auf seinen Gesichtszügen ab. Mit weit aufgerissenen, tränengefüllten Augen starrt er mich verloren an und greift mit den Händen nach meinen Schultern. Sein ganzer Körper zittert wie Espenlaub.

Auf dem Boden hinter ihm liegt seine Kaffeetasse.

Ich lege meine Hände auf seine, um ihn zu beruhigen, und versuche, der Panik Herr zu werden, die sich in meinem Herzen ausbreitet. Seine Finger umklammern meine voller Verzweiflung.

»Was ist passiert?«

Er öffnet den Mund, schafft es aber nicht, etwas zu sagen. Eine Schweißperle rollt an seiner Schläfe hinunter, was meine Besorgnis steigert.

»Aaron, sieh mich an.«

Ich lege meine Hände auf seine Wangen, schaue ihm in die Augen und frage ihn, was los ist.

Endlich kommen die Worte aus seinem Mund, stoßweise, wie gewaltsam herausgerissen: »Wilfred ... er ist ... t-t-t... Er ...«

Ich schaue zum Aquarium hinüber. Der majestätische blaue Fisch dümpelt reglos im Wasser. *Oh nein.* Es drückt mir fast das Herz ab, als ich verstehe.

»Es tut mir so leid«, flüstere ich.

Aaron schließt die Augen ganz fest, senkt den Kopf und hält sich mit beiden Händen die Ohren zu. Er versucht noch einmal, das gefürchtete Wort auszusprechen, doch er scheint nicht dazu in der Lage. Drei Buchstaben. Eine erschreckende Silbe, die ihm kalten Schweiß verursacht.

Seine Reaktion überrascht mich. Ich habe keine Ahnung, was ich tun soll.

»Ich habe viel gearbeitet ...«, sagt er schließlich mit noch immer geschlossenen Augen. »Ich habe nicht auf ihn achtgegeben ...«

Es bricht mir fast das Herz. Plötzlich öffnet er die Augen, und seine Atmung wird schneller.

»Bring ihn weg.«

»Bitte?«

»Ich kann das nicht ...« Er zittert. »Ich kann ihn nicht anschauen. Einer von uns muss ihn da rausholen. Bring ihn weg, schnell. *Schnell!*«

»Schon gut, schon gut. Wird es gehen?«

»Ich hyperventiliere«, sagt er, ohne mich anzusehen. Er ringt nach Luft. »Mach es, ich flehe dich an.«

Beim letzten Wort bricht ihm die Stimme. Ich reagiere sofort, sage ihm, er solle bleiben, wo er ist, gehe zum Aquarium und tauche die Hände ein. Im Wasser schwimmen weißliche Fäden. Ich hole den Fisch heraus und lege ihn in irgendein Glas, als ich bemerke, dass seine Schwanzflosse zuckt.

»Oh!«

Schnell fülle ich Wasser in das Glas. Wilfred bewegt sich leicht. Er lebt. *Oh, Gott sei Dank!* Ich nehme das Glas und eine zufällig herumliegende Plastiktüte und eile damit zurück zu Aaron. Er kauert auf dem Boden, den Kopf auf den Armen, und ringt mühsam um Atem. Ich knie mich vor ihn und löse seine Krawatte.

»Aaron, atme in die Tüte«, fordere ich ihn mit einer Stimme auf, von der ich hoffe, dass sie trotz meiner Hektik beruhigend wirkt. »Konzentrier dich auf die Dinge hier im Raum. Verankere sie in der Realität. Du bist hier, ich bin hier, alles ist okay.«

Er gehorcht. Stumme Tränen kullern ihm über die Wangen. Er ignoriert sie und atmet tief in die Plastiktüte. Mein Herz pocht wie wild. Noch nie, nein, wirklich niemals habe ich ihn so erlebt. Natürlich verstehe ich die Trauer, ja, sogar die Panik nach dem Tod eines Haustiers.

Aber ... mit einer solchen Reaktion hätte ich nie gerechnet.

»Aaron? Er lebt noch.«

»Was?«, haucht er.

»Wilfred ist noch am Leben. Aber ich glaube, er ist krank ...

Wir müssen ihn so schnell wie möglich zu einem Tierarzt bringen.«

Aaron braucht eine gute Minute, um sich zu erholen. Er hebt den Kopf. Mir wird klar, dass er sich nicht traut, den Fisch anzuschauen. Immer noch wirkt er verängstigt, als ob ihn das Tier jeden Moment angreifen könnte.

»Soll ich allein hingehen?«, schlage ich vor.

Er schüttelt den Kopf und steht auf. Wir packen unsere Sachen – ich halte das Glas fest in meiner Hand – und machen uns in aller Eile auf den Weg.

»Halte durch, Wilfred.«

Gott sei Dank geht es Wilfred gut. Es stellt sich heraus, dass die weißen Fäden im Aquarium eine Art Erbrochenes waren. Der Tierarzt diagnostiziert eine Lebensmittelvergiftung. Wilfred wird bald wieder ganz der Alte sein, muss aber für eine Weile in ein Quarantäne-Aquarium.

Aaron sagt lange Zeit nichts. Als der Arzt geht, um sich um Wilfred zu kümmern, stößt er einen Seufzer aus.

»Komm, setz dich hin.«

Ich bringe ihn in den Warteraum, wo er sich schweigend auf einem Stuhl niederlässt. Ich setze mich neben ihn, nachdem ich uns zwei Becher Kaffee vom Automaten geholt habe.

»Erleichtert?«

»Ja«, gibt er zu.

Ich weiß, dass er immer noch an seine Panikattacke denkt, denn er kann seine Hände nicht ruhig halten.

Wie ich ihn kenne, ist es ihm wahrscheinlich peinlich, vor mir Schwäche gezeigt zu haben.

»Also wirklich …«, flüstert er mit tonloser Stimme. »Ich fordere dich auf, mehr zu schlafen, dabei bin ich es, der dich abends immer wieder vom Gehen abhält.«

Ich lächle traurig.

»Möchtest du reden?«

Er schweigt lange, und ich bin überzeugt, dass er der Frage ausweichen wird. Mit zusammengebissenen Zähnen starrt er auf die Wand gegenüber.

»Eigentlich wollte ich nie ein Haustier. Ich bin nicht sonderlich begabt darin ... mich um jemand anderen zu kümmern«, gesteht er wie ein Kind. »Aber an diesem Tag bin ich vor dem Schaufenster stehen geblieben. Ich habe diesen Fisch gesehen und fand ihn schön.«

Er hält einen Moment inne, in Gedanken versunken.

»Weißt du, was das für ein Fisch ist? Ein Siamesischer Kampffisch. Das haben sie mir im Laden gesagt. Komisch, nicht wahr? Siamesische Kampffische sind Einzelgänger und neigen zur Aggression gegenüber ihren Artgenossen.«

»Irgendwie erinnert mich das an jemanden, ja ...«

Er schaut mich an und lächelt offen amüsiert. Sein Lächeln trifft mich wie ein Blitz mitten ins Herz. Ein Grübchen, nur ein einziges, ziert seine linke Wange. Ich glaube, ich falle gleich tot um.

»Oh mein Gott, hast du etwa gerade ... gelächelt?«

»Wenn du das jemandem erzählst, schmeiße ich dich raus«, droht er mit hochgezogener Augenbraue.

»Von wegen!«

»Ich habe es schon versucht. Aber Yves hat mich in die Wüste geschickt.«

»Gut gemacht.«

Ich lächle und freue mich, dass es ihm besser geht. Schweigend trinken wir unseren Kaffee aus. Er steht auf, um unsere Tassen wegzuwerfen. Ich habe plötzlich einen Gähnanfall. Aaron dreht sich um, lehnt sich an den Tresen und schaut mich an.

Es ist seltsam, aber ich verstehe sofort, was er mir sagen will, obwohl er es nicht aussprechen kann.

Danke. Ich nicke. Meine Hände ruhen schüchtern auf meinen Knien.

»Wovor hast du die größte Angst?«, fragt er mich mit einem Mal. Sein Tonfall ist ernst und gleichzeitig neugierig.

Nicht geliebt zu werden.

Überrascht von diesem Themenwechsel gebe ich vor nachzudenken. Ich wünschte, ich könnte ihm endlich alles sagen, aber dazu fehlt mir der Mut.

Es ist irgendwie ironisch, wenn man bedenkt, dass er sich nicht an mich erinnert, aber …

»In Vergessenheit zu geraten. Und du?«

Seine Stimme klingt ruhig und fast ein wenig mutlos, als er flüstert: »Zu sterben.«

Wilfred muss vorerst beim Tierarzt bleiben.

Aaron und ich fahren zusammen mit dem Bus nach Hause und sitzen Seite an Seite. Er scheint mit den Gedanken woanders zu sein und starrt verloren aus dem Fenster. Normalerweise hätte ich versucht, die Stimmung aufzulockern, aber heute Abend habe ich keine Lust, mich zu verstellen. Ich bin müde.

Ich schließe die Augen für ein paar Sekunden, kann jedoch an nichts anderes denken als an seinen Arm und seinen Oberschenkel, die mich berühren.

Es ist einfach verrückt. Selbst nach sechzehn Jahren schafft er es noch, dass ich nicht mehr zusammenhängend denken kann. Je mehr er mich zurückweist, desto mehr strenge ich mich an. Nicht aus Mangel an Würde, sondern weil ich immer einen Blick hinter die von ihm errichtete Mauer erhaschen konnte.

Nie werde ich mein inneres, früher ebenso wie heute empfundenes Bedürfnis verstehen, ihn zu beschützen – sogar unter Lebensgefahr. Ich weiß nur, dass es mir körperliche Schmerzen bereitet, ihn in Schwierigkeiten zu sehen.

Manchmal frage ich mich, ob dieses instinktive Bedürfnis, ihn nicht leiden zu lassen, lediglich eine Folge meiner Liebe zu ihm ist … oder ob ich einfach egoistischerweise nie in der Lage war, Leid zu ertragen.

Ich beobachte ihn aus dem Augenwinkel. Er achtet nicht auf mich. Meine Haltestelle kommt näher, aber ich habe keine Lust, ihn schon zu verlassen.

Plötzlich schießen mir zahlreiche K-Drama-Szenen in den Kopf, in denen die Heldin an der Schulter des Helden einschläft, wie zum Beispiel Nam Hong-joo in *While You Were Sleeping*. Ich beiße mir auf die Lippen, nehme meinen ganzen Mut zusammen, schließe die Augen und lasse meinen Kopf sanft auf Aarons Schulter sinken.

Dafür komme ich bestimmt in die Hölle.

Ich spüre, wie er erstarrt, aber er bewegt sich nicht. Die Berührung ist einfach, vertraut und tröstlich. Todmüde, wie ich bin, versuche ich, wirklich einzuschlafen, als er sich endlich rührt. Ich spüre, wie er absichtlich in meine Haare pustet und sich vorsichtig zu befreien versucht. *Arschloch.*

Obwohl ich meinen Entschluss längst bedauere, stelle ich mich weiter schlafend, während er mindestens zwei Minuten lang mit meinen Haaren kämpft, die sich in den Knöpfen seiner Jacke verfangen haben. Er zieht immer wieder an einzelnen Strähnen und entlockt mir fast einen Schmerzensschrei.

Daran ist absolut nichts Romantisches.

Schließlich rüttelt er an meiner Schulter. Ich richte mich auf und werfe ihm mit zusammengebissenen Zähnen einen wütenden Blick zu. Meine Haare stehen in alle Richtungen.

»Du musst hier aussteigen«, sagt er leise und glättet meine rebellischen Locken zärtlich mit der Hand.

Ich wende mich ab, um meine schamroten Wangen zu verbergen. Als ich klein war, motivierte mich seine Ablehnung immer dazu, mich noch mehr anzustrengen. Heute möchte ich mich einfach nur in einem Mauseloch verstecken.

»Mach's gut«, verabschiede ich mich knapp.

Ich steige aus dem Bus, als er mir etwas zuruft. Ich schaue zu ihm hinauf. Er hat das Fenster gekippt. Sein Gesichtsausdruck ist ernst und sehr müde.

»Von jetzt an möchte ich dich nicht mehr vor oder nach der Arbeitszeit im Büro sehen. Ich verbiete es dir.«

Mit hängenden Armen stoße ich einen verwunderten Seufzer aus. Er hat kein Recht, mir etwas zu verbieten, und das weiß er auch. Außerdem war ich der Meinung, er wollte, dass ich mich beweise?

»Du bist nicht …«

»… dein Boss«, beendet er den Satz mit einem bitteren Lächeln. »Ich weiß. Ich habe mit Yves darüber gesprochen, und er ist auch der Ansicht. Wenn ich sehe, dass du Überstunden machst, schicke ich dich nach Hause.«

Was für ein Stinktier! Wütend balle ich die Fäuste. Er sieht es, und während der Bus weiterfährt, zuckt er die Schultern und ruft mir zu: »Das gilt übrigens auch für *Fortnite* um zwei Uhr morgens!«

Folge 16

The Back Hug

Jeong Eun Ji – *You Are My Garden*

Aaron

Jedes Jahr zum Sommeranfang organisiert Abisoft ein zweitägiges Seminar mit dem gesamten Team. In aller Regel gelingt es mir, mich vor der Veranstaltung zu drücken. Jedes Jahr Anfang Juni werde ich krank – zumindest versuche ich, das den Leuten weiszumachen. Auch wenn ich weiß, dass niemand meine armseligen Lügen schluckt, am allerwenigsten Yves.

Aber dieses Mal komme ich so nicht davon.

»Ich muss zur Hochzeit meines Sohnes«, eröffnet mir Yves zwei Tage vor dem Seminar. »Er ist zwar nicht mein Lieblingskind, aber ich kann schließlich nicht einfach wegbleiben.«

Ich bin wie vor den Kopf gestoßen.

»Aber wer soll dann das Team begleiten? Wir werden die Sache absagen müssen.«

»Wieso?«, entgegnet er spöttisch mit einem halben Lächeln auf dem Gesicht. »Du bist doch da.«

Ich stelle mir vor, wie ich in einem Minivan sitze mit Maxime und Natasha, während sie Jean-Jacques Goldman singen, und gerate in Panik.

»Aber ich brüte irgendetwas aus. Wenn das nun ansteckend ist …«

Yves zuckt unbekümmert die Schultern.

»Nicht mein Problem.«

Und so finde ich mich zwei Tage später mitten in den Vogesen wieder und spiele alberne Spielchen mit meinen Kollegen.

Die Anfahrt hat eine Ewigkeit gedauert. Ich saß eingeklemmt auf dem Mittelsitz zwischen Maxime und Julien. Doch wenn ich gedacht hatte, dass es nicht schlimmer werden könnte, habe ich mich gründlich geirrt.

»Bist du sicher, dass du dich nicht umziehen willst?«, fragt Maxime und mustert mich von Kopf bis Fuß. Heute Morgen bin ich als Einziger wie üblich im Anzug erschienen, was mir ein spöttisches Lächeln der Kollegen einbrachte. Dabei hatte ich mich am Morgen durchaus für Jeans und T-Shirt entschieden, doch im letzten Moment kam es mir irgendwie albern vor, dass meine Kollegen mich so entspannt – so menschlich – sehen sollten.

Inzwischen bedauere ich diese Entscheidung – schon allein wegen der Hitze.

»Wird schon gehen, danke.«

»Na gut, wenn du meinst.«

Unsere Unterkunft liegt in einem Wald, was mich beunruhigt. Ich hasse Wälder. Sie sind beängstigend, monströs und seltsam, und man findet dort höchstwahrscheinlich dunkle Geheimnisse, von denen ich nichts wissen möchte.

Leider hat Yves ausgerechnet in einem solchen unsere Hütten für die Nacht reserviert. Die anderen wissen es noch nicht, aber ich habe bereits beschlossen, im Auto zu schlafen. Die Hütten sind groß, solide und komplett aus Holz. Einige stehen auf dem Boden, andere befinden sich hoch oben in den Bäumen. Es ist, als käme man zu den verlorenen Jungs.

Unsere Hütten sehen aus wie zwei riesige Haselnüsse, die durch eine kleine Brücke aus Eichenholz miteinander verbunden sind. Nachdem wir unser Gepäck verstaut haben – die Männer auf der einen, die Frauen auf der anderen Seite –, versammeln wir uns am Treffpunkt.

Nach und nach erscheinen auch die anderen Angestellten von Abisoft. Man begrüßt einander fröhlich. Ich halte mich ein wenig abseits und schüttle einigen von ihnen die Hand. Ein weiterer Grund, weshalb ich nie zu den Seminaren mitfahre: Es sind einfach zu viele Leute da – was ein gewisses Sozialverhalten erfordert –, und darüber hinaus muss man auch noch an sportlichen Aktivitäten teilnehmen.

Mein größter Albtraum.

»Ich bitte um eure Aufmerksamkeit«, ruft Jean-Jacques, ebenfalls ein Projektleiter. »Hat jedes Team einen Namen und eine Farbe?«

Alle nicken. Im Vorfeld hat man unserem Team rote Tücher überreicht. Wir sind die Mannschaft Kitsune. Lilas lächelt mir schüchtern zu. Sie hat ihr Tuch elegant um ihren kurzen Pferdeschwanz geknotet. Meines steckt in meiner Anzugtasche.

Ich seufze, halte mich gerade und verschränke die Arme vor der Brust.

Hoffentlich sind wir schnell aus dem Spiel.

»Wir brauchen Zweiergruppen innerhalb der Teams«, erklärt Jean-Jacques. »Für heute Nachmittag sind vier Etappen vorgesehen. Stellt jetzt eure Paare zusammen, damit wir anfangen können!«

Weil wir eine ungerade Zahl sind, gesellt sich ein Mitarbeiter eines anderen Teams zu uns. Nicolas tut sich mit Emma zusammen, die von diesem Tag ebenso begeistert zu sein scheint wie ich. Natasha und Maxime schließen sich unter dem Vorwand, dass sie die Ältesten sind, zusammen.

Ich lasse sie machen und gebe mich gleichgültig, obwohl ich Juliens flehenden Ausdruck in Lilas' Richtung sehe. Er will nicht mit mir zusammenarbeiten. Die anderen schauen der Reihe nach verlegen weg.

Ich habe Magenschmerzen und fühle die Hitze in meinen Ohren. Ich hasse es.

Gerade will ich meinen freiwilligen Verzicht verkünden, als Lilas mich anstrahlt.

»Ich tue mich mit Aaron zusammen. Oder stört dich das, Julien?«

»Nein, ganz und gar nicht«, erklärt dieser sichtlich erleichtert.

Zutiefst beschämt sage ich nichts. Mir ist klar, dass sie sich aus Nächstenliebe opfert, und ich bin ihr dankbar dafür. Lilas stellt sich neben mich und dehnt ihre Beine, als würde sie sich auf die Olympischen Spiele vorbereiten. *Sie ist einfach süß.*

Der Rest des Tages ist für mich die Hölle auf Erden. Die erste Etappe ist ein Staffellauf – aber kein normaler. Einer von uns muss auf dem Rücken des anderen reiten und unterwegs Fähnchen einsammeln.

Hilfe! Lilas scheint das Gleiche zu denken, denn sie weicht meinem Blick aus. Im Gegensatz zu mir trägt sie ein T-Shirt und ein Paar schwarze Leggings, was sicher sinnvoller ist als der Anzug.

»Auf, Leute, geben wir alles!«, ermutigt uns Nicolas und nimmt Emma ohne große Anstrengung huckepack.

Gütiger Gott, muss ich das wirklich tun? Die Seminare sollen uns helfen, einander näherzukommen. Meiner Meinung nach schaffen sie allerdings nur unangenehme Situationen.

»Und los!«

Nicolas startet geradezu mit Lichtgeschwindigkeit. Schnell liegt unser Team an der Spitze. Alle um mich herum feuern sie an, sogar Lilas beginnt zu jubeln. Ich würde gern mitmachen, weiß aber nicht, was ich rufen soll, und halte daher lieber die

Klappe. Maxime und Natasha sind als Nächste an der Reihe und etwas langsamer als Nicolas. Die anderen holen auf.

Lilas und ich sind die Letzten.

»Darf ich?«, fragt sie mich, als wir an der Reihe sind.

Ich nicke und beuge mich würdevoll, um es ihr leichter zu machen. Sie legt ihre Hände auf meine Schultern und umklammert meinen Rücken mit ihren Beinen. Mühsam richte ich mich auf und halte ihre Beine mit den Händen fest. Ich spüre ihren warmen Atem an meinem Hals und wie ihr Haar meine Wangen kitzelt.

Nah, zu nah, nicht nah genug.

Ich versuche, mich zu konzentrieren, und ignoriere den Lärm um mich herum. Als Julien und sein Partner Lilas abklatschen, renne ich los. Zumindest versuche ich es. Maxime hatte recht, der Anzug war keine gute Idee.

Lilas sammelt ein Fähnchen nach dem anderen ein und ruft mir zu, ich solle schneller laufen. Ich sage ihr lieber nicht dass ich mein Bestes gebe. Wir schaffen den dritten Platz. Lilas rutscht vorsichtig von meinem Rücken herunter und fragt mich, ob alles okay ist.

Ich bin ziemlich außer Atem. Mehr als gut ist.

Sport ist wirklich nicht mein Ding.

»Alles gut.«

Beim nächsten Rennen muss ich ein Laken über den Boden ziehen, auf dem meine Teampartnerin sitzt. Lilas bietet mir an, das Laken zu ziehen, aber ich lehne aus einem logischen Grund ab: Sie ist leichter als ich. Natürlich gewinnen wir nicht. Meine Teamkollegen versuchen, ihre Enttäuschung zu verbergen, aber ich weiß, was sie denken.

Die Schuld liegt bei mir.

Sogar Maxime schlägt sich besser als ich, und das will etwas heißen.

Trotz allem lächelt Lilas weiter und applaudiert mir nach jedem Rennen. Obwohl ich zunächst das möglichst baldige Ende herbeigesehnt habe, steigt in mir jetzt der unstillbare Wunsch auf zu gewinnen. Ich will nicht, dass das Team meinetwegen verliert. Und zugegebenermaßen will ich auch nicht, dass Lilas mich für einen Loser hält.

Als wir mit der zweiten Etappe beginnen, bin ich bereits in Schweiß gebadet. Als ich sehe, dass es zum Pool geht, spüre ich das kalte Grausen. Meine Partnerin bemerkt es offenbar, denn sie schaut besorgt zu mir auf. Ich räuspere mich und verberge mein Unbehagen.

»Ich … bin nicht gerade eine Wasserratte.«

Ihr Gesicht leuchtet plötzlich auf, als hätte sie etwas erkannt, was mir entgangen ist. Sie schenkt mir ein warmes Lächeln.

»Es ist ein Rennen mit Zorbing-Bällen. Man kommt nicht mit dem Wasser in Berührung.« Sie spürt wohl, dass ich nicht sehr überzeugt bin. »Wir sind da drin zu zweit. Aber wenn du es lieber nicht tun möchtest, mache ich es auch allein. Kein Problem.«

Schließlich gebe ich nach und entscheide mich, ihr zu vertrauen. Irgendwie schaffe ich es schon. Ich werde mich nur weigern, ins Wasser zu gehen. Das wird schon. Schließlich bin ich nicht allein. Ich schaue Lilas an, die sich gerade fertig macht, und nicke.

»Warte, komm her.«

Ich stehe still, während sie nach meinem roten Tuch greift und mein Haar oben auf dem Kopf zu einem winzigen Pferdeschwanz zusammenbindet. Mein ganzer Körper schreit danach, sie davon abzuhalten, aber ich tue es nicht. Mit einer vertrauten Geste, die mir Schauder über den Rücken laufen lässt, gleiten ihre Finger in mein Haar.

Sie soll sie nie wieder herausnehmen.

»Sie sind vorne etwas zu lang, das könnte dich stören.« Schließlich tritt sie zurück und hebt ermutigend den Daumen, was mich trotz allem zum Schmunzeln bringt.

»Wie sehe ich aus?«

»Ziemlich niedlich.«

Na toll. Zusammen betreten wir die große Blase. Das Gefühl, auf dem Wasser zu laufen, ist so befremdlich, dass ich sofort aus dem Gleichgewicht gerate. Ich stolpere und ziehe Lilas mit mir nach unten. Ungeschickt helfe ich ihr wieder auf die Beine.

»Das wird bestimmt lustig«, kommentiert Nicolas heiter am Rand des Pools. »Emma, hol die Kamera raus.«

Ich hasse ihn.

»Wir schaffen das«, ermutigt mich Lilas.

Es ist eine Katastrophe. Kaum ist der Startschuss gefallen, stolpern Lilas und ich gemeinsam los. Zu zweit in einer im Wasser schwimmenden Blase zu laufen, ist schwieriger, als es aussieht. Nicolas ermutigt uns vom Beckenrand aus und macht Fotos aus allen nur möglichen Perspektiven. Innerlich schäume ich vor Wut.

Ich darf mich auf keinen Fall wieder lächerlich machen.

Wie elektrisiert vom Ehrgeiz gebe ich mein Bestes, das Gleichgewicht zu halten. Lilas hingegen muss so sehr lachen, dass sie kaum noch Luft bekommt.

Sie fällt seltener hin als ich. Wir versuchen, so schnell wie möglich zu rennen, und rempeln dabei andere Blasen an, aber ich rutsche immer wieder weg. Meistens reiße ich Lilas mit.

Ich kann kaum noch mitzählen, wie oft sie mit roten Wangen auf mir liegt. Glücklicherweise sind wir nicht die Einzigen, die diese Probleme haben.

»Wir haben es fast geschafft!«

Die anderen feuern uns an. Wir nähern uns der Ziellinie. Im letzten Moment ist es Lilas, die mit einem verblüfften Schrei ins Rutschen gerät und versucht, meinen Arm zu packen. Fast wie in Zeitlupe fällt sie vor meinen Augen und klammert sich in einem letzten Rettungsversuch fest an meine Jacke. Das Reißgeräusch hört sich schrecklich an.

Ihr Gewicht zieht mich mit, und ich muss einen weiten Schritt machen, um nicht ebenfalls zu stürzen. Ein weiteres hässliches Geräusch folgt, und ich ahne sofort, woher es kommt.

»Ach du Schreck!«

Lilas richtet sich auf, ohne auf mich zu achten, und drückt mit aller Kraft gegen die Innenwand des Balls. Wir machen den dritten Platz.

Als ich wieder trockenen Boden unter den Füßen habe, traue ich mich nicht, meiner Partnerin in die Augen zu sehen.

»Es tut mir unendlich leid«, entschuldigt sich Lilas mit Blick auf meine völlig ruinierte Jacke. »Ich habe zu heftig an dir gezerrt, es ist meine Schuld.«

»Schon gut.«

»Du … Aaron?«

»Was?«

Lilas verzieht verlegen das Gesicht, kommt näher und flüstert mir ins Ohr: »In deiner Hose ist ein Loch.«

Noch nie ist mir etwas derart Peinliches passiert. Mir, Aaron Choi, vierundzwanzig Jahre alt, ist die Hose aufgeplatzt. Lilas hat mich so diskret wie möglich darauf hingewiesen, wofür ich ihr wirklich dankbar bin, aber es war verlorene Liebesmühe.

Ich musste mich wohl oder übel umziehen. Und da ich zum Wechseln nur einen weiteren Anzug mitgebracht hatte, musste ich auf Kleidungsstücke von Maxime zurückgreifen.

Zu einer knallblauen Jogginghose trage ich jetzt ein T-Shirt mit der Aufschrift »Picole municipale«, beide in XXL. Ich sehe aus wie ein Fünfjähriger, der sich die Klamotten seines spießigen Vaters ausgeliehen hat.

Als Nicolas mich so erblickt, hält er sich die Faust vor den Mund, um nicht loszulachen. Ich bemerke, wie der Verräter eine ganze Reihe Fotos aufnimmt, als ich mich abwende.

»So schlimm ist es auch wieder nicht«, beruhigt mich Lilas. Aber ihre Mundwinkel beben.

»Zum Knuddeln niedlich, was?«

Dann hält sie es nicht mehr aus und prustet los.

Während ich mich umgezogen habe, haben Julien und sein Teampartner – dessen Namen ich mir noch immer nicht gemerkt habe – einen Wettbewerb in einem Sumo-Kostüm absolviert. Offenbar haben wir gewonnen, worüber sich alle sehr freuen.

»Damit bleibt nur noch die vierte und letzte Etappe: die Schnitzeljagd! Wir haben überall im Wald Hinweise verstreut, die ihr finden müsst. Jeder Hinweis führt euch zum nächsten. Die erste Mannschaft, die das Ziel und damit uns findet, hat gewonnen. Ihr dürft aber nicht vergessen, die Hinweise an die Stelle zurückzulegen, wo ihr sie gefunden habt, um die Suche der anderen nicht zu verfälschen.«

Endlich etwas, bei dem ich eher einen Erfolg verbuchen dürfte, denn ich kann mein Gehirn benutzen. Auch wenn die Aussicht, im Wald herumzulaufen, mich nicht gerade vom Hocker reißt.

Ich weiß nicht, warum, aber beim Anblick der vielen Bäume zieht sich meine Kehle zusammen, und mein Herz schlägt schneller. Einen Grund dafür allerdings kenne ich: Ich habe einen miserablen Orientierungssinn.

Es wird nicht besser, als man uns mitteilt, dass jedes Paar mit einer Kordel an den Knöcheln zusammengebunden wird.

»Okay ... ich zähle auf dich und dein Superhirn«, sagt Lilas, als wir in die Wildnis entlassen werden.

Ich antworte nicht. Mit viel Mühe versuche ich, diese unbestimmte Angst in meiner Magengrube zu kontrollieren. Gebremst durch unsere gefesselten Füße kommen wir nur schwer voran. Als wir den Wald betreten, wird mir ganz schwindelig von den Bäumen, die hoch in den Himmel ragen. Wir stolpern häufig, deshalb lege ich für alle Fälle eine Hand auf Lilas' Rücken und zwinge mich, den Blick auf den Boden zu richten und nach Hinweisen zu suchen.

Schon bald werden wir fündig; in versteckten Umschlägen stecken codierte Botschaften, in Spiegelschrift verfasste Nachrichten, und in Astgabeln finden wir Rätsel ...

Bis wir in eine Sackgasse geraten.

»Waren wir hier nicht schon einmal?«, fragt Lilas.

»Keine Ahnung«, seufze ich. Auf meiner Stirn bilden sich Schweißperlen.

Ich wage es nicht, den Kopf zu heben, denn ich habe Angst, dass die Bäume sich mir nähern und mich mit ihren blättrigen Armen ersticken.

»Ich glaube, wir sind ein Stück zu weit gelaufen. Hier gibt es überhaupt keine Hinweise mehr ... Wir sind zu weit vom Weg abgekommen.«

Trotz aller Bemühungen erwacht meine Panik. Wir sind allein und verloren mitten im Wald. Ich balle meine zitternden Hände zu Fäusten, was Lilas natürlich sofort bemerkt.

»Wir drehen um«, verkündet sie und löst die Kordel, die unsere Füße verbindet.

Gesagt, getan. Aber weder sie noch ich wissen, welchen Weg wir einschlagen sollen. Unterwegs treffen wir auch keins der anderen Paare, was ich ziemlich beunruhigend finde. Bereits nach wenigen Minuten bekomme ich Erstickungsanfälle.

Bitte nicht schon wieder. Nicht vor ihr.

Ich habe das Gefühl, gleich ohnmächtig zu werden. Ich sehe nur noch verschwommen und kann mich nur noch an Lilas' Gestalt vor mir orientieren. *Hilfe!* Ich spüre, wie ich abdrifte.

Es ist ein Überlebensreflex, ein Hilferuf: Ich überwinde die Distanz zwischen uns mit einem Schritt und umschlinge Lilas mit beiden Armen. Angespannt bleibt sie stehen. Mein verschwitztes Gesicht liegt feucht an ihrem Hals, aber sie reißt sich nicht los. Ich halte sie mit meinen zitternden Armen ganz fest, ihr Rücken lehnt an meiner Brust, und meine Finger klammern sich verzweifelt vor ihrem Bauch aneinander. Ich versuche, mich zu beruhigen.

Im Moment ist sie das einzig Reale, an dem ich mich festhalten kann und will. Das Einzige, was mich davor bewahrt zusammenzubrechen. Der Geruch des Parfüms auf ihrer Haut steigt mir in die Nase. Darauf konzentriere ich mich. Und auf die Tatsache, dass sie in meinen Armen so klein wirkt, obwohl sie recht groß ist.

Sie riecht nicht nach Pfirsich, denke ich, *sondern nach Himbeeren.*

Lilas wendet mir ihr Gesicht zu.

»A…Aaron?«, stammelt sie.

»Es tut mir leid«, flüstere ich, lege mir die Handflächen auf die Ohren und kauere mich auf den Boden.

Mir ist heiß, viel zu heiß. In meinem Kopf dreht sich alles, sogar wenn ich die Augen schließe. Mein Herz pocht wie wild, ich bekomme keine Luft, ich habe Angst, ich zittere. Ich spüre Lilas' Hände auf meinen Schultern, ich höre, wie sie mich bittet, durch den Mund zu atmen, aber ich habe mich in einem schwarzen Loch in meinem Kopf verirrt.

Ich halte mir die Ohren zu. Laut, alles ist zu laut. Plötzlich durchfährt es mich wie ein Blitz: Fleur und ich laufen Hand in Hand und laut lachend durch den Wald. In der Ferne sehe ich eine Hütte, die gleiche wie in meinen Träumen. Unser geheimer Unterschlupf. Sie löst ihre Hand aus meiner, und eine intensive Angst erfüllt mein Herz. *Warum verlässt sie mich? Warum lässt sie mich allein? Komm zurück!*

»Aaron!«

Ich öffne die Augen, und die Erinnerung verfliegt. Nicht Fleur steht mir gegenüber, sondern Lilas. Sie hockt vor mir. Ihre Hände liegen auf meinen. Ihr besorgter Blick verankert mich wieder in der Realität.

Es geht mir gut. Ich bin nicht allein. Lilas ist da.

»Tief durchatmen«, sagt sie zu mir.

Sie stellt mir viele seltsame und verrückte Fragen, wahrscheinlich, um mich abzulenken. Ich gebe mir Mühe.

»Welche ist deine Lieblingsfarbe?«

»Ich habe keine.«

»Deine süße Sünde?«

»Skittles.«

Sie lächelt, als hätte sie das erwartet.

»Wann ist dein Geburtstag?«

Ich öffne den Mund, um zu antworten, halte aber sofort inne. Die Worte kommen nicht. Mein Geburtstag? Mein Gehirn ist wie leer gefegt. Ich suche und suche, aber es fällt mir nicht ein.

»Ich bin vierundzwanzig Jahre alt«, sage ich stattdessen verstört.

»Okay, aber dein Geburtstag? Wann hast du Geburtstag?«

»Ich …«

Es ist eine ganz einfache Frage, Aaron. Warum kann ich es ihr nicht sagen? Warum kann ich mich plötzlich nicht mehr daran erinnern, wann ich geboren wurde? Es liegt mir auf der Zunge. Bösartig wie eine Schlange kommt erneut die Panik auf, aber Lilas legt ihre Hand auf meinen Unterarm.

»Du musst es mir nicht sagen. Aber dann gibt es eben kein Geschenk.«

Ich antworte nicht, bin aber froh, dass sie das Thema wechselt.

Es fängt wieder an. Es fängt wieder an. Es fängt wieder an. Ich verliere die Nerven.

»Hast du öfter Angstattacken?«, will sie wissen.

Ich lache halbherzig und setze mich in den Schneidersitz. Sie tut es mir gleich. Normalerweise wäre ich ihrer Frage ausgewichen. Aber ich bin zu müde, um noch zu kämpfen.

»Eigentlich nicht. Jedenfalls nicht regelmäßig. Es überfällt mich, äh … erst seit kurzer Zeit.«

Sie schaut mich traurig an. Ich mache mir Vorwürfe, dass sie das miterleben muss, sogar schon zum zweiten Mal. Ich weiß nicht, was mit mir los ist. Offensichtlich verliere ich völlig die Kontrolle über meinen Verstand, und das macht mir Angst.

»Es tut mir leid«, sage ich. »Immer trifft es dich …«

»Ich verzeihe dir, wenn du mir eine Frage beantwortest«, sagt sie leise und dreht einen Zweig zwischen den Fingern.

Ich nicke, bleibe aber misstrauisch. Sie zögert und schaut mir dann in die Augen. Ihr Ton ist merkwürdig.

»Warum hast du mich von Anfang an so heftig abgelehnt?«

Ah. Ich hätte es wissen müssen. Ich räuspere mich und suche nach Worten.

»Um ehrlich zu sein: Du hast keinen guten Eindruck auf mich gemacht.«

»Aber wieso?«, fragt sie ein wenig verletzt.

»Wegen deiner Klamotten. Ich weiß, es klingt dumm …«, seufze ich. »Aber du bist irgendwie so plötzlich aufgetaucht, und ich war misstrauisch. Du hast es ja selbst gehört, als du dich unter meinem Schreibtisch versteckt hast: Der Vorstand will Yves absägen. Und ich dachte … ich dachte, du wärst eingestellt worden, um ihn auszuspionieren. Jedenfalls habe ich mich da wohl geirrt.«

Ihr Gesicht hellt sich auf. Sie hat verstanden, lacht überrascht auf und schüttelt den Kopf.

»Ah, jetzt kapiere ich … Die Klamotten gehören übrigens nicht mir«, erklärt sie errötend. »Manchmal wünschte ich mir, ich könnte mir so etwas leisten, aber so ist es leider nicht. Ich habe sie angezogen, weil ich ängstlich und ohne Selbstvertrauen war. Ich wollte mich selbstbewusst fühlen. Es war dumm von mir.«

Nein, war es nicht. Ich tue genau dasselbe.

»Entschuldige bitte.«

Sie hebt verdutzt den Kopf und legt ihre Hand auf meine Stirn. Bei der Berührung erschaudere ich.

»Hast du Fieber? Fühlst du dich gut? Wenn du ein Licht siehst, geh auf jeden Fall in die entgegengesetzte Richtung!«

Ich verdrehe die Augen und schiebe ihre Hand von meinem Gesicht.

»Sehr witzig«, sage ich sarkastisch, auch wenn ich insgeheim dasselbe denke.

Statt einer Antwort lächelt sie, ehe sie meine Entschuldigung akzeptiert. Es ist verrückt, aber ich fühle mich schon besser. Nachdem dieses Missverständnis geklärt ist, hat sich die Atmosphäre verändert.

»Also … Verbündete?«

Sie steht auf und streckt mir die Hand entgegen, um mir aufzuhelfen. Ich schaue ihre Hand einige Momente nur an, ehe ich sie nehme. Sie ist warm und beruhigend, fast elektrisierend. Ich stehe auf und drücke ihre Finger.

»Verbündete.«

Ich lasse ihre Hand nicht sofort los. Sie überlässt sie mir, und ihre Augen tauchen tief in meine, während sich unsere Finger schüchtern berühren und gegenseitig zähmen. Ich berühre nicht gern andere Menschen, aber Lilas ... Lilas ist anders.

Irgendwann schaffen wir es zurück, immer noch Hand in Hand. Seltsamerweise habe ich viel weniger Angst als auf dem Hinweg. Zum Glück finden wir Nicolas und Emma ziemlich bald. Lilas bleibt an meiner Seite, bis wir den Wald verlassen. Wie ein Leuchtturm auf offener See.

Es mag nur ein Eindruck sein ... aber ich glaube, dieser Tag könnte der Beginn von etwas Neuem sein.

Folge 17

Freundschaften fürs Leben

Chungha – *At the End*

Lilas

Ich kann nicht mehr schreiben oder zeichnen.

Ist es möglich, dass ein Talent verloren geht?

Zumindest kommt es mir so vor. Aber vielleicht hatte ich bisher ja auch nur Glück. Je mehr Zeit vergeht, desto weniger glaube ich an meine Fähigkeiten. Man behauptet, ich hätte eine Gabe. Und sagt mir, ich solle weitermachen. Und dass das, was ich mache, erstaunlich wäre.

Und manchmal … bin ich tatsächlich so kühn, es zu glauben. Weil ich mir *wünsche*, es wäre wahr.

Aber dann wache ich auf, und die Realität holt mich ein. Mir ist, als könnte ich plötzlich weder schreiben noch zeichnen. Ich lese Dinge, die ich vor Jahren erschaffen habe, und bin überzeugt, niemals mehr etwas Besseres schreiben zu können. Als ob ich bereits am Limit meiner Fähigkeiten angelangt wäre. Ich hasse das.

»Du machst dir selbst viel zu viel Druck, Fleur«, sagt Dana, als ich an diesem Morgen zum siebzehnten Mal tief aufseufze.

Ich gebe keine Antwort. Meine Augen hängen an meinem Computer. Zugegeben, ich habe nie wirklich erwartet, diesen Webtoon-Wettbewerb zu gewinnen. Aber das Feedback schmerzt trotzdem.

Ich lese jeden Kommentar. »Zu kindisch«, »deprimierend«, »langweilig«, »todlangweilig«, »nicht zu verstehen« und so weiter. Na ja, es könnte noch schlimmer sein.

Trotzdem bin ich drauf und dran, alles zu löschen. Eleanor hindert mich daran, indem sie mir meinen Computer abnimmt.

»Warum lässt du dich davon runterziehen? Es sind doch nur subjektive Meinungen. Was du tust, kann schließlich nicht allen gefallen!«

»Es nervt«, seufze ich, wickle mich in meine Decke und kämpfe mit den Tränen.

»Du magst doch Aprikosen, oder?«, will meine Freundin plötzlich von mir wissen.

»Jetzt ist wirklich nicht der richtige Moment, um an Essen zu denken … Obwohl … Reich mir mal den Becher Ben & Jerry's.«

»Du magst Aprikosen«, fährt sie fort. »Nein, du liebst sie. Ich persönlich finde sie fad und geschmacklos. Aber würde meine Meinung dich dazu bringen, deine Vorliebe zu ändern?«

Ich antworte nicht, denn ich bin mir nicht sicher, ob ich sie richtig verstanden habe. Sie setzt nach.

»Die Antwort ist nein, du Depp. Nur weil ich keine Aprikosen mag, sind sie schließlich noch längst nicht schlecht. Es gibt jede Menge Menschen, die sie lieben. Mit deinen Comics ist es dasselbe. Solange du an das glaubst, was du tust, ist alles gut. So, und jetzt schreibst du das nächste Kapitel und Schluss!«

Sie versetzt mir einen Klaps auf mein Hinterteil. Dana am anderen Ende der Couch klatscht lautstark Beifall.

»Weißt du, was dein Problem ist?«, meint sie wie beiläufig.

»Ich habe eine Menge Probleme, Dana. Welches genau?«

»Du fragst dich viel zu häufig, ob den Leuten gefällt, was du tust. *Spoileralarm*: Wen interessiert das? Du tust es für dich, nicht für sie. Du verbringst so viel Zeit damit, dich um jeden Preis verkaufen zu wollen, dass du darüber dein künstlerisches Genie vergisst ...«

»Absolut«, bestätigt Eleanor und beendet das Waxing ihrer Beine.

Ich verstumme beschämt. So habe ich es noch nie gesehen.

»Dieser Webtoon ... er ist sehr persönlich. Das wissen wir alle. Und ich denke, du musst ihn schreiben; nicht für andere, sondern für dich selbst. Nutz die Gelegenheit, das zu tun, was dir gefällt, ohne dir ständig Fragen zu stellen. Wenn Schreiben und Zeichnen für dich weiterhin eine echte Leidenschaft bleiben sollen, darf es weder zur bitteren Pflicht noch zu einer Quelle für Stress werden. Einfach mal chillen.«

Mir ist klar, dass sie recht hat. Ich bin so erpicht darauf, mein Hobby zu meinem Beruf zu machen, dass ich meine eigenen Bedürfnisse vergesse. Ich konzentriere mich viel zu sehr auf das, was anderen Spaß macht, und nicht auf das, worauf ich selbst Lust habe.

»*Du kannst alles sein, was du willst, wenn du nur fest genug daran glaubst*«, habe ich als Kind immer zu Aaron gesagt. Was ist passiert, dass ich selbst vergessen habe, daran zu glauben?

Den Samstag verbringe ich allein in Paris. Ich sitze mit meinem Tablet in den Tuilerien und zeichne, während ich die erste Sommerwärme genieße. Kinder toben lautstark in meiner Nähe, aber das macht mir nichts aus.

Ich schiebe die Kritik von mir weg und lasse meine Fantasie den Touchscreen-Stift führen. So merke ich kaum, wie der Tag vergeht. Ich sitze noch immer auf meiner Bank, als Dana anruft und fragt, wo ich bin.

»Schon unterwegs. Ich nehme die Metro.«

Ich lege auf und werfe einen Blick auf die letzte Szene meines neuen Kapitels. Beim Anblick von Ruelf und Herrn Skunk, die mitten im Wald sitzen und gemeinsam die untergehende Sonne betrachten, muss ich lächeln.

»Du bist nicht mehr allein«, sagt Ruelf und nimmt die Pfote von Herrn Skunk.

Mit schwerem Herzen wische ich eine Träne weg.

Ich hatte Aaron versprochen, immer für ihn da zu sein.

Dann habe ich dieses Versprechen gebrochen … aber jetzt bin ich da. Und ich habe die Absicht zu bleiben.

Ich weiß nicht genau, was, aber etwas hat sich verändert. Die Art, wie Aaron mich ansieht, der Ton, mit dem er mich morgens begrüßt, sein leises »Danke, Lilas«, wenn er mich dabei überrascht, Wilfred zu füttern.

Es verletzt mich immer noch, dass er mich nicht erkennt, aber vielleicht ist es ja besser so. Wir fangen einfach noch einmal bei null an.

Inzwischen würde ich sagen, dass wir nicht nur Verbündete, sondern Freunde geworden sind. Mein Herz kommt wieder zur Ruhe, seit er sein Misstrauen abgelegt hat … auch wenn ich mich noch schuldig fühle, dass ich ihn belüge.

Ehrlich gesagt weiß ich noch immer nicht, wie ich damit umgehen soll.

Als Aaron mich dabei erwischt, wie ich in der Pause mit der Switch spiele, nimmt er mir das Gerät aus der Hand und seufzt, als er sieht, was ich spiele.

»Wie geht es dem guten Tom Nook?«

»Sehr gut, stell dir vor«, antworte ich.

Er schüttelt verzweifelt den Kopf.

»Spielen auch andere Erwachsene dieses Spiel oder nur du? Ich kann mir kaum vorstellen, dass jemand über zwölf Jahre

Spaß daran hat, ein Haus zu renovieren und Obst anzupflanzen.«

»Tut mir leid, dass ich dir widersprechen muss, aber …«

»Oh, bitte!«, unterbricht er mich und gibt mir meine Konsole zurück. »Mir zu widersprechen ist doch dein Lieblingssport.«

Ich denke kurz darüber nach, ehe ich aufrichtig nicke.

»Das ist nicht ganz von der Hand zu weisen.«

Er antwortet darauf mit einem halben Lächeln, das mein Herz in Brand setzt. *Heilige Scheiße, ist der Mann schön!*

Ich glaube, Nicolas ist ebenfalls dieser Meinung, denn er legt eine Hand auf sein Herz, gibt ein schockiertes Geräusch von sich und schaut Aaron gespielt perplex an.

»Mein … Herz …«, keucht er. »Hast du etwa … gerade gelächelt?«

Aaron seufzt – deutlich weniger amüsiert als ich.

»Eure Reaktionen fangen ernsthaft an, mich zu beunruhigen.«

»Und ich dachte, es wäre ein Mythos!«, ruft Nicolas. »Ich dachte, Maxime lügt und dass es diesen 13. Oktober nie gegeben hat! Aber jetzt verstehe ich … Du hast die ganze Zeit nur vermieden, zu lächeln, um uns vor dieser Massenvernichtungswaffe zu schützen.«

Aaron schaut ihn ungerührt und, ohne zu blinzeln, an. Ich verkneife mir ein Lächeln, bis er schließlich sagt: »Dann gehe ich mal«, und in seinem Büro verschwindet.

Ich werfe Nicolas einen Radiergummi an den Kopf.

»Hör auf, ihn zu nerven.«

»Ausgerechnet du sagst das? Die Welt steht wirklich auf dem Kopf! Seid ihr gar keine Erzfeinde mehr, oder was?«, fragt er mich vorwurfsvoll. »Seit wann macht er dir schöne Augen? Ich finde das sehr verdächtig. Bist du sicher, dass er dich nicht feuern will?«

Ich schüttle geheimnisvoll den Kopf.

»Wir haben eine Art Burgfrieden geschlossen.«

Mein Kollege verzieht enttäuscht das Gesicht. Ich nehme an, dass er es unterhaltsam fand, mir die ganze Zeit bei meiner Erniedrigung zuzuschauen. Den Rest des Morgens gibt er vor zu schmollen und schüttelt jedes Mal den Kopf, wenn ich mit Aaron spreche.

Als ich von der Toilette zurückkomme, finde ich auf meinem Schreibtisch einen wilden Haufen von Medikamentenschachteln, Salben und Pillen.

Auf einer Schachtel klebt ein Post-it: »Ich weiß nicht, was gegen Rückenschmerzen hilft, also im Zweifelsfall …«

Auf Anhieb erkenne ich Aarons Handschrift. Ich muss herzhaft lachen, als ich feststelle, dass ich eine Schachtel mit Tabletten gegen Verstopfung in der Hand halte. *So ein Spinner.*

Während der Arbeitszeit erwähne ich die Medikamente nicht, sondern konzentriere mich ganz auf meine Zeichnungen. Am Abend geht Aaron für seine Verhältnisse früh nach Hause. Wir treffen uns im Aufzug.

»Nimmst du den Bus?«, frage ich.

Er nickt, und wir gehen Seite an Seite zur Haltestelle. Ich habe mich nie getraut, ihn zu fragen, wo er wohnt, aber ich schätze, er lebt nicht allzu weit von meinem Zuhause entfernt.

»Ach übrigens«, beginne ich leise.

Mir drückt es fast das Herz ab, als er mich neugierig anschaut. *Verdammt, er sieht derart gut aus.*

»Vielen Dank für die Medikamente.«

Er nickt nur und ist sichtlich verlegen, dass ich es erwähne. Bestimmt ist er so etwas nicht gewöhnt. Plötzlich kommt mir eine Frage in den Sinn. *Ob er schon einmal mit jemandem ausgegangen ist?* Ein Mann wie er hat doch ganz sicher Erfolg bei

Frauen – oder Männern. Trotzdem kann ich mir nicht vorstellen, wie er flirtet.

Innerlich lächle ich amüsiert. Ganz sicher ist er eine Niete im Flirten.

Als der Bus endlich kommt, finden wir sogar zwei freie Plätze. Wir reden über Gott und die Welt. Ich frage ihn nach Wilfred und nach seiner Beziehung zu Yves. Im Gegenzug erkundigt er sich, ob ich Geschwister habe. Ich erzähle ihm von Sélim und seinen Ratschlägen zu Videospielen. Darüber muss er grinsen.

Ich muss als Erste aussteigen. Mit einem breiten Lächeln komme ich vor der Wohnung an und freue mich darauf, mich hinzusetzen und *Animal Crossing* zu spielen. Ich werde langsamer, als ich Eleanor vor unserer Wohnungstür entdecke. Sie spricht mit einem Mann. Der Typ ist um die zwanzig, ziemlich süß und trägt ein gestreiftes T-Shirt zu einer Jeans.

Es ist nicht das erste Mal, dass ich Eleanor mit einem Mann sehe. Aber bei diesem scheint sie irgendwie anders zu ticken. Sie ist sehr einfach gekleidet, und ihre Wangen sind überraschend rosig.

Bis zu diesem Abend habe ich noch nie erlebt, dass meine Mitbewohnerin errötet.

»Hallo«, begrüße ich die beiden auf dem Treppenabsatz.

Eleanor reißt sich sofort zusammen, lächelt mir zu und legt einen Arm um meine Schultern.

»Quentin, das ist Fleur. Fleur, das ist unser neuer Nachbar.«

»Sehr erfreut«, sage ich und schüttle ihm die Hand.

»Ebenfalls erfreut.«

Sein Lächeln ist aufrichtig, sein Handschlag fest. Wir tauschen ein paar Banalitäten aus, dann tut er so, als müsste er nach Hause. Drinnen lege ich meine Wildlederjacke auf die Couch.

»Er gefällt dir.«

Das ist keine Frage, und sie weiß es. Sie dreht mir den Rücken zu, beschäftigt sich zum Schein damit, unseren Flur zu fegen, und erklärt beleidigt: »Er ist Lehrer. In einer Vorschule!«

Verblüfft verschränke ich die Arme.

»Das ist nicht das, was ich hören will.«

»Er ist nett, mehr nicht. Aber absolut nicht mein Typ.«

In diesem Augenblick kommt Dana aus der Dusche.

»Was meinst du mit ›nicht mein Typ‹?«, erkundige ich mich enttäuscht.

»Dass sein Geldbeutel nicht dick genug ist«, antwortet Dana an ihrer Stelle.

Eleanor starrt sie wütend an. Ihre schwarzen Augen funkeln unsere Freundin böse an.

»Fick dich, Dana.«

Sie lässt den Besen fallen und schließt sich in ihrem Zimmer ein, nicht ohne zuvor die Tür ziemlich heftig zuzuschlagen. Schweigend bleiben wir zurück. Aus Danas Haarspitzen perlt immer noch Wasser.

Ich schaue sie an und sage leise: »Das war nicht cool.«

»Ich weiß«, flüstert sie. »Aber es tut mir nicht leid. Sie muss mit dem Mist aufhören und langsam mal erwachsen werden.«

Ich sage nichts, und sie erwartet ohnehin keine Antwort. Wir verbringen den Abend jede für sich. Es ist nicht das erste Mal, dass das passiert, aber es drückt mir jedes Mal das Herz ab.

Ich schalte *Animal Crossing* ein und hoffe, mich so ablenken zu können. Irgendwer hat mir am frühen Abend eine Freundschaftsanfrage geschickt. Ich akzeptiere, dass er auf meine Insel kommt, denn ich bin überzeugt, dass es Nicolas ist. Er hatte am Morgen versprochen, es zu versuchen.

Etwa dreißig Minuten lang verändere ich die Deko meines Hauses und beschließe dann, ein paar Bäume zu schütteln. Dabei bemerke ich einen kleinen Kerl mit dunklen Haaren, der überall herumläuft. Ich runzle die Stirn. Anfangs beachte ich ihn nicht wirklich, aber er folgt mir beharrlich, egal, was ich tue.

Er versteckt sich hinter den Bäumen und denkt offenbar, dass ich ihn nicht sehe. Ich beschließe, mich ihm mit meinem Netz zu nähern, aber er nimmt seines und schlägt damit wiederholt nach mir.

»Wer ist denn diese Dumpfbacke?«, grummle ich.

Ich verteidige mich, und wir bekämpfen uns mindestens zwanzig Sekunden lang mit den Netzen. Schließlich frage ich ihn, wer er ist.

Mir entgleisen die Gesichtszüge, als eine Blase mit Aarons Namen auftaucht: »Ich verstehe dieses Spiel nicht.«

Mein Herz hüpft in meiner Brust, und ich verstecke mich hastig unter meiner Decke, als ob er mein Erröten sehen könnte.

Ich kann nicht glauben, dass er sich entschlossen hat, es zu versuchen, und muss herzlich lachen.

So wahr Gott mein Zeuge ist, ich vergöttere diesen Mann.

Ich: Ich werde dir das Leben zur Hölle machen, nur damit du es weißt.

Aaron: Meine Insel ist besser als deine. Just saying.

Angeber. Er spielt erst seit fünf Minuten und glaubt bereits, alles besser zu wissen als alle anderen. Ich schlage ihm vor, zusammen angeln zu gehen, und er akzeptiert. Er ist zwar enttäuscht, dass er im Fluss keine Kampffische fängt, aber Kirschen zu pflücken scheint ihm Spaß zu machen.

Da ist jemand bereits süchtig. Ich frage ihn, was ihn dazu bewogen hat, seine Meinung zu ändern.

Ich wollte mich für neulich im Wald bedanken. Und auch für Wilfred. Man könnte glauben, dass du mich immer wieder rettest.

Bei dieser Bemerkung kämpfe ich gegen die Tränen an. Ihn zu beschützen ist alles, was ich je tun wollte.

Retten ist vielleicht übertrieben. Ich war nur zur richtigen Zeit am richtigen Ort.

Glaubst du an Schutzengel?

Mir bleibt die Luft weg. Plötzlich überkommt mich eine Erinnerung. Der kleine Aaron steht mit einem Lächeln im Gesicht vor mir. Ich werde mich mein Leben lang daran erinnern, wie er mir nachdrücklich versicherte: »Meine Mutter hat mir erklärt, dass Engel über uns wachen. Und ich glaube, dass du mein Schutzengel bist.« Ich war empört und sagte ihm, dass ich schließlich am Leben sei und es mir gut gehe und dass ich ein Wesen aus Fleisch und Blut sei. Aber er schüttelte nur sehr ernst den Kopf.

»Es ist deine Seele. Deine Seele ist die eines Engels.«

Diese Aussage hat mich noch mehr darin bestärkt, ihn beschützen zu wollen.

Ich wollte sein Schutzengel sein. Und noch so viel mehr. Aber es hat nicht geklappt; ich habe kläglich versagt.

Ich verjage die Erinnerungen und antworte Aaron:

Keine Ahnung. Wieso?

Ich glaube daran. Meine Mutter behauptet, ich wäre besessen.

Beschützt er dich denn wenigstens gut?

Es dauert eine Weile, bis er mir antwortet. Mein klopfendes Herz ist kurz vorm Zerspringen. Ich weiß nicht, warum er mir das alles erzählt. Ich habe einfach schreckliche Angst davor, dass meine Lüge auffliegt, aber gleichzeitig zerreißt es mich bei dem Gedanken, dass er da ist, ganz in meiner Nähe, und nicht weiß, wer ich bin. Vorzugeben, Lilas wäre mein richtiger Name, war die dümmste Entscheidung, die ich je im Leben getroffen habe, und ich werde sie bereuen.

Ich glaube, er hat mich aus den Augen verloren.

Ich halte den Atem an.
Mein Herz blutet.
Die Tränen, die an meinem Hals herunterrinnen, spüre ich kaum.

Das tut mir leid.

Ganz ehrlich.

Schon gut. Irgendwann kommt er zurück.

Ich runzle die Stirn und frage ihn, was er damit meint. Ich glaube, mein Herz hört buchstäblich auf zu schlagen, als er antwortet:

Weil ich ihn wiederfinden werde.

Folge 18

Er füttert sie

Park Boram – *Left Over Left Hand*

Aaron

»Du bist nicht mehr allein.«

Mit gerunzelter Stirn starre ich auf die Zeichnung auf meinem Telefonbildschirm. Ruelf und Herr Skunk sitzen zusammen mitten im Wald und betrachten den Sonnenuntergang. Mein Herz schlägt stärker, und ich kann es nicht verhindern.

Ob es dieser Tag war, der sie dazu inspiriert hat?

Ich habe nicht die Absicht, sie danach zu fragen. Ich bin ein heimlicher Abonnent. Neulich hörte ich Nicolas und Emma darüber sprechen, dass Lilas offensichtlich an einem Webtoon-Wettbewerb teilnimmt. Ich habe über alle Kapitel abgestimmt, ein paar positive Kommentare hinterlassen und an alle schlechten Kritiken rote Daumen nach unten verteilt.

Klar, ich würde lieber sterben, als es zuzugeben.

Animal Crossing zu spielen ist schon erniedrigend genug. Dieser Mist macht echt süchtig. Ich ertappe mich dabei, wie ich meine Seele verkaufen würde, um meine Kredite an Tom Nook zurückzahlen zu können.

Seufzend gehe ich wieder an die Arbeit. Ich merke kaum, wie der Tag vergeht. Es ist bereits neunzehn Uhr, als ich erschöpft mein Büro verlasse und mir einen Kaffee besorge. Es ist niemand mehr da – das glaube ich jedenfalls. In der Dunkelheit des Korridors steht plötzlich eine Gestalt, und ich zucke erschrocken zusammen.

Es ist Lilas. Ich beruhige mich und frage ziemlich trocken: »Was machst du noch hier?«

Sie hält den Kopf gesenkt, plappert etwas, das ich nicht verstehe, und versucht, mir auszuweichen. Ich versperre ihr den Weg. Sie wendet den Blick ab, was mich aus irgendeinem Grund ärgert. Offensichtlich kommt sie gerade von der Toilette.

»Alles okay?«

Sie seufzt und sieht schließlich auf. Der Anblick ihrer geschwollenen, tränenüberströmten Augen überrascht mich so sehr, dass ich zu lange schweige. Es bricht mir fast das Herz, und mein erster Instinkt ist, sie zu fragen, wer sie verletzt hat – was ich aber dann doch nicht tue.

Ich habe keine Ahnung, wie ich reagieren soll.

»Es ist nichts«, behauptet sie mit einer Stimme voll unterdrückter Tränen.

Was soll ich tun? Ich würde sie gerne trösten, aber wie? Unbeholfen hebe ich eine Hand, lege sie auf ihren Kopf und tätschele ihn mit einer beruhigenden Geste. So macht man es doch in den K-Dramen, oder? An ihrem Gesichtsausdruck erkenne ich, dass meine Geste so seltsam ist, wie ich es mir vorgestellt habe. Sie ist schließlich kein Hund! Ich kann nicht fassen, dass ich das wirklich getan habe, ziehe meine Hand zurück und räuspere mich.

»Hast du Hunger?«

Sie zögert erst, dann nickt sie.

»Dann lass uns essen gehen.«

Lilas folgt mir. Gemeinsam verlassen wir das Gebäude und nehmen ein Taxi in Richtung Saint-Lazare. Sie fragt mich, ob ich mein Auto wieder zurückhabe. Ich sage Nein, obwohl es eine Lüge ist. Ich fahre einfach gerne mit dem Bus.

Sie wirkt so tieftraurig, dass es mir fast das Herz abdrückt. Trotzdem spreche ich sie nicht darauf an, sondern warte darauf, dass sie von sich aus redet. Wir steuern ein Restaurant am Boulevard Haussmann an, das Sang-joon mir empfohlen hat.

Ich dachte, es würde vielleicht peinlich werden, aber das ist es überhaupt nicht. Ich fühle mich erstaunlich entspannt. Dieses Phänomen hatte ich schon auf dem Teamausflug bemerkt. Lilas hat die Gabe, Dinge einfach zu machen. Sie beruhigt mich. Und sie erweckt in mir die Lust, öfter zu lachen.

Ich habe in meinem Leben nur eine andere Person getroffen, die dieses Gefühl in mir ausgelöst hat.

»Das hättest du nicht tun müssen«, flüstert Lilas plötzlich und dreht ihre Gabel in den Spaghetti.

»Ich tue nie etwas, was ich nicht tun will«, entgegne ich und hebe eine Augenbraue.

Ein kleines Lächeln lässt ihre Mundwinkel zucken.

»Das weiß ich, glaub mir.«

Stumm essen wir weiter. Ich werfe ihr Seitenblicke zu, aus Angst, sie könnte wieder anfangen zu schluchzen. Nur allzu gern möchte ich wissen, was sie zum Weinen gebracht hat – sie, die sonst immer lächelt.

Mit meinem Besteck nehme ich ein Stück Rindfleisch und lege es, ohne nachzudenken, auf ihren Tellerrand. Ich bemerke meinen Fehler erst, als sie mich verwirrt ansieht.

Plötzlich komme ich mir sehr dumm vor.

»Da sind viele Proteine drin«, erkläre ich. »Du siehst so blass aus.«

Eigentlich hätte ich erwartet, dass sie mir das Stück Fleisch angewidert zurückgibt, aber sie lacht laut auf und schüttelt den Kopf.

»Genau wie in den K-Dramen …«, flüstert sie amüsiert.

Ich blinzle und hoffe, mich verhört zu haben.

»Oh nein, nicht auch noch du.«

»Wie meinst du das?«

»Meine Mutter schaut so etwas die ganze Zeit. Sie hat sogar meinen Vater dazu bekehrt … Ich bin der Einzige, der sich noch widersetzt«, seufze ich.

Ich trinke einen Schluck Wasser, während sie mich mit einem süßen Lächeln anschaut. Sie … ist wirklich schön. Heute trägt sie ein schwarzes Wickelkleid, das ihr ausgesprochen gut steht. Den ganzen Tag habe ich unter großen Schwierigkeiten versucht, sie zu ignorieren. Aus Angst, sie könnte meine Gedanken lesen, weiche ich ihrem Blick aus.

»Du hast vielleicht noch nicht die richtigen gesehen.«

»Glaub mir, viele Leute haben versucht, meine Meinung zu ändern«, erkläre ich. »Aber das ist nichts für mich.«

Sie isst ein Stück von dem Fleisch, das ich ihr gegeben habe, dann verschränkt sie mit starrem Blick die Arme vor der Brust. Ich kenne diese Haltung. Sie ist bereit, auf die Barrikaden zu gehen. Sie kann einschüchternd sein, wenn sie will. Und sehr sexy.

»Warum?«, fragt sie.

»Es ist nicht realistisch.«

»Wieso?«

»Nichts, was gezeigt wird, passiert so im wirklichen Leben. Alles ist übertrieben und …«

»… vorhersehbar«, fällt sie mir ins Wort. »Das stimmt. Aber genau das ist der Grund, warum ich sie liebe. Man weiß von Anfang an, dass es gut ausgehen wird, und das ist tröstlich. Oder etwa nicht?«

Auf diese Weise habe ich es noch nie gesehen. Für mich sind diese Dramen schlicht uninteressant. Wenn ich bereits weiß, wie die Geschichte endet, verliere ich jede Neugier. Und doch hasse ich Überraschungen.

»Was ist daran falsch?«, beharrt sie.

Schließlich lege ich verlegen mein Besteck auf den Tisch. Dank der Comics, die sie veröffentlicht, weiß ich inzwischen, dass Lilas eine unverbesserliche Romantikerin ist. Dagegen habe ich absolut nichts. Aber ich bin eben nicht so.

Das wirkliche Leben verläuft nicht wie in den K-Dramen. Es gibt keine Garantie für ein Happy End, und die Leute sollten das im Hinterkopf behalten, anstatt vom Schicksal zu erwarten, dass es sich an ihrer Stelle um alles kümmert.

»Ich halte es für falsch, leichtgläubigen Menschen solche Dinge als verlässlich darzustellen. Die Realität ist kein Märchen. Kein hübsches Chaebol-Söhnchen, das den *bad boy* gibt, wird sich in dich verlieben und aus Liebe ein netter Junge werden, dein Leben – gleich mehrmals – retten, herausfinden, dass du in Wirklichkeit seine erste verlorene Liebe bist – wie praktisch –, und dich bitten, ihn zu heiraten«, erkläre ich mit spöttischem Lachen. »Welche Art von Hoffnung gibt das jungen Mädchen?«

»Ich schaue mir K-Dramen an, seit ich sechs Jahre alt bin«, unterbricht sie mich ziemlich bissig, was mich überrascht. »Und wenn es dich beruhigt: Ich habe nie ein solches Szenario erwartet, als ich anfing, mit Jungs herumzumachen.«

Mein Herz setzt einen Schlag aus. Ich senke verlegen den Blick und spüre, wie meine Ohren zu brennen beginnen. Die Tatsache, dass sie mit mehreren Männern ausgegangen ist, dürfte mich eigentlich nicht überraschen. Lilas ist eine kluge und attraktive Frau.

Warum knirsche ich dann mit den Zähnen?

»Lass uns das Thema wechseln«, schlägt sie mit einem Mal vor.

Ich nicke, aber die Atmosphäre ist so angespannt, dass keiner von uns den ersten Schritt wagt. Sie isst das Stück Fleisch auf, was mich seltsam glücklich macht. Trotz ihres Protests bestehe ich darauf zu zahlen, aber meine Karte geht nicht durch.

Falsche Geheimzahl.

Ich runzle die Stirn und bitte darum, es noch einmal probieren zu dürfen. Mein Kopf ist plötzlich wie leer gefegt. Wie lautet meine Geheimzahl noch? Ich versuche es mehrmals, aber vergeblich. *Scheiße. Nicht jetzt, Aaron. Bemüh dich.*

Die Kellnerin wird ungeduldig.

Lilas rettet mich: »Ich lade dich ein.«

»Warte …«

Ihr Blick lässt mich sofort verstummen. Ich probiere es nicht länger und bedanke mich.

Schweigend warten wir auf die Linie 6 der Metro. Viele Menschen sind auf dem Bahnsteig. Als wir auf den Klappsitzen Platz nehmen, betrachtet Lilas eingehend ihre Nägel und sagt plötzlich: »Ich weiß nicht, was ich mit meinem Leben anfangen soll.«

Ich hätte alles Mögliche erwartet, aber nicht das. Überrascht betrachte ich sie aus den Augenwinkeln. Deshalb also hat sie im Büro geweint. Irgendetwas muss passiert sein.

»Als ich klein war, dachte ich, dass ich mit zwanzig Jahren alles erreicht hätte«, fährt sie leise fort. »Ich würde als Autorin arbeiten, ich hätte eine Wohnung, ein festes Einkommen, ein Auto, einen Freund … Aber jetzt bin ich schon vierundzwanzig und irgendwie total verloren. Ich weiß nicht, wo es hingehen soll.«

»Diesen Eindruck habe ich überhaupt nicht«, antworte ich. »Du hast einen Job in einer sehr guten Firma, du hast in jungen Jahren schon mehrere Comics veröffentlicht, du bist finanziell unabhängig … Das nenne ich: mit Bravour zurechtzukommen. Und manches dauert eben länger. Jeder hat sein eigenes Tempo.«

»Aber warum bin ausgerechnet ich es, die nicht schnell genug ist?«

»Vielleicht siehst du Dinge, die andere nicht entdecken, weil du dir Zeit nimmst und die anderen zu sehr damit beschäftigt sind zu rennen.«

Ich spreche aus Erfahrung. Genauso ist es bei mir. Schon immer wollte ich mich beeilen. Ich bin viel zu schnell gerannt, in der Hoffnung, die Ziellinie vor allen anderen zu erreichen. Jetzt, wo ich angekommen bin, wird mir klar, dass ich mir unterwegs die Zeit hätte nehmen sollen, ab und zu nach rechts und links zu schauen.

Wenn ich könnte, würde ich heute bestimmte Dinge ganz anders machen …

Ich habe vieles anders angepackt als die anderen. Ich habe vieles versäumt. Ich bin vierundzwanzig Jahre alt, aber ich weiß nicht, was ich mit diesem Alter anfangen soll. Ich bin immer allein. Wenn ich nicht bei der Arbeit bin, spiele ich Videospiele in meinem Zimmer oder besuche meine Eltern.

Es gibt ein Mädchen, das ich sehr gern mag, aber ich habe keine Ahnung, wie ich vorgehen soll, weil mir das bisher noch nie passiert ist. Was für eine Art Leben habe ich geführt?

»Ich wünschte, alles würde wieder so wie früher«, haucht Lilas. »Als ich noch ein Kind war, ging alles viel einfacher.«

Ich muss lächeln, denn ich denke an Fleurs lautes Lachen. Vielleicht ist das der Grund, warum ich mich entschieden habe, sie unbedingt wiederzufinden. Ich kann mich nicht mehr an alles erinnern, aber ich weiß, dass ich damals glücklich war. Jedes Mal, wenn ich an ihr Gesicht, ihren Namen und ihre Briefe mit den vielen Schreibfehlern denke, spüre ich es tief in meinem Innern.

Ich bin ebenso verloren wie Lilas.

Fleur wiederzufinden wäre eine Möglichkeit, mich an dieses vergangene Glück zu klammern, nach dem ich mich zurücksehne. Nur Fleur kennt die Antworten auf meine Fragen.

»Wo bist du hingegangen, wenn du Trost gebraucht hast?«, frage ich.

Sie scheint zu zögern und weigert sich, mir in die Augen zu schauen. Ihr Misstrauen ist natürlich. Doch mir ist gerade eine brillante Idee gekommen.

»Warum?«

Ich gebe ihr nur ein Lächeln als Antwort.

»Ins Schwimmbad?«, hake ich entrüstet nach. »Da gehst du hin, wenn du traurig bist?«

Sie nickt und wirkt plötzlich sehr aufgeregt. Ich muss zugeben, dass ich etwas anderes erwartet hatte. Wasser war noch nie mein Element. Trotzdem bin ich entschlossen, sie zum Lächeln zu bringen. Und nun stehen wir vor dem Schwimmbad im Hallenviertel, das abends lang geöffnet ist.

»Meine Eltern haben mir das Schwimmen schon sehr früh beigebracht«, erklärt sie und schließt ihre Tasche ein. »Ich mag das Gefühl, im Wasser zu schweben.«

Ich verziehe das Gesicht und starre auf das Wasser vor mir. Nur zwei Personen ziehen ihre Runden wie Profis in dem großen Becken. Ich habe darauf bestanden, mich nicht auszuziehen. Barfuß zu sein genügt.

Lilas begreift meinen Gesichtsausdruck und wird blass.

»Mist, ich hatte total vergessen … Es tut mir leid.«

»Schon gut.«

»Wir können woanders hingehen«, schlägt sie vor.

Sie will umkehren, aber ich halte sie am Handgelenk fest. Sie lässt es geschehen.

»Ich habe doch gesagt, dass es in Ordnung ist.«

Ich ziehe meine Jacke aus, um es ihr zu beweisen. Irgendwann entspannt sie sich. Ich setze mich im T-Shirt auf einen Liegestuhl, während sie ihr Kleid auszieht. *Oh*. Hastig wende ich mich ab. Ein Schauder läuft mir über den Rücken.

Sie behält ihr Top an und beruhigt mich: »Ich trage auch etwas darunter.«

Tatsächlich hat sie schwarze Baumwollshorts an. Nach einem schüchternen Lächeln beschließt sie, mich zurückzulassen, um in eines der großen Becken zu steigen. Zuerst lässt sie sich auf dem Rücken treiben, seufzt vor Glück und schwimmt dann ein paar Bahnen.

Gelassen begnüge ich mich damit, sie zu beobachten. Es beruhigt mich, sie so entspannt zu sehen. Ihre Bewegungen sind anmutig und wirken mühelos. Je länger sie schwimmt, desto mehr juckt es mich in den Fingern: Ihre braunen Locken kleben schwer an ihrem Hals. Wenn ich in meinem Leben nur noch ein Motiv zeichnen dürfte, dann wäre es, glaube ich, sie.

Ich würde mit ihrem Haar beginnen, dann der geschwungenen Linie ihrer Nase folgen, an deren Spitze ein Wassertropfen hängt, um schließlich mit ihrem konzentrierten Ausdruck und ihren fein definierten Muskeln zu enden …

»Darf ich dir eine Frage stellen?«, will sie wissen und stützt sich mit den Ellbogen auf den Beckenrand.

»Nur zu.«

»Warum hast du Angst vor dem Wasser?«

Zu dem ersten Tropfen gesellt sich ein weiterer und fällt auf ihre vollen Lippen. Ich schlucke schwer.

»Mit fünf Jahren wäre ich beinahe ertrunken«, erkläre ich.

Sie scheint weniger überrascht zu sein, als ich angenommen hätte. Ich lasse sie nicht aus den Augen, während sie ernst nickt und die Information verdaut.

»Gut, aber das ist lange her.«

Ich zucke die Schultern.

»Es hat mich immerhin so traumatisiert, dass ich keine Lust mehr hatte, es noch einmal zu versuchen.«

»Moment mal. Du hast seitdem nie wieder einen Fuß in ein Schwimmbad gesetzt?«

»Genau.«

»Dann ...«

»Ich kann nicht schwimmen«, bestätige ich, ohne mich zu schämen.

Sie nimmt es zur Kenntnis, merkwürdig überrascht von meinem Geständnis.

»Ich sollte es lernen, aber am ersten Tag im Schwimmbad hat mich jemand ins große Becken geschubst. Ich habe wirklich gedacht, ich müsste sterben.«

Es war Fleur, die mich herauszog, so klein und zerbrechlich sie auch war. Als ich ihr Gesicht sah, nachdem sie aus dem Wasser gestiegen war, wurde mir klar, dass sie ein Engel sein musste. Danach hörte ich allmählich auf, ihre Freundschaft abzulehnen ...

»Es geht mir gegen den Strich.«

»Bitte?«

»Es geht mir gegen den Strich, dass du wegen dieses dummen Zwischenfalls Angst vor dem Wasser hast«, erklärt sie kategorisch. »Es sollte keine schlechte Erinnerung bleiben. Also: Zieh die Hose aus und komm. Ich werde dir das Schwimmen beibringen.«

Eigentlich will ich Nein sagen – dafür gibt es mehrere Gründe –, aber mein Körper reagiert wie von selbst, und kurz darauf stehe ich mit Angst in der Magengrube vor ihr. Meine Kleider behalte ich an, davon lasse ich mich nicht abbringen. Sie verdreht die Augen.

»Hast du extreme Angst, oder geht es?«

Ich antworte, dass es schon gehen würde. Als ich allmählich in das kalte Wasser eintauche, zwinge ich mich, ruhig zu atmen. Meine zittrigen Hände kann ich kaum verbergen. So lässig wie möglich halte ich mich am Rand fest.

»Nimm meine Hände«, sagt sie und streckt mir ihre offenen Handflächen entgegen.

»Ich gehe bestimmt unter.«

»Nicht, wenn du dich an mir festhältst.«

»Ich bin schwerer, ich gehe ganz bestimmt unter.«

»Ich verspreche dir, dass du ganz bestimmt nicht untergehst«, sagt sie geduldig. »Schau, mach es einfach wie ich.«

Ich ahme sie nach, bewege meine Beine unter mir und wage es, den Beckenrand loszulassen und mich an ihr festzuhalten. Ihre Finger sind lang, feingliedrig und wirken beruhigend. Sie ist ganz nah bei mir. Ich bekomme keine Luft, weiß aber nicht, ob es daran liegt, dass ich völlig schutzlos dem Wasser ausgeliefert bin oder weil sie mich ohne die geringste Verlegenheit berührt.

»Wenn du in Panik gerätst, musst du immer daran denken: Solange du deine Beine bewegst, bleibst du an der Oberfläche. Wenn du erstarrst, gehst du unter. Okay?«

Ich nicke konzentriert. Was folgt, ist eine sehr lange Stunde, in der sie mich dazu bringt, mich von einem Ende des Beckens zum anderen zu bewegen. Sie bringt mir das Brustschwimmen bei, was mir ziemlich einfach vorkommt. Als sie mich auslacht, will ich aufgeben, aber sie entschuldigt sich und fleht mich an weiterzumachen. Ich merke kaum, wie die Zeit vergeht. Am Ende mache ich mich selbst über meine verunglückten Schwimmzüge lustig, und wir lachen mehr als alles andere.

Irgendwann verabschieden sich die anderen Schwimmer, und wir haben das große Becken ganz für uns allein.

Sie schlägt vor, es an einer Stelle, wo ich noch stehen kann, einmal mit Rückenschwimmen zu probieren, bis ich mich damit wohlfühle.

»Vertrau dir«, flüstert sie, während sie mich auf das Wasser legt.

Ich bleibe auf dem Rücken liegen. Das Wasser spült mir angenehm um die Arme. Lilas' Hände bleiben unter meinem Rücken, was mich beruhigt. Im Schwimmbad herrscht Stille, nur sanft durchbrochen vom leisen Plätschern des Wassers.

Lilas schaut kurz prüfend auf meine Beine, um sicherzugehen, dass ich nicht in Panik gerate, als sie eine Hand fortnimmt. Ruhig fixiere ich ihren Blick.

Ich bin mir ihrer Nähe und ihrer Kurven in ihrem nassen T-Shirt viel zu sehr bewusst, als dass ich mich konzentrieren könnte.

Ich hätte nie gedacht, dass ich so etwas eines Tages empfinden würde … aber ich habe tatsächlich Lust, ihre Hand zu nehmen. Oder ihre Wange zu streicheln. Zu sehen, wie sie die Augen schließt und in Erwartung eines Kusses das Kinn hebt. Ich möchte wissen, wie ihr Mund schmeckt und wie sich ihre Locken unter meinen Fingern anfühlen.

Plötzlich kommt mir Sang-joons schlüpfriges Lächeln nach meiner Dusche in den Sinn, und ich ärgere mich.

Denk an etwas anderes, du Blödmann, jetzt ist nicht der richtige Augenblick.

»Neulich hast du von deinem Schutzengel gesprochen«, sagt sie leise und unterbricht damit meine Gedanken.

Ich schlucke und versuche, mein unangebrachtes Verlangen zu vertreiben.

»Was hast du gemeint, als du sagtest: ›Ich werde ihn wiederfinden‹?«

Ich starre an die Decke. Und wenn sie mich für verrückt

hält? Trotzdem zögere ich nicht lange. Lilas ist so; sie bringt mich dazu, ihr alles erzählen zu wollen.

»Mein Engel ist ein kleines Mädchen, das mich an jenem Tag vor dem Ertrinken gerettet hat«, erkläre ich. »Wir waren die besten Freunde der Welt. Für mich war sie immer mein Schutzengel. Sie hat mich verteidigt gegen die, die mich gemobbt haben, und mehr. Leider haben wir uns aus den Augen verloren. Ehrlich gesagt, weiß ich nicht mehr wirklich, warum.«

Wenn ich darüber nachdenke, bleibt dieser ganze Abschnitt meines Lebens ziemlich verschwommen. Ich erinnere mich nur an die guten Zeiten mit Fleur. Und irgendwann zogen wir dann plötzlich weg. Eine neue Schule, neue Mobber ... Nur war ich jetzt allein. Und ich vermisse sie, wie ich noch nie jemanden vermisst habe.

Meine Eltern behaupten, sich nicht an sie zu erinnern, und dass wir uns eigentlich nicht sehr nah waren ...

»Seitdem ist es, als wäre ich ganz allein auf der Welt. Als würde ein Teil von mir fehlen. Ich weiß, dass sich das sehr dumm anhört«, flüstere ich verlegen. »Wir waren Kinder. Aber ich glaube, ich war glücklich, und das lag vor allem an ihr. Und das vermisse ich ... glücklich zu sein.«

Ich möchte wieder glücklich sein, denke ich, finde aber nicht den Mut, es laut auszusprechen. Und wenn Fleur der Schlüssel zu diesem Traum vom Glück ist, dann bin ich es mir schuldig, sie wiederzufinden.

»War sie so wichtig für dich?«

Meine Worte sprudeln hervor, ehe ich sie aufhalten kann:

»Ich glaube, ich war in sie verliebt.«

Kann man in so jungen Jahren schon verliebt sein? Ich bin mir nicht sicher. Melancholisch wende ich Lilas das Gesicht zu. *Oh.* Ich erstarre beim Anblick der Tränen, die ihr über die

Wangen rinnen. Ihre nassen Wimpern kleben zusammen, und ihre Nase ist so rot, als hätte sie eine Erkältung. Mein Herz schmerzt, aber ich habe keine Ahnung, wie ich ihr helfen könnte. Habe ich etwas Falsches gesagt?

»Du weinst?«

Sie schnieft und wischt ihre Tränen mit einer Hand weg.

»Es ist so traurig.«

Ihre Antwort ist kaum zu verstehen, ich höre sie wie ein Flüstern in meinem Herzen. *Traurig.*

Ja, vermutlich stimmt das. Ich richte mich auf und stelle mich auf die Füße. Ihr Gesicht ist direkt vor meinem. Unbeholfen strecke ich meine Hand aus und wische ihre Tränen mit einem Finger ab. Ich habe das ungeheure Bedürfnis, sie jetzt und hier in die Arme zu nehmen.

»Tu es nicht«, flüstert sie.

»Bitte?«

»Was, wenn … sie vielleicht nicht will, dass du sie findest?«

Ich runzle die Stirn. An diese Möglichkeit hatte ich noch nicht gedacht, was vermutlich ziemlich egoistisch von mir ist. Vergeblich suche ich in Lilas' Gesicht nach einer Erklärung. Sie sieht mich traurig, aber irgendwie flehend an. Ich erinnere mich an ihre Worte.

»Du bist nicht mehr allein.«

Bei diesem Gedanken erbebt mein Herz. Es fällt mir nicht leicht, die Gefühle anderer Leute zu entschlüsseln. Ich habe keine Ahnung, was sie von mir hält. Mich mögen nicht viele Leute, aber sie wird von allen geliebt.

In dieser Hinsicht sind sie und Fleur sich ähnlich.

Der einzige Unterschied ist, dass Fleur mich geliebt hat. Mein Herz gerät ins Stocken. Könnte es sein, dass Lilas vielleicht … eifersüchtig ist?

Unmöglich, dass ich ihr gefalle. Und doch ertappe ich mich dabei, wie ein Idiot darauf zu hoffen.

Mir bleibt fast die Luft weg. Meine Stimme ist nur ein Hauch, als ich sie frage: »Wenn du es wärst ... würdest du es nicht wollen?«

Wenn sie es wäre, wäre sie enttäuscht, wenn ich sie wiederfände?

Darauf wirft sie mir einen Blick zu, den ich kaum enträtseln kann. Sie wirkt so traurig. Wieder füllen sich ihre Augen mit Tränen, die sie dieses Mal einfach über ihre Wangen laufen lässt. Eine nach der anderen versuche ich, sie vor dem Heruntertropfen zu bewahren, als wollte ich das kostbare Salz retten.

Verflixt, ich hasse es, sie weinen zu sehen.

Irgendetwas klumpt sich in meiner Magengrube zusammen. Ich habe das Bedürfnis, sie zu umarmen und ihr zu versprechen, dass ihr nie wieder irgendetwas Schmerzen verursachen wird. Ich würde es so gern tun, aber ich weiß nicht, ob ich den Mut dazu aufbringe. Wäre es unangemessen? Ihr Gesicht bewegt sich fast unmerklich vorwärts. Oder ist es meines?

Ihre Lippen sind höchstens noch fünf Zentimeter entfernt, als sie die Augen schließt. Ich nutze die Gelegenheit, die glatte Schönheit ihres Gesichts zu betrachten. Die perfekte Form ihrer sinnlichen Lippen. Diese Sommersprossen, die unentwegt nach mir rufen.

Ich möchte es so gern tun.

Ich nähere mich, hebe die Hand, um sie an mich zu ziehen ... doch dann ergreift mich die Panik, und ich tue das Dümmste, was mir einfallen konnte.

Ich spritze ihr Wasser ins Gesicht.

Sie erschrickt und reißt die Augen weit auf.

Was zum Teufel stimmt nicht mit mir?

»Erwischt!«, scherze ich aufgesetzt lustig.

Innerlich mache ich mir die heftigsten Vorwürfe, als sie

plötzlich mit geröteten Wangen mein Lachen erwidert. Zutiefst beschämt arbeite ich mich zum Beckenrand vor.

In dieser Nacht träume ich ausschließlich von ihrem Gesicht.

Folge 19

Der versehentliche Kuss

Chungha – *Pit A Pat*

Lilas

»Wenn du es wärst ... würdest du es nicht wollen?«

Aarons Worte verfolgen mich tagsüber und halten mich nachts wach. Genau in diesem Moment hätte ich ihm am liebsten die Wahrheit gesagt; ich war ganz kurz davor. Ich hatte gehofft, mich auf meiner Lüge ausruhen zu können, aber da habe ich mich wohl geirrt. Ich vergehe vor Sehnsucht nach Aaron ... aber ich will ihn als Fleur haben.

Und doch marschiere ich genau in die entgegengesetzte Richtung. Ganz gleich, wie sehr er nach mir ruft, ich verstecke mich. Und das, obwohl ich dachte, ich könnte vor Aaron Choi nicht davonlaufen! Und doch existiert offenbar kein Szenario, in dem ich diesen Mann nicht mit jeder Faser meines Wesens liebe.

Nach sechzehn Jahren gerate ich wieder in seinen Bann, während er mich auf den Tod hasste. Einmal ist keinmal. Ich möchte wieder diejenige sein, an die er sich im Moment seiner größten Schwäche wendet. Ich möchte ihn beruhigen, ihn trösten, ihn beschützen. Und der Grund dafür sein, dass er vor dem Schlafengehen lächelt.

Leider denkt er ausschließlich an Fleur.

Ich trete zu einem Wettbewerb gegen mich selbst an. Ironisch, nicht wahr?

Am Samstag gehen Eleanor und ich zu Danas Basketballspiel. Seit einigen Tagen ist die Lage zu Hause angespannt. Die Mädchen reden nicht miteinander, wenn ich nicht da bin. Ihre Erleichterung, wenn ich von der Arbeit nach Hause komme, ist deutlich spürbar, obwohl ich mich jeglichen Kommentars enthalte.

»Hast du Quentin eingeladen?«, erkundige ich mich überrascht, als ich unseren Nachbarn ein paar Meter weiter die Straße überqueren sehe.

Er entdeckt uns und schenkt meiner Freundin ein breites Lächeln, das sie mit einer schüchternen Handbewegung beantwortet.

»Warum nicht?«

Misstrauisch verschränke ich die Arme vor der Brust.

»Ihr seid euch ein gutes Stück nähergekommen …«

»Bilde dir bloß keine Schwachheiten ein«, warnt sie mich. »Wir sind nur Freunde. Ich bin mit Rémi zusammen, das weißt du doch.«

Ja klar. Quentin kommt zu uns. Eleanor wirkt sofort viel weniger selbstsicher. Auf dem Weg zum Stadion plaudern wir leise und genießen den Sonnenschein. Wie immer sitzen wir in der ersten Reihe. Als Dana bemerkt, dass wir aufspringen und ihren Namen rufen, breitet sich ein Lächeln auf ihrem Gesicht aus.

Ich weiß, dass sie sich unseretwegen schrecklich schämt, uns aber genau dafür auch liebt.

»Also, Fleur, Eleanor hat mir erzählt, dass du Autorin und Zeichnerin bist?«, fragt Quentin.

»So weit würde ich vielleicht nicht gehen. Ich bin noch blutige Anfängerin.«

»Sie flunkert«, greift meine Freundin ein. Ich werfe ihr einen finsteren Blick zu. »Schätzchen, deine Tiefstapelei war anfangs vielleicht ganz süß, aber jetzt würde ich dich am liebsten schütteln.«

Ich bin sauer, obwohl ich weiß, dass sie mich nicht verletzen will. Quentin wechselt das Thema, stellt mir Fragen über meine Fantasiewelt, meine Charaktere und so weiter und erzählt, dass er viel liest.

»*Star Trek* und *Doctor Who* hatten einen enormen Einfluss auf mein gesamtes Leben«, verkündet er stolz.

Eleanor verzieht das Gesicht zu einer dramatischen Grimasse.

»Mein Gott, noch so ein Nerd.«

»Gefällt dir das etwa nicht?«, fragt Quentin amüsiert.

»Es ist nicht so wirklich meins.«

»Vielleicht gelingt es mir, deine Meinung zu ändern«, sagt er mit leiser Stimme. Eleanor errötet.

Ich überlasse sie ihrem Gespräch und konzentriere mich bis zum Ende der Partie auf Danas Spiel. Ihre Mannschaft gewinnt, was niemanden überrascht. Ich applaudiere, stoße triumphierende Schreie aus, gehe kurz nach Spielende zu ihr und schließe sie fest in die Arme. Sie verdreht die Augen.

»Du beschwerst dich zwar ständig über deine Väter, aber du bist ganz genauso.«

»Ich kann nichts dafür, ich bin so wahnsinnig stolz auf dich«, säusle ich und lege den Kopf auf ihre Schulter.

Hinter ihr bemerke ich Cécile, ihre Freundin. Sie hat sich für das Spiel als Cheerleader verkleidet und ihr schwarzes Haar zu zwei Dutts auf dem Kopf frisiert.

»Konntest du dich doch noch freimachen?«, frage ich und umarme sie.

Wir kennen uns zwar nicht sehr gut, aber sie war immer sehr nett zu Eleanor und mir. Cécile ist Musikerin, genauer gesagt Drummerin, und wahrscheinlich eines der coolsten Mädchen, das ich je kennengelernt habe.

Sie lächelt mir zu und küsst Dana auf die Wange.

»Das konnte ich mir doch nicht entgehen lassen.«

Wir fahren alle zusammen nach Hause. Eleanor sitzt am Steuer. Quentin und Cécile bleiben zum Abendessen, und wir spielen zum Ausklang des Abends Pictionary.

Aus irgendeinem Grund kommt mir das Teamwochenende in den Sinn, und ich erinnere mich an Aarons Art, die Konkurrenz bei jedem Spielstart abzuschätzen. Ich werfe einen Blick auf mein Telefon: keine Nachricht.

Ich freue mich auf Montagmorgen und darauf, wieder zur Arbeit zu gehen, weil ich ihn dort sehe. Was mag er wohl an den Wochenenden unternehmen? Trifft er Freunde? Oder besucht er seine Familie? Jedenfalls hoffe ich sehr, dass er nicht allein vor seiner Spielkonsole sitzt.

Eine ungesunde Neugier ergreift mich, und ich logge mich in *Fortnite* ein, um es zu überprüfen. Der Idiot ist tatsächlich online. Ich seufze, setze mich im Schneidersitz auf mein Bett und schicke ihm eine Einladung über den Onlinedienst Discord, der es mir erlaubt, gleichzeitig zu spielen und auf dem Bildschirm zu erscheinen.

Zwar ist es etwas gewagt ... aber ich habe solche Sehnsucht danach, ihn zu sehen.

Eigentlich erwarte ich, dass er ablehnt, aber plötzlich habe ich Aaron Choi im Großformat auf meinem Bildschirm und gerate in Panik. Mein Herz schlägt einmal, zweimal, dreimal und dann so schnell, dass ich kaum noch mitkomme.

»Hey«, begrüßt er mich so heiser, als wäre er gerade erst wach geworden.

Als ich den Mund öffne, um zu antworten, werde ich rot. Ich habe vergessen, vor dem Handeln erst einmal nachzudenken. Sehe ich wenigstens einigermaßen vorzeigbar aus? Ich war zu sehr auf ihn konzentriert, um mich darum zu sorgen.

Aaron sitzt offenbar auf seinem Bett, lehnt mit dem Rücken an der Wand und hat ein Bein angewinkelt. Vergessen sind der korrekte Anzug und das perfekt frisierte Haar. Er scheint seine Kontaktlinsen nicht zu tragen, wenn er zu Hause ist, denn auf seiner schmalen Nase sitzt eine unauffällige Brille mit Goldrand. Sein Haar ist frisch gewaschen und noch feucht.

Es verursacht mir ein komisches Gefühl im Herzen, ihn in einem überdimensionalen grauen Hoodie zu sehen. Er wirkt plötzlich viel jünger.

»Hast du etwa den ganzen Tag *Fortnite* gespielt?«, frage ich, um das Schweigen zu brechen.

»Nein.«

Ich lächle erleichtert, aber etwas leiser fügt er hinzu: »Ich habe auch *Animal Crossing* gespielt. Übrigens: Hättest du vielleicht ein paar Sternis für mich?«

»Wovon träumst du nachts? Jeder für sich.«

Nach dem Moment im Schwimmbad, als ich dummerweise dachte, er würde mich küssen, ist schnell alles wieder normal geworden zwischen uns.

Auf dem Heimweg war ich dermaßen beschämt, aber er verhielt sich, als wäre nichts passiert. Ist es möglich, dass er es gar nicht bemerkt hat?

Wenn man bedenkt, wie oft ich versucht habe, ihm näherzukommen und er mich zurückgewiesen hat, kann ich es mir durchaus vorstellen. Der Mann ist einerseits ein Genie, aber auf der anderen Seite auch ziemlich dumm.

Trotz alledem bittet mein Herz immer weniger darum, ich

möge mich nicht jeden Tag erneut in Aaron verlieben. Es ist einfach unvermeidlich.

»Bist du gar nicht aus dem Haus gegangen?«, erkundige ich mich neugierig.

Ich möchte alles über ihn wissen, über sein neues Leben. Natürlich kann ich ihm das nicht einfach so sagen. Plötzlich wirkt er verlegen und zuckt die Schultern.

»Und du?«

Ich berichte ihm von meinem Tag, ohne etwas auszulassen. Er hört mir aufmerksam zu und lächelt sogar hier und da. Ihn so entspannt zu sehen wärmt mir das Herz. Schließlich fragt er mich, ob ich bereit wäre, mich vernichten zu lassen.

»Ich fürchte, du überschätzt dich ganz ordentlich, Aaron Choi.«

»Und ich glaube, es ist ausgesprochen wichtig, sich seiner Talente bewusst zu sein«, antwortet er und beginnt mit dem Spiel. »Spielen und das Erstellen von Spielen sind das Einzige, worin ich gut bin. Warum sollte ich diese Eigenschaften runterspielen?«

»Du könntest dir deiner Talente bewusst sein und trotzdem bescheiden bleiben.«

Er hebt eine Augenbraue.

»»Bescheiden bleiben‹? Meinst du damit, mich so verhalten, wie du es tust? Jedes Kompliment zurückzuweisen, mich selbst bei jeder Gelegenheit herabzusetzen und jede Leistung zu bagatellisieren? Also da finde ich meine Methode doch weitaus gesünder als deine.«

Wie versteinert sitze ich da und bekomme eine Gänsehaut auf den Armen. Ich hasse es, dass er in mir liest wie in einem offenen Buch.

»Zuzugeben, dass man gut ist in dem, was man tut, bedeutet nicht, dass man ein Angeber ist«, fügt er hinzu, ohne sein Spiel zu unterbrechen. »Ich finde es schade, dass man nicht selbstbewusst sein kann, ohne als überheblich zu gelten. Warum soll ich mein Licht unter den Scheffel stellen, um anderen zu gefallen? Sie bedeuten mir doch nichts.«

Seine Argumentation macht Sinn, und doch … In meinem Fall kommt so etwas nicht infrage. Ich kann nicht sagen: »Ich bin Schriftstellerin und wirklich gut in dem, was ich tue«, weil ich nämlich selbst keine Sekunde daran glaube.

»Du bist unkonzentriert. Habe ich dich verletzt?«, fragt Aaron und sieht plötzlich besorgt aus.

Ich lächle, um ihn zu beruhigen.

»Nein, überhaupt nicht.«

»Entschuldige«, sagt er leise. »Ich weiß, ich bin … ein bisschen merkwürdig. Mir sind die Gefühle anderer Leute nicht bewusst, ehe ich etwas sage. Ich komme sofort zur Sache und denke erst an die Kollateralschäden, wenn es zu spät ist. Meistens gehe ich davon aus, dass alle so denken wie ich … aber das stimmt nicht.«

»Du bist nicht merkwürdig. Du bist einfach zu intelligent. Aber bilde dir nicht zu viel darauf ein«, erwidere ich und lächle.

Natürlich vernichtet er mich mehrfach, genau wie vorhergesehen. Wie ein Gentleman siegt er leise. Er gibt mir Tipps, wie ich mich verbessern kann, und feiert seine Siege nur verhalten. Er kann in der Tat bescheiden sein.

»Ich gebe auf«, erkläre ich um neun Uhr abends. »Ich bin nicht für Online-Spiele geschaffen.«

»Du bist überhaupt nicht für Spiele geschaffen. Du hast andere Talente, aber sicher nicht dieses.«

Ich werfe ihm via Bildschirm einen finsteren Blick zu, was ihm ein schüchternes Grinsen entlockt.

»Ich wette zehn Euro, dass ich bei Arcade-Spielen besser bin als du.«

Er lacht laut auf, was mich überrascht.

Er hält sich den Bauch, dann schüttelt er den Kopf.

»Eine kleine Spielerin! Zwanzig.«

»Abgemacht. Hast du Zeit?«

Sein Lächeln erlischt. Mit gerunzelter Stirn schaut er auf seine Uhr.

»Jetzt sofort?«

»*La Tête dans les Nuages* ist samstags bis zwei Uhr morgens geöffnet. Es sei denn, du glaubst nicht an deine Fähigkeiten …«

»Deal«, stimmt er entschlossen zu. »Hast du schon gegessen?«

Bei dem Gedanken, heute Abend mit ihm auszugehen, klopft mein Herz zum Zerspringen. Ich erkenne mich nicht wieder. Seit wann bin ich diejenige, die die Initiative ergreift? Bei Aaron habe ich nie Angst, dass er Nein sagen könnte. Ich vertraue einfach darauf.

Ich will ihm gerade antworten, als Eleanor meine Schlafzimmertür aufreißt und mir einen Haufen Höschen und BHs ins Gesicht wirft.

»Hier, ich habe eine Maschine gewaschen! Ach ja, und ich habe Tampons gekauft.«

»Eleanor«, schreie ich und befreie mich in aller Eile von der Unterwäsche. Ein BH landet auf meiner Nachttischlampe. »Ich bin in einem Videoanruf!«

Feuerrot zeige ich auf mein Mikro. Sie hält sich die Hand vor den Mund, prustet vor Lachen und wirft heimlich einen Blick auf den Bildschirm. Als sie den extrem verlegenen Aaron sieht, hebt sie die Augenbrauen und flüstert extralaut: »Ich habe die besonders saugfähigen besorgt.«

»Oh mein Gott«, brülle ich sie an. »Komm bloß her!«

Ich knalle den Computer mit voller Wucht zu und jage sie mit einer Bratpfanne in der Hand durch die ganze Wohnung.

Nachdem ich Eleanor gut fünf Minuten an den Haaren gezogen und sie mit meinem ganzen Gewicht auf die Couch gedrückt habe, schickt Aaron mir eine SMS mit einer Uhrzeit. Ich schäme mich so sehr, dass ich beinahe absagen möchte.

Immer noch ein wenig verlegen treffe ich mich mit ihm vor dem *La Tête dans les Nuages*. Zu meiner Überraschung hat er sich nicht umgezogen. Mit den Händen in den Taschen seines grauen Sweatshirts wartet er auf mich.

Als ich ankomme, klopfe ich ihm schüchtern auf die Schulter. Er rückt seine Brille zurecht und fährt sich leicht durch sein seidiges braunes Haar.

»Du hättest ruhig drinnen warten können«, sage ich.

Er wirft einen Blick auf die Glasfassade.

»Mir ist total warm.«

»Warum hast du denn das Sweatshirt angezogen? Drinnen sind es bestimmt fünfundzwanzig Grad.«

Er öffnet die Tür, tritt beiseite, um mich als Erste hineinzulassen und erklärt: »Für den Fall, dass dir später kalt wird.«

Ich versuche, die Schmetterlinge zu beruhigen, die in meinem Herzen Salsa tanzen. Ohne Erfolg. Leider habe ich keine Ahnung, ob er mich wirklich mag oder einfach von Natur aus achtsam ist.

Wir sind nicht die Einzigen, die zu dieser späten Stunde zum Spielen kommen. Ganz im Gegenteil. Die Halle ist fast voll. Aaron erzählt, dass er zum ersten Mal hier ist, und daher beschließe ich, ihn durch die verschiedenen Gänge zu führen. Die Menge an Spielern scheint ihn zu verblüffen, aber er akklimatisiert sich schnell.

Ich strecke meine Arme aus und lasse meine Finger knacken, um ihm zu zeigen, wie ernst es mir ist. Er muss grinsen. Ich schlage vor, dass der Verlierer das Dessert bezahlt.

Wir beginnen mit etwas ganz Einfachem: einer Partie Air-Hockey. Ich widme mich dem Spiel mit Leib und Seele und schieße den Puck häufig über Aarons Kopf. Er weicht erschrocken aus.

»Angst zu verlieren?«, spotte ich und puste auf meinen Schläger wie auf eine noch heiße Pistole.

»Eher Angst, ein Auge zu verlieren.«

Enttäuschenderweise gewinnt er die erste Runde. Glücklicherweise habe ich noch viel Energie. Wir gehen weiter zum Basketballkorb, und dort verabreiche ich ihm die Niederlage seines Lebens. Danke für die Privatstunden, liebe Dana! Als er meinen Vorsprung bemerkt, verdoppelt er seine Anstrengungen, aber die Hektik bekommt ihm nicht gut.

Schließlich scheitert er und seufzt verlegen: »Ich bin wohl ein bisschen müde heute Ab…«

Ich unterbreche ihn, schreie meinen Sieg hinaus, hüpfe herum und zeige mit dem Finger auf ihn. Er hält inne, sieht mir leicht schockiert zu und beginnt schließlich zu lachen.

»Aha, so siehst du also aus, wenn du gewinnst? Du liebe Zeit!«

Stimmt, ich bin eine schlechte Spielerin. Dazu muss ich aber sagen, dass ich schon sehr lange auf einen Sieg gewartet habe. An diesem Abend sind die Götter auf meiner Seite. Ich gewinne absolut jedes Spiel, sei es Flipper, Mini-Bowling oder Shooter-Spiele. Sogar auf einem Motorrad schlage ich ihn! Ich hätte gedacht, er würde beleidigt reagieren, aber nachdem mein erster Sieg sein Ego vielleicht noch verletzt hat, ist es ihm später egal.

Wir amüsieren uns wie zwei Kinder und lachen über alles und jeden. Ich habe die Ehre, ihn bei *Dance Dance Revolution* wie einen Derwisch tanzen zu sehen, was alle bisher verlorenen *Fortnite*-Spiele wettmacht.

»Lee Taemin sollte sich warm anziehen«, erklärt er selbstironisch.

»Träume ich, oder hast du dich gerade mit einem der besten Tänzer dieser Generation verglichen?«

»Du träumst nicht. Ich vertraue eben auf meine Fähigkeiten.«

Was für ein Angeber! Als Wiedergutmachung kauft er mir Süßigkeiten und Zuckerwatte, die wir uns teilen. Irgendwie erinnert das alles an ein richtiges Date … Besonders gefällt mir, wie er lächelt, ohne vorher darüber nachzudenken, als ob er in meiner Gegenwart seine Deckung fallen lassen könnte.

Auch die Art, wie er mich berührt. Es gibt kaum Körperkontakt zwischen uns, aber manchmal … nur manchmal … verirrt sich ein Finger und streift mein Handgelenk oder sogar meine Hüfte. Das Gefühl ist kaum zu beschreiben.

Jede Berührung ist nur ein weiterer Zündfunke für den schlafenden Vulkan in meinem Herzen.

Ich fürchte, dass er ihn eines Tages für immer in Brand stecken wird.

»Noch ein letztes zum Gehen?«, schlage ich vor.

Ich lasse ihm keine Zeit zu antworten. Stattdessen ziehe ihn schon in den dunklen Raum, wo jeder von uns eine Hightech-Brille aufsetzt.

»Ich mag keine Virtual-Reality-Spiele«, flüstert er, macht aber mit.

Obwohl er mich nicht sehen kann, werfe ich ihm einen finsteren Blick zu.

»Gibt es überhaupt etwas auf dieser Erde, das du magst?«

»Skittles.«

»Hm.«

»Und Wilfred«, fügt er hinzu.

»Schon verstanden …«

»Deinen Gesichtsausdruck, wenn du zeichnest.«

Meine Knie beginnen zu zittern. Habe ich richtig gehört? Ich habe keine Ahnung, was ich darauf antworten soll. Ich schlucke, meine Wangen brennen, und plötzlich ist er ganz nah bei mir, und ich spüre seinen Atem auf meiner Wange, als er mir eine Pistole in die Hand drückt.

»Bringen wir es hinter uns.«

Zwar schäme ich mich dafür, aber seine Nähe bringt mich so durcheinander, dass mir alles egal ist. Ein Szenario spielt sich vor unseren Augen ab, und es ist so real – ich fühle mich tatsächlich wie auf einem Schlachtfeld. Aaron steht dicht neben mir und flucht leise. Er scheint das Spiel nicht besonders zu genießen. Bei jeder Explosion springt er beiseite und erschreckt mich damit.

»Hör auf, so an mir zu kleben! Deinetwegen verliere ich noch!«

Er will gerade etwas sagen, als wie aus dem Nichts ein Gegner auftaucht und eine Waffe auf uns richtet. Aaron schimpft laut und packt mich an den Schultern. Zuerst denke ich, dass er sich vor mich stellen will, um mich zu beschützen ... aber er benutzt meinen Körper tatsächlich als Schutzschild.

»Ist das dein Ernst?«, rufe ich empört.

Als das Spiel vorbei ist, werfe ich ihm einen bitterbösen Blick zu. Er schüttelt den Kopf, legt die Hand auf sein Herz und schnappt nach Luft.

»Also wirklich«, kommentiere ich. »Ich bin froh, dass du mir nicht während eines Kriegs über den Weg gelaufen bist ...«

Wir verlassen den Raum. Er wirft sich in die Brust.

»Zu meiner Verteidigung: Da kriegt jeder Angst ...«

Er verstummt, als wir den nächsten Spieler entdecken. Er ist etwa zehn Jahre alt und grinst vor Aufregung. Ich schnalze amüsiert mit der Zunge.

»Jedem? Sicher?«

Er lässt sich nicht zu einer Antwort herab. Dann bitte ich ihn, draußen zu warten, während ich zur Toilette gehe. Ich habe keine Lust, nach Hause zu gehen – noch nicht. Deshalb halte ich mich länger als nötig vor dem Spiegel auf und spritze mir kaltes Wasser ins Gesicht.

Er mag den Ausdruck, den ich beim Zeichnen habe. Nicht zu fassen, er sagt das einfach so aus heiterem Himmel und so ernsthaft. Manchmal vergesse ich, dass Aaron kein schüchterner, einsamer kleiner Junge mehr ist. Er ist ein kluger, gut aussehender, einschüchternder Mann geworden.

Flirtet er mit mir? Unmöglich, das bei ihm zu sagen.

Schließlich gehe ich im Schlepptau einer Gruppe von Teenagern nach draußen. Es ist gerade Mitternacht, die Nacht ist über Paris hereingebrochen.

Sofort erkenne ich Aarons graues Sweatshirt. Er hat mir den Rücken zugewandt. Ich nehme meinen ganzen Mut zusammen und beschließe, ihn zu überrumpeln. Er sieht mich nicht kommen. Ich stelle mich auf die Zehenspitzen und gebe ihm einen leichten Kuss auf die Wange.

»Danke für …«

Er dreht sich überrascht und mit einem ablehnenden Blick zu mir um. Es ist nicht Aaron. Zutiefst beschämt reiße ich die Augen auf und entschuldige mich.

Es war nicht der zufällige Kuss, von dem ich geträumt habe, das gebe ich zu. Ich blicke mich suchend um und entdecke Aaron schließlich nur wenige Meter entfernt. Aaron schaut mich mit gerunzelter Stirn an. *Was für eine Bekloppte.*

»Kennst du ihn?«

»Bitte?«

»Der, den du gerade geküsst hast … Ist das ein Freund von dir?«

Auf keinen Fall kann ich ihm die Wahrheit sagen. Er wirkt ein wenig verärgert, was mich zum Lügen zwingt – allmählich wird es zur Gewohnheit.

»Ja. Ein Schulfreund. Sehr nett. Gehen wir?«

Er nickt, und wir machen uns auf den Weg zur Bushaltestelle. Ich fröstele in der abendlichen Kühle und verschränke die Arme über der Brust.

»Du bist wirklich eine gute Spielerin, das muss ich dir lassen«, erklärt er plötzlich.

Ich kann nicht umhin, stolz zu lächeln.

»Und dabei hast du mich noch nicht bei Monopoly erlebt.«

»Das möchte ich auch lieber nicht.«

Wir gehen in einem angenehmen Schweigen nebeneinanderher. Sein Ellbogen berührt meinen. Dann und wann ein Hupen und die nächtlichen Gespräche anderer Leute geben unseren Schritten den Rhythmus vor. Paris ist nachts so schön … Irgendwann zieht Aaron seinen Pullover aus und reicht ihn mir schweigend.

Ich nehme ihn und streife ihn ohne Einwände über. Er ist weich und bequem und noch warm von ihm. Ich stelle mir bereits vor, darin zu schlafen. Am liebsten würde ich ihm ein Selfie vorschlagen, um diesen Abend nie zu vergessen, aber er scheint in Gedanken versunken.

Seine Augenbrauen ziehen sich leicht zusammen, wie bei der Arbeit, wenn er nachdenkt.

Auf dem Heimweg sind wir die Einzigen im Bus. Mir gefällt es, dass wir uns nicht zu einem Gespräch zwingen. Wir fühlen uns wohl genug miteinander, um unser Schweigen nicht als störend zu empfinden.

Kurz vor meiner Haltestelle spricht er mich plötzlich leise an: »Lilas.«

Ich sehe ihn neugierig an.

»Ja?«

Er senkt den Blick und konzentriert sich auf die zu langen Ärmel seines Sweatshirts über meinen Fingerspitzen.

»Möchtest du meine Freundin sein?«

Ihr könnt mich ruhig für eine Drama-Queen halten, aber mir schießen die Tränen in die Augen. Ich erinnere mich, wie oft ich ihm mit fünf Jahren genau die gleiche Frage gestellt habe, die er jedes Mal mit verletzender Entschlossenheit mit »Nein« beantwortet hat.

Sechzehn Jahre später will Aaron Choi endlich mein Freund werden.

»Nein.«

Überrascht und verletzt flattert sein Blick zu meinen Augen. Eine leichte Röte breitet sich über seine Ohren und seinen Hals aus.

»Das war ein Witz«, beruhige ich ihn rasch.

Auf seinem Gesicht spiegelt sich eine gewisse Erleichterung, aber er lächelt nicht. Wenn er wüsste, wie lange ich schon darauf warte, dass er mich bittet, seine Freundin zu sein … Mein Herz klopft aufgeregt, und ich kann mein Lächeln kaum unterdrücken.

»Dann ist das also ein Ja?«

»Ja«, bestätige ich und nicke.

Sein Blick hängt an meinen Augen, und sein Gesicht ist nur wenige Zentimeter von meinem entfernt. Seine Augen sind mir immer noch das Liebste an ihm … wie mit Schokolade überzogene Mandeln. Ich träume davon, einen Kuss auf diesen Schönheitsfleck zu drücken, der mir geradezu zuzwinkert … leicht wie eine Feder …

»Okay.«

»Okay.«

»Also, wenn wir jetzt Freunde sind … Dann kann ich auch das machen.«

Mein ganzer Körper erstarrt, als sein Gesicht näher kommt. Ich stehe da wie eine Salzsäule, aber er hält nicht inne, und irgendwann tauchen seine Finger wie aus dem Nichts auf und streichen mir eine Locke aus den Augen. Ohne dass er die Strähne loslässt, berühren seine Lippen meine Wange.

Ich bin mir nicht sicher, ob ich noch lebe. Mein Herz hat aufgehört zu schlagen, da bin ich mir ziemlich sicher. Ich zwinge mich zum Atmen, aber es ist reine Zeitverschwendung.

Bei der Berührung seines Mundes erbebe ich. Es dauert nur eine Nanosekunde, aber es reicht, um mich in Brand zu setzen. Er tritt einen Schritt zurück und streicht die Locke wieder an ihren Platz.

»Du musst gleich aussteigen.«

Ich brauche eine Weile, ehe ich zur Besinnung komme und erkenne, dass wir an meiner Haltestelle angekommen sind. Ich stottere etwas Unverständliches – keine Ahnung, was –, stehe auf und steige aus.

»Mist, dein Sweatshirt«, fällt es mir plötzlich ein. Ich beeile mich, mir das Kleidungsstück über den Kopf zu ziehen.

Aaron steckt seine Hand durch das halb geöffnete Busfenster. Die Türen schließen sich, obwohl ich noch nicht fertig bin.

»Behalt es.«

»Okay … danke.«

Er schenkt mir ein amüsiertes kleines Lächeln. Wie betäubt will ich mich auf den Weg machen, als er mich zurückruft.

»Ach ja, Lilas?«

»Ja?«

»Nächstes Mal brauchst du dich nicht mehr schlafend zu stellen, um deinen Kopf auf meine Schulter zu legen … Mach es einfach!«

Folge 20

Die ewige Szene des Unbehagens

Hwasa – *Orbit*

Aaron

Lilas ist endlich meine Freundin.

Allein der Gedanke daran verleiht mir genügend Kraft, mich der neuen Woche zu stellen. Wir arbeiten hart an unserem neuen Spiel, und zum ersten Mal verbringe ich die ganze Woche im Großraumbüro – sehr zum Leidwesen von Wilfred, der sich bestimmt einsam fühlt.

Außerdem bereiten Nicolas und ich unsere Teilnahme an der Gamescom 2020 in Köln vor. Heute muss ich meine Mittagspause mit Arbeit verbringen. Ich verlasse das Büro nur für ein paar Minuten, um mir unten etwas zu essen zu besorgen. Dabei starre ich konzentriert auf mein Tablet. So konzentriert, dass ich unterwegs um Haaresbreite einen Jungen umrenne.

»Mist, tut mir leid«, entschuldige ich mich. »Alles in Ordnung?«

Der Junge, ein Teenie mit lockigem Haar, nickt und mustert mich von oben bis unten. Er trägt einen Sportpulli und einen schwarzen Rucksack.

»Arbeiten Sie hier?«, fragt er mich.

»Äh … ja. Warum?«

»Ich möchte gerne rein, aber der Typ an der Tür hält mich für einen Gauner.«

Ich werfe Sylvain, unserem Sicherheitsmann, einen unwilligen Blick zu und frage den Jungen freundlich, was er denn hier möchte.

»Meine Schwester arbeitet hier. Ich möchte mit ihr zu Mittag essen.«

»Verstehe … Wie heißt denn deine Schwester? Und für welches Unternehmen arbeitet sie?«

Er will gerade antworten, als eine Frauenstimme ertönt: »Sélim?«

Wir drehen uns beide gleichzeitig um und sehen Lilas und Natasha aus dem Gebäude kommen. Lilas wirkt verblüfft, wenn nicht gar erschrocken, uns zusammen zu sehen. Sie kommt zu uns und legt dem Jungen mit einer fast beschützenden Geste die Hände auf die Schultern.

»Was machst du denn hier? Und wie bist du hergekommen?«

»Na, mit dem Zug. Ich bin doch kein Baby«, erwidert er und verdreht die Augen.

Natürlich ist die fragliche Schwester keine andere als Lilas. Aus irgendeinem mir unerfindlichen Grund halte ich mich gerader.

»Du bist also der kleine Bruder von Lilas?«, erkundige ich mich.

Er schaut mich verständnislos an.

»Von wem?«

Angesichts seines verwirrten Gesichtsausdrucks macht sich ein seltsames Gefühl in mir breit. Ich werfe einen fragenden Blick auf seine Schwester, aber sie steht da wie erstarrt mit Augen so rund wie Untertassen. Schließlich lacht sie etwas gezwungen auf.

»Von mir, du Dummerchen. Aaron, das ist Sélim. Sélim, das sind Aaron und Natasha, meine Kollegen.«

Der Junge nickt teilnahmslos. Er kommt mir nicht besonders kommunikativ vor. Natasha schenkt ihm ein warmes Gluckenlächeln.

»Schön, dich kennenzulernen, Sélim. Du hast einen wirklich schönen Namen. Den hat deine Mama gut ausgesucht.«

Sélim antwortet wie aus der Pistole geschossen.

»Ich habe keine Mama.«

Oh. Mein Blick geht zu Lilas, die offenbar nicht mehr weiß, wohin sie sich verkriechen soll. Sie räuspert sich und weicht meinem Blick aus. Natasha tritt verlegen von einem Fuß auf den anderen.

»Oh, es tut mir so leid … Ich hatte ja keine Ahnung.«

Ich genauso wenig, auch wenn ich nichts dazu sage. Lilas hat durchaus dann und wann von ihrer Familie erzählt, aber immer nur sehr vage. Sie hat immer über »ihren Bruder« und »ihre Eltern« gesprochen. Ich war daher zu dem Schluss gekommen, dass alles in Ordnung wäre. Aber offenbar habe ich mich da geirrt.

Sélim erklärt schließlich seiner älteren Schwester den Grund seines Kommens. Sie hört ihm zu, streichelt ihm mit einer mütterlichen Geste über das Haar und nennt ihn »kleiner Prinz«, was ich ganz niedlich finde.

»Komm, du kannst mit Natasha und mir essen«, sagt sie.

Es ist an der Zeit für mich, sie in Ruhe zu lassen.

»Dann wünsche ich euch guten Appetit.«

Lilas lächelt mich scheu an, und ich lasse sie gehen. Ich esse allein in meinem Büro, muss aber immer wieder über Sélim nachdenken, der sagte, er hätte keine Mutter. Dabei wirkte er überhaupt nicht traurig. Im Gegenteil, er behauptete es in einem sachlichen und lässigen Ton.

Ich verbringe den Tag damit, in meiner Ecke darüber nach- zudenken, und hoffe nur, dass sich dahinter keine schmutzige Geschichte verbirgt.

»Du hast heute Abend einen Termin mit Philippe«, erinnert mich Yves, als ich das Büro verlasse.

»Das ist jetzt das sechste Mal, dass du mich heute daran er- innerst. Ich hab's kapiert.«

Er wirft mir über seine Brille hinweg einen Blick zu.

»Ich kenne dich, Aaron. Du würdest deinen eigenen Kopf vergessen, wenn er nicht angewachsen wäre.«

Bei seiner Bemerkung zucke ich zusammen, bemühe mich aber, es zu verbergen. Ich grinse ihn ironisch an und verspreche, pünktlich zu sein. Es ist ja nicht so, als ob ich ständig Termine mit Philippe hätte!

Bevor ich mich auf den Weg mache, gehe ich ohne beson- deren Grund noch einmal durch das Großraumbüro – es sei denn, um Lilas zu sehen. Sie schaut konzentriert auf ihren Bildschirm und kaut auf ihrem Bleistift herum. Sie hat diesen Ausdruck, den ich liebe. Ich muss unwillkürlich lächeln.

Nicolas steht hinter ihr und gibt ihr irgendeinen Rat. Er be- merkt meine Anwesenheit als Erster, und sein Lächeln wird breiter, als er mein Outfit sieht.

»Im T-Shirt sieht man dich echt selten. Gibt es einen be- sonderen Anlass? Vielleicht eine Date?«

Lilas hebt sofort überrascht den Kopf. Unsere Augen treffen sich, ehe auch sie meine Kleidung begutachtet. Ich hasse Nico- las für seinen dummen Spruch.

Damit sie nicht denkt, ich würde mich mit einer Frau tref- fen, sage ich schnell: »Ein reiner Geschäftstermin.«

Ich versuche zu erraten, was in Lilas' Kopf vorgeht, aber das ist verlorene Liebesmüh. Sie gibt sich so ungerührt wie eh und je. Ich habe gesehen, dass sie mein Sweatshirt mitgebracht hat.

Es steckt frisch gewaschen und gefaltet in ihrer Handtasche, aber ich habe ihr bisher keine Gelegenheit gelassen, es mir zurückzugeben.

Ein kleiner Teil von mir wünscht sich, dass sie es behält.

Was um alles in der Welt passiert mit mir?

Ich möchte sie bitten, sich mit mir auf den Heimweg zu machen, aber Nicolas' Blick verschließt mir den Mund. Kann er nicht mal für eine Minute woanders hingehen? Er ist ständig in ihrer Nähe, an ihrer Seite und folgt ihr, wohin sie auch geht.

Meine Schüchternheit ist stärker. Ich räuspere mich und gebe auf.

»Schönen Abend.«

Lilas schenkt mir ein kleines Lächeln, das Schmetterlinge in meinem Herzen erweckt. Ich bin mir nicht sicher, was das bedeutet … aber eines ist sicher: Es verheißt nichts Gutes.

Ich habe noch so viel Zeit vor meinem Termin, dass ich die Gelegenheit nutze und zu Hause vorbeifahre. Sang-joon ist nicht da, was selten genug vorkommt. Auf einem Post-it am Kühlschrank teilt er mir mit, dass er bei seiner Freundin schläft. Ich wusste nicht einmal, dass er eine hat. Genau genommen weiß ich gar nichts über ihn. Er kann schon von Glück sagen, dass ich mich überhaupt an seinen Namen erinnere.

Ich dusche ausgiebig, rasiere mich und ziehe ein weißes T-Shirt an, das ich in meine schwarze Hose stecke. Anschließend schreibe ich ein paar Zeilen in mein Tagebuch, weil ich morgens keine Zeit dazu hatte, und mache mich wieder auf den Weg.

Ich bin schon lange nicht mehr selbst Auto gefahren. Zwar schäme ich mich ein bisschen dafür, aber ich genieße das Busfahren mittlerweile. Es ist die einzige Gelegenheit, wo ich Lilas außerhalb des Büros sehen kann, – fünfzehn Minuten reines Glück, die mich automatisch fröhlich machen.

Gerade als ich ins Auto steigen will, erreicht mich eine E-Mail. Ich hätte sie mir gar nicht angesehen, wenn ich den Absender nicht sofort erkannt hätte. Mit zitternden Fingern öffne ich die Mail.

Meine Nachforschungen zu Fleur waren bisher nicht sonderlich erfolgreich. Vor vier Tagen jedoch fand ich auf einer Ehemaligen-Seite eine frühere Klassenkameradin. Ich erinnere mich an ihren Namen, weil sie die Zweitbeste in unserer Klasse war; dafür hasste sie mich damals. Ich schrieb ihr eine E-Mail und fragte sie, ob sie noch Kontakt zu einer gewissen Fleur hätte.

Nachdem einige Zeit verstrichen war, war ich schon davon ausgegangen, dass sie mir nie antworten würde.

Lieber Aaron,
ich muss zugeben, dass mich deine Mail sehr überrascht hat. Ich freue mich, von dir zu hören, und hoffe aufrichtig, dass es dir gut geht.
Natürlich erinnere ich mich an dich! Ebenso wie an Fleur, die dir immer wie ein treuer Schatten gefolgt ist. Allerdings weiß ich leider nicht mehr, wie ihr Nachname lautet. Tut mir unendlich leid ... Ehrlich gesagt, standen wir uns nie besonders nah. Nachdem du weg warst, hat sie sich sehr zurückgezogen. Wir waren zwar auf der gleichen Schule, aber ich habe sie so gut wie nie mehr gesehen. Ich nehme an, sie wollte auf Abstand gehen ...
Ihre Eltern leben immer noch hier, aber soweit ich weiß, wohnt sie jetzt in Paris. Es tut mir leid, dass ich dir nicht viel mehr weiterhelfen kann. Viel Glück bei deinen Nachforschungen!

Ich kann kaum atmen. Ich lese den Brief mehrfach und balle die Fäuste, um meine Hände am Zittern zu hindern. Von jemand anderem etwas über Fleur zu lesen, macht sie noch realer. Immerhin bin ich mir jetzt sicher, dass sie keine Ausgeburt meiner Fantasie ist. Meine Eltern weigern sich zwar, über sie zu sprechen, aber sie hat auf jeden Fall existiert.

»Sie ist dir wie ein treuer Schatten gefolgt.« Ich muss lächeln. Das passt genau zu den wenigen Erinnerungen, die ich habe. Der Rest der Mail macht mich jedoch traurig.

Warum hätte sie sich von all den Menschen distanzieren wollen, die sie auf Schritt und Tritt verehrt haben? Ich kann nicht umhin, mich zu fragen, ob sie vielleicht wirklich über meinen Umzug betrübt war. Schließlich haben wir uns, obwohl wir noch Kinder waren, gegenseitig Versprechen gegeben.

Vergeblich grabe ich in den Tiefen meiner Erinnerung. Zwar verstehe ich, dass meine Eltern in die Nähe von Paris ziehen wollten, aber warum sind Fleur und ich nicht in Kontakt geblieben, obwohl wir uns so nahestanden?

Eine Nachricht von Yves unterbricht mich in meinen Gedanken. Er will wissen, ob ich bereits unterwegs bin. Grummelnd antworte ich mit Ja. Jetzt allerdings bin ich spät dran.

Wie betäubt lasse ich den Wagen an. Wenn Fleur in Paris lebt, dann ist sie mir näher, als ich dachte. Ich frage mich, was aus ihr geworden ist. Wahrscheinlich keine Piratin, wie sie es sich so sehr gewünscht hat.

Ich halte an einer roten Ampel. Die Straßen von Paris sind voll mit jungen Leuten, die unterwegs sind, um feiern zu gehen. Die Ampel wird grün, ich will gerade das Gaspedal treten, als ich plötzlich verunsichert bin. Muss ich geradeaus, links oder rechts fahren?

Ich weiß es einfach nicht mehr. Dabei kenne ich diesen Weg in- und auswendig, aus gutem Grund: Ich fahre diese Strecke zweimal im Monat, wenn nicht sogar öfter. Angestrengt denke ich nach und entschuldige mich per Handzeichen beim nachfolgenden Fahrzeug, dessen Fahrer ungeduldig wird.

Wo war es noch einmal? Langsam fahre ich ein Stück vorwärts, um Zeit zu gewinnen, aber mein Kopf ist völlig leer, und schnell packt mich die Panik an der Kehle. Ich beschließe, geradeaus zu fahren, in der Hoffnung, mich dabei wieder an den Weg zu erinnern.

Aber es klappt nicht.

Ich fahre weiter, ohne zu wissen, wohin. Die Straßen sehen alle gleich aus, mein Herz rast, und der Kragen meines T-Shirts scheint mir das Atmen schwer zu machen.

Ich nutze eine weitere rote Ampel, um mein Navi einzuschalten, aber als ich die Adresse eintippen will, presse ich die Augen zusammen.

Wo muss ich noch einmal hin?

»Mist!«

Ich versuche, mich zu beruhigen, aber es ist unmöglich. Weder bin ich in der Lage, mich zu erinnern, wo ich hinwill, noch, wie ich dort hinkomme oder wo ich überhaupt bin. Ich halte mich mit beiden Händen am Lenkrad fest und spüre, wie die Seitenwände des Autos immer näher kommen und mich einschließen. Mein stoßweiser Atem klingt hinter meinen Schläfen wie eine Trommel. Ich zwinge mich, die Augen zu schließen, um mich zu entspannen. Jetzt ist wirklich nicht die richtige Zeit für eine Panikattacke. Lautes Hupen bringt mich zurück auf den Boden der Tatsachen.

Die Ampel ist längst grün; keine Ahnung, seit wann schon.

Der Fahrer hinter mir verliert die Geduld und ruft mir etwas zu. Ich verstehe ihn nicht. Passanten starren mich an. Plötzlich ist mir alles zu viel. Ich bin nicht mehr in der Lage, mich zu rühren.

Wo soll ich hin?

Ich lege meine Stirn auf das Lenkrad und bete darum, unsichtbar zu werden und festzustellen, dass alles nur ein Traum war. Es dauert nicht lange, bis jemand heftig an mein Fenster klopft.

»Fahren Sie jetzt endlich, oder was?«, motzt mich ein Mann in den Vierzigern voll an.

Ich will mich entschuldigen, aber angesichts seines Ärgers und seiner Lautstärke erstarre ich zur Salzsäule. Ich kann ihm nicht einmal direkt in die Augen sehen. Mit gesenktem Kopf stottere ich etwas Unverständliches.

Er schaut mich angewidert an und flucht dann vor sich hin. »Ein Verrückter.«

Das ist zu viel. Ich ringe nach Luft, lege eine Hand an meinen Hals – ich habe das Gefühl zu ersticken – und löse den Sicherheitsgurt. Dreimal muss ich es versuchen, was mir Tränen in die Augen treibt.

Verrückt, verrückt, verrückt, verrückt. Ja, ich werde wohl verrückt.

Ich öffne meine Tür, ignoriere die Menschen und Autos um mich herum und bewege mich so weit vorwärts, bis ich mich irgendwo hinkauern und mir mit den Händen die Ohren zuhalten kann.

Ich habe mich verirrt. Taub für das Getöse um mich herum presse ich meine Augenlider fest zusammen.

Ein stechender Schmerz fährt mir durch den Kopf, und geheime Bilder, gleichzeitig unbekannt und vertraut, treffen mich mit voller Wucht.

Der Wald. Ein unerträgliches Gefühl von Angst. Ich weine. Ich rufe um Hilfe, aber niemand hört mich. Niemand kommt, um mich zu retten, nicht einmal mein Schutzengel. Ich bin allein, ganz allein.

Ich drücke die Hände noch fester auf meine Ohren, als plötzlich ein Gesicht in meinen Erinnerungen auftaucht. Das lächelnde Gesicht von Fleur ... Dasselbe wie in meinen Träumen. Sie nimmt mir die Brille ab und legt ihre Finger auf meine Augen, die sie so sehr mag.

»Aaron«, sagt sie, und der Klang ihrer Stimme ist so schön, dass ich erleichtert seufze. Ich weine, ohne zu wissen, warum. Ich freue mich einfach, sie zu sehen. Ich möchte sie fragen, wo sie gewesen ist, ihr sagen, wie sehr ich sie vermisst habe, sie bitten, mich nie wieder zu verlassen.

Sie wiederholt meinen Namen immer und immer wieder. Ihre Finger auf meinen Schläfen fühlen sich so gut an, aber ihr Gesicht verschwindet allmählich.

Nein. Nein, nein, nein. Bleib. Bitte bleib.

Ich möchte nicht wieder allein sein. Noch nicht.

Ich weine mir die Augen aus dem Kopf.

»Aaron.«

Ihre Gesichtszüge verschwimmen, obwohl ich mich anstrenge, sie nicht entgleiten zu lassen. Doch genau wie in meinem Traum verschwindet sie schließlich.

»Aaron, mach die Augen auf!«

Ich gehorche, und das Gesicht taucht wieder auf. Nur dass es nicht Fleur ist ... sondern Lilas.

Lilas, mein Kompass in dieser dunklen Welt.

»Aaron?«

Ihre Stimme verrät ihre Beunruhigung. Sie hat die Hände an meine Wangen gelegt, kniet direkt neben mir auf dem Boden, und Tränen fließen über ihr Gesicht, als wäre sie mein direktes Spiegelbild.

Ich möchte ihr sagen, dass sie nicht weinen soll, aber ich habe kaum meinen Mund geöffnet, als die Welt um mich herum plötzlich schwarz wird.

Folge 21

Huckepackritt

Kim Kyung Hee – *And I'm Here*

Lilas

Ich bin hoffnungslos in Aaron Choi verliebt.

Das ist keine Überraschung. Ich frage mich, ob ich jemals damit aufgehört habe. Das Schlimmste daran ist, dass er meine Gefühle erwidert.

Zumindest glaube ich das. Ich weiß es nicht. Vielleicht?

Es gibt Augenblicke, da bin ich vom Gegenteil überzeugt; immer dann, wenn meine Unsicherheit wieder auftaucht und ich mich frage, ob es nicht schier unmöglich ist, dass er mich so liebt, wie ich heute bin. Meistens glaube ich das.

Aber dann kommt Aaron und tut etwas, das mich wieder zweifeln lässt. Seine Blicke sind anders. Auch sein Lächeln. Ich traue mich nicht, den Mädchen davon zu erzählen, aus dem einfachen Grund, weil ich ihre Antwort bereits kenne:

Ich werde endlich ehrlich sein müssen.

Tatsächlich mache ich mir große Sorgen, dass seine Nachforschungen eines Tages erfolgreich sein werden. Irgendwann wird er mich finden, das weiß ich. Und außerdem kann ich ihn nicht ewig anlügen. Also werde ich ihm die Wahrheit sagen müssen, und zwar bald.

Nur bin ich rein körperlich nicht dazu in der Lage. Geradezu ironisch, ich weiß, aber ich habe Angst, ihn zu verlieren.

»Oh, hallo, Lilas.«

Erschrocken zucke ich zusammen. Yves tritt mit dem Telefon in der Hand in den Eingang des Open-Space-Büros. Ich stehe auf und begrüße ihn.

»Guten Abend, Yves! Ich wollte gerade gehen. Brauchen Sie noch etwas?«

Er wirkt nervös. Ich kann ihm sein Zögern am Gesicht ablesen. Schließlich seufzt er und fragt mich, ob ich etwas von Aaron gehört hätte. Mein Herz hüpft in meiner Brust.

»Ich habe ihn vor etwa anderthalb Stunden fortgehen sehen. Soviel ich weiß, hatte er einen Termin.«

»Ja, das ist mir bekannt. Aber Philippe hat angerufen und gesagt, dass Aaron nicht zu dem Termin erschienen ist …«

Ich runzle die Stirn.

»Das sieht ihm gar nicht ähnlich.«

»Richtig. Ich habe ihn mehrmals angerufen, aber er geht nicht an sein Telefon. Das beunruhigt mich ein wenig.«

Mich allerdings auch. Sofort versuche ich ebenfalls, ihn zu erreichen, lande aber jedes Mal auf der Mailbox. Aaron kommt nie zu spät. Wenn etwas Unerwartetes passiert, ruft er an und sagt Bescheid. Und er geht an sein Telefon. Das hier ist nicht normal. Ich bekomme es mit der Angst zu tun, was Yves sofort bemerkt.

»Sicher ist es nichts Ernstes«, beruhigt er mich.

»Könnten Sie mir die Adresse nennen, zu der er fahren wollte?«

Zehn Minuten später sitze ich in einem Taxi.

Ich gebe die Adresse in der Nähe der Butte Bergeyre an, die Yves mir gegeben hat. Meine Reaktion ist vielleicht unverhältnismäßig, aber ich habe ein ungutes Gefühl. Ich muss an seine

Panikattacke beim Teamwochenende zurückdenken, und mein Hals schnürt sich zu.

Was, wenn ihm etwas passiert ist?

Ich halte meine Augen offen und suche die Straße ab, ohne zu wissen, warum. Ist er mit dem Bus oder einem Taxi gefahren? Plötzlich hält das Taxi.

»Was ist los?«, will ich wissen.

Normalerweise ist die Gegend ziemlich ruhig. Vor uns jedoch verharren mehrere Fahrzeuge auf der Straße.

»Keine Ahnung. Sieht nach einem Stau aus. Vielleicht gibt's ein Hindernis«, meint der Fahrer.

Ich löse meinen Gurt und bemühe mich, etwas zu entdecken. Umsonst. Es wird gehupt, manche versuchen zu wenden oder über den Bürgersteig zu fahren.

Durch die geöffnete Tür spreche ich einen Mann an, der gerade wieder in sein Auto steigen will und verärgert vor sich hin flucht.

»Entschuldigung, können Sie mir sagen, was da vorne los ist?«

»Irgendein Arschloch hat sein Auto an einer roten Ampel stehen lassen und weigert sich weiterzufahren! Jemand hat die Polizei gerufen, es sollte also nicht mehr allzu lang dauern.«

Ich fühle, wie ich blass werde, und mir laufen Schauder über den Rücken. Mehr brauche ich nicht zu wissen. Ich steige aus dem Taxi, entschuldige mich beim Fahrer und renne zum vorderen Ende des Staus.

Mein Herz pocht schmerzhaft. Keine Ahnung, warum, aber ich bin sicher, dass es Aaron ist. Ich renne so schnell ich kann. Der Wind peitscht meine Wangen. Plötzlich fühle ich mich um sechzehn Jahre zurückversetzt – unfähig, ihn zu retten, unfähig, ihm zu Hilfe zu kommen.

Aber dieses Mal bin ich da. Dieses Mal kann ich ihn retten.

Meine Hände zittern immer noch, als ich endlich das fragliche Auto sehe. Die Tür auf der Fahrerseite ist weit geöffnet. Ein Mann steht daneben und telefoniert, er wirkt gleichgültig.

»Können Sie sich bitte beeilen? Seit zwanzig Minuten blockiert er hier den gesamten Verkehr! Ich möchte allmählich nach Hause.«

Ich gehe noch zwei Schritte ... und sehe ihn. Er kniet auf dem Asphalt und hält sich die Ohren zu. Mein Herz fällt mir wie ein Stein vor die Füße.

»Mensch, Aaron«, flüstere ich, ehe ich zu ihm eile.

Ich bleibe vor ihm stehen; eine Frau versucht, ihm zu helfen, aber er verharrt bewegungslos. Seine Augen sind fest geschlossen.

»Kennen Sie ihn?«, erkundigt sich der Mann und mustert mich von Kopf bis Fuß.

»Ja, entschuldigen Sie ... Ich kümmere mich um ihn.«

»Die Polizei ist auf dem Weg«, verkündet er schroff.

Ich hocke mich vor Aaron, obwohl ich fürchte, ihn zu verschrecken, und spreche ihn an. Er antwortet nicht. Tränen rinnen ihm über die Wangen. Er verhält sich, als wäre ich nicht da. Ohne es zu wollen, breche ich unter den Blicken all dieser Fremden hilflos in Tränen aus.

Ich habe keine Ahnung, wie ich ihm helfen könnte. Was geht so Schreckliches in seinem Kopf vor?

»Aaron.«

Ich lege meine Hände auf sein Gesicht und versuche, seine Aufmerksamkeit zu erregen. Er zittert wie Espenlaub. Seine Schläfen sind schweißnass.

»Aaron, mach die Augen auf!«

Ich streichle seine Wangen mit meinen Daumen und weine heftiger. Immer wieder spreche ich ihn an, denn ich weiß wirklich nicht, was ich sonst tun könnte. Als ich schon kaum mehr an eine Reaktion von ihm glaube, hebt er endlich die Augenlider.

Seine Augen sind so glasig, dass ich mir nicht sicher bin, ob er mich wirklich sieht. Er öffnet die Lippen und fällt dann wie ein Sack in sich zusammen. Ich fange ihn so gut es geht auf, bette ihn an meine Brust und schütze seinen Kopf mit meinen Händen.

»Ist er ohnmächtig?«, fragt die Dame neben mir.

Ich nicke. Sein Gesicht liegt in meiner Halsbeuge. Seine Haut fühlt sich feucht und sehr heiß an. Es geht ihm eindeutig nicht gut.

Meine Gedanken überschlagen sich. Ich will unbedingt eine Lösung finden, bevor die Polizei eintrifft.

»Sollen wir Ihnen helfen, ihn ins Auto zu setzen? Sie könnten den Wagen dann wegfahren.«

»Ich habe keinen Führerschein«, gestehe ich.

»Diese jungen Leute«, meckert der Mann und wendet sich mit verschränkten Armen ab. »Von nichts eine Ahnung.«

Unnötig zu erwähnen, dass ich nicht in der Stimmung für eine passende Antwort bin. Ich bitte die Dame, mir behilflich zu sein, Aaron ins Auto zu setzen und es zur Seite zu fahren, damit die Straße frei wird. Sie macht es. Niemand sonst lässt sich dazu herab, uns zu helfen.

Sie fährt den Wagen von der Straße, was mit sarkastischem Applaus quittiert wird. Ich achte nicht auf die Leute. Aarons Kopf ruht bequem in meinem Schoß. Seine Stirn ist immer noch heiß.

»Vielen Dank für Ihre Hilfe.«

»Wird es gehen?«, fragt sie mich, nachdem sie das Auto vor einem Supermarkt geparkt hat.

Ich kann sie beruhigen, und sie lässt uns allein. Aaron macht nicht den Eindruck, bald wieder aufwachen zu wollen. Mit einer Nachricht informiere ich Yves, dass Aaron bei mir ist, und rufe Nicolas an, um ihn zu fragen, ob er seine Adresse kennt.

Er neckt mich mit zweideutigen Anspielungen, aber ich mache ihm klar, dass dies nicht der richtige Zeitpunkt ist. Aaron wohnt nicht allzu weit entfernt. Ungefähr zehn Minuten zu Fuß. Ich will ein Taxi bestellen, aber meine Karte wird mangels ausreichender Deckung abgelehnt.

»Das ist doch wohl ein Witz …«

Und so laufe ich schließlich mit einem verschlafenen, halb ohnmächtigen Aaron im Schlepptau zu seiner Wohnung. Sein Gewicht erdrückt mich fast, dabei habe ich eigentlich viel Kraft in den Armen. Zu Hause nennen die Mädchen mich Shrek – ich bin die Einzige, die die Deckel von Gläsern öffnen kann, wofür ich hoch gelobt werde.

Obwohl Aaron sehr schlank ist, muss ich mehrmals stehen bleiben, um eine Pause zu machen. Mein Rücken ist nur noch Mus.

Die Situation erinnert mich an das Drama *Strong Girl Do Bong-soon*, insbesondere an die berühmte Szene, in der die Heldin zwei völlig betrunkene Männer, die ihr beide gefallen, auf ihren Schultern trägt. Der einzige Unterschied ist, dass sie über übermenschliche Kräfte verfügt.

Ich leider nicht.

Endlich erreiche ich das Haus. Ich bin fix und fertig.

»Min-hyuck?«

Überrascht drehe ich mich um. Ein asiatisch aussehender Mann mit sehr kurzem Haar starrt mich misstrauisch an. Ich erkläre ihm auf Englisch, dass ich kein Koreanisch spreche.

Schließlich fragt er mich in gebrochenem Französisch: »Haben Sie ihn getötet?«

»Aber nein.«

»Ich niemand verurteile«, beruhigt er mich und hebt die

Hände. Seine R's klingen wie L's. »Ich den Mann kennen; verdammt langweilig. Aber trotzdem … ihn töten?«

Ich frage ihn, wer er ist, und er sagt: »*Roommate*«. Oh. Aaron lebt in einer WG – das wusste ich nicht. Ich erkläre dem Asiaten, dass Aaron ohnmächtig geworden ist.

»Sein Auto steht ein paar Blocks entfernt.«

Schließlich hilft er mir, Aaron in den zweiten Stock zu tragen. Als wir ihn durch die Wohnungstür bugsieren, öffnet er allmählich die Augen. Ich spreche ihn mit seinem Namen an, aber er scheint noch immer nicht ganz bei Sinnen zu sein.

»Du hast mich wiedergefunden«, murmelt er.

Ich habe keine Zeit für eine Antwort. Wieder rollen Tränen über seine Wangen. Als er sich dessen bewusst wird, verzieht er verlegen das Gesicht. Er hat es immer gehasst, vor Leuten zu weinen. Früher hatte ich dafür eine Lösung.

»Wo ist das Bad?«, frage ich den Mitbewohner.

Er zeigt auf die Tür am Ende des Flurs und bleibt im Wohnzimmer zurück, während ich Aaron in den fraglichen Raum bringe. Sein Arm ruht immer noch auf meinen Schultern.

Ich mache das Licht an und drehe den Duschhahn auf.

»Rein mit dir«, sage ich.

»Mir geht es gut.«

»Du bist total verschwitzt«, insistiere ich und streiche mit der Hand über seinen nassen Hals. »Also geh bitte da rein.«

Er gehorcht. Ich ziehe ihm die Schuhe aus, und er stellt sich vollständig bekleidet unter den Strahl. Das Wasser schießt auf ihn herab und durchnässt sein braunes Haar. Tropfen perlen über sein Kinn und machen sein weißes T-Shirt völlig durchsichtig.

Ich stelle mich so nah vor ihn, dass meine Beine fast die seinen berühren. Der Dampf lässt meine Haare sich an den Schläfen kräuseln.

»Nur zu.«

Er öffnet seine Augen gerade weit genug, um mich zu erkennen. Dabei lehnt er sich an die Wand.

»Was?«

»Jetzt kannst du weinen. Niemand weiß, ob es Tränen sind oder einfach nur Duschwasser.«

Sein Gesichtsausdruck verändert sich. Er wirkt hellwach. Sein Blick ist stechend und scheint mich zu sondieren. Einen Moment lang sagt er nichts. Seine Tränen vermischen sich mit dem Wasserstrahl. Schließlich greift er nach meinem Handgelenk und zieht mich sanft an sich.

Mein Herz setzt aus. Sein Gesicht ist so nah, dass sich unsere Nasen berühren. Kaum bemerke ich das Wasser, das auf mein Haar niederprasselt und in meine Bluse sickert.

Ich warte darauf, dass er etwas sagt, aber er sieht mich nur an. Seine Augen erkunden jedes Detail meines Gesichts, und seine Finger prägen sie sich ein, ehe sie auf meinen Lippen anhalten. Mein Verlangen ist so stark, dass es schmerzt.

Ich weiß, der Zeitpunkt ist nicht besonders gut gewählt, und doch …

Seine Hände umfassen zärtlich mein Gesicht. Automatisch schließe ich die Augen. Seine Lippen sind nur eine Haaresbreite von meinen entfernt. Er verharrt einen Moment in dieser Spannung, ehe er mich endlich küsst.

Jeder Quadratzentimeter meiner Haut erglüht bei dem Kontakt. Seine Lippen berühren meinen Mund ganz sanft, fast mit einer gewissen Zurückhaltung. Es ist süß, zärtlich und magisch. Als ob unsere Lippen dafür geschaffen wären, perfekt zusammenzupassen. *Ich küsse Aaron Choi, verdammt noch mal.*

Automatisch öffne ich die Lippen, denn ich sehne mich nach mehr, aber er zieht sich mit vor Verlangen geweiteten Pupillen zurück. Seine Daumen liebkosen meine Wangen. Ich lege meine Hände auf seine Handgelenke und bin unfähig, mich der Intensität seines Blicks zu entziehen.

»Du siehst ihr so ähnlich«, flüstert er plötzlich. Bei den letzten Silben bricht seine Stimme.

… und in diesem Moment verstehe ich meinen Fehler.

Ich bin nicht die Person, die er küssen wollte.

Ich weiß nicht, ob ich es je sein werde.

Staffel 2

Folge 1

Amnesie

Soyou & Brother Su – *You Don't Know Me*

Lilas

Tränen rollen über meine Wangen, ohne dass ich sie aufhalten könnte. Ich kann den Moment, als Aaron sie erkennt, geradezu sehen. Seine Gesichtszüge sind von Schmerz und Unruhe verzerrt. »Lilas?«

Ich lächle durch die Tränen, die meine Sicht beeinträchtigen, und hoffe, sie sehen wie Duschwasser aus. Um Fragen zu vermeiden, drehe ich mich um und verlasse die Kabine. Ich bin klatschnass. Mit zugeschnürter Kehle nehme ich mir ein Handtuch und wringe meine Kleidung aus, um den Boden nicht zu überschwemmen. Aaron wirkt immer noch völlig fertig. Ich helfe ihm aus der Dusche und ins Bett, nachdem sein Mitbewohner ihm einen Schlafanzug gebracht hat.

Die Zeit für mich allein nutze ich, um mir das Gesicht abzukühlen und zur Besinnung zu kommen. Das Ende dieses Tages hat mir alle Energie entzogen. Ich wünschte, ich könnte Aaron helfen, aber ich bin dazu nicht in der Lage. Ich würde ihn gerne lieben, aber ich darf nicht.

Ich habe mich geirrt. Er hat Fleur nicht vergessen. Im Gegenteil. Sie erfüllt seinen Geist und seine Erinnerungen so sehr, dass Lilas ihr nicht gewachsen ist.

Ich verstehe es nicht. Hat er Fleur verziehen, was damals geschehen ist? Ich dachte, er wollte nie wieder etwas von ihr hören … weshalb es mir eine gute Idee zu sein schien, als Lilas in Erscheinung zu treten.

Ich hatte Angst, dass er mich hassen würde.

Ich verlasse das Bad und komme im Flur an einer halb geöffneten Tür nicht vorbei. Es überrascht mich noch immer, dass ausgerechnet Aaron, der die Gesellschaft anderer nicht gut erträgt, mit einem Mitbewohner zusammenlebt. Dieser kurzhaarige Mann könnte mit ihm verwandt sein.

Ich will die Tür gerade schließen, als etwas meine Aufmerksamkeit erregt. In der Mitte des Raums steht ein Schreibtisch, hinter dem ein Familienfoto an der Wand hängt. Darauf erkenne ich Aarons Eltern und muss lächeln. Das hier ist also die Drachenhöhle …

Ich bin so neugierig, dass ich die Tür ganz öffne, eintrete und das Licht einschalte. Ich schaue mich um. Mein Lächeln erlischt, während ich jeden Gegenstand und jeden Quadratmeter der Wand betrachte. Langsam presse ich eine Hand auf den Mund, um ein schockiertes Stöhnen zu unterdrücken.

Der gesamte Raum ist mit farbigen Post-it-Zetteln bedeckt. Sie kleben an den Wänden, auf Aarons Schreibtisch, an den Ecken seines Computerbildschirms, aber auch auf seinen zahlreichen Heften. Sie sind absolut überall. Mein Herz rast, als ich nach dem Zufallsprinzip einige von ihnen lese. Die ersten erscheinen noch harmlos, doch nach und nach wird die Liste beunruhigend.

Geburtsdatum: 010796.
Termin 20:00 Uhr Philippe.
Mitbewohner: Sang-joon. Sohn von Hye-jin.
Kollegen: Yves, Nicolas, Emma, Julien, Maxime, Natasha.

Daneben wurde mein Name in kleinerer Schrift hinzugefügt.

Wilfred (Fisch) füttern.

Es geht immer weiter und weiter. Einige Notizen sind weniger wichtig, sondern lediglich ganz normale Erinnerungen. Andere hingegen machen mir Angst. Teile eines Puzzles fügen sich vor meinen Augen zusammen. Tief in meinem Inneren war mir eigentlich längst klar, was hier los ist, meine Verleugnungshaltung hat mich jedoch gezwungen, die Vorstellung zu verdrängen.

Ein schwarzes Ledertagebuch liegt offen neben Aarons Computer. Die Seite für den heutigen Tag ist aufgeschlagen. Ich hätte nie absichtlich hineingeschaut, wenn ich nicht zufällig meinen Namen gesehen hätte. Zweifel sind jetzt nicht mehr möglich.

Vergiss Fleur nicht. Fleur ist deine erste Liebe. Fleur ist dein Schutzengel. Du verdankst ihr dein Leben. Vergiss alles, was du willst ... aber bitte nicht sie.

Mein Herz zersplittert in tausend Stücke. Entsetzt nehme ich das Notizbuch in meine zitternden Hände und blättere die vorhergehenden Seiten durch. Jeden Tag ist es dasselbe. Aus Anstand lese ich nicht alles, sondern suche nur nach meinem – meinen – Vornamen.

Fleur ist auf jeder Seite präsent. Das, was Aaron dazu schreibt, ändert sich nicht.

Vergiss Fleur nicht. Vergiss Fleur nicht. Vergiss Fleur nicht. Vergiss Fleur nicht. Vergiss Fleur nicht. Vergiss Fleur nicht. Vergiss Fleur nicht. Vergiss Fleur nicht. Vergiss Fleur nicht. Vergiss Fleur nicht. Vergiss Fleur nicht.

Vor Schreck über die Entdeckung kann ich kaum atmen ... Jetzt verstehe ich alles.

»Oh mein Gott«, stoße ich hervor.

Er hasst Fleur nicht … einfach deshalb, weil er sich nicht erinnert, was sie ihm angetan hat. Ich habe seine Vergesslichkeit immer auf die leichte Schulter genommen. Ich dachte, er wäre nur mit den Gedanken woanders, aber da habe ich mich gründlich geirrt. Die Sache ist viel ernster.

Sein Gedächtnis lässt ihn im Stich. Und zwar so sehr, dass er sein eigenes Geburtsdatum auf ein Post-it schreiben muss.

Heute Abend hat er wahrscheinlich unterwegs vergessen, wohin er wollte, und das hat die Panikattacke verursacht.

Ich will das Tagebuch gerade wieder an seinen Platz legen, als mir erneut mein Vorname ins Auge fällt … aber diesmal ist es Lilas. Mein Herz setzt kurz aus.

Ich bin mir nicht sicher, ob es etwas ist, woran ich mich erinnern möchte … aber heute hat mich Lilas angelächelt und mir damit ein merkwürdiges Gefühl in der Magengrube beschert. Ich habe den ganzen Tag darauf gehofft, dass sie es noch einmal tun würde.

Jetzt bekomme ich wirklich keine Luft mehr. Die Tränen drängen so stark, dass ich fast daran ersticke. Innerlich zerrissen lege ich das Tagebuch beiseite und lege mein Gesicht in die Hände. Ich weiß nicht, was ich von alledem halten soll. Geschweige denn, was ich tun soll.

Nie wieder hätte ich in sein Leben treten dürfen. Ich hätte nie lügen dürfen. Es ist alles meine Schuld. *Schon wieder.*

»*Are you Fleur?*«

Erschrocken zucke ich zusammen und drehe mich so schnell um, dass mir schwindlig wird. Aarons Mitbewohner lehnt mit der Schulter am Türrahmen und runzelt angesichts meiner unangemessenen Reaktion die Stirn.

»*W…what?*«, stottere ich.

Er zuckt lässig die Schultern.

»*He speaks in his sleep.*«

Dann scheint er also von Fleur zu träumen. Ich senke den Blick und wische meine Tränen ab. Meine Worte zerreißen mir fast den Mund, aber sie sind wahrer, als ich dachte.

»*No. I'm not Fleur.*«

»*Okay … so, who the hell are you?*«

»*No one of importance. I'll go now.*«

Ich sammle meine Sachen ein, die ich zuvor auf den Wohnzimmerboden hatte fallen lassen, und bitte ihn, einen Arzt zu rufen. Er nickt gleichgültig. Ich hake noch einmal nach, weil ich befürchte, dass er es sonst nicht macht. Wenn Aaron meine Hilfe ablehnt, akzeptiert er vielleicht die seines Freundes.

»*I will. Oh, and I'll tell Min-hyuck-ah to call you when he wakes up. My name is Sang-joon, by the way.*«

Min-hyuck. Ich will ihn gerade fragen, von wem er spricht, als ich begreife. Es handelt sich vermutlich um Aarons koreanischen Namen. Ich lächle unbeholfen.

»*No need.*«

Während der Fahrt nach Hause weine ich stumm auf dem Rücksitz des Taxis. Wieso habe ich nichts bemerkt? Wenn ich jetzt darüber nachdenke, ist es ziemlich offensichtlich.

Der Abend, an dem er die Prototypen verloren hat, oder als ich ihn gefragt habe, wann sein Geburtstag ist und er mir nicht antworten konnte, und all die Male, die ich seine wiederholte Vergesslichkeit als unwichtiges Persönlichkeitsmerkmal abgetan habe.

Er führt ein Tagebuch, um sich an das zu erinnern, was in seinem Leben passiert. Dieser einfache Gedanke bricht mir fast das Herz. Vermutlich erzählt er niemandem davon und behält es für sich.

Ach, Aaron … Was verbirgt er sonst noch? Wie ernst ist seine

Situation? Ist es eine mir unbekannte Form von Amnesie oder gar eine Geisteskrankheit, die sein Gehirn angreift?

Als ich zu Hause ankomme, ist Dana die Erste, die mein verheultes Gesicht bemerkt.

»Was ist passiert?«

Der Ton ihrer Stimme alarmiert Eleanor, die sich sofort zu mir umdreht. Ich bin so fertig, dass ich in Tränen ausbreche und nichts mehr sagen kann.

Meine Freundinnen eilen zu mir und schließen mich in die Arme. Alle drei lassen wir uns auf den Boden sinken und geben uns Tränen und tröstlichen Umarmungen hin.

Die Mädchen und ich reden die halbe Nacht hindurch. Ich gestehe ihnen alles – zumindest fast alles. Meine Beziehung zu Aaron, unsere Augenblicke der Zuneigung, seine Panikattacken, meine Gefühle für ihn … und schließlich seine Gedächtnisprobleme.

Sie begreifen sofort, dass die Sache sehr ernst und keineswegs zum Lachen ist. Die Last mit jemandem zu teilen tut mir gut, obwohl die beiden mir nicht helfen können.

»Dann hat er dich also geküsst, weil er dachte, du wärst Fleur? Du selbst in Lebensgröße.«

»Ja. Aber das weiß er nicht. Ich dachte wirklich, er fängt an, mich zu mögen. Mich als Person zu mögen, so, wie ich heute bin. Aber er interessiert sich nur für Lilas, weil sie ihn an Fleur erinnert.«

Wenn ich darüber nachdenke, ist die Situation wirklich surreal – eines K-Dramas würdig. Nur dass so etwas im wirklichen Leben viel weniger Spaß macht.

»Aber was spielt es für eine Rolle, wenn diese beiden Personen doch beide du sind?«, wundert sich Eleanor.

»Ich bin längst nicht mehr Fleur, Eleanor«, sage ich verärgert, was sie überrascht. »Zumindest nicht mehr die, an die er sich erinnert. Wie auch immer, das ist nicht einmal mein größtes Problem …«

»Seine Gedächtnislücken sind nicht dein Problem, Fleur«, meldet sich Dana zu Wort. »Es ist zugegebenermaßen traurig, und ich finde es absolut in Ordnung, dass es dich beunruhigt. Schließlich liebst du ihn. Aber du hast schon genug eigene Sorgen; du musst aufhören, dich ständig um die Probleme anderer Leute zu kümmern.«

Aber dagegen kann ich nichts tun. Ich bin wie ein Schwamm, so war ich schon immer. Und wenn es um Aaron geht, verstärken sich diese Gefühle noch. Mein Bedürfnis, ihn zu beschützen, überlagert alles andere.

»Findet ihr, ich sollte mit ihm darüber sprechen?«

»Wenn ich du wäre, würde ich warten, bis er von selbst kommt. Es ist ein heikles Thema«, meint Dana.

»Und wenn er mir nie genug vertraut, um es zur Sprache zu bringen?«

An diesem Punkt werden die Mädchen still. Ich bin todmüde und seufze. Mein Bauchgefühl rät mir zu flüchten. Aus seinem Leben zu verschwinden, damit er die Wahrheit nie erfährt. Aber leider kann ich mir das nicht leisten.

Die einzige Lösung ist, ihm endlich die Wahrheit zu gestehen.

Und mich damit abzufinden, dass er mich hasst. Mich damit abzufinden, dass er mich zurückweist. Mich damit abzufinden, dass er mir das Leben zur Hölle macht.

In dieser Nacht schlafe ich nicht viel. Ich denke nur an Aaron und hoffe, dass er ausnahmsweise einmal tief und frei von Albträumen schläft. Meine unruhigen Träume sind voller Erinnerungen an meine Kindheit – und zwar nicht unbedingt die angenehmsten.

Heute nehme ich einen späteren Bus als sonst, um ihm nicht zu begegnen. Ich habe keine Ahnung, wie ich mich nach allem, was gestern geschehen ist, verhalten soll. Nachdem er wieder zur Besinnung gekommen ist, bereut er es wahrscheinlich, mich geküsst zu haben.

Nicolas sieht meinen Gesichtsausdruck und scheint sofort zu verstehen, dass er mich an diesem Morgen besser nicht belästigen sollte. Er bietet mir einen Kaffee an, den ich annehme. Ich setze mich an meinen Schreibtisch.

»Ist Aaron schon da?«, frage ich ihn leise.

»Er kommt heute nicht.«

Ich blinzle verblüfft.

»Was?«

»Er hat eben angerufen, er nimmt sich einen Tag frei. Ich dachte zuerst, er scherzt – Aaron Choi nimmt nie einen Tag frei –, aber anscheinend ist er krank. Der Arzt meint, er solle im Bett bleiben. Yves fährt nachher bei ihm vorbei, um sich zu vergewissern, dass alles in Ordnung ist.«

Mit hängenden Schultern schlucke ich und bleibe eine Antwort schuldig. Er zieht es also vor, nicht zur Arbeit zu kommen. Eigentlich kann ich es verstehen. Er muss sich erholen. Und obwohl ich Angst hatte, ihn wiederzusehen, bin ich jetzt ein wenig enttäuscht. Egoistischerweise gehe ich davon aus, dass er mich meiden will.

Genau in diesem Augenblick erhalte ich eine Textnachricht von ihm. Als hätte er meine Gedanken gelesen. Mit wild pochendem Herzen öffne ich sie. Seine Nachricht ist kurz und knapp.

Ich bleibe heute zu Hause. Danke für gestern.

Schon gut. Geht es dir besser?

Noch ein bisschen benommen. Bitte sag den anderen nichts.

Den Kuss erwähnt er mit keiner Silbe. Er scheint sich nicht daran zu erinnern … oder er tut, als wäre nichts gewesen, um uns nicht in Verlegenheit zu bringen – was noch viel schlimmer wäre.

Aber vermutlich ist es besser so.

Versprochen.

Entschuldige bitte, Lilas. Es wird nicht wieder vorkommen.

Ich nehme an, er spricht von seinen wiederholten Panikattacken. Und doch fürchte ich unwillkürlich, dass er an etwas anderes denkt … Ich lächle traurig, denn es ist nicht das erste Mal, dass er nach einem Kuss in Panik gerät.

Als ich klein war, war ich noch fähig, mich nicht weiter darum zu kümmern.

Heute jedoch steht viel mehr auf dem Spiel.

8 Jahre

Heute wird Aaron acht Jahre alt. Es ist der 1. Juli.

Normalerweise lädt er mich an seinem Geburtstag zu sich nach Hause ein, um in seinem aufblasbaren Pool zu schwimmen und Schokoladenkuchen zu essen. Es sind immer nur wir beide. In diesem Jahr jedoch hat seine Mutter darauf bestanden, ihm eine richtige Geburtstagsparty zu organisieren.

Zu diesem Anlass hat sie einige seiner Klassenkameraden eingeladen. Ich komme mit meinem Supergeschenk in der Hand als Erste bei ihm an …

Und auch als Letzte.

Eine Stunde lang sitzen wir brav auf unseren Stühlen im Wohnzimmer, das mit bunten Papierkugeln dekoriert ist, und warten. Im Hintergrund dudelt fröhliche Musik, aber niemand hört hin. Aarons Eltern haben eine Menge Luftballons aufgeblasen, Gesellschaftsspiele geplant und »Happy Birthday, Aaron!« auf ein Banner geschrieben.

Aaron starrt ins Leere. Er sitzt mit einem spitzen roten Hütchen auf dem Kopf still wie eine Statue. Das Gummiband schneidet in sein zitterndes Kinn.

Ich bin nur ein Kind, aber ich habe längst begriffen, dass niemand mehr kommen wird. Aaron weiß es auch.

»Vielleicht stehen sie im Stau«, sage ich leise.

Sein leerer Blick trifft mich, und ich bekomme es mit der Angst zu tun. Er wirkt nicht überrascht, sondern lediglich sehr verlegen. Ohne mir zu antworten, richtet er sich auf, reißt sich seinen Hut vom Kopf und wirft ihn quer durch den Raum.

»Ich hatte es euch gesagt«, schreit er mit Tränen in den Augen seine Eltern an. »Ich wollte keine Party!«

Mit diesen Worten rennt er in den Garten. Sein Vater will ihm mit besorgter Miene folgen, aber Aarons Mutter hält ihn am Arm fest und flüstert ihm zu: »Er muss jetzt allein sein. Hilf mir lieber beim Aufräumen.«

Ich nutze die Gelegenheit, um mich ebenfalls hinauszuschleichen. Ich finde Aaron auf der Ostseite des Hauses. Sein Kopf lehnt auf seinen Armen, seine Schultern zittern.

»Geh weg«, sagt er und schnieft laut.

»Warum?«

»Ich hasse es, vor Leuten zu weinen. Verschwinde.«

Ich verstehe nicht, warum. Es ist albern. Ich weine ständig vor Leuten. Ein bisschen zu oft. Das ist doch keine Schande. Außerdem bin ich nicht »die Leute«!

Plötzlich fällt mein Blick auf den Schlauch, mit dem sein Vater die Johannisbeeren wässert. Ohne nachzudenken, greife ich danach und richte ihn auf Aaron. Er springt auf, schützt seinen Kopf und schreit, ich wäre wohl verrückt.

»Aufhören! Was soll das?«

»So kannst du weinen«, erkläre ich schulterzuckend. »Mit dem Wasser kann man es nicht sehen.«

Sein Ausdruck wird weicher, als er meine Idee versteht. Schließlich lässt er mich gewähren, und wir bleiben lange Zeit stumm. Mein Herz blutet mit seinem. Wenn niemand zu meiner Geburtstagsparty käme, wäre ich auch traurig.

Schließlich setze ich mich neben ihn auf den Boden, obwohl mein neues Kleid dabei ganz schmutzig wird, und lege meinen Kopf auf seine Schulter. Er erstarrt, zieht sich aber nicht zurück.

»Ich bin doch da, und das ist es, was zählt, oder?«

Er schweigt. Ich betrachte das als einen Sieg, denn Gott weiß, dass er mich ein Jahr zuvor sofort in die Wüste geschickt hätte.

Ich nehme seine kleine Hand in meine und lächle ihn strahlend an.

»Du bist mein bester Freund, Aaron. Ich werde immer zu deinen Geburtstagen kommen. Großes Indianerehrenwort.«

Wir sitzen einige Minuten still nebeneinander, bis er seine Schultern schließlich sinken lässt.

»Hast du Lust, heute Nacht hier zu schlafen?«, fragt er.

Natürlich sage ich Ja. Wir schauen Animationsfilme, essen Kuchen, und ich überreiche ihm mein Geschenk. Es ist das riesengroße Puzzle, das er sich gewünscht hat; auch wenn ich so etwas wirklich langweilig finde. Aaron und ich betteln darum, nachts im Garten schlafen zu dürfen, denn das ist fast wie Camping.

Seine Mutter meckert ein wenig, stellt aber trotzdem das Zelt für uns auf. Als es Zeit ist, ins Bett zu gehen, steckt sie uns in unsere Schlafsäcke, gibt uns jedem einen Gutenachtkuss und droht uns mit dem Finger.

»Und brav sein, okay? Ich lasse euch eine Taschenlampe da, und wenn es ein Problem gibt – wirklich nur, wenn es ein Problem gibt! –, dürft ihr reinkommen!«

Aarons Mutter hat zwar einen leichten Akzent, aber ich verstehe vollkommen, was sie sagen will. Auf *keinen Fall* das Zelt verlassen.

»Also, dann 잘 자*. Und Aaron, mach Fleur keine Angst.« Wir geben im Chor unser Versprechen, dann lässt sie uns schließlich in der Dunkelheit des Gartens allein. Aaron zieht die Decke auf seiner Seite hoch und versteckt seinen *Spider Man*-Pyjama so gut es geht. Er hat mir für die Nacht einen von seinen Schlafanzügen geliehen.

Trotz der Ermahnungen seiner Mutter erzählt er mir blut-

---

* Gute Nacht

rünstige Geschichten, die mich den Entschluss, draußen zu schlafen, schon bald bedauern lassen. Er jedoch scheint sich überhaupt nicht zu fürchten.

Nach der vierten Gespenstergeschichte halte ich es nicht mehr aus. Er hat es geschafft, mir die Angst meines Lebens einzujagen.

»Aaron?«

»Was ist?«, fragt er mit dem Mund voller blauer Bonbons.

»Ich muss mal.«

Er verzieht das Gesicht und setzt sich in den Schneidersitz. Sein Haar ist zerzaust, er hat die Brille abgenommen und sieht total süß aus.

»Hier, nimm die Taschenlampe und geh draußen pinkeln.«

Ich greife nach der Taschenlampe, bewege mich aber nicht. Ich soll draußen pinkeln? Sonst noch was?

»Ich kann das nicht hier im Garten machen, Aaron. Komm mit mir«, bettle ich und versuche, meine Angst zu verbergen.

Er errötet von Kopf bis Fuß.

»Ich werde dir doch nicht zusehen, während du pinkelst. Das ist ekelhaft!«

Jetzt ist es an mir zu erröten.

»Aber nein, du Depp! Komm mit ins Haus und warte vor der Tür auf mich. Bitte!«

Er denkt nach, seufzt schließlich und nimmt mir die Lampe aus der Hand.

»Gut, aber wir müssen sehr leise sein.«

Aaron gibt sich zwar unwirsch, lässt aber trotzdem zu, dass ich nach seiner Hand greife. Wir durchqueren den stockfinsteren Garten. Die Schatten der Blumen machen mir so große Angst, dass ich mich zwingen muss, nicht hinzuschauen. Ich habe vergessen, meine Schuhe anzuziehen.

Aaron öffnet das Erkerfenster und lässt mich zuerst hinein. Im Haus herrscht vollkommene Stille.

»Super«, flüstere ich grinsend. »Danach können wir sogar im Wohnzimmer fernsehen. Sie werden es nicht einmal merken.«

Auf Zehenspitzen schleichen wir die Treppe hinauf.

»Beeil dich«, flüstert Aaron und schaltet das Licht für mich an.

»Mach bitte die Tür nicht zu«, flehe ich ihn an und lasse sie leicht angelehnt.

»Ja, ja …«

Ich ziehe die Schlafanzughose herunter und achte darauf, dass Aaron mir immer den Rücken zukehrt.

»Du wartest doch auf mich, oder?«

»Ja doch«, knurrt er.

Ich beeile mich und will gerade die Toilettenspülung betätigen, als Aaron hastig die Tür aufstößt und mich daran hindert.

»Lass das, es macht zu viel Lärm.«

Ich nicke wie ein braver kleiner Soldat und schalte das Licht aus. Wir sind unentdeckt geblieben. Als wir aber wieder den Korridor im Obergeschoss entlanggehen, hören wir erstickte Geräusche. Wir erstarren. Zunächst glaube ich, dass Aarons Eltern uns gehört haben und von uns wissen wollen, was wir im Haus zu suchen hätten. Vorsichtshalber steckt Aaron seinen Kopf durch ihre halb geöffnete Tür. Ich tue es ihm nach, doch er stößt mich hastig weg.

»Komm«, flüstert er ganz blass.

Ich folge ihm die Treppe hinunter, und wir kehren wohlbehalten zu unserem Zelt zurück. Ich verstehe nicht, was ich da gerade gesehen habe. Mir fehlen die Worte dafür, aber ich habe das intuitive Gefühl, dass es mir peinlich sein sollte. Und das ist es auch. Mir ist unbehaglich zumute, und offensichtlich geht es dem plötzlich verstummten Aaron ebenso wie mir. Ich setze mich im Schneidersitz vor ihn hin und schaue ihn neugierig an.

»Aaron?«

»Was?«

»Was haben deine Eltern da gemacht?«

Er antwortet nicht sofort. Er rückt seine Bettdecke zurecht und streicht sie glatt, ehe er mir in die Augen schaut. Sein Gesichtsausdruck ist sehr ernst.

»Angeblich werden auf diese Weise Babys gemacht.«

Erschrocken reiße ich die Augen auf. Ich wusste nicht, wie Babys gemacht werden, und zwar aus dem einfachen Grund, dass ich nie daran gedacht habe, danach zu fragen.

»Bekommst du jetzt einen Bruder oder eine Schwester?«

Aaron runzelt die Stirn, als hätte er darüber noch nicht nachgedacht. Wenn es ausreicht, sich zu küssen und ein wenig Lärm zu machen, um ein Kind zu bekommen, werde ich von nun an besonders vorsichtig sein.

Schließlich schüttelt Aaron ernst und unerbittlich den Kopf.

»Ich glaube, es funktioniert nicht immer.«

»Hm. Das klingt für mich nicht sehr zuverlässig.«

Er seufzt und beugt sich vor, um mir etwas ins Ohr zu flüstern, als ob es verboten wäre, es laut auszusprechen. Als er sich schließlich wieder auf seine Fersen setzt, kullern mir fast die Augen aus dem Kopf. Aaron wartet auf meine Reaktion. Ich bin zu angewidert, um etwas zu sagen. Schließlich entscheide ich mich für ein angemessenes »Igitt!«.

»Aber das ist ekelhaft! Bist du sicher, dass Babys so gemacht werden?«

»Ja, bin ich. Ich habe es in meinem Nachschlagewerk gelesen.«

Meine Füße fangen an zu kribbeln. Plötzlich muss ich an meine Väter denken: In diesem System gibt es einen Schwachpunkt. Aber dann wird mir etwas klar: Aus diesem Grund haben sie mich ausgesucht. Weil sie zusammen kein Kind machen können, aber unbedingt eins wollten.

»Also, das werde ich ganz bestimmt niemals tun«, verkünde ich mit verschränkten Armen.

Aaron sieht mich an und nickt zustimmend.

»Ich auch nicht. Aber das bedeutet, dass wir keine Kinder bekommen können.«

Ich schiebe die Unterlippe vor. Ach ja, über dieses eine kleine Detail habe ich natürlich nicht nachgedacht. Aber ich hätte gern Babys! Sogar viele Babys. Ich habe sogar schon ihre Namen ausgesucht: Lou, Eva und Lucas.

»Dann kaufe ich mir eben eins«, erkläre ich nach langem Überlegen. »So, wie meine Papas es mit mir gemacht haben.«

Aaron nickt nachdenklich. Ich frage ihn, wie er vorhat, es zu machen. Er zuckt die Schultern.

»Ich will kein Baby.«

Ich sperre den Mund auf.

»Aber ich will welche!«

»Ich verstehe den Zusammenhang nicht«, antwortet er verblüfft.

Verärgert runzle ich die Stirn. Er versteht echt überhaupt nichts. Er ist total dumm. Wie kann er die Bestnoten in unserer Klasse bekommen, wenn sein Gehirn so klein ist wie eine Walnuss?

»Du willst mich also wirklich nicht heiraten«, flüstere ich. »Dabei hast du mir neulich versprochen, dass du darüber nachdenken wolltest. Dann hast du es also nur gesagt, um mich nicht traurig zu machen ...«

Mir kommen die Tränen. Aber ich will keinesfalls vor ihm weinen, daher reiße ich mich zusammen und weiche seinem Blick aus. Plötzlich ist er ganz nah bei mir und legt seine Hände auf meine Schultern. Überrascht schaue ich ihn an. Er wirkt entschlossen, aber ein wenig schüchtern.

»Ich habe nachgedacht«, flüstert er. »Und ich möchte dich gern heiraten, wenn wir erwachsen sind.«

Ist es möglich, dass ein Herz explodiert? Denn genau das ist das Gefühl, das ich in diesem Moment habe. Ich lächle glücklich.

»Ist das wahr?«

»Wenn ich dich nicht heirate, dann heirate ich überhaupt nicht. Du bist außerdem meine beste Freundin. Und … äh … ja, ich liebe dich mit all meinen Tentakeln«, fügt er errötend hinzu.

Seine Augen sind schön und aufrichtig. Aaron Choi ist in mich verliebt! An diesen Moment muss ich mich für den Rest meines Lebens erinnern. Um unser Einverständnis zu bekräftigen, strecke ich ihm meinen kleinen Finger entgegen, und er hakt seinen kleinen Finger ein.

»Versprochen?«

»Versprochen!«

Ich kann nicht anders – ich küsse ihn schnell auf die Lippen, um unser Versprechen zu besiegeln. Denn ich habe gesehen, wie die Großen auf diese Weise zeigen, was sie empfinden.

Es ist nur ein Hauch und dauert nur eine halbe Sekunde, aber er erblasst sofort.

»He!«

Eine Woche später schickt mir Aaron während des Unterrichts einen Zettel mit nur einer Frage:

Liebe Lilas, willst du meine Liebste sein?

Ich habe Ja gesagt.

Folge 2

Händchen halten

V – *Sweet Night*

Aaron

Ich bin ein absolutes Wrack.

Ob ich tatsächlich im Begriff bin, verrückt zu werden? Zumindest habe ich den Eindruck. Schon seit Langem bin ich ziemlich vergesslich, aber zugegebenermaßen verschlimmert sich mein Zustand. Mein Gedächtnis lässt mich im Stich, und es ist das schlimmste Gefühl der Welt, etwas zwar zu wissen, aber nicht in der Lage zu sein, sich daran zu erinnern.

Dieses Gefühl eines kompletten Blackouts in einem Teil meines Kopfes wünsche ich niemandem. Selbst die Post-it-Notizen helfen mir nicht mehr weiter. Ich verliere den Boden unter den Füßen.

Ich weiß nicht, an wen ich mich wenden soll. Meine Eltern würden ausflippen. Yves würde mich zu jedem Neurologen der Stadt schicken, was mir auch nicht gerade recht wäre. Ich habe sogar den Arzt angelogen, den Sang-joon neulich gerufen hat. Er diagnostizierte lediglich Stress und meinte, ich solle mich ausruhen.

Meine wiederholten Panikattacken und meine Vergesslichkeit habe ich ihm gegenüber gar nicht erwähnt. Es ist, als würde ich mich selbst sabotieren …

Ich glaube, tief im Inneren habe ich Angst davor, die Wahrheit zu erfahren. Ich habe Angst, dass die Ärzte irgendetwas ganz Schreckliches finden könnten … In diesem Fall gäbe es nämlich keine andere Möglichkeit, als mich den Tatsachen zu stellen.

Ich bin gut darin, Dinge zu verleugnen. Für all das habe ich nämlich keine Zeit. Und doch täte es mir vermutlich gut, darüber zu sprechen. Leider habe ich keine Freunde, denen ich mich anvertrauen könnte.

Obwohl – eigentlich schon. Lilas ist jetzt meine Freundin.

Das ist noch so neu für mich, dass ich dazu neige, es zu vergessen – im wahrsten Sinne des Wortes. Und doch kann ich mir nicht vorstellen, mit ihr darüber zu reden. Die Ärmste hat schon genug für mich getan. Ich möchte sie nicht beunruhigen. Wenn ich ihr die Wahrheit sage, hält sie mich vermutlich für verrückt.

Verrückt, verrückt, verrückt, verrückt.

Sie soll mich nicht mit diesem Wissen ansehen. Nicht sie.

Aus diesem Grund habe ich beschlossen, den Kuss nicht zur Sprache zu bringen. Diesen Moment unter der Dusche, meine Finger in ihrem Haar, mein Mund auf ihrem, der unglaubliche, feuchte Geschmack ihrer Lippen … und die Tränen auf ihren Wangen.

Ich habe zwar ein schlechtes Gedächtnis, aber ich werde ganz bestimmt nicht vergessen, dass ich Lilas Rodriguez geküsst habe.

Natürlich habe ich wieder einmal alles ruiniert.

Am folgenden Tag habe ich mir freigenommen und versucht, meine Gedanken zu ordnen – ohne Erfolg. Sang-joon verhält sich seltsam aufmerksam mir gegenüber und erzählt mir ständig, welches Glück ich hatte, dass er nach einem Streit mit seiner Freundin gerade nach Hause gekommen wäre.

Die arme Lilas hat mich ganz allein bis zu meiner Wohnung geschleppt; sie ist wie Superwoman. Ich habe keine Ahnung, wie sie mich gefunden hat, aber ich glaube nicht an Zufälle. Ich glaube an das Schicksal, die Reinkarnation und an Zeichen aller Art.

Und Lilas ist immer noch da. Ich habe nicht vergessen, dass sie geweint hat in dem Moment, als wir uns das erste Mal begegnet sind. Seitdem ist sie immer da, wenn ich sie brauche: bei der Panikattacke in meinem Büro, beim zweiten Mal im Wald und jetzt mitten in Paris.

In solchen Momenten sehe ich immer ihr Gesicht vor mir. Sie beruhigt mich. Und sie gibt mir zum ersten Mal seit langer langer Zeit das Gefühl, endlich wieder zu dieser Welt zu gehören.

Sie hat recht. Zusammen mit ihr bin ich nicht mehr allein.

Ich glaube … Scheiße. Ich glaube, ich habe Gefühle für Lilas.

Das Bild ihrer geschlossenen Augen und ihrer leicht geöffneten, erwartungsvollen Lippen kommt mir in den Sinn und … Ja, es ist absolut klar.

Zur Arbeit zu gehen fällt mir an den folgenden Tagen schwer, und ich bekomme Bauchschmerzen. Ich kann Lilas kaum in die Augen sehen. Sie scheint es zu spüren, denn sie geht in meiner Gegenwart wie auf Eierschalen.

»Hier, probier mal«, sagt Nicolas und hält mir ein rosa Bonbon vor den Mund.

Ich runzle die Stirn, schiebe seine Hand beiseite und richte meine Krawatte.

»Ich mag keine Süßigkeiten.«

Nicolas schüttelt den Kopf, seufzt und steckt sich das Bonbon selbst in den Mund. Ich versuche zu arbeiten, aber meine Gedanken sind woanders. An diesem Wochenende steht ein Besuch bei meinen Eltern an. Es wäre die perfekte Gelegen-

heit, auf der Suche nach Informationen über Fleur den Dachboden zu durchstöbern …

Aber ich habe keine Lust. Ausnahmsweise einmal möchte
ich die Vergangenheit begraben und mich auf die Gegenwart
konzentrieren.

In diesem Moment kommt Lilas aus der Mittagspause zurück ins große Büro. Nicolas bietet ihr ein Bonbon an, das sie
gerne nimmt.

»Und?«

»Superlecker«, schwärmt sie.

Ich beobachte, wie sie es genüsslich lutscht, ihre Hand sofort
wieder in die Tüte steckt und ein gelbes Exemplar herauszieht.
Sie verzieht das Gesicht und sucht ein anderes aus, das sie mir
mit einem breiten Lächeln entgegenstreckt.

»Hier, Aaron, koste mal!«

»Er mag keine …«, beginnt Nicolas.

Doch er unterbricht seinen Satz, als er mit offenem Mund
zusieht, wie ich nach dem Bonbon greife und es mir in den
Mund stecke. Wie erwartet schmeckt es scheußlich und ist viel
zu süß. Ich lasse mir jedoch nichts anmerken und hebe zustimmend den Daumen.

Mist, ich würde wirklich alles tun, damit sie mich mag.

»Verstehe …«, flüstert Nicolas und betrachtet mich mit
einem halben Lächeln im Gesicht.

Kein Kommentar.

»Sag mal, wie sieht es eigentlich nächstes Wochenende mit
der Gamescom aus?«, erkundigt er sich heimtückisch.

»Wir fahren hin, wie jedes Jahr.«

»Warum nehmen wir Lilas nicht mit? Es wäre ihre erste
Messe für Computer- und Videospiele! Und zudem noch in
Deutschland.«

Lilas hebt den Kopf und fragt, worum es ginge. Zögernd

denke ich einige Sekunden nach. Ein Wochenende in Köln mit Nicolas und Lilas? Ob ich das wohl überlebe? Nicolas allein ist schon nervig genug, aber auf keinen Fall will ich riskieren, dass er die zwei Tage direkt vor meiner Nase mit ihr flirtet.

»Hättest du Lust dazu, Prinzessin?«, fragt er sie, ohne meine Meinung abzuwarten.

»Äh … ich denke schon.«

»Dann machen wir es doch so«, antwortet Nicolas mit breitem Grinsen.

Ich weiß nicht, warum, aber ich habe das Gefühl, dass er etwas im Schilde führt.

Itaewon Class ist eigentlich gar nicht so übel.

Das Mittagessen am Samstag verbringe ich mit meinen Eltern vor dem Fernseher, und ich muss gestehen, dass ihr K-Drama mich fasziniert. Es ist keine schnulzige Liebesgeschichte, wie Lilas sie liebt, sondern es geht um Ehre und Rache. Das gefällt mir.

»Nicht schlecht«, gebe ich ein wenig widerwillig zu.

»Natürlich ist es nicht schlecht«, schimpft meine Mutter und versetzt mir einen Klaps auf den Kopf. »Alles, was Park Seo-joon macht, ist großartig.«

Ich stutze. Dieser Name kommt mir irgendwie bekannt vor. Ich schaue mir den Mann im Fernsehen an. Und dann denke ich an eine ziemlich beschwipste Lilas, die mit einem Drink in der Hand lauthals verkündet: »Nein, im Ernst, was glaubt er wohl, wer er ist? Park Seo-joon?« Jetzt verstehe ich.

Ich grinse amüsiert vor mich hin. *Diese kleine Hexe.*

Sie fehlt mir. Auch wenn ich sie jeden Tag sehe, habe ich durch die neue Distanz zwischen uns das Gefühl, meilenweit von ihr entfernt zu sein.

»Wie läuft es auf der Arbeit?«, fragt mein Vater, während wir den Tisch abräumen. »Deine Mutter macht sich Sorgen.«

Meine Mutter ist dabei, die Liegestühle in den Garten zu bringen.

Ich meide seinen Blick und lüge: »Alles bestens.«

»Sie hat recht, du siehst nicht gut aus. Du bist ganz blass und dünn.«

Ich lächle, um ihn zu beruhigen.

»Ich war schon immer dünn, Papa. Sag mal, sind meine Kindersachen eigentlich noch auf dem Dachboden?«

Er runzelt die Stirn.

»Ich glaube schon ... Warum?«

»Ich hätte gerne meine alten Spielkonsolen«, erfinde ich. »Ich vermute, sie sind irgendwo in den Kartons, oder?«

»Durchaus möglich. Um solche Sachen hat sich deine Mutter gekümmert. Du kannst ja mal nachschauen, wenn du willst, aber ich bin nicht sicher, ob du etwas findest ... Es ist ein ziemliches Chaos da oben.«

»Ich komme schon klar.«

Meine Mutter ist beschäftigt, und ich nutze die Gelegenheit, um mich in den Flur und nach oben zu schleichen. Sie ist weniger leichtgläubig als mein Vater und wüsste sofort Bescheid.

Auf dem Dachboden schalte ich das Licht ein. Vor mir stehen etwa zwanzig ziemlich angestaubte Kartons. Ich schaue sie aufmerksam durch und finde eine Kiste, die mit meinem Namen beschriftet ist. Mit klopfendem Herzen setze ich mich und öffne sie.

Sie ist voll mit nutzlosem Zeug: Spielsachen, Kinderkleidung, ein Geburtsarmband und Tennisbälle ... Nichts, was mich interessiert. Aber es gibt noch mehr Kartons, die mit »Aaron« beschriftet sind.

Als ich den dritten öffne, glaube ich, endlich den richtigen gefunden zu haben. Er ist voller Fotoalben und Kinderzeichnungen. Neugierig nehme ich einige heraus, und im Handumdrehen tauche ich ein in die Zeit vor fast zwanzig Jahren.

Ich sehe mich als Baby, beim Krabbeln im Garten oder in den Armen meiner Mutter. Ich sehe mich am ersten Schultag mit schüchterner Miene und einer schrecklichen Brille auf der Nase. Der einzige Asiate in der Klasse. Gott, wie habe ich das gehasst …

Ich finde eine Menge Zeichnungen und Postkarten. Klassenfotos hingegen entdecke ich keine. Ich wühle mich bis auf den Grund des Kartons. Plötzlich aber stoße ich auf eine Goldgrube. Beurteilungen aus der Grundschule.

Erstes Schuljahr: *Schüler ist ernsthaft, intelligent und konzentriert, wenn auch ein wenig einsam.*

Zweites Schuljahr: *Ausgezeichnete Noten, unbestreitbare Reife, beeinträchtigt allerdings durch wenig sozialisiertes Verhalten. Schwatzt häufig mit einer Klassenkameradin.*

Drittes Schuljahr. *Der Schüler schwatzt und schwatzt.*

Die Lehrerin führt aus, dass sie mich von Fleur trennen und uns an entgegengesetzten Enden der Klasse platzieren musste. Ich lächle etwas wehmütig, obwohl mir das keineswegs neu ist.

Immerhin finde ich den Namen der fraglichen Schule.

Gespannt suche ich weiter. Ich will schon fast aufgeben, als ich beim Wühlen versehentlich an einen Karton mit der Aufschrift »Geschirr« stoße. Ich befürchte, etwas zerbrochen zu haben, aber die Kiste ist so leicht, dass sie geräuschlos über den Boden rutscht.

Sehr seltsam. Neugierig öffne ich sie, obwohl ich erwarte, dass sie leer ist. Mein Herz setzt einen Schlag aus, als ich Briefe und Zettel sehe, die ziemlich unsortiert in dem Karton liegen. Vom Adrenalin beflügelt öffne ich einige.

Lieber Aaron,
stellst du dich morgen im Buss neben mich? Ich habe meinen
Papas gesahgt, sie sollen meer Pausenbrot machen, damit es
genuhg für uns beide isst.

Lieber Aaron,
deine Brille steht dir gut. Lass Manon doch reden. Ich finde dich
sehr süß.

Lieber Aaron,
entschuldige, dass deine Mami dich wegen mir ausgeschimpft
hat. Bist du mir böse? Nicht traurig sein.

Mein Gott, diese Fehler, die sie gemacht hat. Zumindest in einem Punkt bin ich mir ganz sicher: Fleur ist bestimmt keine professionelle Schriftstellerin geworden!

Gerade will ich die restlichen Briefe in meine Jackentasche stecken, als ich auf eine Zeichnung stoße. Ich blinzle überrascht. Es ist Kindergekritzel, aber ich erkenne sofort, was es darstellt: einen Skunk.

Sofort muss ich an Lilas und ihren Webtoon denken ... Und an diese Szene im Wald.

»Du bist nicht mehr allein.« Ich bin sicher, es war eine versteckte Botschaft an mich. Sie hat bemerkt, wie einsam ich war und wie sehr ich mich gequält habe. Aber jetzt ist sie hier. Sie will meine Freundin sein. Sie findet mich, egal, wo ich bin, und sie vertreibt die schlechten Erinnerungen.

Sie hilft mir die ganze Nacht lang dabei, auf dem Boden meines Büros die Prototypen neu zu zeichnen. Sie macht mir Mut, wenn ich mir etwas nicht zutraue. Sie fordert mich heraus, wenn ich mich wie ein Depp benehme. Sie gibt mir das Gefühl ... geliebt zu werden.

Vielleicht habe ich das einfach von Anfang an gebraucht. Fleur war wichtig für mich, aber das ist Vergangenheit. Wir waren Kinder.

Lilas aber ist hier. Und weiß Gott, sie gefällt mir. Irgendwann dachte ich noch, dass sie keinen Platz neben meinen Erinnerungen an Fleur hätte. Und das stimmt auch.

Aber jetzt bin ich bereit, neue Erinnerungen zu schaffen. Erinnerungen, die nur uns beiden gehören. Erinnerungen, die mir dieses Mal hoffentlich im Gedächtnis bleiben.

Ich werfe noch einen letzten Blick auf den Karton, wie um mich zu verabschieden, ehe ich ihn mit einer beherzten Bewegung schließe.

Natürlich sind immer noch eine Menge Fragen zu meiner Kindheit offen, aber damit komme ich auch irgendwie anders zurecht. Hier und jetzt aber entscheide ich mich für Lilas.

In diesem Augenblick kommt meine Mutter herein und ruft: »Was machst du denn da?«

»Ich habe meine Spielkonsolen gesucht«, lüge ich und richte mich auf. »Leider konnte ich sie nicht finden. Aber egal.«

»Sie sind nicht hier. Ich könnte sie dir holen …«

»Tut mir leid, aber ich muss jetzt wirklich los«, unterbreche ich sie hastig.

Sie versteht nicht, was los ist, und ich ehrlich gesagt auch nicht. Ich weiß nur, dass ich *sie* unbedingt sehen muss. Es war falsch, sie auf Abstand zu halten. Vergangenheit ist Vergangenheit. Aber Lilas ist die Gegenwart und vielleicht sogar die Zukunft.

Auf gar keinen Fall werde ich das aus einer Laune heraus ruinieren.

Mit klopfendem Herzen und wirren Gedanken fahre ich zu ihrer Wohnung. In diesem Moment bedauere ich, dass ich nicht mehr K-Dramen gesehen habe, denn dann wüsste ich, was zu tun ist. Ich habe noch nie um eine Frau geworben.

Sagt man das heute überhaupt noch so?

Ich habe wirklich nicht die geringste Ahnung.

Vor der Haustür suche ich auf der Gegensprechanlage nach ihrem Namen. Ohne Erfolg gehe ich das gesamte Alphabet durch. Hier wohnt keine Rodriguez. Also warte ich zehn Minuten und hoffe, dass jemand kommt und mir die Tür öffnet.

Allmählich gebe ich die Hoffnung auf, doch da spricht mich eine Frauenstimme an.

»Sieh mal einer an. Der Frauenschänder! Muss ich die Polizei rufen?«

Überrascht drehe ich mich um. Eine von Lilas' Mitbewohnerinnen steht mit den Armen voller Papiertüten vor mir. Es ist diejenige, die mir den Regenschirm über den Kopf gezogen hat.

»Ich bin nicht abartig, ganz ehrlich.«

Sie lacht und öffnet mir die Tür.

»Wartest du auf … äh, Lilas?«

Ich wüsste nicht, auf wen ich sonst hier warten sollte, deshalb nicke ich brav.

»Ich habe auf der Sprechanlage nach ihrem Namen gesucht, konnte ihn aber nicht finden.«

Zögernd öffnet sie den Mund, dann schenkt sie mir ein etwas verkniffenes Lächeln.

»Ach so. Ja. Wir haben damals beschlossen, nur Eleanors Namen an die Klingel zu schreiben. Ich bin übrigens Dana.«

Logisch. Dummerweise hatte ich vergessen, dass Lilas hier nicht allein wohnt. Dana bittet mich, ihr zu folgen, und ich biete ihr dafür an, ihr beim Tragen zu helfen. Ich bekomme richtiges Lampenfieber, als sie die Wohnungstür öffnet und laut nach Lilas ruft.

»Lilas?«, wiederholt Eleanor und kommt mit verwirrtem Gesichtsausdruck ins Wohnzimmer. »Was soll denn das …? Oh.«

Sie entdeckt mich und reißt die Augen auf. Ich begrüße sie, indem ich verlegen nicke, und wage es kaum, die Türschwelle zu überschreiten, aber die beiden Mädchen bitten mich in die Wohnung.

»Oh nein, du kannst sie ruhig anbehalten!«, sagt Dana als sie sieht, wie ich meine Schuhe ausziehe. »Bei uns spielt das keine Rolle.«

Ah ja, okay. Es fühlt sich seltsam an, die Wohnung mit Schuhen zu betreten, aber ich mache es. Endlich kommt Lilas aus einem Zimmer links von mir. Sie trägt ein leichtes Baumwollkleid, das so lang ist, dass es den Boden berührt.

Ein Blick genügt, um festzustellen, dass sie keinen BH anhat. Ich räuspere mich. Als sie mich sieht, unterdrückt sie einen überraschten Ausruf.

»Aaron! Was machst du denn hier?«

Sie greift nach einer Strickjacke, die auf der Couch liegt, und zieht sie schnell über. Jede Wette, dass meine Ohren feuerrot sind. Ich appelliere an meine inneren Kräfte, um meinen Blick nur auf ihre Augen zu richten und nirgendwo anders hinzuschauen.

»Ich würde gern mit dir reden … unter vier Augen.«

Sie nickt verblüfft. Die Mädchen verabschieden sich. Ich stelle die Einkäufe hastig auf den Wohnzimmertisch, ehe Lilas mich auf den Korridor zieht. Sie schließt die Tür hinter sich und verschränkt die Arme vor der Brust.

Ihr Misstrauen ist nicht unbedingt ein gutes Zeichen. Umso mehr, als ich immer noch keine Ahnung habe, was ich sagen soll.

»Alles okay?«, fragt sie.

Ich seufze und lächle verlegen. Natürlich ist die erste Frage, die sie mir stellt, ob alles in Ordnung ist. Ich mustere ihr Gesicht. Wie kann sie mir immer noch fehlen, wo sie doch buchstäblich vor mir steht?

»Es war nicht richtig, nach diesem Tag so zu tun, als ob. Ich erinnere mich ... Ich erinnere mich an alles.«

Sie versteht nicht sofort, was ich meine. Ich lasse meinen Blick nur eine Sekunde lang auf ihren Lippen ruhen, und plötzlich hellt sich ihr Gesicht auf. Sofort errötet sie.

»Du ... Was?«

»Es tut mir leid«, seufze ich. »Ich habe mich wie ein Idiot benommen. Ich hatte Angst.«

Sie weicht meinem Blick aus und wirkt plötzlich ziemlich ablehnend. Die Sache läuft nicht ganz wie vorgesehen ...

»Schon gut. Es hatte schließlich nichts zu bedeuten.«

Die Hoffnung zerbröckelt vor meinen Füßen. Ich forsche in ihrem Gesicht nach einer Erklärung. Nie hätte ich gedacht, dass ich dazu fähig wäre, aber irgendetwas, eine gewisse Not, zwingt mich, meinen Mut mit beiden Händen zu fassen.

»Lilas, du gefällst mir sehr«, stoße ich hervor.

Den Satz laut auszusprechen fühlt sich an, wie ohne Fallschirm ins Leere zu springen. Ich bin es nicht gewohnt, verletzlich zu wirken, und freiwillig schon gar nicht. Aber bei Lilas passiert mir das ständig.

Sie schaut mich wie benommen an, und ich falle buchstäblich aus allen Wolken, als sie mich knapp abfertigt: »Nein.«

Ihr kalter Ton lässt mich erstarren, ihre Augen sind traurig, aber entschlossen. So habe ich sie noch nie gesehen.

»Du kannst nicht einfach hier hereinplatzen, nachdem du mich tagelang gemieden hast, und mir erklären, dass ich dir gefalle. Weißt du noch, was du nach dem Kuss zu mir gesagt hast?«, fragt sie mich mit trauriger Stimme. »Erinnerst du dich daran?«

»Ich ...«

»Es hat mich verletzt, Aaron«, flüstert sie. »Mit der Zeit scheinst du es ganz normal zu finden, mich in der Öffentlichkeit zu demütigen, und glaubst, dass ich darüber lachen kann. Aber du irrst sich. Meine Gefühle für dich sind nichts, womit du spielen kannst.«

Nach »meine Gefühle für dich« höre ich nicht mehr hin. Sie steht da, schön trotz ihrer Wut, und mein Herz droht mir aus der Brust zu springen. Lilas, die von allen geliebt wird. Lilas, die Gefühle für mich hegt. Für mich, Aaron Choi, und nicht für irgendjemand anders.

»Das habe ich doch auch nie gewollt«, murmle ich.

»Du magst vielleicht glauben, dass ich dir gefalle ... aber die Wahrheit ist, dass du nicht mich siehst, wenn du mich anschaust.«

Es fühlt sich an wie eine Ohrfeige. Ich wollte Fleur wiederfinden, weil ich dachte, ich brauche sie, um weiterzumachen und meine Gedächtnislücken zu füllen. Mein ganzes Leben lang habe ich mich einsam gefühlt. Aber seit Lilas aufgetaucht ist, hat sich alles verändert. Es ist ihr Gesicht, das in meinen Träumen erscheint. Fleurs Gesicht verblasst immer mehr.

Wieso habe ich das nicht schon früher begriffen?

Sie stammelt eine Entschuldigung, senkt den Blick und dreht sich um.

»Warte.«

Härter als beabsichtigt packe ich sie am Handgelenk und ziehe sie zu mir.

Sie schaut zuerst auf meine Hand, dann auf mich und zischt: »Fass mich nie wieder so an.«

»Bitte entschuldige«, flüstere ich und lasse sie sofort los.

Zumindest geht sie nicht weg.

Verzweifelt füge ich hinzu: »Aber das stimmt nicht, weißt du? Ich sehe nur dich. Die ganze Zeit.«

»Du bist immer noch verliebt in …«

»Nein, ich bin nicht in Fleur verliebt«, erkläre ich mit fester Stimme. Sie blickt überrascht auf. »Ich bin verliebt in die Erinnerung, die ich an sie habe. Und damit das klar ist: Dass du ihr ähnlich siehst, ist nicht der Grund dafür, dass du mir gefällst. Um ehrlich zu sein … Du bist das genaue Gegenteil von ihr.«

Unangenehm berührt verzieht sie das Gesicht und verschränkt die Arme vor der Brust. Ich gehe einen Schritt auf sie zu. Meine Augen versinken in ihren, und mein Körper ist sich dieser gefährlichen, aber köstlichen Nähe nur allzu bewusst.

»Lilas«, murmle ich. Mein Atem liebkost ihre Lippen. »Du gefällst mir, denn wenn ich mit dir zusammen bin, fühle ich mich wie damals als Kind.«

Sie blinzelt, bleibt aber stumm. Ich fühle mich mutig genug, meine Hände auf ihre Hüften zu legen. Sie erschaudert. Ich will mehr, noch viel mehr.

»Mit dir kann ich frei atmen«, raune ich. »Eigentlich habe ich ständig das Gefühl, als wäre ich unter Wasser oder irgendwo, wo mich niemand hören kann. Ich bekomme keine Luft und bin kurz vor dem Ertrinken. Aber mit dir … schaffe ich es endlich an die Oberfläche. Mit dir gibt es einen Grund, zu schwimmen und den Kopf über Wasser zu halten, um zu sehen, was ringsum geschieht. Genügt dir das?«

Sie antwortet nicht und bleibt unbeweglich unter meinen Händen. Mein Bedürfnis, sie zu berühren, ist so stark, dass ich meinen Kopf einen Zentimeter neige und meine Lippen fast flehend auf ihren Mund lege. Sie schließt die Augen, ihre

Wimpern kitzeln meine Wange, und sie öffnet die Lippen, um meinen Kuss zu erwidern.

Das ist das grüne Licht, auf das ich gewartet habe. Ich lasse meine Hände zu ihrem Hals hinaufwandern und nehme mir die Zeit, ihre Gestalt zu erkunden. Dieses Kleid ist göttlich und verdammt gefährlich. Ich will es zu ihren Füßen sehen.

Ich lege meine Hände um ihr Gesicht und vertiefe den Kuss. Ihre Zunge liebkost meine, und es fühlt sich so unglaublich schön an, dass ich vor Lust in ihren Mund seufze. Hätte mir vor einem Monat jemand gesagt, dass ich Lilas Rodriguez vor ihrer Tür küssen würde, hätte ich ihm einen Vogel gezeigt.

»Aaron«, flüstert sie außer Atem.

Langsam küsse ich ihre Unterlippe … die Mulde unter ihrem Mund … ihre Kinnlinie … ihren Hals … die Stelle hinter ihrem Ohr. *Himmel noch mal, sie riecht so gut.*

Ich habe mich geirrt. Ich dachte, ich wäre gern ihr Freund, aber das genügt mir nicht. Nie im Leben. Ich möchte der beste Freund sein, den sie je hatte. Die Art von Freund, ohne den sie nicht leben kann.

Ich trete einen Schritt zurück. Mein Herz fühlt sich an, als könnte es jeden Moment explodieren. Unsere Nasen berühren sich noch immer, und Lilas klammert sich fest an meine Jacke.

»Glaubst du mir jetzt?«

Sie errötet und befeuchtet sich die Lippen. Neugierig und amüsiert berühre ich ihre Wangen mit dem Finger. Sie sind glühend heiß. Lilas wirft mir einen giftigen Blick zu und versetzt mir einen Klaps auf die Hand. Die Ungeheuerlichkeit dessen, was ich gerade getan habe, trifft mich plötzlich mitten ins Gesicht.

Scheiße! Gerade habe ich Lilas geküsst. Und nicht nur ein bisschen.

War das etwa unangemessen? Ich bin nicht ihr Vorgesetzter, also sollte es in Ordnung sein. Oder? Oh mein Gott. Gilt das etwa als sexuelle Belästigung?

»Ich muss … ich muss über das alles erst nachdenken«, sagt sie schließlich und dreht sich um. »Schönes Wochenende, Aaron.«

Dieses Mal lasse ich sie gehen.

Folge 3

Jungfrau in Nöten

Klang – *Falling Again*

Aaron

Ich hatte recht.

Nicolas, dieser Mistkerl, hat etwas ausgeheckt, und ich weiß nicht recht, ob ich ihm böse oder dankbar sein soll. Am Freitagmorgen trifft Lilas zehn Minuten vor Abfahrt unseres Zugs nach Köln endlich ein. Sie begrüßt mich höflich und ein wenig verlegen.

Die vergangene Woche war, gelinde ausgedrückt, ziemlich angespannt. Seit unserem Gespräch im Hausflur tauschen wir nur noch Banalitäten aus. Arbeit verpflichtet.

»Du magst vielleicht glauben, dass ich dir gefalle … aber du siehst nicht mich, wenn du mich anschaust.« Dieser Satz verfolgt mich Tag für Tag. Hat sie recht? Bin ich so gestört, wie sie behauptet? Trotz allem glaube ich fest daran, dass das, was ich für sie empfinde, weit darüber hinausgeht, und ich wünschte, das wäre ihr klar.

»Nicolas fährt nicht mit«, eröffne ich ihr.

Sie blickt zu mir auf und fragt mich ein wenig erschrocken, warum.

»Er hat gerade angerufen. Er liegt wohl mit bösem Fieber im Bett.

Lilas beißt die Zähne zusammen.

»Dieser kleine, verlogene Gauner«, schimpft sie mit geballten Fäusten leise vor sich hin.

»Bitte?«

»Ach nichts.«

Schon kapiert. Die Aussicht darauf, mit mir allein zu sein, scheint sie nicht gerade zu erfreuen, und ich verstehe das durchaus. Ich erwarte fast, dass sie sich umdreht und ihre Teilnahme ebenfalls absagt, aber sie stößt nur einen entmutigten Seufzer aus und steigt in den Zug.

»Was haben wir eigentlich dort zu tun?«

»Wir treffen eine Menge Redakteure, Journalisten und Spieleentwickler und nehmen an einem Kongress auf der Gamescom teil. Einschleimen sozusagen.«

Sie wirft mir einen amüsierten Blick zu, gibt aber keinen Kommentar ab. Die Zugfahrt verläuft größtenteils schweigend. Ich schalte mein Tablet ein und arbeite, während sie auf ihrer Konsole *Animal Crossing* spielt und dabei Musik hört.

Ich glaube nicht, dass sie sich dessen bewusst ist, aber ihr Spiel ist so laut aufgedreht, dass ich immer wieder *Chicken Noodle Soup* heraushöre. Unwillkürlich grinse ich.

Als sich unsere Ellbogen berühren, zieht sie sich nicht zurück. Irgendwann schläft sie an meine Schulter gelehnt ein. Ich streiche ihr eine Haarsträhne von den Lippen und lasse sie schlafen.

Am späten Vormittag erreichen wir Köln und nehmen ein Taxi zu unserem Hotel im Agnesviertel.

»Es ist wunderschön hier«, sagt Lilas und betrachtet die gepflasterten Straßen und die rosa, blau, gelb und orange gestrichenen Häuser. Das Viertel wirkt malerisch.

Auf dem Weg zu unserem Ziel fahren wir an Bars, Galerien und Designerläden vorbei. Lilas sieht sich so fasziniert und neugierig um, dass ich vermute, dass sie zum ersten Mal in Deutschland ist.

»Morgen besichtigen wir die Stadt, wenn du magst«, schlage ich vor.

Das Hotel ist groß und luxuriös. Am Empfang storniere ich Nicolas' Zimmer in meinem Mittelstufen-Deutsch, was mir einen beeindruckten Blick von meiner Reisebegleiterin einbringt.

»Du sprichst Französisch, Englisch, Koreanisch und obendrein auch noch Deutsch?«, fragt sie mich im Aufzug.

»Ein bisschen. In der Mittelstufe hatte ich Deutsch als zweite Fremdsprache.«

Sie schüttelt den Kopf, als wäre sie von sich selbst enttäuscht.

»Wenn man bedenkt, dass es Momente gibt, in denen ich sogar Schwierigkeiten habe, Französisch zu sprechen …«

Ich lache, weil ein solcher Satz aus dem Mund einer Autorin etwas seltsam klingt. In unserem Stockwerk deponieren wir unser Gepäck in unseren nebeneinanderliegenden Zimmern. Unser Tagesprogramm ist ziemlich voll, deshalb machen wir uns bald wieder auf den Weg. Im Taxi reiche ich Lilas ihre Zugangsberechtigung.

Sie sieht gestresst aus und spielt mit ihrem Mobiltelefon herum. Ich lege eine Hand auf ihre.

»Alles okay?«

Ich spüre die Erregung, die sie zu verdrängen versucht. Sie weicht meinem Blick aus.

»Ja, schon. Ich habe nur Angst, dass ich irgendwie nicht hierhergehöre, und fühle mich ein bisschen wie eine Betrügerin. Du bleibst doch die ganze Zeit bei mir, oder?«

Ich nehme mir einen Moment, um sie anzuschauen. Ihr Haar hat sie heute geglättet. Sie trägt ein blaues Kostüm und hohe Pfennigabsätze und wirkt sexy und selbstbewusst.

»Jemand hat mir einmal gesagt, ich könnte sein, was immer ich sein möchte, wenn ich nur fest genug daran glaube«, beruhige ich sie und streichle ihre Hand zärtlich mit meinem Daumen. »Du machst das schon, Lilas Rodriguez.«

Sie wirkt fast ein wenig erschüttert und schaut mir direkt in die Augen. Mein Herz schmerzt. Ich wünschte, sie würde mich für den Rest meines Lebens so anschauen. Leider schluckt sie nur und entzieht mir ihre Hand. Sie scheint noch zu zweifeln …

Auf dem Messegelände folgt Lilas mir zum Eingang für Fachbesucher, wo wir unsere Zugangsberechtigungen vorlegen.

»Die Gamescom ist eine der wichtigsten Messen der Welt«, erkläre ich ihr, während sie sich ehrfürchtig umsieht.

»Das weiß ich. Du kannst dir sicher vorstellen, dass ich vor dieser Reise ordentlich gegoogelt habe.«

»Nichts anderes habe ich von dir erwartet«, sage ich grinsend. »Hier haben wir die Chance, neue Trailer, Demos von Spielen und andere Neuheiten zu entdecken. Natürlich gibt es auch Entertainment, Wettbewerbe und Cosplay, wie jedes Jahr.«

Sie hört aufmerksam zu und nickt, obwohl die Informationen sicher nicht neu für sie sind. Mit der Hand an ihrem Ellbogen führe ich sie durch die vollen Messehallen. Wir betreten eine völlig fremdartige, in Dunkelheit getauchte Welt, in der nur die Neonlichter der verschiedenen Stände leuchten. Ganz ehrlich – das hat mir gefehlt.

Jedes Mal werde ich wieder zum einsamen, von Videospielen besessenen Teenager.

Abisoft ist leicht zu finden. Das riesige Logo ragt stolz unter der Hallendecke auf. Eine Menschenmenge belagert den Stand.

»Was machen die da alle?«, will Lilas wissen und deutet auf die Spieler vor den Computern.

Wegen des Lärms beuge ich mich nah heran, als ich antworte: »Sie probieren die Demoversion des nächsten *Assassin's Creed*.«

»Genial.«

Ihre Reaktion entlockt mir ein stolzes Lächeln.

»Unsere Fans können dabei auch etwas gewinnen. Sie müssen dafür nur einen QR-Code einscannen. Komm, ich stell dich vor.«

Ich nehme ihre Hand und führe sie in den Messestand, wo ich sie einigen Leuten der Tagesschicht vorstelle. Wie erwartet schlägt sie sich großartig. Sie spricht Englisch mit einer gewissen Leichtigkeit und hält sich sehr gerade. In diesem Moment funktioniert sie im Business-Woman-Modus.

»Meines Erachtens wäre es allmählich an der Zeit, unser Superspiel zu erwähnen«, flüstert sie mir zu.

Ich zwinkere ihr komplizenhaft zu, und sie lächelt.

»Absolut.«

Und genau das tun wir. Wir lassen das Mittagessen sausen, denn wir sind viel zu beschäftigt, uns zwischen den einzelnen Ständen hindurchzuschlängeln. Lilas scheint fasziniert, wenn auch ein wenig überwältigt von dieser Welt, in der sie noch ganz neu ist.

Ich zeige ihr den zentralen Bereich der Messe, wo immer ein volles Programm an Games gespielt wird – einschließlich *Just Dance*. Ich schlage ihr vor, es zu versuchen, aber sie erinnert mich an die Demütigung in der Spielhalle. Ich sage ihr lieber nicht, dass sie sich eigentlich recht wacker geschlagen hat.

Jedes Mal, wenn wir nur für einen Augenblick bei einer Masterclass stehen bleiben, muss ich sie wieder am Ärmel wegziehen, was mich insgeheim amüsiert.

»Aber es geht doch um das Spielsystem bei *Mad Dogs*!«, fleht sie leise. »Stell dir vor, es ist der Entwickler selbst, der alles erklärt! Das könnte eine große Hilfe für mich sein …«

»Tyler Phillips? Den kenne ich. Netter Kerl.«

»Angeber«, motzt sie, lässt sich aber fortziehen.

Schließlich nehmen wir am Kongress teil, einer Konferenz über das Potenzial von Videospielen sowohl für die Gesellschaft als auch für die Wirtschaft. Lilas kritzelt ständig in einem Notizbuch herum. Zunächst denke ich, dass sie aus Langeweile zeichnet, aber sie macht sich tatsächlich Notizen.

»Das war total interessant«, meint sie, als wir den Saal verlassen.

»Wirklich?«, necke ich sie. »Du hast genau achtmal gegähnt.«

Sie wird rot und steckt ihr Notizbuch ein.

»Ich bin einfach nur müde. Du hättest wirklich nicht mitzuzählen brauchen …«

»Dann lass uns nach Hause gehen. Deine Füße tun dir sicher längst weh.«

Auf dem Rückweg kommen wir am offiziellen Gamescom-Shop vorbei, der exklusive Produkte und Sammlerstücke anbietet. Sie kauft mehrere Figuren. »Für meinen kleinen Bruder«, verteidigt sie sich.

Der Weg zum Ausgang gestaltet sich einigermaßen schwierig, weil wir uns durch eine dichte Menschenmenge kämpfen müssen. Ich bin kurz davor, Lilas' Hand zu nehmen, als sie von selbst nach meinem Arm sucht und sich eng an mich presst.

»Was geht hier vor sich?«

»Ich glaube, die wollen alle zum Finale der *Mad Dogs*-Competition. Komm, wir gehen durch das Cosplay Village.«

Es ist mein Lieblingsort auf der Gamescom, aber das verrate ich ihr nicht. Ich liebe es, diese Leute zu bewundern, die mutig und kreativ genug sind, sich zu verkleiden. Ich selbst könnte das niemals tun. Dazu sorge ich mich viel zu sehr darum, wie andere über mich denken könnten. Lilas beobachtet die Kostümierten mit einem amüsierten Lächeln.

Einer hat sich in einen riesigen gelben Pacman-Anzug gezwängt. Der Mann schimpft leise vor sich hin, weil alle ihn anrempeln. Er dreht sich um die eigene Achse.

»Ich wünsche mir eine andere Freundin«, grunzt er. Sein Gesicht ist schweißnass. »Ich habe meine Meinung geändert.«

»Du hast deine Wette verloren, Delaunay, gib es zu«, antwortet seine Begleiterin und schaut ihn spöttisch lächelnd an.

Er wirft ihr einen giftigen Blick zu und dreht sich genau in dem Moment, als wir an ihnen vorbeigehen, zu mir um.

»Wollen Sie sie haben? Ich überlasse sie Ihnen günstig.«

»Ähm …«

Das rosahaarige Mädchen packt ihn am Schlafittchen, was ihn sofort aus dem Gleichgewicht bringt, und zerrt ihn hinter sich her. Das Strahlen in seinen Augen zeigt mir, dass er nicht gerettet werden muss.

Lilas schaut den beiden lachend hinterher. Ich hätte gedacht, dass sie sich umgeben von so vielen Geeks und Nerds den ganzen Tag langweilen würde, aber im Taxi lässt sie ihre Eindrücke mit so viel Begeisterung Revue passieren, als wäre ich nicht dabei gewesen.

Amüsiert höre ich ihr zu. Als wir das Hotel erreichen, ist es bereits Abend.

»Hast du Lust, mit mir essen zu gehen?«, frage ich vor ihrer Tür.

Zunächst zögert sie, und ich fühle mich unbehaglich. Aber dann lächelt sie.

»Ich wäre echt gern mitgekommen, aber ich muss noch an

etwas arbeiten. Und danach falle ich höchstwahrscheinlich wie ein Stein ins Bett.«

»Alles gut«, nicke ich. »Ruh dich nur aus.«

Ich wünsche ihr eine gute Nacht und gehe in mein Zimmer. Zwar bin ich etwas enttäuscht, aber ich zeige es nicht.

Aufgeschoben ist nicht aufgehoben. Morgen sind wir auch noch hier.

Als ich am nächsten Morgen die Nachricht über ein Update von Lilas' Webtoon erhalte, verstehe ich, was sie mit »an etwas arbeiten« gemeint hat. Ich öffne ihn allerdings nicht, sondern nehme mir vor, ihn am Abend in aller Ruhe zu lesen, und ziehe mich an.

Heute zeige ich Lilas die Stadt Köln.

Ich kleide mich bequem und wähle ein lockeres, fließendes Hemd, das ich in meine schwarze Jeans stecke.

Als ich mit der Sonnenbrille auf der Nase in der Hotellobby ankomme, begrüßt mich Lilas mit einer ungeschickten Handbewegung.

Sie trägt einen bezaubernden, apricotfarben gemusterten Overall zu einem mehrfarbig gestreiften T-Shirt.

»Gut geschlafen?«

»Wie ein Murmeltier.«

»Na dann los!«

In glühender Hitze gehen wir zu Fuß durch die Veedel, die traditionellen Stadtviertel von Köln. An der Alten Feuerwache findet ein Trödelmarkt statt. Lilas blättert in alten Büchern und lächelt einem Baby zu, das in seinem Kinderwagen herumzappelt. Ich schlendere derweil vorbei an Vintage-Kameras und edlem Porzellan.

Wenig überraschend landen wir schließlich an einem Stand mit Kaffee und selbst gebackenem Kuchen.

Am Nachmittag erkunden wir die Umgebung, angefangen bei der Hohenzollernbrücke mit ihren vielen Vorhängeschlössern am Geländer bis hin zum Belgischen Viertel. Lilas lässt mich zum Spaß ein paar Hüte anprobieren und fotografiert uns »zur Erinnerung«.

Ich lasse sie für wenige Minuten allein, um die Toilette eines Cafés zu benutzen. Als ich zu ihr zurückkehre, sehe ich sie mit zwei Männern sprechen. Die beiden Deutschen sind groß und kräftig und wirken bedrohlich.

Besorgt nähere ich mich. Lilas ist sichtlich verärgert, und ich will gerade nachfragen, was los ist, als etwas völlig Abwegiges passiert: Sie schmettert dem ihr am nächsten stehenden Mann ihre Faust ins Gesicht, die mit einem dumpfen Laut seine Augenbraue trifft. Dann stöhnt sie mit weit geöffnetem Mund auf und schüttelt ihre schmerzende Hand.

»Verdammte Scheiße!«

»Alles okay?«, frage ich besorgt und nehme ihre zarte Hand in meine.

»Ich glaube, ich habe mir die Finger gebrochen«, prustet sie mit Schmerzenstränen in den Augenwinkeln.

Ich habe keine Zeit, sie zu fragen, was eigentlich los war, denn der Mann, den sie gerade angegriffen hat, schnauzt uns auf Deutsch an und versucht, sie am Träger ihres Overalls zu packen. Ich hindere ihn daran und bemühe mich, ihn auf Abstand zu halten, aber Lilas beleidigt ihn weiter in den höchsten Tönen. Die Szene ist geradezu surreal.

»Er hat versucht, einer Frau das Telefon zu stehlen!«, erklärt sie mir. »Ich habe ihn auffliegen lassen, und da fing der Kerl an, mich als Schlampe zu beschimpfen. Verkehrte Welt, ehrlich!«

»Oh, dann sprichst du also doch Deutsch?«, hake ich nach und bin mit der Situation ziemlich überfordert.

Sie wirft mir einen giftigen Blick zu.

»Glaub mir, ich bin ziemlich sicher, dass er mich nicht ›Zuckerschnecke‹ genannt hat.«

»Interessanterweise glaube ich, dass es dann noch schlimmer gekommen wäre …«

Der betreffende Mann brüllt mich an. Ich verstehe nicht alles, reime mir aber zusammen, dass er wohl keine Frauen schlagen will, aber gerne bereit wäre, gegen mich anzutreten. Inzwischen weiß ich schon längst nicht mehr, was eigentlich Sache ist.

»Was sagt er?«, will Lilas wissen.

»Er will sich mit mir prügeln.«

»Warum das denn?

»Weil du eine Frau bist und der Herr sich offenbar als Gentleman sieht«, seufze ich.

Angesichts dieses Affronts bleibt Lilas der Mund offen stehen. Sie wird rot vor Wut.

»Ich bin doch keine Jungfrau in Nöten!«

Ich befehle ihr, hinter mir zu bleiben, und versuche einen Moment lang, die Situation zu beurteilen. Der Mann hält das für grünes Licht. Mit unsicherer Stimme fragt mich Lilas, ob ich mich ernsthaft prügeln wolle. Mit erhobener Hand unterbreche ich sie und kremple meine Ärmel hoch.

»Lass mich nur machen. Solche Situationen hatte ich als Kind häufig«, erkläre ich und dehne meinen Hals. »Willst du wissen, wie meine Mutter mir beigebracht hat, damit umzugehen?«

»Hm, Aaron … es ist nicht so, als ob ich kein Vertrauen in dein Talent als Kämpfer hätte, aber ich habe kein Vertrauen in dein Talent als Käm…«

Ich nehme ihre Hand, rufe ihr zu, zu rennen, und wir flitzen los wie Karnickel, wissen aber nicht so recht, wohin wir uns wenden sollen. Eine kurze Zeit jagen die Männer uns hinterher, vermutlich aus Stolz, geben aber schließlich auf, als wir uns in Richtung Rhein wenden.

Als die Luft rein ist, bittet mich Lilas, stehen zu bleiben. Mit den Händen auf den Knien ringen wir um Luft.

»Deine Mutter hat dir also tatsächlich beigebracht, mit solchen Vorfällen so umzugehen?«, will Lilas wissen.

Ich zucke die Schultern und blinzle in die Sonne.

»Ich war kein besonders kräftiges Kind. Wegzurennen war meine einzige Möglichkeit zu überleben, und sie wusste das.«

Überraschenderweise lacht Lilas laut auf. Schnell steckt sie mich an, und wir lachen gut fünf Minuten lang wie die Irren. Ich bin kein gewalttätiger Mensch und habe mich noch nie mit jemandem geprügelt – geschweige denn mit zwei Männern gleichzeitig.

Aber ich bin schnell, und diese Begabung habe ich optimiert.

»Wenn du dich das nächste Mal mit jemandem streiten willst, der doppelt so groß ist wie ich … Kannst du mich dann bitte vorwarnen?«

»Versprochen«, sagt sie lachend. »Komm, wir haben uns jetzt wirklich einen Snack verdient.«

»Darf ich dir eine Frage stellen?«, fragt sie mich am Ende des Tages, als wir vor dem majestätischen Kölner Dom ein Kölsch genießen. »Also eigentlich zwei.«

»Nur zu.«

»Erstens: Was ist das?«

Sie zeigt mit dem Finger auf das, was die Kellnerin uns zum Bier serviert hat. Ganz in meiner Rolle als Führer durch die lokale Kultur aufgehend wende ich mich ihr zu.

»Die Kölner nennen es ›Halve Hahn‹, also ›halber Hahn‹. Es ist ein Roggenbrötchen mit Gouda, dazu gibt es Senf und Zwiebelscheiben. Probier mal.«

Etwas skeptisch akzeptiert sie den Bissen, den ich ihr anbiete. Sie kaut lange, dann nickt sie zustimmend.

»Echt lecker. Frage zwei: Was ist das Unvorhersehbarste, was du je getan hast?«

Ich runzle die Stirn. Ihr neugieriger Blick reizt mich fast zu einer Lüge. Unglücklicherweise …

»Meinst du abgesehen von dem, was gerade passiert ist?«

Ihre Hand ist geschwollen, ich wollte eigentlich Eiswürfel bestellen, aber sie hat versichert, dass alles in Ordnung wäre. Ich kann es immer noch nicht fassen. Dieses Mädchen ist komplett bescheuert.

»Ja, such dir etwas anderes aus. Okay, ich fange mal an: Ich bin mal aus einer Laune heraus nach Thailand geflogen, ganz allein, nur mit meinem Reisepass und einem Rucksack. Ich bin zwei Wochen dort geblieben.« Sie lächelt stolz. »Es war zauberhaft, obwohl es für einen ängstlichen Menschen wie mich völlig verrückt war.«

Gott weiß, wie sehr ich sie bewundere. Zu so etwas wäre ich nie fähig, denn ich brauche immer für alles einen Plan. Ich beginne niemals etwas, ohne zuvor alle Details zu durchdenken.

Kurzum: Ich bin stinklangweilig.

»Und?«, hakt sie nach, während sie ihren Halven Hahn isst. »Was ist mit dir?«

Intuitiv reiche ich ihr eine Serviette für ihre Nase. Sie muss grinsen.

»Dich zu küssen.«

Völlig entgeistert erstickt sie fast an ihrem Gouda-Röggelchen.

Ich fahre fort: »Ich bin weder eine Stimmungskanone noch ein Mensch, der zu Überraschungen neigt. Dich an diesem bewussten Tag vor deiner Tür zu küssen … das hat eine Menge Mut erfordert und war überhaupt nicht geplant. Die Wahrheit ist, dass mein ganzes Leben unberechenbar geworden ist, seit du darin vorkommst«, gestehe ich. »Es ist aufregend und erschreckend zugleich.«

Sie schluckt und schaut mich ungerührt an. Ich habe keine Ahnung, was sie denkt, und das nagt an mir. Kurz nach meinem Kuss hatte sie gesagt, sie müsse über alles erst nachdenken, aber seitdem ist sie nicht mehr darauf zurückgekommen. Ob das ein schlechtes Zeichen ist?

»Lass uns etwas ganz Spontanes tun«, sagt sie plötzlich.

Ich verstehe nicht sofort. Nachdem sie etwas auf dem GPS ihres Mobiltelefons überprüft hat, führt sie uns zehn Minuten später zu einem Gebäude am Fluss. Vorher suchen wir ein Schreibwarengeschäft, wo wir Papier, zwei Umschläge und zwei Stifte erstehen.

»Hast du solche Dinge nicht bei dir? Ich dachte, das wären die wichtigsten Utensilien für eine Autorin …«

»Halt lieber die Klappe.«

Sie reicht mir ein A4-Blatt und einen Tintenstift und ich frage sie, was ich damit soll. Wir stehen vor einem roten Briefkasten.

Lilas legt eine Hand darauf und erklärt: »Das hier ist ein magischer Briefkasten. Ich möchte, dass wir uns heute, jetzt und hier, einen Brief schreiben. Wir sagen einander alles, was uns am Herzen liegt, was wir uns aber nicht ins Gesicht zu sagen trauen.«

»Okay … und inwiefern ist der Briefkasten magisch?«

»Die Briefe kommen auf den Tag genau ein Jahr später an.«

Oh. Sie lächelt mich herzlich an. Der Gedanke gefällt mir. Mit einem Mal stelle ich mir vor, wo ich in einem Jahr sein könnte. Was wird aus Lilas und mir werden? Habe ich dann vielleicht längst den Verstand verloren? Wird sie auch dann noch bei Abisoft arbeiten?

»Schöne Idee.«

Wir konzentrieren uns auf unsere Briefe. Es gibt so viel, was ich ihr gerne sagen würde. Aber angesichts meines jungfräulichen Blattes fehlen mir die Worte. Auch Lilas blickt ein wenig gequält drein und scheint eine Blockade zu haben. Schließlich sehe ich, wie sie etwas mitten auf die Seite schreibt.

Ich zwinge mich, nicht hinzusehen, und schütte schließlich in meinem Brief mein Herz aus. Dafür brauche ich gut zehn Minuten. Wir stecken unsere Briefe in Umschläge, adressieren sie und versehen sie mit einer Briefmarke.

»Hast du Angst?«, fragt sie mich, nachdem die Briefe im Kasten sind.

»Wegen dem, was ich geschrieben habe? Nein«, antworte ich aufrichtig. »Und du?«

Ihr Gesicht ist ernst, fast ein wenig traurig. Sie weicht meinem Blick jedoch nicht aus und antwortet: »Es war so ungefähr das Schwierigste, was ich je geschrieben habe.«

In diesem Augenblick weiß ich, dass mir zwölf Monate niemals so lang erscheinen werden wie in diesem Jahr. Lilas senkt den Blick.

»Ich … Es gibt da etwas, das ich dir nicht gesagt habe. Etwas, das ich nicht fertigbringe, dir zu gestehen. Und wenn du es erst einmal weißt, wirst du mich nicht mehr mögen.«

Ich weiß nicht, wie ich darauf antworten soll. Was mag es Wichtiges sein, das sie mir verheimlicht? Ich möchte sie gern trösten, ihr sagen, dass es sicher gar nicht so unangenehm ist und dass auch ich ihr etwas verheimliche. Dass mein Geheimnis vielleicht schlimmer ist als ihres.

Jeden Tag habe ich Angst davor, aufzuwachen und mich nicht daran zu erinnern, wer du bist. Aber sie wechselt das Thema.

»Ein Jahr. Das ist alles, worum ich dich bitte. Ein Jahr Aufschub.«

Also eine Ewigkeit. Trotzdem nicke ich.

Abends essen wir in einem Restaurant mit traditioneller deutscher Küche. Wir sprechen weder über die Briefe noch über unseren Kuss. Auf dem Rückweg zum Hotel schweigen wir. Wahrscheinlich haben wir beide keine Lust, in unsere Zimmer zurückzukehren.

»Danke für den schönen Tag«, sagt sie leise, als wir vor ihrer Tür stehen. »Es war super.« Sie wartet nicht auf meine Antwort, sondern verschwindet in ihrem Zimmer. Ich stehe noch einige Sekunden im Flur herum, hin- und hergerissen, ob ich ihr folgen oder sie besser in Ruhe lassen will.

Ohne die Schuhe auszuziehen, lege ich mich auf mein Bett. Lange starre ich an die Decke, ehe ich mich an ihr Webtoon-Update erinnere und mein Smartphone aus der Tasche hole.

Im Liegen, das Handy über meinen Kopf haltend, lese ich. Die Heldin Ruelf hat gerade entdeckt, dass der Dieb ihr eigenes Gesicht trägt. Sie fühlt sich entmutigt und weiß nicht, was sie tun soll, um die Liebe zu sich selbst wiederzuerlangen. Sie bittet Herrn Skunk um Hilfe, aber der erklärt ihr, dass sie die Einzige ist, die etwas tun kann. Nach und nach verschwindet er … Mit dem Verlust ihrer Selbstachtung verliert Ruelf auch die Fähigkeit, andere Lebewesen zu lieben.

»Ich glaube an dich. Du bist stärker, als du denkst«, sagt Herr Skunk zu ihr, ehe sich seine Gestalt langsam in Luft auflöst.

Traurig blättere ich das Kapitel durch. Die nächste Zeichnung zeigt Ruelf, die über Herrn Skunks Überresten weint.

Als ich die Sprechblase darüber lese, erstarre ich, und ein eisiger Schauder durchfährt meinen Körper.

Unmöglich. Und doch träume ich nicht.

Dort steht es schwarz auf weiß.

Wie ein Pfeil, der mich mitten ins Herz trifft:

»Ich liebe dich mit all meinen Tentakeln.«

Folge 4

Mehr als keusche Helden

Henry – *It's You*

Aaron

Ich liebe dich mit all meinen Tentakeln.

Es ist wie ein Auslöser. Eine Erleuchtung. Plötzlich wird alles auf magische Weise klar. Lilas, die meine Skittles sortiert, Lilas, der beim Essen immer die Nase läuft, Lilas, die K-Dramen liebt, Lilas, die mich bittet, ihr Freund zu sein, und lacht, als ich mich weigere: »Immer noch derselbe.«

Nein.

Lilas, die mich besser versteht als jeder andere Mensch, Lilas … die den Namen trägt, den ich einst selbst einem kleinen Mädchen gab.

Nein. Unmöglich.

Und doch weiß ich es längst. Tief in meinem Inneren habe ich es immer gewusst. Nur habe ich es lieber ignoriert, weil ich zu viel Angst hatte, dass es wahr sein könnte.

Zitternd wie Espenlaub rufe ich Yves an. Er geht sofort ans Telefon und fragt mich, wie mein Wochenende verläuft.

Ich unterbreche ihn mit tonloser Stimme: »Heißt sie wirklich Lilas?«

Es dauert nur eine Sekunde, die längste Sekunde meines Lebens.

»Bitte?«

Ich wiederhole meine Frage, obwohl ich die Antwort schon kenne.

»Nein, natürlich nicht«, antwortet Yves wie selbstverständlich. »Es ist ihr Pseudonym. Sie heißt …«

»… Fleur«, sagen wir gleichzeitig.

In meinem Kopf dreht sich alles. Mein Herz rast wie verrückt. Ich habe Angst, das Bewusstsein zu verlieren. Mit geballten Fäusten beende ich das Gespräch, ohne mich auch nur zu verabschieden.

Lilas ist Fleur. Fleur ist Lilas.

Sie war es die ganze Zeit. Ich habe verzweifelt nach ihr gesucht, dabei war sie die ganze Zeit da und saß am Schreibtisch nebenan. Ohne es darauf anzulegen, habe ich mich nach sechzehn Jahren Hals über Kopf wieder in dasselbe Mädchen verliebt.

»Es gibt da etwas, das ich dir nicht gesagt habe. Etwas, das ich nicht fertigbringe, dir zu sagen. Und wenn du es erst einmal weißt, wirst du mich nicht mehr mögen.«

Scheiße. Es ist kein Traum, dieses Mal nicht. Es ist real.

Jetzt kenne ich kein Halten mehr. Ich stehe auf, gehe nach nebenan und klopfe mit zitternden Knien an ihre Tür. Beinah hätte ich kalte Füße bekommen, aber schließlich öffnet sie die Tür, und ich schaue sie ungläubig an.

Sie trägt bereits ihr Nachthemd und starrt mich verständnislos an. »Aaron?«

Es ist, als würde ich sie endlich sehen. Ihr rundes, bewundernswertes Gesicht, ihre weiche Haut, ihr schönes, lockiges Haar und die legendären Sommersprossen auf der Nase und oberhalb ihrer Lippen. Stumme Tränen laufen über meine Wangen, während ich sie anschaue, ohne den Blick von ihr wenden zu können.

Sie ist es. Natürlich ist sie es. Es steht ihr überall ins Gesicht geschrieben. Wie konnte ich das übersehen?

»Du bist es«, hauche ich.

Endlich habe ich meinen Schutzengel wiedergefunden.

Fleur

»Du bist es.«

Ich brauche ihn nicht zu fragen, was er damit meint. Ich erkenne es sofort an seinem Blick. Endlich sieht er mich. Er sieht mich so, wie ich wirklich bin.

Ich zittere und weiß nicht, was ich sagen soll. In mir mischen sich Angst und die unterschiedlichsten Gefühle. *Du lieber Himmel.* Wir haben es endlich geschafft. Wie hat er es herausgefunden? Ist er wütend? Ich öffne den Mund, um mich zu entschuldigen, aber er kommt mir zuvor.

»Fleur?«, flüstert er betroffen.

Dies ist der Moment, auf den ich gewartet, den ich aber auch gefürchtet habe. Am liebsten würde ich es abstreiten, ihm sagen, dass er sich irrt, aber ich bin es so entsetzlich leid, zu lügen und mich zu verstellen.

Ich nicke unsicher. In heller Panik bin ich versucht, mich zu entschuldigen und ihm alles zu erklären, aber die Worte kommen nicht heraus, und plötzlich nimmt er mich in die Arme und drückt mich fest an seinen muskulösen Körper. Ich kann mich nicht mehr bewegen.

Mit dem Kopf an seiner Schulter beginne ich zu weinen. Seine Hände klammern sich an mich wie an eine Boje auf dem offenen Meer, als er flüstert: »Du hast mir so sehr gefehlt.«

Aaron

Ich kann sie nicht loslassen. Zu groß ist die Angst, dass sie wieder verschwindet. Ich ziehe sie eng an mich, Fleur oder Lilas, wie auch immer sie heißt, – die beiden einzigen Frauen, die ich je im Leben geliebt habe.

Ich wusste es. Ich habe es immer gewusst. Sie ist der Schlüssel zu meinem erträumten Glück.

»Bitte entschuldige«, flüstert sie schluchzend. Sie hat die Arme um meine Taille gelegt.

Ich würde ihr gern sagen, dass mir jetzt alles egal ist, weil ich sie wiedergefunden habe, und dass nichts anderes mehr eine Rolle spielt. Stattdessen küsse ich ihr Ohr und liebkose ihre Haut mit stummen »Ist schon okay« und »Ich liebe dich«. Mein Mund tröstet sie weiter und gleitet von ihrer Wange zu ihren wundervollen Lippen. Zärtlich umfasse ich ihr Gesicht und streichle ihre Wangenknochen mit meinen Daumen.

Ihr Blick taucht tief in meinen ein, und ich frage mich, wieso ich es nicht schon früher erkannt habe. Jetzt erinnere ich mich. Es sind die gleichen Augen. Sie hat sich nicht verändert.

»Ich habe dich wiedergefunden.«

Ich kann nicht anders, ich muss sie küssen. Mein Blick ist wie gefesselt von diesem geradezu unanständig schönen Mund, der nach Tränen schmeckt. Zurückhaltend küsse ich die Tränen fort und bahne einen feuchten Pfad von ihrem Kinn bis zu ihrem Hals.

Es tut so gut, dass ringsum nichts anderes mehr zählt. Ihre Hände schmiegen sich weich und kühl unter mein Hemd. Alles um uns herum versinkt.

Ich schließe die Tür mit meinem Fuß.

Fleur

Ich bin trunken von seinem Geruch, trunken von seinen Küssen, trunken von seinen Händen auf meinem Körper.

Meine Finger nehmen sich die Zeit, langsam sein Hemd aufzuknöpfen und die glatte, seidige Haut seiner Brust zu erkunden.

Er küsst mein Gesicht mit einer Ehrfurcht, die mein Herz höherschlagen lässt. Ein Feuer

b r e n n t

in meinem Körper.

Er kniet vor mir nieder. Meine Finger liebkosen sein dunkles Haar, und seine Lippen lassen mein Nachthemd auf den Boden gleiten.

Gleich explodiert mein Herz.

Aaron

Ich verliere mich in einem Strudel aus Haaren, feuchter Haut und lustvollen Seufzern.

Ich lasse meinen Mund wandern, wohin er will, um zärtlich und eifrig jeden Quadratzentimeter ihrer Haut zu verehren.

Sie streckt sich mir entgegen, und mein Herz schlägt so heftig, dass ich Angst habe, es könne stehen bleiben.

Fleur

Ich lege meine Lippen auf seinen Hals und küsse seinen Adamsapfel, dessen Pochen ich spüre. Dann berühre ich das Muttermal unter seinem rechten Auge …, weil ich das immer schon unbedingt tun wollte.

Aaron

Sie stöhnt meinen Namen, und es ist die schönste Melodie der Welt. Ich blicke ihr tief in die Augen, unsere Finger liegen flach ineinander verschränkt auf den Bettlaken. Ich habe große Angst, dass sie sich vor meinen Augen verflüchtigt.

Es darf kein Traum sein, das werde ich nicht zulassen.

Ich hebe sie hoch und setze sie auf meinen Schoß. Ihre Beine umschlingen mich fest. Wir verharren Stirn an Stirn, und ich küsse sie bis zur Atemlosigkeit.

Als sie schließlich kommt, hat sie noch immer meinen Namen auf ihren Lippen.

So etwas habe ich noch nie erlebt. Ich fürchte nur, dass ich mich morgen nicht mehr an diesen Moment erinnern werde.

Lieber würde ich sterben, als das zu vergessen.

Fleur

»Darf ich hier schlafen?«, flüstert er an meinem Bauch.

Ich versuche, zu Atem zu kommen, und streichle abwesend sein Haar. Seine Wange ruht auf meinem Nabel, sein geradezu kindlicher Blick hängt an mir. Ich berühre sein Gesicht und kann kaum glauben, was gerade geschehen ist.

»Wir müssen über all das reden«, murmle ich.

Er schließt die Augen, als wollte er dem Gespräch aus dem Weg gehen, und murmelt müde: »Morgen … Wir sprechen morgen darüber. Heute Nacht möchte ich einfach nur bei dir sein … Bitte!«

Ich nehme es ihm nicht übel, denn genau das möchte ich auch. Mir ist klar, dass die Wut an die Oberfläche kommen wird, sobald der Taumel vorüber ist. Ich möchte unser Wiedersehen genießen, ehe es dafür zu spät ist.

»Einverstanden.«

Er lächelt schwach, rutscht nach oben, küsst mich und umschlingt meine Taille. Unsere Nasen berühren sich.

»잘 자 내 사랑*«, raunt er.

Aaron schläft als Erster ein. Ich bleibe noch lange wach, beobachte ihn, halte seine Hand in meiner und bete, dass seine Erinnerung an diesen Tag für immer weiterlebt.

Aaron

Fleur liegt mir gegenüber, ist wunderschön, und zum ersten Mal seit langer Zeit ist es nicht nur meine Erinnerung.

Es ist tatsächlich die Gegenwart.

Ich habe sie wiedergefunden. Und ich will sie nie wieder gehen lassen.

Fleur

Beim Rauschen der Dusche werde ich langsam wach. Der Platz neben mir im Bett ist leer. Die Ereignisse des Vortages werden mir plötzlich sehr klar bewusst. *Oh Scheiße*! Ich habe mit Aaron geschlafen. Er weiß, wer ich bin, und ich habe immer noch keine Ahnung, wieso.

Weil ich meine eigenen Kleider nicht finden kann, streife ich das Hemd über, das er gestern getragen hat, und habe mich kaum wieder hingesetzt, als er schon aus dem Bad kommt.

Als ich das um seine Hüften gewickelte Handtuch und die Wassertropfen sehe, die an seinen Muskeln herunterrinnen, muss ich schlucken. Bilder der vergangenen Nacht fallen mir ein, und ich werde rot.

---

*   Gute Nacht, meine Liebste

Aaron scheint meine Gedanken lesen zu können, denn er lächelt amüsiert und legt sich neben mir auf den Bauch. Stumm betrachtet er mich durch seine Wimpern, dann reibt er sein nasses Haar an meinen Beinen.

»Woran denkst du?«, flüstert er.

Ich habe Angst, dass diese Nacht der endgültige Abschied war.

Aber das kann ich ihm nicht sagen. Also nehme ich das Kissen und drücke es auf sein Gesicht. Er lacht leise, befreit sich, umfasst meine Handgelenke mit seinen Händen und schaut mir ernst ins Gesicht.

»Wir haben uns einmal versprochen, dass wir das nie tun würden … Weil es zu ekelhaft wäre«, murmle ich mit einer Grimasse.

Bei der Erinnerung leuchtet sein Gesicht auf. Er zuckt die Schultern.

»Eigentlich ist es gar nicht so übel.«

»Stimmt«, lächle ich wehmütig. »Hast du wirklich diese ganze Zeit gebraucht, um das zu erkennen?«

Mein Scherz verpufft, als er mir sehr ernsthaft antwortet: »Es war mein erstes Mal. Also: Ja.«

Verblüfft blinzle ich, denn ich kann kaum glauben, dass Aaron tatsächlich noch Jungfrau war. Und doch … Sein Gesicht ist so aufrichtig und ehrlich wie immer. Ich antworte nicht, sondern lächele ihn nur an.

Lange betrachten wir einander, vielleicht, um den fatalen Moment hinauszuzögern. Er traut sich als Erster. Seine Finger streicheln meine Waden.

»Ich glaube, es ist jetzt an der Zeit, darüber zu sprechen.«

Ich schlucke hart und nicke. Es ist unumgänglich, das weiß ich. Ich habe schon viel zu lang gewartet.

»Es tut mir leid, dass ich gelogen habe«, gestehe ich mit gesenktem Kopf. »Dafür gibt es keine Entschuldigung.«

Er nickt und denkt nach. Trotz seiner Freude, mich gefunden zu haben, weiß ich, dass er enttäuscht, ja sogar wütend ist. Er verbirgt es nur gut.

»Warum hast du es getan?«

Rückhaltlos erzähle ich ihm alles. Ich habe nichts mehr zu verlieren ... zumindest fast nichts.

»Als ich dich an meinem ersten Tag dort gesehen habe, habe ich dich sofort erkannt«, erkläre ich. »Aber du ...«

Er versteht und macht ein schuldbewusstes Gesicht. Ich ahne, dass er sich rechtfertigen möchte, weil sein Gedächtnis nicht mehr das ist, was es einmal war, aber er schafft es nicht.

»Ich habe mich so geschämt«, fahre ich fort und lege mein Kinn auf meine angewinkelten Knie. »Ich habe mich so wertlos gefühlt, dass ich nicht gewagt habe, dir zu sagen, wer ich bin. Aber ich habe mich verändert, Aaron. Ich bin nicht mehr die Fleur, die du gekannt und geliebt hast ...«

»Das ist nicht mehr wichtig. Denn dieses Mal bin ich dem Charme von Lilas erlegen ... Nicht dem von Fleur.«

»Hm. An dem Morgen, als du mich unter dem Schreibtisch gefunden hast, wollte ich dir eigentlich die Wahrheit gestehen. Ich hatte dir einen Brief geschrieben.« Ich seufze und verberge mein Gesicht in den Händen. »Als ich aber erkannt habe, wie sehr du mich hasst, hat mich der Mut verlassen. Zu lügen erschien mir einfacher. Nur dass es zu weit ging. Ich wusste nicht mehr, wie ich es richtigstellen sollte, und ich bereue es ...«

Aaron steckt den Vorwurf mit nachdenklichem Gesicht ein. Beschämt und schuldbewusst beiße ich mir auf die Lippen.

»Das kann ich verstehen ... und es tut mir sehr leid«, sagt er schließlich. »Wäre ich nicht so überheblich gewesen, hättest du mir wahrscheinlich die Wahrheit gesagt.«

»Es war meine Entscheidung zu lügen. Also bin *ich* schuld.«

Mit einem leichten Lächeln neigt er den Kopf zur Seite und streicht eine Haarsträhne hinter mein Ohr zurück. Ich frage ihn, wie er die Wahrheit herausgefunden hat. Statt einer Antwort zeigt er mir das letzte Update meines Webtoons.

Ich falle aus allen Wolken.

»Du ... bist einer meiner Leser?«

»Ich hinterlasse sogar Kommentare«, erklärt er stolz und setzt sich neben mich.

Mit anderen Worten: Ich habe mich selbst verraten. *Ich blöde Kuh.*

»Ich hätte nicht gedacht, dass du dich daran erinnerst ... An die Tentakel, meine ich.«

»Wieso meinst du das?«

Ich zögere. Er muss es spüren, denn er runzelt die Stirn und sieht mich ernst an.

»Ich habe die Post-its bei dir zu Hause gesehen ...«, gestehe ich zögerlich.

»Oh.«

Mehr sagt er nicht dazu. Lange Minuten unterbricht keiner von uns das lastende Schweigen. Er scheint sich unbehaglich zu fühlen. Vielleicht aus Frust, weil ihm die Worte fehlen.

»Es ist nichts Ernstes«, beruhigt er mich schließlich. »Mach dir keine Sorgen, okay?«

»Das stimmt so nicht ganz. Du vergisst wirklich ziemlich viel ... Ganz zu schweigen von deinen Panikattacken. Ganz harmlos ist das sicher nicht. Warst du damit schon bei einem Arzt? Was hat er dazu gesagt?«

Überrumpelt seufzt er und fährt sich mit der Hand durch die Haare. Er zögert, weicht meinem Blick aus und erklärt: »Er meint, es sei eine vorübergehende Störung. Es liegt wohl nur am Stress.«

Lügner, würde ich ihm gern ins Gesicht schreien. Er schwindelt mich an, und es bricht mir fast das Herz. Aber habe ich nach all meiner Unaufrichtigkeit wirklich das Recht, ihm Vorwürfe zu machen?

»Aaron …«

»Bitte«, fleht er mich an und nimmt mein Kinn in seine Hand. »Ich bin noch nicht bereit, darüber zu sprechen.«

Ich küsse ihn zärtlich, um ihm zu zeigen, dass ich kapituliere. Wenn er sich nicht bereit fühlt, werde ich ihn sicher nicht zwingen. Aber ich werde bestimmt nicht aufgeben.

»Ich kann es noch immer nicht glauben«, seufzt er an meinen Lippen. »Du bist da. Und du bist real.«

»Ich weiß. Ich habe auch ein paar Tage gebraucht, um damit fertigzuwerden.«

Sein Lächeln wird breiter, und plötzlich lacht er laut auf und kann nicht mehr damit aufhören. Das sehe ich bei ihm so selten, dass es mich völlig überrumpelt. Ich frage, was ihn so amüsiert, aber er schüttelt nur spöttisch den Kopf.

»Nichts … Ich finde es nur total lustig, dass du Schriftstellerin geworden bist. Damals in der Schule warst du wirklich eine Rechtschreibkatastrophe. Entschuldige, aber ich hätte nie im Leben auf dich gewettet.«

Mit einem finsteren Blick versetze ich ihm einen Klaps auf die Schulter.

»Schicksal, Aaron. Das *Schicksal*.«

Er nickt und drückt mir einen zärtlichen Kuss auf die Schulter.

»Das Schicksal«, wiederholt er langsam. »Ein Begriff, der mir immer sympathischer wird.«

Aaron

Es ist, als hätten wir uns nie aus den Augen verloren.

Wir verbringen den ganzen Morgen im Bett und reden über Gott und die Welt. Endlich verstehe ich auch, warum Sélim gesagt hat, er hätte keine Mutter. Ich frage Lilas, wie es ihren Vätern geht und was in den letzten sechzehn Jahren in ihrem Leben geschehen ist.

Allerdings verweilen wir nicht lange bei dieser Frage. Fleur entschuldigt sich immer wieder, aber ich erkläre ihr, dass ich keineswegs wütend auf sie bin.

Ihr Misstrauen und ihr mangelndes Selbstvertrauen machen mir zu schaffen. Sie muss unter dieser Lüge sehr gelitten haben. Ich wünschte, sie hätte genügend Vertrauen gehabt, mir alles zu erzählen.

»Wieso bist du mir nicht böse?«, will sie wissen. »Ich habe dich angelogen. Du müsstest mich anschreien.«

»Du möchtest, dass ich dich anschreie?«

»Nein!«

»Dann lass endlich stecken.«

»Aber es wäre dein gutes Recht«, fügt sie hinzu.

Ich verdrehe die Augen. Ich habe nicht die geringste Lust, mit ihr zu streiten. Sie hat es nicht böse gemeint, und ich verstehe, warum sie sich so verhalten hat, auch wenn ich wünschte, sie hätte es nicht getan. Die letzten zwei Wochen machen jetzt wenigstens Sinn, was für mich eine Erleichterung ist.

»Fleur«, sage ich, und sie zuckt zusammen. »Das alles ist mir egal. Ich habe dich wiedergefunden, und nur das zählt. Wenn du wüsstest, wie lange ich nach dir gesucht habe …«

Schon mein ganzes Leben lang, aber das verrate ich ihr nicht.

Fleur

Aaron geht zurück in sein Zimmer, um seinen Koffer zu packen, während ich schnell dusche. Ich fühle mich wie auf Wolken und verstehe nicht, warum ich so lange gewartet habe, ihm die Wahrheit zu sagen.

Schließlich hat sich doch noch alles zum Guten gewendet.

Endlich kann ich aufatmen. Ich kann ihn und uns genießen – und dieses Schicksal, das uns wieder zusammengeführt hat. Natürlich weiß ich nicht, was die Zukunft uns bringt, und habe weiß Gott wirklich große Angst um ihn, aber ich habe mich entschlossen, zu vertrauen.

Als ich mich anziehe, finde ich einen Zettel auf meinem Bett. Mir wird ganz warm ums Herz, als ich ihn lese.

Liebe Lilas/Fleur,

willst du mein lieber Schatz sein?

Darunter soll ich entweder das Kästchen mit »Ja« oder das mit »Nein« ankreuzen. Ich muss grinsen, denn ich erinnere mich an das alles, als wäre es erst gestern gewesen. Genau auf diese Weise hat er mich vor sechzehn Jahren gefragt, kurz vor seinem Umzug.

Mit Bleistift kritzele ich meine Antwort. Zehn Minuten später treffe ich ihn abreisebereit auf dem Flur. Er trägt wieder einen seiner Anzüge. Sein Blick ist schüchtern, aber hoffnungsvoll.

Ich reiche ihm den Zettel. Er faltet ihn auseinander, und sein Lächeln kehrt zurück, als er das groß angekreuzte »Ja« sieht.

»Unter einer Bedingung«, füge ich hinzu.

»Was immer du willst.«

»Ich will alle deine *Animal Crossing*-Sternis«, flüstere ich lasziv.

Aaron öffnet den Mund, sieht aus, als fühle er sich verraten, und schüttelt den Kopf.

»Vergiss, was ich gesagt habe. Wir bleiben Freunde. Das reicht.«

»Du gemeiner K...«

Sein Mund auf meinen Lippen bringt mich zum Schweigen, und ich gebe mich ihm nur zu gern hin.

Eine Stunde später habe ich jede Menge Sternis.

Folge 5

Geheime Beziehung

VROMANCE – *I Fall In Love*

Lilas

Aaron Choi ist mein fester Freund.

Wirklich. Darauf habe ich fast zwanzig Jahre lang gewartet, und jetzt ist es endlich wahr geworden. Im Zug schlafe ich an seiner Schulter ein, und dieses Mal lehnt er seinen Kopf an meinen. Die alte Dame neben uns muss uns aufwecken, als wir wieder in Paris sind.

Im Taxi lässt Aaron meine Hand keine Sekunde los. Ich fühle mich immer noch wie auf Wolken. Obwohl das alles noch so neu für mich ist, fühlt es sich ganz natürlich an.

»Bis morgen«, sagt er, als wir vor meinem Haus stehen.

Ich lächle ihn an und will gerade die Tür aufschließen, als er mich am Handgelenk festhält und mich mit gerunzelter Stirn ansieht.

»Bevor ich dich gehen lasse, habe ich noch eine Frage – oder besser gesagt zwei.«

»Okay?«

»Erstens: Wie soll ich dich nennen? Fleur oder lieber Lilas?«

Ich erröte, weil mir die ganze Sache noch immer peinlich ist. Es fühlt sich ein bisschen an, als wäre ich schizophren – oder Hannah Montana ohne die Perücke.

»Was dir lieber ist. Ich mag beide.«

Er denkt einige Sekunden nach und nickt dann bedacht.

»Lilas gefällt mir. Und die zweite Frage: Was steht in deinem Brief?«

Natürlich weiß ich, wovon er spricht. Verlegen beiße ich mir auf die Lippe. Sein neugieriger Blick veranlasst mich, alles zu gestehen.

»Ich habe geschrieben, dass ich Fleur bin und dass es mir leidtut.«

Den zweiten Teil des Briefs lasse ich lieber weg. Da steht nämlich, wie sehr ich ihn liebe, und dass mir das Angst macht.

»Und was hast du geschrieben?«, erkundige ich mich neugierig.

Er hebt eine Augenbraue und schenkt mir ein schelmisches Lächeln.

»Das siehst du dann in einem Jahr.«

»Du hast *was*?«, schreit Eleanor am folgenden Morgen und erstickt fast an ihrem Orangensaft.

Ich lächle schüchtern. Es ist nicht das erste Mal, dass ich sie in meine Liebesgeschichten – und meine sexuellen Abenteuer – einweihe, aber dieses Mal ist es anders.

»Ich habe mit Aaron geschlafen. Ich weiß, vielleicht hätte ich es nicht tun sollen, es war vielleicht ein bisschen schnell ...«

»Willst du mich verarschen? Sechzehn Jahre – das ist fast ein Vierteljahrhundert! Ich bin echt stolz auf dich«, sagt sie und streichelt mir über die Haare.

Das ist nicht ganz von der Hand zu weisen. Dana gibt mir ein High five und fragt nach allen pikanten Details. Während ich mich für die Arbeit fertig mache, berichte ich kurz über die drei letzten Tage. Sie können es kaum fassen.

»Anscheinend war er erstaunlich cool … Irgendwie verdächtig.«

»Eben typisch Aaron«, seufze ich. »Ich weiß nicht einmal, warum ich geglaubt habe, dass er anders reagieren würde.«

Die Mädchen gratulieren mir und freuen sich für mich. Ich sehe einen großartigen Tag vor mir liegen, zumindest bis Dana mich nach Aarons Gedächtnisverlust fragt. Mit einem Mal fällt mir ein, dass meine Probleme durchaus nicht verschwunden sind. Ganz und gar nicht.

Bin ich blöd! Dieses kleine Detail war mir völlig entfallen.

Für den Moment jedoch schiebe ich alles beiseite, teils, weil ich es verdränge, aber auch aus Feigheit. Auf dem Weg zur Bushaltestelle hupt neben mir ein Auto.

Am Lenkrad sitzt Aaron und winkt mir zu. Überrascht gehe ich zu ihm.

»Was machst du denn hier?«

»Soll ich dich mitnehmen?«, bietet er mir mit einem wunderbaren Lächeln an.

Dem kann ich nicht widerstehen. Ich steige ein und werfe meine Tasche auf den Rücksitz.

Es ist zwar wirklich süß von ihm, aber als er losfährt, werde ich sofort deutlich.

»Wir sollten ein paar Regeln aufstellen.«

Er wirft mir einen fragenden Seitenblick zu.

Ich erkläre: »Ich glaube, auf der Arbeit sollten wir uns lieber zurückhalten. Ich möchte nicht, dass es zu Missverständnissen kommt. Im Büro sollten wir ganz professionell bleiben, okay?«

»Dann willst du den anderen gegenüber also verheimlichen, dass wir zusammen sind?«

Sein Ton ist ruhig, klingt aber etwas beleidigt. Schuldbewusst widerspreche ich ihm hastig.

»Nein, natürlich nicht! Wenn sie uns fragen, sagen wir die Wahrheit. Nur … Ich möchte, dass wir bei der Arbeit alle Zuneigungsbekundungen vermeiden. Das ist alles. Wir machen einfach weiter, als wäre nichts gewesen.«

Die Idee scheint ihm zwar nicht zu gefallen, aber er nickt trotzdem. Ich möchte nicht, dass sich andere Leute Dinge einbilden, die nicht der Wahrheit entsprechen. Und ich möchte ihnen auch nicht unbedingt die Vergangenheit erklären müssen, die Aaron und mich verbindet.

Ist es egoistisch, diese Beziehung eine Zeit lang für uns ganz allein behalten zu wollen?

»Du musst dich einfach nur so benehmen wie zuvor … Weißt du, als du mich nicht leiden konntest.«

Bei diesen Worten lächle ich ironisch, aber er schaut beim Fahren gleichgültig geradeaus. Ich werde heute nicht einmal mit ihm zu Mittag essen, und das aus gutem Grund: Es wäre zu verdächtig. Wir parken in der Tiefgarage des Bürogebäudes. Aaron scheint zu schmollen.

Der Rest ist eines guten Spionagefilms würdig. Ich bin der Meinung, er sollte vorausgehen, damit niemand sieht, dass wir gemeinsam ankommen, aber das findet er übertrieben. Ich versuche, ihn zu überzeugen, als eine Autotür zuschlägt und jemand auf uns zukommt.

In Panik ziehe ich Aaron an seiner Jacke außer Sichtweite nach unten. Er kollidiert schmerzhaft mit der Stoßstange des Autos. Ich entschuldige mich tausendmal.

»Das kommt mir alles ziemlich überzogen vor«, murmelt er, während er prüft, ob sein Auge etwas abbekommen hat.

»Ich gehe jetzt rein«, hauche ich und schaue, ob die Luft rein ist. »Ich wünsche dir einen schönen Tag.«

Ich küsse ihn und eile zur Treppe. *Das war kurz vor knapp.* Emma ist die Einzige, die mir einen misstrauischen Blick zuwirft, als ich mit hochroten Wangen im Open-Space-Büro ankomme.

Ich fürchte, das wird eine komplizierte Geschichte. Alle fragen mich, wie es auf der Gamescom war, sogar Nicolas, der für einen angeblich Kranken ziemlich gut in Form ist.

Ich höre nicht, wie Aaron hereinkommt. Maxime deutet stirnrunzelnd mit dem Finger auf sein Gesicht und fragt.

»Sag mal, was hast du denn da? Dein Auge ist ganz rot und geschwollen.«

Aaron antwortet mit einem giftigen Blick: »Darüber möchte ich nicht sprechen.«

Schuldbewusst beiße ich mir auf die Lippen. Den ganzen Vormittag hindurch ignoriert er mich schmollend, was ich, seien wir ehrlich, durchaus verdient habe. Trotzdem schicke ich ihm E-Mails, um ihn zu versöhnen. Einige davon könnte ich nicht laut vorlesen, ohne zu erröten …

Als wir uns nach der Mittagspause im Aufzug treffen, nutze ich die Gelegenheit und greife nach seiner Hand.

»Ich dachte, das wäre verboten?«, sagt er mit einem Blick auf die Überwachungskamera.

»Ich glaube, ich war ein bisschen zu voreilig«, gebe ich zu und streichle sein geprelltes Auge. »Tut mir leid.«

Er lässt sich erweichen, zuckt die Schultern und schenkt mir ein kleines Lächeln. Schließlich legt er seinen Arm um meine Taille und drückt mich zärtlich an die Fahrstuhlwand. Unsere Nasen berühren sich, und mir stockt der Atem.

»Ich bin nicht gut darin, etwas vorzutäuschen«, flüstert er.

Er presst seine Hüften an mich, und ich öffne die Lippen, um seiner Zunge zu begegnen. Köstliche Schauder ziehen durch meinen Körper. Ich vergesse alles um mich herum und wage mich mit den Händen weiter nach unten, als sich die Fahrstuhltüren auf unserer Etage öffnen.

Scheiße!

Ich stoße ihn so heftig von mir, dass er beinahe hinfällt. Einer der Abisoft-Entwickler tritt ein und schaut überrascht, als er Aaron kraftlos an der Kabinenwand lehnen sieht, sich den Arm haltend und die Zähne zusammenbeißend.

»Ich fürchte, ich habe einen Herzanfall«, stammelt er dramatisch.

Nach diesem Vorfall meide ich ihn den ganzen Tag. Nicolas bemerkt es natürlich sofort. Er macht sich einen Spaß daraus, seinen Plastikball gegen die Wand zu werfen. Dieser Mann tut wirklich alles, außer zu arbeiten. Es ist schon verrückt.

»Ich dachte, ihr beide hättet Frieden geschlossen.«

»Ja, wieso?«

Zwar antwortet er nicht, aber offensichtlich denkt er sich seinen Teil. Ich möchte lieber nicht mit ihm darüber diskutieren, denn mir ist klar, dass er mich danach wochenlang nerven würde.

Kurz vor Feierabend schickt mir Aaron eine E-Mail und bietet mir an, mit ihm zu Abend zu essen, um – ich zitiere – »die versäumte Zeit nachzuholen«. Plötzlich bekomme ich es mit der Angst zu tun. Ich habe immer noch nicht entschieden, wie ich ihm die Wahrheit über … den ganzen Rest sagen soll.

Ich wünschte, er würde sich nie erinnern.

Andererseits will ich ihn keinesfalls noch einmal anlügen.

Also schiebe ich einen Mädelsabend vor und lege ihm eine Tube Augensalbe und eine Tüte Skittles – ohne die gelben – auf seinen Schreibtisch.

Ich fahre allein mit dem Bus nach Hause und schaue noch schnell im Lebensmittelladen an der Ecke vorbei, um Chips und Alk zu besorgen. Vor unserer Wohnung sehe ich Eleanor aus einem tollen BMW aussteigen. Der Mann hinter dem

Lenkrad zwinkert ihr zu, während sie mehrere Einkaufstaschen von der Rückbank nimmt.

»Eleanor«, begrüße ich sie.

Lächelnd kommt sie auf mich zu. Ich helfe ihr, die Taschen in die Wohnung zu tragen, wo Dana gerade Yoga macht.

»Wer war denn das?«, erkundige ich mich. »Den habe ich noch nie gesehen. Schnuckeliger Typ.«

»Bruno«, antwortet sie und lässt sich auf die Couch sinken. »Intelligent. Witzig. Aufmerksam. Und Broker.«

Dana sieht mich schweigend an. Ich schlucke, denn ich fürchte, dass sie einen Kommentar abgeben wird.

»Hat er für all das Zeug da bezahlt?«, fragt sie schließlich.

Da haben wir den Salat. Da ich weiß, wie das enden wird, wechsle ich vorsichtshalber das Thema.

»Wie geht es eigentlich Quentin? Ich dachte, ihr trefft euch dann und wann.«

Eleanor beißt die Zähne zusammen und seufzt. Ein Sturm ist im Anzug. Vielleicht wäre ich doch besser bei Aaron geblieben.

»Ja, er hat dafür bezahlt. Na und?«, regt sie sich auf. »Soweit ich weiß, hat ihn niemand dazu gezwungen.«

Dana schüttelt den Kopf und rollt ihre Yogamatte zusammen. »Und ich dachte schon, du wärst endlich erwachsen geworden.«

»Was hast du bloß für ein Problem?« Wie erwartet explodiert Eleanor. »Wieso verurteilst du mich und nicht ihn? Ich bin immer offen und ehrlich. Ich habe ihm nicht die große Liebe vorgegaukelt. Er weiß, wie ich ticke. Was glaubst du wohl? Es passt ihm perfekt in den Kram, mit seinem Geld anzugeben, sich mit einem hübschen Mädchen zu zeigen und Gelegenheit zu haben, seine Macht zu beweisen. Ich benutze ihn ebenso sehr, wie er mich benutzt.«

»Und das hältst du nicht für erbärmlich?«

»Wie bitte?«, keucht Eleanor verwirrt.

»Wenn du ein bisschen doof wärst, ginge es ja noch an …
Aber das bist du weiß Gott nicht. Du hast es ja gerade selbst
gesagt: Du weißt ganz genau, dass diese Kerle dich benutzen
und dich für ein Objekt halten. Macht es dir Spaß, dich so herabsetzen zu lassen?«

Eleanor ist sehr rot im Gesicht. Ich versuche, die beiden zu
beruhigen, aber sie hören nicht auf mich.

»Ach, fick dich doch, Dana. Ich lasse mich überhaupt nicht
herabsetzen. Schließlich bekomme ich genau das, was ich will.
Ich habe alles unter Kontrolle und zwinge mich nie zu irgendetwas. Außerdem sind diese Jungs samt und sonders bezaubernd. Ich mag sie wirklich. Ich bin schließlich keine Prostituierte«, fügt sie schluchzend hinzu. »Und wenn es dir nicht
gefällt, schau doch einfach nicht hin.«

Dana hört ihr zu und wird plötzlich wütend. Mit dem Finger deutet sie auf uns.

»Jetzt bin ich wieder die Böse, nicht wahr?«, faucht sie verzweifelt. »Ihr denkt, ich zicke herum, weil ich eine scheinhei-
lige Moralapostelin bin, aber ihr versetzt euch nie in meine
Lage. Ich versuche doch nur, für euch da zu sein, weil ich mir
Sorgen um euch mache!«

»Dana«, unterbreche ich sie.

»Du«, brüllt sie mich an. »Ja, ich dränge dich dazu, Dinge
zu tun, die du hasst, und ja, ich meckere dich an, aber täte ich
das nicht, würdest du dich weiter in dein Schneckenhaus verkriechen, dich bemitleiden und denken, du wärst total wertlos.
Ohne mich hättest du diesen Job bei Abisoft nicht und würdest
dich immer noch mit Lockenwicklern auf der Couch lümmeln
und *Miraculous* schauen.«

Autsch. Das tut weh, da bin ich ganz ehrlich. Aber am meis-

ten schmerzt, dass sie recht hat. Ich kann ihr nichts entgegen-
setzen. Dafür schäme ich mich zu sehr.

Nachdem sie einmal in Schwung ist, wendet sie sich an
Eleanor.

»Und du denkst, ich verurteile dich, weil du dich durch alle
möglichen Betten schläfst, aber das stimmt nicht. Dein Sexual-
leben ist deine Sache. *Slut Shaming* gibt es bei mir nicht. Aber
ich hasse es mehr als alles andere auf der Welt, zu sehen, wie du
dich vor den Kerlen in Szene setzt, damit sie dir irgendwelchen
Krempel kaufen. Du solltest dich nicht von jemandem abhängig machen. Ist das zu viel verlangt? Du bist das klügste und
selbstbewussteste Mädchen, das ich kenne«, fügt sie hinzu. »Es
macht mich verrückt, ganz ehrlich.«

In der Wohnung wird es still. Wir sind alle kurz davor, in
Tränen auszubrechen, und mit den Nerven am Ende. Ich würde gern beruhigend auf beide einreden, aber ich bin immer
noch zu erschüttert von dem, was Dana mir gerade vor den
Bug geknallt hat. Dana scheint das zu verstehen, denn sie greift
nach ihrer Tasche und geht zur Tür.

»Ich schlafe heute Nacht bei Cécile.«

Eleanor und ich halten sie nicht auf. Ich drehe mich zu
Eleanor um, die kühl wie eine schöne Eiskönigin vor sich hin
starrt.

»Dana hat recht«, flüstert sie. »Ich bin ein Monster.«

»Du bist doch kein Monster. Und das hat sie auch nicht behauptet.«

»Quentin hat mich um ein Date gebeten«, gesteht sie mir
mit belegter Stimme. »Ich habe abgelehnt. Nicht, weil er mir
nicht gefällt. Ganz im Gegenteil. Aber wenn ich Ja sage, ist all
dies hier vorbei. Er hat kein Geld. Ich habe kein Geld. Aber ich
kann auf die Klamotten einfach nicht verzichten, Fleur … Ich
bin oberflächlich, ich weiß.«

So etwas hatte ich bereits geahnt, obwohl ich noch nie den Mut hatte, es ihr gegenüber zur Sprache zu bringen.

»Aber ich bin keine Prostituierte«, setzt sie mit erstickter Stimme und schluchzend nach, wie um sich selbst zu überzeugen.

»Hey«, murmle ich und nehme sie in die Arme. »Niemand hat das behauptet, Schätzchen.«

Am ganzen Körper zitternd klammert sie sich an mich. Dabei bemüht sie sich, ihre Tränen zu unterdrücken, doch der Misserfolg ist vorprogrammiert.

»Ich habe doch nur Angst … Angst davor, dass es mir an etwas fehlt, wie es meinen Eltern immer an allem gefehlt hat.«

»Dir wird es an gar nichts fehlen, wenn du dich richtig entscheidest. Du bist eine starke und kluge Frau, und eines Tages wirst du sogar eine Anwältin sein. Du kannst deine eigene Zukunft gestalten. Du brauchst niemanden, der dir schöne Dinge schenkt. Aber du verdienst es, der wahren Liebe zu begegnen, Eleanor. Außerdem wirst du schnell feststellen, dass es viel befriedigender ist, dein eigenes, hart verdientes Geld auszugeben.«

Sie schnieft und lässt ihren Tränen freien Lauf.

»Ich bin mir nicht sicher, ob ich es schaffe. Ich weiß, es ist albern, und ich hasse mich dafür, dass ich so etwas denke … aber ich habe das Gefühl, dass ich die Jungs brauche.«

Dieser einfache Satz macht mich echt wütend.

»Es gibt nichts, was eine Frau nicht allein erreichen kann«, widerspreche ich energisch. »Vor allem du. Du brauchst niemanden. Ganz sicher nicht.«

Sie nickt schluchzend. Ich tröste sie und sage, dass es längst nicht so schwierig ist, wie sie befürchtet, doch sie schüttelt den Kopf.

»Ich weiß. Aber das ist es nicht allein.«

»Sondern?«

Schmollend schaut sie mich mit tränennassen Wangen an.

»Dass Dana *schon wieder* recht hat.«

Ich kann nicht anders – ich muss herzlich lachen.

An diesem Abend gibt es kein zuckersüßes K-Drama. Ich helfe Eleanor, ihre Kleidungsstücke zu sortieren und eine Liste mit dem Titel »Mein Weg in die Unabhängigkeit« zusammenzustellen. Sie schläft in meinem Bett, legt ihre Arme um mich, und ich verspreche ihr, dass alles gut gehen wird.

Weil wir nämlich zusammenhalten.

Folge 6

Appetit wie ein Scheunendrescher ...
und ein höllischer Stoffwechsel!

Kim Na Young – *Because I Only See You*

Aaron

Diese Idee einer heimlichen Beziehung gefällt mir überhaupt nicht. Lilas geht zu weit. Wegen dieses Mists hätte ich fast ein Auge verloren! Ich bin nicht gut darin, mich zu verstecken, geschweige denn zu lügen.

Es weiß ohnehin jeder im Büro, was ich empfinde. Unmöglich, dass sie die Art, wie ich Lilas anschaue, nicht bemerken. Emma hat mich schon wiederholt dabei ertappt, aber so getan, als wäre nichts.

Immer wieder stehle ich Lilas hier und da ein paar Küsse, mal im Aufzug, mal mitten im Pausenraum. Leider verhält sich meine Freundin ein bisschen paranoid.

Ich hingegen kann mich einfach noch nicht daran gewöhnen, eine Beziehung zu haben. Ständig fürchte ich, dass Lilas von einem auf den anderen Moment verschwindet. Im Ernst, ich glaube fast, ich habe ein Angst-vor-dem-Verlassenwerden-Syndrom entwickelt. Ständig muss ich mich vergewissern, dass sie da ist, ich ihre Hand halten kann und nicht alles nur ein süßer Traum war.

Sie ahnt es wohl und übt sich in viel Geduld.

In diesen Dingen ist Lilas noch wundervoller, als ich es mir vorgestellt hatte. Zwar spielt sich alles ganz anders ab als in meinen Tagträumen, aber seltsamerweise finde ich es sogar noch besser.

Nach zwei Wochen Versteckspiel ertrage ich es nicht mehr. Ich nehme Lilas zwar immer im Auto mit, aber sie besteht nach wie vor darauf, dass ich einige Minuten vor ihr hinaufgehe, um keinen Verdacht zu erregen.

Allmählich jedoch bin ich es wirklich leid. Als ich das Büro betrete, bleibe ich an der Tür stehen und erkläre möglichst lässig: »Fleur und ich sind zusammen.«

Nur Maxime hebt den Kopf. Stirnrunzelnd meint er: »Äh, herzlichen Glückwunsch … Wer ist Fleur?«

»Lilas.«

Jetzt schauen mich alle verblüfft an. Nur Nicolas und Emma scheinen nicht besonders überrascht zu sein.

»Lilas ist noch nicht da«, bemerkt Natasha und wirft einen Blick auf ihren Schreibtisch.

»Ich weiß«, seufze ich. »Ich sage doch nur, dass Fleur meine feste Freundin ist.«

»Wir haben es verstanden, kein Grund zum Prahlen«, murmelt Maxime leicht verwirrt. »Aber wer ist diese Fleur?«

Ich bleibe ruhig, obwohl die Wendung, die dieses Gespräch nimmt, mich ein wenig nervt.

»Lilas.«

»Ich verstehe nicht ganz«, gesteht Julien.

Ich nehme meine Hände zu Hilfe, um es ihnen verständlich zu machen, wobei ich die einzelnen Worte durch ein bedeutungsvolles Schweigen trenne.

»Fleur – ist – Lilas – ist – meine – Freundin.«

Natasha wirft mir einen finsteren Blick zu und mustert mich von Kopf bis Fuß. Ihr schockierter Blick verstört mich.

»Ich hätte nicht gedacht, dass du so einer bist, Aaron. Mit den Herzen von zwei armen Frauen zu spielen …«

»Was? Nein, ich …«

»Bravo, Mann«, sagt Nicolas und klopft mir heiter auf die Schulter. »Was für ein Casanova! Wer hätte das gedacht? Ich jedenfalls nicht.«

»Und er ist auch noch stolz darauf.«

»Ich habt mich missverstanden«, sage ich hastig, weil ich fürchte, dass Lilas jeden Moment auftaucht. »Ich bin mit Lilas zusammen. Mit niemandem sonst. Lilas ist ihr Pseudonym, in Wirklichkeit heißt sie Fleur, und wir kennen uns, seit wir vier Jahre alt sind. Sie war meine erste große Liebe. Ich hatte sie aus den Augen verloren, aber wir haben uns wiedergefunden, und jetzt ist sie ganz offiziell meine Freundin. Sie möchte nicht, dass ihr es wisst, weil sie Angst vor eurer Reaktion hat. Also tut bitte so, als ob ihr nichts seht, und seid nett.«

Ich habe alles auf einmal ausgepackt und damit die Aufmerksamkeit sämtlicher Kollegen auf mich gezogen. Alle schauen mich erstaunt an. Vielleicht war es doch ein wenig zu viel Information auf einmal.

In diesem Moment betritt Lilas lächelnd das Büro.

»Hallo, Leu…«

Sie verstummt, als sie bemerkt, dass sich ihr alle Köpfe gleichzeitig zuwenden. Genervt schließe ich die Augen. Sie wird mich umbringen, das steht fest.

»Was ist hier los?«

Ich bin im Begriff, alles zu gestehen, als Emma uns mit der Mitteilung überrascht: »Ich habe heute Geburtstag.«

Wir sehen sie erstaunt an. Ich weiß nicht, ob es stimmt, aber ihre Enthüllung lenkt die Kollegen sofort ab. Wir beglückwünschen sie einer nach dem anderen, was sie offenbar dazu bringt, ihr Geständnis zu bereuen.

Nachdem alle wieder an ihre Schreibtische zurückgekehrt sind, bedanke ich mich bei ihr mit einem schüchternen Lächeln.

Nach meiner Eröffnung dachte ich, einer von ihnen würde irgendwann einen Fehler machen, aber eine gute Woche vergeht, ohne dass Lilas etwas ahnt.

Außerhalb der Arbeit sehen wir uns zum Ausgleich sehr häufig. Mal spazieren wir durch die Tuilerien, mal essen wir zusammen Mango-Bingsu im Café Pus82, oder wir machen es uns bis drei Uhr nachmittags unter der Bettdecke gemütlich … Wir holen die verlorenen Jahre nach und erinnern uns an unsere Kindheit, unsere frühe Jugend und unsere ersten Emotionen – oder besser gesagt die von Lilas.

»Hattest du schon viele Freunde?«, frage ich sie eines Abends in einer kleinen japanischen Buchhandlung in der Nähe der Oper.

Wir sitzen auf dem Boden, ich lehne mich an ein Bücherregal, sie liegt lang ausgestreckt, ihr Kopf in meinem Schoß. Sie löst ihren Blick nicht von ihrem Manga. Zwischen ihren Zähnen klemmt ein Stift. Da ich ihre Antwort nicht verstehe, nehme ich ihr den Stift aus dem Mund und stecke ihn in meinen eigenen.

»Nein«, sagt sie. »Nur wenige. Einen im Gymnasium, zwei an der Uni. Ehrlich gesagt, war es nichts wirklich Besonderes.«

Ein Versuch, sie mir mit anderen Männern vorzustellen, würde mir nur unnötig Schmerz zufügen. Sie fragt, ob es mich stört, und ich sage, es wäre mir egal. Es spielt keine Rolle, wer vor mir kam. Ich war sowieso der Erste, und ich beabsichtige, der Letzte zu sein.

»Und du?«, fragt sie mich und schaut zu mir auf.

»Das weißt du bereits. Du bist die Erste.«

»Ehrlich gesagt, kann ich das immer noch kaum glauben …«

Verwirrt runzle ich die Stirn.

»Du glaubst mir nicht?«

Sie richtet sich auf und lehnt sich an meinen Arm.

»Aber ja doch, natürlich! Ich bin nur überrascht, weil du fantastisch aussiehst und intelligent und aufmerksam bist ...«

Sie verwendet seltsame Adjektive, um mich zu beschreiben. Ich habe mich nie für attraktiv gehalten. Zumindest hat es mir noch nie jemand gesagt. Intelligent, okay. Und aufmerksam ... So bin ich nur ihr gegenüber, auch wenn ich ihr das nicht verrate.

Ich zucke die Schultern.

»Mädchen haben sich nie für mich interessiert. Vielleicht habe ich es auch nur nicht wahrgenommen. Jedenfalls hatte ich ohnehin weder Zeit noch Lust dazu.«

Das ist wahr. Ich habe nie wirklich ein sexuelles Verlangen nach jemandem empfunden. Sang-joon ist fast in Ohnmacht gefallen, als ich ihn eines Nachts in voller Aktion auf dem Wohnzimmersofa überrascht und ihm gestanden habe, dass ich mir noch nie einen Pornofilm angeschaut habe.

Ich glaube, ich brauche eine sehr starke emotionale Bindung, um sexuelles Verlangen zu empfinden. Und genau das ist bei Lilas passiert. Als ich anfing, tiefere Gefühle für sie zu entwickeln, erwachte in meinem Unterleib ein gieriges Tier.

Die Intensität meines Verlangens nach ihr überrascht mich nach wie vor.

Ich frage sie, wie sie als junges Mädchen war. Ihre Antwort überrascht mich.

»Einsam und zurückhaltend, schüchtern und ohne Freunde. Mein Zimmer war meine ganze Welt«, antwortet sie und legt ihr Kinn auf ihre Knie. »Ich habe es nur verlassen, um zur Schule zu gehen. Die Fensterläden waren immer geschlossen. Ich habe meine gesamte Zeit mit Schreiben oder Zeichnen am

Computer verbracht. Meine Väter haben sehr darunter gelitten. Sie hätten es gern gesehen, dass ich mich mit Freunden treffe, mich heimlich aus dem Haus schleiche, mit Jungs ausgehe … aber die Welt hat mir Angst gemacht.«

»Warum?«, frage ich leise. »Ich erinnere mich an ein kleines Mädchen, das vor nichts Angst hatte und sich dem Leben gestellt hat. Und das von allen geliebt wurde.«

»Menschen ändern sich … Etwas in mir ist zerbrochen. Ich habe jegliches Vertrauen verloren. Deshalb fing ich an zu schreiben. Auf diese Weise konnte ich zu jemandem werden, der ich in Wirklichkeit nicht bin.«

Dieser Satz schmerzt mich, denn ich habe immer geglaubt, dass das Leben mit einem Naturell wie dem von Fleur schön und einfach sein müsste. Aber da habe ich mich wohl geirrt. Ganz gleich, wie sehr Eltern versuchen, ihre Kinder zu lieben und es ihnen zu zeigen, – einige bekommen diese Botschaft nicht mit.

Plötzlich fällt mir etwas ein: *Ich nehme an, sie wollte auf Abstand gehen* … Abstand wovon? Was war geschehen, das sie so grundlegend verändert hatte?

»Warst du mir böse?«, frage ich sie plötzlich.

Sie runzelt die Stirn und fragt mich, was ich damit meine. Ich zermartere mir das Hirn und versuche, mich zu erinnern.

»So ganz genau kann ich mich nicht mehr entsinnen, aber soweit ich weiß, habe ich dir nach unserem Umzug Briefe geschrieben. Aber ich habe nie eine Antwort erhalten.«

Sie erstarrt, runzelt die Stirn und senkt den Blick.

»Du hast mir Briefe geschickt?«

»Ja, viele sogar. Aber irgendwann habe ich aufgegeben.«

»Das tut mir leid«, flüstert sie. »Ich habe nie einen erhalten … Ich wusste nichts davon.«

So etwas hatte ich bereits vermutet. Beruhigend lächle ich sie an, greife nach ihrer Hand und verschränke unsere Finger. Ich bin ziemlich sicher, dass meine Mutter die Briefe nie abgeschickt hat, obwohl ich immer noch nicht weiß, warum.

»Dann war also alles in Ordnung? Zwischen uns, meine ich.«

Sie braucht einige Sekunden, um mir zu antworten, als ob auch sie in ihren Erinnerungen graben müsste. Sie schluckt.

»Ich war dir nie wegen irgendetwas böse. Aber tatsächlich kann auch ich mich nicht mehr an alles erinnern.«

Ich würde gerne weiter nachhaken, aber sie wechselt das Thema.

»Sag mal … Diese ganzen Post-its …«

Mein Gesichtsausdruck ändert sich fast automatisch. Ich beiße die Zähne zusammen, um ihr meine Gereiztheit nicht zu zeigen. Darüber will ich jetzt absolut nicht sprechen, ich möchte diesen Augenblick nicht ruinieren.

»Ich weiß, dass du nicht darüber reden willst, aber ich mache mir Sorgen«, fährt sie fort. »Ich möchte dir helfen.«

»Das ist nicht deine Aufgabe, Lilas.«

»Was ist denn sonst meine Aufgabe?«, fragt sie und runzelt die Stirn. »Hier herumsitzen, lächeln und so tun, als ob alles bestens wäre? Dann hast du dir das falsche Mädchen ausgesucht, Aaron Choi. Wenn es sein muss, schleife ich dich mit Gewalt zu einem Arzt.«

Ich kann nicht anders, ich muss lachen. Sie setzt sich auf und wirft mir einen liebevollen, warmen Blick zu. Sie sieht so süß aus, dass ich fast dahinschmelze.

»Ich weiß, es ist beängstigend … Ich weiß auch, dass du das Schlimmste befürchtest. Aber wir müssen wissen, was los ist, damit wir angemessen reagieren können. Ich begleite dich, was auch passiert. Du musst da nicht mehr alleine durch.«

Ich zögere. Mir ist klar, dass mein Gedächtnisverlust, meine Panikattacken und meine Albträume nicht normal sind. Ich habe mit Sicherheit ein Problem und möchte natürlich auch selbst wissen, was es ist.

Und wenn ich nun verrückt geworden bin?

Wird sie mich danach immer noch wollen?

»Ich vereinbare einen Termin«, verspreche ich ihr.

Ein Lächeln lässt ihr Gesicht erstrahlen, und die Anspannung fällt von ihr ab. Sie nickt glücklich.

Ich hasse es, sie anzulügen, aber ich habe noch mehr Angst, sie zu verlieren.

Wir verbringen den Nachmittag in einer Ecke des Buchladens und lesen uns gegenseitig unsere Lieblingsmanga vor. Auf einigen Seiten hinterlassen wir Post-its mit lustigen und manchmal philosophischen Kommentaren, in der Hoffnung, dass ein zukünftiger Leser darauf stößt und sich fragt, wer sie geschrieben hat, ohne es je zu erfahren.

Nachdem wir fertig sind, tauschen wir unsere Manga.

Es ist einer der besten Tage meines Lebens. Lilas schläft mittlerweile oft bei mir, meistens dann, wenn Sang-joon nicht da ist. Sie hingegen lädt mich nie ein. Sie sagt, ihre Freundinnen reden derzeit nicht miteinander und sie versucht, der Atmosphäre in der Wohnung so oft wie möglich zu entfliehen. Natürlich gewähre ich ihr mit Freuden Asyl.

Dass ich in ihrer Gegenwart ohne Mühe oder Künstlichkeit so sein kann, wie ich wirklich bin, ist eine unsägliche Erleichterung. Ich trage weder meine gewohnten Anzüge noch meine Kontaktlinsen. Ich style mir auch nicht die Haare. Ich esse Ramen, ohne so zu tun, als könnte ich auch etwas anderes kochen, und sie ist bereit, meine Lieblingsvideospiele auszuprobieren.

Vor zwei Tagen haben wir den Abend nebeneinander in

meinem Bett verbracht, jeder an seiner Switch, und dabei haben wir uns gegenseitig mit Süßkartoffelchips gefüttert. Viele Leute fänden mich langweilig, aber sie beklagt sich nie.

Dies ist einer der vielen, vielen Gründe, warum ich sie liebe.

Denn ich liebe sie, das ist sicher. Ich habe sie immer geliebt. Sogar, als ich sie nicht erkannt habe.

»Warst du schon einmal in Korea?«, fragt sie plötzlich mit vollem Mund. »Du sprichst nie über die Familie deiner Mutter.«

Nachdenklich wische ich mir die Finger ab.

»Nur einmal, aber da war ich noch sehr klein. Lange bevor wir uns kennengelernt haben. Meine einzige Erinnerung sind blühende Kirschbäume … Meine Mutter hat sich nach meiner Geburt mit ihrer Familie entzweit, also kenne ich sie nicht«, erkläre ich.

Sie lächelt, denkt nach und beißt dann herzhaft in ihre gebratene Hähnchenkeule. Es ist eine Schweinerei, und ich schüttle grinsend den Kopf.

»Du isst wie ein Scheunendrescher«, sage ich.

Ich selbst esse sehr wenig, Lilas hingegen scheint immer für zwei zu essen. Das ist etwas, das mir sehr an ihr gefällt, denn man sieht, dass sie es genießt.

»Pass bloß auf, was du sagst«, droht sie mir mit ihrem fettigen Finger. »Sensibles Thema.«

»Wieso?«

»Die Mädchen im Kino sind Lügnerinnen, weißt du? Es ist ein Mythos, dass man sich der Völlerei hingeben kann, so oft man will, und trotzdem rank und schlank bleibt. Im wahren Leben gibt es den schrecklichen Fluch der Cellulite«, sagt sie in dramatischem Tonfall. »Mein schlimmster Albtraum. Du hast es vielleicht nicht bemerkt, aber …«

»Doch, ich habe es bemerkt.«

Ich habe sie schon so oft nackt gesehen, wie sollte es also anders sein? Verdrossen schaut sie mich an, so lange, bis ich es mit der Angst zu tun bekomme. Schließlich lässt sie mit einer angewiderten Grimasse ihr Huhn fallen.

»Na vielen Dank.«

»Ja und?«

Ich halte ihr meine Essstäbchen hin, um sie mein gebratenes Rindfleisch kosten zu lassen, aber ihr Blick ist unfreundlich.

»Jetzt hast du mir den Appetit verdorben. Blödmann.«

Schweigend wischt sie sich die fettigen Finger an ihrer Serviette ab und braucht dafür genau so lang wie ich, um meinen Fehler zu verstehen. Lilas, deren Augen mich hypnotisieren und deren Hüften zum Niederknien sind, hat Komplexe wegen ihrer Cellulite. Ich glaube zu träumen!

Mit zur Seite geneigtem Kopf frage ich sie:

»Wusstest du, dass nur Frauen Cellulite bekommen? Und zwar nicht, um euch zu ärgern, sondern um euch zu ermöglichen, Fett zu speichern und den Körper so während einer Schwangerschaft zu versorgen. Ist der menschliche Körper nicht schön? Ich finde nicht, dass du dich seiner schämen solltest.«

Zunächst fürchte ich, einen Fehler gemacht zu haben, indem ich sie mit wissenschaftlichen Erkenntnissen vollplappere, aber sie schaut mich fasziniert an und schüttelt langsam den Kopf.

»Aaron, ich glaube, ich bin in dein Gehirn verliebt.«

Nicht im Geringsten überrascht nicke ich.

»*As you should.*«

»Wirklich sehr beeindruckend. Und bestimmt ganz schön groß.«

Ich hebe eine Augenbraue, was sie zum Lächeln bringt, und komme ihr gefährlich nahe.

»Irre ich mich, oder ist das jetzt *dirty talk*?«

Ihr Grinsen genügt, um mich in Brand zu setzen.

»Vielleicht …«

»Und warum zum Teufel macht mich das so an?«

»Weil du ein Geek bist, Aaron Ch…«

Ich kann mich nicht mehr zurückhalten und bringe sie mit einem Kuss zum Schweigen. Sie klammert sich an meine Haare, nimmt mir meine Brille ab, drückt mich auf die Couch und setzt sich rittlings auf meinen Schoß. Des Geschmacks ihrer Haut werde ich wohl niemals überdrüssig, und auch nicht der Art und Weise, wie ihre Hände jedes Mal zittern, wenn sie unter mein T-Shirt greift und meinen Bauch streichelt.

Leidenschaftlich und voll entflammt erwidere ich ihren Kuss. Meine Finger klammern sich an ihre Hüften, während ihr Mund über meinen Hals bis zu meiner Brust gleitet. Dort küsst sie meine besonders erogenen Zonen: Ihre Zunge spielt sanft mit meinen Brustwarzen. Das Atmen fällt mir schwer.

»Du hast zu viel an«, hauche ich, während ich ihr das Kleid mit dem Blumenmuster ausziehe.

Sie trägt fast nichts drunter, und ich seufze entzückt. Meine Hand verliert sich zwischen ihren Oberschenkeln, und ich genieße ihr leises Stöhnen.

»In dein Zimmer«, flüstert sie.

Ich hebe sie hoch, mit ihren Beinen klammert sie sich um meine Taille. Plötzlich geht die Wohnungstür auf. *Scheiße!* In Panik lasse ich Lilas los. Sie fällt mit einem kleinen Aufschrei zurück auf das Sofa, rutscht ab und landet mit einem dumpfen Klang auf dem Boden.

»Min-hyuck?«

Auf der Schwelle stehen Sang-joon und meine Mutter und sehen uns zutiefst schockiert an.

»Oh mein Gott«, stöhnt Lilas auf dem Boden und versucht,

ihr Gesicht und ihre nackte Brust mit den Händen zu verbergen.

Endlich bewege ich mich und reiche Lilas mit knallroten Ohren ihr Kleid. Außerdem frage ich, ob sie sich wehgetan hat, aber sie stellt sich einfach tot.

»*Eomma*«, murre ich, während ich mich anziehe.

Ich nehme meine Mutter am Arm und bitte sie, später wiederzukommen, aber ihre Augen bleiben auf die Couch geheftet, hinter der Lilas teilweise verborgen ist. Sie liegt immer noch auf dem Boden und rührt sich nicht weg.

»Schon gut, schon gut«, gibt meine Mutter endlich nach. »Ich lasse euch allein ... Auf Wiedersehen!«

Lilas' Arm ist gerade lang genug, als sie ihre Hand über das Sofa hinausstreckt und meiner Mutter schweigend zuwinkt. Zumindest ist sie höflich. Ich entschuldige mich bei meiner Mutter, werfe Sang-joon einen bitterbösen Blick zu und sage ihm, er solle in zehn Minuten wiederkommen.

Dann schließe ich die Tür hinter ihnen und atme erleichtert auf. Leider sind die Wände so dünn, dass ich meine Mutter auf Koreanisch rufen höre: »Die Wahrsagerin hatte recht! Vielleicht bekomme ich doch noch Enkelkinder. Gott sei Dank ist die Familienehre gerettet.«

Ich schließe die Augen und fahre mir mit der Hand über das Gesicht. Lilas späht verlegen hinter der Couch hervor.

»Was hat sie gesagt?«

Ich gehe zu ihr, um ihr beim Aufstehen zu helfen, und lächle ihr beruhigend zu.

»Dass du sehr charmant aussiehst.«

Folge 7

Eine mehr als angespannte Familie ...

Taeyeon – *All About You*

Lilas

Eleanor und Dana sprechen überhaupt nicht mehr miteinander.

Die einzig verbliebene Verbindung zwischen uns dreien, wenn man das so sagen kann, bin ich. Ich bin Dana nicht böse wegen der Dinge, die sie an jenem Abend ausgesprochen hat, denn sie sind wahr. Auch Eleanor nimmt ihr das nicht übel, da bin ich mir sicher. Sie ist aber einfach noch zu verletzt und angeschlagen, um den ersten Schritt zu machen.

Heimlich schreibe ich Nachrichten mit Cécile, bei der Dana jetzt die meiste Zeit verbringt. Von ihr weiß ich, dass die Situation Dana sehr belastet und sie sich schuldig fühlt, uns irgendwie bevormundet zu haben. Leider ist ihr Stolz ebenso groß wie Aarons IQ. Und das will etwas heißen.

Die gute Nachricht ist, dass Eleanor bereit ist, die Nummern aller Männer zu löschen, mit denen sie »ausgegangen« ist und die sie nicht vermisst. Im nächsten Schritt kümmern wir uns um ihre beeindruckende Garderobe.

»Warum soll ich das eigentlich tun?«, klagt sie.

»Weil du ausmisten musst. Du besitzt einfach zu viele Klamotten, Eleanor. Wir wenden die Marie-Kondo-Methode an; du wirst sehen, das verändert dein ganzes Leben.«

Ich helfe ihr, alles in drei Haufen zu sortieren: zur Kleidersammlung, zum Verkauf, zum Behalten. Die Idee dahinter ist, nur das zu behalten, was einem wirklich am Herzen liegt. Alles andere, was keine Freude mehr macht, kann weg. Damit verbringen wir einen ganzen Tag.

Zunächst will sie alles behalten, aber ich appelliere an ihre Vernunft.

»Du brauchst Geld, wenn du zurechtkommen willst«, argumentiere ich. »Denk dran, du hast noch keinen Job.«

Schließlich gibt sie klein bei und bedankt sich im Stillen bei jedem Teil, bevor sie es auf die Stapel »Verkauf« oder »Kleidersammlung« legt. Ich muss zugeben, dass es nicht leicht ist, dabei zuzusehen. Aber ich bin stolz auf sie, und das sage ich ihr auch. Am nächsten Tag begleite ich sie zum Laden, in den sie ihre Luxusteile zum Weiterverkauf gibt. Sie behält nur wenige Stücke, zu denen sie eine symbolische und emotionale Bindung verspürt.

Als wir nach Hause kommen, ist sie fasziniert von dem Geld, das sie gerade eingenommen hat und das ihr und nur ihr allein gehört. Sie nimmt es zum Anlass, mich zum Abendessen einzuladen, und wir stoßen auf den Beginn ihrer Unabhängigkeit an.

»Du musst dich jetzt um eine Alternative kümmern.«

Sie nickt schweigend. Ich weiß, was sie denkt, auch wenn ich nicht darauf eingehe. Wir sind uns sehr viel ähnlicher, als ich dachte. Eleanor ist intelligent und hat viel Selbstvertrauen. Trotzdem hat sie noch nie in ihrem Leben gearbeitet. Sie hat Angst und weiß nicht, wie sie es angehen soll.

Als sie ihr frisch aufgeräumtes Zimmer sieht, beginnt sie zu weinen. Voller Mitgefühl nehme ich sie in die Arme und frage sie, ob sie klarkommt.

»Ich ziehe es tatsächlich durch«, schluchzt sie.

»Ja, das tust du. Und weißt du was? Du machst das ganz großartig.«

Sie trocknet ihre Tränen und birgt ihr Gesicht an meiner Schulter.

»Fleur?«

»Ja?«

»Quentin gefällt mir sehr. Ich habe einen Riesenfehler gemacht.«

Darauf habe ich keine Antwort und begnüge mich damit, sie zu umarmen und ihr zu versprechen, dass ich ihr, wann immer ich kann, helfe, ihre Situation in Ordnung zu bringen.

»Was hast du am Wochenende vor?«, frage ich Aaron. »Du hast mir übrigens noch gar nicht gesagt, wann dein Arzttermin ist. Soll ich mitkommen?«

Er betrachtet mich von seinem Stuhl aus. Dabei dreht er einen Bleistift zwischen den Fingern. Unter dem Vorwand, Wilfred zu füttern, habe ich Aarons Büro aufgesucht und unterhalte mich ein paar Minuten mit ihm bei heruntergelassenen Jalousien.

»Ich dachte … wir könnten noch einmal dort hinfahren.«

Ich vergesse alles um mich herum und blinzle.

»Was meinst du mit ›dort‹?«

»Nach Hause.«

Ich erstarre, und mein Lächeln erlischt sofort. »Nach Hause.« Ich weiß genau, was er damit meint. Das Dorf, in dem wir aufgewachsen sind. Wo alles begann. Aber das ist unmöglich. Wie Flashbacks fallen ihm jedes Mal, wenn wir uns sehen, bestimmte Einzelheiten nach und nach wieder ein.

Es ist, als ob allein meine Anwesenheit genüge, seine Erinnerung wachzurufen. Im Grunde weiß ich, dass es so ist. Je länger ich in seiner Nähe bin, desto mehr Erinnerungen löse ich aus.

Bisher ging es nur um gute und harmlose Begebenheiten.

Aber ich warte voller Furcht auf den Tag, an dem das Entsetzen zurückkommt. Ich wünschte, ich könnte ihm die Wahrheit sagen, auch wenn er mich dafür hasst, aber wenn seine Eltern ihm sechzehn Jahre lang die Fakten vorenthalten haben, gab es wohl einen Grund dafür.

Da sollte ich mich lieber nicht einmischen …

»Ach, ich weiß nicht«, sagte ich und weiche seinem Blick aus. »Ich glaube, es soll regnen.«

Er will mir gerade widersprechen, als Yves ins Büro kommt. Ich zucke zusammen.

»Aaron, kannst du … Oh, hallo, Lilas!«

Ich grüße ihn mit einer kleinen Verbeugung, ehe mir klar wird, dass das völliger Blödsinn ist, und sage dann freundlich: »Guten Tag.« Aaron scheint sich über meine Reaktion zu amüsieren.

Yves bemerkt jedoch offenbar nichts und fragt, wie es mir geht.

»Gut, danke. Ich habe nur … den Fisch gefüttert.«

Er schenkt mir ein warmes Lächeln und verschränkt die Arme vor der Brust.

»Es tut mir leid, dass wir noch nie wirklich Gelegenheit zu einem Gespräch hatten. Irgendwann müssen wir mal gemeinsam zu Mittag essen.«

Ich nicke, gerate aber allein schon bei dem Gedanken innerlich in Panik …

»Wie geht es Ihren Eltern?

»Meinen … Eltern?«, stammle ich verständnislos. »Es geht ihnen gut, vielen Dank.«

Glaube ich zumindest. Ich überlege noch, was das für eine Frage ist. Er lacht über etwas, das Aaron und ich nicht verstehen.

»Leben sie immer noch auf dem Land? Als wir uns das letzte Mal gesehen haben, hat James mit den Tomaten und Kirschen geprahlt, die er in seinem Garten anbaut.«

Ich erstarre zur Salzsäule. Aaron stutzt überrascht. Ich starre Yves an, ohne ihn zu sehen, und spüre, wie mir das Gesicht entgleitet.

»Sie kennen meinen Vater?«

»Natürlich.« Yves lacht. »Wir haben zusammen studiert. Ich war dabei, als er sich Hals über Kopf in Arthur verliebt hat. Toller Typ. Leider hatte ich früher nie die Gelegenheit, Sie persönlich kennenzulernen … Ihre Väter schwärmen mir immer von Ihnen vor, wenn wir uns treffen. Für die beiden ist ihre schriftstellernde Tochter einfach außergewöhnlich. Und seit ich Sie kenne, kann ich ihnen nur zustimmen.«

Ah. Aha. Ich versuche, über sein Kompliment zu lächeln, aber es gelingt mir nicht. Ich erkenne es an Aarons besorgtem Gesichtsausdruck. Denn er versteht ebenso wie ich, was das bedeutet.

Jetzt macht alles Sinn.

Mein Job in dieser Firma. Yves' Beharrlichkeit. Seine Freundlichkeit.

Ich wurde nicht entdeckt. Ich wurde dank guter Beziehungen eingestellt.

»Danke«, sage ich schließlich mit tonloser Stimme. »Entschuldigen Sie, ich muss wieder an die Arbeit.«

»Natürlich.«

Er lässt mich gehen, und ich verschwinde hastig und ohne einen weiteren Blick zu Aaron. Ich brauche sein Mitleid nicht. Nicht jetzt.

Es ist nicht zu fassen. Aaron hatte die ganze Zeit recht, mich abzulehnen. Ich gehöre nicht hierher. Meine Einstellung bei Abisoft war von Anfang an verdächtig. Ich wusste nichts über

Videospiele und habe mich nie bei der Firma beworben – warum also hätte Yves sich trotz alledem die Mühe machen sollen, mir diesen Job anzubieten?

Ich habe einem qualifizierten und leidenschaftlichen Menschen den Arbeitsplatz weggenommen. Es ist zum Kotzen. Schlecht gelaunt bringe ich den Rest des Tages hinter mich und habe große Lust, früher nach Hause zu gehen. Aaron versucht, unter vier Augen mit mir zu sprechen, aber ich gehe ihm aus dem Weg.

Als ich gerade das Büro verlassen will, schickt er mir eine Nachricht.

Ich weiß, was du denkst. Aber das ändert nichts, Lilas. Du hast die ganze Zeit über bewiesen, dass du deinen Platz bei uns verdienst. Okay?

Ich bin viel zu sauer, um auch nur den Versuch zu machen, alles zu verstehen. Ausnahmsweise war ich einmal stolz auf mich. Ich fing an, meinen Fähigkeiten zu vertrauen und zu denken, dass ich – vielleicht – ganz auf eigene Faust klarkommen könnte.

Aber dem war nicht so. Meine Eltern mussten ihre Beziehungen spielen lassen, damit ich eine richtige Arbeit finde. Es war nicht mein Talent, das Yves überzeugt hat, nichts dergleichen. Diese schlichte Entdeckung stellt alles infrage. Ich sollte nicht an diesem Videospiel beteiligt sein. Was, wenn es meinetwegen ein Flop wird?

»Lilas«, ruft Aaron hinter mir her, als ich zum Aufzug gehe. »Lilas, warte.«

Er greift sanft nach meiner Hand und sieht mich besorgt an.

»Dir hat er es auch nicht gesagt, oder?«, frage ich ihn.

Er seufzt.

»Nein. Er hat sich zu diesem Thema immer nur sehr vage geäußert.«

Mein freudloses Lachen klingt eher nach Tränen.

»Wie dem auch sei, ich bin eben nicht in der Lage, etwas allein auf die Reihe zu kriegen. Meine Väter müssen mir immer wieder helfen. Das ist demütigend.«

»Jetzt rede keinen Unsinn«, unterbricht Aaron mich streng. »Ich kenne Yves viel zu gut. Er ist ein Profi und hätte nie jemanden völlig Inkompetentes eingestellt, nur um einem Freund einen Gefallen zu tun. Das ist nicht seine Art, das kannst du mir glauben.«

Das macht zwar Sinn, aber ich bin zu verletzt und vor allem zu enttäuscht, um ihm zuzuhören. Er bittet mich, auf ihn zu warten, um gemeinsam nach Hause zu fahren, aber ich schüttle den Kopf.

»Ich möchte heute Abend allein sein ... Tut mir leid.«

Er nickt verständnisvoll und küsst mich. Seine Daumen streicheln mein Kinn, während seine Lippen zu meinen Schläfen wandern. Seine Küsse sind keusch und tröstlich.

»Denk nicht zu viel nach. Du kannst mich jederzeit anrufen, okay?«

Ich rufe ihn nicht an. Den Abend verbringe ich allein in meinem Zimmer und lese die Kommentare zu meinem Webtoon. Als ob ich mich bestrafen wollte. Danach fühle ich mich noch deprimierter, was wohl unbewusst mein Ziel war. Ich weiß nicht, warum ich überrascht bin. Aber ich hatte wirklich daran geglaubt.

In meine Enttäuschung mischt sich Wut. Meine Eltern wissen, wie sehr ich mich bemühe, allein mit allem fertigzuwerden. Trotzdem versuchen sie immer wieder, in mein Leben einzugreifen. Sie prahlen mit meinen Erfolgen und bemühen sich, mich zu pushen, wo immer sie können, um mich glauben zu lassen, ich wäre die Beste.

Nur funktioniert das Leben nicht so. Ich will nichts, was ich nicht verdiene. Damit bringen sie mich nur in Schwierigkeiten.

Ich dachte, meine Wut würde über Nacht verrauchen, aber am nächsten Tag stehe ich bei meinen Vätern vor der Tür. So viel liegt mir schwer auf dem Herzen, und ich fürchte, es bringt mich um, wenn ich nicht sofort mit ihnen darüber rede.

»Oh«, wundert sich Arthur, der mir die Tür öffnet. »Na, was machst du denn hier?«

Ich zwinge mich zu einem Lächeln.

»Ich muss mit euch reden.«

»Das ist die Art Überraschung, die ich liebe.« Er lächelt und küsst mich auf beide Wangen. »Geht es dir gut, Süße?«

Ich nicke und gehe ins Wohnzimmer, wo James vor dem Fernseher sitzt. Er ist ebenso überrascht wie Arthur, aber er nimmt mich sofort in die Arme und fragt, ob ich etwas essen möchte.

»Wo ist Sélim?«

»Draußen mit seinen Freunden. Er kommt sicher gleich.«

Ich weiß nicht, wie ich das Thema anpacken soll, und es entwickelt sich zunächst ein Gespräch, in das ich nicht eingreife. Ich setze mich auf die Couch und knabbere ein paar Süßigkeiten. Meine Väter schauen mich an, als ob sie immer noch nicht glauben könnten, dass ich wirklich da bin. Ich seufze verlegen.

»Ihr müsst damit aufhören«, entfährt es mir schließlich.

»Womit aufhören?«

Mit zusammengebissenen Zähnen starre ich auf meine Fingernägel.

»Mit allem. Ich weiß, ihr meint es gut. Aber die Komplimente, eure bedingungslose Liebe, die Telefonanrufe alle naselang … das erstickt mich. Ihr erdrückt mich.«

Damit hatten sie nicht gerechnet. Und ich auch nicht. Ich wollte eigentlich nicht mit der Tür ins Haus fallen, aber jetzt sind wir mittendrin, und es gibt kein Zurück mehr.

Es muss ausgesprochen werden.

»Fleur … was ist los?«, flüstert James besorgt.

Arthurs immerwährendes Lächeln ist erloschen. Er schweigt, was wirklich selten vorkommt.

»Ich halte es nicht mehr aus«, hauche ich mit Tränen in den Augen. »Es ist zu schwer zu ertragen. Ich bin nicht die, für die ihr mich haltet. Ich bin nicht die Schönste, ich bin nicht die Klügste, ich bin nicht die Talentierteste, ich bin nicht berühmt. Ich bin nichts davon. Ihr müsst damit aufhören.«

James runzelt verwirrt die Stirn.

»Aber für uns bist du es. Ich verstehe einfach nicht …«

»Ich bin eine Blenderin, Papa!«, explodiere ich unter Tränen. »Mein ganzes Leben ist eine Serie von Misserfolgen. Ich hasse mich. Ich habe euch enttäuscht. Ich habe versucht … Ich habe wirklich versucht, eure Erwartungen zu erfüllen, aber ich kann es nicht. Es tut mir leid. Es tut mir unendlich leid.«

Fassungslos schauen sie mich mit großen Augen an. Ich senke den Blick, und meine Tränen fallen in meinen Schoß.

»Fleur! Schätzchen!«, sagt James und legt mir eine Hand auf mein Knie. »Was ist denn mit dir los? Du bist doch keine Blenderin. Alles, was wir sagen, meinen wir auch so. Du bist genau so, wie dein Vater und ich es uns erträumt haben … Wir könnten nicht stolzer auf das sein, was aus dir geworden ist.«

Ich lache freudlos auf und schniefe laut.

»Was denn? Ein vierundzwanzigjähriges Mädchen, das erfolglos Comics schreibt, mit zwei anderen Mädchen in einer winzigen Wohnung lebt und nicht in der Lage ist, einen vernünftigen Freund zu finden? Geschweige denn einen Job? Na toll!«

»Nein. Ein aufmerksames, selbstloses, höfliches, starkes und tapferes Mädchen, das nie aufgibt. Ein leidenschaftliches Mädchen, das trotz aller Widrigkeiten seine Träume verfolgt. Ein Mädchen, das an zweite Chancen glaubt und immer das Beste in anderen Menschen sieht. Alles andere ist reine Nebensache.«

Ich schüttle den Kopf. Es war zwar nicht vorgesehen, aber jetzt sprudelt alles hervor, was ich zwanzig Jahre lang zurückgehalten habe. Und das ist eine ganze Menge.

»Ihr wolltet eine schöne, talentierte Tochter, künstlerisch begabt und fleißig, die eifrig studiert, Klavier spielt und tanzt … In Wahrheit bin ich alles andere als außergewöhnlich. Ich bin durchschnittlich, eher unterdurchschnittlich. Ich bin der Aufgabe nicht gewachsen, und wenn ihr mir ständig Komplimente macht, fühle ich mich nur noch unvollkommener. Die Bewunderung, die ihr mir entgegenbringt, verdiene ich nicht.«

»Aber wir bewundern dich, weil du unsere Tochter bist«, wirft Arthur laut ein. Zum ersten Mal, seit dieses Gespräch begonnen hat, mischt er sich ein.

James und ich zucken zusammen. James tätschelt ihm beruhigend das Knie, doch Arthur ignoriert ihn und spricht mit Tränen in den Augen weiter: »Du bist unsere Tochter, ob es dir gefällt oder nicht. Wir machen dir Komplimente, weil wir dich lieben. Wir beschützen dich, und wir stellen dein Licht nicht unter den Scheffel, weil wir nämlich stolz auf dich sind und das auch zeigen wollen. Und auch, weil ich verdammt noch mal in den letzten zwanzig Jahren jede Minute Sorgen hatte, dass du wieder verschwindest.«

»Arthur«, unterbricht ihn James.

»Ich weiß, dass du dir etwas anderes vorgestellt hast«, fährt er trotzdem mit schmerzlich verzerrtem Gesicht fort. »Vielleicht eine andere Familie …«

Etwas verloren runzle ich die Stirn. Mit zitternden Händen frage ich ihn, was er damit meint. Arthur trocknet seine Tränen, lächelt bitter und erklärt: »Im Gegensatz zu uns hattest du nicht den Luxus, wählen zu können. Zunächst einmal hattest du keine Mutter. Die haben wir dir immer vorenthalten, und das wird uns unser Leben lang leidtun. Außerdem hast du zwei Väter, die vielleicht *deinen* Erwartungen nicht gerecht werden. Hast du darüber jemals nachgedacht?«

Erstaunter könnte ich nicht sein. Nein, ganz ehrlich, darüber habe ich nie nachgedacht. Die beiden sind doch perfekt!

»Wir haben alles getan, was wir konnten, um es dir recht zu machen, und eine Zeit lang dachte ich, wir wären einander endlich nähergekommen«, fährt Arthur fort. »Aber wir haben uns geirrt. Wir beide waren dir immer peinlich. Du akzeptierst unsere Komplimente nicht, du versteifst dich jedes Mal, wenn wir dich umarmen, du lässt uns nicht an dir und deinem Leben teilhaben … Und du hast uns noch nie gesagt, dass du uns liebst.«

Nun weine ich hemmungslos. Ich stehe auf, drehe mich um, damit sie es nicht sehen können, und verberge mein Gesicht in den Händen. Ich schluchze so heftig, dass es schmerzt. Ohne es zu wollen, habe ich sie verletzt. Ich habe sie glauben lassen, dass ich sie nicht liebe, obwohl ich sie mehr liebe als alles andere auf der Welt.

Ich bemerke, wie Arthur einen Schritt auf mich zukommt, weil er es nicht erträgt, mich weinen zu sehen, aber im letzten Moment hält er sich zurück. Als ob er sich gerade daran erinnert hätte, dass ich mich nicht gerne berühren lasse.

Diese kleine Geste reicht aus, um mein Herz vollends zu brechen.

»Ihr irrt euch«, schluchze ich leise. »Ich … ich war nie glücklicher als an dem Tag, als ihr euch vor mich hingehockt und nach meinem Namen gefragt habt. Ich bin einfach nur ganz miserabel darin, zu zeigen, was ich empfinde. Und ich wollte nicht, dass ihr eure Entscheidung für mich irgendwann bereut.«

James fährt sich mit der Hand über das Gesicht, wie um die Emotionen auszulöschen, die sich auf seinen Zügen abzeichnen, während Arthur zu mir kommt und mich umarmt. Ich lasse mich fallen und schlinge meine Arme um seine Taille.

Mein Kopf ruht auf seiner Brust, als wäre ich ein Kind, als er sagt: »Es tut mir so unendlich leid, mein Schatz. Wir haben dich missverstanden.«

Ich schüttle immer wieder den Kopf, kann aber nicht sprechen.

»Wir werden unsere Wahl niemals bereuen«, fügt James hinzu, legt seine Arme um uns beide und küsst mich auf die Stirn. »Du warst genau die Richtige.«

Das zu hören nimmt mir eine schwere Last von den Schultern. Das Gefühl ist unbeschreiblich. Ich fühle mich so erleichtert, so stark und so glücklich, dass ich mein Herz sprechen lasse und endlich sagen kann: »Ich liebe euch.«

Eine Sekunde lang fürchte ich, dass Arthur in Ohnmacht fällt. James lacht glücklich, und beide umarmen mich noch fester. So verharren wir lange Zeit. Ich fühle mich sicher, geliebt und verstanden.

Als ich mich zurückziehe, wischt James mir die Tränen weg.

»Hör bitte auf, ständig zu versuchen, dein Leben von uns abhängig zu machen, okay? Du kannst meinetwegen Clown werden, das ist mir völlig egal. Solange du glücklich bist, sind wir es auch.«

Trotz allem muss ich lachen.

»Gut, einverstanden … Aber dann müsst ihr mir auch versprechen, dass ihr aufhört, eure Beziehungen spielen zu lassen. Das kann ich wirklich nicht ertragen.«

»Welche Beziehungen?«, fragt Arthur überrascht.

»Yves Masson«, sage ich nur. »Mein Chef.«

Meine Väter schauen sich erstaunt an.

»Yves ist dein Chef?«

»Ihr … wusstet ihr das nicht?«

»Absolut nicht«, erwidert Arthur verwirrt und sinniert: »Ist Yves bei Abisoft? Ich habe keine Ahnung von Videospielen.«

»Dann war es also wirklich nur Zufall?«, frage ich noch ziemlich skeptisch.

Meine beiden Väter heben die Hände, um ihre Unschuld zu unterstreichen.

»Also ehrlich, da kannst du ganz sicher sein! Wir hatten absolut nichts damit zu tun!«

Ich glaube ihnen, auch wenn mir die Geschichte mehr als mysteriös vorkommt. Trotzdem muss ich sagen, dass ich ziemlich erleichtert darüber bin … immerhin bedeutet es, dass ich wirklich wegen meiner Fähigkeiten ausgewählt wurde. Zumindest nehme ich es an.

James fragt noch nach Einzelheiten, als es plötzlich an der Tür klingelt. Arthur bittet mich zu öffnen, in dem Glauben, dass Sélim nach Hause kommt.

Mir bleibt fast die Luft weg, als Aaron Choi vor mir steht.

Folge 8

Peinliche Eltern

Sam Kim – *Who Are You*

Lilas

»Was machst du denn hier?«

Aaron steht etwas verloren in unserer Küche. Ihn hier zu sehen ist seltsam. Er ist nicht das erste Mal bei uns – vor langer Zeit hat er häufig seine Samstagnachmittage in meinem Elternhaus verbracht. Aber die Situation ist nicht mehr die gleiche.

»Ich habe mit Yves gesprochen, und er hat mir alles erklärt. Mir war klar, dass du deine Eltern besuchen würdest, also … Hast du etwa geweint?«, fragt er und streichelt meine Wange.

Ich schüttle tapfer den Kopf und senke meine Stimme, denn meine Väter lauschen mit Sicherheit wie zwei Klatschbasen hinter der Tür.

»Alles in bester Ordnung. Du hattest recht, es war ein Missverständnis.«

»Ich weiß.«

Ich blicke ihn fragend an. Er lächelt beruhigend.

»Es stimmt zwar, dass er von deinen Eltern viel über dich gehört hat, aber es war seine Tochter Marlene, eine deiner Abonnentinnen, die von dir geschwärmt hat. Er wollte herausfinden, was du kannst, und dein Schreibtest hat ihm ausnehmend gut gefallen. Siehst du, Lilas, du hast es dir verdient. Es war absolut gerechtfertigt, dass Abisoft dich eingestellt hat.«

Als ich das höre, überkommt mich eine unbeschreibliche Erleichterung. Ich danke ihm, dass er eigens angereist ist, um mir das mitzuteilen, auch wenn es nicht nötig gewesen wäre. Er scheint seinen Fehler zu erkennen.

»Entschuldige, dass ich hier einfach so hereingeplatzt bin. Das hätte ich nicht tun sollen. Glaubst du, sie haben mich erkannt?«, flüstert er und wirkt ein wenig gestresst.

»Alles gut. Und nein, ich glaube nicht.«

Ich würde ihn meinen Eltern gern vorstellen, aber das wäre zu riskant. Ich befürchte, dass Arthur und James etwas Falsches sagen könnten. Leider lassen meine Väter mir keine Wahl und kommen komplizenhaft grinsend in die Küche.

»Möchte der junge Mann vielleicht eine Weile bleiben?«, schlägt Arthur vor. »James hat heute Morgen einen Apfelkuchen gebacken, und Sélim kommt sicher auch gleich.«

Ich werfe ihm einen bedeutungsvollen Blick zu und bewege meine Hand vor meinem Hals, aber er ignoriert mich ganz bewusst. Aaron errötet verunsichert und fragt mich mit den Augen, ob er es tun soll.

»Nun ja … Ich möchte mich nicht aufdrängen …«

»Tust du nicht, ganz im Gegenteil«, unterbricht ihn James. »Freunde von Fleur sind in diesem Haus immer willkommen. Wie heißt du?«

»Ich bin Aaron. Sicher erinnern Sie sich nicht mehr an mich …«

So eine Scheiße! Meine Eltern mustern ihn neugierig, als kramten sie in ihren Erinnerungen, und mit einem Mal stößt Arthur einen erstaunten Ausruf aus. Sein Blick wechselt von ihm zu mir und von mir zu ihm. James scheint inzwischen ebenfalls zu verstehen, denn sein Ausdruck verfinstert sich.

Scheiße, Scheiße, Scheiße.

»Aber nein … Du willst doch wohl nicht behaupten, dass du der kleine Aaron Choi bist? Der mit der runden Brille und den Videospielen?«

Aarons Ohren werden, wenn möglich, noch röter.

»Doch, der bin ich.«

Die Blicke meiner Väter wenden sich mir zu. Sie wirken traurig, dass ich sie nicht eingeweiht habe.

»Also, so etwas … Jetzt wollen wir aber alles wissen.«

Wir erzählen ihnen alles – zumindest fast alles. Wir setzen uns an den Wohnzimmertisch. James macht Tee. Der alte Kessel pfeift laut. Ich berichte von meinem Vorstellungsgespräch bei Abisoft, von Aaron, der mich nicht erkannt hat, von meiner Lüge und von unserem langwierigen Weg zur Freundschaft. Hier ende ich, denn ich habe nicht den Mut, ihnen alles zu sagen.

»Unglaublich«, flüstert Arthur fasziniert. »Da hatte wohl das Schicksal die Finger im Spiel, oder, Liebster?«

»Anscheinend schon. Im Alter von acht Jahren aus den Augen verloren und mit vierundzwanzig wiedergefunden … Das ist schön.«

Sie fragen mich, warum ich ihnen nichts gesagt habe, aber ich tue so, als hätte ich nur vergessen, es zu erwähnen. Natürlich glaubt mir niemand. Mir ist klar, dass sie ahnen, das zwischen uns etwas läuft. Plötzlich beschließt Arthur, die Fotoalben hervorzusuchen.

»Papa«, flehe ich. »Bitte nicht.«

»Ich weiß doch, wie du damals ausgesehen hast«, grinst Aaron. »Du brauchst dich nicht zu genieren.«

Ich antworte ihm mit einem verkniffenen Lächeln, weil ich nicht weiß, was ich sonst tun soll. James beobachtet mich. Er spürt, dass etwas nicht stimmt.

»Ich räume mal ab«, erkläre ich, während Arthur sich aufmacht, die Bilder aus unserer frühen Kindheit zu finden.

Schweren Herzens bringe ich die Tassen zurück in die Küche. Ich bemerke, dass James mir folgt, und daher überrascht es mich nicht, als er plötzlich hinter mir steht. Er nimmt mir das Geschirr aus den Händen und fragt mich, ob alles in Ordnung wäre.

Ausnahmsweise habe ich einmal nicht den Mut zu lügen.

»Nicht wirklich.«

»Darf ich dir eine Frage stellen?«, erkundigt er sich. Ich nicke und weiß bereits, was folgen wird. »Habt ihr darüber gesprochen, was damals passiert ist? Als wir Aaron das letzte Mal gesehen haben, ging es ihm gar nicht gut …«

Ich schließe die Augen, als ob mir das gestatten würde, nicht zu antworten.

»Er erinnert sich nicht mehr daran.«

Auf seinen Gesichtszügen spiegelt sich Verständnis. Ich erkläre ihm, dass Aaron an einer Gedächtnisstörung leidet und sich offenbar nicht mehr an das Geschehene erinnern kann. Mein Vater runzelt die Stirn.

»Was glaubst du, warum ist das so?«

Ich zucke die Schultern. Zwar habe ich einige Vermutungen, hauptsächlich durch intensive Internetrecherchen, aber ich könnte mich natürlich auch irren. Schließlich bin ich kein Psychologe.

»Ich warte immer noch auf die Diagnose eines Arztes, aber ich glaube, er leidet unter einer Amnesie. Aber das ist noch nicht alles. Er schläft extrem wenig, hat Albträume und ängstigt sich schnell. In bestimmten Situationen bekommt er auch Panikattacken.«

»Seine armen Eltern«, seufzt mein Vater.

»Und er hat Angst zu sterben.«

»Was?«

Ich zwinge mich, nicht zu weinen.

»Er fürchtet sich vor dem Tod, Papa. Ständig. Er kann das Wort nicht einmal laut aussprechen. Und das ist meine Schuld. Ich würde es ihm gern sagen, aber ich schaffe es nicht …«

James legt mit einem strengen Blick seine Hände auf meine Schultern.

»Fleur, Schluss damit. Wir haben schon tausendmal darüber gesprochen. Du bist an gar nichts schuld. Du selbst hast Jahre gebraucht, bis du dich von dem Vorfall erholt hattest. Es hat Aaron erwischt, aber genauso gut hättest du es sein können. Vergiss das nicht.«

Manchmal wünschte ich, ich wäre es gewesen.

»Wie dem auch sei, er hat ein schreckliches Trauma. Ein Trauma, das so schwer ist, dass sein Gehirn alle mit diesem Tag verbundenen Erinnerungen gelöscht oder verändert hat. Kannst du dir das vorstellen? Wenn er sich erinnert, wird er mich verabscheuen.«

»Ganz sicher nicht. Er ist intelligent, er wird den Unterschied erkennen. So weit, so gut … trotzdem müssen wir es ihm so schnell wie möglich sagen. Es ist verlockend, zu lügen und sich einzureden, dass man damit vielleicht einen geliebten Menschen schützt, aber letztendlich ist es nie eine gute Lösung.«

Das weiß ich. Und auch wenn Aaron mir die erste Lüge verziehen hat, gibt es keine Garantie, dass er bei der zweiten Lüge ebenso nachsichtig ist. Ich habe keine Ahnung, wie er darauf reagieren würde.

Ich fürchte, dass er ziemlich ins Schleudern kommt.

James verspricht, jedes seiner Worte auf die Goldwaage zu legen, und wir gehen zurück ins Wohnzimmer. Arthur zeigt Aaron gerade ein Bild von mir mit vier Jahren, wie ich am Strand hocke und pinkele.

»Papa!«, rufe ich entrüstet. Aaron grinst.

»Aber du warst so süß! Sieh mal, du hattest deinen Lieblingshut auf. Den wolltest du sogar im Bett anbehalten.«

»Goldig«, kommentiert Aaron leise und stöbert auf eigene Faust die Seiten durch.

Ich beobachte ihre Begeisterung über das Album, bis sie Bilder von Aaron und mir finden. Wir beide auf einer Schaukel, wir beide schlafend in meinem Zimmer unter einem Zelt aus Decken, wir beide beim Schneckensammeln an einem regnerischen Tag, wir beide lachend in einem Mohnblumenfeld …

Nur schöne Erinnerungen.

Aaron nimmt ein Foto in die Hand, das uns auf einer Rutschbahn zeigt. Ich sitze zwischen Aarons kurzen Beinchen, und er hält mich fest um die Taille geschlungen. Mein Lächeln könnte nicht breiter sein. Er sieht mich mit gerunzelter Stirn an und wirkt misstrauisch.

»Darf ich mir das ausleihen?«, fragt er Arthur schüchtern. »Nur, um es zu scannen. Danach gebe ich es sofort zurück …«

»Du kannst es behalten.«

Aaron will das Angebot nicht annehmen, aber James pflichtet seinem Mann bei. Schließlich lächle auch ich ihm ermutigend zu.

Am Ende nickt er und steckt das Bild vorsichtig ein.

In diesem Augenblick platzt Sélim mit einer Limodose in der Hand ins Wohnzimmer. Überrascht, dass ich da bin, gibt er mir einen Begrüßungskuss.

»Erinnerst du dich an Aaron?«

»Ja«, sagt er gleichmütig. »Hallo, Aaron. Warum sind Sie hier bei uns?«

»He! So redet man nicht«, mischt James sich ein.

Aaron zögert und erklärt dann: »Weil ich in deine große Schwester verliebt bin.«

Alle Blicke gehen verblüfft zu ihm. Mein Herz setzt kurz aus, und die Zeit um mich herum bleibt stehen.

Verliebt.

Er ist verliebt.

Ich glaube, er ist sich gar nicht bewusst, was er da gerade gesagt hat, denn er wartet darauf, dass irgendjemand etwas erwidert.

»Oh. Okay. Cool«, antwortet Sélim und kneift die Augen zusammen.

»Cool.«

»Cool.«

Den Rest des Tages verbringe ich in einer Art rosa Wolke, viel zu glücklich, um die verlegenen Blicke und Anspielungen meiner Eltern zu bemerken.

Aaron

Lilas' Väter sind wundervoll. Sie haben mich mit offenen Armen empfangen und immer wieder Dinge zur Sprache gebracht, die in meinem Kopf noch nicht ganz deutlich sind. Ich muss zugeben, dass es mir sehr gutgetan hat. Meine eigenen Eltern waren nie bereit, über diese Zeit unseres Lebens sprechen … Was Lilas angeht, so scheint auch sie immer noch zu zögern, dies zu tun.

Ich vermeide es, darüber zu reden, aber ich fange allmählich an, mich zu erinnern. Nach und nach. Mit Lilas zusammen zu sein scheint eine ganze Masse an Erinnerungen auszulösen. Einige von ihnen sind wie ein süßes Lied für mein Herz. Andere beunruhigen mich.

Immer wieder träume ich von diesem verdammten Wald. Ich sehe eigentlich nicht viel, aber das Gefühl, das mich nach jedem Albtraum heimsucht, ist immer dasselbe.

Angst. Wut.

Der Tod.

Und ich gerate häufig in Panik. Weil mir klar ist, dass irgendetwas nicht stimmt. Mein Gedächtnis verbirgt etwas vor mir, und meine Mutter ist seine Komplizin. Was ich empfinde, ist nicht normal. Auch diese Panikattacken sind nicht normal. Und mein Gedächtnisverlust ist ebenfalls nicht normal.

Auch von Fleur träume ich. Immer und immer wieder. Sie ist immer da. Aber diese Träume unterscheiden sich von meinen anderen Albträumen. Sie weint. Sie schaut mich mit großen Augen voller Tränen und einem gequälten Gesichtsausdruck an, und wenn ich versuche, ihr näher zu kommen, weicht sie ängstlich vor mir zurück.

Ich mache ihr Angst. Ich, Aaron Choi, der ich in meinem Leben nie etwas anderes getan habe, als sie zu lieben, mache ihr Angst.

Ich bemerke ein rotes Mal auf ihrer Wange und verstehe sofort, dass es mit mir zu tun hat.

Ich möchte sie fragen, wer sie geschlagen hat, aber plötzlich reißt mein Vater mich zurück und meine Mutter kommt mit tränenüberströmtem Gesicht schreiend angelaufen.

»Aaron, lass los!«, wiederholt mein Vater. »Du tust ihr weh!«

Nein. Nein, Fleur, es tut mir leid … Das wollte ich nicht.

Ich schrecke mit wild pochendem Herzen aus dem Schlaf auf. Lilas liegt schlafend neben mir in meinem Bett. Das Laken bedeckt sie bis zur Taille. Ich lege eine Hand auf ihren zarten Rücken, um sicherzugehen, dass sie real ist, aber vor allem, dass sie regelmäßig atmet.

Doch dann ziehe ich sie sofort wieder zurück, habe Angst, sie zu berühren.

Das Atmen fällt mir schwer. In Todesangst vergrabe ich meinen Kopf in meinen Händen. War das wirklich eine Erinnerung? Habe ich Fleur geschlagen, als ich klein war? Falls ja, würde das erklären, warum sie nach unserem Umzug nicht mehr auf meine Briefe geantwortet hat – falls sie sie doch bekommen hat.

Warum jedoch hätte ich so etwas tun sollen? Unmöglich. Ich war nie gewalttätig. Und doch. Wenn es allerdings eine Person gibt, die ich niemals verletzen könnte, dann ist sie es.

Dennoch überzeugt mich etwas in meinem Innern vom Gegenteil. Dieses unheimliche Gefühl in meiner Magengrube … Gewalt. Tod.

Der Tod.

Immer der Tod.

Danach kann ich nicht mehr einschlafen. Ich sitze im Bett und lasse mich von Lilas' sanftem Atem einlullen.

Mich verfolgt der Verdacht, dass ich etwas Schreckliches getan habe … etwas, vor dem mich meine Erinnerung schützt.

Meine Mutter kommt zu Besuch, angeblich, um uns »das übrig gebliebene Essen von dieser Woche« zu bringen. Aber den wahren Grund für ihr unerwartetes Kommen kenne ich sehr gut. Sie will mich erneut auf frischer Tat ertappen, damit ich gezwungen bin, ihr Lilas vorzustellen.

Glücklicherweise ist Lilas schon früh am Morgen nach Hause gefahren. Meine Mutter wirkt enttäuscht, als sie feststellt, dass außer Sang-joon, der heute lange ausschläft, niemand da ist.

»Was verschafft mir die Ehre?«, frage ich etwas zu kurz angebunden.

Offenbar verfolgt mich meine schreckliche Nacht noch immer. Ich habe dunkle Ringe unter den Augen. Irgendwie gebe ich unwillkürlich meiner Mutter die Schuld dafür, dass sie mir etwas vorenthalten hat.

»Sag mir bitte, dass dieses Mädchen deine Freundin ist und keine meinem Alter geschuldete Halluzination.«

Seufzend schenke ich mir eine Tasse Kaffee ein.

»Es war keine Halluzination.«

Dafür bekomme ich einen Klaps auf den Arm. Sie setzt sich mir gegenüber und schaut mich grimmig an.

»Und du hast uns nichts davon gesagt! 에이씨!* Seit wann hat mein Sohn Geheimnisse vor mir?«

»Was du kannst, kann ich auch«, antworte ich sofort.

Meine Bemerkung bringt sie auf der Stelle zum Schweigen. Ihr Gesichtsausdruck verhärtet sich, und ich merke sofort, dass ich einen Fehler gemacht habe.

»Was?«

»Warum weigerst du dich, mit mir über Fleur zu sprechen?«

Sie beißt mit finsterer Miene die Zähne zusammen. Vergeblich versucht sie, ihre Gesichtszüge zu beherrschen.

»Über wen?«

»Du weißt ganz genau, von wem ich spreche. Du hast immer gesagt, ich sei von ihr besessen, und vielleicht stimmt das sogar. Aber ich glaube nicht, dass das alles ist.«

»Wie kommst du mit einem Mal darauf?«

»Warum sind wir damals umgezogen?«, frage ich unverblümt. »Warum hat Fleur meine Briefe nie erhalten? Warum habe ich keine Erinnerung an diese Zeit? Du bist diesem Thema immer ausgewichen, aber dieses Mal lasse ich mich nicht so abspeisen.«

Meine Mutter bleibt stumm. Ich bin am Ende.

»Dazu gibt es nichts zu sagen«, antwortet sie schließlich und schaut mir ungerührt in die Augen.

»Wovor willst du mich schützen, Mama?«

---

*   Ausdruck von Frustration oder gar Wut

»Hör auf«, haucht sie.

Angesichts ihres endgültigen Tonfalls erstarre ich. Ihre Augen sprühen Blitze. Ich beharre nicht weiter auf meinen Fragen, auch wenn ihre Reaktion meine Vermutungen nur bestätigt.

»Nichts ist passiert«, seufzt sie. »Wir sind umgezogen, weil mir das Leben auf dem Land nicht mehr zusagte, das weißt du. Und wenn ich nicht wollte, dass du dich an diese Zeit erinnerst, dann war es nur zu deinem eigenen Wohl. Deine Klassenkameraden haben dich ständig gemobbt. Daran solltest du nicht zurückdenken. Ich verstehe nicht, warum du mir das vorhältst.«

Schon mache ich mir Vorwürfe. Es war sicher nicht leicht für sie, ihr Kind einsam und unbeliebt zu sehen. Aber ich habe mich auch nie wirklich angestrengt. Vielleicht liege ich falsch. Bestimmt hätte Lilas mir davon erzählt.

»Bitte entschuldige …«

»Es ist wirklich nichts«, beruhigt sie mich.

Es sind nur Albträume. Nichts als Albträume. Aber irgendwo tief in mir drin flüstert ein Monster. Immer wieder.

Du hast etwas Böses getan. Du verdienst sie nicht.

Folge 9

Second lead syndrome

Crush – Beautiful

Lilas

Ich hätte nie gedacht, dass ich mich eines Tages einmal mit Aaron, Emma und Nicolas in einem Auto unterwegs in Richtung Disneyland Paris wiederfinde.

Und doch ist es so.

Neben mir auf dem Rücksitz schaut Aaron schmollend aus dem Fenster. Er hatte sich einen Tag in trauter Zweisamkeit vorgestellt, aber unsere Kollegen wollten an dem Spaß teilhaben. Ich muss zugeben, dass auch ich ein wenig missmutig bin, und greife diskret nach seiner Hand.

Bei meiner Berührung entspannen sich seine Schultern, und sein kleiner Finger umklammert meinen.

»Ich dachte, du wolltest nicht mitkommen, Aaron«, sagt Nicolas und lächelt ihm im Rückspiegel zu.

Tatsächlich war mir die Idee ganz zufällig während einer Mittagspause gekommen. Nicolas gesellte sich genau in diesem Moment zu uns und mischte sich sofort in unsere Pläne ein, weshalb Aaron schnell verkündete, dass er nicht dabei sein würde. Im letzten Augenblick allerdings änderte er seine Meinung dann doch noch, vermutlich aus Eifersucht.

Mein Freund würdigt Nicolas keines Blickes.

»Schließlich bin ich ein freier Mensch.«

»Ich wusste auch nicht, dass du ein Fan von Disney bist.«

Dieses Mal wirft Aaron ihm einen hochnäsigen Blick zu, als wolle er sagen: »Leg dich nicht mit mir an.« Nicolas hält dies für eine Einladung, ihn weiter zu ärgern. Emma verdreht die Augen.

»Dann weißt du es jetzt.«

»Was ist denn dein Lieblings-Disneyfilm?«, will Nicolas wissen.

Ich wende mich Aaron zu. Er gibt sich gleichmütig, aber ich kenne ihn gut genug, um zu erkennen, dass er innerlich in Panik gerät. Er denkt nach und nimmt sich Zeit für seine Antwort.

»Der ... mit dem sprechenden Baum?«

Unwillkürlich lächle ich und frage mich, ob er sich vielleicht erinnert. *Pocahontas* war als kleines Mädchen mein Lieblingszeichentrickfilm. Wenn ich krank war, gehörte er einfach ins Programm. Nach dem Seitenblick zu urteilen, den er mir zuwirft, um sicherzugehen, dass er nicht falschliegt, erinnert er sich noch sehr genau.

»Also *Mulan*?«, fragt Nicolas und nickt.

Dieser Mistkerl. Ich werfe ihm im Rückspiegel einen bitterbösen Blick zu. Emma knufft ihn fast zeitgleich mit dem Ellbogen in die Rippen. Er begnügt sich damit, dämlich zu grinsen.

»Ja, genau«, stimmt Aaron erleichtert zu. »Und deiner?«

Mit der Frage meint er mich.

»Ich stimme dir zu.«

»Für mich ist es *Der König der Löwen*«, erklärt Nicolas.

Emma unterbricht ihn: »Dich hat aber niemand gefragt.«

Dieser Tag verspricht wunderbar zu werden.

Kaum angekommen, verwandle ich mich in einen völlig

anderen Menschen. Ich fühle mich, als wäre ich wieder fünf Jahre alt. Ich hüpfe von Attraktion zu Attraktion und summe dabei die Melodie von *It's a Small World*. Nicolas ist mir in dieser Hinsicht ziemlich ähnlich, was schließlich dazu führt, dass wir uns nebeneinander wiederfinden. Wir unterhalten uns einen Moment mit der Ursula-Figur, die gerade vorbeikommt. Beim Anblick ihrer lila Tentakel muss Aaron lächeln.

Er folgt uns wie ein Roboter und plaudert leise mit Emma. Um ehrlich zu sein, weiß ich bei Emma immer noch nicht, woran ich bin. Einerseits wirkt sie kühl und eigenbrötlerisch, ist aber gleichzeitig geekig und supernett. Ich habe immer den Eindruck, dass sie niemanden bei uns im Büro besonders schätzt.

Aber ich urteile nicht gerne über jemanden, den ich nicht gut genug kenne.

»Okay, wozu habt ihr Lust?«, fragt Nicolas und faltet den Plan auseinander.

»Wir brauchen keine Karte«, sage ich und nehme sie ihm aus der Hand. »Du hast es hier mit einem Profi zu tun. Ich weiß, wo es langgeht.«

»Okay, Dora the Explorer. Ich bitte vielmals um Entschuldigung.«

»Wir müssen unbedingt die *Star Tours* machen. Und den *Big Thunder Mountain*. Nicht zu vergessen den Klassiker *It's a Small World*.«

»Was ist mit *Tower of Terror*?«, schlägt Nicolas vor. »Ich möchte Aaron einmal wie ein Mädchen kreischen hören.«

Emma versetzt ihm einen Stoß mit dem Knie, der ihm ein schmerzliches Stöhnen entreißt.

»Meinst du ungefähr so?«

»Ich nehme alles zurück«, grummelt er keuchend.

Alles in allem gefällt mir die Frau immer besser.

Aaron schüttelt den Kopf, ohne etwas zu sagen, und ich vermute, dass er im Stillen ein Urteil über mich fällt. Ich habe ein *Fangirl* in mir, das er nie zum Schweigen bringen wird. Immerhin lässt er mich den Ausflug genießen und macht mit, was mir gefällt, ohne sich zu beklagen.

Er akzeptiert sogar die Minnie-Maus-Ohren, die ich ihm auf den Kopf setze.

»Jetzt haben wir beide die gleichen«, triumphiere ich.

»Also Ohren im Pärchen-Look?«

»Wenn du so willst, ja.«

Zufrieden mit dieser Antwort nickt er, und ich mache ein Foto, um den Augenblick für die Ewigkeit zu bewahren. Aaron behält die Ohren den ganzen Tag auf. Nicolas macht sich eine Weile über ihn lustig, bis Emma ihm zur Strafe ein *Eiskönigin*-Diadem aufsetzt.

»Ganz ehrlich«, sagt er und schaut in den Spiegel. »Ich finde, ich gebe ein hübsches Mädchen ab.«

»Ich hätte es wissen müssen«, seufzt Emma.

Nachdem Aaron während des ganzen Vormittags ruhig war, ändert sich beim Mittagessen etwas. Bei Bella Notte stehen wir für Pizza und Knoblauchbrot an. Nicolas schlägt vor, für alle zu zahlen, was, wenn man ihn kennt, ziemlich überraschend kommt.

Aaron stutzt.

Als Nicolas mir anbietet, mein Tablett zu tragen, blinzelt Aaron erneut verwirrt. »Ich trage es«, sagt er und nimmt es Nicolas aus den Händen.

Ich runzle die Stirn und erinnere die beiden daran, dass ich dazu durchaus selbst in der Lage bin. Der Rest des Mittagessens ist ein Wettbewerb in männlichem Imponiergehabe.

»Als ich jünger war, habe ich gemodelt«, prahlt Nicolas. »Meine damalige Freundin wollte Fotografin werden.«

»Ja, das passt zu dir«, sage ich und nicke interessiert. »Und wie war es? Der Job hat mich immer fasziniert ... Allerdings ist es nicht so ganz mein Ding zu posen.«

»War ganz nett. Wenn du magst, zeige ich dir demnächst mal die Fotos.«

Ich will ihm noch ein paar Fragen dazu stellen, als Aaron uns unterbricht, seine Finger um sein Glas krampft und hervorsprudelt: »Ich habe mein Abi mit sechzehn gemacht.«

Verblüfft schauen wir ihn an. Er hebt voller Stolz sein Kinn. Wir zeigen jedoch offenbar nicht die Reaktion, die er erwartet hatte, denn er errötet und räuspert sich. Ich muss mich zwingen, nicht zu lachen.

»Mit der Note ›Sehr gut‹«, fügt er hinzu.

Nicolas zeigt Empathie und legt ihm einen Arm um die Schultern.

»Herzlichen Glückwunsch.«

Das Gespräch geht weiter, und Nicolas zeigt uns, wie man einen Kronkorken mit den Zähnen öffnet.

Mir ist das noch nie gelungen, daher bewundere ich seine Leistung.

»Ich bin höchst beeindruckt«, lobe ich ihn.

Er antwortet mir mit einem komplizenhaften Augenzwinkern. Plötzlich greift Aaron mit unbewegter Miene nach einer weiteren Flasche.

»Das kann ich auch.«

Ich runzle die Stirn, und mein Lächeln verschwindet.

»Hör auf, du brichst dir noch einen Zahn ab.«

Er hebt eine Augenbraue und neigt leicht genervt den Kopf.

»Warum hast du das nicht auch zu ihm gesagt?«

Oh. Sofort verstehe ich, dass es sich hier um einen Fall von unangebrachter Eifersucht handelt. Also hebe ich entwaffnet die Hände und lasse ihn machen.

Vor unseren neugierigen Augen beginnt Aaron, die von Nicolas vorgeführte Methode zu imitieren, aber mehr als schmerzende Zähne kommen dabei nicht heraus – wie vermutet.

Amüsiert schüttle ich den Kopf. Wie dumm er ist – aber auch wirklich süß.

»Das Wichtigste ist, es zumindest zu versuchen«, bekräftigt Nicolas, was aber nicht besonders hilft.

Nach dieser Blamage hüllt sich Aaron wieder in Schweigen. Ich weiß, dass er nicht verärgert, sondern nur frustriert ist. Er möchte, dass alle von unserer Beziehung erfahren, Nicolas und ich stehen uns in seinen Augen zu nah … Dabei hat Aaron absolut nichts zu befürchten.

Emma und ich gehen auf die Toilette, während die Männer brav draußen warten. Als ich fünf Minuten später herauskomme, finde ich die beiden in einer Ecke im Gespräch. Auf dem Weg zu ihnen höre ich zufällig meinen Namen.

»… ehrlich. Bist du in Lilas verliebt?«, fragt Aaron.

Ich bleibe sofort stehen und verstecke mich hinter einem Ständer mit Prinzessinnenkostümen. Nicolas muss aufrichtig überrascht laut lachen.

»Ich, verliebt in Lilas? Da bist du aber so was von auf dem Holzweg.«

Aarons ernster Gesichtsausdruck verwandelt sich. Plötzlich scheint er sich dumm zu fühlen. Mir gefällt, dass er trotz seiner Befürchtungen keinen Streit angefangen hat.

»Dann ist das also ein Nein?«

»Nein, ich bin nicht in Lilas verliebt«, erklärt Nicolas und kommt Aaron gefährlich nah. »In Wirklichkeit … stehe ich nur auf dich.«

Ich ersticke fast. Aaron wird bleich und stumm wie eine Statue.

»Wa…was?«, stottert er mit roten Ohren.

»Bleib cool, das war nur ein Scherz.« Nicolas lacht und klopft ihm auf die Schulter. »Ich bin mit Emma zusammen. Tut mir leid, dich zu enttäuschen.«

Aaron wirft ihm einen bösen Blick zu.

»Hör auf, mich ständig zu verarschen. Ich bin kein Idiot.«

»Nein, in diesem Fall meine ich es ernst. Emma und ich sind seit drei Jahren ein Paar.«

»Was?« Aaron ist ebenso schockiert wie ich.

In welchem Paralleluniversum bin ich da gelandet? Nicolas und Emma sind seit drei Jahren ein Paar? Aber ... bei der Arbeit reden sie kaum miteinander! Nicolas flirtet mit allem, was sich bewegt, vor allem mit Aaron. Ehrlich gesagt wäre ich weniger überrascht gewesen, wenn er mir meinen Freund hätte ausspannen wollen.

»Was machst du da?«

Ich drehe mich um, sehe Emma aus der Toilette kommen und plappere eine Ausrede, die sie wahrscheinlich nicht glaubt. Schließlich entdecken uns die Jungs.

Anschließend ist es, als wäre nichts passiert. Aaron scheint entspannter zu sein als noch vor einer Stunde, und Nicolas gibt sich wie immer. Ich versuche zu vergessen, was ich gerade erfahren habe, aber es ist nicht leicht.

Wir besuchen so viele Attraktionen wie irgend möglich, sogar die ganz verrückten. Bei einigen setzt Aaron etwas widerwillig aus. Nach dem *RC Racer* ist mir schwindelig.

»Um Haaresbreite hätte ich dich vollgekotzt.« Nicolas grinst Emma an. »Noch ein bisschen länger, und es wäre passiert.«

Ich schaue mich nach Aaron um, der am Ausgang auf uns hätte warten sollen, aber er ist nirgends zu finden. Ich gehe ein Stück um die Attraktion herum – sicher hat er sich irgendwo hingesetzt. Aber er ist nirgends zu sehen.

»Scheiße.«

Ich wähle seine Nummer. Panik frisst sich in mein Herz. Ich stelle mir die schlimmsten Szenarien vor und bebe innerlich, während sein Telefon klingelt. Nicolas versucht, mich mit dem Hinweis zu beruhigen, Aaron wäre schließlich erwachsen, aber ich antworte nur, dass er das nicht verstehen kann.

Aaron ist nicht irgendein Erwachsener. Was, wenn er sich für ein paar Sekunden die Füße vertreten und den Weg zurück vergessen hätte? Was, wenn er sich verlaufen hätte? Möglicherweise macht er irgendwo eine Panikattacke durch, ganz allein, während ich mich kindisch amüsiert habe.

»Geh endlich ran, verdammt«, raunze ich in mein Telefon.

»Lilas?«

Ich drehe mich zu Nicolas um und will ihm gerade meinen Frust ins Gesicht schreien, als ich Aaron an seiner Seite sehe. Erleichtert lege ich auf und frage ihn ungnädig, wo er war.

Er versteht den Grund für meine Panik, und sein Gesicht wird weicher. »Es geht mir gut.«

Es geht ihm gut. Und dann blinzle ich verblüfft. Ein kleines, molliges Mädchen mit kurzen braunen Zöpfen hält seine Hand. Ich werfe Aaron einen fragenden Blick zu.

»Ich glaube, ich habe ein Kind gestohlen«, verkündet er.

Emma lacht als Erste. Nicolas lässt sich anstecken, dann kann auch ich nicht mehr an mich halten. Aaron erzählt, dass er zur Toilette gehen wollte, als er dieses kleine Mädchen ganz allein und weinend auffand.

»Sie kann ihre Mama nicht finden.«

»Wie heißt du denn, Mäuschen?«, frage ich sie und gehe vor ihr in die Hocke.

Die Kleine versteckt sich hinter Aarons langen Beinen und reckt ihm die Arme entgegen. Für eine Sekunde wirkt er überrascht, doch dann bückt er sich und nimmt sie auf seine Arme. Offenbar hat sie ihn adoptiert.

»Sie heißt Louise und ist drei Jahre alt«, erklärt er. »Wir haben unterwegs Bekanntschaft geschlossen.«

Gemeinsam machen wir uns auf den Weg zu einem der Treffpunkte, wo wir die Situation erklären. Aaron ist sehr fürsorglich, was mich sehr rührt. Er weigert sich zu gehen, bevor die Mutter gefunden ist, zumal sich die kleine Louise an ihn klammert, als gälte es ihr Leben.

Wir warten eine gute Stunde. Endlich kommt die Mutter angehetzt. Ihr Gesicht ist nass vor Tränen. Louise rennt auf sie zu.

»Danke schön, vielen Dank«, wendet sich die Mutter schluchzend an Aaron.

»Gern geschehen«, antwortet er ein wenig verlegen und winkt der kleinen Louise zum Abschied. »Tschüss.«

Als wir gehen, wirkt er ziemlich gerührt und in Gedanken versunken. Ich beschließe, mich ein bisschen zurückzunehmen, lege meine Hand um seinen Arm und verschränke meine Finger mit seinen. Er sagt nichts, lächelt mich aber an.

Wir bleiben bis zum Feuerwerk und suchen uns einen Platz so weit hinten wie möglich, um einigermaßen sehen zu können. Leider versperren mir doch ein paar Bäume den Blick. Aaron sieht mein enttäuschtes Gesicht und beugt sich vor. Sofort klettere ich auf seinen Rücken.

»Nein«, sagt er. »Auf meine Schultern.«

»Du bist verrückt, du wirst dir noch was brechen!«

»Rauf mit dir, Lilas.«

Seufzend umklammere ich seinen Kopf mit den Beinen und kralle mich in sein Haar. Als er sich mit den Händen auf meinen Oberschenkeln aufrichtet, grunzt er zwar vor Anstrengung, aber er schafft es, mich zu tragen. Ich erwarte eine Bemerkung von Nicolas, aber sein Blick bleibt auf das Himmelsschauspiel gerichtet.

Es ist wunderschön. Noch schöner als in meiner Erinnerung. Als der letzte Funke am Himmel erlischt, hebt Aaron seinen Kopf zu mir. Ich lächle ihm zu und beuge mich so weit wie möglich hinunter, um ihm einen Kuss auf den Mund zu geben.

»Du bist wunderbar«, haucht er.

Es hört sich so natürlich an, dass ich erröte. Ich glaube, ich war noch nie im Leben so von Glück erfüllt.

»Aber wenn ich dich jetzt nicht sofort absetze, bricht mir das Rückgrat«, fügt er hinzu.

»Scheiße, tut mir leid!«

Als ich absteige, entfährt ihm ein müder Seufzer. Ich muss lächeln, weil er einfach bezaubernd ist und ich das nie von ihm gedacht hätte. Ist das wirklich derselbe Mann, der mich im Regen stehen gelassen hat und mit seinem Regenschirm davongegangen ist?

Auf dem Rückweg übernimmt Emma das Steuer. Ich setze mich neben sie auf den Beifahrersitz. Die beiden Jungs schlafen auf dem Rücksitz. Leise lachend betrachte ich Aarons im Schlaf geöffneten Mund. Emma blickt kurz zu mir herüber.

Irgendwie habe ich das Gefühl, ich müsste mich rechtfertigen.

»Er ist so süß, wenn er schläft.«

Sie lächelt verschmitzt, was bei ihr so selten vorkommt, dass ich kurz ziemlich überrascht bin. Emma ist ein wirklich hübsches Mädchen.

»Ist er das?«

»Ja«, bestätige ich und schaue ihn wieder an. »Dann macht oder sagt er nichts Dummes. Er schläft einfach nur.«

Sie prustet belustigt. Zögernd schaue ich sie mir genauer an. Es fällt mir immer noch schwer, mich an den Gedanken zu gewöhnen, dass sie und Nicolas ein Paar sind. Und das schon seit drei Jahren. Ich frage mich, wie sie uns das vorenthalten konnten, wo Aaron und ich doch jetzt schon Schwierigkeiten haben, unsere Beziehung geheim zu halten.

»Nicolas hat es dir gesagt. Das von mir und ihm«, meint sie plötzlich. »Ich merke es daran, wie du mich ansiehst.«

»Tut mir leid. Nein, er hat es mir nicht erzählt, ich … Ich habe vorhin zufällig gehört, wie er mit Aaron darüber gesprochen hat.«

Sie errötet. Das hat wirklich Seltenheitswert. Gern würde ich ihr mein eigenes Geheimnis verraten, aber aus irgendeinem unerklärlichen Grund ist mir klar, dass es nicht nötig ist. Nach dem heutigen Tag vermutet sie es sicher längst. Was Nicolas angeht, ist es ganz einfach: Vor ihm kann man ohnehin nichts verbergen.

»Bist du überrascht?«

»Ein bisschen schon«, gebe ich zu. »Vor allem frage ich mich, wie du es erträgst, ihn ständig mit so gut wie jedem im Büro flirten zu sehen.«

Sie lächelt und wirft einen kurzen Blick nach hinten zu Nicolas, der mit dem Kopf auf Aarons Schulter schläft. Auf der Suche nach menschlicher Wärme drängen sich die beiden Männer eng aneinander.

»Nicolas ist ein seltsamer Vogel. Er gibt sich gern als Casanova, aber das ist nur Maskerade. Als wir uns kennengelernt haben, war er seit vier Jahren in einer Beziehung. Es klingt vielleicht albern, aber es war Liebe auf den ersten Blick. Wir haben nichts dazu getan. Er war so ehrlich, mit seiner Freundin Schluss zu machen. Ich fühlte mich schuldig, aber Nicolas meinte, dass das Leben nun einmal so sei. Man trifft einen Menschen, man liebt ihn, dann lernt man einen anderen Menschen kennen, und manchmal liebt man ihn dann noch mehr. Dagegen kann man nichts tun.«

»So ist es passiert?«

»Ja. Es stimmt schon, dass er ständig flirtet, aber nur, weil er die Menschen liebt. Und genau das ist einer der Gründe, warum ich ihn liebe.«

Jetzt verstehe ich vieles besser. Ich lächle. Was sie sagt, ist sehr schön und spricht mein Herz an.

»Meinst du, es war Schicksal?«, will ich wissen.

Sie schüttelt den Kopf.

»Ich glaube nicht an Schicksal. Das wäre mir zu einfach. Leben ist das, was man daraus macht. Wenn du mit jemandem zusammen sein willst, dann setz alles auf eine Karte. Du darfst es nicht dem Universum überlassen, sich darum zu kümmern, denn sonst wartest du womöglich dein ganzes Leben ... und versäumst dabei all die guten Dinge.«

Folge 10

Die problematische Mutter

Suzy – *I Love You Boy*

Lilas

Dana verbringt nach wie vor sehr wenig Zeit zu Hause. Sie geht uns eindeutig aus dem Weg. Ich bin mir nicht sicher, ob es daran liegt, dass sie wütend auf uns ist, oder daran, dass sie sich schuldig fühlt. Ich habe mehrmals versucht, mit ihr zu reden, aber sie ergreift jedes Mal hastig die Flucht.

Heute Morgen bin ich ziemlich spät dran. Deshalb bin ich noch daheim, als sie früh am Morgen von Cécile nach Hause kommt.

»Oh, hallo«, sage ich und lächle gezwungen.

Sie bleibt wie auf frischer Tat ertappt stehen und grinst ein wenig angespannt.

»Grüß dich. Du bist ja noch da?«

»Ja. Du kommst gerade richtig, ich wollte nämlich mit dir reden …«

Wie erwartet will sie sich dem entziehen und behauptet, sie müsse jetzt sofort zum Training. Ich versperre ihr den Weg, indem ich die Wohnungstür blockiere. Mit hochgezogenen Augenbrauen schaut Dana mich an.

»Hast du nichts Besseres zu tun, als im BH vor der Tür zu stehen? Und du hast nur ein Bein in deiner Jeans.«

»Ich kann mich ruhig mal verspäten, schließlich schlafe ich mit dem Game Designer«, scherze ich achselzuckend.

»Sehr geschmackvoll.«

Zumindest trägt es mir ein amüsiertes Lächeln ein.

»Wir vermissen dich«, sage ich geradeheraus.

Dana senkt ungerührt den Blick. Ich weiß, dass es sie berührt, aber sie will es nicht zeigen.

»Hat Eleanor das gesagt?«, flüstert sie.

»Du weißt ganz genau, dass sie lieber sterben würde, als es zuzugeben. Aber das braucht sie nicht. Ich kenne sie in- und auswendig.«

»Ich bereue nicht, was ich gesagt habe. Ich habe es wirklich ernst gemeint, Fleur. Und ich weiß, ich bin manchmal anspruchsvoll und hart in dem, was ich sage, aber es beruht auf einem guten Gefühl. Ich tue es, weil ich euch liebe und weil ich will, dass ihr euch bewegt.«

Ich nicke und nehme ihre Hand. Mit erschöpfter Miene lässt sie es sich gefallen.

»Das weiß ich doch. Und es tut mir leid, wenn ich dir mit meinen Problemen auf den Geist gegangen bin … Aber ich lerne. Ich werde erwachsen. Genau wie Eleanor, glaub mir.«

»Hm.«

»Ganz ehrlich«, insistiere ich. »Und vergiss nicht, wir sind auch für dich da.«

Sie seufzt und umarmt mich schließlich wie eine Mutter ihr Baby. Sie fragt mich, wie es im Moment bei mir läuft, und bedauert, vieles verpasst zu haben. Ich verspreche, ihr alles in einer Powerpoint-Präsentation mit zehn Folien zu erzählen, sobald wir etwas Zeit für uns haben.

Natürlich komme ich total verspätet zur Arbeit. Ich entschuldige mich tausendmal bei Aaron, aber er starrt mich nur ungerührt an.

»Du dachtest wohl, ich lasse es dir durchgehen, weil wir miteinander schlafen, oder?«

»Wow«, gebe ich empört zurück. »Wofür hältst du mich? Das stimmt absolut nicht.«

»Gut, denn das wäre ein Irrtum. Und jetzt an die Arbeit.«

Der Aufforderung komme ich gerne nach. Den heutigen Tag kann mir nichts und niemand ruinieren. Dana und ich haben uns wieder vertragen, und das ist alles, was mich im Moment interessiert. Sie und Eleanor sind die Schwestern, die ich nie hatte, und ich weiß mit Sicherheit, dass dieses Gefühl auf Gegenseitigkeit beruht.

Inspiriert arbeite ich mit Emma und Julien mehrere Stunden lang an einigen Prototypen. Sogar Nicolas unterlässt seine üblichen Faxen und konzentriert sich auf seinen Bildschirm.

»Gehen wir zusammen essen?«, fragt mich Aaron vor der Mittagspause vor allen anderen. »Ich kenne ein Restaurant, wo es Tofu-Dumplings gibt. Es ist nicht weit. Wir können mein Auto nehmen.«

Alle Augen richten sich erwartungsvoll auf mich. Aaron isst nie mit uns, geschweige denn in trauter Zweisamkeit. *Was ist mit ihm los?*

Wortlos gebe ich ihm zu verstehen, dass seine Frage verdächtig wirkt, aber er reagiert nicht. Es ist Emma, die mir zu Hilfe kommt und sich an Aaron richtet.

»Wolltest du nicht deinen Fisch zum Tierarzt bringen, um sicherzustellen, dass er wirklich geheilt ist? Wie heißt er noch einmal? Fred?«

Aaron will sie korrigieren, bringt aber keinen Ton hervor. Alle warten und hängen an seinen Lippen.

»Ich … nein, es ist …«

Ich ahne, dass er sich nicht mehr erinnert. Er schluckt panisch und blinzelt wie verrückt.

»Er heißt Wilfred«, springe ich beiläufig ein.

Aaron nickt bestätigend, weicht meinem Blick aus und richtet sich auf. Sein Ton ist kalt und knapp: »Ich muss jetzt los.«

Von Tag zu Tag mache ich mir größere Sorgen. Aber er weigert sich immer noch, mit mir darüber zu sprechen. Er schämt sich, das weiß ich. Nur kann ich ihm nicht helfen, wenn ich nicht weiß, was los ist. Ich fühle mich ungeheuer hilflos, vor allem aber fühle ich mich schuldig.

Jeden Tag erkundige ich mich, ob er endlich einen Termin beim Neurologen hat, damit er es nur ja nicht vergisst. Und jedes Mal erhalte ich eine vage, kryptische Antwort, ehe er rasch das Thema wechselt. Mir ist klar, dass er nichts unternommen hat. Deshalb wollte ich selbst einen Termin für ihn vereinbaren.

Eleanor hat mir davon abgeraten. »Er muss die Initiative selbst ergreifen«, sagte sie. Sie hat nicht unrecht.

Seit einer Woche plane ich nun schon, Aaron die ganze Wahrheit darüber zu erzählen, warum wir uns aus den Augen verloren haben. Jeden Abend kneife ich.

»Das kann auch noch bis morgen warten«, rede ich mich feige heraus. Nun aber zögere ich nicht mehr.

Er muss es wissen. Vielleicht beschließt er dann endlich, ärztliche Hilfe in Anspruch zu nehmen.

Aus diesem Grund habe ich ihm vorgeschlagen, nächste Woche ein paar Tage ans Meer zu fahren. Nur wir beide. Ich musste ihn regelrecht anflehen, ehe er zustimmte, einige Urlaubstage zu nehmen. *Ich habe noch Zeit, mich darauf vorzubereiten, ihm im gegebenen Moment alles zu sagen.*

Mittags fragt mich Nicolas, ob ich mit ihm essen gehe, aber ich bleibe lieber bei Emma und Natasha und arbeite weiter.

»Kaffee?«, schlage ich vor, um uns ein wenig aufzumuntern.

»Gute Idee. Ja gern«, seufzt Natasha. »Du bist ein Engel.«

Ich gehe in den Pausenraum, um unsere drei Tassen zu füllen. Dabei nutze ich die Gelegenheit und antworte auf die letzte Nachricht meines Vaters. Dann lache ich wie verrückt über ein YouTube-Video, als ich eine Frauenstimme hinter meinem Rücken höre.

»Entschuldigen Sie, ich suche Aaron Choi …«

Überrascht drehe ich mich um. Ich will ihr sagen, dass er im Moment nicht im Haus ist, doch mir bleiben die Worte im Hals stecken. Das Gesicht der Frau wird blass, als sie mich sieht. Meines auch.

Im Gegensatz zu ihrem Sohn erkennt mich Aarons Mutter sofort wieder. Ich schlucke panisch. Als sie das letzte Mal unerwartet aufgetaucht ist, lag ich mit dem Gesicht auf dem Boden, nachdem ich von der Couch ihres Sohnes gefallen war.

Dieses Mal jedoch sieht sie mich wirklich.

Sie wirkt so schockiert, als hätte sie ein Gespenst gesehen. Vielleicht ist das ja auch der Fall.

»Guten Tag, Sol-ah«, stottere ich. »Äh … Aaron ist zum Mittagessen gegangen. Wollen Sie in seinem Büro auf ihn warten?«

»Du«, faucht sie und zeigt bedrohlich mit dem Finger auf mich. »Du bist das.«

Auf Koreanisch faucht sie Dinge, die ich natürlich nicht verstehe. Aber ich brauche die Sprache nicht zu beherrschen, um zu erraten, dass sie die Verbindung hergestellt hat. Zwischen Aaron, dem Mädchen in seinem Wohnzimmer, und mir.

»Was machst du hier?«, fragt sie mich.

Es ist verrückt. Auch wenn sie nie unfreundlich zu mir war, hat mich diese Frau immer eingeschüchtert. Sogar heute noch, mit immerhin vierundzwanzig Jahren, stehe ich ihr gegenüber und habe richtig Angst vor ihr.

»Ich arbeite hier.«

»Das darf doch nicht wahr sein ... Du bist mit meinem Sohn zusammen, nicht wahr?«

So hatte ich mir unser Wiedersehen nicht vorgestellt, das muss ich zugeben. Zunächst einmal hätte ich mir gewünscht, dass Aaron bei mir gewesen wäre. Ich habe keine Ahnung, was ich antworten soll.

»Ich ...«

»Du bist also der Grund dafür, dass er in letzter Zeit all diese Fragen stellt.« Verblüfft scheint sie plötzlich irgendwelche Zusammenhänge zu erkennen.

Ich runzle die Stirn, denn ich habe keine Ahnung, wovon sie spricht. Welche Art von Fragen stellt er?

»Was hast du ihm erzählt?«, fährt sie mich an. »Schon als Kind hast du ihn ständig dazu angestiftet, ungehorsam zu sein. Wir mussten sogar umziehen. Aber es hat nicht geholfen. Du bist immer noch da.«

Es fühlt sich an wie ein Schlag ins Gesicht. Ich zittere mit allen Gliedmaßen, doch ich balle die Fäuste, um meine Angst zu verbergen.

»Ich habe ihm noch nichts gesagt«, versichere ich ihr, was sie für den Bruchteil einer Sekunde zu beruhigen scheint. »Aber ich werde es tun.«

Wenn Blicke töten könnten, gäbe ich jetzt eine junge, hübsche Leiche ab. Sie kommt auf mich zu, und ich zwinge mich, nicht zurückzuweichen.

»Das verbiete ich dir«, zischt sie.

»Warum?«

Sie schweigt einen Moment, als würde sie zögern, mir zu antworten.

»Das, was damals passiert ist ... es hat ihn traumatisiert.«

»Ich weiß. Schließlich war ich dabei«, erinnere ich sie bitter.

Ihr eisiger Blick zeigt mir, dass auch sie sich an meine Anwesenheit erinnert. Ohne mich wäre das alles nicht geschehen.

»Aaron leidet an einer posttraumatischen Belastungsstörung«, stößt sie hervor. »Ich will nicht, dass er so leiden muss wie früher. Er hat endlich seinen Frieden gefunden, also lass ihn in Ruhe.«

Mir bleibt die Luft weg. Obwohl ich es nicht glauben wollte, hat sich mein Verdacht als richtig erwiesen. Der Begriff und seine Konsequenzen machen mir Angst. Und doch ergibt jetzt alles einen Sinn. Seine Panikattacken in Situationen, die ihn an sein Trauma erinnern. Seine Schlaflosigkeit, seine Albträume … aber auch sein Gedächtnisverlust?

»Aber …«

»Bei einigen Patienten kommt so etwas vor. Sie vergessen.«

Genau wie ich vermutet hatte. Aarons Gehirn hat es vorgezogen, alles auszulöschen, auch wenn es bedeutet, gewisse Erinnerungen zu verändern, um die Geschichte glaubwürdiger zu machen. Als Kind war er nicht in der Lage, mit der Realität umzugehen, also hat es dafür gesorgt, dass das nicht nötig war.

Aaron erinnert sich nicht mehr an diesen bewussten Tag, sein Körper aber schon. Deshalb hasst er Wälder und wer weiß was sonst noch. Und deshalb fürchtet er sich so sehr vor dem Tod, dass er nicht einmal das Wort aussprechen kann.

Es ist viel schlimmer, als ich dachte. Mit großen, ängstlichen Augen sehe ich seine Mutter an.

»Das ist schrecklich. Er muss die Wahrheit erfahren. Anders kann er nicht gesund werden.«

»Wozu? Um zu leiden? So geht es ihm viel besser. Ich weiß es, ich bin seine Mutter.«

»Viel besser?« Ich lache sarkastisch. »Genau das Gegenteil ist der Fall. Er geht durch die Hölle, und es wird immer schlimmer. Sie müssen etwas tun.«

Dieser Satz war zu viel. Sie kommt noch einen Schritt näher. Flammen tanzen in ihren Augen, und ihr Tonfall klingt bedrohlich.

»Wehe, du erdreistest dich, mir irgendwelche Ratschläge zu geben, wie ich meinen Sohn behandeln soll. Nach sechzehn Jahren tauchst du plötzlich auf wie ein Haar in der Suppe und wagst es, wieder alles zu ruinieren? *Ich* bin diejenige, die ihn am meisten auf dieser Welt liebt, und ich werde alles tun, um ihn zu schützen.«

»Ich weiß … aber glauben Sie mir, damit schützen Sie ihn nicht.«

»Ohne diese Erinnerungen geht es ihm viel besser. Wenn du ihn liebst, wirst du erkennen, dass ich recht habe.«

Das sehe ich ganz anders. Aaron hat immer wieder Flashbacks aus unserer Kindheit, und es ist genau der Umstand, nichts zu wissen, der ihn leiden lässt. Er spricht nicht mit mir darüber, aber ich kenne ihn ganz genau. Er hat Angst. Und diese Angst frisst ihn innerlich auf.

»Und wenn nicht?«

»Du willst nicht wissen, was passiert, wenn du mir zuwiderhandelst«, sagt sie mit eisiger Stimme. »Wie auch immer, ich werde diese Beziehung niemals gutheißen. Und ich weiß mit Sicherheit, dass Aaron immer auf mich hören wird.«

Das vermute ich zwar auch, aber trotzdem tut es weh. Ich erinnere mich noch, wie sie mich an jenem bewussten Tag angesehen hat. Wäre Aaron nicht zurückgekehrt, hätte sie mich wahrscheinlich eigenhändig umgebracht.

»Ich war noch ein Kind«, flüstere ich mit gesenktem Blick. »Ich trage einen Teil der Verantwortung, das weiß ich, aber …«

»Aber mein Sohn wäre fast dabei draufgegangen.«

So kann man es auch ausdrücken. Ich ziehe es vor, nicht mit ihr zu streiten, denn sie hat recht, zugegeben. Wenn es mit Aaron anders ausgegangen wäre, hätte ich mir mein ganzes Leben lang Vorwürfe gemacht.

Wir waren noch Kinder, aber meine Launen hätten uns fast ins Verderben gestürzt.

»Er braucht nicht zu wissen, dass ich hier war«, sagt Aarons Mutter und dreht sich um.

Schweren Herzens sehe ich sie eilig davongehen. Wieder einmal weiß ich nicht, was ich tun soll. Ich habe Angst vor dem, was passiert, wenn Aaron die Wahrheit herausfindet. Andererseits habe ich noch mehr Angst vor dem, was passiert, wenn er weiterhin mit dieser Lüge lebt.

Alles in allem war dieser Tag doch nicht so toll.

Folge 11

Ein Opfer aus Liebe

Punch – *Done For Me*

Aaron

Ich verliere den Boden unter den Füßen. Und dieses Mal endgültig.

Ich schlafe nicht mehr. Die Schlaflosigkeit nimmt mein Leben in Beschlag, und ich bin an dem Punkt angekommen, dass ich fast dankbar dafür bin. Denn wenn ich die Augen schließe, werden meine Nächte von Albträumen heimgesucht.

Ich weiß nie ganz genau, ob es sich um Träume oder um Erinnerungen handelt.

In meinem Gehirn vermischt sich alles.

Ich weiß nicht mehr, was wahr ist und was nicht.

Ich werde verrückt. Ich verliere den Verstand, und zwar endgültig. Lilas scheint mich zu meiden, und ich verstehe sie. Auch wenn es mir das Herz bricht, tue ich nichts, um ihr wieder näherzukommen. Auch ich ziehe es vor, ihr möglichst aus dem Weg zu gehen.

Nie hätte ich gedacht, dass ich das einmal sagen würde, aber langsam frage ich mich, ob es nicht ein Fehler war, eine Beziehung mit Lilas einzugehen.

Das Bild ihrer geröteten Wange und ihres verletzten Blicks verfolgt mich Tag und Nacht. Keine Sekunde hätte ich meiner Mutter glauben dürfen. Ich habe Lilas wehgetan, da bin ich mir sicher. Sie jedoch scheint sich nicht daran zu erinnern, sonst hätte sie es bestimmt schon längst zur Sprache gebracht.

Aber warum habe ich das getan?

Was könnte passiert sein? Hatte ich schon damals mit diesen Gedächtnislücken zu kämpfen? War für einen Augenblick mein Kopf ausgeschaltet … lange genug, dass ich meine beste Freundin geschlagen habe?

Was geschieht mit mir, verdammt?

Dies ist die Frage, die mich bei jedem Schritt begleitet. Ich arbeite bis zum Umfallen und halte mich so beschäftigt, dass ich keine Zeit mit Lilas verbringen muss. Sie fehlt mir ganz schrecklich. Mehr, als ich dachte.

»Wohnst du jetzt hier oder was?«, fragt Nicolas, als er mich nach einundzwanzig Uhr noch an meinem Schreibtisch sitzen sieht.

Übermüdet und nervös zucke ich die Schultern. Lilas hat mir vorhin angeboten, mit ihr nach Hause zu fahren, aber ich habe die Arbeit vorgeschoben. Zwar hat sie enttäuscht gewirkt, aber nicht weiter darauf bestanden.

»Hast du schon gegessen?«, fragt Nicolas.

»Ich esse später.«

Das ist eine Lüge. Seit einer Woche ernähre ich mich von Kaffee und Trockenfrüchten und vergesse, etwas Richtiges zu mir zu nehmen.

»Vielleicht solltest du … Äh, Aaron?«

Verärgert schaue ich zu ihm auf. Ich spüre, wie mir etwas Warmes über die Lippen läuft. Nicolas runzelt besorgt die Stirn.

»Du hast Nasenbluten.«

Scheiße. Er reicht mir ein Taschentuch, und ich versuche, das Blut abzuwischen und mit dem Finger mein Nasenloch zuzudrücken.

»Du musst den Kopf nach vorne beugen«, rät Nicolas. »Du siehst wirklich schlecht aus.«

»Danke.«

»Das war kein Witz.«

»Das wäre das erste Mal«, spotte ich.

Weil keine Reaktion von ihm kommt, werfe ich ihm einen überraschten Blick zu. Er schaut mich in der Tat ausgesprochen ernst an. Ich seufze, sage ihm aber lieber nicht, dass mir das diese Woche schon zum dritten Mal passiert.

»Du bist überarbeitet. Geh nach Hause, besuch deine Freundin und hab mal ein bisschen Spaß. Du tust mir leid.«

»Was ich tue, ist *Spaß*.«

In seinem Gesicht kann ich ablesen, dass er mich wirklich für ziemlich mitleiderregend hält.

»Glaub mir, du hast ganz offensichtlich nicht die geringste Ahnung, was *Spaß* ist und was nicht.«

Ich beachte ihn nicht weiter und gehe mir das Gesicht waschen. Mein Körper lässt mich im Stich, genau wie mein Gehirn. Egal, wie hart ich arbeite, ich erreiche nichts. Ich müsste hundert Jahre schlafen, um das Defizit einigermaßen auszugleichen. Ich habe das Gefühl, ich könnte jeden Moment zusammenbrechen, und weiß genau, dass das ein schlechtes Zeichen ist. Aber ich mache weiter.

Ich möchte mit meinen Gedanken nicht allein sein.

Nicolas besteht darauf, mich nach Hause zu begleiten, und folgt mir mit seinem eigenen Auto. Ich drohe ihm, wegen Belästigung die Polizei zu rufen, aber das ist ihm egal. Irgendwie berührt mich seine Besorgnis.

»Hast du eine Handynummer?«, frage ich ihn, als ich aus meinem Wagen steige.

Er lehnt sich mit dem Ellbogen aus seinem heruntergelassenen Fenster und zwinkert mir aufreizend zu.

»Warum? Interessiert?«

»Nein, nur um dich zu blockieren.«

Er lacht aus vollem Hals und schüttelt den Kopf. Ich warte nicht weiter auf eine Antwort, sondern wende mich zur Haustür.

Nicolas lässt sein Auto an und ruft mir noch zu: »Du weißt ja, was man so sagt: ›Zwischen Liebe und Hass liegt nur ein Schritt.‹«

Am selben Abend erhalte ich eine Nachricht von einer unbekannten Nummer:

Pass bloß auf, dass du dich nicht zu sehr in mich verliebst.

Er ist ein Blödmann, aber ich blockiere ihn nicht.

Nach meiner Dusche suche ich als Erstes im Internet nach einem guten Neurologen, wie ich es Fleur vor schon viel zu langer Zeit versprochen habe.

Ich habe immer noch Angst, aber ich bin an einem Punkt angelangt, wo mir keine Wahl mehr bleibt.

Der nächste freie Termin ist in zwei Monaten. Das ist zwar noch lang hin, aber ich melde mich trotzdem an … in der Hoffnung, bis dahin durchzuhalten.

Am nächsten Tag fällt es mir schwer, richtig wach zu werden und zur Arbeit zu gehen. Lilas bietet mir erneut an, zusammen zu fahren, aber ich gebe vor, vorher noch etwas erledigen zu müssen. Ich weiß nicht, wieso ich diesem Kurzurlaub am Meer zugestimmt habe.

Als ich im Büro ankomme, ist sie wie immer die erste Person, die ich sehe. Sie trägt eine Leinenhose mit hoher Taille und eine kurzärmelige Bluse. Auf ihrem dunklen Haar sitzt eine beigefarbene Baskenmütze. Sie ist viel zu hübsch für mein geistiges Wohlbefinden.

Während sie mir ein strahlendes Lächeln schenkt, begrüße ich sie kalt. Doch sie lässt sich nicht aus der Fassung bringen. Schon die ganze Woche nicht. Nur ihr Lächeln wird im Lauf der Tage immer trüber und trauriger.

Ich mache mir unendliche Vorwürfe.

Aber ich kann nicht anders. Ich kann ihr nicht in die Augen schauen, nicht, ehe ich nicht weiß, was mit mir los ist.

»Hast du mal eine Minute Zeit?«, fragt sie mich mehrmals. »Es gibt da etwas, worüber ich mit dir reden möchte …«

»Tut mir leid, jetzt passt es mir gar nicht«, flunkere ich, ohne ihren Blick ertragen zu können.

»Wir sehen uns überhaupt nicht mehr.«

Ich erfinde immer wieder neue Ausreden, denn ich bin nicht bereit, mich der Wahrheit zu stellen.

»Kann das nicht warten?«

Sie knetet ihre Hände mit einem ängstlichen Ausdruck.

»Doch, ich denke schon … Na ja, dann spätestens am Strand.«

Sie wird mich fragen, was mit mir los ist, denke ich. *Oder, noch schlimmer, sie macht mit mir Schluss, weil ich ein echtes Arschloch geworden bin.*

Schon allein diese Möglichkeit reicht aus, mich das Fürchten zu lehren.

Ich habe Angst.

Und ich habe Durst. Meine Hände und Arme sind eiskalt. Ich zittere. Ich presse meine Hände auf die Ohren, schaukle hin und her und flüstere Gebete.

Ich halte die Augen fest geschlossen, obwohl es ohnehin dunkel ist. Alles tut mir so weh, dass ich mich nicht bewegen kann. Blankes Entsetzen würgt mich. In meinem Kopf ist nur Raum für Fleur. Und für meine Mutter. Ich bitte sie um Verzeihung.

Sie wird wütend auf mich sein.

Es tut mir leid, es tut mir leid, es tut mir leid.

Ich bete, dass Fleur mir verzeiht. Ich bete, dass meine Mutter nicht böse auf mich ist.

Entschuldigung. Endlich öffne ich die Augen, und was ich sehe, macht mir so große Angst, dass ich weinen muss.

Meine kleinen Hände sind mit Blut befleckt.

Erschrocken und mit wild pochendem Herzen wache ich auf. Meine Schläfen sind nass geschwitzt. Es dauert einige Sekunden, bis mir klar wird, dass es nur ein Albtraum war. Ich versuche, mich zu beruhigen, doch es gelingt mir nicht.

Ein Gefühl von Déjà-vu klebt an meiner Haut und weigert sich, mich in Ruhe zu lassen. Ich bin sicher, dass es sich bei dem Traum um eine Erinnerung gehandelt hat, ähnlich wie die, bei der ich Fleur eine Ohrfeige versetze.

Eine Panikattacke kündigt sich an, und ich kann kaum atmen. Meine Hände zittern. Ich reibe sie, wie um das unsichtbare Blut zu entfernen. Sie sind sauber, aber so waren sie nicht immer.

Was haben sie getan? Und mit wem?

Ich öffne das Fenster, versuche zu atmen und trinke ein Glas Wasser. Die Angst bleibt. Eine Frage verlässt mich nie, aber ich fürchte mich, sie laut zu stellen, weil sie mir Entsetzen einjagt.

Was, wenn ich … eine Dummheit begangen hätte? Eine riesengroße Dummheit? Eine nicht wiedergutzumachende Dummheit, die meine Mutter aus Angst vor den Folgen zu vertuschen versucht? Ich weiß, es klingt absurd, aber ich werde dieses unheimliche, morbide Gefühl einfach nicht los.

Verzweifelt verberge ich meinen Kopf in den Händen. Tränen der Wut und Frustration rinnen über meine Wangen. Ich weiß weder, was ich tun soll, noch, an wen ich mich wenden könnte.

Es gibt nur eine Person, der ich mich anvertrauen möchte. Und auch wenn ich es aus Angst, sie könnte mich für verrückt halten, lange aufgeschoben habe, muss ich sie jetzt um Hilfe bitten.

Ich weiß nicht einmal, wie es mir gelingt, in diesem Zustand Auto zu fahren. Ich weiß nur, dass ich zehn Minuten später vor ihrer Wohnung stehe und wie wild an ihre Tür hämmere.

Weil ich befürchte, ohnmächtig zu werden, presse ich die Augenlider fest zusammen. Endlich öffnet Dana die Tür – im Schlafanzug.

»Aaron?«, fragt sie verwirrt.

Ich will gerade fragen, wo Lilas ist, da erscheint sie mit gerunzelter Stirn hinter ihrer Freundin. Rasch kommt sie zu mir und legt ihre Hände auf meine Wangen, meine Stirn und meinen Hals.

»Was ist los? Rede mit mir. Ich bin hier.«

Endlich kann ich atmen. Endlich kann ich atmen.

»Ich habe etwas Schreckliches getan«, flüstere ich und schaue ihr in die Augen.

Sie schweigt und zittert. Dana schlägt vor, in die Wohnung zu gehen, um die Nachbarschaft nicht zu wecken. Ich habe vergessen, dass es erst fünf Uhr morgens ist. Lilas macht eine Bemerkung über meinen stark verschwitzten Nacken; ich habe es nicht einmal wahrgenommen.

Sie nimmt mich mit in ihr Zimmer und reicht mir ein Glas Wasser. Ihre Hand lässt meine keine Sekunde los. Ich bin zum ersten Mal hier drin und bedaure, dass ich nicht in der Stimmung bin, es richtig zu erkunden.

»Aaron?«

Inzwischen habe ich mich genug beruhigt, um bereits zu bereuen, dass ich in diesem Zustand hergekommen bin. Aber Lilas ist die Einzige, die mich verstehen kann.

»Ich habe Angst. Ich weiß nicht, was ich tun soll.«

»Angst wovor? Du kannst mir alles sagen.«

Ich schaue sie an. Sie ist aufrichtig, offen und wunderschön. Ich weiß, dass sie bereit ist, sich alles anzuhören. Ich weiß auch, dass sie vieles verzeihen wird, weit mehr, als sie müsste.

Dies ist der einzige Grund, weshalb ich mit gebrochener Stimme gestehe: »Ich glaube, ich habe jemanden getötet.«

Sie erstarrt augenblicklich. In ihrem Gesichtsausdruck spiegeln sich Schock und Angst. Trotzdem überlässt sie mir weiter ihre Hände.

»Wie … Wieso?«, flüstert sie.

»Ich fürchte, ich werde verrückt, Lilas. Ich verliere den Verstand. Mein Gedächtnis spielt mir Streiche. Ich erinnere mich an nichts, habe immer wieder diese Flashbacks, außerdem schreckliche Albträume, und ich weiß nicht, ob das alles wahr ist oder ob mich eine Art von Demenz heimsucht …«

Während ich spreche, wird der Griff ihrer Hand um meine immer fester, und ihr Gesichtsausdruck wechselt von Angst zu Sorge.

»Ganz langsam«, versucht sie, mich zu beruhigen. »Das wird schon.«

»Meine Hände waren voller Blut«, fahre ich fort. Plötzlich kann ich mich nicht mehr zurückhalten. »Ich glaube nicht, dass es von mir stammte. Ich … glaube, ich habe auch dir wehgetan. Immer wieder überkommt mich diese Angst und diese Wut. Und immer wieder muss ich an den Tod denken. Es ist, als … als würde ich mich vor ihm fürchten, ihn aber gleichzeitig suchen.

»Aaron«, unterbricht mich Lilas knapp. »Ganz ruhig.«

Mit zitternden Händen springe ich auf. Es ist mir mit einem Mal unmöglich, still zu sitzen.

»Du verstehst das nicht. Meine Mutter sagt mir überhaupt nichts, trotzdem weiß ich ziemlich sicher, dass sie mir etwas verheimlicht. Alle lügen mich an, meine Mutter lügt mich an, mein Vater lügt mich an, mein Gehirn lügt mich an … Du bist die einzige Wahrheit in meinem Leben.«

Bei diesen Worten bricht Lilas in Tränen aus. Ihre Reaktion überrumpelt mich mitten in meiner Tirade. Ich mache mir Vorwürfe. Sie steht da und weint meinetwegen. Ihr ganzes Leben lang hat sie mich beschützt, meine Tränen getrocknet und sich um mich gekümmert.

Ich jedoch habe ihr nur Kummer bereitet.

Deshalb kann es so nicht weitergehen. Deshalb ist all dies hier, sind *wir* ein großer Fehler.

»Fleur«, flüstere ich und kauere mich zwischen ihre Beine. »Liebes …«

Mit schmerzendem Herzen nehme ich ihr Gesicht in meine Hände. Weinend schließt sie beschämt die Augen. Wieder und wieder sage ich ihren Namen und küsse ihre Nase, ihre Wangen, ihre Stirn und ihren Mund.

»Ich liebe dich.«

Sofort öffnet sie die Augen, in denen Tränen schwimmen. Ich wische sie mit meinem Daumen ab, aber sofort kommen neue, um sie zu ersetzen.

»Weißt du, wie lange ich dich schon liebe?«

Ein Herzschlag.

»Schon immer.«

Ich lächle sie an, und endlich fließen auch meine Tränen ganz von selbst.

»Und weißt du, wie sehr ich dich liebe?«

Zwei Herzschläge.

»Ich liebe dich so sehr, dass ich mich immer und immer wieder in dich verlieben würde, ganz gleich, ob du dich änderst oder ob mein Gedächtnis dich auslöscht und du zu einer Fremden wirst.«

Sie schüttelt den Kopf und fleht mich an aufzuhören, aber ich zwinge sie, sich anzuhören, was ich zu sagen habe. Ich tue es, weil es wichtig ist. Weil sie es wissen muss. Sie ist es; so war es immer, und so wird es immer sein.

»Aber ich könnte zu Dingen fähig sein, vor denen ich Angst habe …«

»Ich muss dir unbedingt etwas sagen«, unterbricht sie mich schluchzend.

Aber ich achte nicht auf ihre Worte, denn wenn ich jetzt nicht ausspreche, was mir auf der Seele liegt, werde ich nie mehr die Kraft dazu finden.

»Ich weiß nicht, was ich dir angetan habe, als wir Kinder waren, aber ich bin entschlossen, es herauszufinden. Und erst dann, und nur dann, kann ich es bei dir wiedergutmachen. Weil ich ein Mann sein möchte, der dich verdient. Weil ich derjenige sein möchte, der dich beschützt – und nicht umgekehrt.«

Dieses Mal lässt sie mich ausreden. Unter Tränen schaut sie mich stumm an. Ich streichle ihr Haar.

Mein Entschluss steht fest. Es tut mir höllisch weh, mehr als alles andere, aber gleichzeitig empfinde ich eine gewisse Erleichterung. Ich will ihr nichts vormachen. Sie soll sich keine Sorgen mehr um mich machen, und ich will unbedingt vermeiden, dass sie sich weiterhin um mich und meine Probleme kümmert.

Wenn ich wirklich getan habe, was ich denke, verdiene ich sie nicht.

Wenn ich den Verstand verliere, geht es ihr ohne mich besser.

Ich war schon einmal stark genug, sie zu verlieren. Und ich werde es auch noch einmal sein.

Trotzdem habe ich bei meinem letzten Satz das Gefühl, innerlich zu sterben.

»Ich liebe dich … aber ich denke, wir sollten an dieser Stelle Schluss machen.«

Folge 12

Hallo, Trauma

Heize – *Can You See My Heart*

Lilas

»Ich liebe dich … aber ich denke, wir sollten an dieser Stelle Schluss machen.«

Ich weiß nicht, was mehr schmerzt. Dass er mich verlässt oder dass er glaubt, er hätte mich nicht verdient. Vor lauter Tränen verschwimmt sein Gesicht vor meinen Augen.

Jetzt verstehe ich besser, warum er sich die ganze Woche hindurch so kühl gegeben hat.

Ich glaube, ich habe jemanden getötet.

Dieser Satz lässt mich in tausend Stücke zerbrechen. Ich halte es nicht mehr aus, nehme ihn in die Arme und vergrabe mein Gesicht in der tröstlichen Mulde seines Halses. Sein Atem geht stoßweise. »Es tut mir so leid«, flüstere ich.

»Du brauchst dich nicht zu …«

»Ich habe dich angelogen. Wieder einmal.«

Ich glaube nicht, dass er es versteht, denn er drückt mich weiter fest an sich. Es wird Zeit. Egal, was danach passiert – er darf nicht länger glauben, dass er verrückt wird, und schon gar nicht, dass er ein Mörder ist.

Ich trete einen Schritt zurück, schaue ihm in die Augen und streiche mit den Händen über seine glatten Wangen.

»Du hast nichts getan.«

»Lilas, ich erinnere mich wieder«, beharrt er. »Ich habe immer die gleichen Träume, ich …«

»Aber ich weiß, dass du nichts getan hast, weil ich dabei war. Und im Gegensatz zu dir erinnere ich mich an alles.«

Er wird plötzlich still. Verständnislosigkeit zeichnet sich auf seinem Gesicht ab. Ich hätte nicht gedacht, dass ich das hier und jetzt und um fünf Uhr morgens tun muss. Aber es kann nicht länger warten.

»Du hast gesagt, dass du dich nicht mehr an diese Zeit erinnerst.«

»Ich weiß. Aber das war gelogen.«

Stirnrunzelnd schaut er mich an.

»Schon wieder«, stellt er tonlos fest.

Wieder entschuldige ich mich, und er nickt, aber ich kann seine Enttäuschung und das Gefühl, betrogen worden zu sein, in seinem Gesicht ablesen.

»Du hast niemanden getötet«, erkläre ich. »Das ist ein Missverständnis. Dein Gedächtnis spielt dir da einen Streich.«

»Was ist mit den Flashbacks? Die sind real, Lilas. Ich bin sicher, dass sie es sind.«

In meinem Hals steckt ein Kloß, und ich schlucke. Erinnerungen überwältigen mich, und plötzlich weiß ich nicht mehr, wo ich anfangen soll.

»Tatsächlich ist etwas passiert. Etwas, das dein Gedächtnis lieber auslöschen wollte. Aber nicht das, was du denkst.«

»Woher weißt du das alles?«, fragt er vorwurfsvoll und lässt meine Hände los.

Ich balle die Hände zu Fäusten, um nicht von meiner Enttäuschung überwältigt zu werden. Seine Reaktion ist ganz natürlich. An seiner Stelle wäre ich auch misstrauisch. Ich bin diejenige, die ihn nicht verdient hat.

»Du leidest an einer posttraumatischen Belastungsstörung«, gestehe ich nach einem tiefen Atemzug.

Der Begriff klingt wie ein Urteil, das über uns hereinbricht. Aaron runzelt verwirrt die Stirn. Wie ich ihn kenne, sucht er in den Tiefen seiner Erinnerung nach der Definition des Ausdrucks und den Symptomen.

»Du hast etwas erlebt, das dich so schlimm traumatisiert hat, dass dein Gedächtnis es vor dir verbirgt ... um dich zu schützen. Leider ...«

»... blieben die psychologischen Nachwirkungen«, beendet er flüsternd meinen Satz und starrt ins Leere.

Ich nicke sanft. Mir war klar, dass er es verstehen würde. Es auch zu akzeptieren, ist noch etwas ganz anderes. Und das Schlimmste steht noch bevor.

»Als du mir gestanden hast, dass du nach Fleur suchst ... wurde mir klar, dass du wahrscheinlich vergessen hattest, was damals geschehen ist. Meine Vermutung hat sich bestätigt, als du herausgefunden hast, wer ich bin, und mich trotzdem mit offenen Armen empfangen hast.«

»Ich verstehe es noch immer nicht«, murrt er. »Warum meinst du, dass ...«

»Wenn du dich erinnert hättest, hättest du mich nicht mehr sehen wollen.«

Bleierne Stille hüllt uns ein. Es fällt mir schwer weiterzusprechen.

»Als wir uns als Kinder das letzte Mal gesehen haben, hast du mich tatsächlich geohrfeigt. Ich habe dich besucht, weil ich besorgt war, aber du hast mich weggestoßen und mich übel beschimpft. Du warst wütend, verwirrt und verängstigt. Du wolltest mich nicht sehen.«

Ich erinnere mich noch an das Brennen auf meiner Wange und daran, dass Aarons Eltern angerannt kamen, um ihn festzuhalten. Er war so unglaublich wütend, dass er sich auf den Boden seines Zimmers warf und weinte. An diesem Tag schickte seine Mutter mich nach Hause und forderte mich auf, nie mehr zurückzukommen.

Es war das letzte Mal, dass ich Aaron sah.

»Aber warum?«, fragt er leise mit schmerzlichem Gesicht. »Was war denn passiert?«

Ich beiße die Zähne zusammen. Meine Tränen sind fast getrocknet. Ich starre ihn an.

»Alles ist meine Schuld.«

8 Jahre

»Mama will nicht, dass ich dort hingehe, das habe ich dir doch schon gesagt!«

Genervt verdrehe ich die Augen. Irgendwie dürfen wir gar nichts mehr tun, was Spaß macht. Früher sind wir immer durch den Wald gelaufen und haben uns Madeleines in unserer geheimen Hütte geteilt. Das war schön.

»Komm schon«, beharre ich schmollend. »Wir müssen es ihr ja nicht sagen!«

Er verzieht das Gesicht. Ich sehe sein Zögern.

»Ich mag nicht lügen.«

»Du bist ein Langweiler. Dann spreche ich eben nicht mehr mit dir.«

Klar, das ist nur eine Drohung. Aber ich weiß, dass Aaron es hasst, wenn ich ihm böse bin. Meistens tut er alles, um mir zu gefallen, auch wenn er anfangs ein bisschen meckert. Ich nutze das gern aus.

Immerhin hat er zugestimmt, mich zu heiraten. Jetzt muss er auch Verantwortung übernehmen!

»Na gut«, gibt er klein bei. »Aber nicht für lang.«

Sofort schenke ich ihm ein Lächeln und warte draußen auf ihn, während er seiner Mama Bescheid sagt. Hand in Hand gehen wir auf den Wald zu. Ich frage ihn, was er sich als Ausrede ausgedacht hat.

»Dass wir die Pferde neben Antoines Haus streicheln wollen.«

Logisch, da gehen wir wirklich oft hin. Wir sprechen über die Schule und das bevorstehende Weihnachtsfest. Dieses Jahr hat es geschneit! Ein Wunder. Als wir den weißen Wald betreten, hinterlassen wir unsere kleinen Fußabdrücke in dem kompakten Schnee.

»Mir ist ein bisschen kalt«, beklagt sich Aaron.

Ich zittere ein wenig und stimme ihm zu. Ich hätte besser einen Schal mitgenommen. Als könnte er meine Gedanken lesen, nimmt Aaron seinen Schal ab und legt ihn mir um den Hals.

»Ja, und du?«

»Ich brauche ihn nicht«, beruhigt er mich schlotternd. Ich sage ihm, dass wir uns schneller bewegen müssen, um warm zu werden. Wir rennen eine Weile und spielen, wer der Schnellste ist – natürlich ich –, und dringen weiter in den Wald ein als je zuvor.

Wir schnappen uns Stöcke und suchen vergeblich nach Insekten, danach spielen wir Ritter. Aaron ist im Fechten miserabel. Er landet auf seinem Hintern im Schnee, was mich zum Lachen bringt. Wie süß er doch ist.

»Du bist hinten voller Schnee.«

»Hör auf zu lachen, meine Hose ist ganz nass«, sagt er und reibt sich den Po.

Keine Ahnung, wie lange wir schon unterwegs sind, aber um ihn zu beruhigen, schlage ich vor, nach Hause zu gehen und etwas Warmes trinken. Wir wenden uns um zum Gehen, aber Aaron erkennt den Weg nicht mehr.

»Sind wir eben auch hier vorbeigekommen?«

»Nein, wir nehmen eine Abkürzung. Ich kenne mich aus, keine Sorge.«

Er folgt mir, obwohl er meinem Orientierungssinn offenbar misstraut. Ich erzähle ihm von meinem Geburtstag im Februar. Lange ist es nicht mehr hin. Ich gebe eine Party mit ganz vielen Freunden, und Aaron ist mein Ehrengast. Schließlich wird man nicht jeden Tag neun Jahre alt!

»Darauf habe ich keine große Lust«, sagt er. Dabei wagt er es nicht, mich anzusehen.

Ich bleibe stehen und drehe mich überrascht zu ihm um.

»Was? Warum? Du musst kommen! Schließlich ist es mein Geburtstag!«

Er zuckt die Schultern und kickt einen Stein.

»Ich will die anderen nicht sehen. Ich mag sie nicht.«

Ich verstehe, warum er nicht mit Leuten zusammen sein will, die ihn an seinem eigenen Geburtstag haben sitzen lassen. Ganz kurz denke ich darüber nach, mein Fest abzusagen, um den Tag mit Aaron zu verbringen, aber natürlich möchte ich auch viele Geschenke bekommen.

Wütend verschränke ich die Arme vor meiner Brust.

»Schließlich bin ich auch zu deiner Geburtstagsfeier gekommen! Du könntest dir ruhig ein bisschen Mühe geben.«

Seine Ohren, die bereits von der Kälte rosig sind, werden scharlachrot. Schon bedauere ich meinen Ausbruch.

»Ich möchte aber auch nicht allein sein, während du dich mit den anderen amüsierst.«

»Du versuchst es doch nicht einmal. Ein paar von denen sind echt nett, aber du hockst ja immer nur in deiner Ecke!«

Er antwortet nicht. Ich bin stinksauer. Nicht wegen meines Geburtstags, sondern weil ich es leid bin zu sehen, wie er immer im Hintergrund und unbeliebt bei den Klassenkameraden bleibt. Er sollte Freunde haben, so wie ich. Ich will ihn nicht immer nur traurig erleben.

»Und du änderst deine Meinung wirklich nicht?«, frage ich.

Er zögert und schüttelt dann entschlossen den Kopf.

Ich beiße die Zähne zusammen und erkläre: »Wenn das so ist, dann lässt du es eben. Und tschüss.«

Mit diesen Worten wende ich mich ab und renne davon. Er läuft mir nicht hinterher, was mich noch mehr enttäuscht. Auf dem Heimweg weine ich laut. Ich bin sauer auf ihn, weil ich mir gewünscht hätte, dass er sich für mich ein bisschen mehr Mühe gibt, aber noch wütender bin ich auf mich selbst.

Unter diesen Umständen will ich keine Party mehr feiern. Meine Kumpels brauche ich nicht. Sogar die Geschenke sind mir eigentlich egal. Aaron muss keine Freundschaften schließen, wenn er das nicht will, und schließlich hat er ja mich.

Ich beschließe umzukehren und bereue, dass ich ihn allein gelassen habe. Als ich mich aber umdrehe, bleibe ich erschrocken stehen.

Nur wenige Meter von mir entfernt steht ein Mann und schaut mich an. Trotz seines freundlichen Lächelns erstarre ich unwillkürlich. Er trägt Jeans, einen schwarzen Mantel und einen blauen Schal. Ich habe ihn nicht kommen hören.

»Hallo, Kleine«, sagt er.

Ohne nachzudenken, weiche ich misstrauisch einen Schritt zurück. Normalerweise sind nie Fremde hier. In meinem Kopf meldet sich eine Art Radar. Ich habe ein ganz schlechtes Gefühl. Dabei scheint er nett zu sein.

Meine Väter haben mir immer eingeschärft, nie einem Fremden zu vertrauen.

»Guten Tag.«

»Bist du ganz allein? Hast du dich verirrt?«, erkundigt er sich mit sanfter Stimme.

Meine Lippen sind wie zugenäht. Mit einem Mal will ich ganz schnell zu meinen Papas. Ich schlucke und schüttle den Kopf. Der Mann schaut sich um.

Ringsum gibt es nur Bäume und Schnee.

Mein Herz klopft wie wild. *Ich habe Angst.* Sie steigert sich, als er näher kommt und mir seine Hand hinhält.

»Wenn du willst, bringe ich dich nach Hause. Ich weiß, wo du wohnst. Deine Mama hat mich gebeten, dich abzuholen.«

Ich habe keine Mama, möchte ich am liebsten sagen. Am ganzen Körper zitternd wie Espenlaub schüttle ich immer wieder den Kopf. Ich weiche zurück, aber er geht einfach weiter vorwärts.

Nein, nein, nein.

Blind vor Angst renne ich los. Der Mann hört auf zu lächeln und setzt mir nach.

»Komm her!«

Er greift nach meiner Kapuze und reißt mich zurück. Ich schreie auf, bekomme kurz keine Luft und falle zu Boden. Seine Hände sind auf mir, ich gerate in Panik, ich zittere und rufe um Hilfe, denn ich ahne, was hier gerade passiert. Im Grunde meines Herzens weiß ich, dass man mich nie wiederfinden wird, wenn ich jetzt nicht weglaufe.

Ich kämpfe wie eine Furie, aber es ist hoffnungslos. Er ist zu stark für mich. Er bringt mich zum Schweigen, indem er seine Hand auf meinen Mund drückt. Dann flüstert er mir ins Ohr, ich solle gefälligst brav sein, und hebt mich hoch.

»Du bist so schön«, flüstert er. Nach der Anstrengung ist er außer Atem. »Du dürftest nicht so schön sein.«

Unaufhörlich strömen Tränen über meine Wangen. Ich muss an meine Papas denken und daran, wie böse sie vielleicht werden, wenn sie herausfinden, dass ich nicht aufgepasst, nicht auf sie gehört habe.

Es tut mir so leid.

Der Mann lässt etwas fallen – ich glaube, es sind seine Autoschlüssel – und bückt sich, um es aufzuheben. Ich versuche, mich aus seinem Griff zu winden.

»Hör auf, so rumzuhamp…«

Ich höre einen dumpfen Schlag. Dem Mann entfährt ein Schmerzenslaut. *Oh mein Gott.* Mit aufgerissenen Augen sehe ich Aaron hinter dem Mann stehen. Er hat einen mächtigen

Ast in der Hand … den er gerade auf den Kopf des Mannes hat krachen lassen.

Er zittert und hat Angst, aber sein Griff ist fest. Vor Erleichterung wäre ich beinah in Ohnmacht gefallen.

»Loslassen!«, brüllt er, während er mit seinem Stock immer wieder kräftig auf den Mann einprügelt.

Der Mann versucht, seinen Schlägen zu entkommen, während seine Hände weiter damit beschäftigt sind, mich ruhig zu halten. Schließlich knurrt er wie ein wildes Tier und versetzt Aaron mit einer Hand eine heftige Ohrfeige ins Gesicht.

Sofort nutze ich sein Abgelenktsein und beiße heftig in die Finger, die mir den Mund zuhalten. Damit kann ich mich aus dem Griff des Mannes befreien.

»Nein!«, schreit er und versucht, mich wieder einzufangen.

Aaron wirft seinen Stock fort und flitzt mir hinterher. Ich denke nicht nach. Ich renne, wie ich noch nie in meinem Leben gerannt bin. Ich renne, bis ich merke, dass Aaron nicht mehr bei mir ist. Sofort bleibe ich stehen und drehe mich um.

»Fleur!«, höre ich Aaron rufen.

Sein Hilferuf zerreißt mich fast. Aaron kämpft wie ein Verrückter in den Armen des Mannes und ruft meinen Namen, als wollte er mich anflehen, ihn zu retten.

»Dann eben du«, keucht der Mann einfach und nimmt etwas aus seiner Tasche.

Vor Schreck bin ich wie versteinert. Unfähig, mich zu bewegen. Ich zittere stark, meine Zähne klappern, und ich habe so große Angst, dass ich mir in die Hose mache.

Aaron wird entführt. Aaron wird entführt!

Lauf, befiehlt mir meine innere Stimme. *Lauf um dein Leben.* Und das tue ich.

Das Letzte, was ich sehe, ist der Mann, der Aarons Mund mit Klebeband verschließt. Das Letzte, was ich sehe, ist der verzweifelte Blick meines besten Freundes, aus dessen entsetzten Augen heiße Tränen strömen.

In diesem Moment weiß ich, dass wir uns nie wiedersehen werden.

Ich renne, so schnell ich kann. Mein Herz sprengt mir fast die Brust. Tränen trüben meine Sicht. Ich laufe um mein Leben. Ich bleibe auch dann nicht stehen, als meine Waden irgendwann wie Feuer brennen, meine Kehle völlig ausgetrocknet ist und meine Füße irre wehtun.

Papa James bringt gerade die Mülltonne raus, als ich ankomme. *Ich bin da. Ich bin daheim, und mir ist nichts passiert.* Dieser einfache Gedanke löst etwas in mir aus, und ich breche erschöpft und weinend zusammen.

»Fleur? Herzchen, was ist los?«

Beunruhigt nimmt mein Papa mich in die Arme. Ich zittere so sehr, und er fragt mich, was passiert ist. Ich würde es ihm gerne sagen, aber ich bringe kein Wort heraus. Ich weine, aber meine Angst lässt allmählich nach.

Ich brauche ein paar Minuten, ehe ich mit verstopfter Nase flüstern kann: »A…A…Aaron.«

Mein Papa runzelt die Stirn.

»Was ist mit ihm? Fleur, antworte mir, es ist sehr wichtig. Wo ist Aaron? Geht es ihm gut?«

Erschöpft schüttle ich den Kopf. Diese einfache Kopfbewegung löst Aufregung in einer Größenordnung aus, mit der ich nicht gerechnet hatte.

Ziemlich bald laufen haufenweise uniformierte Polizisten bei uns zu Hause herum. Aarons Eltern sind auch da. Seine Mutter weint und schreit sehr viel. Man stellt mir Fragen, viel zu viele Fragen. Ich kann mich nicht mehr an alle Einzelheiten erinnern.

Alles kommt mir so unwirklich vor.

Alle suchen nach Aaron. Ich kann nicht mehr schlafen. Jedes Mal, wenn ich meine Augen schließe, sehe ich seinen verzweifelten Blick. Er verfolgt mich. Ich habe Angst. Bestimmt kommt in der nächsten Nacht jemand und nimmt mich mit, da bin ich mir ganz sicher.

Aaron, wo bist du? Hast du Angst? Verabscheust du mich?

Ein Tag vergeht.

Dann zwei.

Dann vier.

Ich esse nichts mehr. Meine Eltern sprechen leise in der Küche miteinander und streiten sich meinetwegen fast jeden Abend. Sie wissen nicht, was sie tun sollen, das ist mir klar.

Ich weiß es auch nicht.

Es ist der sechste Tag, der Heilige Abend, als die Polizei wieder vor unserer Tür auftaucht. Ich liege ohne einen Funken Energie auf der Couch, als Papa Arthur die Tür öffnet.

»Der Kleine wurde gefunden.«

Was? Ich richte mich so schnell auf, dass mir schwindelig wird. Schockiert reiße ich die Augen auf. Mein Herz pocht zum Zerspringen. Ich bete, dass er nicht …

»Gott sei Dank«, seufzt mein Papa. »Geht es ihm gut?«

Der Beamte nickt, und ich breche in Tränen aus. *Er lebt, er lebt, er lebt.* Aaron wurde heil und gesund wiedergefunden. Er ist nicht tot. Er lebt. Ich wüsste gern, ob der Mann verhaftet wurde, aber die Erinnerung an ihn ist so entsetzlich, dass ich lieber den Mund halte.

»So eine Erleichterung.«

»Können wir darüber reden … unter vier Augen?«

Ihren Gesichtern kann ich entnehmen, dass man mich beim Rest dieses Gesprächs nicht dabeihaben will. Meine Väter bringen mich ins Bett und trocknen meine Tränen. Sie versprechen mir, dass ich Aaron so bald wie möglich besuchen darf.

Mein Herz findet endlich Ruhe. Zum ersten Mal seit einer Woche habe ich wieder Hoffnung.

Ich warte nur zwei Minuten, ehe ich wieder aus dem Bett steige und auf Zehenspitzen die Treppe hinuntergehe. In der Dunkelheit setze ich mich auf eine Stufe und belausche heimlich das Gespräch.

Was ich in dieser Nacht erfahre, reicht aus, um mir mehrere Monate lang Albträume zu bereiten.

Bald darauf gehe ich wieder in mein Bett und weine mich in den Schlaf.

Folge 13

Eine mehr als dramatische Trennung

Hyolyn – *Crazy of You*

Aaron

Ich bin nicht verrückt. Ich bin nicht verrückt. Ich bin nicht verrückt.
Ich bin nicht verrückt. Ich bin nicht verrückt. Ich bin nicht verrückt.
Ich bin nicht verrückt. Ich bin nicht verrückt. Ich bin nicht verrückt.
Ich bin nicht verrückt. Ich bin nicht verrückt. Ich bin nicht verrückt.
Ich bin nicht verrückt. Ich bin nicht verrückt. Ich bin nicht verrückt.
Ich bin nicht verrückt. Ich bin nicht verrückt. Ich bin nicht verrückt.
Ich bin nicht verrückt. Ich bin nicht verrückt. Ich bin nicht verrückt.
Ich bin nicht verrückt. Ich bin nicht verrückt. Ich bin nicht verrückt.
Ich bin nicht verrückt. Ich bin nicht verrückt.

Und ich bin auch kein Mörder.

Ich knie auf dem Boden von Lilas' Zimmer und versuche zu begreifen, was sie mir gerade erzählt hat. Entführt? Ich? Das ist zu viel auf einen Schlag. Ich weiß nicht, wie ich reagieren soll. Es fühlt sich an, als spräche sie über eine andere Person. Über irgendeinen Bericht aus der Zeitung.

Nicht über mein eigenes Leben.

»Ich habe dich im Stich gelassen«, sagt sie verlegen. »Wenn du es nicht gewesen wärst, wäre ich ihm in die Hände gefallen. Du hast mich gerettet, aber ich konnte mich nicht revanchieren. Ich war feige. Ich bin weggelaufen … und habe dich zurückgelassen. Weil ich zu große Angst hatte. Weil ich lieber leben wollte, als mein Leben für dich zu riskieren.«

Es fällt mir schwer, ihr zuzuhören. Mein Herz wummert bis in meine Schläfen. Meine irrationale Angst vor Wäldern … jetzt verstehe ich sie. Wälder erinnern mich an mein Trauma.

In einem Wald wurde ich entführt.

»Was ist mit mir passiert?«, wispere ich und fürchte mich vor der Antwort.

Wieder weint Lilas leise. Ihre Schultern zittern. Ich berühre sie nicht, auch wenn ich es gern täte. Ich habe nicht genügend Kraft, um sie zu trösten. Schon jetzt weiß ich nicht, wie ich mit den Emotionen umgehen soll, die mich gerade überwältigen.

»Es heißt, dass … man fand dich wohl im Haus dieses Mannes.«

Sie ringt um Worte, seufzt frustriert, trocknet ihre Tränen und zwingt sich weiterzusprechen. Ich schweige wie betäubt.

»Du warst in einem Schrank eingesperrt, und der Mann … er war tot«, presst sie mühsam hervor. »Als er hörte, wie die Polizei seine Tür aufbrach, hat er sich erschossen. Ihm war klar, dass er in der Falle saß.«

Mein Herz setzt einen Schlag aus. Ich muss unwillkürlich blinzeln, und eine unglaubliche Qual, eine schier unmenschliche Angst überwältigt mich.

Schwärze. Luftnot. Warten.

Der Tod. Der Tod. Der Tod. Immer wieder der Tod.

Plötzlich bekomme ich kaum noch Luft. Ich möchte meine Jacke ausziehen, aber es wäre sinnlos. Nachdem sie einmal angefangen hat, sprudelt alles aus Lilas hervor.

»Du warst bewusstlos. Du hattest Hunger. Dein Körper war mit Blutergüssen übersät. Du trugst immer noch die gleichen Kleider wie am Tag deiner Entführung … aber sie waren mit Blut besudelt.«

Mir ist, als hätte sie einen Schalter irgendwo in meinem Kopf umgelegt. Plötzlich erscheint ein neues Bild. Ein kleiner, dunkler Raum. Ich liege zusammengerollt in einer Ecke, der Mann packt meinen Arm und zwingt mich aufzustehen. Ich weine. Ich flehe ihn an.

Er zerrt mich gewaltsam aus dem Zimmer.

Oh mein Gott.

Mit geschlossenen Augen nehme ich meinen Kopf in die Hände. Aber ebenso gut könnte ich versuchen, die Sonne am Aufgehen zu hindern. Ein Bild nach dem anderen überfällt mich, und alle tragen ein vertrautes Grauen in sich, auf das ich gern verzichtet hätte.

Angst, Hunger, Warten.

Die Kälte des Schranks.

Noch schlimmer.

»Du hast unter Schock gestanden«, berichtet Lilas weiter. »Eine Woche später wollte ich dich besuchen und mich bei dir entschuldigen. Aber du warst nicht mehr derselbe. Du hast nicht geredet, sondern nur ins Leere gestarrt. Und dann … ganz plötzlich hast du geschrien und mich angegriffen. Es war, als könntest du meinen Anblick nicht mehr ertragen.«

Ich schüttle den Kopf. Unmöglich. Das kann einfach nicht wahr sein. Alles ist nur ein Albtraum, nichts weiter. Solche Dinge passieren nur im Fernsehen. In K-Dramen. Ich gehöre nicht zu dieser Art von Kindern. Meine Kindheit war ganz normal, die normalste Sache der Welt.

Meine Eltern hätten es mir gesagt.

Lilas hätte es mir gesagt.

»Nach diesem Tag habe ich dich komplett aus den Augen verloren«, fährt Lilas fort. »Deine Eltern sind so schnell wie möglich umgezogen. Soweit ich verstanden habe, war es eine Flucht vor allem, was geschehen war …«

Schweißgebadet gehe ich in Lilas' Zimmer auf und ab. Panik drückt meine Brust zusammen wie ein Schraubstock, und plötzlich bekomme ich keine Luft mehr. Ich versuche es, aber es geht nicht.

Lilas richtet sich sofort auf und berührt mich, um mich zu beruhigen, aber instinktiv ziehe ich mich zurück und schiebe ihre fürsorglichen Hände von mir. Nie hätte ich gedacht, dass ich das eines Tages einmal sagen würde, aber ich will nicht, dass sie mich berührt.

Im Moment möchte ich von niemandem berührt werden.

Ich erahne den Schmerz in ihrem Gesicht, den sie sofort zu verbergen versucht.

»Du hast alles gewusst und mir nichts gesagt«, stoße ich anklagend hervor.

Das Gefühl des Verrats ist stärker als alles andere.

»Ich hatte Angst. Ich wollte dich beschützen. Ich wusste nicht, wie ich es dir sagen sollte …«

»Du hattest genügend Zeit und ausreichend Gelegenheiten dazu.«

Am liebsten würde ich sie anschreien, meine Frustration herausbrüllen, aber ich kann es nicht. Alles staut sich in mir an. Ich kann nicht atmen, ich kann mit meinen Gefühlen nicht umgehen. Ich möchte alles kurz und klein schlagen. Es tut weh. Es tut so weh. Der Schmerz brennt in meiner Brust, und ich beginne zu weinen. Auch Lilas kommen wieder die Tränen.

»Ich weiß«, gibt sie zu, und ihre Tränen kullern unter ihr T-Shirt. »Ich hätte es tun sollen. Es tut mir leid. Es tut mir so leid.«

Ich schüttle den Kopf. Ich bin unfähig, mich der Tatsache zu stellen, dass sie es die ganze Zeit gewusst und geschwiegen hat, während ich für mich allein gelitten habe. Ich verabscheue sie. Ich verabscheue diesen Mann für das, was er mir angetan hat.

Ich verabscheue die ganze Welt. Auch wenn ich Lilas nicht anschreie, ist jedes Wort, das ich sage, wie ein Dolch, der sie verletzen soll.

»Du bist eine Lügnerin. Etwas anderes kannst du offenbar nicht. Ich dachte, du wärst die Einzige, die mich versteht, aber du bist genau wie alle anderen. Wie meine Mutter. Alle lügen mich immerzu an!« Zum Schluss werde ich doch lauter.

Schweigend, eine Hand auf ihre Brust gepresst, als wolle sie ihr Herz vor dem Absturz bewahren, erträgt sie meine Anklage.

»Kannst du dir vielleicht vorstellen, Fleur«, fahre ich in schneidendem Tonfall und mit kaltem Blick fort, »dass ich gedacht habe, ich würde verrückt werden? Ich hatte Angst, den Verstand zu verlieren. Ich dachte sogar, ich hätte jemanden umgebracht, verdammt. Kannst du dir das vorstellen?«

Ich kann meine Tränen nicht unterdrücken. Die Ängste der vergangenen Monate treffen mich erneut mitten ins Gesicht. Der Stress lässt nach, aber ich habe immer noch Mühe zu atmen.

Ich habe mich so schlecht gefühlt, so allein, so verloren.

Und dabei war die Antwort die ganze Zeit schon da.

»Ich wusste nicht, ob es stimmte und was ich tun sollte, ob es vielleicht besser wäre, mich einzusperren, ehe ich etwas Schreckliches tue. Und die ganze Zeit … die ganze Zeit hast du hinter meinem Rücken über meine Blödheit gelacht, nicht wahr?«

Sie schüttelt den Kopf, sagt aber nichts.

»Aaron, der sich an nichts erinnert, Aaron, der nicht schwimmen kann, Aaron, der keine Freunde hat. Der arme Aaron, der die wunderbare Fleur braucht, um seine Panikattacken zu beruhigen«, ätze ich weiter, bereue meine Schäbigkeit aber im gleichen Moment.

Der rationale Teil meines Gehirns weiß, dass sie nie etwas Böses im Sinn hatte. Im Gegenteil, sie wollte mich vor dem schützen, was mir vielleicht hätte Leid zufügen können. Aber im Moment schaffe ich es nicht, rational zu denken. Ich bin sauer auf sie, sonst nichts.

Denn wenn ich Lilas nicht vertrauen kann, kann ich niemandem vertrauen.

»Ich habe es versucht, ganz ehrlich«, verteidigt sie sich endlich. »Aber deine Mutter hat mir befohlen, nichts zu sagen und …«

»Warte mal! Was?«

Sie seufzt und berichtet mir vom Besuch meiner Mutter vor einigen Tagen. Ich lache verbittert und weigere mich fast, es zu glauben. Es ist eine echte Verschwörung. Ich bin so enttäuscht und so wütend, dass mir die Worte fehlen.

Mit der Entdeckung meines Traumas beschäftige ich mich so gut wie gar nicht. Ich verdränge und verleugne. Ich bringe es nicht fertig, mich den Tatsachen zu stellen, sondern konzentriere mich lieber auf Lilas' Verrat. Das ist einfacher.

Lilas geht es nicht gut. Am liebsten würde ich sie umarmen, aber ich lasse es. Heute will ich wütend sein. Dazu habe ich schließlich jedes Recht, oder?

»Ich wollte dich nie verletzen«, flüstert sie. »Ich hatte einfach zu viel Angst. Ich wusste nicht, wie ich dich gleichzeitig schützen und in meiner Nähe behalten konnte. Du hast mich immer als deinen Schutzengel bezeichnet … und ich wollte mitspielen, weil es für mich immer das Wichtigste war, dass du nicht verletzt wirst. Aber ich habe es nicht geschafft«, schluchzt sie. »Ein einziges Mal hätte ich dich wirklich retten können, aber ich bin davongerannt. Ich bin kein Engel, Aaron.«

Stumm und mit laut klopfendem Herzen höre ich ihr zu. Ohne es zu wollen, habe ich eine enorme Last auf ihre Kinderschultern geladen – die Last, mich um jeden Preis zu beschützen.

Es war von Anfang an ein Irrtum, und ich hätte es nicht zulassen dürfen.

»Du bist überrascht, aber das solltest du nicht sein. Ich war schon immer so«, gibt sie traurig zu. »Unvollkommen und egoistisch.«

Ich möchte ihr sagen, dass sie nichts davon ist, dass ich so etwas nie an ihr wahrgenommen habe, aber sie kommt mir zuvor.

»Du hältst das für unwahr, weil du mich schon immer idealisiert hast. Ich bin nicht perfekt, Aaron. Ich mache Fehler. Ich habe dich angelogen, sogar zweimal. Du hast jedes Recht, sauer auf mich zu sein. Ich werde mich nicht rechtfertigen. Aber ich möchte, dass du weißt, dass ich dich niemals verletzen wollte. Ganz im Gegenteil.«

Mein Herz leidet. Um ihretwegen, um meinetwegen, wegen meiner gestohlenen Erinnerungen und unserer gefährdeten Zukunft. Eine weitere Träne kullert über ihre Lippen. Sie bemüht sich um ein Lächeln.

»Ich kann mich an keine Zeit in meinem Leben erinnern, in der ich nicht wahnsinnig in dich verliebt war, Aaron Choi. Es tut mir leid, dass ich alles ruiniert habe.«

Im Moment weiß ich noch nicht einmal, wer hier mit wem Schluss macht. Mein Herz brennt, weil sie mir gerade gesagt hat, dass sie mich liebt – aber auch, weil alles vorbei ist, ehe es überhaupt angefangen hat.

Ihr tränenüberströmtes Gesicht verschwimmt vor meinen Augen, und ich sehe plötzlich das gleiche Gesicht sechzehn Jahre früher vor mir. Fleur hat an meiner Tür gestanden. Sie hat geweint, sich entschuldigt, dass sie mich alleingelassen hatte, aber ich habe es nicht ertragen, sie zu sehen.

Sie hat mich zu sehr an das Trauma erinnert.

Mir wird schlecht. Ich schüttle den Kopf und weigere mich, sie weiter anzuschauen. Hastig verlasse ich ihre Wohnung und laufe ins Freie. Eine kühle Brise dringt unter mein T-Shirt und erinnert mich plötzlich an die unerträgliche Kälte jenes Wintertages.

Zu Hause angekommen, setze ich mich sofort an meinen Schreibtisch. Der Anblick von Post-it-Zetteln überall an meinen Wänden nervt mich und verursacht mir Schwindel. In einem Anfall von Raserei reiße ich sie ab. Alle landen zerknittert auf dem Boden ... genau wie ich.

Wie vor sechzehn Jahren in diesem verdammten Schrank fühle ich mich allein und verzweifelt.

Nur wird dieses Mal niemand kommen und nach mir suchen.

Folge 14

Nach-Trennungs-Depression

Soyou – *I Miss You*

Lilas

Die Playlist »You Suck« erlebt ihr Comeback.

»Yeah, you guys know this one/Karma's come to tap you on the shoulder/All the lying that's been festering«, singe ich auf dem Sofa, wo ich das ganze Wochenende mit Weinen verbracht habe.

Bei meiner Lieblingsstelle drehe ich den Ton lauter. Über meinen Schultern liegt eine Decke. Dana beobachtet mich von der Küche aus, wobei sie vorgibt, sich auf ihr Telefon zu konzentrieren.

»You ruined everything, you stupid bitch/You're just a lying little bitch who ruins things/And wants the world to burn. Bitch. You're a stupid bitch ... and lose some weight.«

Ich halte den Ton, bis Dana aufsteht und die Musik abschaltet. Es überrascht mich nicht. Ehrlich gesagt wundert mich, dass sie nicht schon früher eingeschritten ist ... zum Beispiel als ich in Tränen ausgebrochen bin, weil mir die Zahnpasta von der Zahnbürste gerutscht ist oder so. Oder als ich mich drei Tage hintereinander geweigert habe, mich zu waschen. *Nicht gerade mein ruhmreichster Moment.*

»Fleur«, erklärt sie schockiert. »Dieses Lied ist absolut scheußlich!«

»Das ist Absicht. Es soll lustig sein.«

»Ich merke gar nicht, dass du lachst.«

Ich werfe ihr einen verdrossenen Blick zu, nehme ihr mein Telefon wieder aus der Hand, starte das Ende des Songs erneut und singe heulend weiter.

»Now he knows I'm not some innocent lamb/He sees me for what I am/Which is a horrible, stupid, dumb and ugly, fat and stupid, simple self-hating bitch!«

»Mein Gott«, flüstert Dana und betrachtet mich mit großen Augen.

Ich dachte nie, dass dieses Lied so gut in mein Leben passt, und weiß nicht recht, ob ich darüber lachen oder weinen soll.

Aarons und meinen geplanten Kurzurlaub am Meer hatte ich schon fast vergessen. Stattdessen habe ich fünf Tage lang in T-Shirt und Slip auf meiner Couch Trübsal geblasen.

Und ich habe Aaron angerufen. Unzählige Male. Öfter, als ich zuzugeben bereit bin, und öfter, als meine Würde erlaubt. Nicht, dass ich versucht hätte, mich noch einmal zu entschuldigen, denn das hatte ich ja bereits getan. In gewisser Weise bin ich froh, dass er sauer auf mich ist. Ich habe Mist gebaut und verdiene es.

Endlich werde ich für mein Handeln bestraft.

Andererseits … er fehlt mir ganz schrecklich. Mein Herz ist ohne ihn völlig leer. Ich würde ihn gern sehen, mit ihm sprechen und ihm ein Lächeln auf die Lippen zaubern.

Aber vor allem: Ich möchte unbedingt wissen, ob es ihm gut geht. Ich habe Angst um ihn. Angst vor dem, was er tun könnte.

Er hat mich kein einziges Mal zurückgerufen.

In diesem Moment geht die Wohnungstür auf. Als sie uns erblickt, bleibt Eleanor sofort stehen. Ich habe weder Zeit noch

Lust, auf den Streit meiner Freundinnen einzugehen, also lasse ich mich mit geschlossenen Augen auf das Sofa sinken.

»Ist es möglich, dass sie immer noch in der gleichen Haltung daliegt?«, flüstert Eleanor Dana zu.

Es ist das erste Mal, dass sie seit dem Streit wieder miteinander sprechen.

»Schlimmer noch. Sie hat nicht einmal den BH gewechselt.«

»Ich trage gar keinen BH«, werfe ich ein, ohne die Augen zu öffnen.

Ich sehe vor mir, wie sie voller Abscheu und Verzweiflung den Kopf über mich schütteln, und ich habe keine Entschuldigung. Morgen muss ich wieder zur Arbeit gehen und fühle mich wie gelähmt vor Angst. Ich habe bereits daran gedacht, zu kündigen, auch wenn mir allein die Vorstellung das Herz bricht. Dana hat mich angeschnauzt, dass so etwas absolut nicht infrage käme.

»Man kündigt nicht wegen eines Mannes!«, meinte sie, und ich fand ihre Logik eigentlich auch überzeugend. Dieses kleine Detail hatte ich irgendwie vergessen.

»Auf mit dir!«, sagt Eleanor und zieht mir die Decke von den Schultern.

»Mir ist kalt!«

»Draußen herrschen dreißig Grad«, widerspricht sie mir. »Du stehst jetzt auf und nimmst eine Dusche, damit du nicht alle Ratten des Viertels anlockst.«

Im Sitzen ziehe ich den Kopf zwischen die Schultern und reibe meine nackten Beine. Ich habe das Gefühl, völlig kraftlos zu sein. Angst und Kummer haben mir alle Energie geraubt.

»Was machen die Mädchen in einem K-Drama in einer solchen Situation?«, fragt Dana mit verschränkten Armen.

»Hä?«

Sie zuckt die Schultern.

»Das ist ja offenbar die einzige Sprache, die du beherrschst. Also?«

»Ich nehme an, sie sind deprimiert, genau wie ich …«

»Und wie geht es danach weiter? Schließlich müssen sie irgendwann aufhören, depressiv zu sein, damit das Happy End möglich wird.«

Ich verdrehe die Augen.

»Normalerweise landen sie im Krankenhaus, nachdem sie beinahe gestorben sind, und der Mann kommt zu ihnen zurück, weil er erkennt, dass er ohne sie nicht leben kann …«

Mein Mund bleibt offen, während meine Gedanken rotieren. Dana scheint schnell zu begreifen, schnippt mit den Fingern vor meinen Augen und donnert: »Ein Unfall kommt nicht infrage!«

»Meine Güte, du bist echt verrückt«, empört sich Eleanor.

Die Mädels sind wirklich nicht lustig. Dana stützt entschlossen beide Hände auf die Hüften.

»Weißt du, was du jetzt machst? Zunächst einmal wird ordentlich geduscht. Danach essen wir etwas. Und morgen gehst du mit hoch erhobenem Kopf wieder zur Arbeit und bleibst stark. Du übernimmst die volle Verantwortung für deine Fehler. Und wenn du Aaron wirklich zurückhaben willst … dann denken wir uns einen Plan aus. Okay?«

Das klingt zwar nach einer Menge Arbeit, aber ich stimme trotzdem zu. Wenigstens reden Dana und Eleanor wieder miteinander. Das zumindest habe ich erreicht.

Ich gehe ins Bad, bleibe länger als nötig unter der Dusche und verschlinge die Spaghetti, die Eleanor uns zubereitet. Wir reden nicht viel. Die beiden vermeiden immer noch den Blickkontakt, aber sie bleiben um meinetwillen gemeinsam am Tisch.

Nach dem Essen schlagen sie sogar vor, sich die Fortsetzung von *The King: Eternal Monarch* mit mir anzusehen, aber ich gebe vor, dass ich zu müde für ein K-Drama bin. *Entschuldige, Lee Min-ho.* Ich schließe mich in mein Zimmer ein, und mein Herz zieht sich zusammen, als ich das Hintergrundbild auf meinem Telefon sehe.

Aaron und ich im Disneyland Paris, mit Mausohren auf den Köpfen. Ich lächle fröhlich in die Kamera, während er nur schüchtern grinst und seine Hand faul auf meiner Hüfte liegt.

Die Tränen kommen ganz von selbst. Mit Herzklopfen rufe ich ihn noch einmal an, lande aber sofort auf seiner Mailbox. Dieses Mal hinterlasse ich eine Nachricht.

»Ich bin's. Fleur«, sage ich mit unsicherer Stimme. »Ich weiß, du willst mich nicht wiedersehen … Ich halte mich fern, versprochen. Aber bitte antworte mir … Ich will nur wissen, ob es dir gut geht … Wenn du nicht antwortest, komme ich zu dir nach Hause, Aaron … Bitte sag mir, dass es dir gut geht.«

Ich lege auf, bevor ich wieder in Tränen ausbreche, und verkrieche mich unter der Bettdecke. Mein Kummer ist so groß, dass es sich anfühlt, als müsste ich sterben. Ich habe keine Ahnung, wie es weitergehen soll.

Meine Augen sind rot und wund. Ich bin kurz vor dem Einschlafen, als mein Telefon plötzlich vibriert. Sein Name erscheint auf dem Bildschirm. Mir bleibt fast das Herz stehen.

Es geht mir gut. Komm nicht.

Ich seufze. Einerseits bin ich erleichtert, andererseits frustriert. Für diesen Abend lasse ich die Finger vom Telefon.

Aaron will zwar nicht mit mir reden, aber zumindest geht es ihm gut.

Und er hört meine Nachrichten ab.

Als ich zur Arbeit komme, hat er sich schon in sein Büro zurückgezogen.

Ich begrüße alle betont fröhlich und setze mich an meinen Platz. Nicolas wirft mir scherzhaft vor, dass ich ihn für mehrere Tage im Stich gelassen habe. Ich befolge Danas Rat und tue so, als ob alles so wäre wie immer.

Vormittags verlässt Aaron sein Büro nicht, nicht einmal in der Mittagspause. Im Flur sehe ich einen Boten, der ihm etwas zu essen bringt und sofort wieder geht. Ich habe den ganzen Tag lang Bauchschmerzen, die noch schlimmer werden, als Aaron am Nachmittag endlich aus seiner Höhle herauskommt und sich zu uns setzt.

Ich werde blass, erstarre auf meinem Stuhl und wage nicht, ihn anzuschauen. Längst bereue ich, dass ich überhaupt gekommen bin. Wie soll ich mich ihm gegenüber verhalten? Schließlich weiß ich, was ich ihm angetan habe.

»Wie geht es vorwärts, Julien?«, höre ich ihn fragen.

»Ich habe dir alles per E-Mail geschickt«, antwortet der.

»Danke.«

Seine Nähe lässt mich erbeben. Ich bin unfähig, mich auf meinen Bildschirm zu konzentrieren. Erst nach einigen Sekunden finde ich endlich den Mut, einen verstohlenen Blick in seine Richtung zu werfen. Er sieht verdammt gut aus, wie immer.

Aber er hat Schatten unter den Augen und ist dünn. Und sehr blass.

Vermutlich schläft er nicht viel. Hat er immer noch Albträume? Kann er sich nach unserem Gespräch an etwas erinnern? Ich frage mich, ob er inzwischen mit seinen Eltern geredet hat ... Ich hoffe, er ist nicht allein.

Er ist sich meines Blickes bewusst. Ich merke es an seinen angespannten Lippen. Trotzdem schaut er nicht von seinem

Tablet auf und sagt mir nicht, ich solle wegschauen, wie er es früher getan hat.

Ich bin schlicht unsichtbar geworden.

Er bleibt den ganzen Nachmittag im Open-Space-Büro. Ich gebe mir Mühe, mir nichts anmerken zu lassen, lache über Nicolas' Witze und befolge Aarons Anweisungen. Ich schreibe und zeichne, schreibe und zeichne. Ich verleihe Kitsune Leben und knie mich tief in die Arbeit, um nicht zusammenzubrechen.

»Ist dein Papa traurig?«, frage ich Wilfred, als Aaron auf der Toilette ist und ich die Zeit nutze, um den Fisch zu füttern.

Abwartend klopfe ich sacht an die Scheibe seines Aquariums, als ob er mir antworten könnte.

»Du musst unbedingt gesund bleiben, okay?«, füge ich sanft hinzu.

Ich werde unterbrochen, als sich die Tür öffnet und Aaron hereinkommt. Unsere Augen treffen sich für eine Nanosekunde. Er ist überrascht, mich hier zu sehen. Dann wendet er den Blick ab und setzt sich mit rosigen Ohren an seinen Schreibtisch.

Es fühlt sich genauso an wie bei unserem ersten Zusammentreffen an diesem Ort.

Für ihn bin ich eine Fremde. Er schaut mich an, aber er sieht mich nicht.

Ich räuspere mich, verberge meine zittrigen Hände und verlasse sein Büro. Mit zugeschnürter Kehle gehe ich direkt in den Pausenraum. Ich sehe Emma und Nicolas, die sich bei einem Kaffee unterhalten, und als Nicolas mich fragt, ob ich auch eine Tasse möchte, kann ich nicht anders: Ich breche in Tränen aus.

Nicolas' freundliches Gesicht erstarrt. Emma reagiert überraschend. Sie nimmt mich in die Arme, während ihr Freund bestürzt ist.

»Was habe ich denn gesagt?«

Emma gibt ihm zu verstehen, dass es nichts mit ihm zu tun hat.

»Du bist wirklich blind, Blödmann.«

Endlich scheint er zu verstehen, sein Gesicht klärt sich auf. Ich schniefe und entschuldige mich überschwänglich, aber Emma sagt, ich solle mir keine Sorgen machen.

»Soll ich ihm die Fresse polieren?«, fragt Nicolas und krempelt die Ärmel hoch.

Ich schüttle den Kopf, natürlich hat auch er es längst gewusst.

»Er hat nichts getan … Es war meine Schuld.«

»Aha. Soll ich dann lieber dir die Fresse polieren?«

Ich weine nur noch mehr. Er seufzt, kommt zu uns und umarmt uns beide. Unsere Umarmung ist ein wenig unbeholfen, aber seltsam beruhigend. Nicolas reibt mir freundschaftlich den Rücken.

»Alles wird wieder gut. Ich verstehe diesen Mann absolut nicht, aber seine Liebe zu dir ist ganz offensichtlich. Ganz gleich, was passiert ist, ich bin sicher, er braucht nur etwas Zeit.«

Ich nicke und trockne meine Tränen.

»Er hat recht«, pflichtet Emma ihm bei. »Aaron hat immer wieder zu dir geschaut, sobald du den Blick abgewendet hast. Es wird wieder gut, da bin ich ganz sicher.«

Dankbar lächle ich sie an. Seit Disneyland Paris hat sich meine Beziehung zu Emma verändert. Sie kommt allmählich aus ihrem Schneckenhaus, was mich wirklich freut.

Ich glaube, sie haben recht. Es ist sicher nicht die Liebe, an der es zwischen Aaron und mir mangelt. Ich werde ihm so viel Zeit geben, wie er braucht, um mir zu verzeihen. Und ich bleibe, koste es, was es wolle.

»Du tust mir unendlich leid«, sagt Nicolas mit bedauerndem Gesichtsausdruck. »Und ich würde dich küssen, wenn meine Freundin nicht direkt neben uns stünde.«

Emma versetzt ihm einen Klaps auf den Hinterkopf.

Nach der Arbeit warten Dana und Eleanor an der Bushaltestelle nah unserer Wohnung auf mich. Sie haben ein Schild in der Hand, auf dem mit Marker geschrieben steht:

YOU ~~STUPID~~ AMAZING BITCH

Unter Tränen lachend falle ich ihnen um den Hals. Das habe ich wirklich gebraucht. Die beiden wiederzuhaben.

Hand in Hand gehen wir nach Hause und erzählen uns gegenseitig von unserem Tag. Im Geschäft an der Ecke kaufen wir Alk und Mango-Mochis, die ich besonders gern mag.

Eine Stunde später lümmeln wir im Pyjama auf der Couch, haben alle eine Gesichtsmaske aufgetragen und ziehen uns Soju rein.

»Also …«, beginne ich zögernd. »Habt ihr euch wieder vertragen?«

Die Mädchen schauen sich zunächst schüchtern an, bis Eleanor breit grinst.

»Wir haben geredet, ja.«

»Wir haben auch geheult«, seufzt Dana. »Es war wirklich kein schöner Anblick.«

Ich bin unendlich froh, dass alles geregelt ist.

»Ach übrigens, wo wir gerade alle zusammen sind …«, verkündet Eleanor mit einem geheimnisvollen Lächeln, »ich habe einen Job!«

Dana und ich stoßen zeitgleich einen überraschten Ruf aus. Eleanor scheint mit unserer Reaktion zufrieden zu sein, denn sie startet lachend eine Art Siegestanz.

»Ich absolviere ein Praktikum in einer Kanzlei in Paris. Es

ist zwar nicht gerade die UNO, aber es ist ein guter Anfang und entschädigt mich für den Verlust des größten Teils meiner Garderobe …«

Ich nehme sie begeistert in die Arme.

»Ich bin superstolz auf dich.«

»Ich auch«, nickt Dana mit einem beeindruckten Lächeln.

»Ihr hattet recht«, seufzt Eleanor. »Zwar trete ich für Frauenrechte ein, war selbst aber nie wirklich unabhängig. Manchmal glaube ich, dass ich mit der Idee des Feminismus immer noch gewisse Probleme habe und nicht weiß, was er wirklich bedeutet.«

Ehrlich gesagt geht es mir ebenso. Eleanor hat ihre Art von Beziehung zu den Männern bewusst gewählt. Sie hat sich nie in eine kompromittierende Lage gebracht. Und sie hat auch nie etwas getan, was sie nicht tun wollte.

Beinhaltet Feminismus nicht das Recht, mit seinem Körper zu tun, was man will? Es waren nie rein sexuelle Abenteuer mit den Bekannten, von denen sie sich unterstützen ließ, sondern sie hatte immer auch eine freundschaftliche Beziehung zu ihnen, ganz gleich, was man davon halten mag.

»Du mochtest diese Typen«, sage ich.

»Ja, sogar sehr. Jeden Einzelnen von ihnen. Natürlich haben sich einige von ihnen kaum überraschend als Arschlöcher entpuppt. Aber andere sind auch heute noch sehr gute Freunde von mir. Die Geschenke und die gesellschaftlichen Veranstaltungen waren natürlich ein nicht zu verachtender Bonus. Ich bin auf den Geschmack gekommen. Es war ganz leicht, und ich musste nichts tun, um sie zu bekommen … Aber da habe ich mich, glaube ich, geirrt«, sinniert sie nachdenklich. »Meine Eltern haben mich immer in dem Glauben bestärkt, dass ich auf andere Weise nie ein bequemes Leben würde führen können.«

Instinktiv greife ich nach ihrer Hand. Wir verhaken unsere Finger.

»Aber das stimmt nicht. Ich kann mich um mich selbst kümmern. Ich bin dazu ebenso fähig wie jeder andere … und Geld kann nicht alles. Ich ziehe die Liebe der finanziellen Sicherheit vor.«

Dana lächelt ein wenig traurig.

»Darüber hatte ich nicht nachgedacht. Entschuldige bitte. Weißt du, ich wollte nie über dich urteilen …, sondern ich wollte dich nur auf deinen Wert hinweisen. Weil du so viel mehr Achtung verdienst.«

»Du hast mein volles Verständnis«, sage ich.

»Wir sind Frauen, verdammt«, fährt Dana fort. »Unterschiedliche und unvollkommene, aber ebenso auch intelligente, starke und unabhängige Frauen, die sich gegenseitig ermutigen, anstatt sich gegenseitig niederzumachen. Und, verdammt, ich liebe uns.«

Ich glaube, ich bin wirklich ziemlich dünnhäutig, denn mir steigen die Tränen in die Augen.

»*4 makes one team*«, stimmt Eleanor zu und hält ihre flache Hand zwischen uns.

Ich starre sie mit offenem Mund an.

»Träume ich oder hast du gerade eine Anspielung auf eine bestimmte K-Pop …«

»Sei still, du ruinierst den Augenblick.«

»Okay, okay! Aber wir sind nur zu dritt … wer ist das vierte Mitglied?«

»Park Seo-joon natürlich.«

Logisch. Begeistert lege ich meine Hand auf ihre.

»*4 makes one team.*«

Dana verdreht murrend die Augen. K-Pop und K-Dramen sind nicht wirklich ihr Ding. Trotzdem legt auch sie ihre Hand auf unsere und wiederholt: »*4 makes one team* oder was auch immer.«

Das Ganze endet in einer riesigen gemeinsamen Umarmung.

In diesem Augenblick, und ohne zu wissen, was die Zukunft für mich bereithält, weiß ich, dass alles gut werden wird.

Weil ich von unglaublichen Frauen umgeben bin.

Und weil sie mich drängen, jeden Tag ein bisschen besser zu werden.

Folge 15

Bromance

Kim Kyung Hee – *Stuck In Love*

Aaron

Ich dachte, ich wäre stark genug.

Offenbar habe ich mich überschätzt. Sie jeden Tag zu sehen ist schon schmerzhaft genug, aber sie zu ignorieren, ist eine echte Tortur. Ich wollte hinter ihr herlaufen, nachdem sie an diesem Tag mein Büro verlassen hatte, und mich für mein kindisches Verhalten entschuldigen.

Aber ich habe meine Meinung sofort geändert, als ich sie in Nicolas' Armen weinen sah.

Es tut höllisch weh. Viel mehr, als ich dachte. Mir wird klar, dass ich ohne sie niemanden habe. Natürlich ist da noch Wilfred, aber selbst er scheint mir aus dem Weg zu gehen; man könnte fast meinen, er hätte sich für eine Seite entschieden.

»Mama fehlt dir wohl?«, werfe ich ihm vor, als ich ihn füttere. »Du kannst mir ruhig sagen, dass du sie lieber hast als mich.«

Ich kann es ihm nicht verübeln. Natürlich schmerzt es, dass Lilas mich belogen hat, aber ich vermisse sie von Tag zu Tag mehr. Wohin ich auch gehe, sehe ich sie, selbst wenn sie physisch nicht anwesend ist. Die Erinnerung an sie ist so hartnäckig, dass ich nicht begreife, wie ich sie beim ersten Mal hatte vergessen können.

Immer noch habe ich das Gefühl, langsam wahnsinnig zu werden; aber zumindest weiß ich jetzt, dass es nicht stimmt. Mein Gehirn versucht lediglich, mir eine Botschaft zu senden, sonst nichts. Es gelingt ihm nicht mehr, alles unter Verschluss zu halten, sondern es muss gewisse Dinge offenbar loslassen.

Manchmal ängstigt mich das zutiefst. Aber seltsamerweise fühle ich mich jetzt deutlich weniger besorgt wegen meines Termins beim Neurologen. Schließlich weiß ich, was mit mir los ist.

Ich war sechs Tage in der Gewalt eines Kidnappers. Man fand mich eingeschlossen in einem Schrank, nur wenige Meter entfernt von einer Leiche. *Wer weiß, was genau passiert ist? Wer weiß, was ich ertragen musste?*

Meine Konfrontation mit Lilas war wie ein Auslöser; als hätte sie mir endlich den Weg geebnet, mich zu erinnern. Nach und nach fallen mir bestimmte Details wieder ein. Es passiert zu jeder Tages- und Nachtzeit, und es sind sehr kurze Blitze, denen lange Kopfschmerzen folgen.

Als Erstes habe ich das Internet durchforstet. Es war nicht besonders schwierig; zwar steht unter dem Stichwort »Kindesentführung« eine ganze Menge, aber in unserem abgelegenen Dorf passiert sonst nie etwas. Ich bin sofort fündig geworden, leider.

Brueil-en-Vexin: Achtjähriges Kind entführt und in Schrank gefangen gehalten.
Der Vorfall ereignete sich am Dienstagabend auf einem Waldweg in Brueil-en-Vexin. Gegen 17.30 Uhr gingen der Junge und ein ebenfalls achtjähriges Mädchen im Wald spazieren, als ein Mann ihn entführte und mit ihm flüchtete.

Das Mädchen, das dem Kidnapper entkommen konnte, alarmierte seine Eltern. Mit einem großen Polizeiaufgebot wurde zunächst erfolglos nach dem Jungen gesucht.

Am Montag der folgenden Woche durchsuchte die Polizei das Haus eines Dreiunddreißigjährigen und stieß bei der Durchsuchung der Wohnung auf den Jungen, der bewusstlos in einem Schrank lag. Der Verdächtige wurde beim Eintreffen der Sicherheitskräfte tot aufgefunden.

Nachdem ich den Bericht gelesen habe, muss ich mich übergeben. Zwar erinnere ich mich an nichts Spezielles, aber der Bericht erzeugt in mir ein solches Gefühl von eigener Erfahrung, dass es mir unmöglich ist, den offensichtlichen Zusammenhang zu leugnen.

Das, was da steht, habe ich selbst erlebt.

Inzwischen verfüge ich zwar über Teile dieses Puzzles, aber ich habe keine Ahnung, in welcher Anordnung ich sie zusammensetzen soll. Aus diesem Grund fahre ich, angespornt durch mein Streben nach Wahrheit, an einem Sonntagmorgen in mein altes Dorf. Ich muss es wissen.

Zum letzten Mal war ich hier an dem Tag, als ich Lilas bei ihren Eltern überrascht habe. Davor waren sechzehn Jahre verstrichen. An jenem Tag hatte ich mir nicht die Zeit genommen, aus dem Fenster zu schauen. Jetzt schon. Und ich verspüre ein seltsames Gefühl: als wäre ich in einer Notlage, als müsste ich so schnell wie möglich flüchten.

Es ist, als ob das Dorf mich mit seinen langen, bedrohlichen Armen packen und nie wieder loslassen will.

Ich zwinge mich trotzdem, weiterzufahren, und parke meinen Wagen in der Nähe der alten Kirche. Das Dorf ist menschenleer. Ich gehe durch die Stille, und meine Füße erinnern sich ganz selbstverständlich, in welche Richtung sie gehen müssen. Vor mir liegt der Wald. Er ist längst nicht mehr so groß und bedrohlich wie in meiner Erinnerung.

Ihn in diesem Licht zu sehen enttäuscht mich beinah. Er wirkt überhaupt nicht beeindruckend, sondern eher gewöhnlich. Ich atme tief durch, bedauere, dass Lilas nicht bei mir ist, und gehe hinein.

Um meine zitternden Hände zu beruhigen, balle ich sie zu Fäusten. Undeutlich erinnere ich mich an Tage, die wir damit verbracht haben, hier Stöcke zu sammeln und Blumen zu pflücken. Einmal sind wir einem Hasen begegnet. Ich habe aufgeschrien vor Angst und mich hinter Fleur versteckt.

Fleur hatte niemals Angst. Vielleicht war sie manchmal etwas leichtsinnig, aber eben auch total mutig. So mutig, dass ihr eines von Antoines Pferden einmal in die Finger gebissen hat.

Zwischen den Bäumen entdecke ich eine Holzhütte. Bei dem Anblick pocht mein Herz stärker. Es ist unsere Hütte. Neugierig gehe ich darauf zu. Nichts hat sich verändert. Sie ist immer noch so verwahrlost wie früher.

Ich wage mich hinein. Es ist staubig, und ich muss husten. *Ich frage mich, ob …*

Ob das, was ich damals in einer Ecke des Raums mit dem Taschenmesser eingeritzt habe, immer noch zu erkennen ist? Mein Herz hüpft in meiner Brust, als meine Finger das Holz streicheln, das unsere Initialen trägt.

FA.

So klischeehaft. So abgedroschen.

Trotzdem lächle ich bewegt. Wir waren hier, und die Vergangenheit ist unser Zeuge. Wir haben unsere Spur hier hinterlassen. Falls mein Gedächtnis wieder einmal versagt, habe ich zumindest einen Beweis.

Ein jäher, stechender Schmerz durchzuckt meine Schläfe.

Aufstöhnend schnappe ich nach Luft, schließe die Augen und halte mir den Kopf.

Ein neues, seltsam vertrautes Bild bahnt sich seinen Weg in mein Gehirn. Ich sehe meinen Streit mit Fleur vor mir, diesen Augenblick, als sie verschwindet und mich allein in diesem verfluchten Wald zurücklässt.

Schuldgefühle machen sich in mir breit. Ich will hinter ihr herlaufen, um ihr zu sagen, dass ich natürlich zu ihrer Geburtstagsfeier komme, aber sie ist schon weit weg.

Ich bemühe mich, den Rückweg zu finden, aber die Bäume sehen alle gleich aus. Ich laufe im Kreis. Ich habe Angst, eine Angst, die mich zu überwältigen droht.

Ich bin verloren. Ich bin verloren. Ich bin verloren.

Plötzlich entdecke ich Fleur. Ein Mann greift brutal nach ihr, und sie schreit los. Mein Herz zerspringt fast. Ich muss keine Sekunde länger nachdenken.

Ich schmettere ihm einen Ast über den Schädel.

Fleur schafft es, sich zu befreien. Sie rennt davon. Ich will ihr nach, aber ich stolpere und falle. Der Mann packt mich, und ich weiß, dass es das Ende ist.

Fleur sieht mich und bleibt stehen. Ich rufe ihren Namen und flehe sie mit Blicken an ... Flehe, dass sie weiterläuft. Nicht, dass sie mich rettet.

Ich schnappe nach Luft. Es ist, als würde ich alles sechzehn Jahre später noch einmal erleben. Ich spüre die Angst, das Adrenalin und das Bedürfnis, um Hilfe zu rufen.

Ich sitze hinten in einem Auto. Der Mann hat mich gefesselt. Die Augen hat er mir nicht verbunden. Es ist ihm egal, ob ich sehe, wohin er mich bringt oder wie er aussieht.

Ich werde ohnehin nicht mehr zurückkehren.

Ich weine. Ich habe Angst. Erst recht, als er parkt und mich aus dem Auto zerrt. Es ist ein kleines Haus. Umgeben von Bäumen. Ich hasse Bäume. Er sagt, ich solle mir keine Sorgen machen, er wäre nett zu mir, wenn ich brav wäre. Und er sagt, dass er Kinder mag.

Dass er mir nicht wehtun will.

»Nein«, flüstere ich im Hier und Heute mit stockendem Atem. Ich will mich nicht erinnern. Stopp!

Hastig verlasse ich die Hütte. Immer wieder stolpere ich in dem Versuch, so schnell wie möglich mein Auto zu erreichen. Plötzlich ist mir sehr heiß. Ich schwitze und schließe die Augen, um nicht zu sehen, wie die Bäume um mich herum näher kommen. Doch es ist sinnlos. Ich stolpere, stürze, und die Erinnerungen finden einen Riss, der ausreichend groß ist, um in meinen Kopf einzudringen.

Er schlägt mich. Ich weine und rufe nach meiner Mama. Er sagt, ich hätte keine Mama mehr. An meinen Händen klebt Blut. Ich wünschte, er würde sterben. Ich wünschte, ich könnte ihn töten. Aber es geht nicht. Dazu bin ich nicht in der Lage.

Er sperrt mich den ganzen Tag im Schrank ein. Der Raum ist winzig. Es ist dunkel. Doch das stört mich nicht, im Gegenteil. Hier fühle ich mich sicher.

Ich habe Angst vor seiner Rückkehr.

Ich hoffe, dass ich vorher sterbe.

Ich kauere auf allen vieren auf dem Waldboden und ringe nach Luft. Tränen laufen über mein Gesicht. Ich bin traurig. Ich trauere um den kleinen, achtjährigen Aaron, der sicher war, dass er in diesem Haus sterben würde.

Letzten Endes bin ich nicht sicher, ob ich mich wirklich erinnern möchte.

»Wenn du nur schmollen willst, hättest du mich nicht anrufen brauchen«, sagt Nicolas und stellt seine Einkaufstasche auf meinen Küchentisch.

»Ich habe dich nicht angerufen.«

Nach meiner Expedition in den Wald habe ich erst mal geduscht. Ich fühle mich körperlich am Ende und sehr deprimiert. Gerade wollte ich ins Bett gehen, um mindestens hundert Jahre zu schlafen, als Nicolas mit Essen vor meiner Tür auftauchte. Das war vor vierzig Sekunden.

»Ich lege Wert darauf, dass du dich vernünftig ernährst«, erklärt er, zieht seine Jacke aus und setzt sich auf meine Couch. »Hier, iss das.«

Ich starre den Hamburger an, den er mir reicht, und frage ihn, ob er vorhat zu bleiben. Denn darauf habe ich nicht die geringste Lust.

»Ja, gerne, vielen Dank«, erwidert er lächelnd.

»Das war keine Einladung.«

Er nimmt es mir nicht übel, sondern ignoriert es einfach. Seufzend setze ich mich auf den Boden. Ich bin viel zu müde, um mich gegen ihn zu wehren. Zumindest hatte ich gehofft, schweigend essen zu können, aber er fühlt sich gezwungen, Konversation zu betreiben.

Ich bin dazu jedoch nicht in Stimmung und knurre: »Was willst du hier, Nicolas?«

Er zuckt die Schultern.

»Wir sind doch Freunde, oder?«

»Nein.«

Sein Lächeln ist anders als das, das ich gewöhnt bin. Er ist offensichtlich ein bisschen sauer, wenn auch nicht sehr überrascht.

Ich habe ihn nie als Freund betrachtet, einfach weil er die ganze Zeit nur herumalbert und mit Lilas flirtet. Und weil er mich oft ärgert.

»Das liegt aber nicht daran, dass ich es nicht versucht hätte«, seufzt er und wischt sich den Mund ab.

»Was soll das heißen?«

Etwa, dass ... Nicolas mein Freund sein will? Das macht keinen Sinn. Alle mögen Nicolas. Warum sollte er ...?

»Ehrlich gesagt mache ich mir Sorgen«, sagt er mit ernstem Gesicht. »Ich weiß, dass wir uns nicht nahestehen. Ich gehe dir auf die Nerven. Du hältst mich für dumm, faul und verantwortungslos. Du und ich, wir sind komplette Gegensätze.«

Verlegen hebe ich eine Augenbraue. Nie hätte ich gedacht, dass ich so leicht zu durchschauen bin.

»Weißt du, warum ich mich trotzdem weiter bemühe? Weil ich dich bewundere«, gibt er mit einem offenen Lächeln zu, das mich fassungslos macht. »Du bist jung, brillant, entschlossen. Man betrachtet es als Fehler, Einzelgänger zu sein, aber ich glaube, die eigene Gesellschaft genießen zu können, ist etwas unglaublich Wichtiges. Ich persönlich bin nicht in der Lage, mit mir selbst zufrieden zu sein. Ich kann nicht länger als fünf Minuten allein sein. Aber du ... du weißt genau, was du willst und was du nicht willst. Du entschuldigst dich nicht dafür. Du kennst deine Fehler und übernimmst die Verantwortung dafür. Sie machen dir keine Angst. Du inspirierst mich.«

Ich bin völlig verdattert. Ich weiß nicht, wie ich reagieren soll, denn damit hätte ich wirklich nie gerechnet. Noch nie hat mir jemand gesagt, dass er mich bewundert. Schon gar nicht für etwas so Belangloses. Einen schrecklichen Moment lang habe ich den Verdacht, dass er mich auf den Arm nimmt.

»Ohne die genauen Einzelheiten zu kennen, glaube ich, dass du und Lilas eine Krise durchmacht«, fährt er fort. »Zwar geht es ihr nicht gut, aber sie wird von ihren Freunden aufgefangen. Ich wollte nur sichergehen, dass es bei dir auch so ist.«

Ein merkwürdiges Gefühl macht sich in meiner Brust breit. Ein wenig zu spät bemerke ich, dass es sich um Dankbarkeit handelt. Und vielleicht auch um Hoffnung. Nicolas ist anders,

438

als ich dachte. Er ist vielleicht doch nicht nur ein Spinner, sondern sogar fürsorglich.

Verlegen senke ich den Blick. Ich würde ihn gern fragen, wie genau es Lilas geht, aber ich halte mich zurück. Im Moment habe ich andere Dinge im Kopf, Dinge, die mehr Platz beanspruchen, Dinge, um die ich mich kümmern muss, ehe ich zu ihr zurückkehre.

»Ich war immer allein und bin daran gewöhnt«, flüstere ich. »Aber dieses Mal ... es ist anders. Ich fühle mich verloren.«

»Liebst du sie noch?«

Ich runzle die Stirn, als würde diese Frage keinerlei Sinn machen.

»Natürlich liebe ich sie noch. Darum geht es doch überhaupt nicht.«

»Worum geht es dann?«

»Sie hat etwas sehr Wichtiges vor mir verheimlicht.«

Er nickt, obwohl ich weiß, dass er es nicht versteht.

»Glaubst du, dass du ihr irgendwann verzeihen kannst?«

Ich öffne den Mund, um zu antworten, schließe ihn jedoch sofort wieder. Mir wird klar, dass ich ihr längst verziehen habe. Es war dumm von ihr zu glauben, ich würde ihr vorwerfen, dass sie sich an diesem Tag in Sicherheit gebracht hat. Was sonst hätte sie tun sollen? Wäre sie geblieben, hätte er uns beide mitgenommen, und niemand hätte je erfahren, was mit uns geschehen ist. Im Gegenteil, ich werde ihr immer dankbar sein, dass sie geflohen ist.

Und was ihre Lüge angeht ... Ich war wütend, klar, aber auch das habe ich ihr längst vergeben. Nicht nur, weil ich sie liebe, sondern auch, weil ich ihre Beweggründe verstehe.

Es ist nicht Lilas, auf die ich wütend bin.

Es sind meine Eltern.

Ich seufze erschöpft. Nicolas scheint zu verstehen, denn er

legt mit seinem Bier in der Hand einen Arm um meine Schultern. Ich ziehe mich nicht vor seiner Berührung zurück.

»Du solltest nichts überstürzen. Vielleicht musst du erst ein paar eigene Probleme lösen, ehe du zu ihr zurückgehst … richtig?«

Ich nicke, denn er hat recht. Dass ich zu Lilas zurückkehren werde, weiß ich längst. Ich habe es die ganze Zeit gewusst. Aber ihre Worte an jenem frühen Morgen gehen mir immer noch durch den Kopf.

»Du hast mich schon immer idealisiert. Ich bin nicht perfekt, Aaron.« Das stimmt. Ich habe sie immer auf ein Podest gestellt. Ihre Fehler habe ich grundsätzlich übersehen, weil ich sie für einen Engel hielt; einen Engel, der mich behütet hat.

Dieser Druck erstickte sie. Er hat sie sogar dazu gebracht, Fehler zu machen.

Es war falsch von mir. Lilas ist ein Mensch und ebenso unvollkommen wie ich. Endlich begreife ich, was sie meinte.

Aber bin ich mit diesem Wissen noch in der Lage, sie bedingungslos zu lieben?

»Danke«, sage ich zu Nicolas und erröte bei meinem Geständnis. »Ich glaube … es war gut, dass du vorbeigekommen bist.«

Die Worte zerreißen mir fast den Mund. Nicht, weil ich wirklich meine, was ich sage, sondern weil ich Angst vor Zurückweisung habe.

Nicolas zwinkert mir lasziv zu.

»Anytime, babe.«

Brummend richte ich mich auf.

»Jetzt hast du gerade alles ruiniert.«

Ich wende mich gerade noch rechtzeitig ab, damit er mich nicht lächeln sieht.

Vielleicht habe ich ja doch Freunde.

Folge 16

Alle Wege führen ... ins Krankenhaus

Yoonmirae – *Always*

Aaron

Ich muss zugeben, dass sich Nicolas gut als Vertrauter eignet.

Er brauchte weniger als drei Bier, bis er mich dazu gebracht hatte, alles auszupacken – dazu muss ich allerdings sagen, dass ich Alkohol nie sehr gut vertragen habe. Deshalb bin ich auch schon ziemlich betrunken.

»Wow«, sagt er, nachdem ich fertig bin. »Bei euch geht es ja zu wie bei *Schatten der Leidenschaft*.«

Ich muss lachen.

»Oder wie in einem K-Drama.«

»Einem was?«

»Ach nichts.«

Immer noch schüttelt er schockiert den Kopf. Er fragt mich, ob es einigermaßen ginge. Ich zucke die Achseln. Darüber möchte ich jetzt gerade nicht sprechen. Er scheint zu verstehen, denn er wechselt rasch das Thema.

Stattdessen sagt er, er verstehe meinen Ärger über Lilas, was mich ein wenig tröstet. Aber jetzt muss ich wieder an sie denken. An ihr strahlendes Lächeln. An die Sommersprossen auf ihrer Unterlippe. An ihre Schenkel um meinen Körper ...

Scheiße.

»Du musst mit deinen Eltern darüber reden«, unterbricht Nicolas meine schlüpfrigen Gedanken. »Familiengeheimnisse können verheerend sein. Du musst diesen Abszess öffnen.«

»Dazu bin ich im Moment zu sauer.«

Ich bekomme Schluckauf und leere mein Bier. Ich sehe alles dreifach. Ein schlechtes Zeichen, oder?

»Je länger du wartest, desto schlimmer wird es.«

Ich nicke. In meinem Kopf dreht sich alles. Er hat recht. Dieser Mann ist wirklich weise! Oder liegt es am Alkohol? Egal. Es war das Schweigen meiner Eltern, das mich an den Rand des Abgrunds gedrängt hat, und ich habe nicht die Absicht, es ihnen nachzumachen. Ziemlich wacklig stehe ich auf.

»Gehen wir!«

»Was, jetzt?«

Nicolas schaut mich an, als wäre ich verrückt. Ich zucke die Schultern. Warum nicht? Ich habe mir genug flüssigen Mut angetrunken, um es zu wagen. Wer weiß, ob ich morgen noch so mutig bin.

»Wenn ich in diesem Zustand fahre, krache ich garantiert in eine Telefonzelle.«

»Wir leben im Jahr 2020«, sage ich. »Es gibt keine Telefonzellen mehr.«

Er starrt mich reglos an, und ich seufze.

»Wir können Sang-joons Fahrrad nehmen. Du sitzt vorn.«

Mit geröteten Wangen runzelt er die Stirn.

»Erstens bin ich mir nicht sicher, ob das Fahrrad eine bessere Idee ist als das Auto. Zweitens bin ich nicht deine Freundin. Ich will selbst in die Pedale treten.«

Nachdem wir uns fast zehn Minuten abgerackert haben, um das Fahrrad aus dem Keller zu bekommen, fahren wir zum Haus meiner Eltern. Ich trete in die Pedale, so gut es geht, und absolviere eine Art Slalom. Zwar sehe ich nicht mehr ganz klar, denn mein Gehirn ist vom Alkohol benebelt, aber ich fühle mich so zuversichtlich, dass ich mir nicht allzu viele Sorgen mache.

Ich bin der geborene Fahrer.

Nicolas sitzt nun doch vorne auf dem Lenker. Seine Augen sind geschlossen, er hat ein seliges Lächeln auf den Lippen, und sein blondes Haar flattert im Wind.

»Du hast recht«, ruft er und atmet die Nachtluft ein. »Das ist wirklich romantisch!«

Ich schiebe seinen Kopf mit der Hand beiseite, weil ich die Straße nicht mehr sehe.

»Das habe ich nie behauptet. Rutsch mal, ich kann nichts sehen!«

Wir stürzen ziemlich oft. Mehrmals geraten wir mit Autos ins Gehege. Insgesamt kommen wir mehr als viermal dem Tod nahe, was Nicolas zum Lachen bringt.

Was mich betrifft, so habe ich viel zu viel Adrenalin im Blut, um Angst zu empfinden. Ich brauche ein paar Minuten, um mich an den Zahlencode am Tor zu meinem Elternhaus zu erinnern. An der Haustür angekommen, nehme ich den Finger nicht mehr von der Klingel.

Nicolas flüstert mir Ermutigungen ins Ohr. Aber mir bleibt gar keine Zeit, mich zu fürchten. Im Erdgeschoss geht das Licht an. Meine Mutter öffnet die Tür und zurrt ihren Morgenmantel um sich.

»Aaron?«, flüstert sie schockiert. »Was willst du um diese Zeit hier? Ist alles in Ordnung?«

Panisch beginnt sie, mein Gesicht zu untersuchen, aber ich halte ihre Handgelenke fest.

»*Eomma*, wir müssen reden.«

Erst jetzt scheint sie meine geröteten Wangen und meinen

443

alkoholisierten Atem zu bemerken, denn sie weicht zurück. Nicolas winkt ihr hinter meiner Schulter zu.

»Hast du getrunken?«

Ich antworte nicht, sondern gehe an ihr vorbei ins Haus, nachdem ich Nicolas befohlen habe, seine Schuhe auszuziehen. Er gehorcht und zeigt grinsend auf seine Micky-Maus-Socken. Als ich das Wohnzimmer betrete, kommt mein Vater mit verschlafenen Augen die Treppe herunter.

»Was ist denn das für ein Krawall?«

»Ich bin sehr, sehr, sehr wütend«, sage ich und deute auf meine Eltern.

»Sehr«, bestätigt Nicolas.

Meine Mutter mustert ihn misstrauisch.

»백인 아이는 누구입니까*?«

»Schön, Sie kennenzulernen. Ich bin der beste Freund Ihres Sohnes«, antwortet Nicolas und schüttelt ihr die Hand. »Sehr schönes Haus. Haben Sie es bauen lassen?«

»Das ist jetzt nicht der richtige Zeitpunkt«, weise ich ihn zurecht.

Meine Mutter schüttelt den Kopf und schaut Nicolas argwöhnisch an.

»나는 네가 싫어**.

»Na gut, also … Ich habe zwar kein besonders gutes Gefühl, aber ich werde mal einfach so tun, als ob Sie mich vergöttern, okay?«, sagt er mit einem gezwungenen Lächeln.

Ich seufze und schließe die Augen. Schon drohen die Kopf-schmerzen. Nichts läuft wie vorgesehen. Ich bin müde. Ich bin traurig. Ich bin wütend. Meine Eltern stehen unmittelbar vor mir und lügen mir seit sechzehn Jahren dreist ins Gesicht.

---

* Wer ist der weiße Junge?
** Ich mag dich nicht.

Sechzehn Jahre.

Plötzlich kann ich mich nicht mehr zurückhalten. Es muss hinaus, sonst explodiere ich.

»Ich bin in einer Beziehung!«

Das Schweigen ist fast greifbar. Mein Herz schlägt wie verrückt. Meine Eltern runzeln verwirrt die Stirn. Meine Mutter sieht zwar nicht gerade glücklich, aber auch nicht besonders überrascht aus. Klar, sie weiß ja schon alles.

Nicolas flüstert mir ins Ohr: »Äh … bist du sicher, dass du damit anfangen willst?«

»Das ist doch großartig, Aaron«, antwortet mein Vater lachend. Meine Trunkenheit amüsiert ihn. »Und ja, es ist nett, Sie kennenzulernen … Mr Boyfriend.«

Wie bitte? Ich sehe, wie er Nicolas die Hand hinhält, und mein Freund ergreift sie wie ein Depp.

»Papa, damit meine ich nicht ihn«, seufze ich.

»Oh.«

Nicolas schüttelt ihm trotzdem lächelnd die Hand.

»Aaron ist nicht ganz mein Typ. Ich ziehe die Kleinen und Herrschsüchtigen vor …«

»Ist es jetzt mal gut?«, platzt meiner Mutter der Kragen. Wir alle zucken zusammen. »Was soll das Ganze? Es ist drei Uhr morgens, Aaron! Schau dich doch mal an! Du bist ja kaum in der Lage, dich aufrecht zu halten!«

Eine Welle der Scham überkommt mich, doch ich schiebe sie beiseite, weil ich mich nicht zu verteidigen brauche. Nicht heute, nicht an diesem Abend. Ich starre in ihre strengen Augen und sage: »Sie heißt Fleur.«

Mein Vater stutzt. Meine Mutter zeigt keine Reaktion, was nur bestätigt, was Lilas mir erzählt hat.

Sie wusste es. Und sie hat meinen Vater nicht informiert.

»Fleur Durand. Ich bin sicher, ihr erinnert euch.«

Mein Vater begreift. Er wird blass und wirft seiner Frau einen Blick zu. Diese einfache Reaktion macht mich wütend. Schon immer war er so; er hat grundsätzlich darauf gewartet, dass sie die Entscheidungen trifft, und sich nie geäußert, ehe sie es tat.

Ich bin mir ziemlich sicher, dass sie es war, die beschlossen hat, mich anzulügen. Sie allein. Er hat einfach nur mitgemacht – wie immer.

»Sie hat es dir also gesagt«, flüstert meine Mutter.

Es ist keine Frage, sondern eine Feststellung. Sie sieht es in meinem Gesicht, sie liest es in meinen Augen.

Als ich ihre Bestätigung höre, würde ich mich am liebsten übergeben.

»Aaron«, greift mein Vater ein und kommt zögerlich einen Schritt auf mich zu. »Also ich … Ich weiß nicht, wo ich anfangen soll. Geht es dir gut?«

»Warum?«, krächze ich. Jetzt brodele ich vor Wut. »Warum habt ihr das getan?«

Der Alkohol scheint sich verflüchtigt zu haben.

Meine Mutter antwortet: »Wir haben es nur für dich getan. Das, was dir passiert ist … es war absolut schrecklich.« Plötzlich bricht sie in Tränen aus. »Mein Sohn … mein Baby … Wenn du wüsstest, wie sehr ich die ganze Welt gehasst habe. Jeden Tag habe ich um deine Sicherheit gebetet. Dann kamst du zurück … aber du warst nicht mehr derselbe. Du hast nicht gesprochen. Niemand hat je erfahren, was dort geschehen ist. Du hast hartnäckig geschwiegen, und dieser Abschaum hat sich ja lieber selbst umgebracht.«

Vergeblich versucht sie, ihre Tränen zu trocknen.

»Du warst ständig wütend, du hattest Angst vor deinem eigenen Spiegelbild … Jede Nacht musste ich dich nach deinen Albträumen trösten.«

Meine Augen schwimmen in Tränen, und ich gerate ins Taumeln. In meinem Schmerz habe ich nicht daran gedacht, dass sie auch gelitten haben. Sie mussten befürchten, ihren Sohn verloren zu haben, ihr einziges Kind. Nach meiner Rückkehr habe ich geschwiegen. Vermutlich wurden ihre Nächte seither von der Vorstellung schlimmster Szenarien heimgesucht, weil sie nie in Erfahrung bringen konnten, was geschehen war.

Langsam begreife ich so einiges. In gewisser Weise verstehe ich ihr Verhalten.

Und doch nehme ich es ihnen übel. Ich nehme es ihnen entsetzlich übel.

»Und dann, von einem Tag auf den anderen ... war es plötzlich vorbei. Du hast dich an nichts mehr erinnert. Du wolltest Fleur besuchen, wie immer. Du hast hartnäckig versucht, ihr Briefe zu schicken; aber du hast auch aufgehört zu weinen. Der Arzt meinte, das sei ganz normal. Du hättest alles aussortiert, um dich zu schützen.«

Ich zittere am ganzen Körper, und Nicolas legt mir eine Hand auf die Schulter, um mich daran zu erinnern, dass alles in Ordnung ist und ich nicht allein bin. Bestimmt wird auch er allmählich nüchtern und fragt sich, warum er sich mitten in einem Familiendrama wiederfindet.

»Und deswegen habt ihr mitgespielt.«

»Wir haben nur versucht, dich zu schützen«, seufzt mein Vater mit schuldbewusster Miene. »Es war nicht richtig, das ist wahr. Wir bedauern es.«

»Ich nicht«, widerspricht meine Mutter und schockiert uns alle. »Wenn es noch einmal so käme, würde ich es wieder tun.«

Verletzt runzle ich die Stirn. Ich glaube, ihr ist nicht bewusst, was sie getan hat. Zwar stand eine gute Absicht dahinter, aber ich hatte sie nicht darum gebeten. Ihre Entscheidung hat mir letztlich trotz allem viel Schmerz zugefügt. Indem sie mich beschützen wollten, hinderten sie mich daran, mich selbst zu heilen. Und daran, vorwärtszukommen.

»Du hast wirklich keine Ahnung, was das für mich bedeutet hat«, flüstere ich mit schmerzendem Herzen. »In den letzten Monaten, habe ich befürchtet, verrückt zu werden. Ich habe sogar geglaubt, ich hätte jemanden getötet. Wie kannst du also so etwas sagen, wenn du doch weißt, was es mir all die Jahre angetan hat? Die Panikattacken, die Albträume, die irrationalen Ängste … Weißt du, wie es sich anfühlt, sich an einen kompletten Lebensabschnitt nicht mehr zu erinnern? Zu wissen, dass du etwas Wichtiges vergessen hast, aber du bist nicht in der Lage, dich daran zu erinnern, ganz gleich, wie sehr du dich bemühst?«

Sie weicht meinem Blick aus und schüttelt ununterbrochen den Kopf. Sie weiß, dass sie einen Fehler gemacht hat. Trotzdem ist sie nicht bereit, mir recht zu geben. Als sie den Kopf hebt, laufen Tränen über ihr Gesicht. Bei der Vorstellung, der Auslöser ihres Unglücks zu sein, dreht sich mir fast das Herz um.

»Meine Mutter hatte mich gewarnt … Sie sagte zu mir, ich solle keine Kinder bekommen.«

Das verschlägt mir den Atem. Ratlos öffne ich den Mund.

»Alles habe ich für diese Mutterrolle geopfert«, fährt sie fort. »Ich habe dich mehr geliebt als alles andere, mehr als deinen Vater, mehr als mich selbst. Ich habe alles in meiner Macht Stehende getan, damit du so wenig wie möglich leidest. Aber Kinder sind undankbar … Man gibt ihnen alles, angefangen mit dem Leben, aber am Ende sind immer wir Mütter schuld.«

Mein Vater versucht, sie zu unterbrechen, aber sie nimmt ihn nicht einmal wahr. Es tut weh, so weh, und ich will nur noch, dass es endlich aufhört.

»Manchmal machen wir Fehler, das ist wahr. Aber nur, weil wir euch lieben. Das soll kein Vorwurf sein«, fügt sie hinzu, als sie mein unglückliches Gesicht sieht. »Nimm es nicht persönlich. Menschen sind von Natur aus so. Ich auch. Ich habe meine Mutter gehasst. Deshalb habe ich meinem Kind alles gegeben, von dem ich geglaubt habe, dass es mir selbst gefehlt hat. Ich habe viel geopfert, um dich vor dem Unglück der Welt zu schützen. Und jetzt bist du es, der mich hasst …«

Mit Tränen in den Augen schlucke ich. Ich bin völlig nüchtern und habe nur noch einen Wunsch: nach Hause zu gehen und bis nächste Woche zu schlafen.

»Ich hasse dich nicht. Absolut nicht.«

»Wie dem auch sei«, seufzt sie. »Vielleicht war es ja nicht richtig, was wir getan haben … Ich weiß es nicht.«

Es ist zwar nur eine halbe Entschuldigung, aber ich nehme sie an. Erschöpft trockne ich meine Tränen.

»Du … du erinnerst dich also?«, wagt mein Vater zu fragen.

»Zur Hälfte.«

Er bietet uns an, uns auf die Couch zu setzen und etwas zu trinken, um nüchtern zu werden. Nicolas fragt, ob ich will, dass er geht, aber ich bitte ihn zu bleiben. Wir haben ohnehin nur ein Fahrrad für uns beide. Und ich glaube, dass ich kein Handy bei mir habe.

»Erzählt mir alles«, bitte ich. »Und dieses Mal die ganze Wahrheit.«

Sie tun es. Ihre Version bestätigt die von Lilas, wie ich bereits vermutet hatte. Ich wiederum erzähle ihnen von meiner Schlaflosigkeit, von der allmählichen Rückkehr meiner Erinnerungen, von den Panikattacken … Und von Fleur. Mein Vater findet es unglaublich, dass wir uns rein zufällig wiedergefunden haben.

Der Gesichtsausdruck meiner Mutter macht deutlich, dass

sie nicht einverstanden ist, aber sie ist klug genug, keinen Kommentar abzugeben.

»Ich bin nicht von ihr besessen, weißt du«, sage ich leise. »Das, was ich für sie empfinde … es ist wirklich echt. Zwar verstehe ich deine Besorgnis, aber du hast nichts zu befürchten.«

»Wir werden sehen.«

Man könnte meinen, sie wartet nur darauf, dass ich mich irre. Aber ich nicke und nehme die Herausforderung an. Nach vier Stunden, in denen wir uns unterhalten, dämmert der Tag durch die Vorhänge. Nicolas wirkt todmüde, und auch ich nicke bereits kurz ein.

»Wir sollten jetzt gehen.«

»Aber du kommst doch wieder, nicht wahr?«, fleht mein Vater. »Ich würde gerne weiter darüber sprechen. Es ist wichtig.«

»Versprochen. Ich muss nur … erst einmal alles verdauen.«

»Wir lieben dich. Und wenn du auch nur die kleinste Frage hast – wir sind für dich da.«

Ich lasse mich von ihm umarmen, ohne mich dagegen zu sträuben. Aber dazu wäre ich ohnehin zu schlapp. Auch meine Mutter zieht mich schweigend an sich. Ich beschließe, es ihr ohne Umschweife zu sagen: »Ich habe einen Termin mit einem Spezialisten vereinbart und mich für eine Therapie angemeldet. Ich bin es leid, mich allein zu fühlen.«

Zwar weiß ich, dass sie es nicht gutheißt, aber sie nickt schweigend. Mehr brauche ich in diesem Moment nicht.

Als wir das Fahrrad nach Hause schieben, stößt Nicolas einen langen Seufzer aus.

»Geht es dir jetzt besser?«

»Ich weiß es nicht«, gestehe ich. »Aber irgendwie bin ich erleichtert.«

Stöhnend reckt er die Arme über den Kopf.

»Eigentlich haben wir uns einen freien Tag redlich verdient.«

»Davon träumst du vielleicht. Wir werden im Büro gebraucht. Ich rufe uns ein Taxi.«

Zwar beschwert er sich, folgt mir aber dann doch. Er döst auf dem Rücksitz, während ich, unfähig zu schlafen, Lilas eine Nachricht schicke.

Ich tippe: »Ich vermisse dich.« Mein Daumen schwebt über dem Sendebutton. Es mag dumm sein, aber in den letzten Tagen habe ich mich gefragt, ob ihre Gefühle für mich mit ihrem Schuldbewusstsein zusammenhängen.

Ich habe mich wieder in sie verliebt, ohne zu wissen, wer sie war. Sie jedoch dachte vielleicht, sie wäre mir etwas schuldig.

Mir wird plötzlich übel, und ich schalte mein Telefon ab, ehe ich eine Dummheit begehe. Inzwischen sind wir vor Nicolas' Wohnung angekommen. Er wacht auf und dreht sich zu mir um. Seine Augen weiten sich, und er starrt auf meine Lippen.

Ich verstehe zu spät.

»Du hast wieder Nasenbluten.«

»Scheiße.«

Also wirklich. Da ich kein Taschentuch bei mir habe, benutze ich meinen Ärmel, um mir die Nase abzuwischen. Ich warte, dass es vorübergeht, aber das Blut fließt und fließt in Massen. Nicolas wird unruhig.

»Es geht mir gut.«

Kaum habe ich den Satz beendet, spüre ich, wie ich abdrifte. Alles ist dunkel.

Wie benommen öffne ich die Augen wieder. Nicolas' panischer Blick gibt mir zu verstehen, dass ich ohnmächtig geworden bin. Er stützt meinen schweren Kopf.

»Dir geht es überhaupt nicht gut, Mann. Ich bringe dich jetzt ins Krankenhaus.«

Ich habe nicht einmal mehr die Kraft, ihm zu widersprechen.

»Stehen Sie im Moment unter großem Stress?«

Beinahe hätte ich laut aufgelacht. Stress ist noch gelinde ausgedrückt. Nach der Untersuchung findet ein Arztgespräch statt. Ich kann mich kaum auf den Beinen halten. Zwar dachte ich, er würde mich heimschicken und mir erklären, ich solle erst einmal meinen Kater auskurieren, aber dem ist nicht so.

Ich weiß nicht einmal, wo ich anfangen soll. Im Gegensatz zu neulich mit Sang-joon beschließe ich, dem Arzt die Wahrheit zu sagen.

»Ich leide unter posttraumatischem Stress. Zumindest glaube ich das. Ich habe es gerade erst erfahren. Es ist eine lange Geschichte.«

Er hebt die Augenbrauen. Eigentlich will ich ihn auffordern, die Sache auf sich beruhen zu lassen, sage aber stattdessen: »Ja, ich stehe unter großem Stress. Ich arbeite ununterbrochen. Außerdem leide ich … unter Gedächtnisverlust.«

»Will heißen?«

Ich zögere. Außer mit Lilas habe ich noch nie mit jemandem darüber gesprochen. Ich nehme meinen ganzen Mut zusammen und vertraue ihm meine ständige Vergesslichkeit und mein Trauma an. Es fällt mir immer noch schwer zu glauben, dass es um mich geht und nicht um irgendeinen Filmcharakter.

Er hört mir sehr aufmerksam zu. Schließlich lehnt er sich in seinem Stuhl zurück.

»Hatten Sie einmal eine Kopfverletzung? Ein Trauma durch stumpfe Gewalteinwirkung auf den Kopf? So etwas könnte ein möglicher Auslöser für Amnesie und Gedächtnisstörungen sein.«

Durchaus möglich. Falls es zutrifft, müsste es in meinem Gesundheitspass stehen. Noch etwas, das mir meine Eltern vielleicht verschwiegen haben.

»Ehrlich gesagt weiß ich es nicht. Auch für mich ist das alles noch sehr neu.«

»Hmm.«

»Aber meine Vergesslichkeit war noch nie so schlimm wie in der letzten Zeit. Allmählich macht es mir ein bisschen Angst …«

»Wenn Sie wirklich an einer anterograden Amnesie nach einem Schädeltrauma leiden, ist die Vergesslichkeit normal. Aber sie könnte sich mit einem unausgewogenen Lebensstil verschlimmern. Schlafen Sie ausreichend? Essen Sie gesund? Nehmen Sie sich Zeit für sich selbst? Treiben Sie Sport?«

Ich verziehe das Gesicht. Ich brauche nicht zu antworten, er sieht an meinem Gesichtsausdruck, dass ich das genaue Gegenteil tue.

»Außerdem kann sie auch durch Überlastung hervorgerufen worden sein. Sie sollten einen Therapeuten aufsuchen«, sagt er und schreibt etwas auf ein Post-it. »Hier bitte. Es ist die Nummer eines befreundeten Psychologen, der auf schwere Angststörungen spezialisiert ist.«

Ich nehme den Zettel und bedanke mich bei ihm. Allmählich glaube ich, dass meine Mutter mich nur nicht zu einem Psychologen schicken wollte, weil sie befürchtete, dass ich mit ärztlicher Hilfe das entdecken würde, was sie vor mir zu verbergen versuchte.

»Danke, Herr Doktor.

Etwas erschüttert, aber auch voller Hoffnung trete ich aus dem Sprechzimmer. Nachdenklich halte ich das Post-it zwischen meinen Fingern. In meiner Hand halte ich eine Lösung, einen Fluchtweg und die Möglichkeit, Antworten zu erhalten.

»Na?«, erkundigt sich Nicolas.

»Überlastung.«

Er scheint nicht besonders überrascht zu sein, seufzt kurz und lächelt mich dann an.

»Na, dann ist das ja geklärt. Keine Arbeit heute!«

Dieses Mal kann ich nichts dagegen sagen.

Folge 17

Versprechen sind heilig

Jeong Sewoon – *It's You*

Lilas

Ich habe den Webtoon-Wettbewerb nicht gewonnen.

Darüber bin ich nicht überrascht, nur ein wenig enttäuscht. Die Mädchen haben mich mit einem hausgemachten Schokoladenfondue aufgemuntert. Auch wenn ich nicht gewonnen habe, bin ich doch sehr stolz auf meine Geschichte und die Mühe, die ich mir damit gegeben habe.

Zum ersten Mal seit langer Zeit habe ich etwas geschrieben, das mir gefällt. Ich habe den Geschmack an etwas selbst Geschaffenem zurückgewonnen, den ich im ständigen Streben nach Geld verloren hatte.

Heute ist ein wichtiger Tag.

Das Team und ich arbeiten nun schon seit mehreren Wochen am Pitch für unser Game. Soweit ich weiß, müssen wir eine ausführliche und strukturierte Version unseres Projekts vorlegen. Aaron und Yves präsentieren sie dann mündlich mit visueller Unterstützung. Die Idee besteht darin, in einer Viertelstunde zu erklären, wieso unser Spiel besonders interessant ist, wie es gespielt wird und auf welches Spielererlebnis wir abzielen.

Zudem haben wir beschlossen, unsere ersten Planungen und das zugehörige Budget zu prognostizieren sowie unsere Marketingideen vorzustellen. Zu diesem Zweck haben wir die ersten Schritte entwickelt: Concept Art, allgemeine Proto-typen und sogar einen Mini-Trailer der angestrebten Darstel-lung.

Es ist nicht perfekt, aber das gesamte Team hat wirklich hart für diese mündliche Vorstellung gearbeitet. Alle sind nervös, besonders ich.

Glücklicherweise muss ich nicht dabei sein.

»Was glaubst du, wie lange wir für dieses Spiel brauchen werden?«, frage ich Natasha, die noch einige letzte Änderun-gen vornimmt.

Wie aus der Pistole geschossen antwortet sie: »Mindestens vier Jahre.«

»Vier Jahre?«, rufe ich. »Aber … Das ist ja Wahnsinn! Ich weiß nicht einmal, ob ich in vier Jahren noch hier bin!«

Sie lächelt amüsiert. Ich glaube, mich tritt ein Pferd.

»Was dachtest du denn? Dass man so etwas in sechs Mona-ten hinbekommt?«

Ich traue mich nicht, zuzugeben, dass ich genau das geglaubt habe. Hat Yves bei meiner Einstellung etwa eingeplant, dass ich so lange bleiben würde? Habe ich überhaupt Lust dazu? Ein Teil von mir schreit sofort Ja. Der andere Teil aber seufzt bei dem Gedanken, vier lange Jahre in einer solchen Atmo-sphäre verbringen zu müssen.

Wenn Aaron mich weiterhin ignoriert, wird es eine Tortur, die ich nicht ertrage.

»Heute schließen wir gerade einmal den ersten Schritt in einem ganzen Prozess ab, Lilas. Zumindest, wenn unser Pro-jekt akzeptiert wird …«

»Das ist nur der erste Schritt? Mein Gott«, keuche ich atem-los und wie betäubt. »Und wie geht es dann weiter?«

Sie hört auf zu tippen, dreht sich zu mir um und zählt an

ihren manikürten Fingern ab: »Nach dem Pitchen erfolgt die nächste Wertung über das sogenannte *Game Design Document*, also über den Handlungsrahmen in Kurzform. Dann entstehen die ersten echten Prototypen, bei denen wir zunächst die Ideen antesten, die in das Spiel einfließen sollen. Erst dann geht es in die Produktion und die Designer, Programmierer, Level Designer, Grafiker, Toningenieure, Tester und so weiter kommen zum Zug ...«

»Und dafür braucht man so viel Zeit?«

Sie lacht über mein Unwissen, als wäre ich zwar niedlich, aber ein bisschen dumm. Vermutlich stimmt das sogar.

»Süße, einer der Entwickler von *Batman Arkham Asylum* hat zwei Jahre lang ausschließlich am Cape des Helden gearbeitet.«

Aha. So gesehen kein Wunder. Ich schüttle den Kopf, denn das alles ist mir ziemlich unbegreiflich. Es ist eine Welt, in der ich offenbar noch viel lernen muss.

»Ein Spiel durchläuft mehrere Phasen«, erklärt sie. »Die Herstellung kann zwei, aber auch zehn Jahre dauern; der Unterschied liegt hauptsächlich darin begründet, ob man von einem bereits vorhandenen Muster ausgeht oder nicht.«

Ich nicke und gebe vor zu verstehen. Mein Blick schweift ab und trifft plötzlich auf Aarons amüsiert dreinblickende Augen. Sein Lächeln erlischt sofort, und er wendet sich seinem Computer zu. Ich muss zugeben, dass es mich schmerzt.

Ich sehe ihn immer seltener. Die gute Nachricht ist, dass er mich nicht länger ignoriert. Morgens begrüßt er mich, er bedankt sich, wenn ich ihm die Tür aufhalte, und er lächelt ein wenig bemüht, wenn wir uns auf dem Flur treffen.

An den Adern an seinem Hals kann ich erkennen, dass er Angst hat. Ich frage mich, ob er das Post-it gelesen hat, das ich heute Morgen an Wilfreds Aquarium geklebt habe.

»화이팅!«, habe ich geschrieben und daneben ein Herz ge-
zeichnet. Es ist ein Ausdruck der Ermutigung, der in Korea
weitverbreitet ist und ungefähr so viel bedeutet wie »*Fighting!*«.

Ich hoffe, er hat es gesehen und gelächelt, weil er mich albern findet.

Ich beobachte ihn, während er seinen Pitch noch einmal
durchliest. Seine Lippen bewegen sich stumm. Plötzlich
kommt Nicolas und klopft ihm auf die Schulter.

»Bereit?«

Aaron nickt. In diesem Moment betritt Yves das Büro. Es
geht los. Aaron greift nach seiner Jacke, steckt die Hände in die
Taschen und hebt verblüfft eine Augenbraue. Vermutlich hat er
die Tüte Skittles bemerkt, die ich darin versteckt habe.

Ich tue so, als würde ich arbeiten, und fixiere den Bildschirm.

»Viel Glück!«, rufen Julien und Maxime.

Aaron geht auf seinem Weg zur Tür an mir vorbei. Sein
Arm streift meine Schulter. Ich sehe das Post-it auf meinem
Schreibtisch erst, kurz nachdem er verschwunden ist.

Es ist meins, das ich auf sein Aquarium geklebt hatte, mit
einem Unterschied.

In der rechten Ecke befindet sich statt einer Antwort ein
rotes Herz.

Das Warten ist die schiere Folter.

Nicolas gibt alles, um uns zum Lachen zu bringen, aber ich
weiß, dass er versucht, sich selbst abzulenken. Ich trinke drei
Tassen Kaffee. Ich bin so aufgeregt, dass ich meinen gesamten
Computer neu organisiert habe – und anschließend den von
Nicolas, zu dessen größter Zufriedenheit.

Während wir uns auf den Sitzkissen im Pausenraum eine
kleine Unterbrechung gönnen, frage ich ihn: »Glaubst du, dass
er es schafft?«

»Es ist nicht das erste Mal, dass er so etwas macht«, beruhigt Nicolas mich. »Er wuppt das schon.«

Schweigen.

Und dann: »Wie geht es ihm?«

Mir ist aufgefallen, dass er und Nicolas sich nähergekommen sind. Darüber habe ich mich gefreut, auch wenn ich zugegebenermaßen ein wenig eifersüchtig bin.

Ich möchte die beste Freundin von Aaron Choi bleiben. Für immer.

»Das musst du ihn schon selbst fragen.«

»Ich will ihm etwas Freiraum lassen …«

Er verdreht die Augen und knurrt.

»Freiraum ist was für Nieten. Wälz dich auf dem Boden, halt dich an seinem Bein fest und lass ihn nicht los.«

Ich schaue ihn verständnislos und ein bisschen ängstlich an.

»Was denn?«, sagt er höchst ernst. »Ich kenne keinen anderen Weg, um das zu bekommen, was ich will.«

Ich neige den Kopf zur Seite und betrachte ihn nachdenklich.

»Zu gern würde ich deine Mutter mal kennenlernen …«

»Warum das denn?«

»Um ihr zu gratulieren oder ihre Entschuldigung anzuhören – ganz klar ist es mir noch nicht.«

Trotzdem hat er nicht ganz unrecht. Ich habe Aaron Zeit zum Durchatmen und Nachdenken gelassen. Warum kommt er nicht zu mir zurück? Wenn er sich gegen mich entschieden hat, sollte er wenigstens Manns genug sein, es mir zu sagen, oder?

Allmählich wird mir angst und bange. Doch dann fällt mir das kleine rote Herz wieder ein, und ich lächle erleichtert. Es gibt doch noch Hoffnung.

»Da sind sie«, ruft Julien. Er hat Yves und Aaron im Flur entdeckt.

Alle stehen erwartungsvoll auf. Mein Herz pocht so heftig, dass es mir aus der Brust zu springen droht.

Die beiden Männer betreten das Open-Space-Büro. Ich versuche, in ihren Gesichtern zu lesen, aber sie bleiben so emotionslos wie Steine.

»Und?«, fragt Maxime händeringend.

Das anschließende Schweigen scheint geradezu endlos.

Aarons intensiver Blick bleibt an meinen Augen hängen. Als er hereinkam, hat er mich sofort angesehen. Im Nu flatterten Schmetterlinge in meiner Brust.

»Was glaubt ihr wohl?«, sagt er stolz. »Ich bin Aaron Choi. Zu mir sagt man nicht Nein.«

Wir brechen in triumphierende Rufe aus. Ich atme wieder durch und grinse bis über beide Ohren. Aaron lächelt mir stolz und zärtlich zu. Alle applaudieren gut gelaunt den gemeinsamen Bemühungen.

Ich nehme an, die kommenden vier Jahre sind gesichert!

»Herzlichen Glückwunsch«, sagt Yves und strahlt. »Ihr habt wirklich gute Arbeit geleistet.«

»So etwas schreit doch geradezu nach einer Belohnung, oder?«, schlägt Nicolas vor.

Emma wirft ihm einen verdrossenen Blick zu.

»Du fackelst wirklich nicht lang.«

»Die erste Runde heute Abend geht auf mich«, verkündet Yves.

Alle freuen sich lautstark, und nach der Arbeit gehen wir zusammen in die gleiche Bar wie beim letzten Mal. Sie scheint die Stammkneipe des Teams zu sein.

Ich gehe Arm in Arm mit Emma und bin mir Aarons Anwesenheit, der ein Stück hinter uns bleibt, sehr bewusst. Ohnehin überrascht mich, dass er mitkommt, aber ich beschwere mich ganz sicher nicht darüber.

»Das ist dein Moment«, flüstert Nicolas mir ins Ohr. »Schnapp ihn dir!«

»Immer mit der Ruhe, er ist schließlich kein Pokémon.«

Wir setzen uns an einen Tisch und bestellen gut gelaunt unsere Aperitifs. Ich sitze zwischen Nicolas und Natasha. Aaron sitzt mir gegenüber, eingezwängt zwischen Maxime und Yves. Er scheint sich nicht wohlzufühlen und hält den Blick gesenkt.

Er ist der Einzige, der keinen Alkohol trinkt. Yves macht eine Bemerkung darüber, aber Aaron wirft meinem Nachbarn nur einen finsteren Blick zu.

»Aufgrund … kürzlicher Ereignisse habe ich beschlossen, längere Zeit auf Alkohol zu verzichten.«

Ich überlege, was das bedeuten könnte. Ich werfe Nicolas einen fragenden Blick zu, aber er schickt gerade einen Luftkuss in Aarons Richtung.

Alle reden in kleinen Gruppen durcheinander. Es ist so laut, dass man kaum alles verstehen kann. Ich biete an, die zweite Runde zu zahlen, und bahne mir einen Weg durch die Menge zur Bar. Im Nacken schwitzend, raffe ich mein Haar zusammen und hebe dann eine Hand, um den Barkeeper auf mich aufmerksam zu machen.

Er ignoriert mich geflissentlich und kümmert sich bei jedem meiner Versuche um andere Gäste. In dem Fall ist es nicht schlecht, wenn man groß ist.

»Hier bitte«, ruft plötzlich eine auffällige Stimme hinter meiner Schulter.

Ich drehe mich zu Aaron um, der sofort die Aufmerksamkeit des Barkeepers auf sich zieht. Er schaut mich nicht an, und ich fühle mich neben ihm sehr klein.

Schon kommt unsere Bestellung, und ich bezahle. Er bleibt neben mir. Ich sehe es als Zeichen, als Gelegenheit.

»Herzlichen Glückwunsch«, sage ich schüchtern.

Er nickt höflich und wirft mir einen raschen Blick zu. Seine Hände stecken immer noch in den Hosentaschen.

Ich bin nervös, weiß allerdings nicht, warum. Ich habe diesen Mann in allen Lebenslagen gesehen. Und er mich.

»Es war Teamarbeit.«

Ich schlucke, traue mich aber dann doch: »Können wir reden? Unter vier Augen, meine ich.«

Zunächst wirkt er ein wenig panisch. Er zögert, doch dann nickt er. Ich schlage ihm vor, draußen zu warten, während ich den anderen die Getränke bringe.

Ich tue so, als müsse ich etwas frische Luft schnappen, und finde Aaron draußen auf dem Bürgersteig. Gestresst geht er auf und ab. Ich kann nicht umhin, das für ein schlechtes Zeichen zu halten. Sucht er nach dem besten Weg, mich abzuservieren?

Als er mich kommen sieht, blickt er auf und räuspert sich. Keiner von uns beiden spricht. Meine Hände werden feucht. Ich hatte nicht wirklich darüber nachgedacht, was ich eigentlich sagen wollte, wenn ich vor ihm stehe. Ich denke an Nicolas und seinen Rat, verjage ihn aber schnell wieder aus meinen Gedanken.

»Du fehlst mir.«

Es ist kurz und knapp, aber ehrlich. Ich weiß nicht, was ich sonst noch sagen sollte. Seine Wange zittert. Eine andere Reaktion kommt nicht.

»Ich weiß, dass du Zeit brauchst, und ich bemühe mich. Ich bemühe mich ehrlich. Aber es bringt mich um«, seufze ich. »Ich muss wissen, was los ist. Ich kann keine vier Jahre neben dir arbeiten, wenn du nicht mehr willst … Uns beide nicht mehr willst …«

Er runzelt die Stirn, sagt aber immer noch nichts.

Jetzt kann ich nicht mehr aufhören.

»Ich liebe dich. Tut mir leid, dass ich einen Fehler gemacht habe.«

»Lilas …«

Er will sich von mir trennen. Ich wusste es. Ohne es zu wollen, breche ich in Tränen aus.

»Du hast es versprochen«, schluchze ich in meinen Ärmel. »Ich weiß, ich bin egoistisch, launisch, was auch immer, aber du hast es versprochen, Aaron …«

Mitten in meinem Satz dreht er sich um und geht ohne ein Wort zurück in die Bar. Empört und mit offenem Mund bleibe ich auf der Straße zurück. Er hat mir nicht einmal Zeit gegeben, ihn anzuflehen – was ich geschworen hatte, niemals zu tun. Er ist einfach … weggegangen.

Ich fühle mich so aufgebracht und so gedemütigt, dass ich nicht einmal in Erwägung ziehe, wieder hineinzugehen. Ich mache einen Schritt, dann zwei und werde schneller. Schließlich beginne ich zu rennen. In meinen Augen stehen Tränen. Ich kann nichts sehen. Ich will nur noch weg, weg von hier, weg von ihm.

Plötzlich packt jemand meinen Arm und dreht mich um. Abgebremst in meinem Laufschritt pralle ich gegen Aaron. Er zieht mich an sich, seine Arme umschlingen meine Schultern, sein Mund ist in meinem Haar.

»Dummköpfchen«, flüstert er ein wenig atemlos. »Konntest du nicht einmal zwei Minuten warten?«

Mit den Fäusten auf seiner Brust heule ich ihm sein T-Shirt voll.

»Ich hasse dich.«

Er streichelt mein Haar, seine Wange berührt meine.

»Ich weiß«, flüstert er zärtlich. »Tut mir leid. Aber ich musste das hier noch holen.«

Ich trete etwas zurück, um das Notizbuch in seinen Händen zu sehen. Ich erkenne es sofort. Es ist das Tagebuch, das ich versehentlich bei ihm zu Hause gelesen habe. Der einzige Unterschied ist, dass kein einziges Post-it mehr darauf klebt.

Misstrauisch blicke ich zu Aaron auf. Meine Augen brennen vom Weinen.

»Entschuldige bitte«, wiederholt er nach einem tiefen Atemzug. »Ich habe lange gebraucht, um zu dir zurückzukehren, das ist mir klar. Dafür hasse ich mich selbst.«

Ich trockne meine Tränen und schäme mich plötzlich. Auf die Feierwütigen um uns herum achte ich nicht.

»Um ehrlich zu sein … und du kannst Nicolas fragen … ich habe die Woche damit verbracht, mir alle K-Dramen anzuschauen, die ich finden konnte. Ein paar habe ich mir sogar auf der Arbeit angesehen – bitte verrate es Yves nicht. Das Zeug macht süchtig.«

Wie bitte? Ich werfe ihm einen fragenden Blick zu, denn ich verstehe nicht ganz, worauf er hinauswill. Will er mir etwa mitteilen, dass er nicht daran gedacht hat, sich mit mir zu versöhnen, weil er der Welt der K-Dramen verfallen ist?

Ich hoffe, das ist ein Witz.

Ich warne ihn: »Hoffentlich hat diese Geschichte noch eine gute Pointe, Aaron.«

»Ich wollte eine romantische Art finden, dich zurückzugewinnen«, sagt er. »Weißt du, ich habe mir alles genau angesehen, was Park Seo-joon gemacht hat. Guter Typ übrigens.«

Unwillkürlich lache ich auf. Die Situation ist schlicht surreal.

»Bisher hatte ich nie ganz nachvollziehen können, was du daran findest. Aber jetzt, nachdem ich einige gesehen habe … Jetzt verstehe ich es«, fährt er mit geheimnisvollem Lächeln fort. »Du hattest recht. Es ist wirklich beruhigend, dass alles so vorhersehbar ist. In gewisser Weise hat es mich an unsere Beziehung erinnert. Ich wünschte, wir beide würden uns auf diese

Weise lieben. Auch uns wird das Leben nicht verschonen, so viel ist sicher. Aber mir ist es wert, darum zu kämpfen, solange ich weiß, dass unsere Liebe stark genug ist, das alles durchzustehen.«

Mir fehlen die Worte. Ich bin völlig sprachlos.

Mit ruhigem Gesicht umarmt Aaron mich noch fester und flüstert: »Lilas … Du könntest mein Herz in tausend kleine Stücke zerbrechen, ich würde sie immer wieder aufheben und in deine Hände legen.«

Er klingt ehrlich. Ich weiß, dass er es von ganzem Herzen meint. Er hat mir verziehen. Endlich.

»Ich habe dir übrigens nie verübelt, dass du an jenem Tag weggelaufen bist. Seit ich das weiß, danke ich Gott jeden Tag dafür.«

»Aber …«

»Wir waren Kinder«, fährt er fort. »Du hättest gar nichts anderes tun können. Und du hast natürlich recht. Du bist kein Schutzengel. Das ist nicht deine Aufgabe.«

Ich bin kurz davor, erneut in Tränen auszubrechen, denn die Schuld dieses Tages hat mein ganzes Leben lang auf mir gelastet. Ihn so etwas sagen zu hören beruhigt endlich mein Herz. Er ist nicht böse auf mich. Es war nicht meine Schuld.

»Falls du bereit wärst, würde ich gerne noch einmal ganz von vorne anfangen«, sagt er. »Aber zuerst möchte ich, dass wir uns gegenseitig ein neues Versprechen geben. Eigentlich zwei.«

Ich nicke. *Was immer er will.*

»Erstens: keine Lügen mehr.«

Beschämt schließe ich die Augen. Das war ja klar.

»Ich verspreche es.«

»Und zweitens … Wir sollten uns gegenseitig versprechen, auch ehrlich zu sein, wenn unsere Liebe eines Tages verschwindet.«

Damit hatte ich nicht gerechnet. Allein der Gedanke macht mich todtraurig. Trotzdem hat er recht. Die Möglichkeit besteht. Wir sind noch jung. Alles kann passieren. Und ich wünsche mir, dass wir immer glücklich sind.

»Versprochen.«

»Versprochen«, wiederholt er und hält mir seinen kleinen Finger hin. Ich hake meinen kleinen Finger ein, während sich unsere Daumen berühren. Unser Pakt ist besiegelt. Mir selbst verspreche ich auch etwas: Immer für ihn da zu sein, in guten wie in schlechten Zeiten, und ihn immer zu unterstützen, egal was es mich kostet.

Dieses Mal wird nicht davongelaufen.

»Und das da?«, frage ich und zeige auf sein Tagebuch.

»Ach ja. Tatsächlich … habe ich irgendwie keine große romantische Geste gefunden, die mir gefällt«, gibt er zu. »Mit Worten bin ich auch nicht so gut. Deshalb dachte ich, ich zeige dir einfach, wie es in mir aussieht, anstatt es laut auszusprechen. Bitte sehr. Ich habe die entsprechenden Seiten farblich gekennzeichnet.«

Na, das nenne ich mal wirklich verrückt. Neugierig schlage ich die betreffenden Seiten auf. Ich stoße auf die Tage vor unserer Reise nach Köln.

Ich hasse es, wie sie mich ansieht. Ich hasse es, wie sie lächelt. Was ich aber am meisten hasse, ist die Wirkung, die es auf mich hat.

Heute trug Lilas ein gelbes Kleid mit Blumenmuster. Sie sieht aus wie eine Sonne. Eine helle kleine Kugel, die sofort ins Auge fällt … die dem Auge aber Schmerzen bereitet, wenn man zu lange hinschaut.

Dann, nachdem wir ein Paar wurden …

Nie hätte ich gedacht, eines Tages einmal so glücklich zu sein.
Ich weiß nicht einmal, wie ich vorher überleben konnte.

Ich wünschte, sie würde nie wieder gehen.

Die Zeit unserer Trennung kommt näher. Es bricht mir das
Herz, »Ich habe ihr vertraut« zu lesen. Oder »Ich fühle mich so
verraten«. Aber schon bald werde ich ruhiger.

Sie fehlt mir. Ihr Geruch ist überall auf meinen Kissen. Ich traue
mich nicht einmal mehr, sie zu waschen. Ich bin erbärmlich.

Es gibt nichts zu verzeihen. Ich will sie einfach nur zurückhaben.

Das war vor einer Woche. Als er mich nicht beachtet hat. Als
ich mir sicher war, dass er mich abgrundtief hasst. Stirnrunzelnd lese ich die letzte Seite. Sie ist von heute … genauer gesagt, von vor zehn Minuten.

Liebe Lilas,
ich liebe dich mit all meinen Tentakeln.

Als ich zu ihm aufschaue, lächelt er. Ich muss mich zusammen-
nehmen, um nicht wieder zu weinen. Ein beträchtliches Gewicht verschwindet von meinen Schultern, als er meine Taille
umarmt und seine Stirn an meine legt.
»Du bist es. Du warst es schon immer. Der Name spielt keine Rolle.«
Statt einer Antwort küsse ich ihn. Ich verrate es ihm nicht,
aber das ist besser als alles, was ich je in einem K-Drama gese-

hen habe. Er erwidert meinen Kuss, seine Hände halten mein Gesicht, und ich seufze an seiner Zunge.

»Jetzt, wo du Bescheid weißt«, flüstere ich zwischen zwei Küssen, »solltest du die Reihenfolge der Liste der Männer in meinem Leben kennen: Da wären meine Väter …«

»Logisch.«

»… mein Bruder …«

»Klar.«

»… Park Seo-joon …«

»Warte mal, was?«

»… und du«, beende ich und küsse ihn auf die Nasenspitze.

Er schaut mich streng an, was mich noch mehr zum Grinsen bringt, und fragt: »In dieser Reihenfolge?«

»Ja, sicher.«

Er schüttelt unwillig den Kopf.

»Also, Lilas … an deinem Sinn für Prioritäten müssen wir wirklich arbeiten.«

Folge 18

Das berühmte und unausweichliche Happy End

Taeyong & Punch – *Love Deluna*

Lilas

»Wir kommen zu spät«, flüstert Aaron.

Ich schaue auf den Wecker neben meinem Bett; er hat recht, wir sind schon ziemlich spät dran. Trotzdem klammert er seine Hände immer noch in mein Haar, während ich mir mit dem Mund einen Weg entlang seiner nackten Brust bahne. Ich koste seine Haut, seinen Bauch, der sich bei meiner Berührung zusammenzieht, und gehe noch tiefer.

Er erstarrt, und sein Mund bildet ein großes O. Schon bald dringen leise Flüche über die Schwelle seiner schönen Lippen.

»Das geht beim besten Willen nicht«, seufzt er, während er mich zu sich hinaufzieht und die Hände auf meine Oberschenkel legt. »Dafür habe ich heute Morgen absolut keine Zeit.«

Dabei küsst er meinen Nacken, und seine Haare kitzeln mein Kinn. Ich schmolle.

»Aber Sex am Morgen ist das Schönste überhaupt … Davon bekomme ich gute Laune!«

Murrend lässt er sich flach auf meine Kissen fallen. Ich frage ihn, was ihn abgesehen von einer zehnminütigen Verspätung stört. Er schüttelt den Kopf und betrachtet meinen halb nackten Körper.

Für ihn habe ich meine schönste Nachtwäsche angezogen, in einem fast durchscheinenden Blasslila, das toll zu meinem Hautton passt. Er könnte diesem Aufwand doch Anerkennung zollen, nicht wahr?

»Jetzt werde ich den Tag mit einem sehr konkreten Bild im Kopf verbringen. Ich muss *arbeiten*, Lilas. Und dabei sollte ich konzentriert bleiben.«

»Tja«, spöttele ich und lege mich der Länge nach auf ihn. »Dein Problem, wenn dich schon eine Kleinigkeit ablenkt.«

Seine Ohren werden rot, und ich küsse sie sanft. Entrüstet lacht er auf.

»›Kleinigkeit‹?«

Seit fünf Tagen verbringt er die Nächte hier bei mir. Ich glaube, seit er weiß, was damals passiert ist, fürchtet er sich davor, allein zu schlafen. Seine Albträume wecken uns manchmal mitten in der Nacht. Ich habe immer Angst, dass er sich an etwas noch Schlimmeres erinnert, an etwas, von dem nur er weiß.

Normalerweise wartet er, bis alle zu Bett gegangen sind, bevor er sich unbemerkt in mein Zimmer schleicht. Aber jeden Morgen wird er trotzdem erwischt, sei es von Dana oder von Eleanor.

Sie beschweren sich nicht, zumal er sich immer die Mühe macht, zur Bäckerei zu gehen und uns Frühstück zu holen. Demnächst wollen wir einmal einen Abend zu viert arrangieren, damit ich ihn offiziell vorstellen kann.

Wir duschen kurz, dann ziehe ich mich an, während er sich die Zähne putzt. Er hilft mir, meine Haare zu trocknen und zu flechten, während ich ein Marmeladenbrot esse.

Wir sind definitiv spät dran.

Es bliebe vermutlich unbemerkt, wenn es nicht schon das fünfte Mal in dieser Woche wäre. Alle schauen uns an, als wir im Abstand von drei Sekunden das Büro betreten.

Nicolas lehnt sich in seinem Stuhl zurück. Sein Stift balanciert zwischen seinem Mund und seiner Nase. Sein sarkastisches Lächeln besagt alles.

»Weckerpanne?«

»Mmh«, brumme ich und fordere ihn mit Blicken zum Schweigen auf.

Er beschließt, meine Botschaft nicht zur Kenntnis zu nehmen, und dreht sich zu Aaron um.

»Allmählich wird es zu einer schlechten Angewohnheit.«

Mein Freund versetzt ihm einen Klaps auf den Kopf und fordert ihn auf zu arbeiten. Er spricht es nicht aus, aber ich weiß, dass die Situation ihn belastet. Er möchte über uns reden und sich nicht mehr verstecken. Mir geht es ebenso … All diese Tricks, einzeln zur Arbeit zu erscheinen, nerven mich inzwischen auch.

Ich hatte Angst davor, verurteilt zu werden, Angst, dass jemand infrage stellen könnte, wie ich zu meinem Job oder zu meinen Ambitionen gekommen bin. Inzwischen ist mir längst klar, dass nur ich selbst damit ein Problem habe, sonst niemand.

Aber das ist vorbei.

Ich stehe auf. Adrenalin beflügelt mich. Aaron schaut mich neugierig an.

»Ich habe euch etwas zu sagen«, erkläre ich und lenke die Aufmerksamkeit aller Kollegen auf mich.

Mit hastig pochendem Herzen schlucke ich einmal und atme tief durch.

»Aaron und ich sind zusammen.«

Nicht, dass ich etwa staunende Ausrufe erwartet hätte, aber wenigstens irgendetwas. Doch niemand reagiert. Ich werfe Aaron einen Hilfe suchenden Blick zu, aber er begnügt sich mit einem verhaltenen Lächeln.

Dann wendet er sich mit einem ausdrucksvollen Blick den anderen zu, und plötzlich machen alle fassungslose Mienen.

»Oh, wow«, sagt Julien. »Das kommt aber … plötzlich!«

»Damit hätte ich nicht gerechnet«, stimmt Maxime zu.

»Ich bin wirklich schockiert«, fährt Natasha fort und legt eine Hand über ihren Mund.

Ich kneife die Augen zusammen und werfe Aaron einen bitterbösen Blick zu.

»Du hast es ihnen gesagt! Verräter!«

Ich fasse es nicht, dass alle Bescheid wussten, während ich alles nur Denkbare unternommen habe, um es zu verbergen. Sie müssen mich für ziemlich verrückt gehalten haben.

»Tut mir leid«, entschuldigt sich Aaron.

»Dann heißt du in Wirklichkeit also Fleur?«, erkundigt sich Julien und schiebt seine Brille über die Nase nach oben.

Überrascht schaue ich ihn an. Stimmt ja, niemand hier kannte meinen richtigen Namen … Aber das hat mich ehrlich gesagt nie gestört. Fleur passt immer weniger zu mir, auch wenn es ein Name ist, der mir nach wie vor am Herzen liegt. Es ist der Name, der mir bei meiner Geburt gegeben wurde.

Lächelnd erinnere ich mich an den Brief, in dem Aaron mich auf Lebenszeit umbenannt hat.

»Lilas gefällt mir besser.«

»Was willst du denn machen?«, fragt Eleanor, während sie ihr langes Haar mit einem Stift hochsteckt.

Etwas verunsichert denke ich nach. Noch vor sechs Monaten hat mich der Gedanke an meine Zukunft vor Schreck erstarren lassen. Heute fürchte ich mich immer noch davor … aber mit einem viel ruhigeren Herzen. Ich habe wieder angefangen, für mich selbst zu schreiben, und das ist etwas, das mich nicht nur mit meiner Kunst, sondern auch mit meinem Selbstbewusstsein ausgesöhnt.

Es gibt Menschen, die mich so lieben, wie ich bin, und die mich auch unterstützen. Mein einziger Feind bin ich selbst. Meine Zweifel und Unsicherheiten haben mich viel zu lange davon abgehalten vorwärtszugehen. Ich beschließe, dass dies nun ein Ende haben soll.

Sicher wird es viel Zeit und viel Mühe erfordern, aber ich möchte mutiger werden.

Ich werfe einen Blick auf unsere Profi-Basketballspielerin Dana, die nie vor einer Anfeindung zurückgeschreckt ist, selbst wenn jemand ihr ihre sexuelle Orientierung vorgeworfen hat.

Dann schaue ich Eleanor an, die zukünftige Anwältin und inzwischen finanziell unabhängige Frau.

Das kann ich auch.

»Ich werde meinen Webcomic zur Veröffentlichung anbieten«, kündige ich an. »Und ich werde weiter schreiben. Ich werde bei jedem Verlagshaus anklopfen, und zwar so lange, bis es funktioniert.«

»*That's my girl.*«

»Außerdem will ich mich zu einem audiovisuellen Schreibkurs anmelden«, gestehe ich und beiße mir ein wenig eingeschüchtert auf die Lippen. »Die Arbeit bei Abisoft hat mir wirklich die Augen geöffnet … Ich will nicht nur Comics schreiben. Ich möchte Drehbücher für Videospiele, Zeichentrickfilme, Filme schreiben … Ganz ohne Einschränkung.«

Dana gibt mir ein stolzes High five.

»Deine einzige Grenze ist der Himmel, Süße. Du bist zu allem fähig.«

»Talent hast du wirklich«, stimmt Eleanor zu. »Eines Tages wird es sich bezahlt machen.«

Das muss auch so sein, denn ich sehe mich nicht in einem anderen Beruf.

Wir stoßen miteinander an und erinnern uns an alles, was geschehen ist, seit wir uns kennengelernt haben. Über das Internet. Jede von uns suchte nach dem Abi eine Wohnung zur Miete. Wir waren so unterschiedlich, dass ich dachte, wir würden bestimmt nicht länger als eine Woche durchhalten.

Diese Ängste lösten sich in Luft auf, als ich an meinem neunzehnten Geburtstag allein und deprimiert von der Uni nach Hause kam. Die Mädchen erwarteten mich mit einem Kuchen in SpongeBob-Form und blauen, mit einem großen M verzierten Luftballons.

»Du hast uns gar nicht gesagt, dass du Geburtstag hast«, erklärte Dana angesichts meiner verwunderten Blicke.

Einer meiner Väter hatte angerufen, während ich unterwegs war. Die Mädchen waren durch das gesamte Viertel gelaufen, obwohl die Geschäfte bereits geschlossen hatten.

»Der hier war als einziger noch übrig«, entschuldigte sich Eleanor und zeigte auf den Kuchen. »Etwas beunruhigend, das ist mir schon klar. Wir essen ihn einfach schnell auf, okay?«

»Die Ballons haben wir bei Meckes geklaut. Ich bin ziemlich sicher, dass sie mein Gesicht gesehen haben … Ich glaube, es ist besser, wenn wir für mindestens zwei Jahre keinen Fuß mehr da hineinsetzen.«

Genau in diesem Moment wusste ich, dass wir unzertrennlich werden würden. Ich brach in Tränen aus, weil ich eindeutig deprimiert war, und wir aßen SpongeBobs Augen und Krawatte, um mich zu trösten.

Fünf Jahre später blicken wir mit sanfter Nostalgie auf diese kostbaren Erinnerungen zurück. *Wer hätte das gedacht?*

»Was glaubt ihr, wo wir in fünf Jahren sein werden?«

Beschwipst vom Wein denke ich nach. In fünf Jahren, so hoffe ich, werde ich eine berühmte Autorin sein. Ich kann mir bereits vorstellen, vom Schreiben leben zu können. Natürlich mit Aaron an meiner Seite. Ich wünsche mir ein einfaches Leben ohne viel Aufhebens, mit einem großen Garten und einem kleinen Knirps, der aussieht wie sein Papa. Eigentlich möchte ich einfach nur glücklich sein.

»Keine Ahnung«, antwortet Eleanor und schlägt die Beine übereinander. »Ich würde mir wünschen, alles könnte so bleiben wie heute Abend, ganz gleich, was passiert. Ich möchte um die Welt reisen. Ich möchte mir alles kaufen können, was ich will. Mir soll es nie an etwas fehlen. Ein Job, ein Mann, das genügt.«

»Das passt zu dir.« Dana lächelt und trinkt einen Schluck. »Ich … ich muss gestehen, dass ich lieber nicht darüber nachdenke. Ich nehme, was mir das Leben Tag für Tag schenkt, und akzeptiere alles, was Gott auf meinem Weg bereitstellt.«

Besser hätte ich es auch nicht ausdrücken können.

Plötzlich klopft es. Erstaunt blicken wir uns gegenseitig an. Die Mädchen fragen, ob ich Aaron wieder heimlich eingeschmuggelt habe, aber ich hebe unschuldig die Hände.

»Nein, er hat heute seinen ersten Termin beim Psychiater. Ehrlich!«

Eleanor schaut durch das Guckloch an der Tür und reißt erstaunt die Augen auf.

»Es ist Quentin«, flüstert sie und fuchtelt mit den Händen in der Luft herum. »Was soll ich tun?«

»Mach auf.«

»Aber wir haben nicht mehr miteinander gesprochen, seit …«

»Beeil dich!«, befiehlt Dana und zieht mich nach nebenan.

Hastig greife ich nach meinem Wein. Wir verstecken uns in

meinem Zimmer und lassen die Tür leicht angelehnt. Eleanor holt mit hochroten Wangen tief Luft und öffnet die Tür.

Quentin lächelt ihr wohlwollend zu. Er trägt einen in Frischhaltefolie eingewickelten Teller in der Hand. Hungrig versuche ich zu erspähen, was es ist.

»Grüß dich.«

»Oh … hallo. Was kann ich für dich tun?«, fragt Eleanor.

»Ich bin vorbeigekommen, um euch etwas zu bringen. Ich habe ein bisschen zu viel davon gemacht, und da dachte ich … Es ist Lasagne.«

Eleanor greift ungeschickt nach dem Teller und bedankt sich. Dann verstummen sie. Dana verdreht die Augen.

»Sie benimmt sich wie eine Anfängerin«, flüstert sie mir zu. »Wirklich enttäuschend.«

»Er gefällt ihr sehr, daran liegt es.«

Die beiden tauschen ein paar Banalitäten aus, dann wagt Eleanor den Sprung ins kalte Wasser.

»Es tut mir leid … wie ich dich behandelt habe. Mit solchen Dingen habe ich da drin gewisse Probleme«, sagt sie und deutet auf ihren Kopf. »Aber ich mag dich wirklich.«

Quentin lacht leise, die Hände in den Taschen seiner Jeans.

»Ich weiß, dass ich nicht gerade ein Traummann bin.«

»Nein, ganz ehrlich, das ist es nicht. Ich war nur einfach dumm. Du bist perfekt, so wie du bist. Es liegt an mir … Ich weiß, wir sind noch jung und so, aber etwas solltest du im Voraus wissen: Ich bin materialistisch veranlagt, egoistisch, oberflächlich und karrieresüchtig. Und ich will keine Kinder.«

Verdrossen schließe ich die Augen.

»Du hast recht, sie ist wirklich eine Niete«, flüstere ich Dana zu.

Quentin lacht belustigt, was mich sehr überrascht.

»Wow. Ist das alles? Du hast echt ein Händchen dafür, dich

zu verkaufen. Wenn ich daran denke, dass du Anwältin werden möchtest …«

»Aber wenn ich liebe, dann liebe ich«, erklärt Eleanor entschlossen. »Ich bin leidenschaftlich, loyal, abenteuerlustig und lache gern. Ich tue alles aus vollem Herzen.«

Eine geraume Weile betrachtet er sie stumm. Mein Herz pocht wie wild. Das Telefon in meiner Hand beginnt zu vibrieren. Es ist Aaron, aber ich lege ihn in die Warteschleife.

Stattdessen konzentriere ich mich wieder auf Quentin, der jetzt nickt.

»Okay.«

»O…Okay?«, wiederholt Eleanor verständnislos.

»Hast du Samstagabend schon etwas vor? Ich würde dich gern zum Essen einladen.«

Dana schließt die Tür zu meinem Zimmer so leise wie möglich, ehe wir gleichzeitig vor Freude fast explodieren. Ich bin ziemlich sicher, dass sie uns hören können, aber das ist mir egal. Eleanor dachte wirklich, sie hätte alles ruiniert, aber heute stellt sich heraus, dass es für jeden eine zweite Chance gibt.

Ich kann ein Lied davon singen.

Ich werde wohl nie erfahren, ob es so etwas wie das Schicksal wirklich gibt und ob es dieses Schicksal ist, das mir Aaron zurückgebracht hat … oder ob es daran liegt, wie er und ich uns verhalten haben, dass alles so gekommen ist.

Wie dem auch sei, ich bin es leid, darauf zu warten, dass mir das Glück wie von Zauberhand in den Schoß fällt.

Von nun an werde ich dem Glück hinterherlaufen, ganz gleich, ob mir die Luft ausgeht oder ob ich stolpere und falle. Ich werde nicht aufgeben.

Denn ich bin Herrin meines eigenen Schicksals.

Epilog

Ein Jahr später

Ich habe fast keine Fingernägel mehr. Der Postbote ist schuld. Er lässt mich seit gut zwei Stunden warten. Ich stehe am Fenster, meine Nase klebt an der Scheibe.

Und natürlich kaue ich an den Nägeln.

Heute soll ich ein sehr wichtiges Paket erhalten. Seit einer Woche warte ich auf nichts anderes.

Ich stoße gerade den x-ten Seufzer aus, als das Festnetztelefon klingelt. Ich nehme den Hörer ab und bereue meine Entscheidung sofort. *Anfängerfehler, Fleur.*

»Guten Tag.«

»Oh, guten Tag, Sol-ah«, sage ich und richte mich unwillkürlich auf, als ob sie mich sehen könnte. »Wie geht es Ihnen?«

Aarons Mutter fragt mich mit der ihr eigenen trockenen Stimme, warum ihr Sohn nicht ans Telefon geht. Nach wie vor nimmt sie Anstoß an mir und erzählt jedem, der es hören will, dass ich schon immer einen schlechten Einfluss auf ihren Sohn hatte. Aaron versichert mir allerdings, dass sie sich irgendwann daran gewöhnen wird. Jedenfalls hat sie keine andere Wahl, wie er immer so schön sagt. Das glaube ich ihm aufs Wort.

»Er hat einen Termin bei Dr. Come«, sage ich, nachdem ich auf die Uhr geschaut habe.

Aaron geht es seit den Ereignissen des letzten Jahres viel besser. Seine Gedächtnisprobleme werden von Tag zu Tag weniger. Die Amnesie allerdings ist noch immer ein Problem, und zwar so, dass sein Psychiater ihm geraten hat, es mit Hypnose zu versuchen. Aber kürzlich hat Aaron eine wichtige Entscheidung getroffen: Er will sich nicht mehr erinnern.

Ich glaube, er hat Angst vor dem, was er vorfindet, wenn er sein Gedächtnis durchforstet, und will nichts erzwingen. Wenn seine Erinnerungen allerdings von selbst zurückkommen … wird er sich ihnen stellen.

Seine Mutter meinte sofort, dann brauche er doch keinen Psychologen mehr aufzusuchen, aber Aaron möchte weitermachen. Ihm gefallen die wöchentlichen Treffen, und er schätzt den vertraulichen Ort, an dem er sich jemandem frei anvertrauen kann. Man merkt, wie gut es ihm tut.

Auf bestimmte Dinge zeigt er auch weiterhin traumatische Reaktionen, aber Dr. Come meint, das sei normal. Auch Rom wurde nicht an einem Tag erbaut.

Zumindest hat er endlich schwimmen gelernt! Ich habe ihn dazu gezwungen.

»Schon wieder«, murmelt Aarons Mutter.

»Wie jede Woche …«

Sie brummelt sich etwas vor sich hin und fragt mich dann, ob ich mit Aaron am Sonntag zum Grillen käme. Ich bestätige, obwohl ich alles getan habe, um die Einladung abzulehnen. Aber Aaron hat mich mit so viel Körpereinsatz angefleht, dass ich buchstäblich nicht Nein sagen konnte.

Plötzlich sehe ich den Postboten unten vor dem Haus. Hastig breche ich mein Gespräch mit Aarons Mutter ab und lege auf. Als der Briefträger schweißgebadet auf unserer Etage ankommt, warte ich schon auf dem Treppenabsatz.

»Mademoiselle Durand?«

»Ja, ja, das bin ich. Vielen Dank!«

Ich unterschreibe die Quittung und kehre aufgeregt ins Wohnzimmer zurück.

Die Briefe lege ich unbesehen auf den Tisch und öffne mit

wild pochendem Herzen das riesige Paket. Es ist ein heiliger Moment, und ich weiß, dass Aaron mir vorwerfen wird, nicht auf ihn gewartet zu haben, aber ich bin einfach zu ungeduldig.

Bewegt begutachte ich den Inhalt des Kartons und hebe eines der Bücher mit zitternder Hand hoch. Es ist *Falling Again* – FA – der Webcomic, den ich gerade als Selbstpublikation veröffentlicht habe. Die Geschichte von Ruelf.

Und natürlich von Herrn Skunk.

»Wow«, seufze ich mit Tränen in den Augen.

Für mein nächstes Projekt habe ich kürzlich einen Vertrag mit einem Verlag unterzeichnet. Das ist etwas ganz anderes, aber diese Geschichte wollte ich selbst veröffentlichen. Es erschien mir irgendwie angemessener.

Ich bereue es nicht.

Ich mache ein Selfie mit meinem Buch und schicke es den Mädchen und meinen Vätern. Dann packe ich die vielen Exemplare aus und lege sie auf den Wohnzimmertisch. Jeder, der mir nahesteht, soll ein Buch bekommen, aber zunächst einmal kontrolliere ich den Rest der Post.

Rechnung, Rechnung, Rech…

Ich erstarre und traue meinen Augen nicht. Der bläuliche Umschlag zittert in meinen Händen. Das hatte ich völlig vergessen! Mit offenem Mund durchforste ich meine Erinnerungen.

Er ist es.

Es ist auf den Tag genau ein Jahr her, dass Aaron und ich uns am Rheinufer Briefe geschrieben haben, total improvisiert und nur, um etwas Verrücktes zu tun.

An jenem Abend fand er heraus, wer ich war.

Und am nächsten Morgen wachte er in meinem Bett auf und bat mich, seine Freundin zu sein.

Der Anfang von allem.

»Oh verflucht …«

Ich halte den Brief in Händen, den er mir vor einem Jahr in Deutschland geschrieben hat, als er die Wahrheit über mich noch nicht kannte. Das bedeutet, dass er auch meinen bekommen hat, obwohl ich nichts geschrieben habe, was er nicht schon wüsste.

Mit trockenem Mund reiße ich hastig den Umschlag auf und erkenne das beigefarbene Papier, das ich ganz zufällig ausgewählt hatte. Mein Herz explodiert fast, als meine Augen seiner eleganten Schrift folgen.

Liebe Lilas,
in der Vergangenheit habe ich Hunderte von Wörtern und Hunderte von Briefen geschrieben. Aber dies ist der erste Brief, den ich Dir schreibe, nur für Dich, und deshalb ist er etwas ganz Besonderes.
Als ich Dich das erste Mal sah, hast Du geweint. Es brach mir fast das Herz. Dein Misstrauen und Dein Wunsch, es allen recht zu machen, haben mich dazu gebracht, Dich zu hassen, das ist leider wahr ... Und doch, selbst in diesen Momenten, schlug mein Herz in Deiner Gegenwart immer schneller als sonst.
Ich habe dafür keine rationale Erklärung.
Ich verstehe es selbst nicht.
Wir kennen uns noch nicht lange, aber ich habe das Gefühl, schon ewig auf dich zu warten ...
Du bist die Richtige, so ist es nun einmal. Ganz einfach deshalb, weil Du die Einzige bist, mit der es Sinn macht.
Aaron

Ich habe immer davon geträumt, die Heldin in einem K-Drama zu sein.

Aber das Leben ist nun mal kein K-Drama ... Es ist viel besser.

Danksagung

Da man einen Roman nie wirklich allein schreibt, möchte ich den Menschen danken, die mich während dieses spannenden – und langwierigen – Prozesses begleitet haben.

Zunächst danke ich meinen Eltern, wie immer. Danke, dass ihr mich immer wieder gedrängt habt, aber vor allem, dass ihr an mich geglaubt habt.

Ich danke meinen Brüdern, die mir zuhören, wenn ich mich abreagieren muss oder eine Meinung brauche; auch wenn es euch total egal ist (entschuldige, Naïm, dass ich nicht das Ende genommen habe, das dir lieber gewesen wäre … Aber das hier ist trotzdem cool, versprochen!).

Ich danke meinen tollen Freunden, aber auch meinen Leserinnen und Lesern: Mariame, Sarah, Joëlle (*4 makes one team*), Johan und Lucie. Danke für eure wertvollen Meinungen, eure Geduld, aber auch für eure Ehrlichkeit. Danke, dass ihr mich bei Zweifeln und Angstattacken ertragen habt, dass ihr mich täglich inspiriert, aber auch, dass ihr mich immer wieder aufrichtet, auch wenn ich selbst nicht mehr daran glaube.

Natürlich danke ich Audrey, dass sie mich in das fabelhafte Universum der K-Dramen und später des K-Pop eingeführt hat. Es klingt ein bisschen dramatisch, aber es hat mein Leben wirklich verändert.

Ich danke Lily bubu, die mir bei der Genauigkeit der koreanischen Übersetzungen sehr geholfen hat – und die im Übrigen dank ihrer täglichen TikToks zu meiner geistigen Gesundheit beigetragen hat. Ich kann es kaum erwarten, sie bei einer Flasche Soju zu treffen. *Noona gomawo, saranghae!*

Und wie immer danke ich Sylvie, meiner großartigen Verlegerin. Ich weiß, dass dir diese ganze Welt ein bisschen fremd ist, aber du hast dich mit Freude darauf eingelassen. Danke, dass du mir immer vertraust.

Ich danke Park Seo-joon dafür, dass er meine Vorstellungskraft – und manchmal sogar meine Träume – während der gesamten Arbeit an diesem Roman beflügelt hat.

Und schließlich danke ich euch, die ihr dieses Buch lest. Es gibt immer noch Zeiten, in denen ich kaum glauben kann, wie mir geschieht. Dank euch habe ich nie das Gefühl, allein zu sein. Ihr unterstützt und liebt mich, ihr drängt mich, es immer besser zu machen, ihr vertraut mir, aber vor allem: Ihr lasst mich einen Tagtraum erleben. Ich weiß, dass ich nicht perfekt bin, aber ich arbeite jeden Tag daran, so perfekt wie möglich zu werden. Ich habe euch, und ihr habt mich. Lasst uns dieses Leben zu einem schönen und glücklichen Leben machen. Gemeinsam.

Zehn K-Dramen, die mich inspiriert haben
von Morgane Moncomble

She Was Pretty (2015)
Warum ansehen? Wegen Park Seo-joon (unter anderem).

Goblin (2016)
Warum ansehen? Eine tragische Liebesgeschichte, die sich über Zeit und Raum hinwegsetzt, eine Bromance vom Feinsten mit absolut absurden und urkomischen Szenen. Spoiler: Haltet Taschentücher bereit.

Weightlifting Fairy Kim Bok-joo (2016)
Warum ansehen? Eine Heldin, Meisterin im Gewichtheben, ein lustiger und fürsorglicher männlicher Held, Humor vom Feinsten und ein dick befreundetes Mädchentrio.

Descendants of the Sun (2016)
Warum ansehen? Eine auf einem Militärstützpunkt aufkeimende Liebesaffäre. Mal etwas anderes. Spoiler: Haltet auch hier die Taschentücher bereit.

W – Two Worlds Apart (2016)
Warum ansehen? Ein mehr als originelles Konzept. Wer hat noch nie davon geträumt, in seinen Lieblingswebtoon einzusteigen und sich in dessen Helden zu verlieben? Hier ist es so.

Strong Girl Bong-soon (2017)
Warum ansehen? Eine knallharte Heldin mit übermensch-lichen Kräften, die sich nicht unterkriegen lässt, ein verrückter, aber liebenswerter männlicher Held, der mit sämtlichen Klischees des reichen CEO und *bad boys* bricht, außerdem eine Jagd nach einem Serienmörder, bei der es einem eiskalt den Rücken hinunterläuft.

My ID Is Gangnam Beauty (2018)
Warum ansehen? Wichtige Themen wie Feminismus, plastische Chirurgie, sexuelle Übergriffe, Essstörungen und Selbstvertrauen sowie als Hauptpersonen ein bezauberndes Pärchen.

What's Wrong with Secretary Kim? (2018)
Warum ansehen? Wegen Park Seo-joon (besser zweimal als einmal).

Hotel Del Luna (2019)
Warum ansehen? Unglaubliche Bilder, eine unmögliche Liebesgeschichte, ein erfrischender Humor, aber vor allem: IU, diese unglaubliche Frau (ganz zu schweigen von ihrer Garderobe!).

Welcome (2020)
Warum ansehen? Bezaubernd und ohne große Kopflastigkeit. Eine Katze, die sich in einen hübschen Mann verwandelt und sich in ihr Frauchen verliebt? *Yes please.*

Wenn aus besten Freunden plötzlich mehr wird …

Morgane Moncomble
NEVER TOO CLOSE
Aus dem
Französischen von
Ulrike Werner-Richter
464 Seiten
ISBN 978-3-7363-1122-0

Seit sie gemeinsam in einem Aufzug eingeschlossen waren, sind Loan und Violette beste Freunde. Das zwischen ihnen ist vollkommen platonisch – zumindest bis jetzt. Denn als Violette beschließt, dass sie nicht länger Jungfrau sein will, ist es Loan, den sie bittet, ihr auszuhelfen. Schließlich vertraut sie niemandem so sehr wie ihrem besten Freund. Loan ist von der Idee zunächst alles andere als begeistert, doch schließlich willigt er ein. Es ist ja nur dieses eine Mal … oder?

»Ich bin total verliebt – in die Atmosphäre, den Humor, die Figuren.« LA FÉE LISEUSE ET LES LIVRE

LYX

Wer sich als erstes verliebt, hat verloren ...

Morgane Moncomble
NEVER TOO LATE
Aus dem
Französischen von
Ulrike Werner-Richter
480 Seiten
ISBN 978-3-7363-1167-1

Die Nacht mit Jason sollte eine einmalige Sache sein. Zoé führt keine Beziehungen, und sie verliebt sich nicht – niemals! Doch dann stehen sich die beiden wenige Tage später plötzlich erneut gegenüber, als sie feststellen, dass ihre besten Freunde in dieselbe Wohnung gezogen sind. Und obwohl Zoé den One-Night-Stand am liebsten vergessen würde, kann sie sich nicht gegen das Kribbeln wehren, das Jasons Nähe in ihr hervorruft. Aber ihr Herz wurde schon einmal gebrochen ...

»Ich finde keine Worte dafür, wie stark und ergreifend dieser Roman ist!« LA FÉE LISEUSE ET LES LIVRES

LYX

Was, wenn unsere Liebe mein Untergang ist?

Morgane Moncomble
BAD AT LOVE
Aus dem
Französischen von
Ulrike Werner-Richter
464 Seiten
ISBN 978-3-7363-1299-9

Als Azalées Mutter stirbt, bleibt ihr nichts anderes übrig: Sie muss nach vier Jahren zum ersten Mal in ihre Heimatstadt zurückkehren. Augenblicklich holen sie dort die schrecklichen Erinnerungen an ihre Vergangenheit ein. Doch nicht nur das: Azalée lernt auch ihren neuen Nachbarn Eden kennen. Er ist sexy und geheimnisvoll, und auch wenn sie sich geschworen hat, niemals Gefühle für einen Mann zu entwickeln, berührt er sie auf eine Weise, die ihre Welt mit jedem Tag ein bisschen mehr ins Wanken bringt ...

»Wirkungsvoll, überwältigend, tiefgreifend und mutig.« LECTURES DE JENN

LYX

*Ihr größter Traum ist es, endlich frei zu sein.
Niemals hätte sie gedacht, dass sie ihr Herz
dabei verlieren würde*

Kara Atkin
FOREVER FREE –
SAN TERESA UNIVERSITY

480 Seiten
ISBN 978-3-7363-1298-2

Raelyn Miller kann es kaum erwarten, ihr Studium in Kalifornien zu beginnen und weit weg von zu Hause noch einmal ganz von vorn anzufangen. Doch schnell stellt sie fest, dass es gar nicht so leicht ist, auf eigenen Beinen zu stehen, und dass ihr altes Leben sie stärker im Griff hat, als sie dachte. Vor allem, als sie den geheimnisvollen Hunter kennenlernt, zu dem sie sich magisch hingezogen fühlt, obwohl er doch alles verkörpert, was Raelyn endlich hinter sich lassen wollte ...

LYX

Wenn du dich in den größten Popstar der Welt verliebst ...

Anne Pätzold
WHEN WE DREAM
416 Seiten
ISBN 978-3-7363-1304-0

Die 19-jährige Ella lebt seit dem Tod ihrer Eltern bei ihrer älteren Schwester in Chicago. Die Stadt ist ihr zu groß, zu laut, zu voll, und am liebsten würde sich Ella mit ihren Büchern und ihrem Zeichenblock in ihr Zimmer zurückziehen und die Außenwelt, so oft es geht, vergessen. Doch dann lernt sie Jae-yong kennen. Dass er ein Mitglied der bekanntesten K-Pop-Gruppe der Welt ist, weiß sie nicht. Was sie weiß, ist, dass der junge Mann mit den tiefbraunen Augen ihre Welt von einem Moment auf den anderen aus den Angeln hebt ...

Band 1 der märchenhaften Liebesgeschichte von Ella und Jae-yong!

LYX